Diogenes Taschenbuch 22676

de
te
be

Joan Aiken

Stimmen in einem leeren Haus

Roman

Aus dem Englischen von Hans-Christian Oeser

Diogenes

Titel der 1975 bei Doubleday, New York,
erschienenen Originalausgabe:
›Voices in an Empty House‹

Umschlagzeichnung von
Tomi Ungerer

*Das erzählte Geschehen
ist frei erfunden.
Irgendwelche Ähnlichkeiten mit
tatsächlichen Personen,
seien sie lebend oder tot,
sind rein zufällig.*

Deutsche Erstausgabe

80/95/43/2
ISBN 3 257 22676 4

Für Julius
und die Tenth Street

1

Kaum war ihm aufgegangen, daß er schon wieder sein Gedächtnis verloren hatte, verspürte der Mann im Taxi den gewohnten fiebrigen Angstschweiß, der an den Füßen begann und sich unkontrollierbar den ganzen Körper hinaufzog, bis er irgendwo oberhalb des Haaransatzes endete. Den gewohnten? Ja, er war sicher, daß es sich keineswegs um eine neue Erfahrung handelte. Sie kam ihm vertraut vor wie ein nicht lange zurückliegender Vorfall; dergleichen mußte sich häufig auch früher schon zugetragen haben.

Das wird aber ganz schön mühsam werden, in diesem Tempo durchs Leben zu zockeln, dachte er und lockerte seine ineinandergekrampften Finger – sie waren äußerst empfindlich und sandten zur Vorwarnung kleine Schmerzensstrahlen in seine Arme hinauf. Er verlagerte die Füße, die er in einer sehr unbequemen Drehung seitlich angewinkelt hatte, auf den Hubbel in der Mitte des Wagenbodens.

Das ist ja wie das Zusammenleben mit einem alten, senil gewordenen Menschen. Wieviel Uhr ist es, Liebes? Das habe ich dir doch vor zehn Minuten schon gesagt; es ist halb vier. Und welchen *Tag* haben wir heute?

Er blickte aus dem Taxifenster. Offensichtlich Sommer. Die Mädchen trugen Miniröcke, die Männer hatten ihre Jacketts über den Arm geworfen und die Hemden über dem Bauchnabel zusammengeknotet. Alle schlenderten gemächlich, viele schleckten Eis. Und was dort zur Linken messerscharf das Blickfeld durchschnitt, war unverkennbar das Flatiron Building, diese raffinierte und witzige architektonische Dreistigkeit, ein elegantes Kartenhaus, das den Turmspitzen und Rechtecken und nüchternen Hochhausbauten ringsumher eine lange Nase machte.

Blaue Briefkästen, gelbe Taxis. Heiße Dampfschwaden, die aus Löchern im Asphalt aufstiegen, als ob das Taxi ein Thermalgebiet durchführe. Fußgänger: Grün, Rot. Donuts. Vollgespickt mit Nüssen. Fifth Avenue, New York. Wie wunderbar, dich wiederzusehen, New York, dachte er; ihm kam der Präsident in den Sinn, der diesen innigen Gruß für Freunde und Fremde gleicherweise verwendete.

Haben Präsidenten Freunde?

Jetzt lassen wir diesen Unsinn aber lieber bleiben, ja?

Als er seine Aufmerksamkeit wieder dem Wageninneren zuwandte, bemerkte er, daß er einen grauen Anzug trug, sommerleicht. Weißes Hemd. Daß er zwei Taschen bei sich hatte, eine Reisetasche aus Segeltuch und eine andere aus grauem Fiberglas, nicht neu; an beiden hing ein PanAm-Schildchen. Also kehrte er von einer Reise zurück? Oder war er zu Besuch gekommen?

Die Schildchen an den Taschen waren auf den Namen Cook ausgestellt, ebenso – wie ein Blick ergab – sein Reisepaß. Britisch, vielbenutzt.

Eine schwache Stimme – Arzt? Anwalt? Freund? – drang wieder an sein Ohr: »Am besten ist es, alter Knabe, du trägst, solange du unter derartigen Anfällen leidest, immer deinen Paß mit dir herum. Dann können die Leute unschwer herausfinden, wer du bist.«

Doch was nutzt es schon, daß andere Leute wissen, wer ich bin, wenn *ich* es nicht weiß?

Er schlug den Paß auf und sah das wie gewohnt erschrockene, bebrillte Gesicht mit dunklem Haar, das zu kurz geschnitten wirkte – jetzt fühlte es sich viel länger an, seit der Aufnahme mußte es um mehrere Zentimeter gewachsen sein. Mr. Thomas Cook.

Na, so was. Sieh mal einer an. Wollen wir uns diesen Mr. Cook doch mal näher beschauen.

Er spürte, wie sich seine Gesichtsmuskeln zu einem gezwungenen Lächeln strafften, der flüchtigen gesellschaftlichen Anerkennung eines bis zum Überdruß vertrauten Scherzes. So runzelte er statt dessen die Stirn und blätterte die Seite um. Geburtsort und Geburtsdatum: Stadtteil Rumbury, 1933.

Beruf: Biologe.

Biologe, wie?

Wenn du eine wissenschaftliche Ausbildung absolviert hast, mein Guter, warum steckst du dann immer wieder in dieser Klemme, kannst du mir das mal verraten?

Der Taxifahrer drehte sich um und richtete durch die Öffnung in der kugelsicheren Trennwand eine kurze Frage an ihn.

»Wie meinen Sie?«

»Welche Seite?« wiederholte der Fahrer geduldig. »Fifth Avenue, Tenth Street, haben Sie gesagt. Welche Seite?«

Welche Seite? Welche Seite? Ja, *welche* Seite denn?

Der Mann namens Thomas Cook geriet aufs neue in Panik.

»Oh – die rechte Seite«, sagte er endlich – nach, wie ihm schien, fünf Minuten fieberhaften, ergebnislosen Grübelns. Der Fahrer blickte sich wieder um, verdutzt. Aber wieso erwarten wir eigentlich, daß Geist und Körper stets in Blitzesschnelle funktionieren, daß wir Aktennotizen aufs Papier werfen können wie die Leute im Film, daß wir das Wechselgeld richtig abgezählt aus der Tasche ziehen, wie Computer Zahlenkolonnen addieren, mitsamt Gepäck leichtfüßig in und aus Taxis springen (auch wenn uns Arme und Beine verflucht weh dabei tun) – und weder einen Gedanken noch eine Geste zuviel aufwenden? Tiere funktionieren anders, jedenfalls meistens; Tiere erhalten sich ihre Energie, Tiere sind in jeder ihrer Bewegungen langsam und bedächtig, außer wenn man sie jagt.

Genau das ist der Unterschied, natürlich. Wir werden gejagt!

Wir leben im Dschungel, man pirscht sich an uns heran, und dementsprechend müssen wir uns verhalten.

Aber *wer* ist der Jäger, der unbekannte Faktor, der Feind, dessen heißen Atem wir dicht im Nacken verspüren, so daß wir uns nicht umzudrehen wagen? Ich stand wie einer, dem im Wald auf dunklem Pfade graut; der immer, immer vorwärts eilt und nimmer rückwärts schaut. Er weiß, ein Feind ist hinter ihm; sein Herz schlägt bang und laut.

Na bitte! Das ging doch wie geschmiert. Weshalb dann nicht mein Name?

Mit einem eleganten Schlenker steuerte der Fahrer den Wagen an die Bordsteinkante. Thomas kramte nach Münzen und Scheinen und legte sie in den Schlitz. Der Fahrer nahm sie auf seiner Seite der Trennwand entgegen, warf einen freudlosen Blick darauf, nickte kurz bestätigend und wartete. Thomas stemmte sich mit seinen Taschen mühsam aus dem Wagen und blieb ratlos an der Ecke stehen. Er wünschte sich Mut, den Fahrer, der noch nicht weitergefahren war, sondern ihn immer noch neugierig musterte, zu fragen: »Welche Adresse hatte ich Ihnen beim Einsteigen genannt?«

Schließlich werden Menschen so gut wie jeden Tag von leichten Gedächtnisstörungen heimgesucht, dafür braucht man sich doch nicht zu schämen, das ist doch nichts Ungewöhnliches. Mach schon, *frag* ihn. Sei kein Frosch. Doch nach einem weiteren langen, forschenden Blick wandte der Mann sich um, jagte sein gelbes Taxi in weitem Bogen in das Verkehrsgewühl und brauste davon. Da fährt er nun und nimmt meine Adresse mit; verwünscht, was fange ich jetzt bloß an?

Aber als er endlich zaghaft um die Ecke bog und die Tenth Street in Augenschein nahm, schien sie eine vage vertraute, vage tröstliche Atmosphäre darzubieten, ein unbestimmbares Gefühl des Willkommens und der Heimkehr, als ob sich eine Form, eine Schablone in seinem Kopf, über die äußere Anlage der Häuser gestülpt hätte: verschiedene Schattierungen von weichem Ockergelb, Rot und Rosa, schmiedeeiserne Geländer, Ranken laubreicher Kletterpflanzen, Mülleimer, abgestellte Wagen. Platanen, Akazien, Götterbäume.

Ich werde ganz langsam weitergehen, dachte er. Wer zwei schwere Taschen zu tragen hat, läuft schließlich immer langsam, besonders wenn ihn seine Arme so schmerzen wie mich – ich werde ganz langsam weitergehen, und vielleicht wird mir mit einem Mal etwas einfallen.

Breiter, alter Bürgersteig, rissig und ausgebessert. Zwei, drei Leute in der Ferne. Eleganter rötlichbrauner Sandstein, neunzehntes Jahrhundert.

Er hielt an und starrte ziellos auf ein winziges, mit einer Hecke eingefaßtes grünes Rasenstück, auf dem eine schläfrige Katze alle Glieder in der Sonne streckte wie ein zum Trocknen ausgelegtes Handtuch.

Darüber hing ein Vogelbauer; der Wellensittich darin schien ihn mit derselben wachen Neugier zu beäugen wie der Taxifahrer – nicht teilnahmsvoll, sondern gleichgültig.

Wie ruhig ich bin, wie unglaublich ruhig. Da ist ja eine Telefonzelle am Ende der Straße; wenn ich an der Ecke angelangt bin und mich immer noch nicht erinnern kann, laufe ich zurück und rufe den erstbesten Arzt im Telefonbuch an.

Plötzlich stieß der Wellensittich zwei Töne aus, schrill, spöttisch. Ätsch! Ätsch!

I'll drive the van, with our things in it
You walk be'ind with the old cock-linnet
– But I dillied and dallied
Dallied and dillied
And I can't find my way 'ome.

Das war der ärgste Alptraum der Kindheit: das Bekannte unbekannt, das Vertraute fremd geworden. Heiligabend – wieso verfalle ich darauf, daß ich Heiligabend nach Hause komme?

Wieder ging ihm ein Vers durch den Kopf, aus noch früherer Zeit, noch erschreckender. Der handelte von dem armen, alten Mann, der sich vorstellt, den Kopf zu verlieren:

Ich möcht für tausend Taler nicht,
daß mir der Kopf ab wäre:
sonst lief ich mit dem Rumpf herum
und wüßt nicht, wo ich wäre.
Die Leute schrien all und blieben stehn:
Ei guck mal den! Ei guck mal den!

Immer wenn sie's gesungen hat, bin ich in Tränen ausgebrochen. Nach Hause zu kommen und alles verfremdet vorzufinden; oder nach Hause zu kommen, und keiner erkennt einen wieder – was wäre schlimmer?

Wie entsetzlich, einem Menschen die Identität zu stehlen. Der allerschlimmste Diebstahl.

Aber hier, dachte Thomas Cook und blieb stehen, hier war endlich etwas wirklich Vertrautes: eine Reihe zerbeulter, unordentlich überquellender Mülleimer, ein verbogenes Geländer, eine rissige Treppe. In seinem Gedächtnis war jeder Riß fein säuberlich an seinem Platz. Glücklicherweise wissen wenigstens unsere Füße, wohin wir laufen, selbst wenn unsere Gedanken auf einer anderen Ebene wandern.

Als er die Treppe hinaufstieg, mußte er an die Geschichte denken, die Bo ihm erzählt hatte – wie einen lustigen Witz erzählt hatte –, die Geschichte von dem Mann in der Druckerei, der sich weigerte, der Gewerkschaft beizutreten, so daß die anderen ihn boykottierten, und zwar nicht nur, indem sie ihm aus dem Weg gingen, sondern indem sie konsequent so taten, als ob er überhaupt nicht existiere. Sie strichen seinen Namen aus allen Listen, sahen durch ihn hindurch, bis der arme Teufel am Ende einen regelrechten Nervenzusammenbruch erlitt und Angst hatte, nach Hause zu gehen. In den frühen Morgenstunden wurde er aufgelesen, wie er am Battersea Embankment umherirrte und weinte, er sei das schwarze Schaf von Little Bo Peep und habe sein Schwänzchen verloren. Wieviel davon entsprach der Wahrheit, und wieviel war phantasievolle Erfindung? Jedenfalls war es genau die Art von Streich, den Bo selbst gern spielen würde, den sich auszudenken und in die Tat umzusetzen er durchaus fähig war; Bo hatte einen entschieden sadistischen Charakterzug.

Er war gescheit, unterhaltsam, aber so richtig als Freund vorstellen konnte man ihn sich nicht. Eigentlich habe ich ihn nie gemocht. Ihm getraut schon gar nicht, nichts als Erleichterung verspürt, als die Verbindung mit ihm abbrach. Aber wie kam es dazu?

Indem er aus seiner kurzen Phase von Vergeßlichkeit ebenso rasch herausschlüpfte, wie er hineingeschlüpft war, trat Thomas Cook durch die offene Haustür und fingerte langsam an einem ziemlich großen Schlüsselbund herum, bis er den kleinen Schlüssel gefunden hatte, der in den Briefkasten paßte. Der Kasten war vollgepfropft mit Rechnungen, Broschüren, Werbeprospekten, die sich über Monate angesammelt hatten. Ungeduldig öffnete er den Reißverschluß seiner Segeltuchtasche und stopfte die Umschläge und Reklamezettel zu seinen Kleidern; zuzuziehen brauchte er ihn nicht. Als er den nächsten Schlüssel hervorsuchte und die Zwischentür aufschloß, befiel ihn ein mattes Unbehagen – hatte er sich nicht eben noch etwas in Erinnerung rufen wollen, was war das nur? Etwas Wichtiges – womit, mit wem hatte es noch wieder zu tun? Gerade eben hatte er es doch noch mit Händen greifen können, kurz vor der Erinnerung an Bo. Oder kurz danach?

Zu oft passierte ihm das inzwischen: ein wesentliches Bindeglied entglitt ihm, bevor er es festhaken konnte.

Wie immer sah er auf dem Marmortisch in der Eingangshalle

nach Post, aber für ihn war keine dabei. Da stand er nun und betrachtete sich im Flurspiegel: dünn, übermüdet; buschiges, dunkelgraues Haar. Ein Professor, mochte man meinen; eine Art Gelehrter.

Langsam stieg er die erste der vier Treppen empor. Jede Stufe neigte sich seitlich, und dauernd schlug die Tasche in seiner Rechten, die Segeltuchtasche, gegen das Geländer; er mußte das Gefälle ausgleichen, indem er sich nach links beugte. Die Luft im Treppenhaus war stickig vor Hitze – alte, gut erhaltene Luft, Sommerlese, in Holz gereift. Altes, heißes, gesprungenes Holz, alte, stark verschmutzte Farbe. Nach der zweiten Treppe mußte er sich ausruhen, nach der dritten wieder. Die letzte Treppe war noch schmaler, auf den schwarz gestrichenen Stufen lag eine dicke Staubschicht. In den letzten ein, zwei Wochen waren nur wenige Menschen so hoch gestiegen. War ihnen auch nicht zu verübeln.

Auf so engem Raum mit zwei Taschen zu hantieren erwies sich, wie immer, als schwierig; er ließ die Segeltuchtasche am Fuß der Treppe zurück, und mit der leichteren Last nahm er jeweils zwei der verbleibenden zwölf Stufen auf einmal. Der Aufstieg schmerzte in den Knien; er mußte ihn so schnell wie möglich hinter sich bringen.

In der Hand hielt er noch immer, unbequem unter den Koffergriff gekeilt, die Schlüssel; er fand das richtige Paar und schloß mühsam die beiden Türschlösser auf, erst das Zylinderschloß, dann das Einsteckschloß. Das Apartment war mit einer zusätzlichen Sperrvorrichtung gesichert, einer Stange, die an der Rückseite der Tür befestigt war und im Boden hakte, so daß sich die Tür nur bis zu einem gewissen Punkt öffnen ließ. Er schob den Arm durch den schmalen Spalt, griff nach innen und entriegelte die Stange. Das löste einen stechenden Schmerz aus. Vor sich vernahm er zu seiner völligen Verblüffung den Klang von Stimmen: mehrere Männer- und Frauenstimmen.

Sein Herz machte einen großen Satz. Gabriel, und wer noch? Einerlei – wer immer es war, ganz gewiß war Gabriel einer davon. Nicht einen Augenblick hatte er erwartet, daß Gabriel *hier* sein könnte. Erleichterung, Hoffnung, Freude durchströmte ihn. Hinzu kam das ungewohnte schiere Glücksgefühl, nach etlichen Jahren der Rückkehr in eine leere Wohnung zu Hause Gesellschaft vorzufinden. Sein ganzes Wesen weitete sich vor Wonne, während er die Treppe hinuntersprang, um die zweite Tasche aufzuheben.

Natürlich würde Gabriel nicht im Traum daran denken, herauszukommen, um ihn zu begrüßen. Das taten sie doch nie, dieses lässige junge Gemüse. Gabriel würde auf dem Fußboden hocken und ihm in gespielter Unbekümmertheit den Rücken zukehren…

Die Stimmen um die Ecke schienen dem Höhepunkt eines Streits zuzustreben.

»Meine Herrschaften! So beruhigen Sie ihn doch endlich! Ich gehe!«

»Ivan Petrovic, ich verlange, daß Sie schweigen! Hören Sie?«

»Ich schweige nicht. Halt, ich bin noch nicht fertig! Du hast mein Leben zerstört!«

Was zum Teufel ging hier vor? Thomas stellte die zweite Tasche in der winzigen Diele ab und ging die erste holen. Er hob die Stange der Sperrvorrichtung hoch und lehnte sie in ihren gewohnten Winkel.

»Ich reise augenblicklich ab aus dieser Hölle! Ich kann es nicht länger ertragen!« schrie eine Frau.

Und ein Mann rief: »Mein Leben ist verpfuscht! Wenn ich normal gelebt hätte, dann hätte ein Schopenhauer aus mir werden können, ein Dostoevskij… Was erzähle ich da! Ich verliere den Verstand… Matuška, ich bin verzweifelt! Matuška!«

Das war doch nicht *Gabriel*?

An Schlaf- und Badezimmertür vorbei, die beide offenstanden, schritt Thomas um die Ecke in das türlose Atelierzimmer.

»Hallo? Ich habe gar niemanden erwartet...«, setzte er an, doch dann brach er ab. Gabriel war nicht da. Es war überhaupt niemand da. Das Zimmer war leer. Auf dem Plattenteller drehte sich eine Schallplatte.

»Gabriel? Bist du hier?«

Völlig überrumpelt, machte Thomas kehrt, um in der kleinen Küche und im Badezimmer nachzusehen; dabei wußte er schon im voraus, daß seine Suche vergeblich sein würde. An den offenstehenden Türen war er bereits vorbeigekommen. Die Zimmer waren sichtlich leer.

»Gabriel!« Aber Rufen war zwecklos, und er hielt jäh inne, peinlich berührt vom Klang seiner Stimme. Die aufgezeichneten Stimmen beachteten ihn nicht und fuhren mit ihren Beteuerungen fort. Niemand hielt sich in dem kleinen Apartment auf, niemand außer ihm.

Konnte sich der Junge hinausgestohlen haben, während Thomas die Sperrvorrichtung entriegelte? Konnte er sich im Badezimmer versteckt haben und an Thomas vorbeigeschossen sein, als dieser eintrat? Nein, unmöglich. Er hatte doch in der Türöffnung gestanden, während er die Stange aus der Halterung löste, und um die Ecke bis ins Wohnzimmer waren es nur mehr vier Schritte.

Gabriel war nicht da. Fußboden, Couch, Tisch, Bücherregale waren von einer acht Monate alten Staubschicht überzogen. Auf dem Tisch lag die *New York Times* vom vergangenen Februar, vergilbt und altertümlich wie ein ägyptischer Papyrus. Fenster und Dachluke waren geschlossen und verriegelt – Thomas prüfte sie nach –, die Luft hier oben war so abgestanden wie schal gewordenes Bier, sie war zum Schneiden vor Hitze, ohne jeden Geruch von Menschen.

Du hast uns allein gelassen, verkündeten die Bücher, die

Möbel, die brüchigen, verstaubten, ausgebleichten Vorhänge. Du hast uns eingesperrt, hast uns verlassen; wir sind nicht bereit, dich willkommen zu heißen.

Jemand sagte: »Ich bin nicht böse, aber ihr werdet zugeben, sein Benehmen ist zumindest merkwürdig.«

Jemand anders wimmerte: »Njanecka! Njanecka!«

Die Platte. Wer hatte nur diese Schallplatte aufgelegt?

Der dritte Akt von *Onkel Vanja* wirbelte seinem verzweifelten Ende entgegen, mit Revolverschüssen, Geschrei und Tränen und gegenseitigen Beschuldigungen. Thomas hob den Tonarm und nahm die Platte ab. Die Tonarmklemme war eingehakt, so daß die Platte jedesmal, wenn sie zu Ende war, automatisch wieder von vorne zu spielen begann. Er löste die Klemme und fragte sich geistesabwesend, wie oft die Szene wohl in diesem Zimmer – in der Welt? – gespielt worden war – wie oft Vanja und Sonja ihre Enttäuschung, ihre Zurückweisung, ihren Liebeskummer durchlitten hatten. *Sie ist nicht hübsch. Was erzähle ich da! Ich verliere den Verstand*... Der arme Vanja war eine der liebenswertesten Bühnenfiguren, die je geschaffen worden waren – wenn er seine Höllenqualen erleidet, leiden Menschen in jedem Erdenwinkel mit.

Ich hatte Talent, ich war klug, kühn. Aber wer liebt mich?

In der Tat, wer? Oder vielmehr, wer haßt mich? Haßt mich so sehr, daß er mir einen solchen Streich spielt?

Der Fristzettel auf der Plattenhülle besagte, daß sie Eigentum der Städtischen Bücherei New York war. Schön, dann konnte er sie morgen zurückgeben und herausfinden, wer sie ausgeliehen hatte. Wer besaß einen Schlüssel zu seiner Wohnung, wer konnte nach Belieben kommen und gehen, schöngeistige Bomben legen und die staubige Leere so zurücklassen wie die zerschlissenen Sitzpolster eines mutwillig zerstörten Eisenbahnwaggons? Wer hat sich wie ein Einbrecher eingeschlichen und ist mit dem Hackbeil auf meinen Seelenfrieden losgegangen? Habe ich nicht schon genügend Scherereien? Könnte es Gabriel gewesen sein? Aber nein doch, Gabriel, dieses sanftmütige Kind, dieser scheue, rücksichtsvolle Junge, würde eher auf dem Scheiterhaufen sterben als einen derartigen Eingriff in die Privatsphäre eines anderen vornehmen.

Seine Gedanken kreisten kalt um dieses Wort: *sterben*, und glitten wieder ab in die Vergangenheit: Gabriel, wie er sich, halb im Spaß, halb im Ernst, über die Kirchenglocken beschwerte: Was für ein gräßlicher Lärm! Sonst darf doch auch niemand in der ganzen Stadt am Sonntagmorgen mit voller Lautstärke Reklame machen. *Ich* plärre ja Gott mit *meinem* Radio auch nicht die Ohren voll. Und eine noch frühere Erinnerung: Gabriel im Alter von elf Jahren auf einer Fahrt nach Cornwall. Thomas, abgemattet, hatte kurz angehalten, um ein Nickerchen zu machen; als er erwachte, war Gabriel nicht im Wagen, obwohl es in Strömen goß. Es war ziemlich bald nach ihrer ersten Begegnung gewesen, ziemlich bald nach der Sache mit dem Bein... Aber noch bevor Thomas Zeit hatte, sich Sorgen zu machen, kehrte der Junge zurück. Er hatte unter einer Gruppe Eiben weiter weg Schutz gesucht; zögernd erklärte er: »Du hast im Schlaf gesprochen. Wenn ich sitzen geblieben wäre und dir zugehört hätte, wäre ich mir vorgekommen wie ein Lauscher an der Wand, da habe ich einen Spaziergang gemacht.« Seine Haare und seine Jacke waren durchnäßt, und Thomas, der ihn grob ausschimpfte, einen Pullover fand und die Autoheizung anstellte, fühlte sich von Scham überwältigt, als ob seine ganze Seele in eine tiefe, sengende Röte getaucht sei; denn er hätte allzu gern gewußt, *was* der Junge gehört hatte, aber er traute sich nicht zu fragen, das stürzte ihn in noch größere Beschämung; und es machte die Sache nicht besser, daß Gabriel mit jenem unschuldigen, vertrauensvollen Lächeln, das kaum mehr war als ein Aufleuchten der Augen, beruhigend hinzusetzte: »Keine Sorge, ich bin gegangen, bevor du etwas wirklich Schlimmes verraten hast.«

Erinnerungen verdrängen – wenn schon sein Gedächtnis ganze Brocken seiner Geschichte dem Vergessen überantwortete, Herrgott noch mal, weshalb konnte es dann nicht einige der schmerzlicheren Momente auslöschen – von *denen* gab's doch viele – das wäre wenigstens ein logisches Verhaltensmuster – statt ihn immer diesem zermürbenden willkürlichen Verlust des Erinnerungsvermögens auszusetzen?... Thomas ging in das stickige kleine Badezimmer. Seine Arme und sein Rücken taten ihm inzwischen so entsetzlich weh, daß alle seine Körperfunktionen nur auf das eine Ziel ausgerichtet waren: schleunigst etwas aufzutreiben, was seine Schmerzen linderte. Hatte er in der Hausapotheke bei seinem letzten Besuch Schmerzmittel dagelassen? Oder mußte er sich etwa bücken, sich schmerzgeplagt niederknien und mit unerträglich empfindlichen Händen im Durcheinander der prall gepackten Taschen herumwühlen?

Zu seiner großen Erleichterung fand er ein fast volles Fläschchen Paracetamol-Tabletten. Als er die Tür des Wandschränkchens öffnete, huschten zwei große, blaßbraune Küchenschaben heraus, aber mit denen konnte er sich jetzt nicht aufhalten; außerdem war die Flasche sowieso fest zugeschraubt. Er ließ Wasser in den Ausguß laufen, bis der erste rostige Strahl sich geklärt hatte, dann wusch er flüchtig den schmutzigen Plastikbecher aus und spülte mit einem Schluck lauwarmen Wassers eine Handvoll Tabletten hinunter.

Jetzt ging es ihm schon besser. Sein Mund schmeckte immer noch wie eine Schlammbank, seine durchgeschwitzten Kleider klebten ihm am Leib, seine Schuhe fühlten sich an, als wären sie voller Sand, aber er war zu erschöpft, um sich in diesem Augenblick mit derlei Kleinigkeiten abzugeben oder mit der staubigen Unordnung des Wohnzimmers. Er fand sogar eine Art Genugtuung in dem Gefühl, daß alles zusammenstimmte, daß seine Lage innerlich und äußerlich wie aus einem Guß war. Als er sich auf der alten braunen Samtcouch ausstreckte, hatte er kein schlechtes Gewissen, weil seine Schuhe sie mit transatlantischem Schmutz befleckten; dankbar ließ er sich in ihre muffige Tiefe sinken. Als er seinen Kopf auf die verschossenen roten Kissen bettete, stieg eine Wolke alten Staubs, trocken wie Schnupftabak, auf. Unter seinem Rücken, aus dem der Schmerz allmählich schwand, zerknitterte die vergilbte *New York Times* vom letzten Dezember. Mit einigem Glück würden ihm zwei Stunden Schlaf eine Zeitlang etwas Linderung verschaffen.

Wenn nicht, wäre die Suche nach Gabriel nicht etwa schwierig; sie wäre unmöglich.

Als er eben die Augen schloß, läutete das Telefon.

Noah hatte es gut, dachte Thomas, als er sich mühsam aufsetzte und dabei versuchte, seine schmerzenden Hände zu schonen; auf seiner Arche gab's kein Telefon.

Das Telefon stand auf dem Fensterbrett auf der anderen Seite des Zimmers, halb verdeckt von abgenutzten rostfarbenen Rupfenvorhängen. Davor stand ein mit verstaubtem Geschirr beladener Tisch; außerdem ein großer Flechtkorb, vollgepackt mit Büchern. Es war kein Durchkommen. Fluchend zerrte und schob Thomas die Sachen aus dem Weg. Vor lauter Hast stellte er sich so ungeschickt an, daß er das Telefon von dem schmalen Fensterbrett stieß. Es fiel zu Boden. Seine Beine versagten ihm den Dienst, und er mußte sich auf die schmutzigen Dielen setzen, um den Hörer abzunehmen.

»Hallo? Hallo, wer ist da? Gabriel, bist du's?«

Aber am anderen Ende der Leitung blieb alles stumm.

»Hallo? Gabriel?«

Keine Antwort. Vielleicht war das Telefon beschädigt worden. Er legte den Hörer auf die Gabel, dann, nach einem Augenblick, nahm er ihn wieder ab und horchte. Nein, es schien durchaus zu funktionieren; er konnte das Freizeichen hören.

Vielleicht hatte sich jemand verwählt. Wenn nicht, würde der Betreffende es noch einmal versuchen.

Für den Fall, daß es sich doch um Gabriel handelte, zog er in einer Anstrengung, die seiner Schulter und seinem Rücken einen fast vernehmlichen Schmerzensschrei entlockte, die alte Couch quer durchs Zimmer und legte sich dicht neben dem Fensterbrett hin, so daß er den Hörer, sobald es klingelte, sofort abnehmen konnte.

Es läutete jedoch nicht mehr, und dankbar glitt sein Bewußtsein der Auflösung entgegen. Zuerst schwinden einem die Sinne, dachte er verschwommen; die Wörte verlieren sich zuletzt; ist das nicht seltsam; die Wörter beginnen im Gehirn herumzugaloppieren und bedeutungsleer zu rasseln wie eine ungeschäkelte Ankerkette, wie ein Motor im Leerlauf; während ich in der untersten Schicht meines Gehirns diese mehr oder weniger zusammenhängenden Gedankengänge entwickle, rast obendrüber eine wirre Sprache, ein endloses Fließband unzusammenhängender Vokabeln ratternd immer weiter. Gestörte Tonfrequenzen, so erinnerte er sich, hatte ihm der alte Fernsehmechaniker in der Sixth Avenue gesagt: Ihr Gerät hat gestörte Tonfrequenzen. Gestörte Tonfrequenzen sind nicht einmal das Ärgste, Onkel Vanja; ich habe ein gestörtes Leben, das ist mein Problem.

Ich würde gern wissen, was Gabriel mitgekriegt hat, damals im Auto.

Er ließ sich tiefer in das staubige braune Samtpolster sinken; und schlief ein.

Als er wieder erwachte, war es Spätnachmittag. Die rosaroten und ockergelben Fassaden auf der anderen Straßenseite, in den Glanz der untergehenden Sonne getaucht, warfen warme Lichtreflexe an seine Zimmerdecke – ein gelbliches Rosa. Die Stimmen von Kindern auf dem Heimweg zum Abendessen drangen schwach vom Gehsteig herauf. Über ihm schwebte, wie eine Biene brummend, ein Hubschrauber. Alles schien still, wohlwollend und alltäglich.

Vorsichtig bewegte Thomas den Kopf; dann stemmte er sich

mit äußerster Behutsamkeit auf einem Ellbogen in die Höhe. Keine Schmerzen. Für den Augenblick war der Dämon von ihm gewichen. Er erhob sich, ging umher, hob die Arme in Schulterhöhe, beugte sich vor. Immer noch keine Schmerzen.

Dieser Aufschub, der ihm wirklich wie die Vertreibung eines bösen Geistes vorkam, kam so unverhofft, daß Thomas von unbegründeter Heiterkeit erfüllt wurde.

Ich werde Gabriel schon finden, dachte er und stellte sich unter die Brause. Von dem köstlich heißen Wasser ließ er sich beruhigen und entspannen, wieder und wieder ließ er es über Schultern, Arme und Rücken laufen; es müßte doch einfach sein, weshalb denn nicht? Es mußte genügend Leute geben, die er fragen konnte. Beginnen werde ich mit der alten Mrs. Baird, die wohnt nur einen Block weiter. Ich könnte sie anrufen, aber es wird leichter sein, einfach hinzugehen. Alte Damen trauen dem Telefon nicht.

Sauberes Hemd – Hose – Jackett – Schlüssel – Geld, und ich kann mich auf den Weg machen.

Aber jetzt hatte er Hunger. In Nick's Pie 'n Pizza aß er einen Hamburger, dann lief er die breite, schäbige Sixth Avenue mit ihren kleinen Geschäften, ihren Waschsalons, Buchhandlungen, Reinigungen und Drugstores hinauf, vorbei am Spirituosengeschäft, dessen Schaufenster immer noch mit gräßlichen Porzellanfiguren vollgestellt waren, am Zeitungsladen, an der Konditorei und dem kleinen griechischen Restaurant, das immer leer war; vielleicht handelte es sich in Wahrheit um einen Treffpunkt der Mafia.

Vielleicht, dachte er, treffe ich Gabriel bei seiner Großmutter an: behaglich untergebracht, über alle Einwände erhaben.

Als er jedoch die Klingel des schönen alten Sandsteinhäuschens in der Twelfth Street betätigte und wartend dastand, verflüchtigte sich sein ungewohnter Optimismus ebenso unbegründeterweise, wie er sich eingestellt hatte. Zunächst einmal dauerte es schon entmutigend lange, bis sich überhaupt jemand bequemte, die Tür zu öffnen.

Unruhig ging Thomas auf der Treppe hin und her und kam sich wie auf dem Präsentierteller vor. Er bemerkte einen hochgewachsenen, hageren Mann mit gelblichweißem Haarschopf, der sich trotz kritischen Blicks und straff gehaltener Hundeleine von den Verrichtungen seines ebenso schlaksigen, aber eleganteren Barsoi distanzieren zu wollen schien, welcher seinen Darm langsam in die Gosse entleerte. Der Mann schaute über die Straße und bemerkte, daß Thomas ihn beobachtete; sein kalter Blick löste sich sofort, und ungeduldig gab er der Hundeleine einen Ruck. Das Tier, das sich darin gestört sah, an seinem Häufchen zu schnüffeln, knurrte übellaunig, und Thomas, der sich gerügt fühlte, wandte hastig den Blick ab und kehrte sich wieder der Tür zu, hinter der er in diesem Augenblick den Klang von Schritten vernahm. Schließlich, nach längerem Klirren, tat die Tür sich auf.

Da stand die alte Mrs. Baird und stützte sich auf einen Stock aus Rosenholz. Mein Gott, wie alt sie aussieht, dachte er. Aber wie konnte es anders sein: August war Mitte Siebzig, als er starb, dann mußte die alte Hannah, seine Mutter, mindestens Mitte Neunzig sein. Ebensogut mochte sie hundert zählen: eine winzige, gebeugte Gestalt, die zu ihm aufsah, eingehüllt in eine Strickjacke, das schlohweiße Haar zu einem Dutt zusammengesteckt, die Haut verrunzelt und fleckig wie ein regendurchtränktes Blatt, das in den Boden eines herbstlichen Waldes getreten wird. Aber Wangen, Nase und Kinn, die kantig vorsprangen, zeugten noch immer von Intelligenz und Kraft – jetzt, wo die gerundeten Linien der Jugend sie nicht mehr verdecken konnten, sogar noch deutlicher. Kluge, graue Augen, die tief in großen, dreieckigen, violett verfärbten, knochigen Höhlen saßen, musterten Thomas mit einer Klarheit, die sich, soweit er erkennen konnte, seit seinem letzten Besuch nicht vermindert hatte.

»Bitte? Wer sind *Sie?*« fragte sie, hielt mit einer fleckigen Klaue die Tür offen und reckte den Kopf vor wie eine bejahrte Möwe. Er bemerkte den Schimmer weißen Flaums auf Wange und Kiefer. »Wer immer Sie sind, Sie sollten wissen, daß ich nachmittags keinen Besuch empfange; Hattie ist auf dem Markt, und ich halte Siesta. Es kommt mir ungelegen.«

»Das war mir entfallen; bitte, verzeihen Sie mir«, sagte Thomas demütig; zugleich war er erleichtert, daß Hattie, die beinahe so alt sein mußte wie ihre Herrin, nicht gestorben war, sondern noch immer ihren Dienst versah. »Erinnern Sie sich noch an mich? Thomas Cook? Ich bin der Verleger Ihres Sohnes.«

»Unfug«, sagte die alte Dame in scharfem Ton. »Mein Sohn *hat* bereits einen Verleger. Alle seine Bücher sind bei einer überaus angesehenen Verlagsanstalt herausgekommen, bei Crusoe & Selkirk. Die publizieren seine Bücher schon seit dem Ersten Weltkrieg – wie Sie ihn sicherlich nennen. *Ich* nenne ihn den Großen Krieg.«

»Ganz recht, Mrs. Baird. Ich bin Verlagsleiter bei Crusoe & Selkirk. Erinnern Sie sich, ich hatte Sie letztes Jahr wegen der Illustrationen für die *Gesammelten Briefe* aufgesucht? Und das Jahr davor wegen der Biographie?«

»Illustrationen?« fragte sie argwöhnisch. »Nein, daran erinnere ich mich nicht. Was habe ich mit Illustrationen zu schaffen? Ich bin keine Künstlerin. Ich verstehe von solchen Dingen nichts.«

»Fotos, Familienfotos. Sie hatten sich freundlicherweise bereit erklärt, sie uns zur Verfügung zu stellen. Und wenn Sie sich erinnern, damals, als ich Sie wegen der Biographie besucht habe, war ich mit Bella verheiratet...«

»Bella? Wer ist das?«

Sein Mut sank noch mehr. Ihr Gedächtnis und meines zusammengenommen, dachte er, da sollten wir in der Lage sein, ohne größeren Aufwand das gesamte zwanzigste Jahrhundert zu vergessen.

In diesem Augenblick jedoch schien irgend etwas an seinem Äußeren der alten Dame plötzlich eine Assoziation einzugeben, denn sie zog die Tür weiter auf und äußerte: »In dieser Zugluft auf der Türschwelle zu stehen bekommt mir gar nicht. Es gibt keinen Grund, weshalb Sie nicht hereinkommen können. Hattie wird bald zurückkommen, sie wird uns Tee kochen.«

»Das ist sehr freundlich von Ihnen, Ma'am«, sagte er erleichtert.

Sie wandte sich, ohne sich weiter um ihn zu kümmern, um und ging, gestützt auf ihren Stock, in einem mühsamen und schleppenden Schlurfschritt voraus durch die winzige Diele in das Doppelzimmer, das sich von der Vorderseite des Hauses bis zur Rückseite erstreckte und zu beiden Seiten Fenster hatte, auf die Straße hinaus wie auch auf einen kleinen, überwucherten Garten. Das Zimmer war noch genau so, wie er es in Erinnerung hatte: ziemlich dunkel, aber durchaus nicht unfreundlich. Die Anordnung des dichtgedrängten Mobiliars ließ vermuten, daß während der vergangenen fünfzig Jahre nichts umgestellt oder hinzugefügt worden war. Da waren mit Borten besetzte Teppichvorleger, abgewetzte Korbstühle, Tische, in kunterbuntem Durcheinander vollgestellt mit japanischen Netsuken, Brillenfutteralen, Zeitungen, Broschüren und vergilbenden Postkarten. Blinde Spiegel verschluckten das Licht. Die Bände auf den Bücherborden hatten nichts von dem Überschwang farbenfroh ausgestatteter zeitgenössischer Verlagsproduktion; sie waren solide, aber altbacken eingebunden, sollten haltbar sein, nicht attraktiv, die Buchdeckel in dem groben, tweedähnlichen Gewebe, das man während der ersten zwanzig Jahre des Jahrhunderts bevorzugt hatte. August Bairds Werke, die ein ganzes Regal ausmachten, stellten die einzige Ausnahme dar; wie Thomas mit raschem Blick bemerkte, war jeder einzelne Titel vorhanden, jedes Taschenbuch, jede Neuauflage, Anthologie und Übersetzung, und sie sahen abgegriffen aus, als ob sie häufig in Gebrauch wären.

Die Bilder an den Wänden waren alles Fotos, meist von August selbst, in jedem Lebensalter. Von der dunkelgrau gestreiften Tapete ließ er aus Dutzenden verschiedener Posituren seinen gelassenen, leicht vorwurfsvollen Blick auf Thomas ruhen, der sich, sobald er der alten Dame wieder in ihren Schaukelstuhl geholfen hatte, nervös auf einem kleinen, knarrenden Rohrstuhl niederließ.

Wieder musterte sie Thomas mit einem finsteren durchdringenden Blick – nicht unähnlich dem ihres Sohnes –, den er erwiderte. Er fand, daß sie wie ein Wahrzeichen wirkte, ein Überbleibsel aus den zwanziger oder dreißiger Jahren. Die karierte Ginganbluse, die sie trug, der lange Tweedrock mit Kellerfalten, der ihr bis über die Waden ging, erinnerten an Schnappschüsse von Mitgliedern des Bloomsbury-Kreises mit Pfeifen und Spazierstöcken, aufgenommen in den Gärten ihrer Wochenendhäuschen. Mrs. Baird hatte auffallend stämmige Beine für eine so gebrechliche alte Dame, unförmig, kerzengerade wie die Beine eines Küchentischs; ihre Strümpfe waren aus gerippter grauer Wolle, ihre Schuhe schwarze Schnürhalbschuhe. Er fragte sich, wo in New York sie heutzutage derartige Kleider auftrieb. Vielleicht bestellte sie sie in London oder Boston. Vielleicht verfügte sie noch immer über ein Kundenkreditkonto bei Harrod's oder den Army & Navy Stores? Mrs. Baird, aus Edinburgh gebürtig, war, als ihr Sohn in Harvard eine Professorenstelle angetreten hatte, nach Amerika gezogen; der American Way of Life hatte ihr zugesagt, sie hatte Wurzeln geschlagen und war auch nach seiner Rückkehr nach England dort geblieben.

»Nun?« sagte sie wieder und hängte ihren Stock an das hohe Kamingitter aus Messing, das eine staubige Rizinuspflanze in dem feuerlosen Kamin einzäunte. »Sind Sie wegen weiterer

Fotos gekommen? Für eine neue Biographie, ist es das? Was ist mit Bodonis? Hat sie sich nicht gut verkauft?«

Sie hatte eine energische, fast schneidende Art zu reden, die, zusammen mit der mädchenhaften karierten Kattunbluse, entwaffnend vor Augen führte, wie sie mit vierzig, mit dreißig gewesen sein mußte: eine emanzipierte Frau, lange bevor Emanzipation zum Schlagwort wurde, ein gleichberechtigter Kopf, lange bevor Gleichberechtigung als erstrebenswert galt.

»Nein, Mrs. Baird, nein, danke, die Fotos, die Sie uns für die Bücher geliehen hatten, waren genau das, was wir brauchten; das ist alles erledigt«, sagte Thomas. Er bemerkte, daß der Band, von dem die Rede war, auf dem kleinen Chippendale-Tisch neben ihrem Stuhl lag, mit einer weiteren Brille als Lesezeichen. »Nein, diesmal bin ich aus einem ganz anderen Grund nach Amerika gekommen, ich arbeite nicht an einem von Augusts Büchern. Ich bin auf der Suche nach Gabriel – ich nehme an, Sie wissen nicht zufällig, wo er sich zur Zeit aufhält?«

»Gabriel«, sagte sie unbestimmt.

»Gabriel – Ihr Enkel, Augusts Sohn. Ich hätte gern gewußt, ob Sie ihn kürzlich gesehen haben? Ob er bei Ihnen zu Besuch gewesen ist? Wie ich höre, ist er schon das ganze Jahr über hier.«

»Gabriel«, murmelte sie gedankenverloren. »Lassen Sie mich nachdenken, wer sind wohl seine Eltern? Bin ich ihm schon einmal begegnet?«

»Ihr Enkel.«

»Mein *Enkel*? Habe ich einen Enkel?«

»Augusts Sohn«, wiederholte Thomas. »Übrigens ist er mein Stiefsohn.«

»Wer war seine Mutter? Berengaria?«

»Nein, Mrs. Baird.« Berengaria, August Bairds erste Frau, war 1930 gestorben. Thomas merkte, wie er rapide die Herrschaft über das Gespräch verlor. Außerdem rührte er an eine weitere Komplikation, die bestimmt nur noch mehr Verwirrung schaffen würde, wenn er sie weiter verfolgte. So sagte er einfach: »Gabriels Mutter war Augusts zweite Frau, Bella Farragut. Sie erinnern sich an Bella?«

»Ach, *Bella* – warum haben Sie das nicht gleich gesagt?« In ihre dreieckigen, zugekniffenen Augen trat jäh ein Funke reiner Gehässigkeit. »Du liebe Zeit, ja, es ist schon lange her, daß ich an die arme Bella gedacht habe. Nicht gerade eine Dame, habe ich August immer gesagt. Ich war ziemlich überrascht, als er beschloß, sie zu heiraten. Verstehen Sie, was ich meine? Weshalb sollte er? Sie hatte etwas leicht Ordinäres: wie eine Empfangsdame in einem Hotel. In einem guten Hotel. Aber nicht aus der obersten Schublade, wie wir zu sagen pflegten. Haben Sie jemals auf ihre Schuhe geachtet? Wie die eines Dienstmädchens. Daran erkennt man sie. Ach du liebe Güte, ja, Bella. Sie hat mich immer sehr amüsiert. Ist sie in letzter Zeit in Amerika gewesen?«

»Weiß ich wirklich nicht«, sagte Thomas leicht verlegen. »Aber was ich fragen wollte...«

»Ich habe sie bei mir immer ›Bella, das Bunny‹ genannt«, sagte die alte Mrs. Baird unvermutet. »Haben Sie schon mal ein ziemlich vulgäres Magazin namens *Playboy* gesehen? Mein Sohn hat mir von Zeit zu Zeit eine Ausgabe mitgebracht – ein sehr unterhaltsames Magazin. Ja, Bella – hatte sie denn Kinder?«

»Ja, Gabriel, erinnern Sie sich? Ich hätte gern gewußt, ob er zufällig...«

»Ach, *Gabriel*«, sagte sie und bediente sich genau desselben Tonfalls wie zuvor, als sie sich auf Bella besonnen hatte. »Warum haben Sie das nicht gleich gesagt? Der liebe Junge. Natürlich habe ich Gabriel sehr gern. Vor wenigen Minuten noch habe ich mir ein Foto von ihm angeschaut – kurz bevor Sie geklingelt haben. Wo habe ich es nur hingelegt? Ich hab's, bestimmt markiert es eine Stelle in meinem Wittgenstein. Ach, reichen Sie mir doch bitte mal den *Tractatus* herüber, ja?«

Thomas fiel auf, daß auf jedem Tisch im Zimmer mindestens drei Bücher mit Lesezeichen lagen; wahrscheinlich war es so, daß die alte Dame sich von Stuhl zu Stuhl und von Buch zu Buch bewegte und ihren Lesestoff je nach Laune oder Tageszeit variierte. Er zog das Stück Fotopapier aus dem Wittgenstein hervor und erblickte Gabriel, im Alter von zwölf Jahren, wie er mit sorgenvoller Miene dastand und eine Katze an die Schulter preßte, vor der Haustür zu Nr. 38, Wanborough Parkside, London S.E. 22.

Beim Anblick des jungen, verletzlichen Gesichts zerfraß die vertraute Mischung von Schuld und Angst sein Herz.

»Ja, das ist Gabriel«, sagte die alte Dame voller Genugtuung. »Ist der Junge nicht ein kleiner Engel? Jetzt ist er natürlich größer. Mal überlegen, wie alt ist er an seinem letzten Geburtstag geworden?«

»Sechzehn, deswegen ist es so wichtig für mich, daß ich ihn finde. In letzter Zeit haben Sie ihn also nicht gesehen, Ma'am?«

Sie schüttelte den Kopf. »Nicht, seit August ihn bei seinem letzten Besuch mitbrachte; das dürfte etwa vier Jahre vor seinem Tod gewesen sein. Sie sind allein gekommen; Bella ist woandershin gefahren. Du liebe Güte, in welchem Jahr mag das gewesen sein? War das in demselben Jahr, als ihm der Nobelpreis verliehen wurde? Ich weiß, Gabriel war gerade alt genug, allein mit der U-Bahn zu fahren – das hat ihm großen Spaß gemacht. Ich dachte, er wäre zu jung, aber August sagte, er sei durchaus imstande, sich um sich selbst zu kümmern – und er hatte vollkommen recht.«

»Schreibt er Ihnen, Mrs. Baird? Bekommen Sie Briefe von ihm?« fragte Thomas, ohne sich viel Hoffnung zu machen.

»Seiner eigenen Mutter? Aber natürlich tut er das. Was für eine alberne Frage«, sagte Mrs. Baird scharf. »Er schreibt mir jede Woche. Aber das müßten Sie doch am besten wissen – Sie selbst haben doch voriges Jahr seine Briefe veröffentlicht.«

»Nicht August, Mrs. Baird – Gabriel«, sagte Thomas und dachte, dem Himmel sei Dank, wenigstens ist sie nicht taub.

»Ach, Gabriel. Warum haben Sie das nicht gleich gesagt?« Ihre scharfen alten Augen wurden milder. »Ja, er schreibt mir. Er schreibt wunderschöne Briefe. Irgendwo habe ich eine ganze Sammlung davon. Ich werde Sie Ihnen ein andermal heraussuchen.«

»Wenn Sie die letzten möglicherweise jetzt finden – oder mir sagen könnten, wo ich nachschauen soll...«, setzte Thomas an, in dem entsetzlich hoffnungslosen Gefühl, daß Zeit vergeudet wurde, daß Zeit verstrich, verrann wie die Flüssigkeit des Lebens selbst, zu Staub trocknete, unwiderruflich verloren.

»Aus San Francisco ist einer gekommen, der fing so an: ›Oma, stell dir nur vor, ich schreibe dir aus einer Opiumhöhle‹, und einen hat er auf einem Felsen an den Niagara-Fällen geschrieben und einen anderen im Grand Canyon. Wunderbar komische, lebhafte, anschauliche Briefe, oft ganze Seiten lang. Er ist ein braver Junge, daß er seiner alten Oma so schreibt...«

Die Haustür fiel ins Schloß.

»Wer ist das?« sagte eine zweite scharfe alte Stimme, Neuengland statt Edinburgh, aber Thomas bemerkte, daß die beiden Akzente, sicherlich aufgrund des langen Zusammenlebens, einander ähnlicher geworden waren und sich inzwischen überlagerten. »Wer ist da drin und ermüdet Mrs. Baird?«

Mit mürrischem Gesichtsausdruck kam Hattie ins Zimmer hereingestampft. Sie trug eine auffällige Toque aus gehäkelter Wolle, die mit großen braunen Pailletten bestickt war, und schleppte zwei braune Packpapiertüten mit Lebensmitteln.

»Ach, Sie sind's«, sagte sie, als sie Thomas erkannte. »Ihr Besuch paßt jetzt aber gar nicht, in fünf Minuten kommt der Arzt, um ihr das Knie zu punktieren, vorher müssen wir sie nach oben bringen und ihr die Strümpfe ausziehen, überhaupt hätte sie ruhen müssen...«

»Es tut mir aufrichtig leid«, sagte er schuldbewußt. »Mir liegt nur so sehr daran, Gabriel zu finden...«

»Dann müssen Sie eben ein andermal wiederkommen, sie kann sich momentan nicht um Sie kümmern. Hier ist Gabriel jedenfalls nicht, das sehen Sie ja. Und Dr. Warmflash wird jeden Augenblick klingeln...«

»Sie wissen nicht zufällig, wo sie Gabriels Briefe aufbewahrt?« murmelte Thomas, während sie ihn in die kleine Diele abdrängte. »Sie hat gesagt, ich darf sie sehen. Es ist wirklich wichtig, Hattie, es geht um sein Herzleiden...«

»Wahrscheinlich sind sie übers ganze Haus verstreut«, sagte Hattie grimmig. »Einer in jedem Buch, das sie im Lauf der letzten sechs Monate gelesen hat. Ich muß sie erst suchen. Ich werde Ihnen Bescheid geben. Wo wohnen Sie? Haben Sie immer noch die kleine Wohnung in der Tenth Street, die Sie sich für die Arbeit an Mr. Augusts Briefen gemietet hatten? Ich habe mir die Nummer aufnotiert, ich rufe Sie Donnerstag oder Freitag an, wenn ich mich umgesehen habe. Morgen ist Reinemachtag, und am Mittwoch muß ich los und am Grab meiner Schwester in North Salem Blumen niederlegen.«

»Bitte, Hattie, es ist wirklich dringend. Wir müssen Gabriel einfach finden, ohne jeden weiteren Verzug. Sie wissen von seinem Herzleiden?«

»Pah! Er ist erst sechzehn, er wird's überstehen«, sagte Hattie derb und schob Thomas zur Tür hinaus. »Was glauben Sie denn, wie alt *ich* bin? Neunundachtzig und springlebendig wie ein Eselhase. Worum muß ein Sechzehnjähriger sich schon sorgen?«

»Genau das ist die...«, wollte er sagen, aber da schlug sie ihm die Tür vor der Nase zu; es blieb ihm nichts anderes übrig, als die Treppe hinunterzugehen und das Feld zu räumen. Eben fuhr eine große glänzende Limousine mit Chauffeur vor. Thomas hoffte, daß es sich nicht um Mr. Warmflashs Wagen handelte, sonst stünden seine Aktien bei Hattie noch schlechter.

Als er zur Sixth Avenue ging, senkte sich wieder der Schmerz auf ihn herab wie ein Raubvogel, der auf einem günstig gelegenen Dachgesims auf ihn gewartet hatte.

Er verspürte nur noch den Wunsch, zur Wohnung zurückzugelangen und zwei Najdolene-Tabletten zu schlucken; seit er die letzten eingenommen hatte, waren bestimmt acht Stunden verstrichen, das ginge also durchaus. Aber zunächst einmal mußte er ein paar Lebensmittel einholen, Milch und Kaffee, Seife und etwas zu trinken; die Küche in seiner Wohnung enthielt keinerlei Vorräte außer ein paar staubigen Tütchen mit Kräutern.

Die Dämmerung war eingebrochen: eine milde New Yorker Abenddämmerung, die sich ausnahm wie eine sanfte Segnung für die Fußgänger, die die breiten Trottoirs entlangbummelten. Bald wäre es an der Zeit, in Deckung zu gehen, ein jeder auf dem Weg in sein eigenes Höhlenversteck, auf der Hut zu sein vor Straßenräubern und Vergewaltigern – aber noch war es nicht soweit. Im Augenblick verbanden sich das zärtlich-bleiche Licht und die unsaubere, hemdsärmelige Straße noch zu einer besinnlichen Harmonie. New York, dachte Thomas, ist wie das Land der Zukunft in H. G. Wells' *Zeitmaschine*: bei Tage ein sonnenbeschienenes paradiesisches Spielzeugland; wohingegen allnächtlich die Horden der fleischfressenden Morlocks aus ihren unterirdischen Verliesen hervorbrechen, um durch die Stadt zu streifen und wahllos über die reizenden kleinen Sonnenmenschen herzufallen, die sich so zivilisiert dünken.

Jeder Luxus, den das Herz begehrt.

Er ging zu Kormendi's, froh darüber, daß der Laden allem Anschein nach immer noch florierte. Und kein Wunder, bot er doch eine üppige Fülle erstklassiger Nahrungsmittel aus aller Herren Ländern, zu ebenso üppigen Preisen. Als er die Glastür aufdrückte und eintrat, schlug die vollklimatisierte Atmosphäre eisig kalt an seine zusammenzuckenden Muskeln. Er fand einen Einkaufswagen und schritt auf der Suche nach Milch rasch die

Tiefkühlboxen ab; die Berge von Halvah, Baclava, Earl Grey, Camembert, ungesüßten Keksen und anderen ausländischen Delikatessen überging er.

Gerade hatte er einen Karton entrahmter Milch gewählt, als er eine Person auf sich zukommen sah, die nichts ahnte von seiner Nähe, wurde doch ihre ganze Aufmerksamkeit von den beiden Fünf-Liter-Packungen Eiscreme, der Pekannußpastete und der Tüte mit französischem Feingebäck beansprucht, die sie auf den Armen balancierte: seine Ex-Frau Bella Farragut. Bella Baird. Bella Cook.

Er war so perplex, daß er seinen Karton Milch fallen ließ. Der knickte zwar ein beim Aufprall, zerbarst aber glücklicherweise nicht.

»Bella! Was zum Teufel treibst du hier? Ich dachte, du hättest gesagt, du könntest dich erst in drei Wochen in England losmachen?«

Er war gar nicht erfreut, sie zu sehen, und gab sich keine Mühe, so zu klingen, als ob.

Bella sah verlegen aus, aber, wie er meinte, nicht so sehr, weil sie sich schämte, bei einem Täuschungsmanöver ertappt worden zu sein, sondern eher, weil er sie mit all den Kohlehydraten in den Armen angetroffen hatte. Ihre säuglingsglatte Haut verfärbte sich leicht rosa; ihre Augen fixierten ihn mit dem geraden Blick der eingefleischten Lügnerin. Sie fing auf der Stelle hastig zu sprechen an, so als ob es durchaus nichts Außergewöhnliches wäre, daß sie sich hier in einem Delikatessengeschäft in Greenwich Village begegneten.

»Tja, verstehst du, der olle Charcraft hat mir geraten loszugondeln – er wußte ja, wie besorgt ich war wegen Gabriel –, und das Design für die Kaffeeleute hab ich viel schneller hingekriegt als erwartet, und der olle Pankhurst hat jemand aufgetan, der das Haus in Parkside mieten und gleich einziehen wollte...«

»Wann bist du angekommen?« schnitt er ihr das Wort ab.

»Tja, äh, gestern – eine Frau, die ich von der Theatergruppe Wanborough her kenne, hat's geschafft, mich in ein Charterflugzeug zu mogeln – sie hatte vorgehabt, ihre Schwester in Detroit zu besuchen, und konnte nicht loskommen...«

Das war typisch Bella, dachte er, immer hatte sie eine Freundin an der Hand, die ihr mit einer kleinen Mauschelei zu ihrem Vorteil gefällig war.

Er sagte bissig: »Dann hätte ich also gar nicht zu kommen brauchen. Es war verdammt schwierig, ausgerechnet jetzt wegzukommen, wo in wenigen Wochen die Frankfurter Buchmesse stattfindet. Warum hast du mich nicht angerufen und mir gesagt, daß du selber kommst?«

Ihre Lippen schürzten sich vorwurfsvoll; sie schlug die großen blauen Augen auf, so weit es nur ging. Sie waren von einem merkwürdig irisierenden Farbton, zwischen Schieferblau und Grau; früher einmal hatte er sie sehr schön gefunden.

»Aber Liebling! Ich wußte doch bis zur letzten Minute nicht, daß ich den Platz im Flugzeug kriegen würde! Und außerdem liebst du doch Gabriel – *wolltest* du denn nicht kommen? Du weißt doch wohl, wie wichtig es ist, ihn zu finden? Sorgst du dich denn gar nicht um ihn?«

»Natürlich sorge ich mich«, sagte er gereizt.

Auch das sah Bella ähnlich: Immer weckte sie in ihrem Gegenüber das Bedürfnis nach Selbstrechtfertigung, beschwor ein Gerangel von moralischen Behauptungen und Gegenbehauptungen herauf, schuf ein magnetisches Feld, in dem die Eisenspäne heftig zwischen Nord- und Südpol hin und her stoben und in dem Bella, dieser Ausbund an Tugend, jeden Fitzel Recht und Gerechtigkeit auf sich zog.

»Du bist immer so gut mit Gabriel umgegangen«, sagte sie jetzt tadelnd, »weil du die Fähigkeit besitzt, ruhig zu bleiben, du überwältigst ihn nicht mit einem Übermaß an Fürsorge und Liebe, so wie Bo und ich; ich habe dafür gesorgt, daß du verstehst, warum du hier sein mußt. Natürlich – wenn du nicht bleiben *willst*, wenn du nicht helfen willst, ihn zu finden und zu überreden...«

»Das ist keine Frage des Wollens«, fauchte er. »Es ist eine Frage des Müssens. Ist es notwendig oder nicht?«

»Du weißt, daß es notwendig ist; es ist lebensnotwendig!« Ihre Stimme bebte; ihre Augen blitzten; sie sah aus wie die Jungfrau von Orléans. »Hör zu: Der Junge wird *sterben*, wenn wir ihn nicht in den nächsten sechs Wochen finden und ihn davon überzeugen, daß er sich dieser Operation unterziehen muß – verstehst du denn das nicht? Vielleicht haben wir sogar weniger als sechs Wochen Zeit. Läßt dich das völlig kalt? Hast du nicht ein *Fitzelchen* Mitleid in dir?«

»Ja doch, ich verstehe sehr wohl – um Himmels willen, Bella! Laß doch das theatralische Getue!« Er senkte die Stimme; zwei Studentinnen und eine Frau mit einem Einkaufswagen voll gefrorener Pizza starrten neugierig zu ihnen herüber. »Hast du alle deine Einkäufe erledigt? Dann laß uns gehen und ein Plätzchen finden, wo wir ruhig miteinander reden können. Und bitte sei so gut und beruhige dich.«

»Na schön«, willigte sie, plötzlich sanftmütig, ein und wartete am Kassenstand, während er rasch Eier, Butter, Seife und Kaffee zusammensuchte. Dort blieb sie stehen, bis er sich zu ihr gesellte, erst dann legte sie ihre eigenen Einkäufe auf das Förderband neben der Registrierkasse; offensichtlich erhoffte sie sich, daß er auch dafür aufkäme. Aber er fand ein sauertöpfisches Vergnügen darin, ihren Plan zu durchkreuzen, indem er zum mittleren Gang zurückkehrte, um Brot zu holen, das er vergessen hatte, so daß sie, gedrängt von der Schlange hinter ihr, durchgehen und selbst bezahlen mußte. Er hatte nicht vor, Bella mit einem Vorrat an Speiseeis für drei Wochen zu versorgen; erst recht nicht, da sie ihn gezwungen hatte, nach Amerika zu kommen, und das bestimmt für nichts und wieder nichts.

»Nun denn«, sagte er, als er sie am Haupteingang wieder eingeholt hatte. Da stand sie, biß sich auf die Lippe und starrte durch die großen Glastüren auf die dämmrige Straße. »Wo wohnst du? Sollen wir zu dir gehen?«

»O nein, ich wohne bei Angie Wasserman in der Fourteenth Street, nein, die Wohnung eignet sich zum Reden gar nicht. Wie steht's mit dir, wohnst du bei der ollen Mrs. Baird?«

»Natürlich nicht – wie kommst du denn darauf?« In der Tat, wie kam sie darauf? Die alte Mrs. Baird hatte niemals Besucher, die bei ihr im Haus übernachteten, es sei denn, es handelte sich um engste Familienangehörige. Auch Bella war, soviel er wußte, nie eingeladen worden, dort zu übernachten, selbst während ihrer Ehe mit August nicht.

»Ich bin in der Wohnung in der Tenth Street«, sagte er.

»Ach was«, sagte sie arglos, »hast du das Apartment immer noch? Wußte ich gar nicht.«

»Crusoe & Selkirk haben es für fünf Jahre gemietet. Von Zeit zu Zeit kommen andere Angestellte dort unter, wenn sie die Zweigstelle in New York besuchen.«

»Also, sollen wir dorthin fahren und miteinander sprechen?«

»Nein, es lohnt sich nicht; soviel gibt's nun auch wieder nicht zu bereden.« In Wahrheit verspürte er bei der Vorstellung, daß Bella die Wohnung betrat, einen heftigen Widerwillen; seine Abneigung dagegen, daß sie die verstaubte Verwahrlosung und die unbequeme Einrichtung zu Gesicht bekam, war nur einer von mehreren Umständen, die dazu beitrugen. »Außerdem«, fügte er hinzu, »würdest du mit der Last nicht vier Treppen steigen wollen. Da können wir genausogut auch hier hineingehen und einen Kaffee trinken.«

Er ging ihr in Nick's Pie 'n Pizza voraus.

»Ach, Tom – fällt dir nichts Besseres ein? Das ist doch wirklich ein mieser Schuppen.«

»Du wirst schon nicht umkommen.«

Mieser Schuppen war einer von Bellas Ausdrücken, die ihn noch stets geärgert hatten. Sie hatte die seltsame Angewohnheit, sich an veralteten Slang zu klammern und ihn mit dem fröhlichen Selbstvertrauen einer Person zu verwenden, die sich einbildet, mit dem flotten Jargon der Zeitgenossen durchaus mithalten zu können.

»Eigentlich muß ich sowieso nach Haus«, sagte sie wehleidig. »Meine Eiscreme wird schmelzen.«

»Doch nicht innerhalb von fünf Minuten, Himmel noch mal! Möchtest du Tee oder Kaffee?«

Das sah ihr ähnlich, sich vor einer fremden Menschenmenge hochdramatisch auszulassen über die Notwendigkeit, Gabriel zu finden, nur um fünf Minuten später einen Rückzieher zu machen und sich um ihre Eiscreme zu sorgen.

»Tee. Ohne Milch und Zucker. Ich bin wieder mal auf Diät«, sagte sie geziert und ließ sich in eine der rotgepolsterten Nischen gleiten, die die Illusion von Ungestörtheit hervorriefen.

Als er mit zwei Bechern Tee zurückkam, hatte sie aus einem Umschlag in ihrer Handtasche eine Handvoll Dias hervorgeholt und reichte sie ihm über den Tisch.

»Schau her, das sind die Entwürfe, die ich für das Coffee Centre gemacht habe. Gefallen sie dir? Der olle Charcraft war richtig angetan davon; er sagt, sie erinnern ein bißchen an Klee. Was meinst du?«

Thomas nahm sie skeptisch auf; das Werk von Klee bewunderte er schon einmal gar nicht. Er unterdrückte die Bemerkung, dies sei ein merkwürdiger Augenblick, ihn nach seiner Meinung zu ihren Arbeiten zu fragen, und betrachtete die Dias – Designs für Stoffe: Handtücher, Geschirrtücher, Tischwäsche und Küchentapeten. Daneben gab es auch einige Teller und Tassen.

»Sehr gut«, fällte er schließlich sein Urteil. Ihre Miene erhellte sich zu dem Lächeln eines Kindes, das nach Lob lechzt. Er gab ihr die Bilder wieder zurück. Jedesmal überraschte sie ihn ein wenig damit, daß ihre Arbeiten besser ausfielen, als er erwartete. Sie konnte kleine Bäume und Häuser und Landschaften zeichnen, kleine Pflanzen und Boote, Vögel und Fische, die, wenn auch nicht sonderlich originell, doch eine angenehme Frische und eine ganz eigene Fröhlichkeit besaßen. Und hin und wieder kriegte sie – wie beiläufig – ein Design hin, das wirklich originell, überdurchschnittlich gut schien. Obwohl sie zu eigentlicher Hingabe und Forschung nicht imstande war, hatte sie sich eine erfolgreiche freiberufliche Existenz aufgebaut, mit Verbindungen zu einem halben Dutzend Firmen, und sie hätte ihr Einkommen verdreifachen können, wenn sie schwerer gearbeitet hätte – aber weshalb sollte sie? Gus hatte ihr eine Leibrente ausgesetzt, die für einen komfortablen Lebensunterhalt sorgte. Zuweilen fragte Thomas sich, was sie überhaupt bewog, so viel zu arbeiten. Vielleicht damit sie bei Bo weiter gute Karten hatte?

»Und was treibst *du* so?« erkundigte sie sich großmütig.

»Ich leite Crusoe & Selkirk. Schreibe ein Buch über Mollusken. Wenn ich Zeit habe.«

»Mollusken!« Sie schüttelte sich. »Wie dröge! Und wie geht's deiner entsetzlichen Arthritis? Wie steht's damit?«

»Nicht zum besten«, erwiderte er kurz angebunden.

»Du solltest dich mehr um dich kümmern, weißt du? Oder willst du so enden wie deine Mutter?«

»Davon weißt du nichts«, versetzte er schneidend.

»Nur was du mir erzählt hast, Liebling«, sagte Bella, zündete sich eine Zigarette an und stieß den Rauch aus. Sie hielt ihm einen Vortrag über Akupunktur, Zen und eine aus Apfelessig und Honig bestehende Diät.

»Laß uns wieder über Gabriel reden, ja?« schlug er vor.

»Nur zu, Liebling. Wo hast du bisher gesucht?«

»Nirgendwo, außer bei der alten Hannah. Herrgott, Bella! Ich bin erst heute morgen angekommen.«

»Ach ja. Ich bin so vergeßlich.«

Ich bin vergeßlich, dachte Thomas, aber wenn es sich vermeiden ließ, hatte er nicht die Absicht, Bella seine Anfälle von Amnesie zu gestehen. Eine solche Waffe würde er dem lässigen kleinen Biest nur ungern in die Hände legen.

Er versuchte sie kühl-sachlich zu mustern. Gus hatte sie geheiratet, als sie fünfundzwanzig war; damals mußte sie bezaubernd hübsch gewesen sein. Denn selbst jetzt – er rechnete im Kopf nach: Gabriel wurde bald sechzehn, dann mußte sie ungefähr einundvierzig sein –, selbst jetzt konnte man sie mühelos auf wenig mehr als dreißig schätzen. Ihre delikate rosaweiße Haut besaß jene Glätte und jenen Glanz, die sich Gesundheit, gesichertem Einkommen und einem sorgenfreien Leben verdanken; ihr kleines, rundes Gesicht ruhte wie eine Kirsche auf dem langstieligen Hals; das weiche, dunkle Haar hatte sie zu einem sehr kleidsamen Nackenknoten zusammengeschlungen. Sie trug ein wunderbar geschnittenes graues Baumwollkleid mit schwarzen Biesen – vorweggenommene Trauer? dachte er lieblos – und hätte, ihrem äußeren Erscheinungsbild nach, geradewegs aus den Seiten eines Romans von Henry James herausspaziert sein können. In anderer Hinsicht auch.

»Du siehst aus wie eine Perserkatze«, sagte Thomas und meinte es durchaus nicht als Kompliment.

Allerdings faßte sie es als solches auf.

»Liebster Thomas! Wie *reizend*, dich wiederzusehen!«

Das paßt aber kaum zu dem, was du mir letztesmal an den Kopf geworfen hast, Süße, dachte er und erinnerte sich, wie sie geschrien hatte: Raus! Ist mir ganz gleich, ob ich dich nie wiedersehe, solange ich lebe. Ich hoffe, du *verreckst* an deiner blöden Krankheit! Sollte sie das vergessen haben?

Ein lächelnder Seitenblick aus ihren schieferblauen Augen überzeugte ihn vom Gegenteil.

»So, jetzt erzähl mir aber alles, was du über Gabriel weißt«, sagte er schroff.

»Aber Liebling, nichts! Nicht mehr, als was ich dir am Telefon gesagt habe, als ich dich so verzweifelt anrief und dich bat, hierherzukommen und ihn ausfindig zu machen.«

»Weswegen hast du mich ausgerechnet da angerufen?«

»Weil der olle Moncrieff gesagt hat, wir müssen ihn finden.«

»Wann ist er in die Staaten gekommen?«

»Im Januar, nachdem er seine Sprachkurse in London abgeschlossen hatte. Er hatte eine Liste mit Kontaktpersonen hier, die Wassermans und die Bradshaws, und der olle Moncrieff hatte ihm den Namen eines Herzspezialisten in New York genannt, zu dem er gehen könnte, wenn er auch nur die *leisesten* Beschwerden hätte, ein Dr. Tsihiffeley, aber der hat nichts von ihm gehört, und von den anderen auch niemand...«

»Und du – hast du von ihm gehört? Hat er dir geschrieben?«

»Liebling, ich hab's dir doch gesagt. Nur diesen einen, ziemlich *seltsamen* Brief Ende April, in dem er schrieb, er müßte nachdenken, und ich würde lange Zeit nichts mehr von ihm hören.«

»Hast du ihn dabei?«

»Nein, ich habe ihn *verloren*, Liebling, ich weiß einfach nicht, was aus ihm geworden ist, es ist zum Verrücktwerden«, sagte Bella und starrte geistesabwesend auf ihre schöne schwarze, kalbslederne Handtasche. Ich möchte fünf Dollar wetten, daß er da drin ist, dachte Thomas. »Ich habe überall danach gesucht, bevor ich hierhergeflogen bin, aber er ist nirgendwo aufgetaucht. Vielleicht hat ihn sich dieser ungezogene Bo irgendwann in die Tasche gesteckt, als ich ihm den Brief gezeigt habe, und du weißt ja, in was für einem Chaos der lebt. Aber es stand sowieso nichts von Belang darin – er enthielt auch keine Adresse.«

»War er handgeschrieben?«

»Nein, getippt; übrigens sehr gut getippt.«

»Poststempel?«

»San Francisco. Aber das war im April, und jetzt ist es schon fast September – inzwischen könnte er *sonstwo* sein.«

»Zum Beispiel wieder in England.«

»Das möchte ich bezweifeln, Liebling. Er schrieb, ihm *gefällt's* in Amerika, und er möchte so lange bleiben, wie's geht. Hast du denn überhaupt nichts von ihm gehört?« fragte sie unschuldig.

Thomas schüttelte den Kopf, und ein Funken des Triumphs trat in ihre weit aufgerissenen schieferblauen Augen. Sie hatte Gabriels Zuneigung zu seinem Stiefvater stets heftig übelgenommen – zum Beispiel jene Schach-Spaziergänge – wie sie die gehaßt hatte! Bald nach ihrer Heirat hatte Thomas erkannt, daß man Bellas etwas dürftige und launenhafte mütterliche Regungen unfehlbar dadurch anregen konnte, daß man viel Wesens um Gabriel machte; doch das war eine unaufrichtige Verhaltensweise, über die er sich sehr ärgerte, als er sich dabei ertappte, wie er sie, fast unbewußt, selbst übernahm. Danach versuchte er einen mittleren Kurs zu steuern zwischen dem Risiko, allzuviel Interesse an Gabriel zu bekunden und dadurch Bella gegen sich aufzubringen, und dem anderen Extrem: eine Brüskheit vorzutäuschen, die den Jungen womöglich verwirrte oder schmerzte.

»Nein, wir korrespondieren nicht miteinander«, sagte er. »Aber willst du damit sagen, daß du von April bis jetzt gebraucht hast, bevor du dir um ihn Sorgen gemacht hast?«

»Aber Liebling, was hätte ich denn *tun* sollen? Schließlich ist Gabriel immer vernünftig gewesen, und ich habe immer fest damit gerechnet, daß er wieder auftaucht. Aber dann hat mir der olle Moncrieff letzten Monat geschrieben, daß Gabriel im Oktober mit seinem kleinen Eingriff dran ist und daß er in der Cavendish-Klinik ein Bett für ihn gebucht hat – und er wollte, daß Gabriel um diese Zeit wegen einer Vorsorgeuntersuchung zu ihm kommt, weißt du? – dann hat er mich angerufen, und da erst habe ich angefangen, mir Sorgen zu machen.«

»Wußte Sir John Moncrieff, daß Gabriel nach Amerika geflogen ist?«

»Aber *ja*, er hat ihm doch die Reise mehr oder weniger nahegelegt. Eine Sommertour, um wieder fit zu werden – genau das, was Gabriel braucht, hat er gesagt. Er und der olle Manresa haben sich darüber beraten, sie haben eine Menge Röntgenaufnahmen gemacht und entschieden, daß Gabriel bis zum Herbst völlig in Ordnung sein würde. Schließlich kann man einen sechzehnjährigen Jungen nicht gut in eine *Kiste* einsperren, Liebling.«

»Das möchte ich meinen«, pflichtete Thomas bei und erinnerte sich daran, wie er sich unvernünftigerweise immer über Bellas Angewohnheit geärgert hatte, jeden, den sie oberhalb einer gewissen sozialen Rangstufe wußte, als »ollen« Soundso zu bezeichnen; besagter Manresa war Lord Manresa of Keele, aller Wahrscheinlichkeit nach der beste Herzchirurg der Welt. Ihre zehnjährige Ehe mit August Baird, sollte man meinen, hätte sie von kleinen gesellschaftlichen Ambitionen dieser Art kurieren müssen; hatte sie aber nicht.

Zum womöglich zehntausendsten Mal ertappte sich Thomas bei der Frage: Warum nur hat August sie je geheiratet?

»Liebling, ich muß mich sputen«, sagte sie und drückte ihre erst halb aufgerauchte Zigarette aus. »Danke für den göttlichen Tee. Jetzt bleiben wir aber in Kontakt, ja? Ich werde alle meine Verbindungen nutzen, und du versuchst es mit deinen, und wenn du irgendeinen Gedankenblitz hast, laß es mich wissen. Ach übrigens, ich habe mich mit dem ollen Sam Schillenbach in Verbindung gesetzt, hast du den je kennengelernt? Das war ein Kumpan von Gus in Harvard, jetzt ist er Direktor der NYBS, eine von diesen riesigen Sendeanstalten, oder sie gehört ihm oder so ähnlich – der wird im Fernsehen und im Rundfunk einen Notruf ausstrahlen, ich werde persönlich auftreten und die Leute bitten, nach Gabriel Ausschau zu halten. Sohn von Nobelpreisträger wegen dringender Herzoperation gesucht – das dürfte Erfolg haben, sollte man meinen, findest du nicht? Sam hat gesagt, er würde auch eine Belohnung aussetzen, aber *ich* habe mir gedacht, das lockt nur eine Menge Schwindler an.«

»Sehr wahrscheinlich«, sagte Thomas und dachte bei sich, wie ordinär, und mit welcher Wonne sie die Situation auskostet. Er hoffte, Gabriel würde sich bald einfinden, dem Jungen selbst zuliebe; er konnte sich niemanden vorstellen, dem die Publicity, die Bella offenbar in Gang setzen wollte, heftiger widerstreben würde.

Sie ließ die Zigaretten und den Umschlag mit Dias wieder in ihre Tasche gleiten. Als Thomas müßig ihren Handbewegungen folgte, fing sie zufällig seinen Blick auf; er war überrascht, als sie sich knallrot verfärbte – einen Augenblick lang wirkte sie viel älter.

»Also tschüß dann, Süßer, auf ein baldiges Wiedersehen«, sagte sie rasch, winkte ihm flüchtig zu und brach auf. Mehrere Männer blickten ihr beifällig nach, als sie hinausging. Thomas, der vage über ihre unerwartete Verlegenheit nachdachte, kam es in den Sinn, daß sie womöglich damit zu tun hatte, daß er unter Kosmetikartikeln, Münzen, Schlüsseln, Briefen und anderem Krimskrams in ihrer geräumigen Handtasche eine Schachtel Kokosnußplätzchen erblickte hatte. Schämte sie sich, weil sie wieder einmal bei einem Rückfall aus ihrer ständig selbstverordneten, ständig gebrochenen Diät ertappt worden war?

Dann berührte es ihn seltsam, daß sie die Schachtel, wenn sie sie denn bei Kormendi's erstanden hatte – was am wahrscheinlichsten war, weil sich gleich neben dem Kassenstand ein riesiges Regal mit dieser Marke befand –, in ihre Handtasche gestopft hatte statt mit den restlichen Einkäufen in die große braune Packpapiertüte.

Falls die anderen Artikel als Beitrag für den Haushalt Angela Wassermans gedacht waren, hatte Bella in ihrer Gier vielleicht beabsichtigt, die Kekse getrennt aufzubewahren, um sie im eigenen Schlafzimmer zu mampfen, und sie dort verstaut, wo sie nicht so schnell ans Licht kommen würden, wenn die anderen Sachen ausgepackt wurden?

Aber was zum Teufel! Bellas heimliche kleine Gelüste, ihre Pfennigfuchserei gingen ihn Gott sei Dank nichts mehr an. Schlagen wir uns Bella aus dem Sinn, ja? Seine Füße, Hände und Arme, sein Rücken schmerzten stärker, als er ertragen konnte; er bezahlte den Tee und ging die zwei Häuserblocks zurück zur Tenth Street.

Diesmal mutete ihn die staubige, schwarze Treppe wie eine Vorschau auf die Vorführung des Infernos in der kommenden Woche an. Die Hölle kann ebensogut oben sein wie unten, dachte er und schleppte sich hinauf. Er wagte nicht zu verschnaufen, denn wenn er das tat, würde der heftigste Schmerz von allen, der wie ein ihm nachsetzender Dämon nur eine Stufe unter ihm lauerte, dieser Schmerz würde ihn einholen, bevor er sich in Sicherheit bringen und die beiden kleinen roten Kügelchen schlucken konnte, die ihm Erleichterung brächten.

Doch angenommen, am oberen Ende der Treppe wäre gar nicht seine Wohnung, angenommen, er wäre ins falsche Gebäude eingetreten, angenommen, die Treppe führte nur zu einer großen und windigen Höhe hinauf, von der er nur mehr abrutschen konnte, hilflos über den Rand in jenes letzte entsetzliche Hinab katapultiert, das niemals enden wird? Das Schlimmste ist nicht der Aufprall unten, denn der müßte in einer Hundertstelsekunde vorüber sein; nein, das Allerschlimmste ist der freie Fall selbst, und angenommen, wir entdecken, daß der Tod sich als endloser Sturz erweist? Angenommen, der Austritt aus dem Leben erfolgt nicht plötzlich, sondern als mähliche, unaufhörliche Minderung, ein Davonwirbeln, ein unendlich ausgedehnter Kollaps im Raum?

Aber ich werde nicht sterben, redete er sich ein, ich habe keine

Absicht zu sterben, andere Menschen haben gelernt, mit Schmerzen dieses Ausmaßes zu leben, ich besitze doch wohl genügend Willenskraft, das gleiche zu tun? Aber angenommen, ich besitze *nicht* genügend Willenskraft, oder angenommen, sie zerbröckelt während einer dieser Bewußtseinstrübungen – angenommen, ich kehre von einem dieser kleinen Ausflüge ins Nichts zurück und finde mich in *articulo mortis*? Angenommen, ich kehre zurück und merke, wie ich endlos falle, endlos sterbe, gefangen in einem ewigen Lebewohl? Angenommen, ich enttäusche Gabriel ein weiteres Mal, indem ich nicht da bin, um ihn zu ermutigen, ihn zu bestärken, ihm zu helfen? Ich tauge nicht viel, räumte er demütig ein und grub seine empfindlichen Finger, deren jeder ein eigener kleiner Schmerzensschrei schien, in eine Tasche, die mit scharfen Kanten und gezackten Steinbrocken gefüllt war; ich tauge nicht mehr als die brüchigen Knochen, die mich so unzureichend und qualvoll tragen, aber vielleicht taugt Gabriel etwas.

Doch wie kann ich ihn nur vor dem Abgrund retten, vor dem ich mich selbst nicht retten kann?

Nach mehreren Anläufen holte er seinen Schlüssel hervor und steckte ihn ins Schloß; während er sich damit abmühte, ihn herumzudrehen, bereitete ihm der Druck an seinen Fingern äußerste Pein. Doch auf der anderen Seite der Tür befand sich das kleine, warme Badezimmer mit seinem Plastikzahnbecher und allem Wasser der Welt, das gleich aus der Leitung fließen würde, und der weiße Pappbehälter mit seinem runden, cremefarbenen Plastikdeckel, darunter die magischen roten Torpedos, von denen er nicht mehr als zwei schlucken durfte, weil selbst zwei Stück alle acht Stunden gefährlich nahe an die verantwortbare Höchstmenge herankamen, über die hinaus es keine Garantie gegen unerwünschte Nebenwirkungen gab …

Aber wer ist der Richter, dachte er, als er die Eingangstür aufstieß und geradewegs ins Badezimmer lief, wer außer mir kann überhaupt beurteilen, was weniger wünschenswert ist, die hypothetischen Nebenwirkungen oder Schmerzen in einem Ausmaß, wie ich sie gerade empfinde? Vorübergehender Gedächtnisverlust ist sicherlich unangenehm, ja mehr als das, aber was ist das überhaupt, ein Fernsehquiz, und der Preis eine Reise auf eine einsame Insel mit Miss Lola Casanova? Was löst diese Attacken überhaupt aus, doch nicht Schmerzen allein, Schmerzen und was noch?

Er schluckte die beiden Kapseln hinunter, spülte mit einem weiteren Becher warmen, brackigen Wassers nach, stieß die Wohnungstür, ohne sich umzusehen, hinter sich zu und hielt schnurstracks auf das Sofa zu. Aber es war zu klumpig und sackte in der Mitte durch, und die Position, die es ihm aufzwang, war viel zu verkrampft angesichts der Schmerzen, die ihn jetzt überwältigten; diese Schmerzen verlangten nach Auslauf. Er stöberte in einem Wandschrank, fand eine verstaubte Decke, warf sie mit einem Kissen auf den Boden und legte sich darauf, indem er seine Glieder mit so viel Umsicht bettete, als sei er eine der Schriftrollen von Qumran.

Thomas, die Schriftrolle von Qumran, dachte er, der wahre Thomas kehrte aus dem Inneren der Höhle nach Hause zurück, um zu berichten, was er erblickt hat, und keiner glaubt ihm, denn wer möchte schon eine solche Geschichte glauben? Sie ist ihnen ja nicht von Nutzen. Ich bin Lazarus, ich künde vom Totenreich, das keiner sonst verläßt.

Wenn eine, untern Kopf geschmiegt ihr Kissen, dann spräch: »Dies hab ich wahrlich gemeint. Dies ist es nicht, dies nicht.«

Sie mißbilligten ganz den absurden Tanz und erschlugen den Herrn aus Süd-Schwaben.

Angenommen, das Telefon läutet und es ist Gabriel, was könnte ich ihm sagen?

Hör doch, Gabriel, es gehört mehr dazu. Neben dem Maß an Schmerz, das ich jetzt empfinde, das vielleicht auch du empfindest, vielleicht schon empfunden hast, gibt es auch Freude, gibt es Staunen, gibt es auch Entdeckungen; blick zurück auf dein Leben, Kind, siehst du da nichts, das zu erinnern sich lohnt? Gerade du? Und wie der Weg zurückführt in eine rätselhafte schöne Ferne, so führt er auch nach vorn, wer weiß wohin? Wie kannst du die Augen verschließen vor den Möglichkeiten dieser Reise in unbekannte Gefilde?

Aber wenn er sagt: Nein, ich möchte kein Pionier sein, ich möchte nicht weiterreisen, weshalb sollte ich mich auf diese mühsame und schmerzhafte Pilgerfahrt begeben müssen, die womöglich nirgendwohin führt, was sage ich ihm dann?

Hör doch, Gabriel. Weißt du, wie man die Höhe der Sonne mißt? Du nimmst einen Grashalm, nimmst einen Baum, du mißt den Winkel vom Gras zum Baumwipfel, du verlängerst diese Linie nach oben, wirfst sie wie eine Angelrute in den Himmel aus, um die Sonne zu ködern. Weißt du, wie man ein Kurvenbild zeichnet, Gabriel? Du fängst unten links in der Ecke an, läßt dein Schaubild wie eine Gemse von Punkt zu Punkt weiter nach oben springen, dann kannst du aufgrund dieser Anfänge das Ende voraussagen. Du, mehr als alle anderen, müßtest doch in der Lage sein, deinen Verstand nach vorn zu projizieren und zu raten, welche Höhen zu erklimmen in deiner Macht steht?

Wenn selbst ich, der ich eingehüllt bin in klebrige Spinnennetze aus Schmerz, Enttäuschung, Ungenügen und Betrug, eine vage Vorhersage treffen kann über das, was vor dir liegen mag, dann solltest doch du mit deiner klaren und unverstellten Sicht auf die Landschaft genug davon sehen, um zu erkennen, daß die Reise sich lohnt?

Als ich dich das erstemal gesehen habe...

Ein hysterischer metallischer Triller durchschnitt seine Argumente; zuerst, verwirrt, hielt er den schrillen Ton für eine Übersetzung seiner Schmerzen in die Welt der Klänge; dann begriff er, daß das Telefon läutete.

Vorsichtig, stoß es nicht wieder herunter.

Mit soviel Behutsamkeit, wie nötig ist, um einen Ozeanriesen in ein Hafenbecken zu manövrieren, richtete er sich, gestützt aufs Fensterbrett, zu einer knieenden Position auf.

Mach, daß es diesmal Gabriel ist, dachte er in Gebetshaltung. Mach doch, daß es Gabriel ist. Mach, daß ich ihm in wenigen wohlgesetzten Worten die Notwendigkeit seiner Rückkehr nahelegen kann, daß er sich überzeugen läßt und einwilligt, morgen mit mir nach England zurückzufliegen. Wir könnten so einen schönen Flug zusammen haben: Wenn Gabriel neben mir säße, um zu plaudern, mir von seinen Abenteuern zu erzählen, seine Eindrücke von Amerika zu schildern, wären die Schmerzen erträglich, wahrscheinlich würden wir uns in eine der philosophischen Diskussionen verwickeln, die wir immer führten, wenn wir von unseren Schach-Spaziergängen zurückkamen. Die kleine, dünne, knochige Hand, die sich so vertrauensvoll in meine schob: Onkel Tom? Hast du viel zu tun? Hättest du Zeit, einen Schach-Spaziergang zu machen? Immer hieß es Onkel Tom, nie Daddy oder Papa, obwohl Bella sich sehr bemühte, ihn dazu zu bringen, daß er eine der beiden Anredeformen übernahm. Immer wies er sie mit ruhiger Logik zurück: Aber er ist nicht mein Vater. Doch auch August redete er nur selten mit Vater an, sagte Bella; meist nannte er ihn Gus, von Anfang an, und August zog die Anrede vor.

Wieder beschlich ihn das alte Gefühl der Entbehrung und des Verlusts, die Qual, die einen jäh befällt, wenn man zusieht, wie das Wasser zwischen der Landungsbrücke und dem Schiff, das vorzeitig ablegt, sich verbreitert, wenn sich der Freund, ohne zu warten, vom verabredeten Treffpunkt entfernt, wenn einem das einmalige Sonderangebot zehn Minuten vor Betreten des Geschäfts weggeschnappt wird.

Wenn ein bedeutender Mensch, den wir unser ganzes Leben lang kennenlernen wollten, plötzlich stirbt, haben wir das rein selbstsüchtige Gefühl, einen schmerzlichen Verlust erlitten zu haben, so als ob uns die Vorsehung einen besonders bösen Schlag versetzt hätte. Und welche beschwerliche Methode auch immer wir anwenden, um unseren kindischen Zorn zu läutern oder zu verscheuchen, etwas davon wird uns begleiten bis zum letzten Atemzug.

Mit behutsamer, zitternder Hand hob er den Hörer ab und hielt ihn ans Ohr.

Gabriel? Bist du's?

»Hallo?«

Doch am anderen Ende der Leitung herrschte wiederum nichts als Schweigen, ein schwarzes, atmendes, abwartendes Schweigen, das ihn zu grüßen schien wie einen Vertrauten. Ich kenne dich, murmelte das Schweigen in sein Ohr, ich kenne dich schon seit langem, du und ich, wir haben ein Hühnchen miteinander zu rupfen, mein Freund.

»Gabriel!« schrie er wütend. »Gabriel, falls du es bist, wirst du wohl endlich erwachsen werden und aufhören, mir diese albernen Streiche zu spielen? Das ist nicht komisch; es ist abscheulich dumm und grausam. Du solltest dich was schämen. Wirst du mir bitte sagen, wo du bist? *Gabriel!*«

Es antwortete ihm nur ein geisterhaftes Klicken, das seine Bitte mit höhnender Endgültigkeit ausschlug; die Stille hatte jetzt einen anderen Klang, metallisch und leer.

Er knallte den Hörer auf die Gabel und ließ sich, in kraftlos hysterischer Wut vor sich hin murmelnd, mit einem gequälten Ächzen wieder auf die Decke sinken. Dieser Rotzlöffel, dieser verdammte Scheißkerl... Aber wie kam er überhaupt darauf, daß es sich um Gabriel handelte? Es gab keinen Grund zu der Annahme, daß Gabriel auch nur wußte, daß er in Amerika war. Und selbst wenn er es wußte, war es denkbar, daß es in Gabriels Charakter lag, ihm derart tückische Streiche zu spielen? War es nicht viel wahrscheinlicher, daß irgend jemand anders – die Person, die sich unberechtigterweise in dem Apartment aufgehalten hatte, ein völlig Unbekannter – anrief, um nachzuprüfen, ob der Eigentümer da war? Und jetzt, wo er es herausgefunden hatte, würde er ihn aller Wahrscheinlichkeit nach in Frieden lassen.

Aber jetzt fiel Thomas ein, daß er die Wohnungstür nicht abgeschlossen hatte. Mit einem ärgerlichen Ächzen hievte er sich von neuem hoch, humpelte durchs Zimmer und ließ den Türriegel zuschnappen. Da stolperte er über seine Segeltuchtasche, und zum erstenmal fiel ihm ein, daß er unten beim ersten Betreten des Hauses ein Bündel Post in die offene Tasche geworfen hatte.

Was bin ich doch für ein Narr! Vielleicht liegt mitten in dem Haufen ein Brief von Gabriel, und ich habe nicht einmal daran gedacht.

Er zog das Bündel hervor und ging die Umschläge hastig durch. Suzanne vom Büro sollte regelmäßig vorbeischauen, um den Briefkasten zu entleeren, aber offensichtlich hatte sie es schon geraume Zeit nicht mehr getan. Die Umschläge enthielten Verlagsprospekte – *Books News, Publishers Weekly* –, es gab Mitteilungen des Mietervereins, Anzeigen von Tapezierern und Möbelspediteuren im Bezirk, Einladungen zu längst überholten Stehpartys zur Feier von eben erschienenen Romanen, die zu lesen er keine Neigung verspürte – keine persönlichen Briefe, nichts Handgeschriebenes. Aber doch – halt –, da war ein schlichter gelbbrauner Umschlag, Thomas Cook, maschinengeschriebene Adresse, kein Poststempel, per Hand zugestellt. Bella hatte doch gesagt, Gabriel hätte den Brief an sie mit der Maschine getippt.

Der Umschlag fühlte sich sehr flach an. Enthielt er vielleicht überhaupt nichts?

Er riß ihn auf.

Ein schmaler dünner Papierstreifen, gebrochen weiß, wie ihn Registrierkassen ausspeien, wenn sie die Einkäufe auflisten und addieren – ja, auf einer Seite waren noch schwach violette Zahlen zu erkennen, die sich auf sieben Dollar fünfundachtzig Cent beliefen. Auf der anderen Seite standen die getippten Worte:

Du Scheisskerl, du Sauhund, du Dreckschwein, was bildest du dir ein, du hättest eine Chance, ihn zu finden? Das Beste, was dir passieren kann, ist die Treppe runterzufallen und dir dein verdammtes Genick zu brechen.

Den Kassenbon in den steifen Fingern haltend, arbeitete er sich langsam wieder durchs Zimmer zu seiner Decke – es kam ihm vor wie eine Tagesreise – und ließ sich in einer Art Hockstellung nieder.

Sollte Gabriel sich im Lauf von acht Monaten so verändert haben?

Aber es hieß doch *ihn*, nicht mich. In welcher Gesellschaft bewegt sich Gabriel bloß?

Ich muß jetzt schlafen. Ich werde mich morgen damit befassen, was das Ganze zu bedeuten hat.

Wer hegt einen solchen Haß gegen mich?

Weswegen?

Unnütze Tränen, ätzende, brennende Tränen rollten seitlich über sein Gesicht. Jan, was hatte ich verbrochen? Was hattest du gegen mich? Und noch früher – Weihnachten war ihr so teuer, warum mußte sie ausgerechnet am Heiligabend sterben?

2

Thomas 1967

Herbe, schmachvolle Tränen stiegen ihm in die Augen und trübten seinen Blick. Sie brannten wie Essig, sie versengten seine Wangen. Er konnte sie nicht abwischen, er wagte nicht einmal, eine Hand vom Lenkrad zu nehmen, als er die düstere, mit gelben Natriumdampflampen bestückte Wanborough High Street entlangfuhr; denn der Nachtverkehr, wenn auch nicht so stark wie der am Tage, bewegte sich viel rascher, drängte sich gereizt hinter ihm, und die Straßenecke war so schlüpfrig wie Plastik, eine dünne Schicht halbgeschmolzenen Schnees auf einer dickeren Schicht halbgefrorenen Regenwassers. Und der Regen, der sich im Fallen in Schnee verwandelte, fiel in Schnüren vor ihm nieder, klebte klitschig an der Windschutzscheibe und blockierte die Scheibenwischer, so daß sie quietschten und klemmten und sich seine Sicht, selbst wenn er die Tränen wegblinzelte, sekundenlang auf ein trübes Viereck orangefarbenen Glases beschränkte. Selbst wenn sich die Wischer über das frostige Hindernis hinwegschoben und wieder hin und her zu rucken begannen, konnte er nichts als die beiden gesprenkelten Lichtkegel erkennen, die seine Scheinwerfer in das Schneegestöber vor ihm bohrten.

Gott sei Dank, wenigstens liegt die verstopfte Innenstadt von Wanborough hinter mir. Vorbei an der großen rotblauen Neonreklame des ABC-Filmtheaters, an der orange erleuchteten Muschelschale der Tankstelle Wanborough Park und am Talbot Hotel, das früher einmal als Poststation auf der Strecke London-Dover gedient haben mußte, inzwischen aber zu Geschäftsessen und zweifelhaften abendlichen Rendezvous herhielt. Nicht mehr so viel Verkehr jetzt, größere Abstände zwischen den Fahrzeugen. Aber die Straße war spiegelglatt. Als ob man in einer Salatschüssel führe. Sei bloß froh, daß du vergessen hast, in die neue Umgehungsstraße einzubiegen. Früher war das die Coultershaw Lane, bis man sie ausgebaut und verbreitert hat, sie mitten durch Mutters Stein- und Gemüsegarten in ihren halben Rasen gelegt hat. Nur gut, daß sie das nicht mehr miterleben mußte. Und jetzt heißt sie Selbstmördermeile, erzählt mir mein alter Herr, wenn ich mich darauf besinne, auf einen Plausch vorbeizuschauen, mehr Unfälle als auf irgendeinem anderen Fünf-Meilen-Abschnitt Schnellstraße in Süd-London. Wegen der scharfen Kurve, mit der sie wieder in Wanborough Parkside einmündet, müßte etwas unternommen werden, aber niemand weiß so recht, was.

Neben einer Autobahn zu wohnen muß so ähnlich sein, wie an der Berliner Mauer zu wohnen. Nur lauter. Tödlich für den, der sie zu überqueren wagt. Eine künstliche Verbindungsstraße, die die Landschaft verwandelt, verstümmelt, amputiert – den Kreislauf, den Verkehr unterbricht. Wie oft bin ich drüben gewesen, seit Onkel Edwards Druckerei umgezogen ist, nur eine Meile Luftlinie von Vaters Haustür entfernt? Ich bin kein Vogel. Vielleicht zweimal. Natürlich gibt's dafür auch andere Gründe. Die Leitplanke zwischen Jugend und Erwachsenenwelt.

Jetzt muß ich aber irgendwie auf die andere Seite gelangen. Haben sie nicht ein bißchen weiter vorn eine Unterführung gebaut und dabei eine von den Straßen benutzt, die vom Wanborough Common zu dem großen Kricketsportplatz hinter Wansea Village führt? Warum stelle ich überhaupt so etwas Verrücktes an, der alte Herr wird schon seit neun Uhr schlafen und überhaupt nicht erfreut sein, mich zu sehen, wenn ich ihn wecke. Er wird blinzelnd zur Tür kommen, verdorrt, verrunzelt, geschrumpft, wie ein mumifizierter mürrischer alter Pharao in seinem Pyjama von Viyella, seinem Morgenmantel von Jaeger und seinen Lammfellpantoffeln; knarrend, krächzend wird er sich die dürren, staubigen Hände reiben, trockene, humorlose Witze machen: Welch unverhoffte Freude! Welchem Anlaß verdanken wir die Ehre? War denn deine Fahrt wirklich nötig? Und was sage ich? Hallo, Vater, dachte, ich schau mal vorbei und bleib über Nacht. Dachte, ich seh mir mal Mutters Spüle an, wo ich sie so oft gesehen habe, bis zu den Ellbogen in Seifenwasser, immer fröhlich: »Wenn's etwas gibt, was mir wirklich Spaß macht, dann ist es ein kleiner Aufwasch.« Ich dachte, ein Besuch daheim wär mal eine schöne Abwechslung. Nun ja, ich hab auch Streit mit Jan gehabt; meine Freundin, du weißt doch, du hast sie einmal kennengelernt und fandst, für eine Schauspielerin wär sie ein überraschend nettes Mädchen – das hast du gesagt: »Überraschend nettes Mädel – für eine Schauspielerin.« Ich hab Krach mit ihr, sie läßt mich nicht in ihre Wohnung, und irgendwie hab ich keine Lust, in meine eigene Wohnung zurückzukehren, dort ist es nämlich ganz schön leer. Manche Wohnungen sind leerer als andere, und ohne jeden Zweifel ist meine Wohnung momentan der leerste Flecken in der nördlichen Hemisphäre. Da hab ich mir gedacht, ich schau mal vorbei, ein bißchen Familienatmosphäre schnuppern, wie du's nennen würdest. Außerdem, um ehrlich zu sein, wüßte ich im Augenblick gar nicht, wo ich sonst hin soll. Außer mich von einer Brücke stürzen. Oder in die Druckerei: Vermutlich könnte ich jederzeit darauf zurückgreifen, acht produktive Stunden mit der Korrektur der Bürstenabzüge von Austin Douglas' *Wörterbuch der Biologie und verwandter Fachgebiete* in vier Bänden zuzubringen.

Worüber Jan und ich uns gestritten haben (nicht, daß du mich je danach fragen würdest)? Tja, Vater, das ist ja das Merkwürdige, *ich weiß es nicht*. Vielleicht findest du das auch seltsam, aber es ist die nüchterne Wahrheit. Ja, und ich war nüchtern. Und sie, sie war so nüchtern wie ein Richter. Ihro Gnaden MacArthur. Frau Richterin Jan. Zurück von der Rolle der Portia im Aldwych Theatre und noch immer deren Aura um den Hals wie eine Toga. »Dich hereinlassen? Nach dem, was du getan hast? Spinnst du?« Wollte mir zuerst nicht einmal die Wohnungstür aufmachen, dabei wußte ich doch, daß sie dahinter stand, reglos, mit geneigtem Kopf, verhoffend wie ein Waldtier, wie ein Reh, nehme ich an. Da bin ich wieder in die Eingangshalle hinuntergegangen und hab sie von dort, von der Telefonzelle aus angerufen. Den Anruf nahm sie entgegen, aber sie sagte, nein, ich *könnte nicht* kommen, nein, *niemals*; aber da ich sie so verzweifelt anflehte, ließ sie sich schließlich doch darauf ein, in die Halle herunterzukommen und mit mir zu reden. Wir stellten uns hinter die Glastüren, außer Hörweite des Portiers, und draußen rieselte der Schnee. Allerdings sagte sie, es wäre albern, weil es nichts zu bereden gäbe, überhaupt nichts mehr zu diskutieren gäbe, es wäre aus und vorbei zwischen uns, finito, außerdem brauche sie ihren Schlaf, am anderen Morgen hätte sie um halb zehn eine Probe von *Was ihr wollt*. Aber Jan, sagte ich, schau doch mal, Mädchen, wir müssen uns aussprechen, was soll denn das alles? Was habe ich nur getan oder gesagt? Da stand sie, sehr blaß, in Hosen und dunklem Sweater, das Gesicht ganz mit Fett bestrichen, mit einer Art Nachtcreme, die ihr bei der trüben Beleuchtung das Aussehen eines Fotos von einer Michelangelo-Statue verlieh, du kennst den konzentrierten, verantwortungsbewußten Gesichtsausdruck, die Grübelei über ein verzwicktes Problem vor der entscheidenden Tat. Schau her, Jan, sagte ich wieder, was soll das? *Warum* willst du mich plötzlich nicht mehr hereinlassen? Was ist los? Das sieht dir überhaupt nicht ähnlich, dich so willkürlich zu benehmen. Und sie durchbohrte mich mit ihrem erkennbar ehrlichen Blick – erinnerst du dich noch an ihre Augen, Vater, sie sind so klar, daß man meint, man könnte geradewegs durch sie hindurchblicken auf die andere Seite, manchmal ist man fast schockiert, wenn man wiederentdeckt, was für eine gute Seele, gerecht, intelligent, tolerant, sich hinter diesen Augen verbirgt –, und sie sagte: »Bist du verrückt? Wenn du nicht von selbst darauf kommst, dann gibt's noch einen Grund mehr, weshalb wir nicht zueinander passen. Erwartest du wirklich von mir, daß ich alles durchkaue? Nach dem, was du getan hast? Ich hab gesagt, ich würde runterkommen, weil du so eigenartig geklungen hast, daß ich schon dachte, dir ist vielleicht nicht wohl, aber jetzt scheinst du ja in Ordnung zu sein, und deshalb geh ich jetzt wieder ins Bett, und *dir* geb ich den guten Rat, dich in dein *eigenes* Bett zu legen. Bitte. Ich will hier im Vestibül keine peinliche Szene. Wirst du endlich *gehen*?« Noch während sie sprach, war sie zum Fahrstuhl zurückgegangen, der stand offen und wartete auf sie; jetzt stieg sie ein, drückte auf den Knopf und war verschwunden. So. Hinaus in den Schnee. Meine Schwelle betrittst du nicht mehr. Leb wohl auf immer, Rembrandt Court, Melville Road, N.W. 3. Und genau so war's, Vater, schlicht und ergreifend, deswegen bin ich zufällig auf einen Sprung vorbeigekommen, mitten in einer schönen Winternacht. Ohne rechten Plan. Wenn Jan so etwas sagt, denke ich, meint sie es auch.

Was fange ich an, wenn er schläft? Soll ich mir in der Küche, in der selbst jetzt noch, nach fünfzehn Jahren, jeder Zollbreit von Erinnerungen an Mutter durchdrungen ist, eine schöne Kanne Tee kochen? Seltsam, wie stark sich einige Persönlichkeiten selbst in kürzester Frist ihrer Umgebung aufprägen, so daß man, wie lange sie auch schon verschwunden sind, wie viele andere Menschen in der Zwischenzeit auch herumgewurstelt haben, lediglich denkt: Das war *ihr* Arbeitsplatz, wo sie immer stand und Äpfel schälte für ihren Gelee, während sie die Kleiber auf dem Futtertischchen beobachtete. Sie ist nur fünf Jahre dort gewesen, aber den Garten hat sie geliebt. Der war den Umzug wert. Natürlich war er das.

Einige Menschen sind wie Wegweiser in unserer Landschaft, und einer davon war sie, und Jan ein anderer, denn obwohl sie ziemlich jung und, wie du zu Recht betont hast, Vater, Schauspielerin ist, besitzt Jan doch *Maßstäbe*; sie scheint ein Ziel zu haben und zu wissen, wohin sie will. Und mit mir will sie anscheinend nicht dorthin, aber warum das so ist, muß ich noch herausfinden. Deswegen werde ich einen anderen Wegweiser finden oder lernen müssen, ohne Wegweiser auszukommen – was natürlich der bessere, der erwachsene, ernste, verantwortungsbewußte Kurs wäre: auf eigenen Füßen zu stehen.

Einige mögen es sonderbar finden, Vater, vielleicht denken sie, es wirft ein bezeichnendes Licht auf unsere Beziehung, daß ich nie imstande war, dich als Wegweiser anzusehen. Die einzige ernsthafte Lebensmaxime, die du mir, soweit ich mich erinnere, je auf den Weg gegeben hast, war das Prinzip, das du dir, wie du sagtest, im Ersten Weltkrieg zu eigen gemacht hast und welches lautete: Lebe völlig in der Gegenwart, sorge dich nie um das Morgen. Gewiß eine ausgezeichnete Grundlage für das Leben im Schützengraben, aber vermutlich nicht ganz so geeignet für die Gestaltung des Lebens unter Mitbürgern in einer modernen Metropole. Selbst dir ist sie nicht sonderlich gut zustatten gekommen. Aber wer will schon Maximen – Mutter hat nie irgendwelche Ratschläge erteilt, Jan auch nicht; die sind einfach einen klaren Weg gegangen und haben sich fair verhalten.

Es gibt noch einen Menschen, den ich mir zum Wegweiser hätte nehmen können, Vater, wo wir schon mal bei diesem interessanten Gespräch sind; bis zu einem gewissen Grade habe ich es sogar getan, nur ist er, wie das Schicksal so spielt, voriges Jahr bei einem Flugzeugabsturz ums Leben gekommen, bei einem von diesen wirklich sinnlosen Abstürzen: an die dreißig Wissenschaftler und Philosophen auf dem Weg zu einer UNESCO-Konferenz in Lima mit einem Schlag ausgelöscht. Irgendwo habe ich einmal gelesen, wenn sämtliche Vögel der Erde gleichzeitig wegflögen, wäre die Verschiebung der Gravitation so stark, daß wir aus unserer Umlaufbahn geworfen würden. Wenn die bedeutendsten Köpfe sich alle gleichzeitig davonmachten …

Verdammt, war die Abzweigung, die ich eben verpaßt habe,

nicht die Unterführung? Das heißt, ich muß die ganze Strecke bis zum Kreisverkehr in Dartford fahren, denn ich bin mir ziemlich sicher, daß alle anderen Straßen, die nach links abgehen, Sackgassen sind, und das ist nicht das richtige Wetter, um eine Wende um hundertachtzig Grad zu probieren, bei einer Sichtweite von nur zwei Metern und einem Straßenbelag wie ein nasser Glasteller.

Jetzt kommt die lange schwarze Fläche zur Rechten, Wanborough Common, früher nicht mehr als zwölf Minuten zu Fuß von unserer Haustür entfernt. Manchmal verirrte sich Wild vom Common bis nach Wansea Village; Mutter prahlte damit, an einem Aprilmorgen habe sie einmal vor Tagesanbruch aus dem Fenster geschaut und einen eleganten jungen Hirschbock erblickt, der sich wie ein edwardianischer Dandy beim Pflücken eines Knopflochsträußchens über den vorderen Lattenzaun beugte und ein Maulvoll Hyazinthen aus ihrem Blumenbeet rupfte. Weiß der Himmel, wie man heute, wo sich die Autobahn wie das Schwert Excalibur dazwischenschiebt, vom Haus zum Common gelangt; vermutlich muß man mit einem Bus zum Kreisverkehr fahren und mit einem anderen Bus wieder zurück. Aber Vater kümmert's nicht; er ist noch nie gern spazierengegangen, und heute ist der tapprige Gang zum Briefkasten an der Ecke so ziemlich die weiteste Strecke, die er mit Judy, seinem lahmen Bein und seinem Stock zurücklegt. Und was das Wild angeht, das lebt eingehegt hinter vier Meter hohen Eisengittern, wahrscheinlich ist es auch besser so, sonst gäbe es noch mehr Todesopfer auf der Selbstmördermeile.

Zur Linken jetzt stattliche, geräumige Häuser, Villen, Kaufmannsresidenzen aus der Mitte des neunzehnten Jahrhunderts, jede mit einem Grundstück von einem halben Morgen oder mehr; vielleicht etwas weniger – die Autobahn hat ihnen allen den Steiß abgesägt, aber besser als die kleinen Häuschen auf der Nordseite sind sie allemal dabei weggekommen. Sie haben sich ihren Stolz und ihre Würde bewahrt. Alte, vollentwickelte Bäume, massive Backsteinfassaden, breite zweispurige Auffahrten, weite Kiesflächen, nicht etwa billiger, häßlicher Beton, reichverziertes Mauerwerk, gotische Türmchen. Im Schnee sieht man sie kaum, so weit sind sie nach hinten versetzt – nur von Zeit zu Zeit, zwischen wirbelnden Böen, taucht schemenhaft eine der mit Zinnen versehenen Ziegelmassen auf; einige haben schimmernde Kutschlaternen im Portal, aber ansonsten brennt nur wenig Licht; die Reichen gehen früh zu Bett. Oder sie halten sich alle in Marokko und auf Skihängen auf.

Da fällt mir ein – um auf unsere Unterhaltung über Wegweiser zurückzukommen, Vater – wahrscheinlich hast du's nie gewußt, bestimmt warst du nicht im mindesten daran interessiert, aber irgendwo hier...

Gott, da bin ich eben aber ins Schleudern geraten. Was für ein Glück, daß die Lenkung gerade erst überholt worden ist. Trotzdem, das war der schlimmste Rutscher, den ich je erlebt habe; ich hoffe, so etwas unterläuft mir nicht noch einmal. Komisch, daß das Adrenalin immer erst *hinterher* ausgeschüttet wird; vermutlich, um dem Zittern Einhalt zu gebieten. Die Schneeflocken fallen jetzt viel dichter; ich geh lieber auf zehn Stundenkilometer herunter. Muß mal die Fensterscheibe herunterkurbeln und mich hinausbeugen, um zu sehen, wo wir sind: Overbury Road, Leamington Road, Eliot Road. Links und noch einmal links. Zurück auf die Hauptstraße. Zebrastreifen. Davor die orangefarbenen Warnleuchten. Nur gut, daß es die gibt, bei dem Wetter kann man die schwarz-weißen Streifen gar nicht sehen, so von Schnee und Eis überzogen. Die Hände am Steuerrad schwitzen, gibt acht, fahr langsam, halt Ausschau nach nächtlichen Fußgängern...

Und – Vorsicht, aufgepaßt – ja, da – da liegt etwas mitten auf dem Zebrastreifen, schon halb von Schnee bestäubt. Abbremsen, pumpen, kein Gerutsche mehr, behutsam angehalten. Sieht aus wie ein Sack, aber eckiger – nicht sehr groß. Bleib hier stehen, genügend Abstand; es ist ohnehin verboten, näher als zehn Meter an einem Fußgängerüberweg zu parken. Ausgestiegen und nachgeschaut.

Das Herz schlug ihm bis zum Hals; jetzt weiß ich, was das bedeutet.

Er sprang hinaus und rannte nach vorn: rutschte aus in dem tückischen Schneematsch; hätte einen Regenmantel überziehen sollen; der Schnee war naß, fisselig und dicht, wie Haferbrei, der vom Himmel fällt.

Das war kein Sack auf dem Fußgängerüberweg, sondern ein schmächtiger Mensch, ein Junge, das Haar vom Schnee schon ganz überpudert, das Gesicht dem Boden zugekehrt, ein Bein unnatürlich weggespreizt. Tot?

Nein, Gott sei Dank, nur ohnmächtig, atmet noch. Wage nicht, ihn zu bewegen, das Bein ist mit Sicherheit gebrochen, er könnte auch innere Verletzungen haben. Reifenspuren? Falls überhaupt, dann vom Schnee längst verwischt. Wahrscheinlich unmöglich, genau zu sagen, wie lange der Junge schon hier liegt, aber offensichtlich noch nicht lange; fühlt sich warm an unter der Jacke. Niemand zu sehen. Wie Hilfe herbeiholen? Zum nächsten Haus laufen, telefonieren? Habe Angst, ihn liegen zu lassen, falls noch andere leichtsinnige Fahrer, muß ihn aber so schnell wie möglich ins Krankenhaus schaffen lassen, sonst holt er sich noch eine Lungenentzündung, vom Schock und von der Unterkühlung. Das Auto näher heranfahren? Decke, Warndreieck?

Während er noch unentschlossen dastand – eigentlich war kaum ein Augenblick vergangen –, tauchte plötzlich schemenhaft eine Gestalt aus dem Schneetreiben auf – eine Frau, grauhaarig unter einem Kopftuch, rotwangig, in Gummistiefeln, Handschuhen, dunkelrotem Regenmantel.

»Gott sei Dank«, sagte Thomas vor lauter Erleichterung. »Hören Sie, hier liegt ein Junge auf der Straße, verletzt. Könnten Sie rasch einen Krankenwagen herbeirufen, während ich bei ihm bleibe? Wie ich hier entlanggefahren bin, habe ich ihn daliegen sehen – sieht aus, als hätte jemand Fahrerflucht begangen...«

»Aber ja. Natürlich. Ich mache mich sofort auf den Weg.« Sie hatte eine tiefe, rauhe Männerstimme. »Ist das Ihr Wagen da drüben? Der Renault?«

»Ja. Bitte, beeilen Sie sich!«

»Ich dachte nur, falls Sie eine Decke bei sich haben, sollten Sie ihn lieber zudecken.«

Hatte sie die Frage wirklich nur deshalb gestellt? Oder hatte sie überlegt – was ja nur natürlich war –, ob Thomas selbst der flüchtige Fahrer war, der den Unfall verursacht hatte? Nun, falls sie die Parkside entlanggelaufen war, hätte sie sehen müssen, daß er sich dem Zebrastreifen im Schrittempo genähert hatte; hätte sehen müssen, wie er lange vor den orangenen Leuchten gebremst hatte; müßte sie wissen, daß der Junge in dem Augenblick, da er anhielt, bereits verletzt auf dem Boden gelegen hatte.

»Warum versuchen Sie's nicht gleich da?« rief Thomas ihr nach und wies auf den nächsten Eingang.

»Das hier ist meins...« Ihre Stimme wehte zu ihm herüber, als sie durch die nächste Einfahrt trat. »Dauert keine Minute...«

Das war naheliegend, natürlich. Offensichtlich war es besser, ihr eigenes Telefon zu benutzen, statt Zeit damit zu vertrödeln, daß sie bei anderen Leuten schellte – die schliefen womöglich, waren nicht zu Hause, außer Hörweite, taub, begriffsstutzig, abweisend. Sie schien ihre fünf Sinne beisammenzuhaben, eigentlich eher wie ein Mann; ohne viel Worte tat sie prompt, worum sie ersucht wurde, ohne Aufregung, ohne Getue.

Der Junge lag immer noch reglos da; wahrscheinlich besser, daß er so liegenblieb, bis Hilfe eintraf, auch wenn es Thomas Angst einjagte, ihn so hingestreckt zu sehen wie eine Leiche, während der Schnee den Zebrastreifen immer dichter überzog und sich auf den Falten der Decke häufte. Thomas hatte ihn mit dem warmen Shetland-Plaid behutsam zugedeckt und nur einen kleinen Spalt freigelassen, damit er atmen konnte. Wie alt mochte er sein? Kindern begegnete Thomas nicht eben oft. Neun oder zehn vielleicht? Dunkles weiches Haar, kindlich gerundete Wangenpartie, über der gerade noch ein Halbkreis dunkler Wimpern zu sehen war. Augen eindeutig geschlossen. Eine schmale, knochige Hand zur Faust geballt, die andere verdeckt unter ihm. Er trug eine Art Parka. Was hatte er um Gottes willen nur so spät, in solch einem Wetter draußen zu suchen? Und weshalb suchte niemand nach ihm, man sollte meinen, seine Familie wäre beunruhigt – um diese Jahreszeit, um diese nachtschlafende Zeit – in einer vornehmen Gegend wie dieser?

Jetzt kam die Frau mit knirschenden Gummistiefeln zurück. Diesmal hatte sie eine Taschenlampe dabei, mit der sie Thomas einen Augenblick lang ins Gesicht leuchtete, so daß er geblendet war, bevor sie sie nach unten auf den Jungen richtete.

»Der Unfallwagen wird in fünf Minuten hier sein. Ich habe auch gleich die Polizei verständigt«, berichtete sie knapp. Dann beugte sie sich vornüber – was ihr nicht allzu leicht fiel, denn sie schien beleibt und war gegen das Wetter fest eingemummt – und sagte: »Du meine Güte, das ist ja der kleine Gabriel!«

»Kennen Sie ihn?« fragte er töricht.

»Ja, er wohnt in der Nachbarschaft. Dort drüben. Wo ich hergekommen bin. Ein netter Junge«, sagte sie mit bedächtiger Miene. »Ich hoffe, er ist nicht ernstlich verletzt.«

»Kennen Sie seine Familie? In welchem Haus wohnt sie? Sollte ich nicht losgehen und jemanden holen – Bescheid sagen, was passiert ist?«

Die Frau schüttelte jedoch äußerst nachdrücklich den Kopf. Der gewaltige Umfang ihres Kopfes verlieh der Geste noch mehr Nachdruck. Ihr straff gekräuseltes graues Haar, das wie Drahtwolle unter dem bunten Kopftuch hervorquoll, ließ ihn noch größer wirken. Ihre Augen waren klein, aber ausgesprochen klug und durchdringend. Der Mund, unter der großen fleischigen Nase in der Mitte des runden, nassen rosa Gesichts, war klein und fest, ja entschlossen. Eine straßbesetzte Schmetterlingsbrille verlieh einer ansonsten einigermaßen nachlässigen Erscheinung einen unpassend modischen Zug.

»Nein«, sagte sie entschieden. »Sie gehen besser noch nicht hin. Seine Mutter wäre überhaupt keine Hilfe. Einmal ist sie eine sehr einfältige Frau – es gäbe Tränen und dramatische Posen, vermutlich würde sie im Nachthemd herausgerannt kommen und versuchen, ihn eigenhändig aufzuheben und ins Haus zu tragen – sie ist durchaus imstande zu solch theatralischem Getue – und unermeßlichen Schaden anrichten. Und zweitens hat sie eben erst eine Grippe auskuriert und würde auch sich selbst keinen Gefallen damit tun. Nein, warten wir lieber, bis der Rettungswagen ihn abgeholt hat, und geben ihr *danach* Bescheid.«

»Meinen Sie wirklich?« fragte Thomas zweifelnd. »Würde sie nicht mit ihm fahren wollen?«

Es schien eine riesige Verantwortung, die Nachricht zurückzuhalten. Falls der Junge schwer verletzt war – falls er sterben sollte... Wenn *sein* Sohn verletzt auf der Straße läge, mit Gott weiß was für Verletzungen... Angenommen, er käme zu sich, angenommen, er wollte seine Eltern sehen? Aber diese Frau war eine Freundin der Familie, bestimmt wußte sie's am besten. Eine hysterische Mutter war jedenfalls das letzte, was sie gebrauchen konnten.

»Was ist mit seinem Vater?«

»Letztes Jahr gestorben. Es sind nur noch sie und der Junge da. Was zu ihrem überreizten Zustand noch beiträgt.«

»O Gott. Die arme Frau.«

»Wohnen Sie hier in der Gegend?« erkundigte sie sich.

»Nein, in Kensington. Mein Name ist Thomas Cook. Ich bin Verleger«, sagte er in dem Wunsch, sich eine Art seriöses Image zu geben.

»Tatsächlich? Ich war früher Lektorin. Loraine Hartshorn.«

Falls sie erwartet hatte, daß er den Namen kannte, so hatte sie sich geirrt, aber er sagte: »Ach ja? Wie interessant. Kennen Sie die Frau – die Mutter des Jungen – gut?«

Was für eine merkwürdig gespreizte Unterhaltung, im Schneegestöber hier am Straßenrand, mit einem eisig nassen Wind, der um ihre Beine peitschte. Die orangenen Leuchten blinkten und blitzten. Die großen schwarzen Bäume auf der anderen Straßenseite warfen und schüttelten ihre Äste, verschwanden zwischen Windstößen und tauchten wieder auf.

Miss – Mrs? – Hartshorn erwiderte etwas, das er nicht ganz verstand, denn es ging unter im Lärm eines herannahenden Automotors. Hatte sie gesagt: »Ich mache bei ihnen sauber«? Er bat sie nicht, ihre Worte zu wiederholen, denn neben ihnen kam, mit auf Matsch quietschenden Winterreifen, schlitternd ein weißer Polizeijaguar zum Stehen. Zwei Uniformierte sprangen heraus; einer von ihnen lief sogleich zu dem Jungen und kniete bei ihm nieder; der andere, anscheinend sein Vorgesetzter, trat auf Thomas und die Frau zu.

»Haben Sie uns gerufen? Sie sind Miss Hartshorn?«

»Ja. Und das ist Mr. Cook, der den Jungen gefunden hat. Wo ist der Krankenwagen?« erkundigte sie sich rasch.

»Der ist schon unterwegs; er wird in zwei, drei Minuten hier sein.«

Wie zuvor schon die Frau fragte der Polizeibeamte als erstes: »Ist das Ihr Wagen, Sir?«

»Ja, er gehört mir.«

»Würden Sie mir bitte den Hergang schildern?«

Während Thomas hastig zum zweitenmal berichtete, wie er den Jungen aufgefunden hatte, ging der jüngere Beamte, nachdem er den Jungen flüchtig untersucht und die schneebedeckte Straße vermessen hatte, kommentarlos zu Thomas' Wagen hin und unterzog ihn einer Prüfung. Gleich darauf kehrte er zu der Gruppe am Fußgängerüberweg zurück. Thomas sah, wie er den Blick seines Kollegen auffing und kurz den Kopf schüttelte.

»Keine Kratzer«, sagte er und ging wieder zum Polizeiwagen, wo man ihn über Funk einen Unfallbericht abgeben hörte.

Thomas, der seine kalten, nassen Hände in die Taschen gesteckt hatte, um sie aufzuwärmen, bewegte seine Finger, die zunehmend schmerzten. Er sagte: »Glauben Sie, der Junge ist schwer verletzt?«

»Läßt sich noch nicht sagen, Sir. Aber da ist auch schon der Unfallwagen.«

Die Ambulanz näherte sich mit eingeschaltetem Blaulicht, aber ohne Sirene und hielt vor dem Jaguar an. Zwei Sanitäter sprangen leichtfüßig heraus und hoben den bewußtlosen Jungen geschickt auf eine Trage. Thomas unterdessen hielt sich so nahe, wie er konnte, folgte allen ihren Bewegungen mit höchster Aufmerksamkeit; es kam ihm vor, als verspüre er jeden Stoß, jeden Ruck; seine Arme und Beine schrumpften geradezu aus Mitgefühl mit dem geschundenen kleinen Körper. Wie sehr es ihn auch danach verlangte zu helfen – er konnte nichts tun; er schüttelte die karierte Decke aus und faltete sie zusammen, dann brachte er sie und das Warndreieck zu seinem Wagen und verstaute sie wieder.

Als er zurückkam, sagte die Frau, Miss Hartshorn, zu den Polizisten: »Ich bin mit der Mutter befreundet. Ich wohne in dem Haus dort drüben, Nummer vierunddreißig. Die Mutter hat gerade eine Grippe überstanden – tatsächlich war ich gerade auf dem Heimweg von ihr, ich hatte ihr ein heißes Getränk gemacht und sie für die Nacht versorgt, als ich sah, wie der Herr hier anhielt. Ich hatte meinen Welsh Corgi dabei, den habe ich ins Haus gebracht und bin dann gleich wieder hergekommen.

Der Junge kennt mich gut, am besten begleite ich ihn im Krankenwagen, ja? Falls er zu sich kommt?«

»Wenn Sie das tun könnten, Ma'am, das wäre hilfreich. Dann können Sie im Krankenhaus alle erforderlichen Auskünfte über ihn geben. In welchem Haus wohnt er?«

»Dort drüben, Nummer achtunddreißig. Er heißt Gabriel Baird.«

Thomas verspürte einen heftigen, wilden körperlichen Druck, als ob ihm das Herz, von einer schmerzhaften Entzündung immer stärker angeschwollen, schließlich zersprungen wäre und ungewissen, doch lebensgefährlichen Schaden angerichtet, ihm mit einem auseinanderstiebenden Splittern sämtliche Körperteile zerfetzt hätte.

Er räusperte sich und sagte: »Baird? Doch nicht etwa August Bairds Sohn?«

»Doch«, erwiderte die Frau. »Aber August ist tot. Letztes Jahr gestorben. Wußten Sie das nicht? Schauen Sie, ich muß los, die wollen abfahren. Könnten Sie zwei Dinge für mich erledigen? Mein Haus abschließen – hier ist der Schlüssel – und die Polizisten zu Mrs. Baird begleiten, wenn sie sie von dem Unfall unterrichten. Sagen Sie ihr, ich rufe vom Krankenhaus aus an, sobald ich Neuigkeiten habe. Und würden Sie freundlicherweise so lange bei ihr bleiben, bis ich anrufe? In ihrem gegenwärtigen Zustand sollte sie unter keinen Umständen allein sein und sich ängstigen. Richten Sie ihr aus, daß ich so bald wie möglich zurückkomme und ihr Gesellschaft leiste.«

»Sind Sie sicher, daß sie einen völlig Unbekannten bei sich haben möchte?« fragte Thomas unsicher. »Gibt es nicht eine andere Nachbarin oder Angehörige, die ich rufen könnte?«

»Fürchten Sie sich etwa vor der Verantwortung?« fragte Miss Hartshorn und musterte ihn streng. »Ich dachte, Sie sähen aus wie ein intelligenter, vernünftiger, zuverlässiger Mann?«

»Nun ja, das bin ich wohl auch; ich meine, ich würde sie schon nicht vergewaltigen oder ausrauben«, sagte er schwach. »Ich habe dabei eher an sie gedacht…«

»*Sie* hat ganz bestimmt nichts dagegen; es wird sie aufmuntern, mal ein neues Gesicht zu sehen. Sie auf andere Gedanken bringen. Das braucht sie, weiß Gott. Nein, in der Gegend hat sie keine anderen engen Freundinnen. Sagen Sie ihr, sie soll sich nicht zu sehr beunruhigen; die Sanitäter sind der Meinung, es handelt sich nur um ein gebrochenes Bein und eine Gehirnerschütterung… Sagen Sie Bella, daß ich das Krankenhaus von seiner Krankengeschichte unterrichte…«

Thomas öffnete den Mund, um einen weiteren Einwand zu erheben, aber indem sie wieder nachdrücklich den Kopf schüttelte, kletterte sie, für ihre Körperfülle behende, in den Unfallwagen, dessen Türen sich hinter ihr schlossen.

Was für ein Energiebündel von Frau! Er konnte sich vorstellen, wie sie hinter einem riesigen Büroschreibtisch thronte und ihre Mitarbeiter herumkommandierte. So recht gefallen hatte sie ihm nicht; obschon sie hilfsbereit und tüchtig gewesen war, fand er, da war etwas – nur was? Arroganz? Übereifer? Der Wunsch, mit ihrer Persönlichkeit zu imponieren, die Weigerung, auf ihn einzugehen? Dennoch, er mußte einräumen, daß ihre Absichten völlig uneigennützig und gutherzig schienen. Da fuhr sie mit dem Krankenwagen davon, in ihren Gummistiefeln, um Mitternacht – der Himmel allein wußte, wie oder wann sie wieder zu ihrem Corgi heimkehren würde –, übergab ihm das Kommando und setzte augenscheinlich völliges Vertrauen in ihn. Zu sagen, daß er seriös und zuverlässig aussehe, war ja gut und schön… Woher wußte sie denn, daß er kein Lustmörder war, daß er nicht sogar den Unfall verursacht hatte? *Weshalb* hatte sie ihn darum gebeten, das zu tun? Es war doch bestimmt nicht nötig, daß er mit hineinging – die Beamten würden Mrs. Baird schon eröffnen, was geschehen war, die waren es gewohnt, derart schlimme Nachrichten schonend beizubringen. Würde es die

Mutter des Jungen nicht höchst seltsam, lästig, zudringlich, ja geradezu verdächtig finden, daß er, ein völlig Unbekannter, in ihre Privatsphäre eindrang, wenn sie krank war – daß er ihr obendrein vorschlug, so lange bei ihr zu bleiben, bis ihre Freundin zurückkam? Vielleicht wäre sie entsetzt.

Aber falls sie wirklich krank war, stimmte es schon, daß sie nicht allein gelassen werden sollte, erst recht nicht unter solchen Umständen.

Nicht, daß Miss Hartshorn sich sehr freundlich über Mrs. Baird geäußert hätte, sie hatte eine sehr distanzierte Haltung eingenommen. Was war das doch gleich, welche Wörter hatte sie verwendet, um die Frau zu beschreiben – einfältig, hysterisch, theatralisch? Ohne Zweifel war sie einer von diesen Menschen, die rücksichtslos über ihre Freunde hinwegtrampeln und unbequeme Wahrheiten heraustrompeten, die niemand hören möchte – rauh, aber herzlich.

Außerdem, dachte Thomas, als er widerstrebend den beiden Polizisten folgte, ausgerechnet in dieses Haus zu gehen, um der armen Frau mitzuteilen, daß ihr Junge überfahren und verletzt worden ist, ist weiß Gott so ziemlich das letzte auf der Welt, was ich tun möchte.

Jetzt, wo er Zeit hatte, darüber nachzudenken, war ihm schlecht, teils wegen der Nässe und Kälte, teils von dem Schock; eine Art Ungläubigkeit, was die vergangenen drei Stunden anging, eine Weigerung, zu akzeptieren, daß *ihm* dies widerfahren konnte, fügte seinem körperlichen Übelbefinden eine träumerische, fiebrige, verwirrte Komponente hinzu. Seine Füße und Hände schmerzten vor Kälte; sein durchnäßtes Jackett flappte unangenehm gegen seine Hüften, und seine nassen Hosen klebten ihm an den Beinen. Nicht gerade die günstigsten Umstände für jemanden mit meinen speziellen Beschwerden, dachte er mürrisch.

»Eine eklige Nacht«, bemerkte einer der Polizeibeamten und

blickte dem matten Blaulicht des davonbrausenden Krankenwagens nach, der hinter der weiß wirbelnden Schneekulisse entschwand. »Sie wohnen hier in der Nähe, Sir?«

»Nein, in Kensington. Aber in meiner Kindheit habe ich hier in der Nähe gewohnt, mein Vater lebt immer noch hier. Ich war gerade auf dem Weg, ihn zu besuchen, in Wansea Village.«

»Ob ich den Herrn wohl kenne? Ich bin selbst aus Wansea.«

»Mr. Samuel Cook.«

»Aber ja, den kenne ich«, fiel der jüngere Mann ein. »Wir haben uns in der Hundeschule kennengelernt. Ich hatte einen von seinen Schäferhundwelpen. Der Herr ist im Ruhestand, nicht wahr, wohnt in Garibaldi Villas?«

»Ja, richtig«, sagte Thomas.

Unmerklich wurde die Atmosphäre herzlicher. Aber dann meinte der erste Beamte: »Da haben Sie aber einen ziemlich langen Umweg gemacht, Sir? Um zum Dorf zu gelangen?«

»Der Schnee fiel so dicht, daß ich die erste Abzweigung verpaßt habe.«

»Kann einem leicht passieren«, pflichteten sie ihm bei, als sie durch die große steinerne Toreinfahrt gingen. »Dann kennen Sie oder Ihr Vater also die Familie des Jungen?«

»Nein. Nein, ich kenne sie überhaupt nicht.« Welche Ironie, dachte Thomas, was für ein ausgesuchtes Beispiel für die Tücke des Schicksals. »Natürlich habe ich von ihr gehört. Ich meine, von August Baird.«

»Ach ja, der. Ein bekannter Wissenschaftler, nicht wahr?«

»Ja, Schriftsteller... Philosoph...«

»Ist er nicht letztes Jahr ums Leben gekommen? Bei einem Flugzeugunglück?« schaltete sich der jüngere Mann ein.

Sie gingen die geschwungene Auffahrt zum Haus hinauf, das ein gutes Stück weit von der Straße entfernt stand und nacheinander von einer hohen Mauer, einem Gürtel von Sträuchern und einem halbkreisförmigen Rasenstück, in dessen Mitte eine mächtige Zeder wuchs, geschützt wurde. Der Baum war jetzt von Schnee verhüllt: außer den Spitzen seiner schwarz ineinandergreifenden Zweige war nichts zu erkennen; sie droschen und fegten im Wind und wedelten wie Trauerflore, wie Hände, die gerungen werden. An einem klaren Tag, wußte Thomas, war der große Baum im Umkreis meilenwelt zu sehen, es war ein berühmter Geländepunkt; irgendwo hatte er gehört, daß man ihn selbst vom Crystal Palace aus erkennen konnte. Ein-, zweimal hatte er selbst versucht, ihn von dort aus zu bestimmen, aber er war sich nie sicher, daß er wirklich den richtigen Baum ausgemacht hatte.

Sie stiegen drei breite, flache, kreisförmige Stufen hinauf. Als hätte er nicht genügend andere Leiden, verspürte Thomas jetzt auch noch das dringende Bedürfnis, seine Blase zu entleeren. Was war er doch für ein Narr, daß er nicht die Geistesgegenwart besessen hatte, sich seitlich ins Gebüsch zu schlagen.

Hinter den Buntglasscheiben der Eingangstür war ein mattes Licht zu erkennen.

»Die andere Dame sagte, wir sollten einfach eintreten, die Tür sei nicht verschlossen«, sagte der dienstältere Polizist, nachdem er kurz die Klingel betätigt hatte. Er drückte behutsam den Türgriff. Die Tür ging auf und ließ einen Hauch warmer, nach Holzqualm duftender Luft heraus.

Alle drei traten leise ein, die beiden Polizeibeamten mit der ruhigen Selbstgewißheit derjenigen, die sich völlig im Rahmen ihrer Rechte bewegen und einer notwendigen Pflicht gehorchen, Thomas hingegen mit der ganzen Verstohlenheit und Ängstlichkeit eines widerrechtlichen Eindringlings. Nachdem sie durch eine Veranda gegangen waren, in der Galoschen und Milchflaschen standen, befanden sie sich in einem geräumigen L-förmigen Flur mit blau angestrichenen Wänden und fünf oder sechs weißen Türen, die meisten davon geschlossen. Um die Ecke zur Rechten führte eine breite, mit Teppich ausgelegte

Treppe nach oben. Prächtige, wenn auch abgetretene Perserteppiche bedeckten das gebohnerte Parkett. An der Wand ihnen gegenüber hing ein einzelnes abstraktes Gemälde, überwiegend in Rot, Schwarz, Blau und Weiß gehalten – denselben Farben wie die Brücken.

Das Haus strahlte eine eigentümlich vertraute Atmosphäre aus, dachte Thomas: Die Teppiche, das Bild, die warme, abwartende Stille, die harzgeschwängerte Luft, all das schien ihm etwas bedeuten zu wollen; er hätte der verlorene Sohn sein können, der zurückkehrt in das Haus seiner Kindheit.

Als die Polizisten festen, aber gemessenen Schrittes durch die Halle gingen, trat aus einer Tür ganz rechts hinter der Treppe, die sich ihren Blicken zunächst entzogen hatte, rasch und geräuschlos eine Frau.

»*Oh!*« rief sie aus. »Ich dachte, es wäre Gabriel...« Ihre Hand zuckte zu ihrem Mund; darüber starrten große, ängstlich geweitete Augen sie schuldbewußt an. Ebensogut hätte *sie* der Eindringling sein können; dabei wirkte sie nicht so sehr erschrocken als vielmehr verwirrt, als ob sie sich genötigt fühlte, sich dafür zu entschuldigen, daß sie sich im Erdgeschoß aufhielt.

»Mrs. Baird?« fragte der ältere Beamte.

Sie nickte und schluckte; ihre Antwort bestand nur aus einem leisen, erstickten Murmeln.

Thomas kam zum Bewußtsein, wie jung sie immer noch war. Ihre Jugendlichkeit überraschte offensichtlich auch die Polizisten. Sie trug einen knöchellangen Morgenmantel aus weißer Wolle, der wie eine Mönchskutte geschnitten war, mit einer Kapuze; um die Taille war er mit einer Kordel zusammengegürtet. Ihre bloßen, schmalen Füße steckten in Sandalen.

Der ältere Beamte setzte zu einer gelassenen Erklärung an, der sie schweigend lauschte, wobei sie ihn, die Hand noch immer vor dem Mund, mit großen, erschrockenen Augen ansah.

Als der Mann zu sprechen begann, merkte Thomas beschämt, daß weder seine Blase noch sein Magen es länger aushalten konnten; inzwischen war sein körperliches Befinden unerträglich, ja kritisch. Als er die Eingangstür hinter sich schloß, hatte ein rascher Blick ergeben, daß die Türe links mit ziemlicher Sicherheit in eine Art kleiner Garderobe mit Toilette führte, wie man sie in so großen viktorianischen Häusern häufig findet. Mit einer Entschuldigung stahl er sich von der Gruppe fort, zog hastig eine weitere Tür mit Glasmalerei hinter sich zu und erleichterte sich mit einem Gefühl der Linderung, das an Ekstase grenzte, indem er zuerst seine dem Platzen nahe Blase entleerte und sich sodann in das Handwaschbecken erbrach. Ihm war, als müsse er den ganzen Tag, der soeben zu Ende gegangen war, aus seinem Leib ausstoßen. Brechreiz verspürend, zitternd und schwitzend, die Hände vor die hämmernde Stirn gefaltet, lehnte er sich einen Augenblick an die Wand, dann krümmte er sich über das Becken und übergab sich erneut – diesmal kam nichts als ein dünner Faden grüner Galle – mit einer Anstrengung, die jeden Muskel seines Körpers bis zum Zerreißen zu spannen schien. Als er das Gefühl hatte, die letzten Reste aus seinem Organismus gesäubert zu haben, spülte er sich mit kaltem Wasser das Gesicht, gurgelte und spie und machte sich schwankend auf den Rückweg. Die Halle war inzwischen leer, aber er folgte dem Klang der Stimmen, schritt links von dem rotblauen abstrakten Gemälde durch eine Tür und fand sich in einem großen, kalten, düsteren, von Büchern gesäumten Salon.

Mrs. Baird hatte sich, vermutlich auf Vorschlag der Polizisten, auf einem glänzenden hölzernen Lehnstuhl niedergelassen, der vor einem wuchtigen Schreibtisch in der Mitte des Zimmers stand. Die beiden Männer standen. Es gab in dem Raum keine anderen Möbel. Thomas verspürte einen Stich, als er wahrnahm, daß auf dem Schreibtisch in säuberlich geordneten Stapeln Papiere aufeinandergeschichtet waren, die so aussahen, als seien sie schon lange nicht mehr angerührt worden. Neben der weiten Fläche polierten Mahagonis wirkte die Frau, obwohl von durchschnittlicher Körpergröße, rührend klein und kindlich, wie sie zusammengekauert dasaß in ihrem weißen Morgenrock, die Füße in den Sandalen hinter eine Sprosse des Lehnstuhls geklemmt.

Thomas warf einen nervösen Blick zur Seite und bemerkte auf den Regalen zahlreiche Buchhüllen, die ihm sehr vertraut waren: Biologie, Soziologie, Philosophie, Gedichte, Romane; er hätte sie gern näher in Augenschein genommen, traute sich aber nicht. Über dem Kaminsims erkannte er ein Porträt Darwins. Darunter lag eine große, runde gravierte Schmuckplatte, anscheinend aus Gold, die Staub angesetzt hatte, und etwas, das wie ein Steinklumpen aussah.

»Und das ist der Herr, der Ihren Sohn gefunden hat und der Miss Hartshorn gebeten hat, uns zu verständigen«, sagte der ältere Beamte, indem er Thomas einen scharfen Blick zuwarf. Dieser konnte sich vorstellen, daß er nach einem solchen Anfall von Übelkeit wohl ziemlich scheußlich aussah; wahrscheinlich ebenso grün wie der Kaminvorleger.

»Das ist wirklich sehr freundlich von Ihnen«, sagte Mrs. Baird. »Ich kann Ihnen nicht sagen, wie dankbar ich Ihnen bin. Gott sei Dank, daß Sie angehalten haben. Was für ein *schrecklicher* Vorfall... Glauben Sie, daß der Betreffende *weiß*, was er da angerichtet hat... daß er Gabriel überfahren hat... und einfach weitergefahren ist, ohne sich um ihn zu kümmern?«

Sie sprach stockend, mit Pausen zwischen den einzelnen Wörtern, sanft und schulmädchenhaft, mit hoher, aber hauchiger Stimme. Es kam Thomas vor, als sei sie ganz anders als die Stimme, mit der sie gerufen hatte, als sie angekommen waren.

»Ich fürchte, aller Wahrscheinlichkeit nach war es so, Ma'am«, sagte der ältere Beamte. »Passiert doch alle Tage. Heute fahren auf den Straßen regelrechte Schweinehunde herum. Rasen wie die Irren, egal bei welchem Wetter, und setzen ihr eigenes und das Leben anderer aufs Spiel, und wenn sie irgendwelchen Schaden anrichten, ist es ihnen völlig Wurst, solange *ihnen* keiner reinfährt.«

»Es ist widerwärtig«, sagte der andere.

»Da haben Sie also Glück gehabt, daß schon so bald danach jemand wie Mr. Cook vorbeigekommen ist«, sagte der erste. »Zumal er das Risiko eingegangen ist, selbst als derjenige zu erscheinen, der den Jungen überfahren hat. Viele Leute hätten nicht angehalten.«

»Zum Glück habe ich ja Miss Hartshorns Aussage, daß ich angehalten habe, bevor ich zum Zebrastreifen kam«, sagte Thomas. Er sprach mit Mühe; von dem Erbrochenen fühlte sich sein Mund immer noch rauh und herb an.

»Ja, gut für Sie, daß sie Ihre Aussage in jeder Hinsicht bestätigt hat«, sagte der ältere Mann herzlich. »Aber ich würde mir nicht allzu viele Sorgen machen, Mrs. Baird; die Sanitäter sind ziemlich erfahrene Leute, und anscheinend waren sie der Auffassung, daß es keine Anzeichen für innere Verletzungen gab. Wie alt, sagten Sie, ist der Junge?«

»Zehn«, erwiderte sie mit einem gepreßten Schluchzen. »Er ist klein für sein Alter. Er ist alles, was ich habe auf der Welt, seit... seit sein Vater gestorben ist...«

»Nun sorgen Sie sich mal nicht zu sehr, Madam – wenn er sich nur das Bein gebrochen hat, das ist halb so wild, nicht der Rede wert; in drei Tagen hüpft er bestimmt schon wieder auf einer Krücke herum, und in sechs Wochen ist alles vergessen.«

»In welches Krankenhaus, sagten Sie, ist er gebracht worden?«

»Da bin ich mir nicht sicher, Ma'am, wahrscheinlich ins Wanborough General. Aber wenn die Notaufnahme überfüllt ist, muß der Krankenwagen womöglich weiter zum Riggs Memorial. Jedenfalls hat die Dame gesagt, sie würde Sie anrufen, sobald sie Neuigkeiten hat, vielleicht könnte der Herr dann hinfahren und sie abholen, also für Sie gibt's nichts weiter zu tun, als sich zu entspannen und sich nicht aufzuregen. Was Sie brauchen, ist eine schöne Tasse Tee. Sollen wir hierbleiben und Ihnen eine machen?«

»Nein, nein, haben Sie vielen Dank«, sagte sie hastig und schneuzte sich die Nase. »Sie sind zu freundlich – ich weiß nicht, wie ich Ihnen dafür danken soll, daß Sie mir die Nachricht so schonend beigebracht haben – ich – mir ist in letzter Zeit so viel zugestoßen, ich hätte nicht gedacht, daß ich noch mehr schreckliche Nachrichten verkraften könnte. Aber ich denke, Gott schenkt uns die Kraft, uns jeder Lage gewachsen zu zeigen.«

Die beiden Polizisten blickten ein wenig verlegen, aber auch erleichtert drein.

»Eh – ja gewiß, so ist es, Ma'am«, sagte der Dienstältere. »Wie ich sehe, geht es Ihnen schon wieder besser. Und der Herr hat sich freundlicherweise bereit erklärt, bei Ihnen zu bleiben, bis Miss Hernshaw anruft...«

»Hartshorn...«

»Dann machen wir uns jetzt lieber auf den Weg. Natürlich werden wir Sie benachrichtigen, falls sich irgend etwas Weiteres ergibt.«

»Sie meinen, falls Sie die Bestie erwischen, die den Unfall auf dem Gewissen hat?«

»Ganz recht«, sagte der jüngere Mann. »Allerdings bestehen da nicht allzu viele Aussichten, bei so einem Wetter. Keine Reifenspuren, verstehen Sie? Keine Anhaltspunkte. Aber wir werden Sie auf dem laufenden halten.«

»Ich bin Ihnen beiden ja so dankbar«, sagte sie wieder, erhob die großen, blaugrauen, tränenfeuchten Augen und lächelte ihnen matt zu.

»Dann also gute Nacht, Ma'am. Auch Ihnen eine gute Nacht, Mr. Cook«, sagte der ältere Beamte rasch. »Äh – an Ihrer Stelle, Sir, würde ich den Wagen in die Einfahrt fahren.«

»Ach ja«, sagte Thomas nervös. »Verstoße ich gegen das Parkverbot, wo der Wagen jetzt steht?«

»Aber nein, Sir, Sie können ihn gern dort stehen lassen, aber ratsam ist es bei der geringen Sichtweite nicht gerade, oder? Sie wollen doch nicht, daß noch so ein leichtsinniger Trottel daherkommt, ohne zu gucken, und Ihnen hinten reinfährt? Übrigens, Sir, ist mir aufgefallen, daß bei einem Ihrer Rücklichter das rote Plexiglas fehlt; das müssen Sie aber reparieren lassen, nicht wahr?«

»Ach nein, wirklich? Wußte ich gar nicht. Ich werde es gleich morgen richten lassen... Ich komme sofort wieder«, versicherte er Mrs. Baird und folgte den beiden Polizisten ins Freie; er hörte gerade noch, wie der eine zum anderen sagte: »Na ja, man kann nie sicher sein in so einem Fall, meinst du nicht?«

Indem sie ihm eine gute Nacht wünschten, stiegen sie in ihren Jaguar und fuhren davon. Sie ließen Thomas mit dem unbehaglichen Eindruck zurück, daß sie von seiner Schilderung nicht hundertprozentig überzeugt waren. Aber was konnte er tun? Er hatte weder Strafpunkte noch sonst irgendwelche Vorstrafen. Seufzend fuhr er von der Stelle, wo er den Wagen gelassen hatte, die vierzig Meter zum Haus der Bairds. Als er die Schnauze des Autos vorsichtig in die Einfahrt lenkte, erinnerte er sich mit einem schmerzlichen Achselzucken der vielen hundert Male, da er sich in jüngerem Alter genau dies hoffnungsvoll ausgemalt hatte.

Damals, als sein Vater mit sechzig vorzeitig in den Ruhestand getreten war, hatte er daran mitgewirkt, seine Eltern zu überzeugen, in diese Vorstadt hinauszuziehen, in der Hoffnung, daß sie August Baird durch irgendeine Verkettung örtlicher Angelegenheiten, eine zufällige Begegnung, einen vom Himmel gesandten Glücksfall persönlich kennenlernen würden. Im Alter von vierzehn Jahren scheint derlei möglich. Die Begegnung auf den Stufen zum Postamt: Entschuldigen Sie, Sir, haben Sie das fallen lassen? Ach ja, danke, mein Junge, laß mal sehen, warst du nicht bei der Gedenkfeier für den Gründer der Oberschule letzte Woche einer von den Preisträgern im Naturkundewettbewerb? Oder die entlaufene Abessinierkatze, die er fand und zurückbrachte, worauf Dankesbezeigungen und Abmachungen für weitere Treffen folgten. Im Schachklub – »Professor Baird, darf ich Ihnen eines unserer verheißungsvollsten jüngeren Mitglieder vorstellen?« In der öffentlichen Bibliothek – »Nein, was für ein Zufall, ich sehe, du liest mein *Mann, Frau und Überleben.*« Bahnsteige, Supermärkte, Verkehrsunfälle, Badeunfälle mit beinahe tödlichem Ausgang im Wanborough Pond – kein Tagtraum war ihm zu ausgefeilt oder zu lächerlich, als daß er ihn nicht geträumt hätte.

Nichts dergleichen hatte sich je zugetragen. Nur einmal hatte er einen flüchtigen Blick von Professor Baird erhascht, als der sich von einer dunkelhaarigen, reizlosen Frau, vermutlich seiner ersten, inzwischen verstorbenen Gattin Berengaria, in einem Riley die High Street entlangchauffieren ließ. Die Bairds, so schien es, waren viel zu beschäftigt, um sich an Gemeindeangelegenheiten zu beteiligen. Professor Baird verbrachte die meiste Zeit damit, ausländische Regierungen zu beraten, in Gebiete zu fliegen, die unter Hungersnot litten, in Ausschüssen für technische Hilfe an unterentwickelte Länder zu sitzen und Dokumentarfilme in verschiedenen exotischen Teilen der Erde zu drehen; vermutlich entstanden seine Bücher auf den langen Flugreisen.

Aber er unterrichtete an der Universität London. Doch gerade als der neunzehnjährige Thomas, noch immer voller Hoffnung und Verehrung, glorreich ein Stipendium ans University College bekommen hatte und dachte, er hätte endlich doch noch eine Gelegenheit, seinem Helden näherzukommen, war Professor Baird nach Harvard abgereist, wo er seine zweite Austauschprofessur auf drei Jahre antrat. Wieder verschwanden alle Aussichten hinter dem Horizont. Obschon bitter enttäuscht, verlor Thomas nicht die Zuversicht, Baird eines Tages doch noch zu begegnen. So ungefällig konnte die Vorsehung doch wohl nicht sein, daß sie ihm diesen Lohn vorenthielt, hatte sie es doch immerhin so eingerichtet, daß sie beide in demselben Jahrhundert und in derselben Hemisphäre geboren waren, dieselbe Sprache sprachen und sich für dieselben Gegenstände interessierten. Von dem Augenblick an, da Thomas *Biologie der Liebe und des Schmerzes* gelesen hatte, spürte er, daß August Baird sein geistiger Vater, sein natürlicher Seelenhirte war. Es war nichts als ein böses Mißgeschick, so etwas wie der Irrtum eines Korrektors in der vierten Dimension, daß Fanny Purbeck nicht ihn, sondern Samuel Cook kennengelernt und geheiratet hatte, diesen dürren, trockenen, allen Abenteuern abgeneigten Geschäftsleiter einer Füllfederhalterfabrik, dem sein ganzes Leben lang nichts von Bedeutung widerfahren war außer der Beeinträchtigung seines Gehörs bei einem kleinen Eisenbahnunglück auf der Rückfahrt von Aylesbury nach Marylebone, wofür ihm die Great Western Railway widerstrebend ein geringes Schmerzensgeld gezahlt hatte. Obwohl Samuel Füllhalter herstellte, las er selbst nach seinem Ausscheiden kaum jemals irgend etwas anderes als die Zeitung; an Ideen hatte er kein Interesse. Vielmehr war es Fanny, die unternehmungslustige und geistig bewegliche Ausleiherin von Büchern in der öffentlichen Bibliothek, die, wenn sie Teig ausrollte oder Erbsen aushülste, stets einen aufgeschlagenen Band gegen den Geschirrständer gelehnt hatte, Fanny, die ihren dreizehnjährigen Sohn in die Schriften August Bairds eingeführt hatte.

»Hier ist ein Buch, das dich interessieren wird, Liebling; dieser Mann, ein Anthropologe, also muß er's ja wissen, hat die *patentesten* Ideen zur Gesellschaft und zu zwischenmenschlichen Beziehungen: daß wir alle auf dem Bauch kriechen und mit unseren Ellbogen den Boden fühlen müßten, daß wir einander Schocks versetzen und lernen müßten, wo unsere Knochen sind.«

Seit jener Woche durchkämmte Thomas sämtliche Zeitschriften und Verlagsprospekte nach Nachrichten über Bairds neue Publikationen; unermüdlich suchte er nach bereits veröffentlichten Titeln, kaufte sie antiquarisch oder lieh sie in Bibliotheken aus; er durchforstete Ausgaben von *Nature* und *New Scientist* nach Artikeln, hörte sich Rundfunkvorträge an und lauerte wachsam auf Bairds rare Fernsehauftritte. Alles, was Baird schrieb und sagte, verschaffte ihm das erste reine Hochgefühl der Erleuchtung. Hier, so schien ihm, war ein Verstand, der schlampig, unaufrichtig oder zweitrangig gar nicht sein konnte: ein glänzender Kopf, der ständig auf neue und bedeutsame Tatsachen über zwischenmenschliche Beziehungen, über den Standort des Menschen in seiner Umwelt stieß und sie in einem wunderbar klaren und präzisen Stil mitteilte, dem es auch nicht an Witz mangelte.

Irgendwann im Laufe seiner Teenagerjahre war Thomas' schlichter Wunsch, Baird zu treffen und den Saum seines Talars zu berühren, dem Verlangen gewichen, sein Mitarbeiter werden zu dürfen. Was für eine wunderbare Erfahrung es sein mußte, mit einem solchen Mann zusammenzuarbeiten! Aber nicht unmöglich, schließlich hatte er Wissenschaftliche Mitarbeiter; in mehreren seiner Bücher hatte er sie warmherzig und dankbar erwähnt; hatten sie selbständig Entdeckungen gemacht, so hatte er ihnen rückhaltloses Lob gezollt.

Indem er auf Schule und Universität allerstrengste Maßstäbe an sich anlegte, arbeitete Thomas auf sein heimliches Ziel zu und verbot es sich, auch nur daran zu denken, sich Baird zu nähern, bevor er nicht eine ausreichend hohe Meinung von den eigenen Leistungen hegte, um seinen ehrgeizigen Wunsch zu rechtfertigen... Aber vielleicht wußte er im geheimsten Winkel seines Herzens, daß seine Arbeiten niemals ausreichendes Format haben würden? Wenn ein Schaubild seiner Hoffnungen aufbewahrt worden wäre, hätte es jedenfalls momentan eine absteigende

Kurve beschrieben; die Umstände begannen sich gegen ihn zu verschwören. Gerade als er seinen Doktortitel in der Tasche hatte und ihm eine unbedeutende, aber interessante Forscherstelle in Cambridge angeboten worden war, die ein Schritt in die richtige Richtung gewesen wäre, wurde der verwitwete Mr. Cook völlig taub und verlor zur gleichen Zeit einen langwierigen, unklugen und kostspieligen Prozeß gegen die Eisenbahn um höheres Schmerzensgeld. Infolge dieses Rückschlags erlitt er eine leichte Apoplexie. Er war jetzt viel weniger wohlhabend und bedurfte ganztägiger Pflege. Für Thomas wäre es eine praktische Lösung gewesen, zu Hause zu leben und irgendeinen Job in der Nähe anzunehmen, doch wußte er, daß er diese Konstellation unerträglich finden würde. Seit dem Tod seiner Mutter besuchte er sein Vaterhaus, eine leere, hallende, gespenstische Hülse von einem Haus, so selten wie möglich; daß auch Samuel Fanny vermißte, von der er in jeder Hinsicht kläglich abhängig gewesen war, stiftete durchaus keine Bande zwischen Vater und Sohn. Die einzige Lösung hatte darin bestanden, eine Haushälterin einzustellen, aber auf dieser Stufe seiner Laufbahn wurde auf Thomas' Arbeitsgebiet keine Stelle gut genug bezahlt, um sowohl ihr Gehalt zu finanzieren als auch eine getrennte Wohnung für Thomas in London oder Cambridge, und sei sie noch so winzig.

An diesem Kreuzweg traf Hilfe von Samuels unverheiratetem Bruder Edward Cook ein, der – solide, arbeitsam, erfolgreicher als sein Bruder, wenn auch ebenso langweilig – einen kleinen, aber solventen Verlag betrieb. Dieser war auf Wand- und Tischkalender sowie Glückwunschkarten gegründet, hatte floriert und seine Tätigkeit auf Schulbücher und Atlanten ausgedehnt. Da er selbst keine Kinder hatte, bot Edward seinem Neffen eine Position in seiner Firma an, mit Aussicht auf eine spätere Partnerschaft, wenn alles gutging. Es wäre töricht gewesen, abzulehnen. Die Arbeit war nicht uninteressant; Thomas wurde gründlich ins Verlagsgewerbe eingeführt, hatte ein einigermaßen gutes Verhältnis zu seinem Onkel und wurde damit belohnt, daß er das Betätigungsfeld der Firma erweitern durfte: Er nahm mehr und mehr Bücher über Biologie, Soziologie und andere Wissenschaften ins Programm auf, von denen einige auf den mäßigen Beifall der Kritik stießen. Während dieser Zeit unternahm Thomas große Anstrengungen, sich in seinem eigenen Fach auf dem laufenden zu halten und kleineren Forschungsvorhaben nachzugehen, soweit seine geringe Freizeit es erlaubte; und obwohl er stets unter einer Art Erstarrung litt, der drückenden Folge eines von seinem gewählten Kurs abgebrachten Lebens, war er doch auch weiterhin von zwei heimlichen, nur halb eingestandenen Hoffnungen erfüllt: einmal, daß sein Vater recht bald sterben möge, damit er sich wieder der Biologie zuwenden konnte, bevor es zu spät war; zum anderen, daß August Baird sich mit seinem Verlag, Crusoe & Selkirk, entzweien und daß Edward Cook & Co. dank einer weiteren unwahrscheinlichen Fügung die Gelegenheit erhalten möge, sein nächstes Buch herauszubringen.

Nichts dergleichen geschah. Samuel Cook lebte noch immer, einundachtzig; gebrechlich, aber soweit Thomas es beurteilen konnte, durchaus in der Lage, noch weitere zehn Jahre zu überstehen. Samuel war noch am Leben; August Baird hatte sich nicht mit seinem Verlag zerstritten. Statt dessen war er im Alter von dreiundsiebzig gestorben, umgekommen bei dem sinnlosen Flugzeugabsturz vom vergangenen Jahr.

Sein Tod war der bitterste Schock in Thomas' Leben gewesen und hatte sich zu einem für Thomas besonders ungünstigen Zeitpunkt ereignet, als sich nämlich einige bestürzende physische Symptome, von denen er gehofft hatte, daß sie lediglich psychosomatische Reaktionen auf seine vom Kurs abgekommene Karriere seien, als die ersten Anzeichen jener schmerzhaften und lähmenden Krankheit herausstellten, welche vierzehn

Jahre vorher dazu geführt hatte, daß Fanny Cook am Heiligabend strauchelte und unter einer U-Bahn der Bakerloo Line zu Tode kam. Thomas ging es schlecht, er wußte es und empfand eine verwirrte Angst davor, was das Schicksal als nächstes für ihn bereithalten mochte, denn es ist nicht so sehr Ironie als vielmehr eine natürliche Folge, daß jemand, der in blindem Schmerz umhertaumelt, weitere Strafen auf sich zieht.

Das ist also die Strafe, dachte er, ungetröstet von diesem dürren Brocken Vergangenheit: doch wohl eine etwas harte Vergeltungsmaßnahme für die romantische Sehnsucht eines Heranwachsenden; dafür, daß er Samuel und Fanny überredet hatte, aus einer angenehmen Wohngegend des unteren Mittelstands, wo sie jedermann kannten, in eine frostige Vorstadt des oberen Mittelstands zu ziehen, wo sie niemanden kannten; dafür, daß er Samuel nicht lieben oder ihm Trost sein konnte in seiner bitteren Einsamkeit. Die Strafe für dieses Register zweifellos läßlicher Sünden bestand darin, um ein Jahr zu spät durch diese Einfahrt fahren zu müssen. Oder um zwanzig Jahre, dachte Thomas, schlug die Wagentür zu und schloß ab. Dabei fiel ihm ein, daß er versprochen hatte, das Haus der Frau abzuschließen – verdammt, wie hieß sie doch gleich? Hartshorn –, und ungeduldig lief er wieder zur Straße zurück. Wie dumm, daß er nicht seinen Mantel übergezogen hatte, aber er war ohnehin schon durchweicht, das machte jetzt auch nichts mehr. Was er wirklich brauchte, war ein kochend heißes Bad, aber er konnte Mrs. Baird nicht gut darum bitten, ihr Badezimmer benutzen zu dürfen.

Er verschloß die Haustür von Nummer vierunddreißig und eilte zurück zur Nummer achtunddreißig; sein einziger Wunsch bestand darin, dem eisigen, triefenden, windigen Dunkel so rasch wie möglich zu entfliehen.

Als er die Haustür hinter sich zuzog, hörte er Mrs. Baird rufen: »Sind Sie's, Mr. Cook? Ich bin in der Küche – kommen Sie nur.«

Ihre Stimme kam von jenseits der Treppe; er trat ein, ging zu der Tür linker Hand, in der sie sich das erste Mal gezeigt hatte, und hindurch.

Die Küche war ein großer, heller, freundlicher Raum, dem die ehrfurchtgebietende, melancholische Pracht der Bibliothek fehlte. Wände und Fußboden waren weiß, desgleichen der runde Tisch in der Mitte. Ein großer, butterblumengelber Herd am entgegengesetzten Ende strahlte eine äußerst wohltuende Hitze aus, in einem Weidekorb schlief eine Katze, und Mrs. Baird kam ihm in ihrer weißen Mönchskutte erwartungsvoll entgegen. Obwohl ihre Gesichtszüge im einzelnen nicht bemerkenswert waren, war sie eine reizende Erscheinung, befand er. Ihre Anziehungskraft lag in der Verbindung von runden, ernsten, graublauen Augen, einer samtweichen Haut – blaß, aber von Pfirsichflaum bedeckt – und der munteren Art, wie der kleine Kopf auf dem langen Hals schwebte. Ihr Gebaren war lebhaft, aber unschuldig: Maria aus *Was ihr wollt*.

Thomas war etwas verwirrt gewesen, als sich August Baird nach dem Tode seiner ersten Frau wiederverheiratet hatte, obendrein mit einer Frau, die erheblich jünger war als er. Das war ein unwürdiges Verhalten, fand er, als er in den Zeitungen davon erfuhr, ein erstes Anzeichen menschlicher Schwäche und Torheit bei seinem Paladin. Aber wie wollte er das beurteilen? Soviel er wußte, war die zweite Ehe erfolgreich gewesen; August Baird hatte ein Talent dafür, jeder Publicity fast völlig aus dem Weg zu gehen; selbst als er den Nobelpreis bekam, hatte er es verstanden, in den Zeitungen ohne biographische Abrisse oder Enthüllungen über sein Privatleben und seine Gepflogenheiten davonzukommen. Augenscheinlich war die Ehe glücklich gewesen. Und sie war gesegnet mit einem Sohn. Außer daß Baird sie geheiratet hatte, wußte Thomas nichts über seine Frau. Und jetzt war sie Witwe, das arme Ding, anscheinend kaum älter als dreißig; es lag in der Natur der Sache, daß ihr Gatte etliche Jahre vor ihr starb, doch nach allem, was man hörte, war August ein außerordentlich gesunder Mensch, geistig wie körperlich rüstig; sie mußte mit mindestens fünfzehn weiteren Jahren seiner Gesellschaft gerechnet haben, genug, um dem Jungen durch die Pubertät zu helfen. Wie sehr sie ihn *vermissen* muß, dachte Thomas mit einem fast physischen Stich von Mitgefühl; es war wohl so, wie wenn ein großer Baum, ein riesiger Markstein entfernt würde, wie wenn in einem ungewöhnlichen Orkan die Zeder auf dem Rasen umgestürzt wäre. Jetzt trägt sie die alleinige Verantwortung für sein Kind.

August Bairds Kind.

Und ausgerechnet ich muß kommen und ihr von diesem verwünschten Unfall erzählen. Angenommen, es ist nicht nur sein Bein? Angenommen, es gibt innere Verletzungen – eine bleibende Verkrüppelung – Verunstaltung – Gehirnschädigung?

»Sie sehen so unglücklich aus«, sagte sie mit ihrer sanften, eher kindlichen Stimme. »Du liebe Zeit, es muß schrecklich für Sie gewesen sein, Gabriel so vorzufinden. Sie haben bestimmt gedacht, er ist tot. Was für ein Glück, daß Sie gerade in dem Augenblick vorbeigekommen sind.«

»Ich – ich hoffe nur, daß er nicht lange dort gelegen hat«, sagte Thomas lahm.

»Nein, das kann nicht sein. Er war ja nur wenige Minuten vorher hinausgegangen, um nach seiner Katze zu suchen.«

»Nach der hier?« Thomas blickte angewidert auf die schlafende Bewohnerin des Korbes. Er mochte Katzen nicht; hatte sie noch nie gemocht; wegen der Vorliebe seiner Mutter für Vögel.

»Ja. Wissen Sie, meine Nachbarin, Loraine Hartshorn, war hier, um mir ein heißes Getränk zuzubereiten, weil ich die Grippe habe. Sie hat ihren schrecklichen kleinen Corgi mitgebracht, und der hat die Katze durchs Katzentürchen hinausgejagt, das tut er immer. Gabriel hat sich große Sorgen um die Katze gemacht wegen des schlechten Wetters – die Katze ist alt, verstehen Sie –, deswegen ist er hinausgegangen, um nach ihr zu suchen. Ich nehme an, er ist über die Straße zum Common gegangen. Aber während er noch draußen war, ist die arme Katze durch ihr Katzentürchen wieder hereingekommen. Inzwischen hatte ich Loraine mitsamt ihrem blöden kleinen Brownie nach Hause geschickt. Das Dumme ist, im Grunde wollte ich ihr heißes Getränk von Anfang an nicht.«

»Ach Gott, ja«, sagte Thomas, »Sie haben die Grippe, nicht?« Kein Wunder, daß sie so blaß aussah. »Dürfen Sie denn so herumlaufen? Sollten Sie nicht lieber wieder ins Bett?«

»Ach nein, es geht mir schon viel besser, eigentlich recht gut. Loraine hat es nun mal gern, vorbeizuschauen und mich zu bemuttern – das gibt ihr einen Vorwand, verstehen Sie? Sie hat sich immer nach einer Gelegenheit gesehnt, jederzeit ins Haus gelassen zu werden, wann immer sie wollte, und August fand sie entsetzlich langweilig; er hatte nicht oft eine Abneigung gegen Menschen, aber wenn, dann war sie sehr ausgeprägt; solange er am Leben war, konnte sie also nicht oft kommen oder lange bleiben. Jetzt werden wir sie nicht mehr los. Praktisch wohnt sie bei uns. Sobald sie merkte, daß ich die Grippe habe, war sie wie der Blitz hier; seitdem kommt sie alle halbe Stunde. Sie liebt das Gefühl, unentbehrlich zu sein.«

»Sie scheint eine sehr starke Persönlichkeit zu sein«, sagte Thomas.

»Sie sagen es! Früher hat sie eine von diesen großen Hochglanzillustrierten für Frauen herausgegeben – *Mansion House* – kennen Sie die? Es ist eine Familienzeitschrift für Karrierefrauen mit einer Menge Artikel zu Kapitalanlagen und gleichem Lohn für gleiche Arbeit. Im Haus fuhrwerkt sie herum wie eine Dampfwalze – nach einer halben Stunde oder so ist man völlig plattgedrückt, schlaff wie ein Mehlsack.«

Mrs. Baird strahlte Thomas vertrauensvoll an; sie hatte eine sonderbar schlampige Art sich auszudrücken, dachte er; unverblümt, wie ein Kind. Trotz seiner schmerzhaften Verfassung fühlte er sich ein klein wenig behaglicher.

»Ich hoffe, sie ruft bald an und hat gute Nachrichten für Sie«, sagte er.

»Bestimmt tut sie das; die Polizisten schienen der Meinung zu sein, daß es schon nicht so schlimm ist.«

Sie schien so gefaßt, daß auch seine Hoffnung stieg.

»Schauen Sie«, sagte sie, »essen Sie doch etwas, während Sie warten. *Ich* wollte gerade – ein Schock macht mich immer hungrig.« Sie lachte bedauernd, verschwörerisch.

»Das ist aber sehr freundlich von Ihnen...«

Thomas sah, daß sie auf dem runden weißen Tisch die Zutaten zu einem Festmahl angerichtet hatte. Zu einem ausgedehnten Festmahl – ob sie jemanden erwartet hatte? Konnte sie das wirklich alles zusammengestellt haben, während er den Wagen holte? Oder hatte Loraine Dingsbums ihnen aufgetischt – war das ihre Vorstellung von einem Nachtimbiß, der den heißen Drink ergänzte? Es gab einen Topf mit Kaviar, etwas Räucherlachs, eine kleine Schale selbstgemachten Kartoffelsalat, einen Teller Litschipflaumen, eine Schüssel mit warmen Brötchen, die tiefgefroren verkauft und aufgebacken werden, einen Teller Weintrauben und einen Krug Sahne.

»Die Weintrauben hat Loraine mitgebracht«, sagte sie und lachte über seine Verwunderung. »Alles andere stammt aus dem Speiseschrank. Wir müssen uns bei Laune halten, während wir warten. Ich bin wirklich ausgehungert – ich hab seit Tagen nichts gegessen. Wenn ich Grippe habe, kann ich nichts zu mir nehmen. Langen Sie zu. Und können Sie mir das aufmachen... ich bin immer noch nicht bei Kräften...«

Aus dem Kühlschrank, der groß genug war, um einen Moschusochsen aufzunehmen, holte sie eine Flasche Champagner.

»Dürfen Sie das denn?« fragte er zweifelnd. »Haben Sie Antibiotika eingenommen?« Er wußte, daß er selbst besser auch keinen Champagner trank. Dr. Liddy hatte ihn nachdrücklich vor Wein oder anderen säurehaltigen Lebensmitteln gewarnt, besonders solange er sich der Najdolene-Behandlung unterzog, und Champagner stand ganz weit oben auf der Verbotsliste.

»Mein Lieber, es ist das Allerbeste! Natürlich darf ich, und Sie sollten auch. Gegen Darmgrippe *verschreibt* man Champagner sogar«, sagte sie mit wissender Miene. »Es ist genau das, was ich brauche; ich bin furchtbar niedergeschlagen gewesen. Und ich hab schon seit … ach, seit Ewigkeiten keinen Schampus mehr gehabt. Na los – öffnen Sie sie nur. Es wird Ihnen guttun.«

Über dem Ausguß aus rostfreiem Stahl entkorkte er die Flasche. Der Anblick des hervorschäumenden Weins belebte sie beide; Mrs. Baird hüpfte durchs Zimmer – in ihren Sandalen und ihrer Mönchskutte bewegte sie sich auf dem weißen, gewienerten Fußboden mit der Unbeschwertheit einer Tänzerin – und öffnete einen großen Wandschrank, der ganze Regale mit funkelndem Glas, Porzellan und Kristall freigab.

»Welche Gläser sollen wir nehmen? Ich weiß schon, die hier …« Sie holte zwei hohe, tulpenförmige Sektgläser hervor; sie waren leicht gekrümmt und in der Glasschicht mit einem grünen Faden verziert, der sich schneckenförmig vom Rand bis zur Basis des Stiels wand. »Das Service hat August von seinen Laborassistenten geschenkt bekommen, als er den Nobelpreis erhielt; natürlich hat er sich bedankt, in der Beziehung war er immer reizend, aber gemocht hat er sie nie, er fand sie ein bißchen ordinär. Aber *mir* gefallen sie, ich finde sie hübsch, Sie nicht?«

Mit einem Geschirrtuch wischte sie sie flüchtig aus und goß den Champagner ein.

»Prösterchen!« sagte sie fröhlich, reichte Thomas sein Glas und nahm einen tüchtigen Schluck aus ihrem.

Was soll's, dachte er; für den heutigen Abend muß ich teuer genug bezahlen; da kommt es auf ein Glas Champagner auch nicht mehr an. Und weigern kann ich mich jetzt auch nicht mehr. Und bestimmt wird's mir helfen, daß ich mich unter den gegebenen Umständen ein bißchen besser fühle.

»Auf Ihr Wohl«, sagte er förmlicher. »Auf Ihren Jungen. Ich hoffe, er ist in Ordnung.«

»Armer kleiner Gabriel, das arme Lämmchen – ach ja. Ich hoffe, die olle Lorry ruft bald an. Jetzt nehmen Sie aber, was immer Sie mögen.«

Sie zog einen Stuhl an den weißen Tisch.

Der Champagner bewirkte, daß sich Thomas auf der Stelle wärmer und leichter fühlte, als wäre er ein ungebackener Laib Brot, den man zum Aufgehen vor den Kamin gestellt hat.

»Wissen Sie, was ich wirklich gerne hätte?« fragte er. »Falls Sie es nicht für eine allzu große Unverschämtheit halten?«

»Nein, was denn?« fragte sie mit runden Augen.

»Könnte ich wohl ein Bad nehmen?«

»Ach, Sie Ärmster!« Sie war ganz Entschuldigung und Sorge zugleich; sie sprang auf und befühlte sein Jackett. »Ja – Sie sind ja ganz durchweicht! Natürlich sollen Sie ein Bad nehmen. Warum hängen Sie den Mantel nicht über das Herdgeländer? Zwei Treppen höher finden Sie ein Badezimmer – die erste Tür rechts auf dem zweiten Treppenabsatz. Im Wäscheschrank sind Handtücher. Und falls Sie trockene Sachen anziehen wollen – Augusts Ankleidezimmer ist die nächste Tür den Gang entlang rechts; es sind immer noch einige von seinen alten Kleidern da, und ich kann mir vorstellen, daß sie Ihnen ziemlich gut passen; er ist vielleicht ein bißchen größer gewesen als Sie, aber er hatte in etwa die gleiche Statur.«

»Aber – das kann ich nicht – das erschiene mir zu …«

»Weshalb denn? *Er* hätte nichts dagegen. Er wäre der *letzte*. Gehen Sie nur – beeilen Sie sich, bevor Sie sich Gelenkrheumatismus oder sonst was holen. Sie können essen, wenn Sie wiederkommen. Wenn Sie wollen, nehmen wir uns ein paar Sachen mit ins Wohnzimmer und machen ein Picknick. Hier – nehmen Sie noch ein Glas Schampus mit nach oben.«

Gleichzeitig schenkte sie sich selbst ein und drängte ihn fast aus dem Raum; sie schien entzückt, daß er hinaufging.

Langsam stieg er die beiden langen Treppen hinauf – jetzt erst merkte er, daß er entsetzlich müde und ziemlich wackelig auf den Beinen war und daß ihm der Kopf schwirrte. Er fand ein großes, altmodisches Badezimmer mit blauem Teppichboden, Messinghähnen, einer in Mahagoni eingefaßten Badewanne und Toilettenschüssel. Es kam ihm paradiesisch vor.

Er drehte die Hähne voll auf und entledigte sich in ungeschickter Hast seiner Kleider: quälte sich mit den Knöpfen ab, riß sich die Krawatte vom Hals und schleuderte die Schuhe von sich – und stürzte sich fast in die Wanne. Das brühheiße Wasser war wundervoll. Darin untertauchend, fühlte er sich unermeßlich besser – entspannt, ruhig, ja optimistisch.

Vielleicht, dachte er, als er sich abtrocknete, wird dies ein Wendepunkt in meinem Leben sein. Vielleicht bin ich gar nicht zu spät, sondern *gerade noch rechtzeitig* in diesem Haus angekommen. Falls es, wie die Dingsda sagt, so etwas wie Zufall nicht gibt, habe ich die ganze Episode vielleicht von Anfang an herbeigewünscht, um mir eine bedeutsame Lektion zu erteilen?

Was für eine solipsistische Auffassung, was ist mit ihr, was mit dem Jungen?

Er hatte eigentlich wieder in die eigene Hose, das eigene Hemd schlüpfen wollen, aber sie waren so kalt, so durchnäßt, so unansehnlich und klamm, daß sein inzwischen warmer und wohlig schlaffer Körper aufbegehrte; er konnte es nicht über sich bringen, sie anzuziehen. Statt dessen ging er zur Tür nebenan, in ein karges, fast leeres Zimmer mit dunkelbraunem Teppichboden, einem Designerstuhl, einem Diwan mit einer karierten Decke in einer Ecke und einem Nachttischchen, auf dem zwei Bücher lagen: Platons *Gastmahl* und Donnes Predigten.

An dieser Stelle verspürte Thomas den starken Wunsch, auf die Knie zu fallen. Aber angenommen, sie käme herauf?

So *verzeih mir* doch, sagte er. Verzeih mir. Mehr verlange ich nicht. Eine Chance zur Erlösung. Eine Chance zum Neubeginn. Den Rest werde ich schon irgendwie allein bewerkstelligen – von jetzt an muß ich meine Sache besser machen. Schwach, verzagt, unbedeutend bin ich gewesen, in jeder Hinsicht überfordert – aus meinem Leben habe ich einen solchen Scherbenhaufen gemacht, daß ich den bloßen Gedanken daran nicht ertragen kann; oh, ich glaube nicht, daß ein kluger Kopf wie du sich auch nur vorstellen kann, wie oft mich Rückgratlosigkeit und Trägheit zu schlechten Entscheidungen verleitet haben, wie hoffnungslos ich vom richtigen Kurs abgekommen bin; und ich habe Jan verloren – und weiß nicht einmal genau warum, aber es muß mit allem übrigen zusammenhängen; doch von jetzt an werde ich mich ändern, werde entschlossen und ungerührt und stark sein. Wenn du nur verstehst, wie es mir ergangen ist.

Sprach er mit Gott, oder mit August Baird? Er wußte es kaum. Das Zimmer hörte ihn schweigend an, es gab keinen Kommentar von sich. Er öffnete einen Einbauschrank, fand eine alte, weiche Kordhose und einen schwarzen Shetland-Pullover mit Flicken unter den Ellbogen und zog sie an. Dann nahm er seine nassen Kleider und das leere Glas und ging wieder nach unten, barfuß. Die trockenen, warmen Kleidungsstücke trugen sich ermutigend leicht und angenehm auf seiner nackten Haut.

»Oh!« rief Mrs. Baird. »Wie gut Sie aussehen. Schon viel besser. So ist's recht, stellen Sie Ihre Schuhe hierher, und hängen Sie Ihre nassen Sachen alle über den Herd. Jetzt nehmen Sie sich noch ein Gläschen Schampus und etwas zu essen.«

Während er oben war, bemerkte Thomas, mußte sie ganz allein eine weitere Flasche geöffnet haben, denn sie schenkte ihm aus einer dreiviertelvollen Flasche ein, wohingegen sie die erste schon fast geleert hatte, als er hinaufging, um sein Bad zu nehmen.

Überdies war sie auch schon über den Kaviar, den Lachs, den Salat und die aufgewärmten Brötchen hergefallen. Armes Ding, sie mußte völlig ausgehungert gewesen sein, bei dem Schock und ihrer Grippe.

»Ich glaube wirklich nicht, daß ich etwas essen möchte, vielen Dank«, sagte er. »Das Bad war wunderbar, genau das Richtige; es hat mir wahrhaftig das Leben gerettet. Hat Miss Hartshorn schon angerufen?«

»Nein, noch nicht. Wie wär's dann mit ein paar Trauben? Türkischem Honig? Kaffee? Ich sag Ihnen was, wenn Sie wirklich nichts essen wollen, dann nehmen wir doch die Sachen mit nach oben – da ist es gemütlicher. Gabriel hat mir ein prima Feuer gemacht, bevor er nach draußen gegangen ist, der Engel. Ja, richtig, Sie nehmen das Obst. Oben hat's einen Nebenanschluß, da können wir genausogut hören, wenn die olle Lorry anruft. Können Sie das Licht ausknipsen?«

Geschwind und geschickt hatte sie eine Kanne Kaffee, Sahne, Zucker, Tassen und Gläser auf ein Tablett gezaubert. Rasch ging sie vor ihm die Treppe hinauf zum ersten Absatz, bemüht, nicht auf ihren Rocksaum zu treten. Thomas hielt einen Augenblick inne und betrachtete die Katze, die sich, als wäre sie sich seines strengen Blicks bewußt, in ihrem Körbchen träge auf den Rücken wälzte, die Vorder- und Hinterpfoten dehnte und reckte und sich dann auf der anderen Seite zusammenrollte.

Wenn du nicht gewesen wärst, Mieze, dachte Thomas, schliefe Gabriel jetzt fest in seinem Bett und ich – wo wäre ich? In Vaters Haus – dort druben, hinter der Autobahn? Oder in der Druckerei? Oder auf der Fahrt nach Kent? Zur Felsenküste von Dover?

Wie wir umstellt sind von der Gegenwart der Toten: sie beobachten uns, flehen uns an, stumm und doch mitleidlos. Unser eigenes Gewissen, verkleidet als Geister.

Gebe Gott, daß dieses vermaledeite Frauenzimmer recht bald anruft. Das Haus ist mir unheimlich. Wie wenn man in einen

Tidefluß fällt. Ich kann nicht sagen, welche Richtung die Strömung nehmen wird.

Er löschte die Küchenlampen und ging langsam nach oben, wo es sich seine Gastgeberin in einer Art Allzweckzimmer bequem gemacht hatte. Es war geräumig, vermutlich war es das Hauptwohnzimmer des Hauses gewesen; inzwischen aber wurde es offensichtlich als Atelier benutzt, denn auf einem erhöhten Teil des Fußbodens am anderen Ende standen eine Staffelei und ein mit Farben und Zeichengeräten überfüllter Tisch. In einem Alkoven befand sich ein Doppelbett: frisch bezogen, mit aufgeschüttelten Kopfkissen und zurückgeschlagener Decke, wirkte es unwiderstehlich einladend und ließ Thomas spüren, wie todmüde er war. Selbst auf dem Boden könnte er sich langlegen, dachte er: warm, trocken und flach – was wollte man mehr? Bilder sprudelten ihm sachte durch den Kopf: der Schnee, wie Bläschen, die Autobahn, grelle Kügelchen, die in beide Richtungen schossen, Tröpfchen einer beschleunigten Wahrnehmung; die riesige Gestalt der Zeder draußen, die in ihrem Trauerschleier Wache hielt (er hörte, wie der Wind durch ihre Zweige peitschte); all dies schwankte und baumelte vor seinem Bewußtsein wie Maskottchen vor einer Windschutzscheibe.

Nach dem funkelnden Weiß der Küche wirkte das Halbdunkel des Zimmers erholsam; kleine Soffittenlampen und ein riesiges, aufgehäuftes glühendes Holzfeuer spendeten das einzige Licht. In rechtem Winkel zu dem Kamin stand ein breites, bequemes Sofa, überladen mit Kissen, zwischen denen Mrs. Baird es sich bequem gemacht hatte. Die Kaffeegedecke, ergänzt um eine Flasche Brandy, befanden sich auf einem niedrigen Tisch vor ihr.

»Setzen Sie sich zu mir«, sagte sie. »Ich wette, Sie sind völlig groggy. Ist das nicht ein herrliches Feuer – Gabriel hat eine richtige Begabung für Kaminfeuer.«

»Wie alt ist er?«

»Zehn, das arme Lämmchen. Er vermißt seinen Vater entsetzlich.«

»Kann ich mir denken … Ich habe Ihren Mann enorm bewundert. Ich habe mir immer gewünscht, ihn kennenzulernen – ich habe es so bedauert, als er starb«, sagte Thomas stockend. »Ich glaube wirklich, er war einer der bedeutendsten Köpfe dieses Jahrhunderts.«

»Oh«, sagte sie in ihrer hohen, sanften Kinderstimme, »danke sehr! Das ist sehr nett von Ihnen. Dann sind Sie also auch Wissenschaftler?«

»Ich wollte einer werden«, sagte er, »aber es hat nicht ganz geklappt. Ich bin Verleger – vor allem naturwissenschaftliche Bücher.«

»Wie interessant.«

»Ich glaube, ich habe jede Zeile gelesen, die Ihr Mann je geschrieben hat.«

»*Wirklich*? Er ist schon erstaunlich, nicht wahr?« Sie sprach, dachte Thomas, mit einer Art Besitzerstolz von ihm, als wäre er eine Art Weihnachtsmann, fast als wäre er ihr eigener Vater gewesen, nicht der des Jungen. Nun, bis zu einem gewissen Grade mußte sie ihn wohl im Licht eines Vaters betrachtet haben.

»Setzen Sie sich doch«, sagte sie wieder.

»Ich habe mir nur gerade das Bild hier angeschaut.« Beklommen blickte er umher. »Haben Sie es gemalt?«

»Gott im Himmel, nein! Es ist von meinem Bruder. Gefällt es Ihnen?«

Gefallen, dachte Thomas, war nicht gerade das Wort, das man benutzte, die Empfindung, die man hatte, wenn man das große Ölgemälde über dem Kamin betrachtete.

Es war eine dramatisch gehaltene Landschaft mit scharfen, klaren Pinselstrichen und Farbmassen, vorwiegend grau und schwarz, mit weißen und gelben Spritzern. Sie zeigte ein gewundenes Tal, das auf den ersten Blick ruhig, ja schön wirkte. Bei näherem Hinschauen jedoch konnte Thomas sehen, daß der gekrümmte graue Streifen am Ende des Tals eine vierspurige Straße war, genaugenommen eine Autobahn, auf deren gesamter Länge kleine Gestalten entlanghetzten, die sich verzweifelt vor etwas flüchteten, die einen in die eine Richtung, die anderen in die entgegengesetzte; die Münder vor Entsetzen aufgesperrt, die Gesichter verzerrt, starrten sie mit hervorquellenden Augen wild gen Himmel. In ihrer Hast zu entfliehen, zertrampelten und zerdrückten sie einander, stachen und schlugen sich gegenseitig nieder; einige, in Autos, bahnten sich gewaltsam einen Weg durch die Fußgängermenge. Die Szene war in winzigen grotesken, aber realistischen Details ausgemalt. Hingegen war ein Anlaß für diese panische Flucht nicht zu erkennen; die grünlichgrauen Talhänge fielen kahl und glatt ab, ein paar Bäume auf der Berglehne waren in harten Linien dunkler Farbe herausgearbeitet, der graue Himmel, der sich eintönig darüber dehnte, schien keinerlei Gefahr zu bergen.

Gefallen? Nein, gefallen tat es Thomas nicht. Beim Hinschauen war ihm sehr unbehaglich zumute. »Ist es ein Gleichnis?« fragte er. »Soll das die Menschheit sein?«

»O nein, ich glaube nicht. Er hat nur gesagt, es ist der Ausblick von unserem Dach hinüber nach Wansea Village. Das ist die Autobahn, wissen Sie, die Umgehungsstraße, die vor ein paar Jahren gebaut worden ist – jedenfalls seine Vision davon.«

»Daß er ein guter Maler ist, kann ich sehen«, sagte Thomas. »Wie heißt er?«

»Farragut, Bo Farragut«, sagte sie. »Er ist mein Zwillingsbruder. Nicht, daß wir uns sehr ähnlich sind.«

»Farragut? Natürlich habe ich von ihm schon gehört.«

Hatte er davon gehört, daß Bairds zweite Frau Farraguts Schwester war? Daran hätte er sich doch bestimmt erinnert. Über Farragut gingen einige ziemlich seltsame Geschichten um –

er habe durch das Altarbild eines Zeitgenossen, den er nicht leiden könne, mit der Armbrust einen Pfeil geschossen, bei der Entgegennahme einer Auszeichnung die Queen angespuckt, sich bei einem Dinner der Royal Water Colour Society betrunken und beleidigende Bemerkungen von sich gegeben. Er sei ein *enfant terrible*. Es fiel Thomas schwer, diese junge Frau mit ihm in Verbindung zu bringen. Obschon sie August Bairds Witwe war, schien sie einem ganz anderen Genre anzugehören: schlicht, behaglich, häuslich, alltäglich.

»Das da ist ein Bild von Bo«, sagte sie und deutete mit dem Kopf auf ein Foto auf einem Bücherregal hinter dem Sofa, neben dem Kamin. Thomas ging hin, um es genauer in Augenschein zu nehmen. Farragut war, wie seine Schwester, dunkelhaarig, ansonsten schien es keine Ähnlichkeit zu geben: Ihr Gesicht war rund und glatt, seines konkav, totenkopfartig, hohlwangig, vorzeitig verrunzelt; er hatte eine Stirnglatze, was den Totenkopfeffekt vervollständigte; ihre Zähne waren klein, wie die Milchzähne eines Kindes, seine hingegen, soweit sie zwischen den leicht geöffneten Lippen zu erkennen waren, schienen lang, gelb und schadhaft; ihr Gesichtsausdruck war unbefangen und ernst, während ihm tiefe diagonale Furchen von der Nase zum Mund eine Art traurig-höhnischer Miene verliehen; seine Mundwinkel hingen ein wenig herab. Das Kinn war lang und spitz und ging in einen mageren Hals über; die Augen blickten melancholisch, spöttisch, scheel. Wie schon das Gemälde erfüllte das Foto Thomas mit sofortiger, instinktiver Abneigung; er verspürte eine starke Regung, es mit dem Gesicht zur Wand aufzuhängen. Allzu gern hätte er gewußt, wie August Baird sich mit seinem Schwager verstanden hatte, aber eine solche Frage zu stellen verbot sich von selbst. Als er sich nach Aufnahmen von August selbst umschaute, merkte er, daß in dem Zimmer keine hingen; vielleicht bewahrte sie sie an einem besonderen Ort auf? Oder vielleicht hatte August sich nicht gern fotografieren lassen?

»Gus und Bo haben sich gegenseitig sehr bewundert«, sagte sie, als hätte sie unheimlicherweise seine Gedanken gelesen. »Sie sind wirklich gut miteinander ausgekommen. Haben sich liebend gern gestritten; große, weitschweifige, fortlaufende Debatten ausgetragen, die tagelang, wochenlang andauerten. Ich hab immer den Faden verloren und mich gelangweilt, da hab ich sie sich selbst überlassen. Jetzt wo Gus tot ist, kommt Bo kaum noch vorbei, obwohl sein Atelier ganz in der Nähe liegt; er hat ein seltsames, altes Plätzchen am Common außerhalb von Wanborough, Teil alter Stallungen; es ist pechfinster, aber es fällt ihm gar nicht auf, ihm ist es eigentlich gleich, wo er arbeitet, solange ihn nur niemand belästigt… Ich glaube, Gus' Tod hat ihn noch stärker mitgenommen als mich.«

Thomas verspürte einen merkwürdigen, schwer einzuschätzenden Stich. Eifersucht? Auf die Beziehungen eines Toten?

»Jetzt kommen Sie aber und trinken Ihren Kaffee. Mit oder ohne Milch?«

Kaffee war auch so etwas, das er seit kurzem zu vermeiden suchte, nicht nur auf Empfehlung der Ärzte, sondern weil er so schlecht schlafen konnte. Allerdings hatte sie bereits zwei Tassen eingeschenkt; daher sagte er, er trinke seinen mit Milch, und blickte sich nach einem Stuhl um.

Es gab keinen. Das weiche, wabbelige Aussehen des niedrigen Sofas schreckte ihn ab; da er aber keine Alternative sah, ließ er sich, nachdem er die Möglichkeit, auf dem Boden zu sitzen, geprüft und verworfen hatte, sehr steif auf dem entgegengesetzten Ende des Sofas nieder. Sie reichte ihm die Tasse Kaffee mit Sahne und ein Glas Brandy, das sie ihm auch schon, ebenfalls ohne zu fragen, eingegossen hatte. Heimlich beschloß er, den Brandy nicht zu trinken, und stellte ihn auf dem niedrigen Tisch ab.

»Es ist ja so *traurig*, daß Sie und August sich nicht kennengelernt haben«, sagte sie nachdenklich. »Wo Sie ihn so bewundert haben. Hätte ich das doch nur gewußt! Sagten Sie, Sie wohnen hier in der Nähe?«

»Nicht ich, mein Vater. Ich lebe in London. Ich war gerade auf dem Weg, ihn zu besuchen, als...« Seine Stimme verlor sich. Samuel zu besuchen? Wenn ich diese Lüge noch einmal wiederhole, dachte er, wird mir die Unaufrichtigkeit wie Aussatz anzusehen sein.

»Es ist furchtbar still und langweilig hier«, sagte sie. »Gus ist immer gern hierher zurückgekommen, weil er ständig um die Welt gesaust ist und wegen des Common. Wenn Gabriel nicht wäre, würde ich wieder in die Stadt ziehen. Aber die Luft hier ist gesünder für ihn – er ist empfindlich –, und natürlich kann er nächstes Jahr auf die Wansea School.«

»Ich verstehe.«

»Er vermißt August die ganze Zeit«, sagte sie. »Natürlich war Gus oft weg von zu Hause, aber er hatte grandiose Theorien, wie man Kinder aufziehen soll, was man ihnen alles vermitteln sollte; wenn er hier war, wandte er seine ganze Aufmerksamkeit Gabriel zu, so als würde er einen Krug füllen – diese Art von Kameradschaft kann ich unmöglich ersetzen. August hat daran geglaubt, daß man Persönlichkeit *erschaffen* kann – so wie man einen Dom errichtet –, das hoffte er mit Gabriel zu erreichen. Von daher war sein Tod wirklich eine Tragödie für den armen Jungen.«

Sie sprach schlicht, ohne Groll, und hielt ihre graublauen Augen unverwandt auf Thomas gerichtet.

»Aber Sie vermissen August doch sicherlich genauso«, sagte Thomas.

Ihre Augen füllten sich plötzlich mit Tränen. Sie nickte, ohne zu sprechen, und wandte den Blick ab, um ins Feuer zu starren. Es trat eine lange Pause ein, dann nahm sie sich sichtlich zusammen, schluckte und stellte die Kaffeetasse ab, die sie mit steif zusammengepreßten Fingern gehalten hatte. Ich bin ein grober, ungehobelter Klotz, dachte Thomas. Hätte ich nicht sagen sollen. Aber wenn sie – wie diese Frau andeutete – hier in der Gegend keine engen Freunde hatte, sehnt sie sich vielleicht danach, von August zu reden; ein schmerzlicher Verlust kann weiterschwären, wenn man ihn nicht verwindet. Ich weiß, mein armer Vater hat ein fortwährendes, quälendes Bedürfnis, seinen Schmerz über Fanny zu lindern, indem er über sie spricht, selbst nach so vielen Jahren noch; immer wieder versucht er, das Gespräch auf sie zu lenken, auf ihr Leben, ihre Gewohnheiten, ihre Krankheit, ihren Tod; und ich, ich enttäusche ihn gemeinerweise, wie's nur geht, ich überhöre seine Gesprächseröffnungen und schneide ihm rasch das Wort ab, weil ich, was ihren Tod angeht, keine Gemeinsamkeiten mit ihm haben will, meinen Schmerz, der ein wesentlicher Teil von mir ist, nicht teilen will mit diesem Waschlappen von einem Mann; so großherzig kann ich nicht sein. Aber den Schmerz dieser bedauernswerten Frau, der sie vermutlich in diesem Augenblick peinigt, sie wie ein entsetzliches Gewächs würgt – ihren Schmerz erträglicher zu machen ist meine Pflicht und mein Vorrecht. Und wenn es den Rest meines Lebens in Anspruch nimmt, ich schulde es seinem Andenken – und meiner Dankbarkeit –, zu tun, was in meiner Macht steht. Sie ist die Verkörperung des Leides, dachte er – wie ein gefrorener Wasserfall, eine Fontäne aus Eis, eine schneebedeckte Trauerweide. Geschmolzen von Wärme und Wein, flossen seine Gedanken in elegischen Gestalten dahin; er sah Mrs. Baird als Trauertaube, als Lyra ohne Saiten, als leere Urne; stumm, sprachlos, saß sie da mit geneigtem Kopf, eingehüllt in das klassische Weiß der Witwe, beherrscht und klaglos, während der Geier an ihrem Herzen fraß.

Zunächst zögernd, allmählich aber schneller und dringlicher, begann er darüber zu sprechen, was August Baird ihm bedeutet hatte: seine Philosophie, seine Prinzipien, seine Schriften, seine Theorien, seine Stellung im zwanzigsten Jahrhundert, die uneingeschränkte Bedeutung seines Lebens. Sie hörte ihn an, ruhig, reglos, die Hände im Schoß verschränkt. Erstaunt über den eigenen Redefluß, schilderte Thomas die Entwicklung seiner Gefühle für Baird, seine Liebe zu seinen Büchern, die Schlußfolgerungen, die er daraus über den Menschen Baird zog.

Während er weitersprach, hob sie, ihn mit großen Augen fixierend, langsam den Kopf. Unaffektiert zog sie aus der weißen Höhle ihres Wollärmels ein zerdrücktes Taschentuch.

»Ach«, sagte sie und schneuzte sich. »Ich glaube, Sie haben ihn genauso geliebt wie wir.« Sie starrte Thomas über das Taschentuch hinweg an wie eine ernste Zwölfjährige. »Sie müssen sich *scheußlich* gefühlt haben, wie er ums Leben kam – fast so, als hätten Sie einen Vater verloren.«

»Ich glaube ja.« Von ihrer offenkundigen Fähigkeit, ihren Kummer hintanzusetzen und sich in den eines Fremden einzufühlen, war er sehr gerührt. »Ich wünschte – wenn es Sie nicht zu sehr mitnimmt –, Sie könnten mir ein bißchen von ihm erzählen. Über sein Privatleben. Irgend etwas.«

»Über sein Privatleben?« Sie schien leicht ratlos. »Sie meinen, was er zum Frühstück gegessen hat – so etwas vielleicht?«

»Irgend etwas«, wiederholte er. »Was für Scherze er mochte, was er sagte, was für Musik er sich anhörte, was ihm am meisten Spaß machte, was ihn aufbrachte – falls er je aufgebracht war.«

Verwundert zog sie die glatte Stirn kraus. »Eigentlich hat ihn nichts aufgebracht. Er ist nie ärgerlich geworden. Er mochte einfache Dinge. Zum Frühstück hat er am liebsten geschroteten Weizen gegessen.«

Anscheinend gehörte sie zu den Leuten, die nicht das geringste Talent zum Beschreiben haben. Vielleicht war Baird zu groß für ihr Fassungsvermögen gewesen; es war, als würde man ein Kind bitten, eine ganze Metropole zu beschreiben. Was konnte das Kind schon sagen? Es gab Hunderte von Fenstern, Hunderte von Schornsteinen – Hunderte von Türen, Hunderte von Menschen –, aber über das Wesen der Stadt hatte man immer noch nichts erfahren.

»Hat er mit Ihnen oft über seine Arbeit gesprochen? Was haben Sie zusammen unternommen?« Wovon haben Sie geredet, wollte Thomas wissen; erinneren Sie sich doch, nennen Sie mir ein, zwei Dinge, die er geäußert hat. Sich seiner selbstsüchtigen Wißbegier schämend, sagte er: »Nein, lassen Sie nur... Hat er meistens hier zu Hause gearbeitet?«

»Er hatte eine Regel: daß er nicht gestört werden durfte, wenn er in der Bibliothek arbeitete und die Tür geschlossen hatte«, sagte sie. »Aber wenn man hineinmußte, hatte er auch nichts dagegen. Er war nie schlechter Laune.«

Wie viele Hunderte von Abenden mußte er hier zugebracht haben, hier in diesem Zimmer gesessen haben, dachte Thomas. Doch was bleibt von ihm hier drinnen? Nicht einmal ein Echo, nicht einmal ein Wispern.

»Er aß gern Lammschmortopf, das war seine Lieblingsspeise«, sagte sie. »Es machte ihm nichts aus, wie oft es das gab – ihm wäre es jeden Abend recht gewesen. Zum Glück ißt auch Gabriel es gern, wenn es Klöße dazu gibt.«

Sie verstummte und schaute schüchtern zu Thomas auf, als sei sie sich ihrer eigenen Unzulänglichkeit bewußt, aber zu keiner Abhilfe imstande.

»Sehen Sie – es ist ein so schwerer Verlust«, sagte sie mit bebender Lippe. »Ich weiß nicht, wo ich anfangen soll.«

»Ich hätte nicht fragen dürfen.« Thomas mußte dem jähen ungewöhnlichen Drang widerstehen, sie zu berühren, das unordentliche weiche, dunkle Haar zu streicheln, ihre Hand zu nehmen, seinen Arm um die schmalen Schultern in der weißen Mönchskutte zu legen. Es schien eine rein körperliche Anwandlung, weder von Mitgefühl noch von Zuneigung ausgelöst – obwohl er beides empfand; jene halbbewußte Motivation, die einen dazu bewegt, geistesabwesend die Hand nach einer Zigarette auszustrecken oder eine halb geöffnete Tür zuzustoßen.

»Es ist schon gut, ich bin einfach albern.« Sie schluckte von neuem, blickte nach unten, dann lächelnd wieder auf, ihre Augen schwammen in Tränen. »Weiß der Himmel, inzwischen sollte ich über ihn reden können, es ist schon fast ein Jahr her. Und Sie sind sehr gütig, daß Sie es tun, ich weiß, Sie tun es um meinetwillen. Ich sage Ihnen was – ich bringe Sie nach unten und zeige Ihnen meine Gedenkstätte.«

Sie löste sich aus ihrer zusammengekuschelten Stellung zwischen den Kissen und stand auf. Er sprang, trotz seiner Erschöpfung, mit einem Gefühl der Erleichterung ebenfalls auf; sprang, wie sich herausstellte, zu rasch auf: ein vorübergehendes Schwindelgefühl ließ ihn taumeln, und ein vertrauter leichter Schmerz, ein Warnsignal, hatte von seinen Armen und Schultern Besitz ergriffen. Aber er war froh, vom Sofa wegzukommen. Es war zu niedrig; er fühlte sich dort unten wie gefangen. Und es war zu weich. Er hatte Angst gehabt, einzuschlafen oder nach vorn zu kippen und zu weinen, das Gesicht in ihrem weißen, wollenen Schoß. Das aufgeschichtete glühende Feuer, die trübe Beleuchtung, die mutterleibshafte Stille und Abgeschiedenheit des Raumes, des Hauses, und ihr zartes, hilfloses Leid und Mitleid waren ihm wie ein gefährlicher Luxus erschienen; sie erschreckten ihn; es kam ihm vor, als atme er ein unwiderstehliches, aber tödliches Parfüm ein.

»Ihre Gedenkstätte?« fragte er. »Was ist das?«

Der Ausdruck hatte einen Vorhang in seinem Gedächtnis gelüftet. Zwischen Wansea Village und dem Common hatte es vor fünfzehn Jahren einen großen Herrensitz aus dem 18. Jahrhundert namens Fynche Place gegeben, der von der Gemeindevertretung aufgekauft und in ein Altersheim umgewandelt worden war. Zu dem Haus gehörte eine prachtvolle Gartenanlage. Von den betagten Insassen des Heimes, die nicht so weit laufen konnten, wurde sie nur selten aufgesucht und dafür als öffentlicher Park zugänglich gemacht. Der Park, weitab von den Haupteinkaufsstraßen der Stadt, war nie überlaufen, ja oft völlig verwaist. Als Thomas erfahren hatte, daß seine Mutter, um gegen die Attacken ihrer Krankheit zu bestehen, viel Bewegung brauchte, versuchte er darauf zu achten, daß er jedes Wochenende vom College nach Hause kam und sie in Fynche Park spazierenführte. Es bedurfte keiner Überredungskünste; sie liebte die Gartenanlage, in der es einen Miniatursee, einen Wasserfall und ein kleines Wäldchen mit Rhododendren und Azaleen gab. Aber die Entfernung von ihrem Haus war so entmutigend groß, daß sie sie allein nicht bewältigen konnte, und Samuel ging nicht gern spazieren. Thomas hatte Stunden mit ihr verbracht, war Arm in Arm mit ihr um den See geschlendert oder in gemächlichem, ihrem Gebrechen angepaßten Tempo die sanften Hänge emporgestiegen. Zuweilen, wenn er dringend Schlaf nötig hatte, lullte Thomas seinen Geist ein, indem er in Gedanken durch diesen Garten spazierte, aus dem Gedächtnis den entschwundenen Wegen folgte und anhielt, um die Blumen an ihren angestammten Standorten zu riechen. Am Vorabend – die Erinnerung kam ihm plötzlich wieder – hatte er von seiner Mutter in den Parkanlagen von Fynche Place geträumt. Doch der See war mit grauem Sand aufgefüllt, der Park sah kahl aus und verändert, Arbeiter topften die Pflanzen ein und fuhren die Bäume auf Lastwagen davon. »Die waren alle nur ausgeliehen, die Dinger, wußtest du das nicht?« sagte Fanny, auf ihren Stock gestützt. »Die eigentlichen Besitzer wollen sie jetzt wiederhaben, sie müssen weg. Oh, was für eine chaotische Szene!« sagte sie halb lachend, halb verzweifelnd. Thomas wurde auf der Stelle von Schuldgefühlen überflutet, weil ihm zwar vage bewußt geworden war, daß die Pflanzen und Blumen alle geliehen waren, er aber gehofft hatte, daß niemand sie zurückverlangen würde, daß er sie nicht würde zurückgeben müssen. Weshalb wollten die Besitzer sie ausgerechnet *jetzt* wiederhaben? Schließlich waren sie die ganze Zeit ohne sie ausgekommen. Warum überhaupt etwas verleihen, wenn man es doch zurückforderte? Aber das Ärgste an dem Traum war, daß Thomas, dem die Pflanzen anvertraut worden waren, schmählich versäumt hatte, sie richtig zu pflegen; sie waren verdorrt, erschlafft; er hob einen schmutzverklebten Farnwedel auf und reichte ihn einem der Arbeiter im Kittel, der ihn angeekelt betrachtete. »Ist das *alles*?« fragte der Mann. »Gibt es keine anderen? Was haben Sie mit den anderen angestellt? Sie hätten sie schon längst zurückgeben müssen.« Irgendwo im Gebüsch hatte ein Kind jämmerlich geweint, ein Kind, dem Thomas, ohne es im geringsten zu beabsichtigen, zu schroff begegnet war; er wußte, daß er für den ganzen Ärger geradestehen mußte, aber er fühlte sich mißbraucht; er hatte überhaupt nicht um die Pflanzen gebeten, er hatte eine derartige Verantwortung nicht gewollt. »Oh, was für ein Durcheinander«, rief seine Mutter wieder mit gramverzerrtem Gesicht. »Sie hätten sich wenigstens dafür bedanken können, daß wir uns um die Pflanzen gekümmert haben«, rief Thomas empört aus und wachte auf.

Jetzt, als er, vor Müdigkeit schwankend, aufstand, kam ihm die ganze Atmosphäre des Traums wieder in den Sinn, und er sagte: »Was ist Ihre Gedenkstätte?«

»Ich zeig sie Ihnen.« Zum Glück hatte sie seinen Schwächeanfall nicht bemerkt. »Kommen Sie.«

»Sind Sie schon einmal im Park von Fynche Place gewesen?« fragte er, als sie ihn nach unten führte. Sie blickte sich leicht verwundert um und sagte: »Aber ja. Gus war jahrelang mit dem ollen Sir Percy befreundet, bevor der alte Knabe verkalkt ist und schließlich den Löffel abgegeben hat; von seinen Reisen hat Gus ihm seltene Pflanzen mitgebracht. Als die Gemeinde den Park übernahm, hat Gus einen eigenen Schlüssel für den Garten bekommen; nett, nicht wahr? Vor dem Frühstück ist er dort spazierengegangen. Er ist immer schon um sechs aufgestanden.«

»Ach, hätte ich das doch nur gewußt! Ich bin so oft dort gewesen.«

»Aber Sie wären ihm nicht begegnet«, sagte sie nüchtern. »Das Publikum wird nicht vor neun Uhr eingelassen, und Gus ist immer nach Hause gekommen, bevor die Tore geöffnet wurden.«

»Bestimmt war er traurig, als der Park weg mußte.«

»Ja. Er sagte, einen Park zu vernichten, um eine Autobahn zu bauen, ist genauso, wie jemandem die Hände abzuhacken, um ihn daran zu hindern, in der Nase zu popeln«, bemerkte sie geistesabwesend und öffnete eine der Türen in der unteren Eingangshalle, die einen kurzen Gang und eine gemauerte Treppe freigab. Diese führte nach unten, vermutlich in ein Kellergeschoß.

»Gabriel gefällt es nicht, was ich hier unten getan habe. Er ist ein seltsamer Junge, er scheut vor jeder, aber auch jeder Gefühlsanwandlung zurück«, sagte sie und schaltete das Licht an. Sie stieg die Treppe hinunter und öffnete unten eine weitere Tür. Diese führte in ein kleines gewölbtes Gelaß, dessen Backsteinmauern und Decke in einem schwülen blaßrosa Grau angestrichen waren. Vom Gewölbe hing ein moderner Lüster aus Muranoglas, ebenfalls rosa; in dem zellenähnlichen, abgeschlossenen, fensterlosen Raum wirkte er eher zu groß und leicht unpassend. Der Boden war von Wand zu Wand mit einem grauen Teppich ausgelegt; es gab einen winzigen Tisch und ein Betkissen aus grauem Samt, und das Zimmer war mit Blumen gesäumt; an beiden Seitenwänden und am Ende waren Töpfe mit Alpenveilchen und rosa Azaleen aufgestellt. Auf dem Tisch standen eine Vase mit Rosen und ein Foto von Professor Baird im Silberrahmen. Seine Miene wirkte zerstreut, aber nachsichtig und grüblerisch, so als hätte man ihm einen wenig ansprechenden Gegenstand angeboten, dessen Wert er bezweifelte und mit dessen Gebrauch er nicht vertraut war, obschon er bereit war, ihm die schuldige Aufmerksamkeit angedeihen zu lassen. Auf dem Tisch befand sich, wie Thomas mit leisem Schrecken vermerkte, auch eine große, kunstvoll geformte, dunkelbraune Urne, anscheinend aus Bakelit gefertigt.

Enthielt sie die Asche des Professors? War er wieder zusammengesetzt und eingeäschert worden, zurückgebracht von dem Felsen in den Anden, wo sein Leben geendet hatte?

Sobald sie den Raum betreten hatte, war Mrs. Bairds Benehmen vollkommen verändert. Bis dahin war sie ruhig, gefaßt, gesetzt gewesen, mit einem gewissen Maß an Würde. Nun aber ließ sie, anscheinend ganz absichtlich, diese Selbstdisziplin fahren, machte sich völlig frei davon. Ohne weiter Notiz von Thomas zu nehmen, lief sie nach vorn, kniete auf dem Betkissen nieder und brach, den Kopf über die Arme auf dem Tisch gebeugt, in einen heftigen Weinkrampf aus. Es hatte den Anschein, als brauchte sie nur einzutreten, damit – wie durch einen Willensakt – ihre Tränen flossen.

»Oh! Oh! Oh!« rief sie und wiegte sich hin und her. »Oh, Gus, oh, Gus! Komm zurück, komm zurück!«

Thomas, der auf eine solche Veränderung nicht gefaßt war, wurde ein Gefühl der Verlegenheit und des Unbehagens nicht los. Wie sollte er sich verhalten? Stehen bleiben und dieses Vorzeigen von Trauer mitansehen? Ebenfalls niederknien? Schließlich – das Knien fiel ihm zusehends schwerer – ließ er sich steif und widerstrebend auf dem grauen Teppichboden nieder, der glücklicherweise ziemlich dick war, und verharrte, den Kopf leicht gesenkt, eine Weile in ehrerbietiger und andächtiger Haltung. Er kam sich vor wie ein Narr und wie ein Heuchler; als ob er eine Trauer vortäuschte, die in jedem Falle eine andere Ausdrucksform hätte finden müssen.

An der Wirklichkeit *ihres* Leides konnte kein Zweifel bestehen; es brach aus ihr hervor mit der Macht eines Geysirs, sie schien von einer großen Naturgewalt geschüttelt, die, einmal entfesselt, nicht mehr einzudämmen war. Trotz seines Unbehagens fühlte Thomas, daß dies das Richtige für sie war, theoretisch billigte er eine derart hingebungsvolle Trauer. Für sie war es offensichtlich eine Befreiung und konnte ihr nur guttun.

Doch irgendwie schien es mit dem Toten selbst gar nichts zu tun zu haben.

Als Thomas sich nach etwa fünf Minuten eher vorsichtig umschaute (nicht, daß Mrs. Baird es bemerkte hätt), fiel sein Blick zu seiner leichten Verwunderung auf ein weiteres Porträt von August Baird, diesmal in Öl, das an der Wand zur Rechten hing. Wie er jetzt sah, hing es einem dritten Porträt linker Hand gegenüber. Mrs. Baird hatte zweifellos alles darangesetzt, ihre sämtlichen Erinnerungen an einem Ort zu konzentrieren.

Beide Porträts waren in einem vollendeten, realistischen, fast fotografischen Stil ausgeführt, und beide waren seines Erachtens das Werk Bo Farraguts; obwohl die Technik sich von der der Landschaft oben unterschied, hatte der Maler, möglicherweise zufällig, es in beiden Fällen verstanden, dem Porträtierten einen Anflug seiner eigenen hämisch-melancholischen Züge zu verleihen. Thomas, der sich unter dem forschenden Blick der beiden schwermütig belustigten, bedauernd-ironischen Weisen zu Boden gedrückt fühlte, erhob sich unter Schmerzen. Die Porträts erinnerten ihn unabweislich an zwei Schulleiter, die sarkastisch ihre Eindrücke von einer nicht sehr vielversprechenden Gruppe von Prüflingen austauschen. Auf Zehenspitzen schlich er sich aus dem kleinen Raum zum Fuß der gemauerten Treppe. Er fühlte sich sehr versucht, in die warme Küche zurückzukehren – angenommen etwa, das Telefon klingelte, während sie sich hier unten aufhielten? –, doch dann entschied er, daß das unhöflich, um nicht zu sagen gefühllos, wäre. So setzte er sich auf die Treppe; seine Beine würden ihn wirklich bald nicht mehr tragen.

Nach weiteren zehn Minuten fand Thomas allmählich, daß Mrs. Baird sich zusammenreißen sollte. Die kleine Gruft war nicht sonderlich warm; die Backsteinstufen waren ausgesprochen kalt. Er selbst, ohne Unterkleidung, begann zu zittern. Und sie, obwohl sie den warmen wollenen Morgenrock trug, genas immerhin von einer Grippe; allzu große Hingabe an eine derart tiefe Trauer würde gewiß ihre Temperatur ansteigen lassen. Zudem löste der Raum bei ihm allmählich klaustrophobische Gefühle aus.

Steifbeinig erhob er sich, wieder mit Mühe – zögerte – dann ging er zu ihr und legte ihr sanft die Hand auf die Schulter.

»Mrs. Baird, Mrs. Baird! Ich glaube wirklich, es ist Zeit, daß Sie wieder nach oben gehen in ein wärmeres Zimmer. Sie sollten sich dem nicht so lange auf einmal überlassen. Es ist bestimmt nicht gut für Sie.«

Es trat eine ziemlich lange Pause ein, bis sie ihn zu hören oder die Bedeutung seiner Worte aufzunehmen schien. Schließlich, allerdings erst nach der dritten oder vierten Wiederholung, hob sie ihr Gesicht von den Händen, wandte es, wenn nicht ihm, so doch der Decke zu und horchte wie auf eine Stimme, die irgendwo aus der Nähe des Lüsters kam. Dann stand sie ganz langsam auf, wobei sie sich schwer auf die Hand stützte, die er unter ihren Ellbogen geschoben hatte. Sie war wie umgewandelt; ihre ruhige Heiterkeit hatte sie verloren und wirkte welk, geistesabwesend, von Bekümmernis überwältigt, wie eine vom Regen zu Boden gedrückte Pflanze, ein von der Flut hinweggeschwemmter Baum. Schwach, als wäre sie kaum imstande, sich zu bewegen, tat sie ein paar stockende Schritte zur Tür hin, dann stolperte sie über den Saum ihres langen weißen Morgenrocks und schwankte seitwärts. Thomas faßte sie wieder am Ellbogen, und als sie sich an ihn anlehnte, legte er den Arm um sie.

Inzwischen war er gründlich durchgefroren; sie hingegen war, wie er zu seiner Überraschung feststellte, vollkommen warm geblieben, vielleicht infolge ihres heftigen Schluchzens. Als sie sich gegen ihn lehnte, noch immer zitternd unter den Nachwirkungen ihrer leidvollen Erschütterung, konnte er nicht umhin, sich an dem animalischen Trost ihres gegen seinen Leib gepreßten Körpers zu freuen. Es war wie eine Anerkennung, wie ein Erkennen.

Sie hob das Gesicht; die Augen hatte sie wieder geschlossen, die Wangen glänzten vor Tränen, die noch immer herabrannen; das Gesicht sah auf mitleiderregende Weise wie eine Totenmaske aus.

»Sie müssen jetzt aufhören zu weinen«, sagte er sanft. »Sie müssen versuchen, sich zu fassen.«

Sie schlug die Augen auf. Überraschend nahe an seinen, schienen sie glasig, leer, wild; ihr Blaugrau war dunkel wie Schiefer. Wie ein Neugeborenes, das Nahrung sucht, wie ein halb ertrunkenes Geschöpf, das Mund-zu-Mund-Beatmung erfordert, hielt sie ihm ihren Mund entgegen.

Er wollte sie zärtlich küssen – das war seine Absicht: ein zärtlicher, geschwisterlicher Kuß –, doch mit völlig unerwarteter Leidenschaft klammerte sie sich an ihn; sobald ihre Lippen sich fanden, schienen sie wie miteinander verleimt, ihre Zähne stießen gegen seine, ihre tastende Zunge schlang sich um seine, die ihr mit dem Schock des Erkennens begegnete. Verwirrt, fast ungläubig, ließ sich Thomas von einer Woge reiner Wollust forttragen, die, ausgehend von den beiden Endpunkten seines Körpers, in der Mitte mit einer solchen erotischen Gewalt zusammenprallte, daß sie ihn fast umriß. Seine Kopfhaut prickelte, seine Augen brannten, aus seinem Mund, den der ihre noch immer gierig erforschte, troff Salziges und Süßes zugleich. Sie ließ ihre Hände hinaufgleiten und umklammerte fest seinen Nacken. Durch die Bewegung verloren sie das Gleichgewicht und purzelten zusammen auf den weichen grauen Teppichboden. Selbst der Sturz vermochte ihre verschmolzenen Münder nicht zu trennen. Ihre Hände, die sich von seinem Nacken gelöst hatten, umkrampften seinen Rücken unter dem lockeren schwarzen Shetland-Pullover nur noch fester. Jetzt erbebte sie und flüsterte etwas; ihr Leib bäumte sich auf und zitterte an seinem.

»Liebling – o bitte, o bitte! Ich muß, ich muß – ich will dich so sehr – bitte, bitte – hilf mir, bitte hilf mir!«

Ihr Mund drängte wieder in den seinen; er konnte nicht Einspruch erheben, selbst wenn er es gewollt hätte.

Mit einer Hand, die sie unter dem Sweater hervorgezogen hatte, gelang es ihr, den Reißverschluß an seiner Hose – Augusts Hose – zu öffnen. Sie stöhnte und rief: »O schnell, schnell – mach's mir, mach's mir ...«

Ganz von der Macht ihrer Gefühle mitgerissen, geriet er außer sich, jenseits von Bewußtsein oder Zweifel. In einer Art Qual, die ebensosehr Triumph war, wälzte er sich herum und warf sich auf sie, in sie, unter den trauervoll-ironischen Blicken der beiden Porträts; als er mit schaudernden Keuchlauten kam, hörte er, wie sie – nicht mit ihrer hohen, weichen Plauderstimme, sondern mit einem tiefen, heiseren Schrei, der aus ihrem tiefsten Mark zu stammen schien – ekstatisch ausrief: »August! *August!*«

Es war kaum ein Akt der Liebe. Sie waren wie zwei rasende magnetisierte Partikeln, von einem Stromstoß gegeneinander geschleudert, der mächtig genug war, sie in Stucke zu reißen. Und doch schien, wie wenn eine große Kraft vorübersaust, die eine unwiderrufliche Veränderung bewirkt und schon fast entschwunden ist, bevor ihr Drohen und ihre Gefahr auch nur wahrgenommen werden, auch die Liebe bei ihnen im Zimmer gewesen zu sein.

3

Bo und Bella 1974

»Hast du dir schon jemals überlegt, was August von dem Ganzen halten würde?«

»August ist *tot*«, sagte sie gereizt. »Was hat das für einen Sinn, ausgerechnet jetzt mit ihm anzukommen?«

»Wie praktisch du doch immer bist, Liebling. Immer hübsch über alle Hindernisse hinweggleiten. Sich mit den Umständen abfinden, in denen du dich zufällig befindest. So ist es doch, oder nicht? Hast du August denn gar nicht geliebt?« fragte er mit ungespielter Neugier. »Fällt die Erinnerung an ihn bei dir nie ins Gewicht? *Lastet* sie nie auf dir?«

»Natürlich hab ich ihn geliebt«, sagte sie aufgebracht. »Das müßtest du doch wissen. Und du, hast du ihn etwa nicht geliebt – lastet die Erinnerung auf *dir* etwa nicht? Aber er ist tot. Wie ich gesagt habe. Und es war dein Plan, nicht meiner. Worauf willst du hinaus? Ich verstehe dich nicht im geringsten. Erst planst du etwas, und dann – dann *schnüffelst* du *herum* – was bezweckst du nur damit?« Mit einem ärgerlichen Ruck riß sie einen Zwirnsfaden ab.

»Nur so aus Interesse, mein Liebling.«

»Interesse woran?« fragte sie schmollend.

»An dir. Wie immer.«

Es trat eine kurze Pause ein. Dann meinte Bella, die – jedenfalls bewußt – ihrem Bruder oder sonstwem meist nur so lange böse war, bis etwas anderes sie ablenkte: »Boney, wie kannst du beim Malen genug sehen, wenn es fast dunkel ist?«

Sie saß zusammengerollt in einem Korbstuhl und kürzte einen Rock, den sie gerade gekauft hatte, indem sie den Saum zweimal umschlug und an der Falte neu vernähte. Eine kleine Leselampe mit orangem Schirm auf einem Schemel dicht neben ihr spendete eben ausreichend Licht für die Arbeit. Die einzigen Kleidungsstücke, die sie anhatte, waren ein schwarzer Nylonschlüpfer, vom vielen Tragen ausgefranst und verfleckt, ein schmuddeliges Unterkleid, das sie seit ihrem Weggang aus England getragen hatte, und abgenutzte weiche Reisepantoffeln aus grünem Samt.

Als Bo von seinem Standort auf dem weißen Klavier durch das längliche Zimmer blickte, sah er einen Teil ihrer Silhouette. Das orange Licht, das sich verschwommen ausbreitete wie Farbe auf nassem Papier, umgab ihre Schultern und ihr Haar mit einer Aureole. Ihre Kniescheiben leuchteten; ihre Körperhaut war rein, blaß und wächsern wie das Weiße eines hartgekochten Eis. Sie hielt den Rock vors Gesicht und biß einen weiteren Faden ab; wand ein neues Stück Faden um den Finger und knüpfte einen Knoten; hielt die Nadel gegen das orange Licht und führte den Faden durch das Öhr. Unmelodisch summte sie vor sich hin. Bella sang niemals laut, wenn sie mit jemand anders als ihrem Bruder zusammen war, hatte er ihr doch gesagt, daß sie nicht mehr Stimme hätte als ein Grashüpfer, und obwohl sie ihm nicht glauben mochte, wollte sie doch auch nicht das Risiko eingehen, daß andere Leute herausfanden, er habe die Wahrheit gesprochen.

»Was macht das schon aus, ob ich sehen kann oder nicht? Darum geht's doch gar nicht.«

Er malte weiter.

»Wo hast du dich mit James getroffen?« erkundigte sie sich daraufhin und riß einen weiteren Faden ab.

»An der Morton Street Pier. Hübsch friedlich da; kein Mensch in der Nähe.«

»Wo ist er jetzt?«

»Der Wagen stand an einer Parkuhr. Er ist ihn wegfahren gegangen.«

»Wahrscheinlich wird er sich erst in sechs Monaten wieder melden«, sagte Bella gehässig. »Vermutlich sein russisches Blut, was da zum Vorschein kommt. Das letzte Mal, als er seinen Wagen an einer Parkuhr stehengelassen hat und ihn wegfahren wollte, haben wir als nächstes aus Spanien von ihm gehört, wenn ich mich recht erinnere. Und davor war's der Hindukusch, stimmt's?«

Bo gab keine Antwort. Behende und knochig wie ein Spinnenaffe, krümmte er seinen dürren, schlaksigen Körper, setzte einen Fuß auf den Boden und tauchte seinen Pinsel in eine Reihe von Marmeladentöpfen mit Farbe, dann drehte er sich offensichtlich ohne jede Anstrengung wieder um und hievte sich zu einer Stehposition auf dem Konzertflügel hoch. Die schmutzigen weißen Turnschuhe an seinen Füßen schienen eine Saugfähigkeit zu besitzen, die der von Fliegen vergleichbar war. Mit seinem in Farbe getränkten Pinsel malte er drauflos, indem er durch die Zähne pfiff. Entlang den Wänden lagen vereinzelt Zeitungen, um Tropfen aufzufangen, aber aus dem Zustand der japanischen Matten und des Klaviers war klar ersichtlich, daß es ihm herzlich gleichgültig war, wo die Spritzer landeten.

»Kann sein, daß Thomas vorbeikommt«, sagte Bella bald darauf.

»Ach du lieber Gott!«

»Boney, wenn er kommt, wirst du vernünftig sein, ja?« In ihrem gurrenden Tonfall lag ein fast unmerklicher Anflug von Besorgnis.

»Aber gewiß doch, ich werde so süß sein wie das Gaumenzäpfchen eines Kolibris«, knurrte er, nahm einen Pinsel voll roter Farbe und beschrieb auf dem Gemälde, das er auf der Wand ausführte, schnell eine verschlungene Kurve.

»Wenn du fies zu ihm bist, könnte das nämlich alle unsere Pläne über den Haufen werfen.«

»Quatsch. Du dramatisierst wieder einmal. Wie du doch ein

bißchen Aufregung liebst! Wenn Thomas schlappmacht, schicken sie eben einen anderen Treuhänder herüber.«

»Das könnte zu lange dauern. Sei einfach freundlich zu ihm. Du *weißt* doch, Thomas ist sonderbar und überempfindlich; man kann nie wissen, was er unternehmen wird.«

»Das mußt gerade du mir sagen.«

»Es ist das Zeug, das er einnimmt, dieses Najdolene; er macht wieder mal eine Intensivbehandlung durch. Ich seh's ihm an der Haut um seine Augen an. Es macht ihn launisch und vergeßlich. Sein Gedächtnis hat riesige Lücken. Auch *das* beunruhigt ihn«, sagte sie gescheit.

»Versteh ich nicht. Die meisten Leute wären nur zu froh, wenn sie halbwegs vergessen könnten, was sie angestellt haben.«

»Boney, ganz ehrlich, ich glaube nicht, daß er von der *Hetaira* auch nur noch das geringste weiß. Es ist ihm schlichtweg entfallen. Damals war er auch gerade auf eine hohe Dosis gesetzt.«

»Und die Ausstellung in der Waterlow Gallery? Die hat er wohl auch vergessen, was?« fragte Bo bissig.

»Ja, das hat er, da bin ich mir sicher, Boney! Alles, was ihm in diesem Zustand passiert, vergißt er. Also bleib hübsch still und ruhig; tu so, als ob gar nichts passiert wäre.«

»Schon gut, schon gut. Nur kein Theater, Täubchen... Ich habe ihm sowieso schon vor Jahren alles vergeben und vergessen. Vor zwei Jahren«, sagte Bo aalglatt. »Es ist schon viel Wasser die Themse heruntergeflossen. Es ist nur der Whiskygeschmack, den ich vermisse; in jeder anderen Hinsicht bin ich kreuzlustig. Was ist das eigentlich – kreuzlustig? frage ich mich oft. Leutskrustig. Grutzläusig...«

»Halt den Mund! Jedenfalls war's *deine* Idee, Thomas hierherzubestellen.«

»Ja doch, ja doch. Sehr praktisch. Wo er doch Geschäftsleiter von Crusoe ist und Treuhänder der August-Baird-Stiftung. Zerbrich dir bloß nicht dein hübsches Köpfchen.«

Bella ließ den fertig genähten Rock zu Boden fallen und sprang rasch auf, tappte zur Tür und schaltete eine Deckenlampe ein, so daß das riesige, verworrene Fresko zu sehen war, an dem ihr Bruder arbeitete. Es war ein Jüngstes Gericht, in dem kein Schrecknis fehlte.

Das hohe, längliche Zimmer, in dem sie sich aufhielten, war schlicht und spärlich möbliert; alles darin, außer dem weißen Flügel, war japanisch, aus Korbweide, Bambus und Papier. Das Fresko schien fehl am Platz, zu gespenstisch, zu bedrohlich. Es hatte zuviel Übergewicht über die zarten Möbel.

»Ob es Angie wohl *gefällt*, was du ihrem Wohnzimmer antust?« sagte Bella nachdenklich, hob von einem unordentlichen Stapel auf dem Fußboden eine englische Frauenillustrierte auf und blätterte sie, ein Gähnen unterdrückend, durch.

»Um dir die Wahrheit zu sagen, es kümmert mich einen Dreck, ob's ihr gefällt oder ob sie's gleich am nächsten Tag mit flammend roter Emulsionsfarbe ausmalen läßt. Ihre kritischen Ansichten sind für mich ohne jede Bedeutung.«

Er riß den Topf mit weißer Farbe am Henkel hoch, stellte ihn auf das Klavier und fing an, ganz oben an der Wand einige ausgefeilte Wolkeneffekte aufzutragen; dabei pfiff er wieder und wieder die ersten beiden Takte von *Santa Lucia*.

Bella vertiefte sich in ihre Lektüre. Behagliches Schweigen erfüllte den Raum; das Schweigen zweier Menschen, die es nicht nötig haben, sich voreinander zu verstellen.

Bald darauf sagte Bella: »Möchtest du dein Horoskop hören?«

»Nicht unbedingt. Erst recht nicht, wo's vermutlich das vom letzten Jahr ist. Unsere Angie ist Meisterin im Horten von altem Lesestoff. Auf dem Klo habe ich eine Ausgabe von *Maids', Wives' and Widows' Penny Magazine* von 1853 gefunden...«

Sie blätterte nach vorn, um nachzusehen, und sagte: »Die Nummer hier stammt von 1971. Das finde ich immer tröstlicher;

dann braucht man sich keine Sorgen zu machen, denn was drinsteht, ist alles längst vorbei.«

»Ich wette, du würdest dein Leben rückwärts leben, wenn du könntest. So wie du das letzte Kapitel eines Buches immer als erstes liest, nur um sicherzugehen, daß der Heldin auch ja nichts Schlimmes zustößt.«

»Natürlich! Und wenn wirklich etwas Schlimmes passiert, dann weiß ich, daß ich das Buch gar nicht erst lesen werde. Erspart mir eine Menge Ärger... Also, unser Horoskop lautet: ›Mit einem Kollegen werden Sie diesen Monat etwas Schwierigkeiten haben, doch am Ende werden Sie mit Geduld und Feingefühl Ihren Standpunkt durchsetzen und die Angelegenheit ganz nach Wunsch bereinigen. Eine alte Flamme könnte überraschend wieder in Ihr Leben eintreten – mit unvorhergesehenen Folgen. Zufriedenstellende Lösung finanzieller Probleme. Leichte Scherereien mit einem jungen Familienangehörigen.‹ Also wirklich, Boney, das ist ja fast ins Schwarze getroffen. Richtig unheimlich!«

»Ach, Gottchen! Nun werd doch endlich erwachsen. Die formulieren die Horoskope immer so, daß sie auf alle zutreffen. Ganz abgesehen davon, daß der Schund drei Jahre alt ist... Und wer soll deine alte Flamme sein? Thomas?«

Sie kicherte: »Vergiß nicht, daß es auch dein Horoskop ist. Ich nehme an, *deine* alte Flamme heißt James?«

Bo warf ihr einen raschen unfreundlichen Blick zu, den sie allerdings nicht bemerkte.

»Hier steht ein Brief, in dem es heißt: ›Soll ich meinem Mann erlauben, seine Polizeiuniform anzubehalten, wenn er mit mir schläft? Irgendwie finde ich das unehrerbietig der Queen gegenüber.‹«

Bo lachte verächtlich schnaubend. »Und was raten sie?«

»Sich bei einem Kostümverleih verschiedene Bühnenkostüme zu besorgen. Die sind ziemlich tolerant.«

»Es gäbe eine ganze Menge interessanter Klamotten, die er anprobieren könnte.«

»Wie seltsam, hier ist eine Art Nachruf auf die olle Lorry. Journalistin, geschätzte und geachtete Kollegin, langjährige Herausgeberin von *Mansion House*, der berühmten Zeitschrift für Geschäftsfrauen. Loraine Hartshorn verband journalistisches Gespür mit Warmherzigkeit und Kontaktfreudigkeit, tätärätätä...«

»Die arme, alte Kuh.« Mit halb geschlossenen Augen starrte er auf die Umrisse seiner Wolkenbank, dann versah er sie rasch mit schwarzen Rändern. »Sie ist einem weiß Gott auf die Nerven gegangen, aber ich vermisse es ganz schön, wie sie an regnerischen Nachmittagen immer mit einem Bissen von irgendeiner ungenießbaren Delikatesse hereingepatscht kam und dablieb, um ihre beschissenen Zigaretten zu rauchen.«

»Ich habe nie verstehen können, was du an ihr gefunden hast. Mich hat sie angeekelt«, sagte Bella und gähnte wieder. Sie ließ die Illustrierte sinken und lehnte sich in ihrem Korbstuhl zurück.

»Den Haushalt hat sie dir rein zum Vergnügen geführt. Jahrelang.«

»Hat sie doch liebend gern gemacht; das gab ihr eine Gelegenheit, mit den Namen ihrer Bekannten Eindruck zu schinden. Damit, daß sie Gus' Andenken heilighält, hat sie in der ganzen Stadt herumgeprahlt. Jedenfalls war's die reinste Hölle, sie tagein, tagaus durchs Haus knarzen zu hören.«

»Warum hast du ihr dann nicht die Kündigung nahegelegt?« Sie antwortete nicht. »Ich werd dir sagen, warum. Es hat deiner Eitelkeit geschmeichelt, sie um dich zu haben. Du warst für sie ein Lebensersatz; sie war deine Marktschreierin.«

»Hat mir eine Menge Arbeit erspart«, sagte Bella.

Bo ließ sich auf den Fußboden nieder und zündete sich eine Zigarette an. Dann kauerte er sich hin, um in Kniehöhe einige

Höllenszenen zu malen. Die dünnen Pierrotlippen geschürzt, malte er mit großer Geschwindigkeit, aus dem Mundwinkel hing ihm die Zigarette, und die langen, ägyptischen Lider hingen ihm schlaff über die schwermütigen Augen, um den Rauch davon fernzuhalten.

»Magst du einen Whisky mit Ginger-ale?« fragte Bella nach einer Weile.

»Ohne Ginger-ale. Scotch und Ginger ist ein Dienstmädchengetränk.«

»Dann bin ich ein Dienstmädchen.«

»Du bist eine geschätzte und geachtete Kollegin, die originelle Schöpferin vieler bekannter Textil-, Tapeten- und Haushaltswarendesigns...«

»Schmeicheln nutzt dir gar nichts, mein Junge«, sagte sie; doch als sie in die Küche ging, sah sie vergnügt aus. Der Blick, den Bo ihr aus zusammengekniffenen Augen nachwarf, entging ihr.

Das Apartment bestand aus vier Zimmern, die durch Türen miteinander verbunden waren, jeder der beiden Räume am Ende war L-förmig und führte auf eine schmale Diele. Die Küche, die auf die Fourteenth Street hinausging, war ausgesprochen schmutzig, die Einrichtung altertümlich; in einer Ecke gab es ein winziges abgetrenntes Badezimmerchen. Der Raum, in dem Bo sein Wandgemälde anfertigte, lag am entgegengesetzten Ende der Wohnung und blickte auf eine Reihe schäbiger Hinterhöfe und einen Parkplatz. Im Hof unterhalb des Fensters ließ ein zerzauster, aber eleganter Götterbaum seine rußgeschwärzten Blätter herabhängen; Bo hatte die Form in sein Bild eingearbeitet und den Richterstuhl Gottes am Fuß des Baumes plaziert.

Auf dem Stuhl thronte mit gekreuzten Beinen ein Krokodil.

»Aber das ist ja *Ma*«, sagte Bella, als sie mit den Drinks zurückgetappt kam, und lehnte sich behaglich an die Schulter ihres Bruders, während sie sein Werk betrachtete. »Bo! Die arme Sadie! Das hättest du ihr aber nicht antun dürfen, Boney.«

Sie hörte sich wirklich schockiert an. Die Figur, die ihren Blick auf sich gelenkt hatte, war die einer kleinen Frau, die – mit kreischend verzerrtem Gesicht und wirren, zerrissenen Kleidern – kopfüber in die Hölle verschleppt wurde, und zwar von einem Kakerlaken von der Größe eines Teufels mit entfernt menschlichen Zügen.

»Sei nicht so schmalzig. Was würde das Ma schon ausmachen?«

»Ich bin sicher, es würde sie *sehr* mitnehmen. Sie hätte es gar nicht gern, daß du so von ihr denkst«, sagte Bella geziert.

»Da sie's nie zu Gesicht bekommen wird, ist es völlig unerheblich, was du denkst, daß sie denkt, was ich über sie denke.«

Mit zwei winzigen Pünktchen weißer Farbe stattete er die Küchenschabe mit vorspringenden Fangzähnen aus.

»Außerdem, solange wir nichts Gegenteiliges wissen, ist sie jetzt tot und sitzt schon längst in Beelzebubs Schoß.«

Mit dünner, nasaler Kopfstimme fing er zu singen an:

»O Sadie,
Du warst noch nie 'ne Lady,
Triebst allerhand Allotria:
Immer in der Falle mit 'nem Skipper,
Verpaßtest allen du 'nen Tripper.
Heidiheida, o trallala!
Jetzt bist du heimatlos
Und sitzt in Beelzebubs Schoß.«

Er verstummte, beäugte seine Arbeit und steckte seinen Pinsel in den anderen Mundwinkel, während er mit einem ungemein langen, schmutzigen Fingernagel einen Farbfleck abkratzte. »Gilbert und Sullivan wären stolz auf mich. Ich könnte weitersingen, aber die einzigen Reime, die ich kenne, sind unanständig und würden deine Muschelöhrchen zum Erröten bringen.« Er nahm den Pinsel heraus, behielt jedoch die Zigarette im Mund und drückte Bella einen seitlichen Kuß auf den Nacken.

»Ma war sich so sicher, daß sie ein Herz aus Gold besaß.«

»Wohingegen sich hinter all der Überschwenglichkeit und Ausgelassenheit ein gemeiner und bornierter Zug verbarg.«

»Ein Zug? Eine Anlage, so breit wie die Hauptlandebahn in Heathrow. Was sie nicht verstehen konnte, hat sie verabscheut. Wollte nichts davon wissen.«

»Wie die klassische Musik unseres armen Herrn Papa.«

»›Ich weiß schon!‹ Ich erinnere mich noch, wie sie ihn angeherrscht hat. ›Du denkst, ich gehöre in die Gosse. Du hast dich klar genug ausgedrückt, viele Male. Hast den Kindern gesagt, ihre Mutter wär' nicht besser als 'ne Hure. Bitte sehr, ich finde, dein klassischer Klumpatsch gehört genauso in die Gosse, und da landet er jetzt auch.‹«

»Das waren ihre Worte. Und dann hat sie sein armes kleines Radio genommen, das er seit seinen Tagen bei der Artillerie hatte, und hat's aus dem Fenster geworfen, in die Addison Gardens. Noch ein letztes Hosianna drang herauf, dann gab's einen Krach, als es jemandem durch die Windschutzscheibe flog.«

Sie mußten beide lachen. Bo hatte sich neben sie auf die Zeitungen gesetzt und faltete eine davon zu einem Dreispitz.

»Ist doch komisch, nicht«, sagte Bella, »wieviel besser wir uns an diese Zeit erinnern können, wenn wir beisammen sind. Wenn ich nicht mit dir zusammen bin, denke ich überhaupt nicht über unsere Kindheit nach.«

»Wie traurig für dich, Täubchen. Wo wir doch wissen, wie sehr du dich danach sehnst, in die Vergangenheit abzudriften.«

»Nein, du weißt doch, was ich meine.«

»Unsere Erinnerungen sind austauschbar«, sagte er. »Wie unsere Träume. Wir können gegenseitig unsere Gedanken lesen.«

»Das ist eine gespenstische Vorstellung, Boney.«

»Aber wahr.« Mit Fingern und Daumen griff er nach ihrer Nase und starrte ihr in die Augen. Das Weiße in seinen Augen war sehr gelb. »*Alles*, was darin ist, kann ich sehen – es ist wie ein Brunnen, von dem man weiß, daß man endlos in ihn eintauchen kann.«

Die vier schieferblauen Augen tauschten ihre Botschaften aus.

»Gib acht – du tust mir weh.« Sie befreite ihre Nase aus seinem Griff und rieb sie. »Ma hatte aber auch ihre guten Seiten; jedenfalls muß sie doch welche gehabt haben. Wenigstens sind wir nicht mit puritanischen Komplexen großgeworden. Dafür können wir dankbar sein.«

»Sicher doch«, sagte er. »Und wenn ihre Hausfreunde kamen und sie uns aus dem Weg haben wollte, hat sie uns Geld gegeben, damit wir uns ein Eis kaufen. Das erklärt vermutlich deine Schlecksucht heute. Und weshalb ich das Zeug nicht ausstehen kann.«

»Manchmal war sie doch auch ganz nett.«

»Einmal im Monat oder so; wenn sonst nichts anstand. Ich kann mich nicht ersinnen, daß sie uns jemals so richtig mit mütterlicher Aufopferung und Fürsorge überschüttet hätte.«

»Ich weiß noch, wie sie mir mal einen Rat gegeben hat.«

»Nämlich?« fragte er interessiert.

»Daß man vor dem Backen oder Frisieren immer die Ringe abziehen soll.«

»Eine wirklich wertvolle Maxime. Ich hoffe, du hast sie befolgt.«

»Ich glaube, das war der einzige Rat, den sie mir je erteilt hat.«

»Hat sie dich denn nie aufgeklärt?«

»Sie nicht. Das habe ich in der Schule gelernt. Na ja, so in etwa. Und natürlich war da Onkel Hugh.«

»Natürlich. Onkel Hugh, der alte Existentialist. Was für eine Wohltat es war, aus dem Internat nach Hause zu kommen und *ihn* vorzufinden.«

»Ich schätze, als du heimgekommen bist, hatte ich mich schon so ziemlich an ihn gewöhnt.«

»Ja, Onkel Hugh hat uns in der Tat einiges beigebracht. In der Badewanne.«

»Donnerstag abends. Beim Herumalbern in der Badewanne. Ja. Anfangs hab ich ja nicht viel dafür übrig gehabt, aber mit der Zeit hab ich mich daran gewöhnt.«

»Ich nehme an, das gilt auch für die Leute von der Inquisition. Alles eine Frage der Anpassung. Für ihn war's ja so eine Gaudi, stimmt's? Sich auszuziehen und zu uns in die Wanne zu steigen.«

»Jux und Tollerei im Kinderzimmer. Im Rückblick wirkt es ulkig«, sagte Bella.

»Urkomisch.«

»Nein, aber weshalb ist es uns nicht seltsamer vorgekommen? Ich muß es doch bestimmt ziemlich sonderbar gefunden haben, zu Beginn?«

»Du hast eine so sanfte, tolerante Art, mein Engel. Und ich denke, Kinder nehmen die Verschrobenheiten von Erwachsenen zunächst einmal hin. Schließlich war Onkel Hugh so ein lustiger Spaßvogel«, sagte Bo gedehnt, mit hoher, ermüdeter Stimme, und fügte hinzu: »Wo zum Teufel hat Ma eigentlich gesteckt, wenn wir gebadet haben?«

»Ausgegangen, sich die Haare frisieren lassen. Donnerstag abends hat sie sich immer die Haare machen lassen, nach Ladenschluß, im Salon ihrer Freundin Yvonne in der Earl's Court Road.«

»Was hätte sie wohl von diesen Badezimmerspäßen gehalten?«

»Ach, wer weiß. Vielleicht hätte sie sich gar nichts dabei gedacht. Aber eigentlich bin ich mir sicher, daß sie nichts geahnt hat. Der olle Hugh hat immer darauf geachtet, daß der Fußboden wieder trocken war und wir längst in unseren Bettchen lagen, bevor sie nach Hause kam.«

»Selbstverständlich.«

»Ins Bett zu kriechen hätte mir Erleichterung bringen sollen, hat's aber nicht. Ich erinnere mich noch ganz genau an das Gefühl – zu einem Knäuel zusammengerollt, zitternd im Dunkeln zu liegen, und alles tut weh; in diesen Nächten hatte ich immer entsetzliche Alpträume, und es hat eine Ewigkeit gedauert, bis ich eingeschlafen bin.«

»Ja«, pflichtete Bo ihr tonlos bei und setzte hinzu: »Was wohl aus Onkel Hugh geworden ist?«

»Ach, der ist von der Bildfläche verschwunden, als wir elf oder zwölf waren; da warst du wohl auf irgendeinem Internat. Hughs damaliges Geschäft ist in Konkurs gegangen – ich glaube, er war Buchmacher –, sie haben angefangen sich zu streiten, und da hat sie ihn hinausgeworfen. Ich weiß noch, wie er zurückkam – er sah furchtbar aus, die Nase dunkelrot, die Wangen eingefallen, als hätte er ein schlecht sitzendes Gebiß getragen...«

»Herrgott ja, das Gebiß hatte ich ganz vergessen. Das hat er doch immer herausgenommen und, sowie er die Badezimmertür abgeschlossen hatte, auf die Glasplatte gelegt, und den Schlüssel hat er auch immer darauf gelegt, außer Reichweite. Und dann sagte er immer: ›Und nhun thu untherem khleinen Thonnersthagsfherghnügen...«

»Fhummeln...«

»Wie hat Sadie denn reagiert, als er wieder aufgekreuzt ist?« erkundigte sich Bo.

»Ach, da war schon längst der nächste eingeführt, Onkel Mischa...«

»*Den* hab ich nie ausstehen können. Der hat immer massenhaft Pomade benutzt und mir nicht erlaubt, mein Puzzle auf dem Wohnzimmerboden auszulegen, und hat immer schwer einen auf flotter Russe gemacht...«

»Wie dein lieber Freund James. Sadie war ganz hin und weg von ihm. Ich erinnere mich, wie sie zu ihrer Freundin Stephanie einmal gesagt hat, er sei ja so *distinguiert*.«

»Er hat uns richtig gehaßt, nicht? Immer wenn wir auftauchten, hat er nur gesagt: ›Verschwindet!‹; hat sich nicht einmal den leisesten Anschein gegeben. Na ja, das war wenigstens ehrlich. Alle unsere Mahlzeiten haben wir in der Küche eingenommen.«

»Jedenfalls war Sadie in großer Verlegenheit, als der olle Hugh auf der Türschwelle stand und sie um Geld, eine Mahlzeit oder ein Bett für die Nacht bat, während Mischa sich auf dem Sofa lümmelte und sie anschrie, wieso der Borschtsch noch nicht fertig wäre. So sagte sie völlig verwirrt: ›Geh weg, geh weg, ich kann jetzt nicht mit dir reden‹, und er wandte sich mir zu – ich hatte ihm aufgemacht und lungerte herum, um mitzukriegen, was passieren würde – und sagte unsicher scherzend: ›Bella wird mich bestimmt einlassen. Die kleine Bella hat ihren Onkel Hugh nicht vergessen‹, und ich starrte nur auf meine Schuhe, und nach ein oder zwei Minuten machte er kehrt und ging davon.«

»Ich vermute, er ist schon lange tot«, sagte Bo nach einer Pause.

»Anzunehmen.«

»Es wäre wirklich eine feine Sache, wenn die Vergangenheit von Zeit zu Zeit wieder aufgerollt werden könnte«, murmelte Bo mehr zu sich selbst als zu Bella. Er erhob sich steif und ging in die Küche. Mit der Whiskyflasche und einem Eiskübel aus Plastik kehrte er zurück und schenkte sich ein zweites Mal ein. Mit dem Glas in der Hand stand er da und musterte sein Wandgemälde. »Die Sache ist die: Um stets reibungslos funktionieren zu können, ist es definitiv notwendig, daß ab und zu ein neues, günstigeres Bild von uns enthüllt wird. Wir verschleißen uns wie Maschinen, dann sollten wir auch so gewartet werden. Den Kilometerstand vom Tachometer löschen.«

»Ich verstehe nicht, wovon du redest, Boney!«

Wieder seufzte er tonlos und trug, anscheinend willkürlich, hier und da einige Farbtupfer auf seinem Gemälde auf.

Nach einer Weile bemerkte er: »Onkel Hugh war in meinem Leben die erste Person, die mich davon überzeugt hat, daß der Mensch von Natur aus durch und durch schlecht ist. Es ließ sich aber auch rein gar nichts zu seinen Gunsten anführen.«

»Ach, ich weiß nicht; ich glaube, eigentlich war er eher bemitleidenswert.«

»Das meinst du doch wohl nicht im Ernst? Das sagst du doch nur, um dich selbst in ein deiner Meinung nach günstiges Licht zu setzen, denn daß du mich nicht überzeugen kannst, weißt du. Hugh war auch nicht bemitleidenswerter als eine Zecke, ein Blutegel oder eine Ratte. Die nehmen sich einfach, was sie brauchen, und genau so war's bei ihm. Nach dem Zusammenleben mit Hugh war es unmöglich, noch daran zu glauben, daß es einen wirklich selbstlosen Menschen geben kann.«

Plötzlich wurde er von einer Erinnerung bestürmt: wie er dastand, die Hände an einen verchromten Handtuchhalter gefesselt, und darauf wartete, daß Onkel Hugh den Stöpsel zog. Er suchte sie zu verbannen. Doch die Stimme hallte noch nach: *»Na, wher mag eine kleine Thüchtigung? Wher kommt thuerst?«*

»Jetzt hör aber auf!« protestierte Bella mit ihrem weichen einschmeichelnden Flötenton. »Du darfst nicht so unartig sein, Boney. Das war eine abscheuliche Bemerkung.«

»Und *du* tu nicht so scheinheilig, mein Engel. Nenne mir doch einen einzigen selbstlosen Menschen.«

»Und was ist mit Gus? Weiß Gott, von dem redest du doch unaufhörlich.«

»Ja«, räumte er nach einer Pause ein. »Ja, da wäre Gus. Ich denke, von ihm könnte man das behaupten.«

Er verstummte, voller Erinnerungen an seine erste Begegnung mit Gus.

Die Boeing befand sich auf dem Rückflug von Sydney. Er war sechs Monate in Neuseeland gewesen, wo er Vulkane und Thermallandschaften gemalt hatte. Beim Umsteigen in Sydney blickte er sich trübsinnig und mit angeborenem Pessimismus um und fragte sich, wer wohl in den kommenden sechsunddreißig Stunden sein Weggefährte wäre. Zu dieser Jahreszeit bestand keine große Chance, drei Sitze für sich allein zu bekommen. Womit das Schicksal aufwartete, als sie an Bord gehen durften, nahm sich zum Glück nicht ganz so schlecht aus: ein schmächtiger Mann mittlerer Größe, um einiges älter als er, mit einem sanftmütigen, langnasigen, eher spitzen Gesicht und einem weißen Haarschopf wie der Federbusch eines Silberreihers. Gott sei Dank keiner von diesen australischen Geschäftsleuten, die wie aus kompaktem Rindfleisch gebaut sind, und keines von diesen schrecklichen Frauenzimmern, die die ganze Strecke über schwatzen wollen, einen mit ihrer Lebensgeschichte zu Tode langweilen und über der australischen Wüste oder dem Roten Meer hysterisch werden.

Der Mann zeigte nicht die geringste Neigung zu einem Gespräch; er vertiefte sich unverzüglich in die aufmerksame Lektüre eines dicken, maschinegeschriebenen Schnellhefters, den er noch vor dem Abflug aus seiner Aktentasche gezogen hatte; und es war Bo, der später, nach dreistündigem Flug über die Wüste, das Schweigen mit der Bemerkung gebrochen hatte: »Ganz schön imposant, finden Sie nicht?«

Die Wüste bestand überwiegend aus einem satten, dunklen Ockergelb, verknittert und verdorrt, zerknickt, zerklüftet und zerfurcht, gezackt und gespalten, zersprungen und zerschrammt und zerborsten, mit indigoblauen und violetten Schatten; die alte, kraftlose, vertrocknete Haut der Welt, die im Laufe der Jahrmillionen in ständigem Wechsel gegrillt und gefroren worden war. Das Flugzeug arbeitete sich weiter voran und zog seinen winzigen Schatten hinter sich her, eine grausame Sonne brannte aufs Dach hernieder, so daß selbst in dieser Flughöhe und trotz der Klimaanlage die Hitze auf dem Metall deutlich zu spüren war. Plötzlich aber glitten sie in eine große, lilaschwarze Wolkenbank; die Wüste unter ihnen dunkelte, von Rostbraun über Braun zu Bitterschokolade, dann wurde sie Stück für Stück verschluckt; die Zickzacklinie eines Blitzschlags verlief parallel zur zerklüfteten Silhouette des gebirgigen Horizonts, und die Maschine taumelte und sprang durch eine Reihe von Luftlöchern.

»Eine der extravaganteren Hervorbringungen der Natur«, pflichtete Bos Nachbar bei. »Hier abzustürzen würde eine gewisse Genugtuung bereiten – jedenfalls wäre es besser, als in ein holländisches Kohlfeld oder einen Swimmingpool in einer Vorstadt von Los Angeles zu fallen.«

»Und nicht die geringste Aussicht, gerettet zu werden.«

»Die Stewardeß hat mir gesagt, daß nur geringe Gefahr besteht; auf dieser Strecke haben sie es oft mit Gewitterstürmen zu tun.«

Sie kamen miteinander ins Gespräch und stellten sich vor: Baird, Farragut. Sie erörterten ihre berufliche Tätigkeit. Sie spielten Schach, auf einem Reiseset, das Bo stets bei sich führte. Einige Stunden später, während die Maschine brummend ihren Flug fortsetzte, war eine ehrerbietige Airhosteß mit den Empfehlungen des Piloten und der soeben über Funk empfangenen Nachricht zu ihnen getreten, Professor Baird sei mit dem Nobelpreis ausgezeichnet worden. Eine Flasche Champagner und Glückwünsche hatten die Neuigkeit begleitet. Baird hatte weniger erfreut als vielmehr gereizt und verlegen gewirkt.

»Haben Sie es schon gewußt?« fragte Bo.

»O ja, jemand hat es erwähnt. Es war mir entfallen. Ich hoffe nur, in Heathrow werden sie keinen lästigen Zirkus veranstalten.«

»Gibt es denn keine Vorteile, die den Zirkus wettmachen? Zum Beispiel eine nicht unerhebliche Geldsumme?«

»Was ich an Geld für meine Forschungen benötige, erhalte ich bereits von zwei, drei Regierungen. Vielleicht werde ich das Geld zurückgeben. Ich weiß wirklich nichts damit anzufangen.«

»Heiraten Sie meine Schwester«, schlug Bo vor. »Die könnte ein bißchen Sicherheit gebrauchen.«

Sie hatten beide gelacht. Bo bestellte eine zweite Flasche Champagner. Das Flugzeug zog seine Bahn unter Sternen, so groß wie Kaktusblumen in dieser Ödnis endloser Nacht: Nacht in Darwin, Nacht in Singapur, Nacht in Delhi, Nacht auf dem Indischen Ozean, in Bahrain, wo die Ölflammen im Westen wie ein dunstiger Abglanz der Sterne wirkten, Nacht über dem Roten Meer.

Erst als sie das Mittelmeer erreichten, wurden die Berge zu ihrer Rechten allmählich von einem Sonnenaufgang entflammt, der so aussah, als müßte er sie für die entgangene Morgenröte der zurückliegenden drei Tage entschädigen. Nunmehr wandten sie sich nach Westen, und Europa schien ihnen mit fieberhafter Geschwindigkeit entgegenzujagen: Rom, die Apenninen, Korsika, die Alpen. Bo fühlte sich bedrückt; er hatte nichts als Schulden hinterlassen, mehrere unbefriedigende Beziehungen, zwei laufende Gerichtsverfahren, eine Reihe aufgebrachter Steuerforderungen des Finanzamts und einen feindseligen Hauswirt, der ihm angedroht hatte, all seine Habseligkeiten in Besitz zu nehmen. Neuseeland war ein friedliches, grünes Arkadien gewesen, die Landschaft hatte ihn zu sehr viel Arbeit angeregt. Zwar waren die Menschen uninteressant gewesen und die Atmosphäre repressiv, in vieler Hinsicht hatte ihm der Abschied nicht leid getan, und die Bilder, die er mitbrachte, mochten einige seiner praktischen Probleme lösen; doch es würde zu neuerlichen Komplikationen kommen.

Wenn die Leute ihn doch nur in Ruhe sein Leben leben ließen.

Komplikationen, dachte er. Allen voran Bella. Es war Zeit, allerhöchste Zeit, daß er mit Bella Klartext redete. Sie nahm zuviel Platz in Anspruch.

James. Ich geh nach Spanien. Hat seine Kamera und die Schlüssel genommen, wie er es immer tat, wenn er seinen Wagen in eine neue Parklücke bugsieren wollte. Aber diesmal war es das vermaledeite Spanien.

»Er wird ja wohl zurückkommen, wie?« sagte Bella. »Was ist denn so Endgültiges an Spanien? Weshalb ist er eifersüchtig, wenn du deine eigene Schwester siehst? Zumal, wenn's ihr nicht gutgeht?«

Damals war Bella entsetzlich mager gewesen, all ihr kätzchensamtener Reiz war dahin; ihre Haut glänzte gelblich und sah ungesund aus, die schieferfarbenen Augen starrten wie die einer ausgehungerten Katze aus riesigen, verschrumpelten Höhlen; ihre Kleider hingen ihr ebenso unförmig am Leib wie Wäsche auf der Leine. Ihre aufgesprungenen Lippen schälten sich, ihre Fesseln, noch nie ihre Stärke, waren hohl und knochig und sahen aus wie die einer alten Dame, die von ihrem winzigen Cottage zum Spirituosengeschäft an der Ecke wankt, um zwei Unzen Tee und eine kleine Flasche Gordon zu erstehen. Ihr Geschmack (das bißchen, das Bella, wie er zugeben mußte, überhaupt hatte) ließ sie völlig im Stich, wenn sie sich elend fühlte. Dann ähnelte sie einer sitzengelassenen Schlampe. Bo, obwohl auch nicht gerade heikel, konnte ihren Anblick kaum ertragen; sie war ein Splitter, ein Balken in seinem Auge. »Komm, hier sind fünfzig Pfund, um Christi willen geh und halt dich eine Woche auf einer von diesen Gesundheitsfarmen auf, tu dir was Gutes, flieg nach Ibiza und leg dich in die Sonne.«

»Wie kann ich für fünfzig Pfund nach Ibiza fliegen?« fragte sie weinerlich.

»Mehr hab ich nicht. Leg sie so gut an, wie du kannst, kauf dir Orangen und Lebertran.«

Drüben in Neuseeland, außer Reichweite, hatte es ihm leid getan, und er hatte ihr Ansichtskarten von Mount Ruapehu und Lake Taupo geschickt; voll Kummer hatte er an sie gedacht, wenn der warme Regen auf die warmen, seltsamen, grünen Blätter prasselte, wenn er seinen gemieteten Volkswagen in wunderschönen, idyllischen, entlegenen kleinen Tälern über unbefestigte Straßen, gesäumt von Akazien und eleganten Eukalyptusbäumen, holpern ließ. Aber er setzte alles daran, sie zu vergessen. Nie schrieb sie ihm, nicht einmal postlagernd; die ganzen sechs Monate über, die er in Neuseeland verbracht hatte, erhielt er von ihr keinen einzigen Brief.

Die Türglocke ertönte und rief ihn zurück von der anderen Seite des Erdballs.

»Das dürfte Thomas sein«, sagte Bella und zog den Rock über den Kopf. Es war ein silbrig-pinkfarbener Kordrock. »Drückst du bitte den Summer, Boney.« Sie schlüpfte in eine dünne, blaugraue Bluse mit hohem viktorianischen Kragen und war plötzlich eine andere Person, älter, verantwortungsvoller, würdiger.

»Ich gehe mich nur rasch frisieren und Schuhe anziehen. Läßt du ihn ein, wenn er hochkommt?«

Sie verschwand im mittleren Zimmer und zog die Tür hinter sich zu.

»Wasch dir dein Gesicht!« schrie Bo durch die geschlossene Tür. »Du hast auf der Nasenspitze Farbe.«

4

Gabriel 1974

In der Bowery errichteten mit Stangen und Brettern hantierende Männer um ein großes, altes Bürogebäude aus braunem Ziegelstein ein Gerüst; in Vorbereitung auf den Abriß verpackten sie es sorgfältig in ein Maßwerk aus Metallrohren. Ein oder zwei Passanten schüttelten mißbilligend den Kopf über diese Zerstörung, denn es handelte sich um ein stattliches Gebäude im überladenen Stil des neunzehnten Jahrhunderts, mit ionischen Ziersäulen über die gesamte Höhe der Fassade und Flachreliefs im kunstvollen Giebelfeld. Die Gegend allerdings, in der das Gebäude stand, war heruntergekommen; das bereits leere Grundstück auf der einen Seite war von Müll aller Art übersät, nicht nur kleinere Stücke, sondern Gegenstände, die herzuschaffen beträchtliche Kraft oder Findigkeit erfordert haben mußte: mehrere massive Maschinenteile, eine aufgegebene Barkasse, ein Haufen ausgewachsener, verwelkter Palmen und zwanzig ausgemusterte Gasherde.

Die Männer, die sich an dem Gerüst zu schaffen machten, verbanden ihre Arbeit damit, daß sie den illegalen Bewohnern durch die Fenster Warnungen zuriefen: der ganze Bau werde am Montag abgerissen, und bis dahin sollten sie sich lieber ein anderes Quartier besorgen.

Ein Arbeiter, der durch ein Fenster blickte, während er zwei Stahlteile zusammenschnallte, nahm zunächst an, das Zimmer sei unbewohnt, und war verblüfft, als er das Gegenteil feststellte. Direkt unter dem Fenster lag, auf einer schäbigen alten Bettcouch ausgestreckt, ein Junge; er lag so still und so dicht unter dem Fensterbrett, daß der Mann ihn glatt übersehen hatte, als er einen Blick in das düstere, staubige Innere des Zimmers warf.

»Heda, Bürschchen, du verziehst dich man lieber, weißt du das? Das ganze Haus wird abgerissen.«

Das Fenster hatte keine Glasscheibe, und der Junge war nur sechzig Zentimeter entfernt, doch zunächst fragte sich der Arbeiter, ob der Junge ihn überhaupt gehört hatte. Vielleicht sprach er kein Englisch?

»Haus abreißen – kaputt – futsch.« Mit den Händen machte er eine auflösende Handbewegung.

»Wann?« Der Junge rührte sich nicht. Seine dunkelblauen Augen blickten dem Mann gelassen ins Gesicht.

Das schmutzige alte Bett war mit einer völlig ausgeblichenen rostfarbenen Samtdecke bezogen. Darauf hatte der Junge ein großes Stück Sperrholz, fast ebenso groß wie das Bett, gelegt. Ausgestreckt und vollkommen entspannt lag er auf der Sperrholzplatte, die Arme hinter dem Kopf verschränkt. Der Mann, der ihn betrachtete, gewann den Eindruck vollkommener Trägheit und Empfänglichkeit. Der Mann dachte zwar nicht bewußt über die Kleider des Jungen nach, doch spürte er, daß der Junge etwas anders aussah als die Masse Bluejeans tragender Jugendlicher; vielleicht trug er Kleider, die ihm vermacht worden waren. Er hatte eine bejahrte, bauschige, dunkelgraue Flanellhose an, ein weißes Baumwollhemd, sauber, aber zerlumpt, einen handgestrickten Pullunder mit V-Ausschnitt und ein Paar altmodischer Sandalen mit festen Vorderkappen und einem T-Riemen, der von der Mitte des Spanns nach oben lief.

»Der Abriß fängt Montag an«, sagte der Mann.

»Wie lange wird er dauern?«

»Zwei, drei Wochen – vielleicht einen Monat.«

»Dann könnte ich also noch ein bißchen länger bleiben?« Nicht für den Mann bestimmt, murmelte er vor sich hin: »Vielleicht dauert's ja nicht mehr so lange.«

»Nee, mein Junge, du mußt raus hier. Es ist gefährlich, verstehste. Die ham 'nen großen Kran mit 'ner Abrißbirne, die schleudern sie gegen das Mauerwerk, die rammen sie so richtig dagegen, und dann stürzt das Ganze in sich zusammen, verstehste? Da darf keiner rein. Außerdem kommt die Seite hier als erstes dran.«

»Ach so.« Trotzdem schien sich der Junge nicht allzu sehr daran zu stören. Entspannt lag er da und betrachtete den Mann feierlich. »Vielen Dank für die Warnung«, sagte er.

»Schon gut. Hoffentlich findste 'n andres Plätzchen.«

Der Mann entfernte sich. Komischer Kerl, dachte er. Irgendwie ernst. Führt sich mehr wie ein Mann mittleren Alters auf als – wie alt ist er wohl? Fünfzehn, sechzehn? Höflich. Anders als das Kroppzeug von heute.

Als der Mann gegangen war, rührte sich Gabriel nicht etwa, sondern blieb in derselben Stellung liegen. Er hörte die Warnung, die der Familie im Nebenzimmer durch ihr Fenster zugerufen wurde, und ihre lautstarken, schrillen, entrüsteten Vorhaltungen. Es war eine ausgedehnte Sippe von Puertoricanern, die wie die Spatzen schimpften – ihr Protestgeschrei hatte denselben hohen Gurgelton. Obwohl sie schon seit geraumer Zeit gewußt haben mußten, daß dieser Augenblick kommen würde, hörten sie sich so beleidigt und erstaunt an, als hätten sie damit gerechnet, in dem verfallenen Gebäude ihre Kinder aufzuziehen und ihren Lebensabend zu beschließen. Gabriel hatte sich oft gefragt, wie viele Kinder es gab; mindestens sechs von ihnen war er beim Kommen und Gehen auf der Treppe begegnet, doch glaubte er nicht, daß das schon alle waren; dem Lärm nach zu urteilen, konnten es ohne weiteres mehr sein.

Seine Beziehungen zu der Familie waren auf ein Lächeln beschränkt, denn er sprach kein Spanisch. Ständig drangen aus ihrer Bleibe unvertraute, aber appetitanregende Essensgerüche, und sie schienen ganze Tage und Nächte damit zuzubringen, umherzurennen und -zuspringen, Trommeln zu schlagen und sich laute Rockmusik anzuhören. Als Nachbarn gefielen sie ihm; er genoß das Gefühl, daß sich dieses aktive, unbeschwerte Leben, an dem er keinen Anteil hatte, dicht neben ihm abspielte, zweckgerichtet und wortreich.

Ich werde in einem fremden Land sterben, dachte er zuweilen, und die Vorstellung löste einen sonderbaren leichten Schauder aus. Aber was für einen Unterschied macht es schon für einen rationalen Menschen, wo unser Leichnam den Boden düngt? Der Zerfallsprozeß wird hier genauso vonstatten gehen wie in England – vielleicht ein bißchen schneller –, und ich will wahrhaftig nicht, daß die Leute kommen, um an meinem Grab zu weinen; also was schert es mich, wo ich hinkomme? Weshalb machen die Leute soviel Aufhebens um Gräber? Das ist sehr primitiv. Wahrscheinlich hat es mit dem Gespensterglauben zu tun, dachte er. Vielleicht treibt sich die Seele ja wirklich einige Monate lang in der Nachbarschaft herum, wo ihre Hülle aus Haut und Knochen endgültig vermodert; wie ein Duft; weshalb denn nicht? Der Geist ist eine Eigenschaft der Materie. Trotzdem, wieso sollte es mir etwas ausmachen, wo ich liege? Ich bin sicher, Gus hätte nichts dagegen, wenn sein Geist plötzlich auf einer Felsenklippe in der Westlichen Kordillere umginge – er würde sich die örtliche Fauna anschauen und lernen, soviel er könnte. Weshalb sollte meiner an den Straßen von Manhattan etwas auszusetzen haben? Und er lächelte schwach, als er sich vorstellte, wie sein Geist langsam den Broadway entlangschwebte und in die Auslagen blickte. Uhren, Klinken, Flicken, Juwelen und Weihrauch. Alles in diesem Laden, 88 cents. *Te Amo.* Würde mich jemand sehen? Ich zweifle daran. Die alte Indianerfrau in Schwarz, die so reglos starr auf dem Bürgersteig kniet, die übereinandergeschlagenen Füße in den schwarzen Turnschuhen hinter sich gekreuzt, die Hände um ein Bündel gelber Bleistifte geklammert, den stolzen Kopf in dem Kopfputz aus Pelz sinnierend gehoben, beachtete die Passanten nicht, die auf beiden Seiten an ihr vorübergingen, ohne ihr mehr Augenmerk zu schenken, als wenn sie ein Hydrant gewesen wäre. Die Steinplatten des Trottoirs sind mit den gemahlenen Splittern von Austernschalen bedeckt – spürt sie die nicht in ihren knochigen alten Knien, durch ihre dünnen schwarzen Strümpfe? Genauso werden die Leute an meinem Geist vorübergehen, und ich habe nicht einmal ein Bündel gelber Bleistifte anzubieten, dachte er, überwältigt von einem stechenden Heimweh, scharf und wehmütig, nach dem rein körperlichen Geruch und den Gegenständen seines Daheims, seinem alten Schlafzimmer und dem Viereck Sonnenlicht auf dem Teppichboden, den Bücherregalen, dem Ausblick über die große Zeder auf Wanborough Common, der Ecke der Gartenterrasse, wo Fred der Kater an sonnigen Junivormittagen schlief, den Straßen und Wegen, auf denen Gus mit mir spazierenging, als ich noch klein war. Wäre ich lieber in einem Winkel des Gartens begraben, so wie wir den alten Fred begruben, als er einging? Ich weiß noch, wie Thomas sagte: »Er wird unsere Stimmen hören, wenn wir vorübergehen«, und ich war getröstet und nicht allzu unglücklich bei dem Gedanken an ihn, der da warm unter der Erde lag, Woche um Woche, und sich langsam in die Wurzeln von Pflanzen verwandelte. Weshalb sollte Vermodern uns anekeln? Weshalb der Geruch von Dung oder verfaulendem Fleisch oder von Erbrochenem oder Maden oder zerfallender Materie uns anwidern? Worin besteht der Sinn dieses Ekels? Ist er, wie der Schmerz, ein Warnsignal? Ist es eine angeborene, ererbte Empfindung oder uns nur in der Kindheit anerzogen? Vielleicht ist es nur Konditionierung? Schließlich verzehren einige primitive Stämme verdorbenes Fleisch und Maden als Delikatessen; Leute essen Stilton, wenn er von Maden nur so wimmelt; Tiere haben anscheinend nichts gegen ihre eigene Kacke einzuwenden, Hunde scheinen sie gar zu bewundern. Weshalb also ist die Menschheit so heikel geworden, was ihre Abfälle angeht? Weil uns der Anblick des Zerfalls an den Tod gemahnt? Wir lieben Dinge, die wachsen und gedeihen, aber wenn sie verfallen oder vergehen, ertragen wir ihren Anblick nicht. Und doch gehört es genauso zu unserer Existenz. Werden Leute deswegen plötzlich von heftigen zerstörerischen Impulsen übermannt, fragte er sich. Weil der natürliche langsame Verfall, der erkennbar um sie herum vor sich gehen müßte, kaschiert und geleugnet wird? Selbst die Kunst, dachte er, ist eine Art Leugnung, wenn man's genau nimmt. Die Wandteppiche, diese himmlischen Wandteppiche mit dem Einhorn, sind eine Leugnung der Wirklichkeit: Blumen jeder Jahreszeit auf einmal, dichter gesät, als man sie je in der Natur vorfinden würde. (Und die Tatsache, daß ich das Wort himmlisch benutzt habe, um sie zu beschreiben, ist ja bezeichnend.) Die Brandenburgischen Konzerte, die uns überzeugen wollen, daß sie alles überdauern werden. Vielleicht werden sie das ja? Selbst wenn uns der Brennstoff ausgegangen ist und wir schon erfroren sind, wird in den fernsten Galaxien das unvergängliche Echo der Brandenburgischen Konzerte kreisen. Hören werden wir es nicht. Und dieses unterdrückte Wissen, daß wir alle langsam zugrunde gehen, es uns jedoch nicht eingestehen oder einander trösten dürfen, ist das der Grund, weshalb die Leute diesem Drang nachgeben, einander zu erstechen und ganze Städte mit Bomben oder Bulldozern zu zerstören? Nur um zu beweisen, daß sie sich nicht täuschen lassen, nur um den unausweichlichen Prozeß zu beschleunigen?

O Gus, dachte er zum tausendsten Mal, ich wünschte, du wärst hier, damit ich dir Fragen stellen und meine ungeformten Ideen besprechen könnte, damit du ihnen Geist einhauchen und Gestalt verleihen könntest. Warum mußtest du so früh sterben? Ich war auf deinen Tod nicht gefaßt und kann ihn immer noch nicht akzeptieren. Und ich weiß, daß das eine ichbezogene Denkweise ist.

Er wurde unruhig, setzte sich auf und starrte aus dem Fenster.

Für sein Alter war er kleingewachsen, aber kompakt und solide gebaut; sein weiches, dunkles, ziemlich kurz geschnittenes Haar lag wie eine Mütze auf seinem eckigen Schädel. Seine Augen lagen weit auseinander, unter stark ausgeprägten Brauen. Seine Haut war blaß, als hätte er den größten Teil des Sommers im Haus verbracht; trotzdem sah er recht gesund aus, und seine Lippen waren ungewöhnlich rot. Wer ihm begegnete, fand sein Gesicht angenehm, offen, aber nicht weiter bemerkenswert, außer einer gewissen bewölkten Miene, die als Unnahbarkeit oder Hang zum Schmollen mißverstanden werden konnte, obwohl es sich in Wahrheit nur um Konzentration handelte, um die Anstrengung, alle Erfahrungen in sich aufzunehmen, die ihm zuteil wurden oder die er erwartete.

Er winkelte die Beine an, beugte sich über das schmutzige Fensterbrett, stützte das Kinn auf die Arme und atmete den warmen rostigen Geruch New Yorks ein, mit seinem Beigeschmack von heißem Wäschereidampf und brutzelnden Hamburgers. Wie immer blickte er voll Zärtlichkeit zu der Reihe gelassener primitiver Steinlöwen hinüber, die den Portikus des Bauwerks auf der gegenüberliegenden Straßenseite stützten, und fragte sich, wer wohl den Einfall dazu gehabt hatte; welcher Architekt des neunzehnten Jahrhunderts hatte befunden, daß sie das letzte unerläßliche Detail waren, um das würdige, ansonsten aber nicht sonderlich beachtenswerte Bürogebäude zu vollenden? In New York gibt es so viele schöne Dinge anzuschauen, dachte er; in jedem Sträßchen sehe ich Dinge, die mir ein warmes Glücksgefühl und Entdeckerfreude bereiten. Ich schätze, ich könnte zwanzig Jahre in dieser Stadt umherlaufen, wenn mir zwanzig Jahre vergönnt wären, und dann wieder von vorn beginnen. Vielleicht sind alle Städte so, wenn man sie erst einmal richtig kennenlernt? Jedermann sollte zwei Existenzen oder zwei Persönlichkeiten erhalten, eine zum Handeln, die andere zum Schauen.

Der Nachmittagshimmel löste sich auf in das zarte Blau der Dämmerung: Blau mit einer Spur Lavendel. Doch die Stadtsilhouette blieb weiterhin scharf und klar, eine wildgezackte Silhouette von Schornsteinen und Traufhöhen, die sich zwischen hundert Stockwerken und drei bewegten – Ziegelsteinfialen, Steinspitzen, Wetterdächer, dreieckige Dachluken, flache rechteckige Dominosteine aus Beton. Was Gabriel am besten gefiel, waren die Wasserbehälter auf den Dächern: zylinderförmig, spitz zulaufend, verankert mit Hilfe mastenförmiger, skelettartiger Eisenträger, kamen sie ihm vor wie zum Abheben bereite Raketen. Er stellte sich vor, wie sie alle plötzlich von irgendwelchen unterirdischen Umwälzungen in den blauen Himmel abgeschossen wurden und das gesamte Gefüge New Yorks wie einen klumpigen, zerknitterten Teppich hinter sich herzerrten. Manhattan Island blieb, wieder kahl, zurück, nichts als ein schwarzer Fels im Hudson, der darauf wartete, daß die Vögel kämen und ihn düngten, die Saatkörner Wurzeln schlügen, Gras sprösse, Bäume und Büsche wüchsen. Eigentlich wird es besser sein, wenn wir alle weg sind, dachte er. Im gesamten Universum hat nie etwas einen so gräßlichen Schlamassel angerichtet wie wir, im Verhältnis zu unserer Größe. Wir sind wie die Seesterne, die am Großen Barrier-Riff nagen, wir vertilgen unsere eigene Behausung und schleudern, noch während wir kauen, die Rinden, die Knochen und die Saat des Lebens selbst von uns. *Die Zauberflöte*, das Taj Mahal, Keats' *Ode an eine Nachtigall* – unverdauliche Rindenstücke. Mozart lag im Sterben; ihm schauderte vor dem Tod, als er *Die Zauberflöte* komponierte, er komponierte sie, um sich abzulenken. Würde man darauf kommen? Thomas Chatterton hat sich über den Tod ausgiebig lustig gemacht, dann hat er ihn von eigener Hand herbeigeführt. Ich, dachte er, ich habe keine Angst vor dem Tod, nein, ich nicht; aber es wird mir leid tun, wenn ich nicht mehr dasitzen und auf diesen erstaunlichen New Yorker Himmel hinausblicken kann. Es wird mir leid tun, wenn ich die puertoricanische Familie nicht mehr zanken hören kann, wegen ihrer Paella oder was für Knoblauchgerichte sie da drinnen essen.

Es wird mir leid tun, dieses Zimmer zu verlassen. Er drehte sich um auf seinem Laken aus Sperrholz, um das Zimmer genauer in Augenschein zu nehmen. Ich habe diesen friedlichen, staubigen Raum liebgewonnen. Es wäre so ein schönes Zimmer gewesen, darin zu sterben, ein freundliches Zimmer, aber ein nüchternes; kein Ort, an dem gefühlsbestimmte Assoziationen wie Tentakel nach einem greifen.

Abgesehen von dem Bett und zwei Holzkisten war das Zimmer unmöbliert. Eine Tür führte zu einem noch kleineren, ebenfalls leeren Raum und zu einer Toilette. In dem kleineren Raum waren mehrere Ölgemälde vor eine Wand gestapelt, welche ein Künstler, der das Zimmer einst als Atelier gemietet hatte, beim Auszug offensichtlich ausrangierte, weil sie ihm die Mühe und die Kosten des Transports nicht wert waren. Meistens hatte Gabriel eines herausgenommen, so daß er es betrachten konnte: das heutige Bild war etwa zwei mal zwei Meter groß und hatte eine entfernte Ähnlichkeit mit in blassem Lavendel, Grün und Schwarz gemalten Zwiebeln. Er versuchte herauszufinden, was die Gemälde gemein hatten, daß sich ihr Schöpfer genötigt gefühlt hatte, sie auszumustern. Sie waren alle in sanften Farben gehalten und beruhten auf natürlichen Mustern wie Hautleisten, Holzmasern oder Sandkräuselung; Gabriel empfand eine fürsorgliche Zuneigung für sie, und hätte er gewußt, wo der Künstler zu finden wäre, so hätte er ihn womöglich angefleht, sein negatives Urteil zu überdenken.

Außer den Bildern hatte der Maler in einer Ecke auch einige Bücher zurückgelassen: Nietzsche und ein deutsches Wörterbuch; *Huckleberry Finn, Das verlorene Paradies* und Ralph Waldo Emerson; ausreichend Lesestoff. Und einen seine Halme verlierenden Strohwisch und ein paar Lumpen. Gabriel kehrte das Zimmer aus, es machte ihm sogar Vergnügen, hin und wieder den Holzfußboden zu schrubben. Wenn es nur darum ginge, den Boden zu schrubben, sich natürlichen Gegenständen anzupassen und für sie zu sorgen, dachte er, wie leicht ließe es sich leben. Was Schwierigkeiten verursacht, sind die Menschen, Menschen mit ihren Strudeln und Unterströmungen. Ich nehme an – ich weiß –, daß mein Bedürfnis nach Kahlheit und Ordnung eine Reaktion auf Bella ist, insofern weder klüger noch vernünftiger als ihre Unordnung; aber wieviel rationaler kommt es mir vor! Ich möchte so gern, daß Dinge fürsorglich behandelt und in Ordnung gebracht werden: der alte Mann auf dem Gehsteig in der Sonne, der sich gegen den Türpfosten seines Frisiersalons lehnt und langsam, langsam, sorgsam die blonde Perücke auskämmt, ihre Dauerwellen sorgsam arrangiert, während er den Sonnenschein genießt – wie mir das gefallen hat! Ich hatte ein richtig gutes Gefühl – bis in die Zehenspitzen hinein.

Ich nehme an, die Angstgefühle, die Duessa – nun schon seit sechs Jahren – in mir weckt, reichen eigentlich viel weiter zurück, bis damals, als ich klein war: Ich weiß noch, wie ich mich ekelte, als ich sehr jung war, vier oder fünf, wie ich es haßte, wenn sie Spucke auf ein Taschentuch tropfte und mir das Gesicht damit abwischte, der süßliche, widerliche Geruch. Und ihr eigener Körperdunst – der Geruch, den sie ausströmte, warm, scharf, ranzig, ätzend wie eine rohe Kartoffel –, das alles war in meiner Erinnerung vermengt mit Rundheit und Weichheit und Mütterlichkeit. Ich merkte es immer, wenn sie sich vor mir im Bad oder auf der Toilette aufgehalten hatte, es lag wie ein Gifthauch in der Luft, mir wurde leicht übel, und manchmal konnte ich es nicht ertragen, im Raum zu bleiben, sondern mußte nach unten auf die andere Toilette oder gar in den Garten, an die frische Luft gehen, den Atem anhalten, bis ich weit genug war. Es war wie der Geruch von Milch oder von einem jungen, feuchten Säugling – beißend, geronnen, abscheulich –, ich konnte die Vorstellung nicht ertragen, daß ich ihn durch die Nasenlöcher einsog. Ich konnte es nicht ertragen, ihre auf einem Stuhl liegende glatte Unterwäsche zu berühren oder einen Löffel abzulecken, den sie benutzt hatte. Ihre Haut war zu flaumig und zu weich; wenn man sie drückte, blieb die Delle eine Minute lang, wie bei Teig. Auch bestimmte Wörter, die ich mit ihr assoziiere, haben mich immer leicht aufgeregt und angewidert – Brust, Bauch, Busen, Bein – Wörter, die mit einem B beginnen?

Das erste Mal, daß mir deutlich bewußt wurde, was ich ihr gegenüber empfand, war an dem Tag, als ich von dem Spaziergang mit Gus zurückgerannt kam, weil mir so kalt war und ich meine Handschuhe vergessen hatte. Ich hatte sie in seinem Arbeitszimmer liegengelassen, als ich darauf wartete, daß er einen Brief addressierte und frankierte, und er sagte mir, ich solle nach Hause rennen und sie holen, er werde am Briefkasten auf mich warten...

Er setzte über die fünf Stäbe des weißen Eingangstors, denn es war ein kristallklarer, kalter Tag und ein Spaziergang mit Gus so kostbar, daß keine Sekunde vergeudet werden durfte. Wenn er sich beeilte, würden sie vielleicht bis zur Windmühle gelangen. Gus ging Ende der Woche wieder auf Reisen, zu einer seiner wissenschaftlichen Konferenzen, diesmal in Lima, Peru, und kam erst in zwei Monaten wieder.

Er stieß die Haustür auf – das Türschloß war nicht eingeschnappt, denn sie hatten sich in aller Stille aus dem Haus geschlichen – und rannte rasch, aber auf Zehenspitzen durch die Vorhalle und die Eingangshalle. Bella war zurückgeblieben, weil sie einen ihrer Migräneanfälle hatte, daher die Rücksichtnahme. Sie ruhte sich oben in ihrem Schlafzimmer aus und hatte sie gebeten, so leise wie möglich zu sein und lange auszubleiben, damit sie schlafen könne.

Er betrat die Bibliothek mit dem üblichen Gefühl leichter

Scheu. Im allgemeinen ging er nicht hinein, es sei denn, Gus war da. Bella hatte, seit er laufen konnte, so viel Nachdruck auf die Wichtigkeit dieses heiligen Bezirks gelegt; immer wieder hatte sie gesagt: »Du darfst niemals hineingehen, ohne Gus vorher zu fragen; das darf niemand; und du darfst niemals seine Papiere antasten oder verrücken. Du würdest schließlich auch nicht wollen, daß jemand deine Privatsachen durchgeht oder deine Bücher liest, oder? Und Gus ist in dieser Hinsicht ziemlich eigen.«

Auch ohne diese Warnung hätte er sich von der Bibliothek ferngehalten, die, wenn sie nicht von Gus' menschlicher Güte erwärmt wurde, leicht furchteinflößend wirkte. Um so erstaunter war er – mehr als erstaunt, überwältigt –, als er jetzt Bella erblickte, nicht etwa mit einem Handtuch um den Kopf auf ihrem Bett ausgestreckt, wie sie sie fünf Minuten vorher zurückgelassen hatten, sondern vielmehr aufrecht, nonchalant, gemütlich hinter Gus' Schreibtisch sitzend, in die Lektüre seiner Briefe vertieft. Mit einer Hand blätterte sie Papiere um, während sie in der anderen eine dicke Marmeladenstulle hielt, in die sie ab und zu, ohne ihre Augen von dem Dokument abzuwenden, das sie gerade las, mit aufgerissenem Mund hineinbiß. Dann legte sie die Brotscheibe, immer noch ohne aufzublicken, in einen Drahtkorb mit weiteren Papieren, offensichtlich um in der Nase zu bohren. Das tat sie gedankenverloren mit dem rechten Zeigefinger: erst ein Nasenloch, dann das andere, eine langwierige, gründlich forschende, wühlende, grabende Tätigkeit; den herausgefischten Popel wischte sie am Löscher ab, *leckte ihren Finger ab*, hob das Brot wieder auf und nahm einen weiteren Bissen zu sich.

Daß er Bella – seine eigene Mutter – so vorfand, war der größte Schock, den er im Laufe seines gesamten Lebens erlitten hatte. Ihm wurde so übel, als hätte man ihm einen heftigen Schlag ins Zwerchfell verpaßt und ihm allen Atem geraubt. Seine Lungen kollabierten, sein Herz raste.

Er war entsetzt bei der Vorstellung, wie sie zusammenfahren würde, wenn sie aufsah und ihn bemerkte. Was würde sie tun? An diesem Punkt versagte seine Einbildungskraft schlicht und einfach; er konnte sich die nächste Szene nicht ausmalen.

Jetzt, wo er, aus der größeren Erfahrung von sechzehn Jahren, darauf zurückblickte, hatte er mehr Abstand, konnte sogar voller Mitleid über sich selber lachen; trotz allen Mitgefühls sah er die komische Seite des Schocks und Ekels, den der Neunjährige verspürte. Daß man seine Mutter in der Nase bohren sieht, bedeutet doch wohl nicht das Ende der Welt, Herrgott noch mal? Es passiert den Leuten Schlimmeres, und sie überleben. Ja, ihm selbst war seitdem auch schon Schlimmeres zugestoßen, nur konnte er sich an keinen einzigen Vorfall erinnern, bei dem die Wucht des ersten Eindrucks so schrecklich gewesen war. Was mir Übelkeit verursachte, war nicht so sehr das Popeln an sich, dachte er (obwohl ich mich inzwischen frage, warum sie sich so oft die Mühe gemacht hat, mir beizubringen, daß man in feiner Gesellschaft nicht in der Nase bohrt – vielleicht aus Rücksicht auf Gus?); auch nicht der Umstand, daß es in seinem Privatbereich geschah, bei der Lektüre seiner geheiligten Unterlagen; ebensowenig, daß sie aufgestanden war und sich offenkundig bester Gesundheit erfreute, nachdem sie eine quälende Migräne vorgetäuscht hatte; auch nicht die schon fast gehässige Sorglosigkeit, mit der sie ihren Marmeladenknust auf seine Ablage geworfen hatte, während sie in der Nase pollte. Es war nichts davon für sich. Vielmehr war es der vollkommene Gegensatz zu all meiner bisherigen Erfahrung. Es war ihr Gesichtsausdruck, ihre Haltung, ihr ganzes Benehmen, das allem, was ich je zuvor an ihr gesehen hatte, völlig zuwiderlief. Es war die Verbindung all dieser Dinge, die sie plötzlich als jemanden erscheinen ließ, *der mir unbekannt war* – als eine Fremde, eine Person, die sich ganz und gar von der unterschied, die ich mein ganzes Leben lang zu kennen geglaubt hatte. Bella, die Mütterliche, so weiblich, gewinnend, weich und sanft, die noch auf die unbedeutendste Ansicht von Gus einging – wo war *sie*? Was war aus *ihr* geworden? Es jagte mir Angst ein. Wer war das? Da saß sie in ihrem zerknitterten, unfrischen Nachthemd, mit ihren zerwühlten, auf den Rücken herabhängenden Haaren, vollkommen blind gegen alles außer ihrem Lesestoff; jetzt hob sie ein Tagebuch auf und begann mit erhobenen Augenbrauen darin zu lesen. Im Haus war es ganz und gar still; mein Herz schlug so betäubend laut vor Schreck, daß ich glaubte, sie müsse es hören. *Wer war diese Frau?*

Wenn sie aufschaute und ihn sah, würde ihr Blick ihn in Stein verwandeln. Sie war Medusa, sie war Medea, die ihre eigenen Kinder zerstückelte, sie war die Hexe im Lebkuchenhaus. Mit angehaltenem Atem stahl er sich, mühsam sein donnerndes Herzklopfen bezwingend, rückwärts aus ihrem Blickfeld, dann sauste er in rasender Geschwindigkeit durch die Eingangshalle zur Haustür hinaus, die er leise zuzog, bis sie einschnappte. Das Fenster der Bibliothek ging auf den Vordergarten, daher jagte er schräg über den Rasen davon, an der Zeder vorbei, und kämpfte sich lieber durch das Strauchwerk und kletterte über die Mauer, als das Risiko einzugehen, daß sie hinausblickte und ihn durch das Tor gehen sah.

In nackter Angst, den Kopf frei von jedem Gedanken, rannte er stolpernd den Gehsteig entlang, wo Gus an der roten Briefkastensäule auf ihn wartete. Er verspürte nichts als Grauen, als habe er ein Heftpflaster abgerissen und eine Wunde voller wimmelnder Würmer freigelegt. Als habe er eine Schublade gezogen und eine abgehackte Hand entdeckt.

»He!« sagte Gus und ergriff seinen Arm. »Wo willst du denn hin? Du wärst ja beinahe an mir vorbeigerannt.« Als er ihn näher betrachtete, fügte er hinzu: »Du hast dir ja das Gesicht zerkratzt. Bist du in Ordnung? Ist dir irgendwas Schlimmes passiert?«

»Nein – ich bin schon in Ordnung.« Gabriel war in Panik, denn wie konnte er den Vorfall erklären?

»Aber du hast ja *immer noch nicht* deine Handschuhe!«

»Ich – ich hab sie nicht gefunden.« Es war das erste Mal, daß er Gus je angelogen hatte. Tief beschämt ließ er den Kopf hängen. Und was würde Gus denken, wenn er wieder in die Bibliothek ging und die Handschuhe ganz offen auf der Ecke des Schreibtischs liegen sah? Vielleicht konnte er – wenn Bella fort wäre – als erster hinein und sie wegschaffen?

Vor seinem Auge entfaltete sich ein ganzes Lügengespinst, verwickelt, beklemmend.

»Na ja, macht nichts«, sagte Gus gleichmütig. »Wir können uns meine teilen. Jeder einen.«

Gabriel steckte seine Hand in den großen, angenehmen, mit Wolle gefütterten Lederhandschuh. Er war geräumig und schmiegsam und bewahrte noch die Wärme der väterlichen Hand.

Sie gingen weiter.

Gus hatte ihm Wasserstrudel erklärt, und methodisch knüpfte er wieder dort an, wo er aufgehört hatte, beschrieb ihre Ursachen und ihre Verwandtschaft mit ähnlichen spiralförmigen Gebilden, Taifunen und Hurrikanen; er erzählte ihm von großen Strudeln, ging auf die Theorien des Archimedes ein, zitierte Beschreibungen des Maelstroms, des Corryvreckan, des Swilkie und des Brunnens von Swona. Normalerweise hätte Gabriel Gus' Ausführungen zu einem solchen Thema gierig aufgesogen. Heute hingegen war seine Aufmerksamkeit, auch wenn sie nicht abschweifte, geteilt. Strudel, dachte er, lassen sich erforschen. Man kann von einem Strudel ein Modell anfertigen, eine Aufnahme machen. Man kann seine Bewegungen aufzeichnen, herausfinden, wann er sich zusammenzieht, wann er sich ausdehnt, was auf ihn einwirkt. Man kann vorhersagen, wie ein Strudel sich verhält.

»Papa«, sagte er bald darauf, als die Strudel erschöpfend besprochen waren, »wie kann man herausfinden, wie ein Mensch wirklich ist? Innerlich?«

Gus antwortete, indem er seinen Gedanken aufgriff: »Menschen sind durchaus nicht so einfach beschaffen wie Strudel. Man kann sie noch so lange erforschen, und sie überraschen einen doch.«

»Wie kann man sie erforschen?«

»Nun, indem man sie beobachtet und sich Notizen macht. Man kann ihnen auch Fragen stellen, aber die Antworten sind mit Vorsicht zu genießen. Selbst wenn die Leute glauben, was sie über sich und andere sagen, kennen sie vielleicht nicht die ganze Wahrheit.«

»*Gibt es* denn eine ganze Wahrheit?«

»Wie meinst du das, Gabriel?«

»Läßt sich je feststellen, wie ein Mensch *wirklich* ist?«

»Ah, das ist etwas anderes. Was deine erste Frage angeht, ja, natürlich gibt es immer eine ganze Wahrheit. Zu allem. Die ganze Wahrheit ist das, woraus die Dinge bestehen, jedes Atom und Molekül, und wie sie zusammengesetzt sind und wie sie funktionieren und die vollständige Geschichte dessen, was mit ihnen geschehen ist, und zwar nicht nur von ihren eigenen Ursprüngen an, sondern von den Ursprüngen dessen, was sie verursacht hat. Kannst du mir folgen?«

»Ja, aber das wäre doch die Geschichte der ganzen Welt?«

»Richtig. Und die können wir nie ganz wissen. Unser Verstand ist nicht groß genug. Aber trotzdem ist sie da. Sie existiert. So wie die Welt existiert, auch wenn wir sie ungesehen akzeptieren müssen, weil wir sie nie auf einmal wahrnehmen.«

»Aber was ist mit Menschen?«

»Auch Menschen haben ihre Geschichte: jeder seine eigene. Und die Psychologie lehrt uns, daß die Nachwirkungen von Dingen, die ihnen zustoßen, wenn sie jung sind – so wie du jetzt, wenn du mit mir redest –, ihr Verhalten beeinflußt, wenn sie älter sind. Aber das ist noch nicht alles. Um einen Menschen gründlich zu kennen, muß man nicht nur seine ganze Lebensgeschichte kennen, jede einzelne Minute, sondern auch seine Erbmasse – die in ihm angelegten Gene, die ihm rotes Haar oder eine rheumatische Veranlagung oder Übellaunigkeit oder eine mathematische Begabung mitgegeben haben. Und selbst wenn man all das wüßte, könnte man womöglich immer noch nicht voraussagen, wie er sich unter bestimmten Umständen verhalten würde, weil man nicht sämtliche Gedankenverbindungen und -verknüpfungen kennt, die in einem Kopf vorgehen. Wenn du zum Beispiel eine schwarze Katze über die Straße huschen sähest, würdest du anders reagieren als deine Freundin Catriona, denn die Katze würde dich an deine alte Furry erinnern, während Catriona sich Meerschweinchen hält und gar keinen Draht zu Katzen hat.«

»Dann kann man also niemals herausfinden, wie ein Mensch unter der Oberfläche ist?«

»Nur bis zu einem gewissen Grade. Menschen schwanken auch in ihrem Verhalten je nach der Gesellschaft, in der sie sich befinden«, sagte Gus und musterte Gabriel scharf. »Du zum Beispiel sprichst mit mir ganz anders als mit Catriona. Du redest von anderen Dingen und drückst dich anders aus.«

»Ist das verkehrt?«

»Natürlich nicht. Ein Gespräch ist ein Austausch. Du gibst der anderen Person, was sie braucht. Es hat keinen Sinn, ihr einen Apfel zu geben, wenn sie ein neues Unterhemd braucht. Aber der Teil von dir, der mit anderen Menschen in Berührung kommt, ist nur deine äußerliche Seite. Je älter du wirst, desto mehr wirst du merken, daß es in dir einen Wesenskern deiner Persönlichkeit gibt, dein *Du*-Sein, das sich immer weniger verändern wird. Wenigstens hoffe ich das.«

»Jeder hat einen?«

»Jeder hat einen. Einige allerdings mehr als andere.«

»Also wäre die richtige Zeit, einen Menschen zu studieren und herauszufinden, wie er wirklich ist, wenn er schon ziemlich erwachsen ist, wenn er allein ist?«

»Vielleicht. Aber das läßt sich nur schwer durchführen. Denn sobald jemand weiß, daß du ihn studierst, ist er ja nicht mehr allein, oder? Und das wird sein Verhalten beeinflussen.«

»Man könnte ihn heimlich mit einer Filmkamera filmen.«

»Glaubst du, er würde die Filmkamera nicht sehen?« sagte Gus lachend. Er legte Gabriel die Hand auf die Schulter und drehte ihn um. »Es wird Zeit, daß wir heimgehen. Sieh dir die Sonne an, sie ist wie ein großer Golfball, der gleich hinter dem achtzehnten Grün aufschlagen wird. Na, vielleicht wirst *du* ja, wenn du erwachsen bist, eine Methode zum Studium der Menschen entwickeln, auf die bislang niemand gekommen ist. Aber es ist eine komplizierte Angelegenheit, weil es immer auf eine Verletzung der Privatsphäre hinausläuft, und unsere Privatsphäre ist eines unserer wichtigsten Güter; nie sollte man ohne Erlaubnis in sie eindringen.«

»Zum Beispiel anderer Leute Briefe lesen?«

»Oder am Schlüsselloch lauschen. Komm jetzt – laß uns rennen; deine andere Hand fühlt sich kalt an. Auf dem Heimweg kaufen wir uns ein paar Sauerteigfladen und rösten sie, und wenn's Bella bessergeht, können wir in ihrem Zimmer Tee trinken und Scrabble spielen.«

So hatte Gabriel im darauffolgenden Jahr Bella studiert. Er spionierte ihr nach. Hartnäckig, unaufhörlich, besessen lernte er alles beobachten, was sie tat, ihre Gewohnheiten im Hause, in ihrem Schlafzimmer, in der Küche, mit Freunden, mit Nachbarn, mit ihm selbst. Seine Technik, sie im Auge zu behalten, vervollkommnete er rasch und in hohem Grade. Und das war nicht leicht. Sie zu beobachten erforderte viel Geschick. Denn

Bella – nicht aus Argwohn, sondern aus natürlicher Achtsamkeit, einem angeborenen Schutzmechanismus – besaß die Vorsicht eines Eichkätzchens, die Wachsamkeit eines Rehs, die Schlauheit einer Füchsin. Doch Gabriel, der sich mit beinahe wilder Wut auf seine Aufgabe warf, war bald schon in der Lage, sie zu überlisten. Er beobachtete sie durch Ritzen, in Spiegeln, durch Schlüssellöcher, durch Fenster. Er kletterte auf Bäume, nahm lange, gewundene Umwege auf sich, um ihr aus einer unerwarteten Richtung entgegenzutreten. Er stand früh auf und blieb lange auf. Er verpaßte Mahlzeiten, vernachlässigte seine Schularbeiten, ließ seine Freunde fallen, schwänzte den Unterricht, ließ Züge und Busse abfahren und verbrachte Stunden in eisiger Kälte, in unbequemen Stellungen.

In der Schule, die er besuchte, machte man sich große Sorgen um ihn. Doch den drastischen Wandel in seinem Verhalten schrieb man dem plötzlichen und tragischen Verlust seines Vaters zu. Man konnte nichts anderes tun, als ihn freundlich zu behandeln und darauf zu hoffen, daß er die seltsame Veränderung überstehen und am Ende wieder zu dem gutgelaunten, offenherzigen Jungen werden würde, der er gewesen war.

In diesem Jahr lernte er mehr über Bella, als er zeitlebens je über einen anderen Menschen erfahren würde. Wie M. Paul Emmanuel von Zélie St. Pierre, so hätte auch er sagen können: »Sie kennen sie *teilweise*, ich aber kenne sie *gründlich*.«

Bisweilen hatte er Schuldgefühle, wenn er daran dachte, was Gus über die Verletzung der Privatsphäre gesagt hatte. Aber dann sagte er sich verärgert, daß *sie* in *seine* Privatsphäre eingedrungen war. Gus hatte ihr nie die Erlaubnis erteilt, seine Briefe oder sein Tagebuch zu lesen. Und jetzt ist er tot, hat gar keine Privatsphäre mehr; sie stöbert in allem herum, was er getan hat, und reißt es an sich.

Lange Zeit kam es Gabriel nicht in den Sinn, daß es, in dieser Hinsicht, die Toten sind, die zuletzt lachen.

Früher, als er noch jünger war, hatte er dann und wann voller Unbehagen erkannt, daß Bella äußerst gerissen und hinterhältig sein konnte, daß sie Außenstehenden gegenüber oft unaufrichtig war, ihnen und selbst Gus Tatsachen vorenthielt oder sie überdramatisierte und die Wahrheit ausschmückte, um ihrer Phantasie zu leben oder um sie einer Geschichte anzupassen, die sie sich ausgedacht hatte. *Jetzt* hingegen wußte er, daß sie gierig, gehässig, diebisch, arglistig war; daß sie zu keiner ehrlichen Beziehung imstande war; daß die Bella, die er für seine Mutter gehalten hatte, mit der Bella, der er zusah, wenn sie sich allein wähnte, ebensowenig Ähnlichkeit hatte wie ein Schimpanse mit Pieros *Madonna della Misericordia*; daß sie, wenn sie etwas haben wollte, völlig rücksichts- und skrupellos sein konnte. Damals begann er sie in Gedanken Duessa zu nennen.

Wie er herausfand, fehlte ihr offenbar jedes menschliche Maß; alles hatte gleichen Wert oder keinen. Er hatte gesehen, daß sie ebensoviel Sorgfalt und Überlegung daran wendete, einen Keks aus der Dose zu holen oder, ohne ertappt zu werden, bei Woolworth's vom Ladentisch ein Shampoo mitgehen zu lassen, wie daran, Steuern zu hinterziehen oder Bo zu überzeugen, daß sie krank war und Urlaub in Griechenland brauchte. Liebte sie Bo? Vielleicht. Hatte sie Gus geliebt? Vielleicht – auf eine unbestimmte, achtlose, kindliche Art, wegen des schönen, bequemen Lebens, für das er stand, wegen der Sicherheit, die seine Gesellschaft ihr bot.

Es konnte keinen Zweifel geben, daß sie unter dem Verlust litt. Der neuneinhalbjährige Gabriel war entsetzt über die wüste Selbstsucht, die anstößige Zügellosigkeit ihrer Trauer, die sie nicht im mindesten dem Kind zuliebe zu verhehlen oder mäßigen suchte. Ganze Tage verbrachte sie weinend in einem ungemachten Bett, sie kümmerte sich weder um das Haus noch um ihn, kaufte keine Lebensmittel und hörte auf, sich zu waschen, die Haare zu kämmen oder auch nur die Zähne zu putzen.

Schließlich ging Gabriel aus Verzweiflung zu Loraine Hartshorn, die oft zu erkennen gegeben hatte, daß sie nur zu gerne vorbeischauen und aushelfen würde; seit sie wegen eines schweren Asthmaleidens vorzeitig in den Ruhestand getreten war, hatte sie zuviel Freizeit.

Gabriel fand es schwer, die Situation zu Hause zu beschreiben. So sagte er nur: »Bella geht es nicht gut.«

Loraine warf ihm einen pfiffigen Blick zu. »Sie grämt sich wohl um ihn, wie? Mal sehen, was wir tun können.«

Sie war entzückt über die Gelegenheit, das Kommando zu übernehmen. Ihr prächtiges, häßliches Haus war leer und makellos; es gab darin für sie nichts weiter zu tun. Sie häufte Lebensmittel in einen Korb und kam mit schwerfälligen, plattfüßigen Schritten zu ihnen herübergestapft. Von dem Tag an hielt sie ihre Hand über das Haus der Bairds. Sie war kein schlechter Mensch – außerdem eine ziemlich gute Köchin, Cordon-bleu-Niveau. Und sie hatte keine eigenen Kinder, so daß sie es genoß, riesige, unverdauliche Kuchen für Gabriel zu backen, solange er sie nur verdrückte. Überdies entwickelte sie eine seltsame besitzergreifende Zuneigung zu Bella – nicht eigentlich mütterlich, das alte Fräulein war zu zäh, um als mütterlich zu gelten –, sondern als ob sie selbst Bella entworfen, sie aus Stoff zugeschnitten und zusammengenäht hätte. Stunden um Stunden brachte sie damit zu, Bella zu überreden, sich Modejournale anzuschauen, neue Kleider zu kaufen, sich die Haare frisieren zu lassen, sich zusammenzureißen. Eigentlich merkwürdig, denn wie sie selbst aussah, war Loraine herzlich gleichgültig; ihre eigenen Kleider, diese gräßlichen geblümten Hauskleider aus Nylon, die sie trug, alle ihre Sachen, die häßlichen flachen Schuhe und die malvenfarbigen Mäntel und Hüte – sie hatte eine ausgesprochene Vorliebe für Mauve –, waren ausnahmslos abgetragen und schäbig, wenn nicht gar schmuddelig. Der einzige Anstrich von Frivolität in ihrem Erscheinungsbild waren die unvermeidlichen straßbesetzten Brillengestelle, von denen sie mindestens ein Dutzend in den verschiedensten Farben und Formen besaß. Ihre einzigen Hobbys vor ihrer Besitznahme Bellas schienen die Kochkunst und das Brillensammeln gewesen zu sein sowie die Erhaltung ihres abscheulichen Hauses in einem Zustand, der ihrer eigenen Zeitschrift abgeschaut war.

Obwohl gereizt, spöttisch, undankbar, verdrießlich, begann Bella nach und nach, langsam und widerstrebend, auf all die Aufmerksamkeit und Verhätschelung anzusprechen. Sie beklagte sich darüber, daß Loraines Speisen gewöhnlich, ekelhaft, schwer seien und dick machten – aber sie aß sie. Sie gestattete Loraine, sie so zu drangsalieren, daß sie wieder Interesse an ihrem Äußeren bekam. Zwischen den beiden herrschte ein sonderbares Gleichgewicht der Gegensätze – als ob jede die Verstellungen der anderen durchschaute und dennoch bereit war, sich damit abzufinden.

Nur gelegentlich konnte Bella aufrichtig sein.

»Bezahlst du Loraine dafür?« fragte Gabriel sie eines Tages.

»Nein, weshalb sollte ich? Für sie ist es doch ein Hochgenuß, sich in Gus' Haus einzudrängen und uns herumzukommandieren. In ganz Wanborough prahlt sie damit. Sie tut so, als wäre sie seine liebste Freundin gewesen – obwohl er höchstens zweimal mit ihr geredet hat. Er fand, sie war die fadeste Langweilerin der Welt. Du weißt, wie sie es liebt, hierherzukommen; eigentlich müßte sie *uns* bezahlen.« Sie blickte zu seinem ernsten Gesicht hinauf – sie lag im Bett, las die Zeitung und wartete darauf, daß Loraine mit einem Frühstücksteller selbstgebackener Croissants käme – und sagte: »Sei doch nicht so ein Tugendbold!« Mit dem Ellbogen knuffte sie ihn in den Bauch. »Gibst du mir mal den Kamm, Liebling, die olle Lorry macht mir die Hölle heiß, wenn sie raufkommt und ich hab mich noch nicht gekämmt. Ach, da ist übrigens ein Brief von Onkel Bo, möchtest du ihn lesen? Er ist immer noch mit James in Spanien. Er meint, daß er vielleicht in drei Monaten heimkommt. Der hat vielleicht ein Schwein.«

Er holte ihren Kamm und ging hinaus. Als er durch den Türspalt zurückblickte, sah er, wie sie einen Zinken aus dem Kamm herausbrach – nachdem sie sich flüchtig damit durch die Haare gefahren war – und ihn dazu benutzte, sich einen Speiserest zwischen den Zähnen hervorzustochern.

Kurz danach gab er es auf, Bella zu beobachten.

Dabei hatte er seine letzte und ärgste Entdeckung noch nicht gemacht – die stand ihm erst etliche Jahre später bevor.

In der Küche traf er Loraine an, wie sie löffelweise Zucker in eine Schale mit Mayonnaise schaufelte.

»Ich dachte, Mummy versucht, eine zuckerfreie Diät einzuhalten?«

»Blech. Wenn das Auge nichts sieht, tut dem Herzen nichts weh«, sagte Loraine und rührte mit trotzigem Eifer. »Das ist doch eine lächerliche Modediät, auf die sie sich da gesetzt hat; wenn ich nicht hier wäre und ein Auge auf sie hätte, würde sie viel zu mager, ohne jede Widerstandskraft. Viel besser, ein bißchen mehr Gewicht zu haben und ein bißchen mehr Mumm.«

»Onkel Bo ist mager.«

»Ja, aber er hat seine Karriere und andere Dinge, die ihn durchhalten lassen. Es wird besser gehen, wenn sie auch etwas hat. Ich habe mir die Zeichnungen angeschaut, die deine Mutter vor der Heirat mit deinem Papa gemacht hat, und ich kann ihr einen Job verschaffen, sobald sie wieder auf den Beinen ist – überhaupt kein Problem.«

Gabriel konnte sich nicht vorstellen, daß das eine Lösung wäre. Undeutlich spürte er, daß Bella sich nie beglückt darauf stürzen würde, Tapetenmuster zu entwerfen, oder was immer Loraine mit ihr vorhatte. Zweifelnd sagte er: »Hat sie Ihnen nie gesagt, daß sie keine Stelle anzunehmen braucht? Gus hat ihr ziemlich viel Geld hinterlassen.«

»Quatsch. Sie weiß nicht, was gut für sie ist. Sie ist ein albernes Gänschen. Sie muß aus dem Haus. Unter Leute.«

Hinter Loraines zahlreichen Prätentionen – der Eitelkeit, dem intellektuellen Snobismus, der sie zur unangenehmsten Angeberin werden ließ, wenn sie anfing, von den Leuten zu erzählen, die sie als Herausgeberin ihrer Zeitschrift gekannt hatte; ihrem Snobismus beim Essen und Trinken, ihrem Snobismus beim Wohnen und Einrichten – verbarg sich ein gewisses Maß an gesundem Menschenverstand, hart wie Granit.

Als Gabriel, das Bein in Gips, aus dem Krankenhaus kam, hielt er sich wiederum an Loraine. Eine seltsame Zeit. Er hatte geglaubt, elender als unmittelbar nach Gus' Tod könne man sich nicht fühlen, doch das hier war weitaus schlimmer. Er trauerte immer noch um Gus, und außerdem fühlte er sich völlig verwirrt, entwurzelt, willenlos. Es gab niemandem in seinem Alter, mit dem er hätte reden können. Seine beste Freundin und Spielgefährtin Catriona war vor kurzem mit ihren Eltern nach Amerika zurückgegangen, und alle seine Schulfreundschaften hatte er einschlafen lassen.

»Du siehst schrecklich aus«, sagte Loraine, die in der Küche Erbsen enthülste. »Was ist los mit dir? Macht dir dein Bein zu schaffen? Oder ist es wegen Thomas?«

Sie musterte ihn mit scharfem Blick.

»Nein. Thomas ist in Ordnung.«

»Was dann?« Loraine schüttete die Erbsen in einen Topf.

Mißtrauisch sah er sie an. Inzwischen waren sie einigermaßen vertraut miteinander; daß sie im Unfallwagen mit ihm ins Krankenhaus gefahren war, hatte ihre Bekanntschaft plötzlich um einiges vorangebracht; sie hatte, als er das Bewußtsein wiedererlangte, an seinem Bett gesessen und ihm sanft und schonend beigebracht, was passiert war. Infolgedessen war er der komischen alten Tante dankbar und fühlte sich in ihrer Gesellschaft gelöst; doch seine Verunsicherung reichte furchtbar tief, sie unterminierte die Wurzeln seiner gesamten Beziehung zu Bella, zu Gus, zu sich selbst. Er hatte jeden Bezugspunkt verloren. Und Loraine war, trotz ihres Scharfsinns, beschränkt und fade; er sah keine Möglichkeit, wie sie ihm helfen könne.

»Komm schon, Engelchen«, sagte sie. »Immer heraus damit.« Sie schob ihm ein Blech mit abkühlenden Lebkuchen hin. »Also, was bedrückt dich?«

»Na ja«, sagte er langsam, »als ich im Krankenhaus lag, ist etwas passiert. Die Schwestern haben mich immer aufgezogen, weil bei mir alles verkehrt herum ist. Mein Herz und so ist nämlich nicht auf der Seite, wo andere es haben. Wußten Sie das?«

»Nein«, sagte Loraine sinnend. »Nein, das war mir nicht bekannt.«

»Und die Krankenschwestern sagten mir, das läßt darauf schließen, daß ich einer von zwei eineiigen Zwillingen sein muß, denn bei Zwillingen ist das manchmal so… Schon komisch: Als ich klein war, habe ich oft geträumt, ich hätte einen Zwillingsbruder; ganz deutliche Träume waren das. Ich weiß noch sein Gesicht. Ich nannte ihn Milo. Einmal, als ich sechs oder sieben war, habe ich Bella gefragt, ob ich je einen Zwillingsbruder gehabt hätte, und sie hat nein gesagt, natürlich nicht. Sie war ziemlich verärgert darüber.«

»Vielleicht«, sagte Loraine und wählte ihre Worte vorsichtig, »ist der andere Zwilling bei der Geburt gestorben, und sie möchte nicht an ihn erinnert werden.«

Sie wußten beide: Bella konnte aus einer unendlichen Reihe von Gründen gelogen haben.

»Und dann hörte ich zufällig ein Gespräch zwischen zwei Schwestern mit an«, fuhr Gabriel fort. »Sie standen draußen vor meiner Tür und dachten, ich könnte sie nicht hören. Die eine sagte: ›Man sollte denken, seine Mutter würde ihn besuchen kommen‹, und die andere sagte: ›Sie ist gar nicht seine leibliche Mutter. Ich kenne ihn noch von damals, als ich in der Kinderklinik gearbeitet habe, wegen dieser Herzgeschichte.‹ Ich bin mir ziemlich sicher, daß sie von mir sprachen.«

Loraine sah ihn eine Zeitlang an, ohne zu antworten.

Dann sagte sie: »Aber Bo und Bella sind Zwillinge. Zwillinge, das liegt in der Familie. Macht es das nicht wahrscheinlicher, daß du ihr Kind bist?«

»Nicht unbedingt. Sie sind nicht eineiig. Von daher hätte sie keine größere Chance, eineiige Zwillinge zu bekommen, als jede andere auch. Ich hab alles nachgeschlagen.«

»Ja, das merke ich.«

Loraine blickte ihn weiterhin an, das kleine Fischmaul zu einem stummen Pfeifen geschürzt. Sie stand an dem runden weißen Küchentisch und rollte Teig aus. Ihre Hände waren mehlig; sie stützte sie auf dem Tisch auf und beugte sich auf ihren massigen Unterarmen vor – mit dem konzentrierten Blick einer Bulldogge, die Brauen gerunzelt, die Augen hinter den dicken Brillengläsern nachdenklich.

Dann marschierte sie plattfüßig zur Tür hinüber, zum Fuß der dahinterliegenden Treppe und brüllte nach oben: »Bella!«

»Was?« antwortete von ferne eine Stimme.

»Was machen Sie gerade?«

»Haare waschen.«

»Dann wickeln Sie ein Handtuch drum, und kommen Sie einen Augenblick nach unten.«

»Ich kann nicht. Ich will damit fertig sein, bevor Thomas nach Hause kommt.«

»Es ist was Wichtiges.«

»Aha...!«

Wenig später kam Bella herunter. Sie trug ihre alte weiße Mönchskutte, und mit dem Handtuch als Turban sah sie aus wie ein Märchenprinz aus *Tausendundeiner Nacht*. Aber ihre Miene wirkte gereizt.

»Was ist denn?« fragte sie ungehalten. »Immerzu sagen Sie

mir, ich soll mir die Haare waschen. Wenn Sie sich nicht beeilen, sind sie zu trocken für den Festiger.«

»Keine Sorge. Sie können sie ja wieder naß machen. Der Junge hier will wissen, ob er Ihr Kind ist oder nicht.«

Gabriel war entsetzt, als er die Frage so unzweideutig in Worte gefaßt hörte. Und Bellas Kinnlade klappte herunter; ihre Augen weiteten sich, dann schoß ihr Blick seitwärts, erst zu Loraine, dann zu Gabriel.

Loraine fuhr fort: »Im Krankenhaus hat man ihm gesagt, er sei einer von eineiigen Zwillingen. Anscheinend haben Sie ihm gesagt, daß das nicht stimmt. Aber Sie müssen ihm die falsche Auskunft gegeben haben; *die* würden doch bei so etwas keinen Fehler machen. Sollten Sie ihm nicht lieber die ganze Wahrheit sagen?«

Für Gabriel hatten die Worte einen düsteren Klang. Die ganze Wahrheit... das, woraus die Dinge bestehen, jedes Atom und Molekül. Er dachte an Wasserstrudel, an Hurrikane, den Moskoe-Strom, den Brunnen von Swona.

»Ach du lieber Himmel!« rief Bella aus. »Also wirklich, da habt ihr euch aber den rechten Augenblick ausgesucht...«

Sie sah überfordert, drangsaliert, geplagt aus.

»Dinge, die man sich selbst überläßt, suchen sich im allgemeinen ungelegene Augenblicke aus«, bemerkte Loraine mit ruhiger Stimme, als sie sich wieder daranmachte, ihren Teig auszurollen. »Jetzt will er's jedenfalls wissen, und Sie müssen es ihm sagen. Und er ist alt genug, die schlichte Wahrheit zu erfahren.«

»Tja also, Liebling, du bist adoptiert worden«, sagte Bella in großer Hast, als ob sie mit Schnellsprechen die Angelegenheit herunterspielen könnte. »Sieh mal, Gus wollte einen Sohn, und er war unfruchtbar, bei manchen Männern ist das so, und eine Freundin von mir hatte ein Kind, und dessen Vater war gestorben, und dann starb auch sie – du warst ihr Kind –, und da haben wir dich adoptiert.«

»Hat sie dir gesagt, ich wäre einer von Zwillingen?«

»Nun, sie war krank, verstehst du? Sie konnte mir nicht viel sagen. Könnte es mir entfallen sein? Würde ich so etwas vergessen? Nein, ich *denke* nicht.« Als wolle sie Zeit gewinnen, preßte Bella beunruhigt die Hand um den umwickelten Kopf.

»Könnte man so was nicht beim Somerset House oder sonstwo herausfinden?« schlug Loraine vor.

»Ich denke schon«, sagte Bella gequält. »Aber sehen Sie, um die Zeit, als Gabriel geboren wurde, war Alice in Griechenland – Alice hieß sie, Alice Myers – sie war Ärztin – natürlich bist du als britischer Staatsbürger registriert worden, das ist alles in Ordnung – aber ich weiß nicht einmal den Namen von dem Ort. Ist es wirklich so wichtig? Was macht es schon für einen Unterschied? Warte mal – vielleicht hat sie mir ja gesagt, du wärst ein Zwilling und daß der andere Zwilling gestorben ist. Ja, ich glaube, das könnte sie gesagt haben… Ich wollte dir das alles erst erzählen, wenn du viel älter bist. Es war eine ganz legale Adoption. Gus hat sich um das alles gekümmert, er wollte, daß alles richtig abgewickelt würde, und hat dir seinen Namen gegeben, und du bist sein rechtmäßiger Erbe beziehungsweise wirst es sein, wenn du einundzwanzig bist.«

»Was ist mit Gus?« Gabriel bemühte sich um einen festen Ton; trotzdem klangen die Worte schrecklich dünn und zaudernd.

»Wie meinst du das? Was ist mit Gus?« fragte Bella zerstreut; sie suchte in der Tasche ihres Morgenmantels nach einer Zigarette, stand auf, durchstreifte das Zimmer nach einem Streichholz und machte aus dem Anzünden eine große Aktion.

»Wann wollte er mir sagen, daß ich adoptiert bin? Daß ich ein Zwilling bin?«

»Oh«, sagte sie unbestimmt und verscheuchte den Rauch, »höchstwahrscheinlich dachte er, du wüßtest Bescheid. Verstehst du denn nicht, für ihn war das unerheblich. Ob du nun unser Kind bist oder adoptiert – das war Gus egal.«

Loraine sagte: »Das stimmt, weißt du.«

Aber sie hatte Gus nicht gekannt. Gabriel beachtete sie nicht.

Bella fuhr fort: »Gus wollte nichts weiter als ein Kind, einen Sohn, an dem er seine Bildungstheorien ausprobieren konnte. Jedenfalls hast du keinen Anlaß zur Klage. Er hat dich geliebt, oder nicht? Das weißt du doch. Was soll also das ganze Theater?«

»Der Junge macht kein Theater, Bella«, brummte Loraine. »Er will nur wissen, woran er ist. Wahrscheinlich will er wissen, wie seine leibliche Mutter war. Das würde jeder andere auch wissen wollen.«

Dabei wollte Gabriel nichts dergleichen wissen. In diesem Augenblick wollte er gar nichts weiter wissen. Seine leibliche Mutter schien ein ebenso vager Begriff wie die Quadratwurzel aus minus eins. Er ließ die beiden stehen und rannte mit mühsam nachgezogenem Gipsbein humpelnd die Treppe hinauf, immer höher, zum Dachzimmer, in das er, als Bella und Thomas heirateten, seine ganzen Habseligkeiten geräumt hatte.

Er warf sich auf sein Bett und starrte durch die Dachluke zum Himmel empor. Ihm war, als schwanke unter ihm das Haus, als stehe er im Mastkorb eines Schiffes, als sei seine ganze Vertäuung losgeschnitten worden und nichts mehr bewahre ihn davor, mit der Flut aufs Meer hinausgeschwemmt zu werden.

Gleich darauf hörte er die Haustür zuschlagen. Thomas war von seinem Verlag zurück.

Gabriel hielt sich zu weit oben auf, um irgend etwas von dem Gespräch unten zu verstehen, doch er verspürte ein Vibrieren, ein besorgtes Gemurmel.

Nach einer Weile kam Thomas die Treppe zur Dachstube herauf und klopfte an seine Tür.

»Darf ich hereinkommen? Ich bin's, Thomas.«

»Ja.« Gabriels Stimme klang gedämpft. Er hörte, wie die Tür aufging, doch hatte er den Kopf abgewandt und ins Kissen gepreßt. Thomas trat ein und setzte sich zu ihm aufs Bett.

»Bella sagt, sie hat dir eben eröffnet, daß du ein Adoptivkind bist«, sagte er ohne Umschweife.

»Wußtest *du*, daß ich ein Adoptivkind bin?« brachte Gabriel nach ein, zwei Sekunden heraus.

»Nein, wußte ich nicht. Komischerweise habe ich oft gedacht, daß du Bella ähnlich siehst... Hat es dich sehr verletzt, es zu erfahren?«

Gabriel dachte nach, dann nickte er. »Verstehst du«, sagte er gleich darauf mit sehr beherrschter Stimme, »es hat mir etwas ausgemacht, herauszufinden, daß ich nicht sein Kind bin. Gus' Kind.«

»Sieh mal, Gabriel.« Es war derselbe bestimmte Ton, den Thomas manchmal den Druckern gegenüber anschlug, wenn er sie bei irgendeiner Krise von zu Hause aus anrief. »Du mußt vernünftig darüber nachdenken. Soll ich dir mit all den abgedroschenen Phrasen kommen? Du kannst doch wohl deinen Verstand gebrauchen? Vielleicht bist du nicht als Gus' Sohn zur Welt gekommen, aber glaube mir, das hat überhaupt keine Rolle gespielt. Ich habe Briefe gesehen, die er Bella über dich geschrieben hat, wenn er auf Konferenzen war. Er war genauso stolz auf dich und froh über dich, wie wenn du sein eigen Fleisch und Blut gewesen wärst. Du *warst* sein eigen Fleisch und Blut, verstehst du denn nicht? Er hat sich für dich entschieden, und von da an hat er all seine Liebe und Weisheit über dich ausgeschüttet. Oder etwa nicht? Ist das nicht die Wahrheit? Hat er sich jemals so verhalten, als fühle er sich nicht als dein Vater?«

»Aber warum hat er es mir nicht *gesagt*?« Gabriels Stimme klang halb erstickt; er lag da, das Gesicht ins Kissen gedrückt.

»Aller Wahrscheinlichkeit nach hat er es einfach für unwichtig gehalten – er hat's schlechtweg vergessen, als du erst einmal zu seinem Kind erklärt wurdest. Hältst du das nicht für möglich?«

Nach einer Weile nickte Gabriel wieder ins Kissen hinein.

»Oder«, fuhr Thomas behutsamer fort, »er könnte es Bella überlassen haben, den richtigen Augenblick abzupassen. Vielleicht dachte er, der sei noch nicht gekommen. Oder vielleicht dachte er, sie hätte es dir bereits gesagt, und alles sei verstanden und vergessen. Es war ihm nicht wichtig. Er hat dich geliebt, das war die Hauptsache. Er war stolz auf dich. Und betrachte es einmal so herum: Denk dir nur, was für ein unübertreffliches Glück du gehabt hast, ausgerechnet von August Baird adoptiert zu werden. Stell dir die Leute vor, die dich hätten an Kindes Statt annehmen und aufziehen können: fade, langweilige, dumme Leute. Unfreundliche, engstirnige, versnobte Leute. Grausame Leute. Faschisten, Verbrecher. Religiöse Fanatiker oder Spinner. Statt dessen hat dich so ziemlich der weiseste Mann der Welt erwählt – der zufällig mit einer der hübschesten Frauen verheiratet war. Wenn ich mir meine Eltern hätte aussuchen dürfen, hätte ich lieber zehn Jahre Gus zum Vater gehabt als – dreißig Jahre Newton, sechzig Jahre Churchill oder siebzig Jahre Shaw. Denk mal darüber nach. Wen hättest du dir ausgesucht, wenn nicht Gus? Kannst du dir auch nur einen vorstellen, den du lieber zum Vater gehabt hättest? Vielleicht hat er nicht soviel Zeit mit dir verbracht wie andere Väter, weil er so tüchtig gearbeitet hat, sich um so vieles kümmern mußte, aber denk daran, wie er die Zeit genutzt hat, die er mit dir verbrachte!«

Gabriel antwortete darauf nicht mehr, aber er entzog sich auch nicht, als Thomas seine Hand nahm; er ließ sie in Thomas' tröstlichem Griff ruhen.

»Denk nur weiter darüber nach, was ich dir gesagt habe«, sagte Thomas nach einer Weile und ging nach unten.

Ein guter Mann, Thomas, auf seine Art; ein gütiger, wohlmeinender Stiefvater.

Dennoch – Gabriel hatte ihn nicht erwähnt, und Thomas ihn nicht zerstreut: den quälenden Zweifel, der in ihm zurückblieb und stets in ihm zurückbleiben würde. Vielleicht war er ja *doch* Bellas Sohn? Nichts konnte einen zweieiigen Zwilling daran hindern, einen eineiigen Zwilling in die Welt zu setzen. Und schließlich adoptierten manche Leute, wenn sie heirateten, ihre eigenen Kinder – ihre unehelichen Kinder.

Aber wer war dann sein Vater? Er würde es nie herausfinden. Es hatte keinen Sinn, Bella danach zu fragen. Von ihr würde er nie die Wahrheit erfahren. Und vielleicht war es besser so.

Warum nur hatte Gus sie geheiratet? Was für ein wilder, schwärmerischer Impuls hatte ihn dazu getrieben?

Die Tür ging auf und ließ einen Schwall puertoricanischer Stimmen und eine Duftwolke puertoricanischer Kochkunst herein. Ein vom Flur draußen an die Wand geworfener Lichtstreif beleuchtete vorübergehend ein angeheftetes Poster, den Nachdruck eines der Wandteppiche mit Einhorn: die Dame hielt den Spiegel, das Einhorn – mit großem, versonnenem, unbefangenem Blick – betrachtete zutraulich sein Spiegelbild. Gabriel hatte zweimal die Ausstellung französischer Wandteppiche im Metropolitan Museum besucht und war von diesem hier so bezaubert gewesen, daß er ein drittes Mal hingegangen war und das Poster gekauft hatte.

Die Tür schloß sich wieder. Inzwischen war es ziemlich dunkel. Aber er wußte, wer hereingekommen war. Er hörte, wie sie ein Streichholz anriß; der schwache Schimmer einer Kerze flackerte auf und wuchs. Er hörte, wie sie leichtfüßig umherging und eine Papiertüte mit Lebensmitteln auf eine der Holzkisten stellte. Da kam es schon eher unerwartet, daß sie eine verhaltene Bemerkung flüsterte, und zwar zum Nebenzimmer, nicht zu ihm hin. Er hörte den Klang des laufenden Wasserhahns, dann ein gedämpftes labberndes Geräusch.

Er ging zur Tür und schaute hindurch.

Catriona hatte eine Schale aus Metallfolie mit Wasser gefüllt und sie einem Hund, der durstig daraus trank, auf den Boden hingestellt.

Der Hund war groß, buschig, cremefarben wie eine halbverwelkte Chrysantheme. Mit seiner langen, spitzen Schnauze stieß er die Schale ungeschickt auf dem Fußboden umher.

»Ein ziemlich bescheuerter Köter, fürchte ich«, sagte sie milde und blickte duldsam gegen seine Unbeholfenheit auf ihn herab.

Während sie dem Hund zusah, hatte ihr Gesicht genau den gleichen eher traurigen, skeptischen, resignierten und doch nachsichtigen Blick, mit dem die Dame das Einhorn bedenkt. Sie war ein kleines, blasses, flachsblondes Mädchen und hatte stets eine starke Ähnlichkeit mit der Dame; deswegen hatte er das Poster gekauft. Er glaubte, sie und die Dame hätten womöglich auch dieselbe Veranlagung gemein: gedankenvoll, menschenfreundlich, durchdringend klug. Praktisch, nüchtern und klardenkend.

»Wo hast du denn den aufgelesen?« fragte er.

Sie fing an zu lachen. »Keine Sorge, der bleibt schon nicht hier! Wenn er 'n Meerschweinchen wäre, wär's vielleicht was andres. Da ist so 'n Mann, der kommt seit einiger Zeit immer und ißt 'n Hamburger; der Hund gehört ihm.«

»Und wieso kümmerst du dich um ihn?«

»Na ja, das war ziemlich komisch. Du weißt doch, gegenüber dem Schnellimbiß ist 'ne Bushaltestelle. Heute war der Typ wieder da und aß seinen Hamburger, da guckte er aus dem Fenster und stieß plötzlich einen Schrei aus. Er sagte, da wär 'n alter Freund von ihm, den er seit Jahren nicht gesehen hätte, der wartete auf den Bus. Da ist er über die Straße geflitzt, und in dem Augenblick ist der Bus gekommen, und ich nehme an, sein Freund ist eingestiegen und er wohl auch, und der Bus fuhr ab. Das war so gegen sechs, und als er um acht immer noch nicht wieder da war, hab ich angeboten, nach Feierabend den Hund über Nacht mit nach Hause zu nehmen, weil Mr. Vanucci nicht wollte, daß er im Restaurant bleibt. Ich schätze, der Typ wird ihn morgen abholen. Der Hund ist ganz artig; der macht uns keine Mühe. Mr. Vanucci hat mir 'n Hamburger für ihn mitgegeben.«

»Hat der Mann seine Rechnung bezahlt?« Gabriels Stimme klang unbeteiligt, weder zustimmend noch ablehnend.

»Ach was, so einer ist das nicht. Nein, hat er nicht, wenn du's genau wissen willst. Aber er hat auch sein Essen nicht aufgegessen. Der ist schon in Ordnung; er hat weiße Haare und liest meistens *The Virginia Quarterly* oder irgend'n dicken Wälzer; ich bin sicher, der kommt wieder. Der würde doch nicht einfach seinen Hund im Stich lassen.«

»Dann ist ja alles gut.« Gabriel akzeptierte die Situation und den Hund und dachte nicht weiter darüber nach. Er ging zurück, setzte sich aufs Bett und sah hinaus.

Als sie die Lebensmittel ausgepackt hatte, setzte sie sich neben ihn, und sie schlangen die Arme fest umeinander. Es blieb ihnen nicht mehr viel Zeit zusammen.

Aber als er sagte: »Hättest du etwas dagegen, wenn ich vor dem Essen noch ein bißchen was schreibe?«, nickte sie und löste sich augenblicklich aus seiner Umarmung.

»Ich muß meine Jeans waschen. Das tu ich zuerst.«

Sie ging ins Nebenzimmer zurück und ließ wieder das Wasser laufen. Er drehte sich auf den Bauch, rückte die Kerze näher heran, zog aus seiner schwarzen Ledermappe – die vom ständigen Herumtragen abgewetzt und speckig war – eine halb beschriebene Seite und begann mit gleichmäßiger Konzentration zu schreiben. Er merkte gar nicht, wie das Mädchen wieder ins Zimmer kam; sie hatte nur ihren Russenkittel an, die tropfnassen Jeans hielt sie in der Hand und hängte sie über eine improvisierte Wäscheleine.

Danach ließ sie sich auf einem Stoß Zeitungen nieder, stützte die Ellbogen auf die Knie und ihr kleines, ernstes Gesicht auf die geballten Fäuste. Sie hätte Gabriel gern beobachtet, ihn studiert, ihn sich eingeprägt, doch hatte sie Angst, daß sich das auf seine Konzentration auswirken, ihn ablenken könnte. So hielt sie ihren Blick entschlossen auf das Viereck rotgefärbten Nachthimmels gerichtet.

Doch innerlich war ihr, als ertaste sie seine Konturen mit ihren Händen, als erforsche sie seine Umrisse mit ihrem Herzen. Als fertige sie eine Totenmaske an.

Gabriel schrieb und schrieb, Seite um Seite.

Langsam, mit einer Willensanstrengung, wandte sie ihre Aufmerksamkeit von ihm ab und lenkte sie nach innen, auf die Sonate von Giuliani, die sie gerade lernte. Sie konnte sich das Musikstück auf dreierlei Weise gleichzeitig vorstellen – als Partitur, in physischer Gestalt auf ihrer Flöte gespielt, und als unhörbares Klangmuster. Allmählich wurde sie ruhig.

Der buschige, blasse Hund lag sittsam in einer Ecke und blickte auf seine scharfe, weiße aristokratische Nase herab. Sein Gesichtsausdruck war so demütig und bescheiden wie der einer Madonna. Doch hin und wieder brach er in ein Lächeln aus, und die lange Zunge glitt über die gelben Zähne und die gefleckten Lefzen.

5

Thomas 1967

Er erwachte mit einem Gefühl eigentümlicher Stille und eigentümlicher Angst. Selbst als er die Augen noch geschlossen hielt, noch bevor er wirklich wach war, erkannte er an dem Licht hinter seinen Lidern und an der ungewohnten Art der Stille, daß er nicht in seinem eigenen Bett lag. Wo aber dann? Nicht in Jans Wohnung, denn die wachte stets als erste auf und machte, begleitet von einem Klopfen auf den nackten Dielen, ihre Yogaübungen. Auch nicht in dem kleinen Haus seines Vaters in Wansea Village, wo Tag und Nacht das unaufhörliche Dröhnen des Verkehrs im Hintergrund zu hören war. Wo sonst?

Er schlug die Augen auf. An der weißen Zimmerdecke spiegelte sich ein klares, unheilvolles Licht, Schneelicht. Als er den Kopf ein wenig drehte, konnte er das Fenster und einen traurig herabhängenden Zedernast erkennen, der mit einer dicken Eis- und Schneeschicht bedeckt war und ihn an das Detail eines japanischen Drucks erinnerte.

O Gott! Jetzt kam ihm die Erinnerung zurück – Jan, der Schnee, der Junge, das Haus. Sie.

In einem ersten, unkontrollierbaren Drang, sich zurückzuziehen, setzte er sich auf die Kante des Doppelbetts. Fliehen. Entkommen. Das kann nur böse enden.

Doch die plötzliche Bewegung weckte sie auf. Und er wußte ohnehin, noch während er sich aufrichtete, daß es schon um zwölf Stunden zu spät war. Unmöglich, sich jetzt noch mit Anstand davonzustehlen. Sobald er diese Tatsache, diese Niederlage akzeptiert hatte, kehrte wieder Ruhe in ihm ein, und beinahe verspürte er so etwas wie Heiterkeit. Er hatte die Grenze bereits überschritten; das einzige, was ihm jetzt zu tun blieb, war, die verschiedenartige Landschaft zu betrachten, ihre Umrisse in sich aufzunehmen und die Maßnahmen zu ergreifen, die ihm am besten geeignet erschienen, um den neuen, vor ihm liegenden Anforderungen zu genügen.

Träge wandte sie sich im Bett zu ihm um und streckte eine Hand aus.

»Hallo, Liebling!« Sie gähnte und lächelte; unter ihren halb geschlossenen Lidern erblickte er einen schieferblauen Schimmer. »Ich hab vergessen, den Wecker aufzuziehen; wie spät hast du's?«

Es war neun Uhr; ein nagendes Schuldgefühl befiel ihn. »Soll ich das Krankenhaus anrufen und fragen, wie's ihm geht? Das wollte ich eigentlich schon um acht.«

»Was macht das schon? Wollen wir hoffen, daß das arme Lämmchen noch schläft. Gib mir doch mal das Telefon, ich rufe selbst an.«

Während sie sich durchfragte und einige vorläufige Auskünfte einholte, hörte er zu seiner Bestürzung im Erdgeschoß Schritte, das Klirren von Geschirr und das Dröhnen der Spülmaschine. Seine eigenen Sachen hingen immer noch zum Trocknen unten in der Küche; er sammelte August Bairds Kleider ein und wollte sich eben hastig ins obere Badezimmer zurückziehen, als Bella, den Hörer immer noch am Ohr, ihn zurückwinkte.

»Wo willst du hin?«

»Mich anziehen. Ich kann unten deine Putzfrau hören«, sagte er mit gedämpfter Stimme.

»Ach, das ist noch nicht die Putzfrau. *Die* kommt nicht vor zwölf. Das wird die olle Loraine sein. Bleib doch noch. Willst du denn nicht hören, wie es Gabriel geht? Ja, ich warte noch«, sprach sie in den Hörer hinein.

»Das schon. Aber wird Loraine nicht schockiert sein, wenn sie mich hier findet?«

»Na und?« Bella zog die Augenbrauen in die Höhe. Sie schien überrascht. »Was geht das sie an? Es zwingt sie ja niemand, hierherzukommen... Oh, gut, ich danke Ihnen vielmals. Ja. Ja. Vielen Dank... Sie sagen, es geht ihm gut, das gebrochene Bein und eine leichte Gehirnerschütterung war alles, die Nacht über hat er gut geschlafen. Wahrscheinlich kann er schon in ein paar Tagen nach Hause kommen. Und wir dürfen ihn jederzeit besuchen, die olle Lorry hat ihm anscheinend ein Privatzimmer verschaffen können. Das muß man schon sagen – sobald der Name Baird fällt, wird einem überall hier der rote Teppich ausgerollt«, bemerkte sie voller Genugtuung.

»Oh, das ist ja wunderbar. Ausgezeichnete Neuigkeiten.« Die Erleichterung wärmte sein Blut wie Alkohol. »Dann fahre ich dich später hin, ja? Sobald du etwas gefrühstückt hast?«

»Oh, mein Liebling. Dank dir, aber ich bin mir nicht sicher, ob ich einem Krankenhausbesuch wirklich gewachsen bin. Solche Besuche sind immer ziemlich aufreibend. Und die Nacht war ziemlich kurz.«

Um zwei Uhr früh hatte Loraine vom Krankenhaus aus angerufen und ihnen einen kurzen Bericht gegeben. Bis dahin hatten sie etliche Flaschen Champagner getrunken, da Bella darauf beharrte, die Ungewißheit nicht ohne eine gewisse Stärkung ertragen zu können.

Außerdem hatte Loraine zu Thomas' großer Erleichterung angekündigt, sich für die Heimfahrt ein Taxi nehmen zu wollen; sie sagte, es hätte keinen Sinn, daß er noch mal aus dem Haus ginge, es sei immer noch heftig am Schneien und sie habe bereits ein Taxi bestellt, das auf sie warte. Thomas war dies nur recht, denn zu dem Zeitpunkt hätte er seiner Fahrtüchtigkeit nicht mehr getraut. Sie hatte ihnen beiden geraten, so bald wie möglich zu Bett zu gehen, und versprochen, morgens vorbeizuschauen.

»Glaubst du denn nicht, daß Gabriel dich sehen möchte?« fragte Thomas leicht verwirrt.

»Ach, der arme Engel, er weiß doch, daß ich die Grippe habe und daß er mit mir wirklich nicht rechnen kann. Es geht mir heut morgen entschieden schlechter; ich bin so heiser, daß ich kaum krächzen kann. Hol mir doch bitte das Thermometer, sei so gut; es liegt in dem Wandschränkchen im Bad. Ich hab bestimmt wieder erhöhte Temperatur; möchte wissen, woher!« Sie lächelte Thomas verschwörerisch zu.

Von ihrem Alkoven aus führte eine Tür in ein kleines Badezimmer, in dem wilde Unordnung herrschte: überall Talkumpuder, der Boden eine Lache von Duftstoffen, Handtücher und Unterwäsche, über den Rand der Badewanne geworfen; die Regale und das Schränkchen ein einziger Wirrwarr von staubigen Kosmetika, Geräten aller Art von Brennscheren zu Mundduschen, ausgekämmten Haaren und rostigen Rasierklingen. Leicht angeekelt – aber schließlich hatte sie die Grippe gehabt – wagte sich Thomas in dieses Durcheinander und stieß endlich auf ein Thermometer; nachdem er es Bella überreicht hatte, zog er sich behutsam in das Badezimmer ein Stockwerk höher zurück, um sich zu rasieren und anzukleiden.

Als er wieder in den ersten Stock herunterkam, bemerkte er, daß Bellas Tür halb geschlossen war; dahinter war ein Gemurmel weiblicher Stimmen zu hören. So ging er auf leisen Sohlen weiter, die Treppe hinunter in die Küche, die unterdessen wieder makellos aufgeräumt war; sämtliche Arbeitsflächen feucht abgewischt, die Geschirrtücher ausgewaschen und zum Trocknen aufgehängt, jede Tür und Schublade geschlossen. Keine Spur vom nächtlichen Festmahl oder überhaupt von irgendwelchen Lebensmitteln. Als er sich nach etwas Eßbarem zum Frühstück umschaute, kam er sich wie ein Eindringling vor. Was aß Bella normalerweise? Er hätte sie fragen sollen, doch scheute er sich, auf ihr Zimmer zurückzugehen, solange sich Loraine bei ihr aufhielt. Kaffee, Toast? Das einzige, worauf er Appetit hatte, war eine Schale Cornflakes oder ein Stück Brot, aber an schlichten Grundnahrungsmitteln fehlte es in diesem Haus offenbar.

Zwar entdeckte er eine elektrische Kaffeemühle von der Größe einer Drehorgel, doch von Kaffeebohnen keine Spur. Nachdem er verschiedene Schubladen und Schränke mit Mahagonifurnier geöffnet hatte, fand er schließlich einen vierpfündigen Dundee-Kuchen in einer Dose mit noch unbeschädigter Zellophanhülle; ungeöffnete Packungen Kekse und Kräcker; einen Hasen, der steif in seinem Pelz dahing; einen Fünfliterkanister Olivenöl; eine Schnur französischer Zwiebeln; eine weitere noch verschlossene Dose mit einem Kekssortiment; und vier Regale mit Kräutern und Gewürzen, Melassen, Mayonnaise, Chutneys und Würzsaucen. Aber nichts Gewöhnliches wie einen einfachen Laib Brot oder ein Glas Pulverkaffee.

Vielleicht bewahrte sie diese Dinge im Kühlschrank auf? Er zog die gewaltige Tür auf, fand jedoch nur noch mehr Champagner, ein paar Scheiben altbackenes Schwarzbrot, vier Gläser Oliven, eine Zitrone, eine große Schüssel mit gedünstetem Fisch – für die Katze? – und eine Reihe in Silberfolie eingewickelte Pakete unterschiedlicher Größe, die sich bei näherer Untersuchung als die Überbleibsel der gestrigen Mahlzeit erwiesen – der Lachs, der Kaviar, eine kleine Portion Kartoffelsalat –, sowie ein paar Töpfchen Schmalz und Leberpastete. Keine Butter, keine Eier, noch nicht einmal ein Apfel oder ein halber Liter Milch.

Wenigstens gab es eine große, mit Blei ausgekleidete Holzkiste, die einen rauchig riechenden Tee enthielt, vermutlich Lapsang. Nicht gerade seine Lieblingssorte, aber immerhin konnte er Zitronentee machen und ihr eine Tasse hinaufbringen. Er füllte den Kessel und stellte ihn auf den cremefarbenen Herd.

Während der Nacht war noch mehr Schnee gefallen. Als er aus dem Fenster schaute, während er auf das kochende Wasser wartete, sah er, daß die Zweige und Büsche in dem großen Garten alle in einen dichten weißen Schleier eingehüllt waren. Das glänzende Weiß der Erde wurde von einem kalt lauernden Himmel schwach reflektiert, der Licht in jeden Winkel der Küche warf. Thomas, der sich bei so viel Tageslicht unbehaglich und auffällig fühlte, zuckte zusammen, als wäre er ein Untersuchungsgegenstand, den man zur Beobachtung unters Mikroskop gehalten hatte. Der nervöse Entschluß, den er beim Aufwachen gefaßt hatte, kam nicht ins Wanken, doch ihm war, als würde er einer ironischen Beurteilung unterzogen. Von wem, von was? Dem Haus etwa? Das Haus, still und würdig, war ihm deutlich bewußt, das große, kalte, leere Haus, das noch immer von der Persönlichkeit seines früheren Besitzers durchdrungen war. Wie ein Mikrokosmos der skeptischen Welt um ihn herum schien es sein schwaches, hoffnungsvolles Vorhaben und seine zweifelhafte Fähigkeit, es aufrechtzuerhalten, niederzudrücken.

»Du wirst doch bei mir bleiben, oder?« hatte Bella während dieser zerrissenen Nacht an seiner Schulter geschluchzt. »Du wirst dich um mich kümmern? Sie sind alle fortgegangen und haben mich allein gelassen, weil sie sich vor meinem Elend fürchteten. Ich bin so furchtbar allein.«

Wie leicht es gewesen war, das Versprechen. Wie unumgänglich.

Die Sonne brach hervor, und im gleichen Moment begann der Kessel zu kochen und füllte die Fensterseite des Raumes mit blendenden Dampfschwaden. Als Thomas hinzutrat, um den Tee aufzugießen, hörte er langsame, schlurfende Schritte, er drehte sich um und sah, wie Loraine Hartshorn in die Küche kam.

Ihr Aussehen an diesem Morgen setzte sich aus lauter Widersprüchen zusammen: das sorgfältig gewellte, graue Kraushaar, die straßgeschmückte Brille und das geblümte Seidenkleid wirkten in einer Küchenumgebung völlig fehl am Platz und paßten schwerlich zu dem großen Bündel Schmutzwäsche, das sie in ihren Armen trug; die im Mundwinkel hängende Zigarette erinnerte ihn an eine ältliche Putzfrau und stand im krassen Kontrast zu dem teuren, sorgfältig aufgetragenen Make-up auf ihrem runden, rosigen Gesicht; die schweinslederne Tasche mit Goldbesatz, die sie über den Arm gehängt hatte, schien völlig unvereinbar mit den ausgelatschten Segeltuchschuhen mit Gummisohle, die sie im Haus trug. Und das gemütliche rosige Rund, die gefällige Form ihres Gesichts wurde von dem kalten, granitenen Grau ihrer großen, aufmerksamen Augen, die hinter den dicken Linsen aus Kieselglas hervorsahen, Lügen gestraft.

»Guten Morgen!« sagte sie, ohne die Zigarette aus dem Mund zu nehmen. Sie ließ ihr Bündel auf die Waschmaschine fallen und zog aus einem Besenschrank eine riesige Flasche Waschmittel. Sie schien sich so zu Hause zu fühlen, daß sich Thomas mehr denn je überflüssig vorkam.

»Möchten Sie frühstücken?« fragte Loraine, ohne in ihrer Arbeit innezuhalten. »Ich habe Bella ein Tablett aufs Zimmer gebracht; das wird auch für Sie reichen. Ich habe ihr ein halbes Dutzend selbstgemachte Croissants hinaufgebracht. Kaffee ist auch da. Sie brauchen nur noch eine Tasse mit hoch zu nehmen.«

Sie schien seine Anwesenheit so gelassen hinzunehmen, daß ihm etwas wohler wurde. Nachdem sie Waschmittel in die Maschine gegeben hatte, warf sie ihm einen merkwürdig abschätzenden, beinahe besitzergreifenden Blick zu, als habe sie ihn persönlich für einen bestimmten Posten ausgewählt und beglückwünsche sich zu ihrem Scharfsinn.

»Wie geht es B... – Mrs. Baird heute morgen, was meinen Sie?«

»Oh, sie hat leichtes Fieber. Hat ihre Temperatur gemessen. Sagt, sie hätte 38,5. Seit Augusts Tod läßt sie sich leicht aus dem Gleichgewicht bringen. Ständig psychosomatische Störungen. Am besten bleibt sie noch ein paar Tage im Bett. Sie sagte, Sie hätten ihr freundlicherweise versprochen, den kleinen Gabriel zu besuchen. Warum fahren Sie nach dem Frühstück nicht sofort hin? Wissen Sie, wo das Riggs Memorial Hospital ist? Auf der anderen Seite des Fynche Park.«

»Ja, ich weiß«, antwortete er. »Ach, eigentlich brauche ich gar kein Frühstück. Wenn Sie Mrs. Baird schon versorgt haben, ziehe ich nur rasch meine eigenen Sachen an und mache mich auf den Weg.«

Peinlicherweise war er sich sicher, daß die Bettwäsche, die sie gerade in die Waschmaschine gesteckt hatte, vom Bett der vergangenen Nacht stammte.

»Aber reden Sie doch vorher noch kurz mit Bella«, meinte Loraine lakonisch, wobei sie die Augenbrauen hochzog und den Kopf seitwärts neigte, um dem Rauch der Zigarette auszuweichen. »Bestimmt wird sie dem Jungen etwas ausrichten wollen.«

»Ja, natürlich.« Er stellte den Kessel, den er die ganze Zeit über nervös und unsicher in der Hand gehalten hatte, auf den Herd zurück, nahm seine trockenen Kleider von der Stange und verließ in großer Hast das Zimmer. Er spürte, wie ihr nachdenklicher Blick ihm folgte, als er, auf dem dicken Teppich stolpernd, die Treppe hinaufstieg.

Während er sich unten aufgehalten hatte, war Bellas Wohnschlafzimmer dem gleichen energischen Aufräummanöver unterzogen worden wie die Küche. Das Bett war frisch bezogen. An einen Berg aufgeschüttelter Kissen gelehnt, lag Bella in einen weißen Wollumhang eingewickelt, vor sich ein Tablett. Sie sah bleich, zart und umsorgt aus. Ihr Haar war so lange gebürstet worden, bis es glänzte, und mit einer gelben Schleife zusammengebunden. Sie schenkte ihm ein warmes, aber wehmütiges Lächeln und streckte ihm eine Hand entgegen.

»Lorry sagt, ich hätte neununddreißig Grad Fieber. Also kein Krankenhausbesuch für mich. Sie führt sich wie Hitler hier im Haus auf. Richte Gabriel alles Liebe von mir aus – alles, alles Liebe. Und sag ihm, ich werd ihn besuchen, sobald ich nur kann. Wirst du mir den Gefallen tun?«

»Aber natürlich.« Er nahm ihre Hand und küßte sie mit dem Gefühl schuldbewußter Erleichterung. Sein puritanischer Zug hatte ein Wiederaufflammen der überwältigenden sexuellen Kraft befürchtet, die sie letzte Nacht hervorgerufen hatte. Doch heute morgen war er wie ausgebrannt. Er spürte keinen Funken mehr davon. Um so besser.

»Möchtest du ihm irgend etwas mitgeben?«

»Ach, darum wird sich Lorry schon kümmern. Sie sagte, sie würde ihm einen Schlafanzug und ein paar Sachen in einen Koffer packen.«

»Und wie wäre es mit Büchern – Spielen – hat er ein Hobby – irgend etwas, was er besonders gern tut? Ich könnte ihm unterwegs etwas besorgen, ich komme doch durchs Zentrum von Wanborough.«

Sie machte ein verwirrtes Gesicht. »Ich denke, du könntest ihm sein Reise-Schachset mitbringen. Damit verbringt er ganze Stunden. Und seinen Kassettenrecorder. Vielleicht auch ein paar Bücher aus seinem Zimmer. Und ich, Liebling, werde jetzt ein kleines Nickerchen halten. Ich fühle mich wie ausgelaugt. Kann mir gar nicht vorstellen, weshalb!« Sie warf ihm ein flüchtiges Lächeln zu, lehnte sich zurück und schloß die Augen.

»Soll ich dein Tablett mitnehmen?«

Keine Antwort, nur ein Murmeln. Er hob das Tablett hoch und trug es hinaus zu dem Tisch, der auf dem großen Flur stand. In der Kanne war noch eine halbe Tasse Kaffee übrig, die er sich einschenkte und im Stehen trank; ansonsten fanden sich auf dem Tablett nur noch leere Teller, die Schale einer Grapefruit, Krumen und einige Traubenkerne.

Im oberen Badezimmer zog er wieder seine eigenen Kleider an, dann ging er hinunter auf der Suche nach Gabriels Zimmer. Dabei traf er Loraine, die gerade langsam die Treppe zum ersten Stock hinaufstieg; für eine Frau von so kleinem Wuchs hatte sie beträchtliches Übergewicht.

»Hm«, sagte sie mit einem Blick auf das leere Tablett. »Sieht so aus, als würde sie's überleben. Oder haben etwa Sie das alles gegessen?«

Er schüttelte verlegen den Kopf und fragte sie eilends: »Können Sie mir sagen, welches Gabriels Zimmer ist? Ich habe versprochen, daß ich ihm einige seiner Bücher mitbringen würde. Mrs. Baird sagte auch, er habe ein kleines Reise-Schachset.«

»Hier herein.« Sie öffnete eine Tür und trat, gefolgt von einer Rauchfahne, in das Zimmer. »Sie suchen die Bücher zusammen, ich packe seine Toilettenartikel.«

Es war ein schlichtes, ordentliches Jungenzimmer, anscheinend nach dem Muster des schmucklosen Raums im oberen Stock eingerichtet. Auf dem Fensterbrett stand ein Teleskop, der Arbeitstisch war von einem halbfertigen Stabilbaumodell in Beschlag genommen. Auf dem Tisch stand ein gerahmtes Zeitungsfoto von August Baird, wie er auf einer öffentlichen Versammlung eine lebhafte Ansprache hielt. Sein Haar war wild zerzaust, seine Hände machten eine anschauliche Gebärde, seine Augen unterstrichen die Bedeutung seiner Worte. Hastig wandte Thomas den Blick vom Foto ab und besah sich die Wände. Zwei Drucke, *Das friedliche Königreich* und le Douanier Rousseaus *Schlafende Zigeunerin*. Mehrere Regale mit Büchern. Er ging hinüber und musterte die Titel. Welche sollte er nur nehmen? Poes Erzählungen, ein Theaterstück der Restaurationsperiode oder gar Ambrose Bierce eigneten sich wohl kaum als Krankenhauslektüre. Gewiß war der Junge ziemlich fortgeschritten in seinem literarischen Geschmack – aber das war ja zu erwarten gewesen. Hier waren herkömmlichere Kinderbücher, Kipling, *Black Beauty*, Mark Twain, *Entführt* und *Catriona*, Forester, Thurber – und hier einige von August Bairds eigenen Büchern in den vertrauten Taschenbuchausgaben. Beim Anblick von *Biologie der Liebe und des Schmerzes* empfand Thomas einen tiefen nostalgischen Schmerz; sicher war er nicht viel älter als

Gabriel gewesen, als er das Buch zum erstenmal gelesen hatte.

Als er es aufschlug, sah er auf dem Deckblatt die Widmung: »Für meinen lieben Gabriel, der all dies eines Tages selbst herausfinden wird – und wer weiß, wie vieles noch? Alles Liebe, Dein Vater.«

Das Schneelicht schimmerte an der Zimmerdecke, und draußen hüpfte ein Vogel von einem Ast aufs Fenstersims. Loraine Hartshorn hantierte hinter ihm herum und öffnete Schubladen und Schränke. Thomas blätterte um und fing an zu lesen: »Wir können nichts Besseres tun, als unser Leben der Verwirklichung einer Vision zu weihen; nur so ist es uns möglich, uns über die ärmlichen Ursprünge zu erheben, von denen wir abstammen, und über die Beschränktheit und Unzulänglichkeit unserer Fähigkeiten. Wir mögen unser Ziel nie erreichen; wie könnten wir auch? Aber die Hoffnung, das uns Anvertraute zu verbessern und unseren Erben und Nachfolgern die Welt als freiere und edlere Wohnstatt zu hinterlassen, muß uns genügen.«

Über einen bestimmten Intensitätsgrad hinausgehender Schmerz birgt häufig seine eigene Betäubung in sich; die Buchseite verschwamm einige Sekunden lang vor Thomas' Augen; er hörte, wie Loraine etwas vor sich hin murmelte und das Zimmer verließ; ihre schweren, schlurfenden Schritte verhallten im Korridor. Das Zimmer war jetzt ganz still, mit Ausnahme des Vogels, der draußen auf dem schneebedeckten Fenstersims leise vor sich hin schimpfte. Vielleicht legte Gabriel gewöhnlich Futter für ihn aus?

In der Nähe des Fensters stand ein zerschlissener Sessel; Thomas durchquerte das Zimmer und setzte sich hinein. Einen Moment lang hatte er geglaubt, er müsse sterben, als er an dem Bücherregal gestanden hatte. Doch nachdem er sich ein Weilchen ausgeruht hatte, begann er darüber nachzudenken, wie oft wohl August Baird hier gesessen hatte, um sich vor dem Schlafengehen mit seinem Sohn zu unterhalten. Er erhob sich wieder, fand ohne Schwierigkeiten den Kassettenrecorder und das Schachset und wählte einen bunten Stoß Lesestoff aus: Wordsworths Gedichte, die ziemlich abgegriffen aussahen und voller Lesezeichen steckten; O. Henrys *Gesammelte Geschichten*; wegen ihres Umfangs eine Geschichte des Altertums, die aufgeschlagen auf dem Nachtschränkchen gelegen hatte, sowie einige von Augusts eigenen Büchern. Alle diese Dinge packte er in den Koffer, den Loraine geöffnet auf dem Bett liegen gelassen hatte.

Dann ging er hinunter und fand sie in der Küche, wie sie gerade dabei war, ihren Mantel anzuziehen. Die Waschmaschine summte und ratterte vor sich hin. Loraine musterte Thomas scharf.

»Sind Sie sicher, daß *Sie* in Ordnung sind? Irgendwie sind Sie ganz grün im Gesicht. Sie haben sich doch wohl nicht noch Bellas Grippe geholt?«

Er schüttelte den Kopf.

»Ich habe Arthritis. Hin und wieder habe ich Schmerzen.«

»Ach so? Na, das ist immerhin besser als Grippe.« Sie nickte rasch. »Kann aber auch ziemlich unangenehm sein.«

Eine merkwürdige Frau; sie schien richtig erleichtert zu sein. Durch die dicken Augengläser warf sie ihm wieder diesen sonderbar besitzergreifenden Blick zu und sagte: »Sie kommen doch wieder, ab und zu, zum Essen oder so? Das ist das wenigste, was Sie tun können. Ich meine« – zum erstenmal schien sie ein wenig befangen, zögerlich – »das ist doch das wenigste, was Sie tun können, wenn Sie schon ohne Frühstück verschwinden. Außerdem wird sie sicherlich wissen wollen, wie es dem Jungen geht.«

»Nun...«

»Sie tun Bella gut, wissen Sie das? Ich hatte erwartet, daß es ihr heute morgen viel schlechter gehen würde. Aber sie hat Sie ins Herz geschlossen. Und sie hat es bitter nötig, daß jemand sie aufheitert; sie ist über Professor Bairds Tod noch keineswegs hinweg.«

»Sie scheinen ihr ja ziemlich unter die Arme zu greifen.«

»Was, ich?« Sie lachte schroff auf. »Ich bin doch nur gut für die Drecksarbeit. Bella braucht jemanden mit geistigen Qualitäten. Daß Sie die besitzen, hab ich sofort bemerkt. Ich bin nur eine alte, nützliche Freundin.«

Eine außergewöhnliche Frau. Woran dachte sie nur insgeheim? Thomas überlegte, ob sie vielleicht Lesbierin war. Aber wenn, warum… Als wolle sie seinen Gedankengang abwehren, sagte sie plötzlich ohne jeden Zusammenhang mit dem Vorhergehenden: »Ich war früher verheiratet, aber mein Mann war ein ziemlicher Stockfisch; ein richtiger Trottel von einem Mann. Auf *den* konnte sich unmöglich jemand verlassen. Hab ihn schon seit Jahren nicht mehr gesehen. Hab dann wieder meinen Mädchennamen angenommen. Aber – wie sich herausgestellt hat, leider – hat sich Bella in jeder Weise immer sehr auf August verlassen; so leicht wird sie über diesen Verlust nicht hinwegkommen.«

»Nein, natürlich nicht.«

»Kommen Sie doch zum Mittagessen zurück. Ich mache eine Quiche.«

»Ach, nein danke«, entgegnete er, beunruhigt über ihre Heftigkeit und Schroffheit, über die seltsame Wirkung ihrer Persönlichkeit. »Es ist sehr freundlich von Ihnen, aber ich kann unmöglich kommen; ich werde im Büro erwartet; die machen sich bestimmt schon Gedanken, ob mir etwas zugestoßen ist. Ich hätte schon längst anrufen sollen. Nach dem Krankenhausbesuch muß ich sofort hin und nachschauen, ob auch alles seinen ordentlichen Gang geht.«

»Na, dann kommen Sie eben zum Abendessen zurück. Bleiben Sie doch wieder über Nacht, weshalb denn nicht? Bella sollte wirklich nicht zuviel allein für sich sein, und ich muß drüben in Dulwich einen Vortrag halten und werde erst spät zurück sein.«

Damit erklärte er sich einverstanden; was blieb ihm auch anderes übrig?

Sollte er die verzweifelte Absicht gehabt haben, Jan anzurufen – nur dieses eine Mal noch, nur um sich zu entschuldigen, sich zu verabschieden –, so ließ er sie jetzt fallen. Sie hatte kein Verlangen, noch einmal von ihm zu hören; das hatte sie ihm deutlich genug zu verstehen gegeben.

»Wissen Sie was«, sagte Loraine und warf ihm wieder einen ihrer scharfen, kurzsichtigen Blicke zu, »nehmen Sie mich doch einfach mit ins Zentrum von Wanborough, und während Sie Gabriel besuchen, kaufe ich etwas für Ihr Abendessen mit Bella ein. Dann kann ich die Sachen einfach in Ihrem Auto lassen. Ich wäre später sowieso einkaufen gegangen, aber so geht's schneller, und ich brauche die Sachen nicht selbst zurücktragen.«

Und es ist sichergestellt, daß ich wiederkomme, dachte Thomas. Aber es war ein völlig vernünftiger Vorschlag, und er stimmte zu.

»Geht es denn an, daß wir Bella allein im Haus zurücklassen?«

»Du lieber Himmel, ja. Sie wird einige Stunden schlafen.«

Sie fuhren los. Der Wagen schlitterte und knirschte auf dem frisch gefallenen Schnee, als er ihn aus der Einfahrt lenkte.

»Bella ist ein sehr liebenswerter Mensch«, bemerkte Loraine bestimmt, als sie an dem Fußgängerübergang vorbeifuhren. Inzwischen hatten Räumfahrzeuge und Autos den Schnee entlang der Wanborough Parkside zu schwarzem Matsch zusammengefahren, doch im Stadtpark erglänzte er immer noch himmlisch weiß. »Sie ist ein liebenswerter Mensch. Aber kindisch. Wissen Sie, was ich meine? Sie hat es sehr schwer, so ganz allein, und mit der Verantwortung für den Jungen.«

»Und was für eine Verantwortung.« Thomas wandte seine gespannte Aufmerksamkeit nicht von der Straße ab, doch hielt er es für seine Pflicht, ihr irgendeine Antwort zu geben. »August Bairds Sohn!«

Merkwürdigerweise rümpfte sie darüber die Nase, so als hätte sie keine so hohe persönliche Meinung von August Baird; doch dann fügte sie mit trockener Stimme hinzu: »Ja. Das kommt natürlich noch hinzu. Freilich, Gabriel ist nicht gerade ein Genie. Er ist einfach nur ein netter Junge. Aber ich bin heilfroh, daß er nicht ums Leben gekommen ist. Möchte gar nicht daran denken, was *das* bei Bella angerichtet hätte. Das hätte sie völlig am Boden zerstört. Sie kann wirklich von Glück sagen, daß *Sie* zur Stelle waren.«

Seltsame Frau; alle ihre Bemerkungen klangen ironisch, doppeldeutig. Wen wollte sie damit herabsetzen, Thomas oder Bella? Oder etwa August Baird? Und doch schien kein Zweifel an ihrem Wohlwollen. Aber Thomas war erleichtert, als sie im Zentrum von Wanborough ankamen. Er sagte: »Ich werde das Auto auf dem Vorplatz zum Krankenhaus abstellen, in Ordnung? Ich würde ganz gerne noch zu Smiths laufen und dem Jungen ein paar Zeitschriften und Kleinigkeiten besorgen. Wo wollen Sie einkaufen gehen? Soll ich Sie irgendwo auf dem Weg absetzen?«

»Der Vorplatz paßt mir gut. Wo wir nun schon mal da sind, werde ich auf einen Sprung hereinschauen und Gabriel hallo sagen. Ich werde ihm ausrichten, daß Sie auf dem Weg zu ihm sind.«

Mit ihrem schwerfälligen, plattfüßigen Gang marschierte sie in das Krankenhaus hinein.

Während er ein paar passende Geschenke einkaufte, hatte Thomas genügend Zeit, von einem Gefühl der Angst, der Vorahnung, der Unzulänglichkeit und der Schuld ins andere zu taumeln. Was konnte er Gabriel schon sagen? Ich habe deinen Vater sehr bewundert; ich komme geradewegs vom Bett deiner Mutter, die ich vergangene Nacht zum erstenmal in meinem Leben gesehen habe. Ich fühle mit euch beiden in eurem unersetzlichen Verlust. Welche Worte waren in einer solchen Situation angebracht?

Wieder im Krankenhaus, traf er Loraine, die gerade auf dem Weg nach draußen war.

»Er erwartet Sie«, sagte sie mit einem Nicken. »Er ist auf Station B, Zimmer dreizehn.«

»Warten Sie...« Thomas wollte sie zurückhalten. »Was ist mit... Sollte ich nicht... Haben Sie... Sollte ich vielleicht... Haben Sie erwähnt, daß...«

Doch sie war schon fort; mit forschem Schritt und dem Einkaufskorb überm Arm war sie davongestapft.

Thomas ging zum Zimmer Nummer dreizehn.

Als Antwort auf sein Klopfen rief eine helle Kinderstimme: »Herein!«

Etwas außer Atem geraten, drückte Thomas die Tür auf. Vom Eingang aus konnte er den im Bett Liegenden nicht erkennen, da ihm eine Haltevorrichtung, an der das verletzte Bein aufgehängt war, die Sicht verstellte. Er ging um das Fußende des Betts herum, setzte den Koffer auf dem Boden ab und legte die Zeitschriften auf das Fensterbrett.

»Hallo«, begrüßte er den Jungen und hielt ihm die Hand hin. »Ich bin Thomas Cook. Ich hoffe, Miss Hartshorn hat dir schon von mir erzählt.«

Es gab eine kurze Pause. Schließlich sagte der Junge im Bett: »Tut mir leid, daß ich Ihnen nicht die Hand geben kann. Aber beide Hände sind im Moment bandagiert. Guten Tag. Wie nett von Ihnen, daß Sie mich besuchen kommen. Setzen Sie sich doch, ja?«

Thomas setzte sich und schalt sich einen Dummkopf. Einen unaufrichtigen, dickhäutigen, stümperhaften, scheinheiligen, phantasielosen Dummkopf. »Ich – ich wußte gar nicht, daß du dich auch an den Händen verletzt hast«, sagte er und räusperte sich. »Ich hoffe, es ist nicht allzu schlimm?«

»Nein, es geht schon. Sie sind nur aufgeschürft, hat man mir gesagt. Wahrscheinlich bin ich darauf gefallen.«

Wieder eine Pause. Bevor Thomas seine vorformulierten Fragen stellen konnte, sagte Gabriel: »Wissen Sie, ob Fred – mein Kater – in Ordnung ist? Ich wollte Loraine nicht danach fragen, weil sie doch allergisch gegen Katzen ist. Außerdem ist sie so kurzsichtig, daß sie ständig über ihn stolpert, deshalb verzieht er sich meistens, wenn sie im Haus ist.«

Und es war ihr Hund, der ihn verjagt hat, dachte Thomas. Wieder verfluchte er sich. Wie dumm von ihm, daß er heute morgen nicht nachgeschaut hatte, ob der elende Kater da war. Warum hatte er nicht daran gedacht, daß dies das erste wäre, wonach der Junge fragen würde? Allerdings konnte er ihm ruhigen Gewissens versichern, daß der Kater letzte Nacht in seinem Körbchen geschlafen hatte.

»Ach, dann wird er schon in Ordnung sein«, erwiderte der Junge, offensichtlich erleichtert. »Ich habe ihm gestern etwas Fisch besorgt und gekocht, dann kann meine Mutter ihn ja füttern. Ich fürchte, die Umstände, die Sie meinetwegen hatten, waren eigentlich seine Schuld. Na ja, meine natürlich auch. Ich habe ihn vom Stadtpark aus nach Hause getragen – plötzlich kriegte er es mit der Angst zu tun, ist mir entwischt und davongesaust. Ich wollte ihn noch packen, aber da bin ich anscheinend ausgerutscht. Vor lauter Schnee konnte man einfach nicht sehen, ob jemand kommt. Sie müssen einen gewaltigen Schreck gekriegt haben.«

»Als ich dich fand? Ja, zuerst dachte ich, du wärst tot. Nun ja, macht ja nichts. Dich hat es ja am schlimmsten erwischt. Aber in ein paar Wochen wird's dir doch wieder bessergehen, nicht wahr?«

»O ja! Die haben gesagt, es wäre kein allzu schlimmer Bruch.«

»Ein Glück, daß du nicht so lange draußen im Schnee gelegen bist. Daß ich schon so bald vorbeikam.«

Nach einer Minute sagte Gabriel: »Ja, ich bin Ihnen sehr dankbar ... Was meinen Sie, ist meine Mutter in Ordnung?«

»Sie ist wohlauf. Sie läßt dir liebe Grüße ausrichten. Leider hat sie immer noch etwas Grippe. Ich nehme an, Miss Hartshorn hat dir erzählt, daß sie erhöhte Temperatur hat.«

Gabriel nickte und zuckte zusammen. An einer Seite seines Kopfes war mit Heftpflaster ein Verband angebracht, und über eine Wange zog sich eine Schramme. Eine leichte Runzel zwischen seinen dunklen Augenbrauen verlieh ihm ein verdutztes Aussehen, doch die dunkelblauen Augen, die er zu Thomas erhob, waren wunderbar klar und ehrlich. Sein Gesicht war rund und ziemlich blaß, Nase und Backenknochen mit ein paar Sommersprossen bedeckt. Die blauen Augen, sein weiches dunkles Haar, die Sommersprossen und seine dunkelroten Lippen gaben ihm das Aussehen eines Iren. Er hätte ohne weiteres einer illuminierten Handschrift entsprungen sein können, dachte Thomas, mit einem gelben Kilt bekleidet, mit einer Schleuder bewaffnet oder mit einem Falken auf dem Unterarm.

»Sie fühlt sich bestimmt nicht wohl, so ganz allein im Haus«, sagte Gabriel. »Dann wird sie nervös. Wahrscheinlich könnte sie vorläufig bei Loraine wohnen.«

Er seufzte; er hatte die besonnene Miene eines Erwachsenen. Thomas, der zunächst den Eindruck eines ganz normalen Jungen von ihm gewonnen hatte, einnehmend zwar, doch ohne erkennbare Merkmale einer besonderen Veranlagung, begann seine Meinung zu überdenken. Der Junge hatte etwas Überlegtes: schüchtern, aber alles andere als unsicher.

Wie Loraine gemeint hatte, mochte Gabriel zwar kein Genie sein, doch ein Dummkopf war er auch nicht.

Thomas, der bis dahin gezögert hatte, faßte einen Entschluß: »Hör mal zu, Gabriel«, sagte er. «Dafür, daß wir uns erst fünf Minuten kennen, habe ich dir etwas ziemlich Außergewöhnliches mitzuteilen. Aber ich hasse es, mit Dingen hinter dem Berg zu halten. Und ich hoffe, daß es dich in gewisser Weise beruhigen wird... Du wirst das Ganze recht ausgefallen finden, fürchte ich, da wir uns eigentlich kaum kennen, aber die Sache ist die, daß wir, deine Mutter und ich, uns ineinander verliebt haben – gestern abend, weißt du, als die Polizei sie von dem Unfall verständigt hat und Miss Hartshorn mit dir im Rettungswagen davongefahren ist, bin ich zum Haus gegangen und bei ihr geblieben. Ich habe um ihre Hand angehalten, und sie hat ja gesagt.«

Der verblüffte, doch gleichzeitig erwartungsvolle Blick, den Gabriel auf ihn gerichtet hatte, als er zu sprechen begann, ließ zum Ende seiner Eröffnung hin nicht nach, sondern wurde auf unergründliche Art intensiver; staunend kehrte er sich nach innen.

Nach einer Weile wiederholte er mit verwirrter Stimme Thomas' Worte, als hätte er etwas völlig anderes erwartet: »Sie haben um die Hand meiner Mutter angehalten?«

»Ja.« Beklommen fragte sich Thomas, in welche verheerenden ödipalen Konflikte diese überstürzte Ankündigung Gabriel stürzen würde. »Jetzt werde ich also in der Lage sein, mich um sie zu kümmern, hoffe ich. Und ich hoffe, ein wenig darf ich mich auch um dich kümmern. Wenigstens brauchst du dir dann nicht mehr solche Sorgen um sie zu machen.«

»Ach so.« Gabriel verstummte wieder. Die dunklen Wimpern senkten sich; Thomas konnte seine Augen nicht mehr sehen. Nach einer längeren Pause sagte der Junge: »Sie haben sie nie zuvor – Sie haben sie vorher nicht gekannt?«

»Nein. Ich bin ihr zum erstenmal begegnet, als ich letzte Nacht zu ihr ins Haus ging, um ihr... um ihr von deinem Unfall zu berichten.«

Als Gabriel antwortete, war die tiefe Besorgnis in seiner Stimme nicht zu überhören: »Wollen Sie sie wegen – wegen dieses Unfalls heiraten? Wegen meinem Bein? Weil sie so mitgenommen war?«

»Ach, mein lieber Junge.« Thomas war äußerst gerührt und beunruhigt; er fragte sich, welche Szene sich der Junge wohl vorgestellt hatte. Die Frage war offenkundig nicht durch kindliche Wichtigtuerei ausgelöst worden; weit gefehlt. Thomas versuchte, ohne Rücksicht auf Gabriels Alter, wie von gleich zu gleich, mit ihm zu sprechen, und sagte: »Weißt du, manchmal, wenn man im Augenblick einer Krise mit jemandem zusammengeworfen wird, lernt man sich viel schneller kennen, als das normalerweise der Fall wäre. Ist dir das auch schon einmal so ergangen?... Genauso war es mit deiner Mutter und mir.«

Die verstörten dunkelblauen Augen erhoben sich wieder zu ihm. Gabriel antwortete: »Ja – ich verstehe. Aber sind Sie denn sicher, daß ihr euch wirklich kennt?«

»Ich glaube schon, Gabriel – jedenfalls gut genug. Wie gut kennen sich die meisten Menschen denn wirklich? Ich habe deine Mutter in einer Zeit tiefsten Kummers und Schocks angetroffen und versucht, ihr zu helfen; unter solchen Umständen sehen sich die Menschen in ziemlich entblößtem Zustand. Und weißt du, ich hatte das Glück, auch über deinen Vater eine Menge zu wissen. Ich habe ihn selbst nie kennengelernt, aber ich habe alle seine Bücher gelesen und ihn stets ungeheuer bewundert. Ich glaube also nicht nur deine Mutter zu kennen, ich weiß auch, welchen Verlust sie erlitten hat. Und du natürlich auch. Du mußt ihn die ganze Zeit vermissen... Nun, ich will ihn natürlich nicht ersetzen – dazu ist kein Mensch in der Lage –, aber ich möchte doch gewissermaßen in eure Familie aufgenommen werden. Verstehst du?«

Gabriels Mund zuckte. Plötzlich sah er mehrere Jahre jünger aus – nicht mehr als sieben oder acht –, schmerzlich verlassen und verletzlich. Er blinzelte, hob eine bandagierte Hand zu seinem Gesicht und stieß sie dann unmutig wieder unter die Bettdecke.

»Wissen Sie«, sagte er langsam, beinahe verbissen, »meine Mutter ist sehr – sehr unrealistisch. Nicht sehr erwachsen. Ich weiß wirklich nicht, wie Sie so sicher sein können. Sie tut gern so, als ob. Ein Großteil ihres Lebens besteht aus – nun ja, Schauspielerei. Sie erfindet irgend etwas und tut so, als sei es Realität. Vor allem, seit er gestorben ist. Verstehen Sie?«

Seine Worte erinnerten merkwürdigerweise daran, was Loraine vorher gesagt hatte. Irgendwo unter seinem Brustbein verspürte Thomas den Beginn einer tiefen Erschütterung. Gelächter? Oder ein hysterischer Tränenausbruch? Es fühlte sich an wie ein losgerissenes, gefährliches Etwas in seinem Innern, das in tausend Stücke zu zerbrechen und furchtbare Verwüstungen in ihm anzurichten drohte. Er versuchte, tief und ruhig durchzuatmen.

»Mach dir nicht zu viele Sorgen, Gabriel. Ich glaube, ich weiß, was du meinst. Aber dann und wann frönen wir alle ein wenig der Schauspielerei.«

»Es ist nur, daß meine Mutter... Ich möchte nicht, daß sie...«

»Pst! Reg dich nicht zu sehr auf. Spar dir deine Kraft, um wieder gesund zu werden. Es wird sich alles zum Besten wenden, du wirst schon sehen. Versuche daran zu denken, daß diese Entwicklung uns allen auch Vorteile bringen kann. Ich hoffe, daß du und ich gute Freunde werden. Sicher werden wir vieles finden, worüber wir reden können. Früher war ich eine Art Wissenschaftler Biologe –, nicht nur Verleger. Als Verleger verdiene ich mir heute meinen Lebensunterhalt.«

In Gabriels Gesicht leuchtete ein schwaches Interesse auf. »Was für Bücher verlegen Sie denn?«

»Alle möglichen. Hauptsächlich naturwissenschaftliche. Ich hoffe...«

Als Gabriel sprach, hörte er sich eher wie ein normales, mit sich selbst beschäftigtes Kind an, freilich mit dem komischen Echo des durchschnittlichen Erwachsenen, der mit einem Verleger zusammentrifft: »Manchmal habe ich mir überlegt, daß ich gerne Schriftsteller werden möchte.«

»Vielleicht wirst du das ja auch. Dein Vater hat sehr viele

Bücher geschrieben. Welche Art von Büchern hättest du denn vor zu schreiben?«

Der Junge zog vor Anspannung die Brauen zusammen, so daß die Beulen auf seiner Stirn weiß hervortraten; sein Mund verhärtete sich zu einem unerwartet festen Strich der Reife und des Leidens.

»Ich möchte über die Bedeutung der Wahrheit schreiben.«

Wieder spürte Thomas das gefährliche Zittern des losen Teils in seiner Brust; es brannte in ihm und schmerzte. Doch er antwortete sanft: »Meinst du nicht, daß du dir möglicherweise zu viele Sorgen um die Wahrheit machst? Jeder Mensch besitzt seine eigene Wahrheit. Deine Mutter beispielsweise, vielleicht braucht sie die Schauspielerei, wie du es nennst; vielleicht ist sie für sie eine Art Wahrheit. Steht nicht irgendwo in der Bibel ewas vom Süßteig der Lauterkeit und Wahrheit? Davon kann man immer nur eine bestimmte Menge vertragen.«

Gabriels gerunzelte Stirn deutete darauf hin, daß er die Behauptung gern in Zweifel gezogen hätte. Doch er sagte nichts, und Thomas fuhr fort: »Vergiß nicht, daß dein Vater sie geliebt hat. *Er* muß sie verstanden haben. Ich hoffe, ich werde es auch, und ich hoffe, daß wir beide uns verstehen werden, du und ich. Vergiß auch nicht, wie unterschiedlich wir uns in verschiedenen Situationen verhalten. Jeder von uns führt sich hin und wieder kindisch auf. Aber wenn's darauf ankommt, benehmen wir uns wie Erwachsene. Du zum Beispiel, denke ich, mehr als viele ältere Leute. Ich weiß, du sorgst dich um deine Mutter und fühlst dich für sie verantwortlich, aber glaube mir, sie ist ein erwachsener Mensch und kann selbst auf sich aufpassen. Das gleiche gilt auch für mich – zumindest zeitweise –, und ich habe vor, mich um sie zu kümmern. Also mach dir keine Sorgen mehr um sie, und konzentriere dich auf dein eigenes Erwachsenwerden.«

Eine Pflegerin schob einen Wagen ins Zimmer. Hinter ihr kam

eine Krankenschwester in blauer Kluft. Gabriel beäugte furchtsam die funkelnden Instrumente auf den Schalen, doch die Schwester beruhigte ihn: »Keine Bange, wir wollen nur deine Verbände wechseln.«

»Dann verdrücke ich mich wohl lieber«, sagte Thomas. »Wir haben ja auch genug geredet. Vielleicht komme ich heute abend wieder, ja? Wir könnten eine Partie Schach spielen, würde dir das gefallen?«

»Ja, das wäre schön«, erwiderte Gabriel höflich.

»Ich habe dir ein paar von deinen Büchern mitgebracht; soll ich sie hierher legen, damit du leicht drankommst? Und hier sind Zeitschriften. Gibt es sonst noch welche oder andere Bücher, die du gerne hättest? Ich fahre jetzt weiter nach London in mein Büro; was immer du lesen möchtest, ich könnte es dir besorgen.«

»Könnten Sie mir ein Buch über Leonardo da Vinci besorgen?«

Thomas versprach es ihm.

»Ihr Auto ist also ganz in Ordnung?«

»Mein Auto? Ja, das ist in Ordnung. Warum?«

Gabriel schaute verwirrt drein. »Hat es denn keine Delle abgekriegt?«

»Nein«, entgegnete Thomas vorsichtig. »Mit meinem Auto ist alles in Ordnung. Wieso?«

»Aber haben Sie mich denn nicht überfahren?«

Die Pflegerin schaute von dem Verbandspaket auf, das sie gerade aufschlitzte; die Krankenschwester unterbrach sich in ihren säuberlichen, peinlich genauen Aufzeichnungen auf dem Krankenbericht.

»Du hast da wohl etwas falsch verstanden«, sagte Thomas. »Hat dich Miss Hartshorn vielleicht versehentlich irregeführt?«

»Sie... Ich dachte – das sei der Grund, weshalb...« Gabriel schluckte und sah Thomas ganz offen an. »Dann waren Sie es also nicht? Der mich überfahren hat?«

»Nein, Gabriel«, antwortete Thomas ruhig. »Ich habe dich lediglich aufgehoben.«

Er lief auf den Vorplatz des Krankenhauses hinaus. Der Schnee schmolz rasch unter der Sonne; die Reifenspuren waren schwarz und glitzerten feucht in dem blendenden Weiß; die Bäume tropften und glänzten; in den Rinnsteinen gurgelte das Schmelzwasser. Da haben wir uns ja ein schönes Problem eingehandelt, wenn wir nicht vorsichtig sind, dachte Thomas. Wird er mich fortan immer verdächtigen? Wird er sich zu dem Glauben durchringen, daß ich nicht so jemand bin?

Ich brauche ihm, solange er noch ein Kind ist, nur überzeugend zu zeigen, daß ich ein verantwortungsbewußter und fürsorglicher Mensch bin; daß ich die besten Absichten ihm gegenüber habe. Und bei Gott, die habe ich. Aber, wie August fragen würde, was ist wichtiger, Absichten oder ihre Ausführung?

Sein Auto schleuste sich auf die Autobahn ein. Der Verkehr strömte an ihm vorbei. In Sekundenschnelle war seine Windschutzscheibe von einem feinen Sprühregen aus geschmolzenem Schnee und Streusand bedeckt, den die schneller fahrenden Fahrzeuge aufwarfen. Er schaltete die Scheibenwischer ein. Links von ihm lagen die verschneiten Höhen, die bewaldeten Gartenanlagen der herrschaftlichen Häuser von Wanborough Parkside – irgendwo unter ihnen auch Bairds Haus. Zu seiner Rechten sah er die kleineren, zusammengewürfelten Dächer von Wansea Village, das Gaswerk und den Kricket-Pavillon. Jetzt bin ich überhaupt nicht dazu gekommen, Vater zu besuchen, dachte er; nicht, daß er es wüßte oder sich groß darum scheren würde. Wenn ich ihn besuche, regen wir uns doch nur alle beide auf: eine bedrückende Erinnerung für ihn und eine schmerzhafte Enttäuschung für mich, wenn wir zwischen den toten Versatzstücken einer entschwundenen glücklichen Vergangenheit umherstolpern, gebleicht und steril wie eine Mondlandschaft.

Dann dachte er: Aber vielleicht werde ich mit Gabriel diese Grenze wieder überschreiten können. Zurück in das vergessene Land, in die versperrte Welt der Kindheit.

6

Bella 1969

Der Alleyn Club hatte seine aus dem neunzehnten Jahrhundert stammende Küche kürzlich modernisiert und den für Mitglieder reservierten Speisesaal erweitert. Zur Empörung der älteren Stammgäste stand die Mitgliedschaft mittlerweile auch Frauen offen, vorausgesetzt, sie gehörten gehobenen Berufen an und bekleideten führende Positionen. Dieses Zugeständnis wurde mit einer Cocktailparty gefeiert, gefolgt von einem kalten Büfett, das ohne großes Zeremoniell in den neuen Küchenräumen serviert wurde.

Es war einer jener Anlässe, die Thomas aus vollem Herzen verabscheute. Zwischen der Cocktailbar und den üppig gedeckten Anrichten in der Küche drängte sich eine dichte Menschenmenge distinguierter und bekannter Persönlichkeiten. Dem Auge des Satirikers mußte es wie eine Paradevorführung von wohlerzogener Gefräßigkeit und eleganter Gier vorkommen; höchstwahrscheinlich hatte keiner der Anwesenden in seinem ganzen wohlhabenden Leben je eine Mahlzeit verpaßt, doch sie kämpften sich zu Roastbeef und Hummersalat durch, als gäbe es in ganz London nichts mehr zu essen. Und nachdem man sich den Bauch vollgeschlagen hatte, was dann? Weiterer Zweck der Anwesenheit: der Drang, mit jemandem im Gespräch gesehen zu werden, der einflußreicher war als man selbst. Das Bedürfnis, sich aufzuspielen, Eindruck zu machen.

Bella war in ihrem Element. Es war ihre erste wirklich große Party, seit sie und Thomas geheiratet hatten, und sie strahlte jeden an, dem sie begegnete, sprühte, glänzte wie eine Taube im Frühjahrskleid und entlockte allen, die sie trafen, größte Bewunderung: Freunde und Arbeitskollegen von August Baird, die natürlich sein Gedächtnis zu ehren suchten, indem sie sich Bella gegenüber liebenswürdig zeigten. Schließlich waren da auch noch Thomas' Bekannte aus der Verlagsszene, und selbst Bo war zugegen und stellte sie einigen Malern vor. So war denn der Abend ein uneingeschränkter Erfolg. Er hätte nur noch durch die Anwesenheit von Loraine gesteigert werden können, die ihr mit beifälligen Lauten in ihr neues, silbernes Wollkleid geholfen hatte.

»Gut, daß du meinem Rat gefolgt bist und den Kragen hast ändern lassen. Er sitzt jetzt viel besser. Du siehst phantastisch aus. Aber paß auf, daß du dich nicht überanstrengst. Sag Thomas, er soll dich heimbringen, bevor es dir zuviel wird.«

»Warum kommst du nicht auch mit, Lorry?«

»Wer, ich?« Loraines Stimme klang trocken. »Wohl kaum. Die Zeiten, in denen ich auf Partys gegangen bin, sind vorbei. Was glaubst du denn, wer ich bin? Aschenputtel? Außerdem bin ich kein Mitglied.«

»Du könntest es werden. Ehemalige Herausgeberin von *Mansion*. Im übrigen könntest du als unser Gast mitkommen.«

»Ohne mich. Trotzdem vielen Dank. Zu alt für Partys. Zu schwach auf den Beinen. Morgen lass' ich mir alles haarklein erzählen.«

Bo wanderte in die Küche; er hatte keinen Wagen und wollte mit Thomas und Bella nach London fahren. Er hatte ein uraltes, dunkelblaues Samtjackett angezogen, in dem er wie ein vornehmer Lebemann aussah – der Alte Prätendent oder einer von der Medmenham Abbey. Wie Bella oft bemerkte, hätte niemand gedacht, daß sie gleichaltrig waren. Leichtfüßig, aber in gebückter Haltung durchquerte er den Raum und drückte Loraine an sich, wobei er über ihren Kopf hinweg seiner Schwester zuzwinkerte.

»Loraine, die Göttliche, Loraine, Loraine, Loree. Hast du je dieses geistsprühende Gedicht gelesen, Loraine, mein Engel? Du kommst mir immer wie die Heldin darin vor. Ich kann mir dich richtig in der Titelrolle vorstellen, wie du das Pferd zum Stehen bringst und dein tapferes Herz dabei bricht – oder was immer sie nun genau getan hat. Hier, das ist für dich – ich weiß, Schokolade und Käse würden dich wegen deiner Ataraktika tot zu Boden strecken, aber Turrón gehört ja nicht zu diesen Kategorien – es liegt irgendwo dazwischen –, deshalb habe ich dir eine Schachtel mitgebracht.«

»Was für einen Unsinn du daherredest, Bo. Du weißt, daß ich nie Süßigkeiten esse«, erwiderte Loraine barsch, steckte jedoch das Schächtelchen in ihre Schürzentasche. Bella verfolgte die Geschenküberreichung mit eifersüchtigen Blicken.

»Für mich nichts, Boney?«

»Du gehst auf eine Party, wo du dich maßlos überfressen wirst. Loraine braucht Trost. Außerdem, was hast du mir je geschenkt? Sie hingegen ist mein herzallerliebster Engel, der mir jede Woche die köstlichsten Dinge ins Atelier bringt... Wo bleibt Thomas?«

»Er kommt gleich. Er hilft Gabriel nur schnell bei den Mathematikaufgaben.«

»Was für ein Glück, daß du wieder einen Wissenschaftler geheiratet hast. Was sehen die nur in dir? Wie hat ein kleiner Hohlkopf wie du das nur fertiggebracht?«

»Jetzt fang bloß nicht an, sie auf den Arm zu nehmen, Bo«, unterbrach ihn Loraine scharf. »Thomas und ich haben es gerade geschafft, daß sie wieder auf den Beinen ist. Es fehlt uns gerade noch, daß du von Spanien heimkommst, sie aus der Fassung bringst und all unsere Arbeit wieder zunichte machst.«

»Das will ich *natürlich* nicht. Aber Bella weiß doch, daß es nur harmlose Späßchen sind, oder etwa nicht, mein Täubchen?«

Bo lehnte sich neben seine Schwester an den großen Herd, drehte ihren Kopf mit beiden Händen zu sich hin und gab ihr einen lauten, schmatzenden Kuß auf den Mund.

Von oben drang Gelächter herunter, und man hörte Schritte.

Eine Stimme rief: »Juchhu, ich bin auf der vierten Base«, und Schritte polterten die Treppe herunter. Gabriel erschien in der Tür. Sein Haar war zerzaust, und er war außer Atem. Sobald er jedoch sah, wer sich im Raum befand, wurde er auf der Stelle nüchtern und sagte: »Thomas bindet sich eben noch seine Krawatte um. Er wird jeden Augenblick hier sein.«

»Das hat sich aber nicht gerade danach angehört«, bemerkte Bella säuerlich. Sie wandte sich Bo zu. »Andauernd spielen sie dieses Spiel, das sie Zimmer-Baseball nennen, mit einem Federball. Manchmal denke ich, Thomas fällt in seine zweite Kindheit zurück.«

»Wie reizend!« Bo zog die Augenbrauen hoch. »Oder könnte es sein, daß Gabriel in seine erste Kindheit zurückfällt?«

»Komm her«, sagte Bella zu ihrem Sohn, »dein Kragen hängt ja halb heraus, und deine Haare sind völlig zerwühlt.«

Er überließ sich ihrer ordnenden Hand mit völlig ausdrucksloser Miene. Sie schimpfte ihn aus: »Du hast ja schon *wieder* überall Schuppen auf deinem Kragen. Ich weiß gar nicht, wo du immer diese schrecklichen Schuppen herhast.«

»Ich kann nichts dafür. Ich wasche mir dauernd die Haare. Jedesmal, wenn ich unter die Dusche gehe.«

»Es ist ansteckend«, warf Loraine ein. »Vielleicht hat er sie sich in der Schule geholt. Aber du kriegst doch auch jedesmal schlimme Schuppen, wenn du abgespannt bist.«

»Du hast die Haarbürste deiner Mutter benutzt, du ungezogener Junge«, sagte Bo. »Vererbung *und* Umwelt – wie soll er sich da vor Schuppen retten können?«

Gabriel drehte sich kommentarlos um und wollte aus dem Zimmer gehen. Doch Loraine rief ihn zurück: »Willst du nicht deine Mutter in ihrem neuen Kleid bewundern?«

»Großartig«, sagte Gabriel tonlos. »Ich hoffe, du amüsierst dich auf der Party gut.«

»Und ich?« fragte Bo. »Hoffst du nicht, daß ich mich auch gut amüsiere?«

»Natürlich«, entgegnete Gabriel. Doch er sah Bo nicht in die Augen.

Thomas betrat den Raum. »Tut mir leid, daß ich so spät dran bin«, sagte er. »Aber es könnte sein, daß Tom Maulever von der Edinburgh Press ins Alleyn kommt, und ich wollte unbedingt noch einen Brief finden, den ich ihm gern zeigen würde...«

Er bemerkte die leicht angespannte Stille und blickte sich fragend um. »Stimmt irgend etwas nicht?«

»Aber woher denn«, antwortete Bella kalt. »Bitte, laß dir nur soviel Zeit, wie du willst. Was macht es schon, wenn wir spät kommen?«

»Gute Nacht, mein kleiner Spatz«, verabschiedete sich Thomas von seinem Stiefsohn und zerwühlte ihm das Haar, das Bella eben erst geglättet hatte. »Hock dich ein paar Stunden vor die Glotze. Schau dir das Spiel von Leeds an, damit du mir später davon erzählen kannst.« An Bella gewandt, sagte er: »Wir werden schon nicht zu spät kommen. Um die Abendzeit ist in der Stadt nie viel Verkehr; wir brauchen höchstens fünfzehn Minuten.«

»Und wir alle wissen ja«, setzte Bo hinzu, »was für ein äußerst sicherer und zuverlässiger Fahrer unser Thomas ist.«

Diesmal zwinkerte er Loraine zu; Thomas, der ihm den Rücken kehrte, half Bella in ihren Pelzmantel, Gus' letztes Geschenk, das sie hatte ändern lassen. Thomas konnte es sich nicht leisten, seiner Gattin Pelzmäntel zu schenken.

»Tja, dann geh ich jetzt nach Hause«, sagte Loraine in die Pause hinein. »Ich hab dir zum Abendessen eine Pizza gemacht, Gabriel, sie ist im Ofen. Falls du noch etwas brauchst, schau einfach vorbei.«

»Danke, Loraine. Aber ich komme schon zurecht.«

Auf der Party sagte Bella zu ihrem Bruder: »Was sollte eigentlich der Witz über Thomas' Fahrkünste? Er *ist* ein guter Fahrer. Wenigstens *das* muß man ihm schon lassen.«

»Oh, war nur ein Scherz«, sagte Bo lässig. »An dem ollen Thomas gibt's nichts auszusetzen. Rein gar nichts. Von Natur aus ein Edelmann. Ein Herz so groß wie die weite Welt. Ich bin bei ihm ganz in meinem Element.«

Sie standen an einer breiten Theke, die über und über mit Austern in Schalenhälften beladen war. Bella, mit einem Zahnstocher bewaffnet, verzehrte die Austern in zügigem Tempo. Bo, der sie mit nachsichtigem Lächeln betrachtete, wehrte die Versuche anderer Partygäste ab, sie aus ihrer günstigen Stellung zu verdrängen. Inmitten des Menschengemenges sprachen sie miteinander, als befänden sie sich auf einer verlassenen Insel.

»Wie auch immer, du selbst warst Thomas gegenüber auch ein klitzekleines bißchen stachelig, mein süßes Nadelkissen. Was ist denn, vögelt er dich nicht mehr so gut?«

»Es ist hoffnungslos, einfach hoffnungslos«, sagte sie kurz und barsch und spießte mit ihrem Zahnstocher zwei Austern auf.

»Na komm schon, sei nicht so herzlos, gib ihm Zeit, ihr seid doch erst ein paar Jahre verheiratet. Die ersten sieben sind die schlimmsten. Nein, im Ernst, warum liest du ihm nicht aus dem Kamasutra oder so etwas vor? Kenn ich an dir gar nicht, daß du nicht weiterweißt, Süße. Du mußt einfach daran arbeiten. So schlimm ist der olle Thomas nun auch wieder nicht – solide, gutherzig, verläßlich; da hättest du's viel schlimmer erwischen können; und wo er doch jetzt Teilhaber von Crusoe & Selkirk geworden ist und einen Sitz im Vorstand hat, kommt auch noch das liebe Geld ins Spiel; er kann ein Auge auf Gus' Bücher haben und dafür sorgen, daß sie immer nachgedruckt werden, und ist automatisch einer seiner Nachlaßverwalter; beruflich ist Thomas auch nicht zu verachten. Ganz ehrlich, mein Engel, es wäre ein Akt *sträflichen Leichtsinns*, dem ollen Thomas den Laufpaß zu geben, bloß weil ihr im Bett nicht hundertprozentig miteinander klarkommt.«

Sie blickte rasch auf und sah eben noch seinen mahnenden Gesichtsausdruck.

»Ach, ich wünschte, du würdest mit ihm reden«, sagte sie halb schmollend, halb bittend.

»Mein liebes Käuzchen! Ich bin kein Eheberater und auch noch kein Briefkastenonkel. Woran hapert's denn? Ist er impotent?«

»Nein, *das* nicht gerade; aber er hat starke Schmerzen wegen seiner Arthritis. Sagt, er fühlt sich meistens hundeelend. *Ich* glaube, in Wirklichkeit ist es psychisch bedingt. Du weißt ja, für Thomas war Gus immer eine Art Abgott – und ich glaube, er hat Angst, daß er mich in gewisser Weise *entweiht*...«

Bo prustete laut heraus. »Entschuldige! Schau doch nicht so wehleidig drein, Sarsaparille. Aber wenn ich daran denke... Ach, laß nur. Der arme, alte Thomas. Wenn *er* doch nur ein bißchen aus sich herausgehen könnte – ein kleines Techtelmechtel mit jemandem – zum Beispiel mit der flotten Biene da, mit der er sich gerade unterhält – das würde euch beiden wahrscheinlich mächtig guttun. Die Spannung zu Hause lösen – auch mit dem kleinen Gabriel – was regt denn *den* zur Zeit an dir so auf? – in jeder Hinsicht die Lage entspannen...«

Ohne die boshafte Anspielung auf Gabriel zu beachten, auf die sie sich normalerweise gestürzt hätte, drehte sich Bella abrupt um und wollte wissen: »Wer ist das? Das Mädchen, mit dem sich Thomas unterhält?«

»Erinnerst du dich nicht? Wir haben sie vor ein paar Jahren in der Rolle der Portia im Aldwych gesehen. Außerdem ist sie in irgendeiner Fernsehserie aufgetreten. Jan Soundso. Ich frag mich, woher Thomas sie wohl kennt. Er ist ein stilles Wasser, der olle Thomas; du solltest ein wachsames Auge auf ihn haben. Liebling, *du* hast genug Austern gegessen, um die *Ark Royal* zum

Sinken zu bringen, und *ich* will mich ein wenig umschauen. Bis später.«

Und schon war er in der wogenden Masse verschwunden.

Bella ging zielstrebig auf ihren Mann zu. Doch auf halbem Wege hielt eine Hand sie am Arm fest.

»Bella! Wir haben uns ja schon seit Ewigkeiten nicht mehr gesehen! Donnerwetter, du siehst blendend aus! Was hast du in letzter Zeit so getrieben?«

Sie wandte ihr Gesicht einem gedrungenen, geschniegelten Mann zu, dessen sorgfältig gestutzter Bart ebenso wie das Jackett, das er trug, vage an einen Offizier der Marine erinnerte. In seiner Brusttasche steckte ein in exakter Symmetrie zu einem Dreieck gefaltetes Taschentuch, und seine Manschetten blitzten; ein Teleskop unterm Arm hätte seine Ausstattung noch vervollständigt. Doch die großen aufgedunsenen Tränensäcke unter seinen blaßgrauen Augen rührten wahrscheinlich nicht vom Absuchen des Horizonts auf hoher See.

»Oh, hallo, Arthur«, begrüßte ihn Bella ohne Wärme. »Wie geht's?«

Er hielt weiter ihren Arm fest und musterte sie von oben bis unten. »Welche Verwandlung. Mmh! Du siehst zum Fressen aus. Kleine Bella! Gerade neulich erst hab ich an dich gedacht und zu dem ollen Peter gesagt: ›Ich frag mich, wie's wohl unserer kleinen Bella geht. Ich sollte sie wirklich mal besuchen.‹ Erinnerst du dich noch an die lustigen Nachmittage, die wir drei immer miteinander verbracht haben? Ah«, seufzte er, in Erinnerungen schwelgend, »das waren noch Zeiten. Ich habe dein heiteres Wesen oft vermißt, weißt du das? Hab dich sehr vermißt.«

»Ach, Unsinn, Arthur«, entgegnete sie kalt. »Ich wette, du hast's dir gutgehen lassen. So siehst du mir jedenfalls aus.« Und sie erwiderte seinen warmen, abschätzenden Blick mit einem kühl berechnenden Starren.

»Nichts da. Ich hab dich wirklich vermißt. Peter auch. Haben uns oft eine kleine Wiedersehensfeier gewünscht. Haben oft davon gesprochen.«

»Nun, ihr hättet nur zum Telefon zu greifen brauchen«, entgegnete sie leichthin. »Ich kann mich aber nicht erinnern, daß ihr auch so erpicht darauf wart, bei mir vorbeizuschauen, als Gus starb.«

Ihrem Blick ausweichend, sagte er hastig: »Nun ja, dir ging's ja damals gar nicht gut, nicht wahr? Wäre nicht gerade taktvoll gewesen, oder? Nicht gerade der richtige Zeitpunkt für Späßchen und Spielchen... Das hat auch der olle Peter gemeint. Tat uns natürlich sehr leid für dich und so. Aber, ich meine, wenn jemand gerade einen Trauerfall hatte...«

»Wenn jemand einen Trauerfall hatte, braucht er erst recht etwas Trost und Gesellschaft.«

»Da ist doch wohl die Familie gefragt, nicht wahr, meine Gute? Und du hattest ja den Jungen – wie geht's *dem* übrigens, ist er in Ordnung? –, und du hattest deinen Bruder. Wie ich sehe, hat er immer noch seinen russischen Freund, James Dingsbums. Kuriakin. Genau wie Hektor und sein treuer Dingsda, die beiden, findest du nicht?«

Bella folgte seinem Blick in eine Ecke des Raumes, wo Bo, gegen die Wand gelehnt, die Zigarette im Mundwinkel, mit einem ausgezehrten Mann mit einem Schopf weißgoldener Haare sprach, der ihm einen Vortrag zu halten schien und ihn mit einer Hand an seinem blauen Samtkragen gepackt hielt.

»Ah, schon ein komischer Kerl, dein Bruder«, sagte Arthur duldsam. »Ein schlauer Kopf, das muß man ihm lassen. Aber zu tiefsinnig für mich. Das meiste, was er sagt, geht glatt über *meinen* Horizont. Na ja, es gibt solche und solche, wie ich immer sage. Leben und leben lassen. Des einen Freund ist des anderen Feind. Aber jetzt paß mal auf – he, Bella, hörst du mir eigentlich zu?«

Bella wandte ihren ausdruckslosen Blick wieder ihm zu.

»Was meinst du, wenn wir drei uns bald mal wieder nachmittags sehen würden? Wie wär's damit, he? Warum denn nicht? Ich kann für den ollen Peter sprechen, der wird's gar nicht abwarten können, wenn ich ihm erzähle, daß ich dich getroffen habe; wir könnten zusammen zu Mittag essen, bei Rules zum Beispiel, und ich habe auch ein neues Auto, das dir bestimmt gefallen wird, einen Crespina, 70er Modell mit aerodynamischem Spoiler und Tourenzähler. Gelb, mit grauen Tweedbezügen... He? Was meinst du? Soll ich dem ollen Peter sagen, er soll sein Zaumzeug hervorholen?«

»Nicht bei Rules«, sagte sie. »Mein Mann geht da manchmal essen... Vielleicht. Ich werd's mir überlegen. Ich ruf dich an. Ich muß mit meinem Mann sprechen, auf Wiedersehen.«

»Welcher ist es denn? Der da drüben, der mit der Tussi vom Fernsehen redet? Sieht gar nicht so übel aus. Keine schlechte Partie, was? Ey!« sagte er und folgte einer neuen Eingebung. »Glaubst du nicht, daß *er* vielleicht Lust auf unsere Runde hätte? Ist er für einen Jux zu haben?«

»Nein«, sagte Bella kurz angebunden und entfernte sich durch die Menge, die sich langsam zu lichten begann.

Als sie zu Thomas trat, schob sie eine Hand unter seinen Arm. Sie merkte, wie er bei ihrer Berührung heftig zusammenzuckte, fast als hätte sie ihn aus einem tiefen Schlummer geweckt, aus einem tiefen Traum, in den er verstrickt war. Das Gesicht, das er ihr zuwandte, war sehr blaß, aber er lächelte und sagte: »Hallo, Liebling. Amüsierst du dich gut? Du scheinst ja eine Menge Leute zu kennen. Jan, darf ich dir meine Frau vorstellen?« sagte er zu dem Mädchen. »Bella. Das ist Miss Jan MacArthur.«

»O ja, natürlich«, sagte Bella herzlich. »Ich habe Sie im *Kaufmann von Venedig* gesehen. Mein Bruder ist mit mir hingegangen. Wir fanden Sie beide überragend.«

»Vielen Dank«, antwortete das Mädchen.

Es trat eine leicht verlegene Pause ein, die Thomas mit ein paar Worten über die Aufführung zu füllen suchte. Langsam kam die Unterhaltung, wenn auch ziemlich gestelzt, wieder in Gang. Unterdessen taxierte Bella das Mädchen heimlich. Wie konnte jemand, der so unverkennbar schottischer Abkunft war, nur Schauspielerin sein, dachte sie. Diese Sommersprossen, diese Backenknochen! Ein Gesicht wie aus einem Stück Holz geschnitzt, das in irgendeinem Hochmoor ausgebleicht und verwittert war. Vermutlich hatten sich ihre Vorfahren dort versammelt, um in strömendem Regen Hymnen zu singen und aus der Bibel vorzulesen. In der Rolle der Lady Macbeth wäre sie gar nicht schlecht, dachte Bella, und es stimmte schon, daß sie auch keine schlechte haarspalterische Portia abgab, aber in einer Komödie von Noël Coward kann ich sie mir beim besten Willen nicht vorstellen. Eine eindrucksvolle Erscheinung, gewiß, im Grunde schon, aber selbstverständlich viel zu groß; es muß zahllose Männer geben, die sich weigern, ihr Gegenspieler zu sein. Sie überragt sogar Thomas ein wenig... Zumindest ist sie vernünftig genug, einfaches Schwarz zu tragen. Ob sie wohl immer so blaß ist?

»Thomas, Liebling, ich glaube wirklich, es wird langsam Zeit, daß wir nach Hause gehen, meinst du nicht? Deswegen bin ich eigentlich herübergekommen. Ich werde langsam schlapp. Hat mich sehr gefreut, Sie kennenzulernen«, sagte sie zu dem Mädchen. »Ich hoffe, wir werden Sie bald wieder in einem Stück sehen können. Spielen Sie zur Zeit Theater? Aber nein, natürlich nicht, sonst wären Sie ja nicht hier, oder? Wie dumm von mir. Nun, wir werden nach Ihnen Ausschau halten... Ich treffe dich in fünf Minuten in der Eingangshalle, Liebling; ich sage nur Bo Bescheid, daß wir gehen.«

Sie nickte dem Mädchen zu und ging zur Garderobe, um ihren Mantel zu holen.

Als sie wieder in die Halle zurückkehrte, fand sie Bo gegen das

Treppengeländer gelehnt, inmitten eines Stroms sich verabschiedender Gäste.

»Hallo«, grüßte er Bella. »Thomas ist sein Auto holen gegangen; er wird gleich zurück sein. Er hat mich gebeten, es dir auszurichten.«

»Wie aufmerksam von ihm«, sagte sie mechanisch. »Was werde ich froh sein, wenn ich mich hinlegen kann, du nicht auch? Bo, dieses Mädchen, diese Jan MacArthur, was weißt du über sie...«

Eine Stimme, so nahe an ihrem Ohr, daß sie zusammenfuhr, sagte: »Auf Wiedersehen, Bella, meine Liebe. Bis nächste Woche oder die Woche darauf. Ich ruf dich an. Tschüßchen-Küßchen.«

Bo, der Arthurs sich entfernendem Rücken mit konzentrierter Abscheu nachblickte, sagte: »Wenn du dich wieder mit diesem Ekel einläßt, Mädel, machst du einen gewaltigen Fehler; das sage ich dir. Thomas würde sich solche Mätzchen nicht bieten lassen. Er ist ein toleranter, großzügiger, umgänglicher Bursche, aber *so* tolerant ist er nun auch wieder nicht.«

»Ach, sei doch nicht albern«, versetzte Bella aufgebracht. »Außerdem braucht er es ja gar nicht zu wissen.«

»Thomas ist kein Dummkopf.«

»Und wenn schon, was geht dich das überhaupt an, bitte schön?«

»Mein liebes Schwesterchen, ich will damit nur sagen, daß ich dir nicht versprechen kann, dich noch einmal aus irgendeinem Schlamassel herauszuholen. Es ist schließlich nicht meine Lebensaufgabe, dich immer wieder aufzurichten.«

»Nein, manchmal ist es das genaue Gegenteil«, erwiderte sie bitter. »Außerdem hast du ja selbst vor nicht einmal einer Stunde gesagt, daß es Thomas guttäte, ein kleines Techtelmechtel zu haben. Was ist denn da der Unterschied...?«

»Wir wissen doch, wenn du erst einmal aus dem Geleise gerätst, mein kleiner Honigtopf, dann wird sich alles, was Thomas so treibt, wie ein Glas Limonade und ein Spiel Flohhüpfen mit der Mutter Oberin ausnehmen. Muß ich denn unsere Zeit zusammen jedesmal damit vertun, dich zu warnen? Das *ist* vielleicht langweilig.«

Er blickte mit gesenkten Augenlidern auf sie herab.

»Ach…« Sie knipste den Verschluß ihres Abendtäschchens auf und zu, aufgebracht und unsicher, aber doch der Drohung in seiner Stimme bewußt.

»Bo? Bist du soweit?« Der große Mann mit dem fahlen Haar erschien hinter Bo und tippte ihm auf die Schulter. »Hallo, Bella«, sagte er. »Wir haben den ganzen Abend kein Wort miteinander gesprochen.« Er sprach mit einem sehr leichten ausländischen Akzent.

»In der Tat«, erwiderte sie kühl. »Wie geht's dir, James?«

»Gut. Und dir?«

»Gut.«

»Ich habe gehört, daß du dich wieder verheiratet hast; meinen Glückwunsch. Ich habe deinen Mann noch nicht kennengelernt…«

»Ich glaube nicht, daß ihr irgend etwas gemein hättet.«

»Aber woher denn, Süße«, entgegnete Bo milde. »James ist Chemiker; Thomas ist Biologe; wahrscheinlich würden sich die beiden stundenlang unterhalten. Sei doch nicht so dogmatisch.«

Dem hatte offenbar niemand etwas hinzuzufügen. James sagte zu Bo: »Was ist, mein Lieber? Sollen wir uns verabschieden?«

»Bo?« fragte Bella. »Fährst du denn nicht mit uns zurück?«

»Nein, ich sehe mir mit James noch einen Pornofilm an: *Die Kerze, die an beiden Enden brannte*. Sag Thomas gute Nacht von mir und vielen Dank, daß ihr mich mitgenommen habt.« Als sie sich zum Ausgang bewegten, rief er ihr über die Schulter hinweg noch zu: »Vielleicht solltest du *ihn* zu ein paar Pornofilmen mitnehmen.«

Die erste Hälfte der Fahrt zurück nach Wanborough schwieg

Bella. Dann sagte sie zu Thomas: »Wann hast du dieses Mädchen kennengelernt?«

Er zögerte ein paar Sekunden, dann antwortete er mit tonloser Stimme: »Bevor ich dich getroffen habe.«

»Warst du in sie verliebt?«

Im gleichen Tonfall erwiderte er: »Ja, zumindest habe ich es mir damals eingebildet.«

»Wann habt ihr euch getrennt?«

»Bevor ich dich getroffen habe«, wiederholte er.

»Weshalb? Was ist geschehen?«

Langsam sagte er: »Na ja, es war alles ein wenig verworren. Eigentlich ist es mir nie recht klar geworden. Weißt du, ich hatte damals einen meiner ersten wirklich schlimmen Anfälle, und Liddy hatte mir zum erstenmal eine hohe Dosis Najdolene verschrieben. Ich hatte es vorher noch nie genommen. Es beeinflußt das Verhalten mancher Menschen ausgesprochen stark – besonders zu Beginn – und meines anscheinend auch. Hat mich abwechselnd euphorisch und trübsinnig gestimmt.«

»Und das konnte sie nicht ertragen?« Bellas Interesse war geweckt, trotz ihrer Abneigung dem Mädchen gegenüber; ihre Stimme klang um ein winziges lebhafter.

»Anscheinend habe ich irgend etwas verbrochen, das sie mir nicht verzeihen konnte – das Merkwürdige ist nur, daß ich mich nie daran erinnern konnte, was es denn nun eigentlich war, was den Krach heraufbeschwor.«

»Willst du damit etwa sagen, du hast sie heute abend nicht danach *gefragt*? Habt ihr euch heute zum erstenmal seitdem getroffen?« fragte sie scharf.

»Ja.«

»Ich hätte sie bestimmt danach gefragt, und zwar gleich als allererstes.«

»Ich konnte einfach nicht. Weißt du, sie hat mir erzählt, daß ihre Mutter, der sie sehr nahegestanden hat, vor kurzem gestorben ist. Ihre Mutter war schon seit Jahren blind und hatte eine Wohnung im gleichen Block wie Jan; irgendwann war auch mal die Rede davon, daß sie zusammenleben sollten, aber anscheinend hat Mrs. MacArthur gesagt, sie wolle Jan nicht zur Last fallen. Nun ja, schließlich ist sie die Feuertreppe heruntergefallen; laut Untersuchung ein ›Unfall‹. Aber Jan ist anderer Meinung. Ich habe mich manchmal gefragt, ob das, was ich angestellt habe und was Jan mir nicht verzeihen konnte – ob das irgend etwas mit der alten Mrs. MacArthur zu tun hatte. Sonst war Jan nicht so überempfindlich, wenn es nur um sie selbst ging.«

»Nun, inzwischen scheint sie dir ja verziehen zu haben. Sie wirkte ziemlich freundlich.«

»Ja.«

Bella bemerkte in unbeschwertem, munteren Ton: »Dann war also euer ganzer Krach in gewisser Weise ein Versehen, wie schade. Was für ein Pech, daß du nicht mehr zu ihr zurück kannst.«

»Ganz abgesehen davon, daß ich inzwischen gebunden bin«, sagte er, »wäre das völlig ausgeschlossen. Sie würde mich nicht wiederhaben wollen.«

»Ja, aber warum denn nicht?«

»Das hat verschiedene Gründe. Zum einen läßt ihr Augenlicht nach, hat sie mir erzählt. Man hat festgestellt, daß sie die gleiche Krankheit hat wie ihre Mutter.«

Bella, die das alles ein wenig *zuviel* des Guten fand, erwiderte voll aufbrausender Ungeduld: »Na und? Gibt es nicht auch Rollen für blinde Schauspielerinnen?«

»Ein paar schon, nehme ich an. Notfalls kann sie immer noch zum Rundfunk. Sie wird schon zurechtkommen. Sie ist sehr stolz und unabhängig, genau wie ihre Mutter. Sie wird's schon schaffen.«

»Armer Thomas«, sagte Bella boshaft. »Schon wieder so eine lahme Ente, die du gerne retten und hochpäppeln würdest, um dich in jemandes Zuneigung einzukaufen. Es ist wirklich zu schade, daß du schon mich am Hals hast.«

Sie verfielen in Schweigen, während sie die langgestreckte Wanborough Parkside entlangfuhren. Bella fühlte, wie die Wut in ihr aufwallte; sie schaute hinaus auf die vorbeiflitzenden Straßenlaternen und das Dunkel des ausgedehnten, bewaldeten Stadtparks; sie hätte gerne ihre Knöchel gegen die Fensterscheibe geschlagen. Wut auf was, auf wen? Auf sie alle, die Narren! Plötzlich fiel ihr Sadie ein, die ihr Kofferradio aus dem Fenster in Addison Gardens geworfen hatte, und sie brach in Gelächter aus.

»Was ist denn so lustig?« fragte Thomas erschrocken. Eben passierten sie den Fußgängerübergang mit seinen orange blinkenden Warnleuchten; verwirrt schaute er sie an.

»Ach, nichts!« fuhr sie ihn an und dachte, während er in die Einfahrt einbog, wie langweilig und durchschnittlich sein Profil im Vergleich zu dem von Gus war. *Er*, Thomas, hatte seine Schäfchen ins Trockene gebracht, hatte sie geehelicht und alle ihre interessanten und ausgezeichneten Verbindungen genutzt. »Nichts, was du lustig finden würdest. Hab mich nur an was erinnert. Gus hätte darüber gelacht. O Gott«, entfuhr es ihr, als sie aus dem Wagen stieg. »O *Gott*, wie wünsche ich mir doch, daß Gus hier wäre.«

»Ich auch«, sagte Thomas leise. Er schloß den Wagen ab und folgte ihr ins Haus.

Von oben dröhnte, unangemessen fröhlich, der Ton von Gabriels Fernseher.

7

Gabriel 1974

Nachts wachte er voller Verlangen nach Catriona auf. Einige Wochen zuvor hatten sie beschlossen, nicht mehr miteinander zu schlafen, weil sie meinte: »Davon stirbst du möglichst noch eher, und ich hätte dich viel lieber so lange wie möglich lebendig.« Aber er empfand ihre Abwesenheit so, als sei ein Teil von ihm bereits gestorben.

»Früher oder später passiert es ja doch. Du wirst dich an den Gedanken gewöhnen müssen.«

»Ich weiß. Was passiert eigentlich mit deinem Leichnam? Leichen sind ja so lästig, so schwer loszukriegen. Noch schlimmer als alte Matratzen. Wie alte Kleidungsstücke, die wegzuwerfen man nicht über sich bringt. Sie sind einem lieb, aber man kann mit ihnen nichts mehr anfangen.«

»Dasselbe Gefühl hatte ich immer bei toten Igeln; weißt du noch, wie viele wir entlang Wanborough Parkside gefunden haben und wie elend uns dabei zumute war? Mit einem toten Igel kann man furchtbar wenig anfangen, außer ihn begraben.«

»Wenigstens etwas, das für New York spricht: nicht so viele Igel auf den Straßen.«

Das Gespräch hatte ihn nachdenklich gestimmt, und er hatte die Naturwissenschaftliche Fakultät in Harvard angerufen, nach einem kleinen anfänglichen Mißverständnis vereinbart, ihnen seinen Leichnam zu überlassen, und einen entsprechenden Passus in sein Testament aufgenommen (das bereits auf einem vorgedruckten Formular aufgesetzt war, welches er sich vor seiner Abreise aus England in einem Papierwarengeschäft besorgt hatte). Am Handgelenk trug er nunmehr ein rundes Schildchen, auf dem in seiner sorgfältigen Schreibschrift stand: »Dieser Körper gehört der Naturwiss. Fak. in Harvard« mitsamt einer Telefonnummer. Das unterzeichnete und beglaubigte Testament war an die New Yorker Niederlassung von Crusoe & Selkirk geschickt worden, mit der höflichen Bitte, den Umschlag ungeöffnet für ihn in Verwahrung zu nehmen, bis er ihn abholen käme oder andere Anweisungen ergingen.

»Das wäre also alles geregelt«, sagte er zu Catriona.

»Ist denn ein Testament gültig, wenn man noch nicht achtzehn ist?«

»Ich bin mir nicht sicher. Der Mann, den ich in Harvard angerufen habe, sagte, ich sollte das Ganze richtig abwickeln, über einen Rechtsanwalt. Aber das wollte ich nicht, denn dann hätte ich ihm meine Adresse geben müssen. Wie auch immer, die Sache mit dem Leichnam müssen sie ja wohl respektieren. Die Sorge wärst du also los. Du rufst einfach Harvard an, die kommen dann schon und holen ihn ab. Ganz gut so. Jetzt fühle ich mich frei; wie wenn man die Schuhe auszieht und barfuß läuft. Ich möchte von möglichst allem frei sein.«

»Auch von der Liebe?«

»Am Ende auch von der Liebe.«

»Ich glaube, es wird mir gar nicht gefallen, wenn sie deine Leiche abtransportieren.«

»Nun ja, kannst mir ja vorher einen Kranz aus Gänseblümchen um den Hals legen.«

»Dir zum letzten Mal die Schuppen aus den Haaren kämmen. Dir den Hals waschen.« Und sie hatte ihn versonnen betrachtet, und ihr schmales Gesicht war ernst geblieben. Catriona lächelte nur selten, obschon viele ihrer Bemerkungen einen Anstrich trockener Boshaftigkeit hatten.

Unruhig wälzte er sich herum, sehnte sich nach dem Trost ihrer drahtigen, mageren kleinen Arme um seinen Hals, ihres dünnen Beins, über seins geschlagen; sie waren es gewohnt, so eng wie möglich beieinanderzuliegen, wie die Stengel von Kapuzinerkresse miteinander verflochten, und da ihm die körperliche Nähe und Gemeinschaft fehlte, hatte er, wie er sich erinnerte, von weitläufigen, einsamen Orten geträumt – von einer kleinen Holzhütte, deren Boden algengrün war von der Flut, am Rande einer riesigen, schilfreichen Marsch, wo das Meer kam und ging. »Schau nur, Thomas, das sind Simsen.« »Richtig, und das andere sind Matadorbinsen.« »Woher weißt du das?« »Weil wir in der Camargue sind.« »Woher weißt du das?« »Wegen der Flamingos; hörst du nicht, wie camarg sie sich dort drüben streiten?« Die verrückte Logik des Schlafs, die jedesmal so rational wirkt.

»Ich hatte vielleicht einen albernen Traum, Catriona.« Aber natürlich war sie nicht da; muß mich noch daran gewöhnen.

Das Grab ist ein schöner, stiller Ort, doch es umarmt uns, glaub' ich, niemand dort. Oder andrerseits: Dort liegt ein Liebespaar, das glaubte offenbar an Aufschub durch Vertrag und an ein Wiedersehn am letzten, ausgefüllten Tag. Es wäre tröstlich, daran zu glauben, aber ich glaube nicht daran. Ob es wohl *einsam* sein wird? So habe ich es mir nie vorgestellt; mir den Tod immer als die letzte, bequemste Ruhestätte ausgemalt; doch seit neuestem beginne ich zu zweifeln. Vielleicht könnte man sich selber Nachrichten zukommen lassen – eine Reihe von Schildern, die den Weg in das Nichts weisen? Ich werde dieses Stück Kordel an einem Baum am Washington Square festbinden; vielleicht taugt ja auch der Baum selbst als Botschaft.

Ich frage mich, wie es kommt, daß ich stets so froh aus meinen Träumen erwache. Immer weiß ich, daß ich von schönen, lichterfüllten Orten komme: Landschaften in leuchtend klaren Farben oder alte, freundliche Häuser, mir wohlbekannt, auch wenn dem wirklichen Haus meiner Erinnerung keines von ihnen genau entspricht – und stets so viele Menschen – unzählige, warmherzige Freunde, die mich liebevoll von einem Traum zum nächsten begleiten – wer kann das nur sein, alle diese freundlichen

Gefährten, viel mehr, als ich im Leben je gekannt habe, woher kommen sie alle?

Sind das die Menschen, die ich gekannt hätte, wenn ich mein Leben zu Ende gelebt hätte?

Er hörte ein Schniefen und ein Winseln, als der Hund erwachte, sich streckte und reckte, aufstand und mit auf den nackten Dielen klickenden Krallen im Kreis herumtappte, bevor er sich wieder schlafen legte. Der Hund leistete ihm doch ein wenig Gesellschaft.

Das Zusammenleben mit einem anderen Menschen anstelle des Alleinseins, überlegte er und dachte wieder an Catriona, erfordert eine andere Art der Anpassung, als man denkt. Man muß lernen, mehr statt weniger selbstsüchtig zu sein. Wenn man allein ist, beobachtet man ständig die anderen Menschen um sich herum, wendet ungeheuer viel Zeit und Energie auf, anderen Menschen zu Diensten zu sein, sich nichtssagende Tatsachen über sie in Erinnerung zu rufen und sie sich zunutze zu machen; wenn man dagegen einen Gefährten hat, fällt das alles weg, das Leben wird mehr selbstzentriert und rascher. Eigentlich ist das verkehrt.

Es wird mir guttun, wieder allein zu sein. Diese zweimonatige Reise von West nach Ost hat mich etwas Wichtiges gelehrt: Um zu wachsen, muß man allein sein.

»Du wirst es schon allein schaffen«, hörten wir den Vater zu seinem kleinen Sohn sagen, als wir im Battery Park spazierengingen und darauf warteten, die Straße zu überqueren. »Zur Oma fährst du mit der *einen* U-Bahn, und mit einer *anderen* kommst du wieder nach Haus. Ist das nicht aufregend?« Doch der Junge wirkte durchaus nicht überzeugt, und ich dachte, die Schwierigkeiten, die Eltern damit haben, ihre Kinder zu einer neuen Erfahrung zu überreden, werden heute noch dadurch verschärft, daß sie mit der Werbung konkurrieren. Dieser Vater füllt seine Stimme mit ebensoviel falscher Fröhlichkeit und Begeisterung wie der Mann, der behauptet, seine Versicherungsgesellschaft wird sich wie eine Mutter um dich kümmern, und der Junge ist es gewohnt, beide zu ignorieren. Vor zwanzig Jahren hätte der Vater vermutlich einfach sagen können: Es wird schon werden, warte nur ab. Vielleicht hätte der Sohn ihm schon damals nicht geglaubt. Inzwischen aber weiß er, daß er sich die Wahrheit von niemandem erwarten kann. Wie liebenswürdig der Betreffende auch sein mag.

Was kann man Kindern sagen? Wie gut, daß ich keine haben werde. Falls ich wirklich Bellas Kind bin, gibt es kein Erbgut, das ich weitergeben könnte. Und alles deutet darauf hin, daß ich ihr Kind bin: die eigentümliche Schuppigkeit unserer Kopfhaut ist zu ähnlich, als daß sie Zufall sein könnte; viel wahrscheinlicher, daß sie ererbt ist. Ich bin jetzt seit neun Monaten nicht mehr bei ihr und habe das Problem immer noch. Wie ich es immer gehaßt habe nach Gus' Tod, wenn sie monatelang ihre Haare nicht wusch und sie einfach verschuppt-verfilzt auf den Rücken hängen ließ, wenn sie losgeheult hat, wann immer sein Name fiel; ich habe das Gefühl, sie hat meine Erinnerungen an ihn zerstört, sie mit ihren eigenen vulgarisierten, dramatisierten überdeckt.

Sie wollte eine Art Heiligen oder Helden aus ihm machen; das war er nicht; nur ein Weiser.

Wenn doch nur Thomas und ich…

Thomas und Catriona wären schon miteinander ausgekommen. Was sie wohl von ihm halten würde? Sie und Thomas spielen genauso mit Worten, sie können auf die gleiche Art vom Boden abheben. Bella konnte das nie ausstehen. »Wie *meinst* du das?« fragte sie gereizt, sie konnte es nicht ertragen, wenn wir mit Wortspielen und vertauschten Buchstaben herumblödelten. »Also wirklich, Thomas, wie albern willst du denn noch werden?« fragte sie verärgert, als er nach Hause kam und bekanntgab, sechs Monate auf Seereise gehen zu wollen. Die Biologische

Faktensuchungsmission nannte er es, und wir fingen an herumzualbern: die Physiologische Mackenbuchungsfiktion, die Missiologische Sektenverfluchungsbastion, die Faktologische Bakenvermessungsfraktion.

Ich war mir nicht sicher, ob sich ihr Ärger auf unser Gealber richtete oder darauf, daß er wegfuhr.

Wir waren im Garten, ich fegte das Laub vom Walnußbaum zusammen und schaffte es, Haufen für Haufen, mit dem Schubkarren zum Feuer. Es war einer von diesen windigen, klaren Septembertagen.

»Ich hätte gedacht, wo du dich schon bei Crusoe & Selkirk eingekauft hast, wäre das mindeste, was du tun kannst, hierzubleiben und ein Auge auf die Firma zu haben«, sagte sie. Und er entgegnete: »Crusoe & Selkirk ist wieder auf Kurs. John Voynitch macht seine Arbeit vorzüglich, wie ich es mir gedacht habe, und sechs Monate lang wird schon alles glattgehen. Du darfst mir diese Reise nicht mißgönnen, Bella. Das ist etwas, was ich mir mein ganzes Leben lang gewünscht habe.«

»Eigentlich tust du nichts anderes, als Gus nachzuahmen. Zu versuchen, ihn nachzuahmen. Etwas anderes tust du doch nicht. Du hast dich in sein Haus gedrängt und in sein Bett, du pfuschst damit herum, seine Bücher zu verlegen, und jetzt willst du auch noch so tun, als würdest du dieselben Forschungen anstellen.«

Ich dachte, wie seltsam es war, daß alles, was sie sagte, nach schonungsloser Meinungsäußerung klang und doch im Kern so unaufrichtig war.

»Nein, wirklich, Bella, so verhält es sich nicht«, begann er ihr mit geduldigem Tonfall auseinanderzusetzen, und dann machte ich mich mit meinem Schubkarren voller Laub auf den Weg, und als ich das nächste Mal zurückkam, sagte er: »Ich wünschte, du würdest nicht in diesem Ton mit mir sprechen, Bella. Ich hab mein Bestes getan.«

»Das nennst du dein Bestes, einfach auf und davon zu gehen und mich sechs Monate allein zu lassen?«

»Ich hab dir doch gesagt, weshalb kommst du nicht mit? Ich glaube, es würde dir Spaß machen, wirklich.«

»An der Küste Afrikas entlangtuckern, jeden stinkenden kleinen Hafen anlaufen und herumlungern, während du alte Muscheln und Pflanzen heraufholst? Nein danke!« Und sie fügte hinzu: »Außerdem, wer soll sich um Gabriel kümmern?«

Ich sagte: »Ich könnte im Internat wohnen«, etwas, was ich schon immer ausprobieren wollte, aber sie sagte, das sei eine lächerliche Idee, komme gar nicht in Frage, die wüßten nicht, wie man mich richtig betreut. Thomas sah müde aus, wie immer, wenn sie bei ihren Streitereien meine Gesundheit als Druckmittel benutzt, und sagte: »Er ist vierzehn, Bella, und sehr vernünftig. Ich glaube nicht, daß es Probleme geben wird. Und zu Weihnachten könnte er losfliegen und zu uns stoßen. Das würde dir doch gefallen, Gabriel, was?«

Ich sagte: »Ja, Afrika würde ich gern sehen«, und Thomas fuhr einschmeichelnd fort: »*Du* nicht auch, Bella? Du könntest alle möglichen Zeichnungen von Palmen und tropischen Vögeln machen. Würdest du nicht gern hin und wieder nach der Natur zeichnen? Ich hätte gedacht, das wäre gerade das Richtige für dich.«

»Red doch keinen solchen Quatsch. Wie soll ich denn wegkönnen? Ich muß mich um das Haus kümmern, und was wird mit all meinen Aufträgen?«

»Loraine kann sich um das Haus kümmern, und du könntest deine Aufträge ebensogut auf dem Schiff ausführen. Wahrscheinlich sogar besser.«

Bo kam ums Haus geschlendert. Das war zu der Zeit, als er und Thomas noch ziemlich befreundet waren und er Samstag abends oft vorbeikam, um sich bei uns im Fernsehen Fußball anzusehen; damals malte er seine merkwürdigen Fußballbilder.

»Ich versuche Bella zu überreden, mit auf Kreuzfahrt zu kommen«, sagte Thomas.

Bo hatte sich in einen Liegestuhl plumpsen lassen. Er trug seine schmutzige alte, mit Farbe bekleckste Khakihose und den dünnen schwarzen Sweater, den er stets anhatte, sommers wie winters. Die Sonne war wirklich warm, und er schien halb eingeschlafen zu sein. Doch als Thomas den Satz sagte, schlug er die Augen auf und meinte: »Fabelhafte Idee!« in der Sprache der alten Jungenzeitschriften, deren er sich oft bedient. »Famos! Große Klasse! Absolute Spitze! Du fährst natürlich mit, Bella?«

»Bist du verrückt?« fragte sie und klang verstimmter denn je.

»Das wäre wie zweite Flitterwochen«, sagte Bo, rollte in einer Art liebestoller Grimasse mit den Augen und begann zu singen:

»Ich würde dich noch heißer lieben
wenn wir vor Afrikas Küste trieben
nie wieder werd ich mich beklagen
wenn du nur mitkommst Muscheln jagen
den ganzen Tag gehn wir spaziern auf Deck
und füttern Haifische mit Speck
auf tropischem Sand wolln wir uns paaren
wenn du nur mit mir kommst – nach all den Jahren!«

Dann sprang er entweder in wirklicher oder gespielter Begeisterung auf und rief: »Fest! Belegt die Großbrasse!«, und fing an, mit Laub umherzuwerfen und alle Blätter zu verstreuen, die ich gerade zusammengekehrt hatte.

»Ach, sei doch nicht so albern, Boney«, sagte Bella. »Du findest die Idee doch nicht etwa wirklich gut?«

»Ich finde die Idee so großartig«, sagte er, »daß, wenn du nicht mit Thomas mitfährst, womöglich *ich* es tun werde.«

»Meinst du das ernst?«

»Ernst? So ernst wie die Bergpredigt. So ernst wie die Erklärung der Menschenrechte. So ernst wie die Statuten der UNESCO.« Und er sauste ins Haus – wenn Bo rennt, was er nicht mehr als einmal im Jahr tut, fegt er wie der Wind dahin, dürr wie er ist – und deklamierte: »Da der Krieg in den Köpfen der Menschen entsteht, müssen wir unsere größten Bomben auf die Köpfe der Menschen abwerfen. Komm schon, Thomas, oder du verpaßt den Anpfiff.«

Der Mann, den wir vorige Woche auf der Morton Street Pier gesehen haben, der betrunkene Mann in der Ferne, hätte durchaus Bo sein können: Hochgewachsen und hager, entweder betrunken oder high, führte er mitten auf der ausgedehnten, hölzernen Fläche einen feierlichen Solotanz auf, hüpfte, dienerte und knickste vor einer imaginären Partnerin. Plötzlich verspürte ich ein Gefühl des Schmerzes und der Zuneigung zu Bo; ich wünschte, ich hätte netter zu ihm sein können. Ich konnte mich noch genau an den Tonfall seiner Stimme erinnern, dünn, hoch und aufgebracht, als er sagte: »Ich bin verliebt in dich, du kleines Dummerchen, verstehst du denn nicht?«

Und meine Reaktion, eine Mischung aus Bestürzung und der müden Empfindung, daß ich diese Szene nicht meistern konnte; als würde mir ein großes, sperriges, zerbrechliches, kostspieliges Geschenk gemacht, das ich nicht wollte und nicht gebrauchen konnte.

Armer Bo. Wo er jetzt wohl steckt? Vielleicht war der Mann er. Um ganz sicherzugehen, habe ich mich rasch verdrückt; obwohl ich mir nicht vorstellen konnte, was er da drüben zu suchen hätte. Als ich mir letzten Winter die Wandteppiche mit dem Einhorn ansehen ging, wünschte ich mir, Bo wäre dabeigewesen; obwohl er sich vielleicht darüber lustig gemacht hätte, wie er das bei allem tut.

Die Wandteppiche hätte ich gern bei mir hängen. Hätte sie gern noch einmal gesehen.

Blödsinn. Zwecklos, sich mit vergeblichen Wünschen zu quälen. Catriona würde sagen: Nun ja, ein *bißchen* quälen könnten wir uns schon, und halb die Augen zukneifen, wie sie das bei Dingen tut, die anderen Leuten ein Lächeln entlocken. Gus zog sie immer damit auf; er pflegte zu sagen, sie mache ein Gesicht wie eine Katze, die Speichel sammelt, bevor sie mit ihrer Wäsche beginnt. Komisch, daß sie sich an ihn nicht sehr gut erinnert; sie erinnert sich an Orte und Dinge, nicht an Menschen. Sie weiß nur noch, daß sie ihn gut leiden mochte; die Gefühle, die sie ihm entgegenbrachte. »Er war golden, wie Brot und Honig.«

Praktisch, so ist sie immer.

»Sieh mal, da steht eine ganze Kiste mit Brandygläsern; jemand hat sie weggeworfen«, sagte ich eines Tages vor unserem Haus. Da standen sie auf dem Bürgersteig in einem Karton – große, bauchige Gläser, staubig, einige zerbrochen, eine ganze Reihe aber in gutem Zustand. »Sollen wir sie reinholen?«

»Was sollen wir damit anfangen?«

»Wenn wir eine große Villa in Kalifornien hätten, wären sie genau das Richtige zum Brandytrinken.«

»Ich will keine große Villa in Kalifornien«, sagte sie.

»Dann müssen wir eben Coke aus den Gläsern trinken.«

»Vielleicht sollten wir sie lieber hier stehen lassen.«

Als wir das nächste Mal hinausgingen, waren sie verschwunden. Catriona behauptet, mit dem, was sich auf New Yorks Gehsteigen ansammelt, könne man ein ganzes Haus möblieren, und ich denke, sie hat recht. Wenn man die Straßen lange genug im Auge behält, findet man alles, was man braucht. Oder man kann alles loswerden, was man wegwerfen möchte. Ich wünschte, ich könnte meine Leiche einfach hinauslegen, bis jemand sie holt. Ich bin sicher, der Tod ist eine feine Sache – wie wenn man seine heißen, verschwitzten Kleider ablegt und endlich frei und erfrischt, gewichtslos und stark ist, wie in den Träumen vom

Schwimmen, vom Fliegen. Diese Geschichte, in der ihr verstorbener Mann wieder ans Fenster tritt und seine Hand ausstreckt. »Fürchte dich nicht. Wenn ich sage *jetzt*, dann spring.« Das hat mich immer fasziniert. Vor dem Sterbenmüssen selbst fürchte ich mich eigentlich gar nicht. Nur vor der Beschwerlichkeit des Vorgangs. Die Pythonschlange im Londoner Zoo, die auf einem Ast lag und ihre alte Haut abstreifte, abwarf, abstieß, wie ein Armloser, der versucht, sich aus einem Bodystocking zu schälen. Es war eine furchtbar langwierige, ermüdende Angelegenheit. Zwei Stunden lang stand ich dabei, sah zu und wollte helfen. Endlich war es vorbei, im Baum hingen, umeinander gerankt, eine Schlange und eine Geisterschlange. Die eigentliche Schlange schien ebenso leblos wie die Haut, entkräftet. Wenn schon der Tod so ermattet, was geschieht, wenn wir uns von ihm erholen?

Was mich zappelig macht, ist die Ungewißheit des *Wann*. Wie in dem Spiel *Alte Hexe*, wo man zitternd darauf wartet, daß sich jemand anschleicht und einen von hinten packt. Ich hab's immer mit Thomas gespielt, im Garten, und einmal sagte er die Stelle aus *Der alte Matrose* auf über den Mann, »der nimmer rückwärts schaut. Er weiß, ein Feind ist hinter ihm; sein Herz schlägt bang und laut.«

Ich wünschte, Thomas und ich…

Über meine Hand krabbelt eine Küchenschabe. Küchenschaben werden hier sehr groß und verwegen. Das war ein richtiges altes Kakerlakenmännchen. Wie Archy. Ob sie ahnen, daß etwas zu geschehen droht? Wie Ratten auf einem sinkenden Schiff? Ob wir den Küchenschaben wohl *Schuld*gefühle beigebracht haben? Weshalb sonst sind sie immer in so wilder, verstohlener Eile, wenn man sie erspäht? Irgendwo habe ich gelesen, daß es uns gelungen ist, Hunden und Katzen Schuldgefühle einzuflößen. Scheint nichts zu sein, worauf wir stolz sein könnten. Hilft ihnen keineswegs, ein besseres, konstruktiveres Leben zu führen. Aber was wäre für einen Kakerlaken ein konstruktives Leben? Was treiben Kakerlaken so? Bauen sie Nester, leben sie in Gemeinschaften, spinnen sie Fangnetze? Gus wüßte Bescheid. Oder rennen sie einfach nur umher, legen Eier und kümmern sich um ihre eigenen Angelegenheiten? Ich nehme an, es sind Aasfresser. Eigentlich nützlicher als wir. Wir richten eine Schweinerei an, die Küchenschaben beseitigen sie wieder. Nur nicht schnell genug; wir brauchen größere und bessere Schaben. Ich habe gelesen, daß sie in Australien keine Insekten haben, die den Viehmist abtragen; bis vor zweihundert Jahren gab's in Australien kein Vieh, keine Mistkäfer. So wachsen die ausgedörrten Kuhfladen unaufhaltsam in die Höhe, hart wie Granit. Aus Afrika hat man Mistkäfer eingeführt, aber Kröten haben sie aufgefressen. Gott dürfte unsere ständige Einmischung allmählich satt bekommen.

Die heiße Sommernacht legte sich drückend auf ihn wie ein Kissen. Er erinnerte sich längst vergangener Sommernächte, als er auf einer Luftmatratze unter dem Walnußbaum schlief.

Und an den Sommer, als Gus und ich hierherkamen und bei Oma wohnten; ein Mann namens Tom Thum lieh Gus seine Mühle, und wir verbrachten zwei Wochen darin.

An den Namen des Mannes kann ich mich noch erinnern, weil er ein großer, simpler, gütiger Riese war, der überhaupt nicht meinen Erwartungen entsprach. Er kam vorbei und zeigte uns, wie man die Pumpe bediente und den Ölofen anheizte, dann sahen wir ihn während unseres ganzen Aufenthalts nicht mehr.

Ich frage mich, wo Bella sich in dem Sommer damals herumtrieb. Vielleicht war sie mit Bo irgendwohin verreist?

Ein Mann kam mit einer Lastwagenladung voll selbstangebautem Obst vorbei, das er den weiten Weg von Kalifornien herübergeschafft hatte; wir kauften ihm riesige rote Äpfel ab und rosa Grapefruit und Pflaumen, so groß wie Kricketbälle, und eine Kiste Apfelsinen und lebten nur von Früchten. Es gab einen schönen Bach mit einem Mühlgerinne und einem Mühlteich, der gerade groß genug war, daß man darin schwimmen konnte, und Gus ließ mich jede Nacht bei Mondschein baden. Das war die herrlichste Zeit meines Lebens. Wo die Mühle wohl stand? Ich würde so gerne noch einmal dorthin... Jeden Tag verbrachte ich damit, zu spielen und im Bach zu schwimmen, Deiche und Inseln zu bauen, Nußschalen zu Wasser zu bringen, Häfen für sie anzulegen, wieder in den Teich zu springen und zu schwinmen. Ich war sechs.

Gus wollte etwas schreiben; er hielt sich oben in der Dachkammer der Mühle auf; zum Arbeiten, sagte er, sei sie ideal. Ich hatte mir erhofft, daß er sich mehr mit mir abgeben würde, und war zunächst ein wenig enttäuscht, doch er sagte, die Gelegenheit sei zu gut, um sie ungenutzt verstreichen zu lassen, und der Bach leistete mir so gute Gesellschaft, daß ich nicht im mindesten einsam war; außerdem kam Gus zum Mittagessen und auch abends wieder nach unten, um sich anzuschauen, was ich alles gebaut hatte, und Vorschläge zu machen, so daß ich mich den ganzen Tag auf ihn freute. Und wenn er schließlich kam, war es immer genauso schön, wie ich es mir ausgemalt hatte. Woran er in jenem Sommer wohl geschrieben hat?

Ich kann mich noch an jeden Zentimeter der Gegend erinnern, an die Felsen am Bach, den schwarzen Walnußbaum und den großen, weitläufigen Hain wilder Pflaumenbäume, an die Robinien und kleinen Eichen und Birken, und an die roten Eichhörnchen, die wir fütterten, bis sie so zahm waren, daß sie sich auf Gus' Kopf setzten, und an die nicht ganz so zahmen gestreiften Eichhörnchen, und an den Tag, als ich mich ins Gras schlafen legte und beim Erwachen eine große Schlange im Tiefschlaf neben mir entdeckte; mein ganzer Körper schnellte vom Boden auf, als wäre ich von einem Erdbeben emporgeschleudert worden, und die Schlange schoß davon, wahrscheinlich noch verängstigter als ich.

Ob die Mühle wohl noch steht?

In das Fenserviereck Himmel schlich sich eine Blässe. Er setzte sich auf und zog seine schwarze Mappe heran, fand ein unbeschriebenes Blatt Papier und schrieb:

In der breiten Flut des Morgenlichts
verströmen Vögel ihre nachts ersonnenen Lieder,
geängstigt von Einsamkeit und Stille schreien sie
ihren ganzen kleinen Wissensschatz zum Himmel auf.

8

Thomas 1974

Thomas saß in dem heißen, kleinen, staubigen Badezimmer. Im Ohr summte ihm immer noch, wie eine bedrohliche Hornisse, der Tonfall jener Stimme – sandig, schnarrend, mit leichtem ausländischen Akzent –, die ihre kalten Anweisungen erteilt hatte. Er zitterte so heftig, daß er dachte: Wenn das Telefon noch einmal klingelt, werde ich es nicht hören. Außerdem schwitzte er wie ein Pferd, sein Herz hämmerte, das Blut pochte in seinen Ohren. Seine Eingeweide hatten sich in Schleim verwandelt. Ein Glück, daß sie mir nicht aufgetragen haben, schon heute etwas zu unternehmen, beobachtete der sarkastische innere Kontrolleur, der abseits stand und all die Anzeichen des Zornes und des Schreckens leidenschaftslos mitverfolgte. Ich wäre zu nichts zu gebrauchen.

Aber die Stimme hatte gesagt: Unternehmen Sie nichts, bevor wir nicht wieder Kontakt mit Ihnen aufnehmen. Beschaffen Sie lediglich das Geld. Erzählen Sie niemandem davon. Wem könnte ich auch davon erzählen? Der Polizei? Gäbe wahrscheinlich eine Katastrophe. Bella? Sie würde Gott weiß was für ein öffentliches Spektakel inszenieren; ihre Fernseh- und Rundfunkappelle waren schlimm genug. Zum Glück hat sie das bisher nur zwei- oder dreimal gemacht. Ich werde sie warnen müssen, damit Schluß zu machen.

Und was ist mit der alten Hannah? Sollte er sie verständigen?

Bei ihr könnte ich klügeren Rat einholen als bei Bella, aber damit kann man sie doch nicht belasten, so wie's ihr jetzt geht. So wie's ihr heute nachmittag ging.

Das alte Gesicht schaute vom Kissen auf. Weiße Haut, durchsichtig wie Seidenpapier, große, eingefallene Augenhöhlen, wie eine Totenmaske, doch immer noch von einem Geist befeuert, der ebenso aus seiner knochigen Hülle befreit schien wie der Dschinn aus der Flasche. Der Geist bewirkte, daß die Augen sich drehten und auf ihn richteten, daß die Stimme Worte artikulierte, ja sogar ein gespenstisches Kichern hervorbrachte, als sie ihre eigene Invalidität bedachte.

»Ich sehe ganz schön vermickert aus, stimmt's? Du liebe Zeit, das Alter ist ein grotesker Zustand. Ich bin oft dankbar dafür, daß es meinem Sohn August erspart geblieben ist; wenigstens ist er ihm, in seiner Würde unversehrt, entwischt. Falls wir alle, wie einige Freunde meines Enkels behaupten, wiedergeboren werden, so werde ich Gus, wenn ich ihn das nächste Mal sehe, sagen, daß er mit einem blauen Auge davongekommen ist...«

Die Veränderung in ihr war schockierend; wieder einmal erkannte Thomas, daß die Scheidelinie zwischen Gesundheit und Behinderung, so dünn sie ohnehin ist, in hohem Alter buchstäblich nicht mehr ist als der Zeitraum zwischen einem Atemzug und dem nächsten.

»Mitten auf der Straße niedergeschlagen«, berichtete ihm Hattie verbittert. »Überfallen von irgendeinem Mistkerl, der Bargeld für seinen nächsten Fix brauchte. Hat ihre Geldbörse gestohlen. Acht Dollar; wenn überhaupt. Sie hat vielleicht einen Schlag abbekommen – jeder andere Schädel wäre wie ein Ei zerplatzt. Das muß ich Mrs. Baird lassen, sie ist zäh; ist nach Hause gehumpelt und hat nicht einmal eine Gehirnerschütterung. Aber sie ist wirklich übel dran; ich schätze, wenn Dr. Warmflash kommt, wird er sie ins Krankenhaus einweisen wollen, aber zuerst wollte sie Sie sprechen.«

Trotz ihrer körperlichen Schwäche, trotz des großen schwarzen Blutergusses auf der einen Gesichtshälfte schien die alte Dame ebenso im Besitz ihrer Geisteskräfte wie vor zwei

Wochen, als er sie das letzte Mal gesehen hatte. Wenn nicht sogar mehr. Es war, als hätten sich sämtliche ihr verbliebenen Kräfte in einem einzigen Brennpunkt vereinigt.

»Mr. Cook«, flüsterten die blauen Lippen. »Kommen Sie ganz nahe heran, ich möchte sichergehen, daß Sie es sind. Sie brauchen keine Angst zu haben, daß ich sie vergewaltige« – trocken –, »außerdem haben wir ja Hattie als Anstandsdame.«

»Sie dürfen sich jetzt nicht aufregen, Mrs. Baird. Dr. Warmflash hat gesagt, Sie sollen sich ausruhen, bis er kommt. Oh, ich könnte Sie *durchschütteln*, einfach so allein auszugehen – ich hätte Ihnen doch jede Besorgung gemacht, Sie wissen, daß Sie nur zu fragen brauchen...«

»Sei doch nicht albern, Hattie – und fall mir nicht ins Wort. Ich wollte doch nur das kleine Mädchen warnen. Und das hättest du nicht gekonnt, weil du beide Male aus warst, als sie hierherkam, und nicht weißt, wie sie aussieht. Gabriel hat sie einmal zu Besuch mitgebracht«, sagte Mrs. Baird zu Thomas, »und einmal bin ich mit ihm zu dem Schnellimbiß gegangen, wo sie arbeitet. Ziemlich laute Musik, wie ich mich erinnern kann, aber ansonsten gar nicht so übel. Ganz reinlich und angenehm. Soweit ich mich entsinnen kann, das einzige Mal, daß ich je versucht habe, ein *Riesensandwich* zu verspeisen... Ich glaube fast, die sind gar nicht für den menschlichen Verzehr bestimmt. Vielleicht für Abgottschlangen. Man braucht dafür Kiefer, die sich nach Belieben ausrenken lassen.«

Thomas kam sich selbst wie ausgerenkt vor. »Mrs. Baird? Sie haben da ein kleines Mädchen erwähnt. Könnte es sich dabei um eine Freundin von Gabriel handeln, die womöglich weiß, wo er abgeblieben ist?«

In völliger Finsternis wirkt selbst ein winziger Funke wie strahlende Beleuchtung; plötzlich fühlte er sein ganzes Wesen von Hoffnung erhellt.

»Was für ein nettes Kindchen«, flüsterte Mrs. Baird. »Tochter eines Kollegen von Gus, der in den sechziger Jahren mit ihm am University College tätig war. Die Familie blieb fünf Jahre in England. Das Mädchen ging drüben auf die amerikanische Schule; sie und Gabriel sind gute Freunde geworden. Catriona Vanaken; ihr Vater ist Physiker. Als Gabriel hierherkam, hat er sich wieder mit ihr in Verbindung gesetzt. Geht aufs Konservatorium. Spielt Flöte.«

»Wo wohnt sie?« Thomas versuchte, seine Ungeduld in erträglichen Grenzen zu halten. »Glauben Sie, daß sie weiß, wo Gabriel sich aufhält?«

»Jetzt hören Sie mal her«, flüsterte Mrs. Baird. »Daß ich das nette kleine Mädel finden wollte, geschah um *ihret*wegen. Hat mit Gabriel nichts zu tun. Als sie aus dem Haus ging, nachdem sie mir das Briefchen gebracht hatte, bemerkte ich zufällig, daß ihr anscheinend ein Mann *gefolgt* ist. Insofern war es schlicht und einfach meine Pflicht, sie zu warnen. Ziemlich sicher, daß ich das Restaurant erkennen würde, wo sie gearbeitet hat, verstehen Sie, wenn ich es wiedersähe; es lag irgendwo südlich vom Washington Square, nicht weit von...«

»Haben Sie es gefunden? Haben Sie sie gewarnt?«

»*Nein*, mein Guter; das ist ja das Ärgerliche an der ganzen Angelegenheit. Dieser Idiot mußte mich natürlich niederschlagen, bevor ich dort war, und hat meine Fernbrille zerbrochen; natürlich wußte ich, daß ich den Imbiß ohne meine Brille nie im Leben wiedererkennen würde. Es war aussichtslos. Ich hatte sogar meine liebe Mühe, den Nachhauseweg zu finden, aber im *großen und ganzen* waren die Leute sehr hilfreich...«

»Wer hat Sie niedergeschlagen? Der Mann, der dem Mädchen gefolgt ist?«

»Nein, *nein*; nur so ein großer blöder junger Kerl, der sich mit meinem Portemonnaie aus dem Staub gemacht hat; er hätte es auch so haben können, ohne mich zusammenzuschlagen. Der ist unwichtig; er ist davongerannt, und ich bezweifle, daß ich ihn erkennen würde. Aber den *Mann* würde ich, glaube ich, wiedererkennen; ich habe ihn ein-, zweimal in der Nachbarschaft gesehen. Groß, ein Gesicht wie ein Collie. Und weiße Haare.«

Die Beschreibung löste in Thomas eine vage Erinnerung aus fernster Vergangenheit aus, aber er war mit Dringlicherem befaßt.

»Mrs. Baird, Sie sagen, daß diese Catriona...«

»Ein so passender Name.« Wieder ertönte das Kichern; Mrs. Bairds Zähne, vom Alter verfärbt, jedoch groß, fest und immer noch ihre eigenen, entblößten sich zu einem erinnerungsseligen Lächeln reiner zärtlicher Freude. »Als Gabriel sie das erste Mal mitbrachte, sagte er: ›Oma, ich möchte dir jemanden vorstellen, der geradewegs einem deiner Lieblingsromane entstiegen ist.‹ Er hatte wirklich recht. Sie hätte eine Figur Robert Louis Stevensons sein können. ›Treu wie Stahl und gerade wie eine Klinge‹, wie die Heldinnen meiner Mädchenjahre beschrieben wurden, ›mit Augen aus grauem Glas‹.«

Thomas spürte, wie ein feiner Schauer reinen Kummers sein Herz anrührte. So hätte man Jan beschreiben können... Aber es war sinnlos, sich an Jan zu erinnern. Seine Sorgepflicht galt dem Jungen.

»Sie sagen, sie hätte ein Briefchen überbracht? War das von Gabriel?«

»Wissen Sie... je älter ich werde...« Mrs. Baird schweifte schon wieder ab. »Alles, was ich sehe, wird *immer nur noch schöner*. Ist das nicht eine ausgezeichnete Einrichtung? Ach ja, mit den körperlichen Beschwerden muß man sich natürlich abfinden, aber sie sind erträglich. Erträglich wegen dieser *geheimnisvollen Schönheit* in allem und jedem um mich herum. Ja doch, ich kann *vollkommen zufrieden* in diesem Bett liegen und stundenlang die schönen Schatten an der Zimmerdecke und in den Ecken betrachten. Und der Ausblick von meinem Fenster auf die Twelfth Street! Ich sitze dort im Lehnsessel... Die Häuser sind so elegant proportioniert und die Bäume und das Licht so hochbefriedigend, daß ich *immerfort* denke, wie gut ich es doch habe, hier zu sein. Genauso blickte ich hinaus, als ich sah, wie der Mann ihr folgte.«

»Catriona?«

»Sie müssen es ›Catrina‹ aussprechen«, berichtigte sie ihn. »Das ist ein Fehler, den kein Schotte machen würde. Ich höre, daß sie schottische und holländische Vorfahren hat. Wie man weiß, haben sich ziemlich viele Anhänger der Stuarts in die Niederlande geflüchtet...«

»Das Briefchen, das sie überbrachte...?«

»Und die beiden – Gabriel und Catriona –, wissen Sie, sie kommen mir vor, als bewegten sie sich in einer *goldenen Wolke* der Jugend, Unbescholtenheit und Gnade. Gnade des Himmels, meine ich natürlich; selbst der voreingenommenste Beobachter wird zugeben müssen, daß Gabriel körperlich schwerfällig ist. Und ziemlich unscheinbar. Aber immer so ein lieber Bursche. Ich war ja so *froh,* als er mir erzählte, er sei adoptiert worden – selbstverständlich war es Gus nicht eingefallen, davon zu reden –, weil mich das auch nur der leisesten Notwendigkeit enthob, zu versuchen, irgendeine Ähnlichkeit mit seiner Mutter festzustellen. Je weniger man von der spricht, desto besser. ›Macht es dir wirklich nichts aus, Oma‹, sagte er, ›daß ich nicht dein wirklicher Enkel bin?‹ ›Mein liebstes Kind‹, sagte ich, ›du bist mein geistiger Enkel, das ist ein viel stärkeres Band.‹«

»Wann... Dann haben Sie Gabriel diesen Sommer also gesehen?«

Sie sah zu Thomas auf und runzelte leicht die Stirn. »Habe ich etwa das Gegenteil behauptet? Anfangs wußte ich natürlich nicht recht, ob ich Ihnen trauen durfte. Ach du liebe Güte, ja, zu Beginn des Sommers hat er recht oft hereingeschaut. Inzwischen muß ich Ihnen vertrauen, denn ich habe eine Botschaft für Sie. Mr. Cook – Thomas –, der Junge will seine *Ruhe* haben.«

»Aber Mrs. Baird…«

»Hattie, wo hast du den Brief hingelegt?«

Hattie, die grimmig zur Linken ihrer Herrin gesessen hatte, schob ihre Nickelbrille hoch und öffnete eine Zedernholzschatulle auf dem Nachttischchen.

»Soll ich ihn Mr. Cook geben?« frage sie, als sie den Brief herausnahm.«

»Ja. Er kann ihn ebensogut selbst lesen.«

Gabriels Handschrift in schwarzer Tinte war eine sichere, steile Schreibschrift, die er bewußt an mittelalterlicher Kalligraphie geschult hatte. Obwohl sie kunstvoll wirkte, war sie doch leicht zu entziffern und ließ sich überraschend flink aufs Papier werfen; Thomas erinnerte sich, wie er Gabriel hatte mit erstaunlicher Geschwindigkeit Schulaufsätze schreiben sehen – Seite um Seite bedeckte er mit den hingekritzelten schwarzen Schriftzeichen, fast so schnell, wie wenn er Kurzschrift benutzt hätte. Gus hatte sich derselben Schriftzüge bedient; in der Bibliothek fanden sich Notizbücher, die voll davon waren.

Meine liebe oma,

ich fürchte, ich werde keine gelegenheit mehr haben, dich zu sehe. Du hattest soviel verständnis für meine entscheidung, nicht weiterzuleben, daß ich mir sicher bin, du wirst auch für das folgende verständnis haben. ich möchte gar zu gern den text vollenden, an dem ich gerade schreibe, und ich weiß nicht, wieviel zeit mir noch bleibt, wahrscheinlich nicht viel, deshalb muß ich sie fürs schreiben verwenden. ich bin traurig, daß ich dich nicht mehr sehen werde, aber bitte sei du nicht traurig. ich glaube fast, du bist dafür zu vernünftig! du weißt, du bist einer der beiden mir liebsten menschen auf der welt, und selbst wenn ich dich nicht mehr besuchen komme, bist du derjenige, den ich von allen am meisten achte, weil du wirklich hohe verhaltensmaßstäbe hast, und ich habe es nie erlebt, daß du ihnen auch nur eine minute lang nicht genügt hättest. wenn unsere freundin indira recht hat, werden wir uns alle als tauben oder ähnliches in einem anderen leben wiedersehen. und wenn nicht, höre ich dich schon sagen, das wichtigste sei, daß wir uns in diesem geliebt haben. es ist erstaunlich, wie oft unsere ansichten übereingestimmt haben, obwohl du schon über neunzig bist und ich erst sechzehn. du glaubst genausowenig wie ich, daß individuen an sich unbedingt wichtig sind. einige natürlich schon, wie etwa gus, aber einer *davon hat gereicht. und ich würde ihm nie gleichen. ich will nur eines sagen, und wenn ich es gesagt habe, möchte ich wirklich abtreten; ich glaube nicht, daß es eine menge geld und anderer leute mühe wert ist, mich in einer umgebung zu behalten, in der ich mir fehl am platz vorkomme. fast alles, was passiert, erscheint mir so unaufrichtig und verkehrt und widersinnig, daß ich das gefühl habe, in einem verrückten zeichentrickfilm zu leben. vielleicht meint es ja niemand böse – aber wieviel böses sie anrichten! ich habe über thomas nachgedacht. ich fürchte, mein tod wird ihm etwas ausmachen, weil er mich gern gemocht hat, aber bitte ihn doch, gründlich darüber nachzudenken, vielleicht kann er etwas daraus lernen. ich glaube nicht, daß es bella viel ausmachen wird; offen gesagt, glaube ich nicht, daß sie mich sehr gemocht hat, aber versuch sie bitte davon abzuhalten, ein schreckliches theater zu veranstalten. finanziell braucht sie sich keine sorgen zu machen. vor meiner abreise aus england bin ich zu worters & cholmondelay gegangen, und mir wurde gesagt, daß sie aus vaters vermögen zeit ihres lebens eine leibrente beziehen wird. nach meinem tod wird der rest des vermögens an naturwissenschaftliche und soziologische forschungseinrichtungen gehen, wo es am besten aufgehoben ist.*

ich schätze, möglicherweise wünscht thomas, daß ich meinen entschluß überdenke und mich der operation unterziehe –

ich weiß, daß er das leben für wichtig hält –, deswegen schreibe ich, um dir, oma, ärger zu ersparen, meine adresse nicht auf. ich werde ohnehin bald umziehen.

ich liebe dich sehr, und wenn wir uns im elysium wiederbegegnen, was werden wir für spaß haben! wir werden wie früher bézigue spielen und uns miteinander unterhalten.

in liebe, gabriel

Oh, dieser kleine Schuft, dieser kleine Gauner! war Thomas' erste bewußte Reaktion. Seiner alten Großmutter so etwas anzutun! Wie konnte er nur? Aber dann, als er das Gesicht erblickte, das seines beim Lesen prüfend angesehen hatte, erkannte er, daß sie dem ganzen durchaus gewachsen war. Fünfundneunzig Jahre, mit Bedacht verbracht, können eine gesunde Anlage sein.

»Also, mein lieber Thomas, ich möchte, daß Sie sich, bitte sehr, vernünftig aufführen! Zunächst einmal kein großes Theater, das ermüdet mich nur. Was für ein Segen, daß diese dumme Ziege Bella sich auf der anderen Seite des Atlantiks aufhält.«

»Nicht doch. Sie ist hier«, warf Thomas unbedachterweise ein, nur um es gleich darauf zu bedauern.

»Hier?«

»Sie wohnt im Apartment von Freunden in der Fourteenth Street.«

»Aha. Dann müssen Sie ihr eben nahelegen, wieder nach England zurückzufliegen. Sie kann hier nichts ausrichten. Nichts. Der Junge will von ihr nichts wissen. Ich werde Hattie auftragen, sie nicht einzulassen, wenn sie hierherkommt. Gabriel hat sicherlich recht, ich glaube nicht, daß sie ihn jemals mehr als passiv hingenommen hat, aber zweifellos wird sie einen gehörigen Wirbel veranstalten. Und natürlich liegt es in ihrem Interesse, ihn am Leben zu erhalten.«

»Wieso?«

»Aber ich bitte Sie! Wegen des Geldes! Und sagen Sie mir bloß nicht, daß Bella nicht genau das ist, was man einen habgierigen kleinen Ellbogenmenschen nennt; die habe ich nämlich gleich beim ersten Mal durchschaut, als ich sie zu Gesicht bekam. »Da hast du dir aber einen schwierigen Kunden ausgesucht«, habe ich zu August gesagt, und er hat gelacht wie Little Aubrey. ›Ich weiß, Mama‹, hat er gesagt, ›aber sie hat etwas so liebenswert Habsüchtiges an sich, wie ein Kind. Sie ist richtig süß.‹«

So interessant er diese Seitenbemerkung über Gus' Gefühle für Bella auch fand, über die er oft nachgegrübelt hatte, wollte Thomas doch auf die Hauptsache zurückkommen.

»Was ist mit dem Geld?«

»Ja, verstehen Sie denn nicht? Das müßten Sie doch wissen: wenn Gabriel das einundzwanzigste Lebensjahr erreicht, würde er das Vermögen erben. Ich glaube, Bella denkt sich, sie könnte ihn dazu überreden, ihr anstelle der lebenslänglichen Rente einen Teil des Kapitals abzutreten. Aber ich möchte wetten, daß sie sich da getäuscht hat... Wie auch immer, das Problem wird sich nicht stellen. Gabriel hat sich festgelegt.«

»Aber Mrs. Baird...«, setzte Thomas an, dann unterbrach er sich. Ihr Gesicht war während ihres Gesprächs noch weißer geworden; inzwischen war es völlig durchsichtig, bläulichweiß wie Magermilch. Sie war bedenklich erschöpft. Und überhaupt, welchen Sinn hatte es, mit ihr zu streiten? Gabriel hatte ihr seine Adresse nicht verraten. Er wollte nicht, daß sie behelligt würde. Weshalb sollte Thomas nicht ebenso rücksichtsvoll sein? Außerdem stand in dem Brief viel Bedenkenswertes; insbesondere zwei nebeneinanderstehende Sätze brannten und schmerzten ihn in der Seite; diese Kugel war zwischen seinen Rippen steckengeblieben und wäre nur mit Mühe herauszulösen...

»Sie sollen den Jungen in Ruhe lassen«, wiederholte sie. Die gesenkten Augenlider hoben sich, die grauen Augen blitzten ihn flüchtig an wie Bogenlampen. »Nur weil Sie sich schuldig fühlen oder weil Bella ein gieriges Weibsbild ist, besteht noch lange kein Grund, weshalb Gabriel der Würde der Wahl beraubt werden sollte. Er hat ein Anrecht auf seinen Tod. Haben Sie verstanden?«

»Jawohl, Mrs. Baird.«

Die Türglocke ertönte. Hattie ging nach unten, um bald darauf mit Dr. Warmflash zurückzukehren.

Thomas hatte die alte Dame in der Zwischenzeit nicht allein lassen wollen. Doch sie sprach nicht weiter; sie lag nur da und atmete in schmerzhaften, asthmatischen Stößen; ihre alte, schmale Brust hob und senkte sich, und ihre Hände zitterten. Bevor Thomas das Zimmer verließ, traute er sich eben noch, ihr kurz die Hand zu drücken.

Dr. Warmflash, ein untersetzter kleiner Mann mit fleischigem Gesicht und strahlenden klugen, dunklen Augen unter Brauen, die wie dicke, schwarze Kommata aussahen, warf einen kurzen Blick auf sie und sagte: »Ab ins Krankenhaus, meine Liebe. Ich hab den Krankenwagen hier, bevor Sie noch Popocatepetl sagen können.«

»O nein, kommt nicht in Frage, Toby! Ich bleibe hier in meinem eigenen Bett. Wenn Sie möchten, können Sie mir eine Pflegerin holen, die Hattie zur Seite steht, aber ich will nicht in einer Klinik enden und mich von Fremden wie ein Paket behandeln lassen.«

Thomas stahl sich davon und überließ sie ihrem Streit. Er hätte wetten mögen, daß Mrs. Baird sich durchsetzen würde... Er winkte Hattie vor die Tür.

»Hattie, wissen Sie wirklich nicht, wo dieses Mädchen arbeitet? Catriona Dingsbums?«

Sie schüttelte den Kopf. »Mr. Cook, Sie haben doch gehört, was sie drinnen gesagt hat. Sie sollen Gabriel zufrieden lassen. Um ihn sorge ich mich ja nicht, aber ich will nicht, daß *sie* sich aufregt.«

»Aber wenn sie doch das Mädchen vor dem Mann warnen möchte, von dem sie glaubt, daß er ihr gefolgt ist...«

»Unsinn, ein Mädchen in diesem Alter, das in einer Gaststätte arbeitet, kann selbst auf sich aufpassen. Und falls nicht, geht uns das nichts an«, sagte Hattie störrisch. »Außerdem *weiß* ich nicht, wo sie arbeitet. Oder wo Gabriel steckt. Wenn Sie jetzt bitte gehen wollen, Mr. Cook, ich muß zu ihr zurück.«

Thomas trat aus der Tür und lief, mit seinem moralischen Dilemma kämpfend, die Twelfth Street entlang.

»Haben Sie verstanden?« hatte Mrs. Baird gesagt, und er hatte erwidert: »Jawohl.« Aber sein Wort gegeben hatte er ihr eigentlich nicht. Und er glaubte aufrichtig, daß ihre Haltung verkehrt war. Im Alter von fünfundneunzig mag das Leben, perspektivisch verkürzt von einem Gesichtspunkt kurz vor dem Ende gesehen, flüchtig und trivial erscheinen, kaum der Erhaltung wert. Doch mit einundvierzig sieht die Sache anders aus. Und was weiß schon ein Sechzehnjähriger davon?

Es würde doch gewiß keinen Schaden anrichten, wenigstens zu versuchen, das Mädchen aufzufinden?

Ein Schnellimbiß irgendwo südlich des Washington Square, nicht allzu weit. Eine Imbißstube mit lauter Musik, aber ganz reinlich und angenehm, wo Riesensandwiches serviert wurden.

Von denen gab's womöglich fünfzig oder hundert. Es war, als wollte man eine Stecknadel im Heuhaufen suchen. Immerhin, der Name Catriona Vanaken war ungewöhnlich; wenn er Restaurants abklapperte und nach ihr fragte, erhielt er vielleicht Nachricht von ihr. Er brauchte bloß die Gegend systematisch aufzuteilen.

Dann fiel ihm ein, daß er die Aufgabe auf diese Weise unnötig umständlich anging. Vielleicht wohnte ihre Familie in New York und stand im Telefonbuch.

Er eilte zur Tenth Street zurück und stürzte fast die vier Treppen hoch.

Eine halbe Stunde später war er nicht so optimistisch. Von den sechs Vanakens im Telefonbuch für Manhattan hatten nur drei den Hörer abgenommen, und alle drei stritten jede Verwandtschaft mit einer Musikstudentin namens Catriona ab. Aber es war – er sah auf die Uhr – erst halb sieben. Die anderen drei mochten auf dem Heimweg von der Arbeit sein; in einer halben Stunde würde er es noch einmal versuchen. Und wie wär's mit den Musikkonservatorien? Aber es war Sommer; Ferienzeit; von den Festangestellten war vermutlich niemand mehr da. Aber vielleicht war es möglich, ein Verzeichnis mit den Namen und Adressen der Studenten in die Hand zu bekommen?

Unterdessen nahmen die Schmerzen wieder zu; Gott sei Dank war es an der Zeit, wieder eine Kapsel zu schlucken. Und dann würde er für ein paar Minuten die Füße hochlegen...

Es war ein langer, beschwerlicher Tag gewesen. Den Vormittag hatte er bei Crusoe & Selkirk verbracht, wo er eine ganze Reihe von Projekten erörtert hatte, darunter eine neue Einheitsausgabe der Gesammelten Werke von August Baird, von denen alles in allem immer noch regelmäßig hunderttausend Exemplare pro Jahr abgesetzt wurden. Die alte Mrs. Baird war durchaus nicht auf den Kopf gefallen; trotz ihres Alters hielt sie ganz und gar mit der Entwicklung Schritt, und das hatte sie ihm vorausgehabt: So gut er Bella auch kannte, es war ihm nicht in den Sinn gekommen, daß sie schon längst jenen Tag ins Auge gefaßt hatte, an dem Gabriel sein gesamtes Erbe antreten würde.

Und dann war da auch noch der mit dem Nobelpreis verbundene Geldbetrag. Gus hatte eine Stiftung gründen wollen, die Stipendien an Studenten aus Minderheitengruppen vergab. Doch die Klauseln waren so allgemein gehalten, daß noch immer die Anwälte darüber stritten. In der Zwischenzeit warf das Geld Zinsen ab. Falls aus dem Stiftungsvorhaben nichts wurde, ließen sich damit einige Kartons Eiscreme kaufen... oder einige Pelzmäntel...

Er kam, mit Weihnachtsgeschenken beladen, nach Hause. Geschenke für seine Mutter zu kaufen war ja so leicht; nicht daß sie einen schlechten Geschmack hatte oder sich über Nippes freute, aber ihre Fähigkeit, sich an allem möglichen zu freuen, war grenzenlos. So viele unterschiedliche Bücher erfüllten sie mit Entzücken; oder Halstücher in den Farben, die sie liebte: Rostrot, Grünblau, Braungold; oder Vogelfutter für ihren Futtertisch oder Drucke impressionistischer Gemälde, eine Lampe, damit sie im Bett lesen konnte, eine blattförmige Butterschale aus grünem Muranoglas – Strickwolle, Farben, eine warme wattierte Jacke. Die Schwierigkeit bestand darin, daß man kein Ende fand. Die eigentliche Schwierigkeit aber bestand darin, diese Fülle von Geschenken für sie mit einer entsprechenden Anzahl für seinen Vater auszugleichen, so daß der unterschiedliche Grad seiner Zuneigung nicht allzu sehr auffiel. Denn im Gegensatz zu Fanny war Samuel fast überhaupt nicht zufriedenzustellen. Er las nicht, er hatte keine Hobbys; beim Essen war sein Geschmack nicht eben exotisch, er aß lediglich, um sich zu ernähren. Er bewegte sich so wenig, daß er seine Kleidungsstücke niemals abzutragen schien, und hatte ohnedies kein Interesse an neuen. »Vergeude dein Geld nicht mit Geschenken für mich«, sagte er gereizt. »Ich brauche nichts.« Doch Thomas, voller Schuldgefühle, verbrachte Stunden mit der undankbaren Aufgabe und endete meist mit der immergleichen Schachtel Pfefferminzpralinen, einer Krawatte, die nie getragen wurde, einem Paar Socken, das ungenutzt im hintersten Winkel einer Schublade liegen bleiben würde. Wagte er es trotzdem, Samuel etwas Ausgefalleneres zu besorgen, einen Morgenmantel, ein rotes Blinklicht, damit er wußte, wann das Telefon läutete, so gab es prompt immer etwas daran auszusetzen: Samuel gefiel der Ausschnitt nicht, die Farbe war ihm zu grell, die Position war die falsche, und der Artikel mußte umgetauscht werden, oder er beklagte sich bitterlich und halsstarrig noch Monate später darüber. Es war, als ahnte er, daß die Geschenke ein Akt der Buße waren, nicht der Liebe, und wollte sichergehen, daß die Buße hinreichend streng ausfiel.

– Der Wagen war mit Geschenken so überladen, daß er sich nicht richtig steuern ließ; das Lenkrad drehte sich nicht, ein sperriger Lederkoffer, der Samuels Geschenk enthielt, war ihm im Weg. Der Koffer enthielt ein Hörgerät, eine große, ungeheuer komplizierte Apparatur, die fünfhundert Pfund gekostet hatte. Aber wenn sie Samuel wieder mit der Welt in Kontakt brachte, war sie jeden Penny wert. Als er am Steuerrad zerrte, mußte er den Mechanismus irgendwie gestört haben, denn das Hörgerät begann einen bedrohlichen Summton von sich zu geben –

Er war jetzt in Sichtweite des Hauses und fuhr die schmale, kurze Straße hinauf, und wie immer stand da Fanny, die nach ihm Ausschau gehalten haben mußte; sie trug ihren rostbraunen Rock und den grau und rostbraun gesprenkelten Pullover mit dem Angorawollkragen; er hatte ihn ihr selber letztes Jahr bei Liberty's gekauft, und sie liebte ihn und trug ihn die ganze Zeit. Sie erblickte ihn vom Eingang her, und ihre Miene erhellte sich zu einem Willkommen; sie rannte hinaus um ihn zu begrüßen sie rannte auf die Straße hinaus und plötzlich knickte ihr Knöchel und sie mußte ihn verstaucht haben sie stürzte vom Bordstein sie fiel ihm direkt unter die Räder...

Thomas weckte sich selbst mit dem Schrei: »Halt! Halt!«

Er war von der Couch halb auf den Boden gerutscht, versuchte immer noch, das Steuerrad herumzureißen, nur war da kein Steuerrad.

Wo bin ich? Wo bin ich? Was hat das zu bedeuten?

Mein Name ist Thomas Cook, und ich bin hier in der Wohnung in der Tenth Street; ich halte mich in New York auf, weil ich meinen Stiefsohn finden muß – meinen Ex-Stiefsohn Gabriel Baird. Der sich dringend einer Herzoperation unterziehen muß.

Er entsann sich seiner Empörung, als Bella ihm das erste Mal von Gabriels Herzschwäche erzählt hatte.

Am Abend des Empfangs im Alleyn Club. Im Auto, während der Heimfahrt, war sie in einer merkwürdigen Stimmung gewesen, und als sie nach Hause kamen und Gabriel war immer noch wach, wurde sie sehr ärgerlich.

»Du *weißt* doch, daß du bei deinem Herzleiden früh zu Bett gehen sollst und viel Ruhe brauchst.«

Folgsam, ohne ein Widerwort, schaltete der Junge die Wiederholung des Fußballspiels von Leeds aus, die er sich angesehen hatte, und ging die Treppe zu seiner Dachkammer hinauf.

»Gute Nacht, Thomas. Gute Nacht, Mutter.«

»Was soll das heißen, bei seinem Herzleiden? Was für ein Herzleiden?« fragte Thomas, sobald Gabriel außer Hörweite war.

»Das hast du doch wohl gewußt?«

»Nein, hab nie etwas davon gehört. Was ist mit seinem Herzen?«

Daraufhin setzte sie ihn auf ihre höchst melodramatische Art ins Bild: die Augen weit aufgerissen, bis sie so groß und blaß wie Möweneier waren und ihn fixierten, wie sie es immer taten, wenn sie versuchte, ihm eine Lüge oder Halbwahrheit aufzubinden; anfangs war er so wütend, daß er ihr nicht glauben konnte, nicht glauben wollte; das tat sie absichtlich, um ihn aufzuregen, um sein Schuld- und Verantwortungsgefühl aufzustacheln, weil sie eifersüchtig war auf seine frühere Beziehung mit Jan, weil sie sich von Bo vor den Kopf gestoßen fühlte, der sich einfach so mit seinem russischen Freund aus dem Staube gemacht hatte – einem Freund, den sie offensichtlich verabscheute...

Die Neuigkeit war ein gewaltiger Schock. Schließlich war ihm Gabriel wie ein normaler, ausgeglichener, liebenswerter Junge vorgekommen; still zwar, fast könnte man sagen: nach innen gekehrt; an der Beziehung zu seiner Mutter stimmte etwas nicht ganz, aber jede Zurückhaltung seinerseits mochte darauf zurückzuführen sein, daß sie ihm verschwiegen hatte, daß er ein Adoptivkind war; anscheinend hatte sich der Junge das sehr zu Herzen genommen. Ja, still war er; er schien die Erwachsenen um sich herum aufmerksam zu beobachten; zuweilen gewann man den Eindruck, daß er sie, zu ihrem Nachteil, mit Gus verglich – was, falls es zutraf, kaum überraschte; aber er war stets vollkommen höflich, freimütig, offen, freundlich – oder hatte zumindest so gewirkt; Thomas hatte geglaubt, er sei dabei, eine wirklich gute Beziehung zu dem Jungen herzustellen.

Und dann von Bella zu erfahren, daß über Gabriel dieser grausige Schatten schwebte, den er nie erwähnt, von dem er nie ein Sterbenswörtchen hatte verlauten lassen.

Und noch dazu nach dem zutiefst verstörenden Schreck seiner Begegnung mit Jan, der ersten seit jener Nacht... Er durfte gar nicht daran denken.

»Wann muß er sich operieren lassen?«

»Nicht später als acht Monate nach seinem sechzehnten Geburtstag. Es ist kein *schwerer* Eingriff, aber er erfordert großes Geschick«, erklärte ihm Bella und starrte ihn dabei unverwandt an. »Der olle Manresa – du weißt schon, Sir Joshua – wird ihn durchführen – er ist der einzige Chirurg im Lande, der dafür qualifiziert ist. Eigentlich der einzige auf der Welt.«

Thomas' Zorn hätte sich in Grenzen gehalten, wäre er sich nicht sicher gewesen, wie hocherfreut sie war, ihm beweisen zu können, daß er noch nicht alles wußte, was es über Gabriel zu wissen gab; und daß sie vollauf das makabre Prestige auskostete, das sie, als seine Mutter, aus der Lage des Jungen gewinnen würde.

Es bestand kein Zweifel, daß sie eine erschöpfende Berichterstattung über die Operation in der Presse voraussah: Sohn des Nobelpreisträgers, berühmter Herzchirurg, Bilder von der schönen Mutter des Jungen, natürlich etwas dünn, etwas bleich vor lauter Sorge, aber welch makellose Haut, welch ein Knochenbau, man würde nicht meinen, sie wäre auch nur einen Tag älter als dreißig.

»Dieser Herzfehler« – grob fuhr er ihr in die gefühllose Rede – »hat der irgend etwas mit dem letzten Unfall zu tun – als er überfahren wurde? Hat – hat der ihn verursacht?«

»Gütiger Himmel, *nein*«, sagte Bella hochmütig – und er verspürte große Erleichterung, auch wenn er sich über ihren Ton ärgerte, der nachsichtige Überheblichkeit und geduldige Hinnahme seiner Unwissenheit ausdrückte, »den hat er schon von Geburt an, das arme Lämmchen. Gus wußte genauestens Bescheid. Natürlich bedeutete das, daß ich mir zur Zeit des Unfalls *besonders* große Sorgen gemacht habe. Selbstverständlich. Aber er ist im Grunde sehr robust – ich hab immer dafür gesorgt, daß er genügend Vitamine und frische Luft hatte...«

Kein Wunder, daß er immer ein bißchen vom Alltag abgehoben wirkt, dachte Thomas. Wer wäre das nicht, wenn er wüßte, daß ihm das Erwachsenendasein nicht von Rechts wegen zukommt, sondern mit Hilfe einer kostspieligen, komplizierten, heiklen Operation erkauft werden muß? Einer Operation, die bei neun von zehn Jungen – Jungen in unteren Einkommensgruppen, in unterprivilegierten Ländern – überhaupt nicht in Frage käme? Und Gabriel hatte eine sehr demütige, bescheidene Auffassung von sich selbst; Thomas hatte ihm oft angemerkt, daß er seinen eigenen Wert sehr gering bemaß, vermutlich in Kontrast zu Gus, oder vielleicht weil Bella ihn nie sehr hoch eingeschätzt hatte.

»Es ist Schlafenszeit, meinst du nicht?« sagte sie gähnend. »Brennst du nicht darauf, dich flachzulegen, nach dem stundenlangen Herumstehen auf der Party? Ich schon.« Und indem sie hinter das Sofa schlüpfte, auf das er gesunken war, während er die Neuigkeit verarbeitete, beugte sie sich über seine Schulter, knabberte zärtlich an seinem Ohrläppchen und ließ zugleich ihre Hand die Innenseite seines Schenkels hinaufgleiten. Er widerstand der starken Versuchung, sie wie einen Moskito wegzuklatschen. Also wirklich! Die groteske, unglaubliche Kraßheit sexueller Avancen in einem Augenblick, da ihn eine solche Nachricht quälte!

Aber das war typisch für Bella. Sex gehörte auf eine Weise zu ihrem Alltagsleben, die ihn zunächst erschreckt und erregt, später zutiefst beunruhigt hatte und ihm schließlich unerträglich geworden war. Da sich jede andere Intimität, die, ohnehin nie weitreichend, je zwischen ihnen bestanden hatte, zu der bedrückenden Gewißheit verflüchtigt hatte, daß er die meisten ihrer Manöver durchschaute, war sein Widerstreben, sich auf eine physische Beziehung einzulassen, mit der Zeit immer stärker geworden. Ihre Hand auf seinem Bein weckte gemischte Gefühle von Wollust, Scham und tiefer Abneigung. Er erinnerte sich flüchtig, vorhin auf der Party im Alleyn Club bemerkt zu haben, wie sie sich mit diesem bärtigen Mann unterhalten hatte; er hatte sie über Jans Schulter hinweg gesehen, und der Gegensatz war ein plötzlicher, überraschender Schock gewesen: es war der gedankenverlorene Ausdruck auf beiden Gesichtern, identisch, austauschbar – wie eine Rochade beim Schach, hatte er vage gedacht –, und die besitzergreifende Hand des Mannes auf ihrem Arm, eine Gebärde, die alte Gewohnheit verriet; er hatte die augenblickliche Überzeugung gewonnen, daß ein altgewohnter sexueller Handel besiegelt wurde.

Doch altgewohnt – das bedeutete, daß sie schon als sie noch mit August verheiratet war …

Er rappelte sich auf und ging, ohne sich auch nur einmal nach ihr umzusehen, auf schmerzenden Füßen zur Wohnzimmertür hinaus.

Das Telefon klingelte, und er schleppte sich hinüber und nahm den Hörer ab. Der Klingelton, verwandelt in den Stoff seines Traums, das gigantische Hörgerät, mußte ihn geweckt haben.

»Hallo?«

»Mr. Cook? Noch einmal Cornelius Vanaken am Apparat. Ich hatte Ihnen versprochen, Sie noch einmal anzurufen, wenn ich von meinem Bruder in Los Angeles herausgefunden hätte, ob er die Adresse meiner Nichte hat...«

»Wie? Tut mir leid, ich habe nicht recht verstanden, wie meinen Sie...«

»Ich spreche doch mit Mr. Cook? Sie hatten vor einer Stunde angerufen und mich gefragt, ob ich die Adresse meiner Nichte Catriona Vanaken wüßte, und ich hatte gesagt, daß sie seit ihrer Ankunft in New York keinen Kontakt mit uns gehabt hat, aber daß ich vorhätte, im Laufe des Abends mit meinem Bruder in Kalifornien zu reden, um ihn zu fragen...«

»Ach ja? Das ist sehr nett von Ihnen«, antwortete Thomas' Zunge mit automatischer Höflichkeit, doch nach wie vor konnte er sich an nichts erinnern. Er blickte auf das Telefonbuch für Manhattan nieder, das er, aufgeschlagen auf der Seite mit den Vs, neben dem Apparat hatte liegen lassen. Drei Namen waren ausgestrichen, drei weitere waren mit einem kleinen roten o versehen.

»Mr. Cook, mein Bruder konnte mir Catrionas Adresse leider nicht geben; anscheinend ist sie soeben aus einem zum Abriß bestimmten Gebäude in der Broome Street ausgezogen, das sie mit einigen anderen Jugendlichen besetzt hatte, Sie wissen ja, wie diese Generation ist – und sie hat ihm noch nicht ihre neue Adresse geschickt; er hat lediglich eine Adresse c/o Pattie Lloyd, das ist eine von ihren Studienkolleginnen. Die kann ich Ihnen geben. Und es gibt einen Lehrer an ihrem Konservatorium, den sie öfters besucht, Professor Foligno, der kann Sie vielleicht mit ihr in Verbindung bringen...«

»Haben Sie recht vielen Dank, Mr. Vanaken.« Mechanisch

kritzelte Thomas die beiden Adressen hin. »Ich weiß Ihre Mühe zu schätzen…«

»Oh, keine Ursache; gern geschehen. Sie sagten, Ihnen sei sehr daran gelegen, Ihren Stiefsohn aufzufinden; ja, wir haben gerade auch seine Mutter im Rundfunk gehört; tut mir leid, daß ich Ihnen im Augenblick nicht weiterhelfen kann, aber falls Catriona sich bei uns meldet, werden wir Sie verständigen. Bis dahin also.«

Thomas sah wieder auf das Telefonbuch und dann auf seine Uhr. Halb zwölf. Er hatte mehr als fünf Stunden geschlafen. Oder etwa nicht?

»Sie hatten vor etwa einer Stunde angerufen«, hatte Cornelius Vanaken gesagt. Aber das letzte Mal, daß Thomas seiner Erinnerung nach Cornelius Vanaken angerufen hatte (im Telefonverzeichnis als »atty« aufgeführt, vermutlich Attorney, Rechtsanwalt), war um halb sieben gewesen; es waren zwei Telefonnummern angegeben, eine privat, die andere für seine Kanzlei, und bei beiden hatte niemand abgenommen; die Annahme, daß er von der einen zur anderen unterwegs war, lag nahe. Thomas hatte sich vorgenommen, es um halb acht noch einmal zu versuchen; statt dessen war er eingenickt.

Habe ich ihn wirklich noch einmal angerufen? Vor einer Stunde? Ich habe nicht die geringste Erinnerung daran. Wäre ich so rücksichtslos, kurz vor elf Uhr nachts eine mir völlig unbekannte Person anzuläuten? Habe ich ihn etwa im Schlaf angerufen?

Durchaus möglich. Ich weiß, damals vor zwei Jahren, wie ich die intensive Behandlung mit Najdolene durchmachte, habe ich einiges angestellt, woran ich mich später überhaupt nicht mehr erinnern konnte. Ich habe dieses entsetzliche Masters-Buch über Rasse und Genetik angenommen, das uns soviel Ärger einbrachte; ich habe John Voynitch gegenüber eine Bemerkung gemacht, die er mir nie verziehen hat, und nicht einmal herausgefunden, worum es ging; die Art, wie ich mich aufgeführt habe, war so erschreckend untypisch für mein normales Benehmen – wie die furchtbaren Dinge, die ich Jans armer Mutter an den Kopf geworfen habe. Habe ich diesen Rechtsanwalt vielleicht doch noch einmal angerufen?

Natürlich ließe sich das nachprüfen, indem ich die anderen beiden mit o markierten Nummern wähle und frage, ob ich auch dort angerufen habe. Aber ob man meine Stimme wiedererkennt? Und um Mitternacht würde es sich reichlich sonderbar, reichlich drastisch ausnehmen.

Ich warte damit lieber bis morgen.

Er betrachtete die Namen, die er sich am Rand des Telefonbuchs aufnotiert hatte.

Professor Giuseppe Foligno. Pattie Lloyd. Professoren brauchen ihren Schlaf, aber Pattie, eine Studienkollegin auf der Musikschule, hätte vielleicht nichts dagegen, um Mitternacht angerufen zu werden; junge Leute bleiben lange auf.

Er wählte die Nummer.

»Hallo?« Eine jugendliche, hohe Stimme.

»Ist dort Pattie Lloyd? Tut mir leid, daß ich Sie so spät noch belästige. Ich wollte fragen, ob Sie mir die Adresse einer Freundin von Ihnen geben können, Catriona Vanaken.«

»O je, das tut mir aber leid«, sagte die jugendliche Stimme – und klang auch wirklich ganz danach – »tut mir leid, ich kann Ihnen nicht helfen. Trina ist gerade aus ihrer alten Wohnung ausgezogen, und ich habe ihre neue Adresse nicht.«

Dann, mit einiger Verspätung, überfiel sie Vorsicht, und sie fügte hinzu: »Mit wem spreche ich denn?«

»Mein Name ist Cook, Thomas Cook. Eigentlich suche ich nicht Catriona, sondern einen jungen Engländer, Gabriel Baird, einen Freund von ihr, ich hatte gehofft, daß sie mir sagen könnte, wo er ist. Ich bin sein Stiefvater.«

Er wünschte, das Wort Stiefvater hätte nicht von vornherein

diesen unschönen Beiklang: Mr. Murdstone, Claudius... aber ohne Zweifel waren Eltern für Patties Generation ebenso verdächtig wie Stiefeltern.

Jedoch sagte sie, vielleicht beruhigt von seinem britischen Akzent: »Ich hab zwar noch nicht ihre neue Adresse, aber ich kann Ihnen sagen, wo sie arbeitet oder gearbeitet hat; sie hatte eine Stelle in einer Imbißstube namens The Stake-Out in Greenwich Village; in der West Fourth Street...«

»Sie sind ein Schatz, Miss Lloyd«, sagte Thomas von Herzen. »Ich bin Ihnen ja so dankbar – und entschuldigen Sie, daß ich Sie so spät noch angerufen habe.«

»Ach, das macht nichts. Wir waren gerade am Üben.« In der Tat konnte er im Hintergrund den Klang verschiedener Instrumente hören, die anscheinend gerade gestimmt wurden. »Gute Nacht, Mr. Cook.« Es klickte, als sie einhängte, und er legte seinen eigenen Hörer wieder auf die Gabel.

The Stake-Out. Da gehe ich morgen als erstes hin. Es ist gut möglich, daß sie weiß, wo... Aber wird sie es mir auch *verraten*?

Wieder klingelte das Telefon.

Cornelius Vanaken? Mit einer weiteren Idee? Oder jemand anders, den ich angerufen habe, als ich unter leichtem Gedächtnisschwund litt?

Er hob den Hörer.

»Ist da Thomas Cook?«

»Hier Cook.«

»Gut. Hören Sie mir gut zu, Mr. Cook. Ich habe eine Nachricht über Ihren Stiefsohn Gabriel Baird.«

Eine Männerstimme: leichter Akzent, knappe Sprechweise – Südafrikaner, Rhodesier?

Sein Herz machte einen Satz; sank, Übelkeit erregend.

»Wir haben Gabriel bei uns, Mr. Cook.«

»Wo? Von wo aus rufen Sie an?«

»Wir haben nicht die Absicht, Ihnen das zu sagen.«

»Wer sind Sie? Wer ist am Apparat?«

»Hören Sie zu, und unterbrechen Sie mich nicht, denn damit nutzen Sie sich nicht und schaden Gabriel nur. Wir halten Gabriel an einem Ort fest, den Sie unmöglich finden können. Es hat überhaupt keinen Zweck, nach ihm zu suchen. Wir werden ihm nichts tun, solange Sie nichts unternehmen, um ihn zu finden. Falls Sie sich nicht daran halten oder die Polizei benachrichtigen, werden wir ihn umbringen.«

»Aber der Junge muß sich dringend einer Herzoperation unterziehen...«

»Dann sollten Sie wohl lieber aufhören, mich zu unterbrechen, meinen Sie nicht?«

Er sagte nichts mehr; er wäre nicht dazu imstande gewesen. Seine Zunge schien an seinem trockenen Gaumen wie festgesaugt.

»Also, wenn Sie genau das tun, was wir Ihnen sagen, wird der Junge binnen sechsunddreißig Stunden der Herzchirurgie in der Klinik für Brustkrankheiten in Cambridge übergeben. Sind Sie mitgekommen?«

Die Stimme klang nicht drohend, aber kalt und gemessen, nichtssagend wie die eines Ansagers, der über eine Lautsprecheranlage eine Information bekanntgibt.

»Während der nächsten vierundzwanzig Stunden werden Sie eine dreiviertel Million Dollar in Fünf-, Zehn- und Zwanzig-Dollar-Scheinen beschaffen. Siebenhundertundfünfzigtausend Dollar. Keine aufeinanderfolgenden Seriennummern, bitte.«

Thomas ertappte sich dabei, daß er wie wild auf den Rand des Telefonbuchs für Manhattan kritzelte.

KEINE AUFEINANDERFOLGENDEN SERIENNUMMERN.

»Eine dreiviertel Million... aber...«

»Sie werden das Geld in zwei Koffern bereithalten und die Koffer in zwei schwarze Plastikmüllsäcke tun. Und halten Sie ein Auto bereit; Sie werden aus New York herausfahren müssen.«

»Wie soll ich an eine solche Summe herankommen?«

»Seien Sie nicht albern, Mr. Cook. Crusoe & Selkirk ist eine wohlhabende Firma. Muß ich Ihnen etwa erzählen, auf wieviel sich der durchschnittliche Jahreserlös allein aus dem Verkauf von August Bairds Büchern beläuft? Stand letzten Monat in *Publishers Weekly*. Das Geld treiben Sie doch mit Leichtigkeit auf.«

»Und woher weiß ich, daß Sie Gabriel wirklich festhalten?«

»In vierundzwanzig Stunden werde ich seine Mutter anrufen und ihr eine Tonbandaufnahme mit seiner Stimme vorspielen. Sie dürfte keine Mühe haben, sie zu erkennen. Ich wiederhole noch einmal: Schalten Sie nicht die Polizei ein, oder wir bringen den Jungen auf der Stelle um.«

»Aber seine Mutter hat die Polizei bereits gebeten, nach ihm fahnden zu lassen, wegen der Operation, die ihm bevorsteht.«

»Wir haben seine Mutter angewiesen, ihre Suchaktion in den Medien abzublasen und die Polizei zu beauftragen, die Fahndung einzustellen.«

Thomas' schwelender Verdacht verstärkte sich. War das etwa eine von Bellas ausgeklügelten Intrigen? Aber selbst sie würde doch wohl nicht so tief herabsinken, daß sie eine Entführung vortäuschte – das war eine Nummer zu groß für sie. Bella war zu allen möglichen kleinen Ränkespielen, zu kleinlichen Ausflüchten in der Lage – aber doch nicht zu Verbrechen großen Stils.

»Wir haben seine Mutter angewiesen, nach England zurückzukehren. Alles klar, Mr. Cook? Wiederholen Sie Ihre Anweisungen.«

Mechanisch wiederholte er, was die Stimme von sich gegeben hatte.

»Gut. Das ist alles.« Ein Klicken. Die Stimme war fort.

Thomas legte den Hörer auf und stolperte bis zum Badezimmer, wo er sich heftig übergab. Die Spaghetti, die er – wann? – vor einiger Zeit, ungezählte Stunden zuvor bei Nick's zu sich genommen hatte, verwandelten sich in seinen Eingeweiden in giftigen Schleim und wurden hastig ausgeschieden. Schluchzend und keuchend lehnte er sich gegen das Waschbecken.

Seien wir ehrlich, Cook. Du taugst nicht zum Helden eines Rührstücks. Um die Wahrheit zu sagen, du bist ein ziemliches Häuflein Elend. Die Vorstellung, daß der arme Junge auf dich angewiesen ist. Gott steh ihm bei.

Wieder erbrach er sich. Dann drehte er den Kaltwasserhahn auf und ließ das Wasser so lange laufen, bis es abkühlte, häufte sämtliche vorhandenen Eiswürfel in einen Becher und trank in langen, schaudernden Zügen von der eiskalt brennenden Flüssigkeit. Wieviel Uhr ist es jetzt? Es ging auf ein Uhr morgens; in England sechs Uhr. Das Londoner Verlagsbüro kann ich erst in vier Stunden anrufen.

Ob The Stake-Out wohl rund um die Uhr geöffnet ist?

Trotz der ausgesprochenen Warnung hatte er die Hoffnung, Gabriel doch noch zu finden, nicht ganz aufgegeben. Es war zu verlockend, diesen Anhaltspunkt zu besitzen.

Schwächlich setzte er sich auf die Toilettenbrille und versuchte, das Für und Wider einer Fortsetzung der Suche abzuwägen.

Es würde nicht schaden, das Mädchen ausfindig zu machen. Sie könnte mir nützliche Informationen darüber geben, wo Gabriel gehaust hat. Und einen Hinweis auf seinen Gemütszustand.

Aber wenn nun die Drohung ernst gemeint war? Wenn sie ihn umbrachten?

Stell dir vor, du müßtest zeit deines Lebens damit leben.

Aber wenn die Operation ausbleibt, wird er doch ohnehin sterben. Er will doch auch sterben.

Der Heizkörper in dem kleinen, heißen Badezimmer sprudelte, gurgelte und zischte. Die Wasserspülung rauschte. Und sein Herz hämmerte, sein Verdauungsapparat arbeitete und brodelte wie das Sturzbett am Fuß der Niagarafälle.

Sollte ich nicht das Telefon hören, falls es noch einmal klingelt?

Aber wer würde zu dieser nächtlichen Stunde schon anrufen?

Hat die Entführung etwa mit der *Onkel-Vanja*-Schallplatte zu tun, oder war das lediglich der blinde Terror von jemandem anders?

Aber es liegt doch in ihrem besten Interesse, den Jungen bis zu seiner Volljährigkeit am Leben zu erhalten, nicht, ihn sterben zu lassen. Eine dreiviertel Million auf die Hand ist viel weniger wert, als sein Leben lang beim eigenen Adoptivsohn zu nassauern. Ganz zu schweigen von der Macht, dem Vergnügen, das raffinierte Manipulationen bereiten und das für immer verlorenginge, wenn sie Gabriel gestattete, sich davonzustehlen; außerdem konnte Bella es nicht ertragen, allein zu sein; man brauchte sich nur anzusehen, mit welch eifersüchtiger Hartnäckigkeit sie sich an Bo anklammerte. Daß ihre Hemmungslosigkeit auf den Tod eines anderen zurückzuführen war, machte das Vergehen nicht geringer; ihr verheerender Gram über den Verlust Bairds war, wie Thomas allzu bald entdeckt hatte, sehr stark mit schlichtem Unmut darüber vermengt, daß er so rücksichtslos gewesen war, ihr wegzusterben und sie in den Witwenstand zu zwingen. Wie habe *ich* es nur geschafft, noch einmal davonzukommen? fragte sich Thomas. Weil Bella selbst den Bruch herbeigeführt hatte; danach ließ es ihr Stolz nicht zu, sich zurückzuziehen.

Wie kann ich mit der Situation fertig werden, wenn mein Gedächtnis so löchrig ist?

Das Telefon läutete.

9

Thomas 1974

Thomas hatte schon zehn Minuten mit Bella gesprochen, bevor sich Bo auch nur umwandte. Dieser machte sich mit einer Rasierklinge an einem Detail seines Wandgemäldes zu schaffen; Thomas war sich nicht sicher, ob er Farbe auftrug oder abkratzte. Den Kopf vorgestreckt, die Ellbogen auf den Knien, kauerte er da wie ein Grashüpfer und schien die Anwesenheit der beiden anderen Personen im Zimmer überhaupt nicht wahrzunehmen. Wie Thomas bemerkte, waren seine Haare inzwischen grau meliert, und er war dünn wie ein Gerippe, sehr viel dünner als bei ihrer letzten Begegnung – wann war das gewesen? Vor zwei, drei Jahren? Beklommen machte Thomas sich klar, daß er sich auf den Anlaß nicht mehr besinnen konnte; der mußte durch eine seiner erschreckenden Gedächtnislücken gefallen sein – jene schwarzen Löcher, wie er sie mittlerweile nannte, jene unheimlichen Zonen verdichteten, aber getrübten Bewußtseins, die gewöhnlicher Erinnerung nicht zuganglich waren. Sie waren wie die seltsamen schwarzen Flecken im Weltraum – auch darüber hatte August die verschiedensten Theorien aufgestellt –, Bereiche des Universums, die vor Äonen von galaktischen Umwälzungen so drastisch zusammengepreßt worden waren, daß kein Lichtstrahl je in ihre Nähe drang, von solcher Materialdichte, daß eine Stelle von der Größe einer Faust eine der Erde vergleichbare Gravitationswirkung ausübte: geballte Finsternis, die jedes benachbarte Dunkel in sich sog – Weltraumstrudel, Weltraumzephalopoden.

Was sie hervorrief, war das Najdolene. Aber was kann man tun? Man hat die Wahl: Entweder man leidet ständig unter nicht nachlassen wollenden Schmerzen von derart quälender Intensität, daß man daran gehindert wird, irgendwelche nützliche Arbeit zu verrichten oder ein normales Leben zu führen und zu einem wimmernden, hilflosen Parasiten wird; oder man nimmt das Betäubungsmittel ein und läßt zu, daß ins Gewebe des Bewußtseins schwarze Strudellöcher gerissen werden.

Reiß dich zusammen, Cook; in Geweben kann's keine Strudellöcher geben.

Aber angenommen, sagte er sich, angenommen, ich vergesse, was gerade geschieht? Angenommen, ich besorge die dreiviertel Million Dollar, und dann lasse ich sie auf einer Bank am Washington Square liegen und laufe davon? Wie kann ich sichergehen, daß ich mich der Aufgabe, Gabriel zu helfen, angemessen und vernünftig entledige? Und überhaupt, wie lange noch werde ich Crusoe & Selkirk leiten, ein ruhiges und ausgeglichenes Leben führen können? *Ist* es denn ruhig und ausgeglichen?

Vertraute Fragen.

»Was sollen wir nur *tun*?« fragte Bella immer wieder.

Sie hatte einen großen ovalen Spiegel von der Wand abgenommen und ihn auf zwei Kisten gelegt. Über die gläserne Fläche hatte sie einen Sack Putzmacherfedern verstreut – schwarz, weiß, farbig, gerade, gerollt, flaumig, groß, klein –, und während sie sich unterhielten, zerstreute sie sich fahrig und gereizt damit, diese in willkürlichen Mustern anzuordnen und das Resultat samt der Spiegelung mit Tinte und Tusche abzuzeichnen; um sie herum auf dem Boden lagen Dutzende Bogen Zeichenpapier. Thomas fand ihre Beschäftigung nervös und irritierend; er wünschte, sie würde damit aufhören; doch er merkte, daß sie das nur tat, um sich zu beruhigen, und enthielt sich jeder kritischen Bemerkung.

Einer der Gründe, weshalb er sich bereit erklärt hatte, auf ihren Anruf hin gleich vorbeizukommen, war, daß er es immer noch für möglich hielt, daß die Nachricht von der Entführung ein Trick war, bei dem sie ihre Hand im Spiel hatte.

Ihr Anblick stimmte ihn jedoch um. Sie war vollkommen außer sich und verängstigt; ihre Hände zitterten, sie sprach mit tränenerstickter Stimme und warf Bo, der nachlässig dahockte, mit seiner Rasierklinge herumschabte und manchmal leise vor sich hin pfiff, grimmige Blicke zu. Während er Bo und Bella so betrachtete, wurde Thomas wie schon bei so vielen früheren Gelegenheiten zweier gleichzeitig existierender Schichten geistiger Tätigkeit in sich gewahr: eine, die von ihrer Gegenwart und ihren Aktivitäten besänftigt, eingelullt, aber auch angeregt wurde; die andere – abgehoben, deutlich, kritisch – empfand ihre völlige Losgelöstheit von ihm. Sie waren wie Angehörige einer anderen Spezies.

»Das Ganze ist einfach ungeheuerlich!« weinte Bella. »Wenn sie nicht im Fernsehen gehört hätten, wie wichtig die Herzoperation für ihn ist, hätten sie niemals daran gedacht. O Gott, ich hatte ja solche Angst, als dieser Mann mit der entsetzlichen Stimme anrief, ich dachte, ich würde vor Angst vergehen. Wenn Bo nicht hier gewesen wäre...«

Und wer ist schuld daran, daß sie von Gabriels Herzleiden wußten? fragte Thomas bei sich. Wenn du nicht wie immer deinem Hang zum Dramatisieren nachgegeben hättest, dann hätten wir es jetzt nur mit einem Problem zu tun, nicht mit zweien. Vielleicht nicht einmal mit einem, falls ich das Mädchen zu fassen bekomme.

Bo, das Gesicht noch immer der Wand zugekehrt, brummte vor sich hin: »Verdammt noch mal, an wem liegt es denn, daß sie davon wissen? Was hast du denn erwartet?«

»Aber das ist doch hundsgemeine Erpressung!«

»Das ist Erpressung«, sagte er.

Das Wort fiel wie ein unangenehmer Klumpen Müll, rußig,

schmutzig, übelriechend, in der reinlichen, warmen, weißgelben Küche völlig fehl am Platz.

Loraine blinzelte ihn durch ihre dicken Brillengläser an – die heutigen waren an den Rändern mit vermutlich künstlichen Saphiren besetzt. Ihr rosa gepudertes Gesicht – eine Farbe zwischen Lavendel und Gartenwicke – verzog sich nicht, sondern behielt den Ausdruck gutmütiger, aber eigensinniger Eindringlichkeit bei.

»Was für eine seltsame Auffassung von Erpressung Sie doch haben«, entgegnete sie. »Ein Erpresser ist jemand, der Geld oder Zugeständnisse für sich erzwingt, aber was fällt denn schon für *mich* dabei ab? Ich finde das alles ziemlich schwierig, das kann ich Ihnen versichern. Ich mag Unannehmlichkeiten nicht. Alles Liebenswürdige und Freundliche ist mir sehr viel lieber.«

»Weiß der Himmel, *was* für Sie dabei abfällt«, sagte Thomas müde. Er fand sie, wie noch jedesmal, völlig rätselhaft. Seine Gefühle ihr gegenüber blieben verwirrt; nicht einmal besondere Abneigung verspürte er gegen sie.

Sie wischte sich die Hände ab – wie gewöhnlich waren sie mehlig – und rückte eine Kasserolle, die auf dem Herd brodelte und plötzlich einen Dampfstrahl abließ, zur Seite.

»Wissen Sie«, fuhr sie in nachsichtigem Plauderton fort, »ich mache mir um Sie und Bella große Sorgen. Bella ist in letzter Zeit anders als sonst. Sie ist nicht mehr glücklich. Und das ist sehr schade. Alles schien so gut zu verlaufen. Diese schreckliche, krankhafte Trauer um August hatte sie überstanden. Und als Sie Crusoe & Selkirk übernahmen und sich für Augusts Vermächtnis und ihre Angelegenheiten engagierten, hätte es mit Ihrer Beziehung so gut klappen müssen; natürlich wußte ich nicht, daß alles auf einer falschen Vorstellung beruhte, daß alles so prekär war...«

Nicht so prekär, wenn du dich nicht in Dinge einmischen würdest, die dich nichts angehen, du fettes Bündel von Neurosen, hätte er am liebsten herausgeschrien. Ihm war danach, ih. seine Handfläche in das runde, rosane Gesicht zu stoßen, das so besorgt, so streng blickte.

»Es beruht auf keiner falschen Vorstellung«, sagte er und sah kalt in die kurzsichtigen grauen Augen, die ihn anstarrten. »Bellas und Gabriels Interessen liegen mir wirklich am Herzen. Ich liebe sie beide und möchte mein Bestes für sie tun. Wenn Sie uns nur in Frieden lassen könnten, damit wir unsere Probleme selber lösen, würden wir ganz gut zurechtkommen, denke ich.«

»Bella macht sich große Sorgen um Sie, wissen Sie«, fuhr Loraine fort, ohne zu beachten, was er gerade gesagt hatte, und fixierte ihn mit ihren kurzsichtigen Augen. »Sie ist sich Ihrer manchmal nicht sicher. Zum Beispiel auf der Party im Club, auf die Sie letzten Monat alle gegangen sind, war sie furchtbar geknickt, weil Sie sich so lange mit einer jungen Frau unterhalten haben, mit der Sie früher einmal ein Verhältnis hatten.«

»Sie hatte absolut keinen Grund zur Sorge. Die junge Frau und ich, wir hatten uns – in gegenseitigem Einvernehmen – getrennt, lange bevor ich Bella je zu Gesicht bekam. Das war längst aus und vorbei. Ich hatte sie seitdem nicht mehr gesehen. Das habe ich Bella auch gesagt. Natürlich haben Jan und ich gemeinsame Freunde, nach denen wir uns erkundigten, natürlich haben wir uns unterhalten... Ich verstehe wirklich nicht, wieso ich mich Ihnen gegenüber deswegen rechtfertigen müßte. Wenn es mir gelungen ist, Bella zu beruhigen, dürfte es keinen Grund geben, daß Sie sich den Kopf darüber zerbrechen.« Seine Stimme bebte vor Ärger, aber er wurde nicht laut.

»Aber *haben* Sie sie denn beruhigt? Ach, ich weiß schon, Sie halten mich für eine aufdringliche alte Nörglerin«, erwiderte Loraine unerschütterlich. »Aber ich habe Bella so gern, daß ich gern bereit bin, mich in Dinge einzumischen, an die sich sonst niemand heranwagt. Sie hatte eine so schreckliche, unbehütete Kindheit, daß es mehr braucht, als sie nur zu beruhigen.«

»In dem Fall täte sie gut daran, die Wirkung ihres eigenen Verhaltens zu bedenken…«, setzte Thomas unbeherrscht an, dann hielt er inne. Vor seinem geistigen Auge erblickte er wieder Bella auf der Party im Alleyn Club, mit gedämpfter Stimme ins Gespräch vertieft mit diesem bärtigen Mann mit den hungrigen Augen, der wie ein dyspeptischer D. H. Lawrence aussah. Einmal hatten sie die Köpfe so dicht zusammengesteckt, daß Thomas, als er über Jans Schulter blickte, den eigentümlich identischen Ausdruck auf beiden Gesichtern erkennen konnte. Er hatte schon früher beobachtet, daß zwei Menschen, die sich über einen längeren Zeitraum hinweg wirklich gut kennen, dazu neigen, Mienenspiele und Manierismen voneinander zu übernehmen; und Bella neigte ganz besonders stark dazu. Bei einer Reihe eher untypischer Blicke und Gesten, dessen war er sicher, mußte es sich um unbewußte Nachahmungen Gus' handeln: eine beiläufige, entspannte Art, den Kopf zurückzuwerfen und herauszulachen, die Angewohnheit, kerzengerade zu sitzen und das Kinn auf die Brust zu legen, um einer festen Überzeugung Ausdruck zu verleihen. Und ihr Tonfall, ihre Redewendungen stammten zum großen Teil geradewegs von Bo. Doch eine forschere, abgehacktere Intonation, die zu hören war, wenn sie eine besonders ätzende oder zynische Bemerkung von sich gab, schien sich aus keiner dieser Quellen zu speisen, aber auch nicht auf ihrem eigenen Mist gewachsen zu sein; als Thomas den Bärtigen mit seinem stechenden, verschlagenen Blick sah und gelegentlich quer durch den Raum das Gebell seiner recht schrillen und doch heiseren Stimme vernahm, war er sich sicher, daß dies die Quelle war. Wie lange kannte Bella ihn schon? Er hatte sie nicht danach gefragt.

»Bella ist in so vieler Hinsicht noch ein Kind«, fuhr Loraine fort, ohne seine letzte Bemerkung zu beachten. »Wie ich bereits sagte, falls sie herausfinden sollte – falls sie auch nur den leisesten *Schimmer* haben sollte, daß ihre Beziehung zu Ihnen darauf beruht, worüber wir gesprochen haben – oder falls Gabriel es herausfinden sollte; Gabriel ist ja ein so schrecklich empfindsamer Junge – Ehrlichkeit geht ihm über alles – was ihn betrifft, ist Wahrheit das A und O…«

»Ich sehe überhaupt keinen Grund, weswegen er das herausfinden sollte«, sagte Thomas gereizt. »Ich versichere Ihnen, ich habe sorgfältig darüber nachgedacht; ich bin zu dem Schluß gelangt, daß niemand etwas davon hätte. Es gibt Zeiten, in denen Beziehungen nur durcheinandergebracht werden, wenn man zuviel in der Vergangenheit herumstochert, und dies ist mit Sicherheit eine davon. Bella und ich kommen gut miteinander aus und werden noch besser miteinander auskommen; ich brauche Ihnen wohl kaum zu sagen, daß mir diese Ehe und dieser Haushalt sehr am Herzen liegt; und natürlich trage ich für Gabriel ganz besondere Verantwortung.«

»Nun ja, schön, das freut mich zu hören.« Loraines Stimme klang trocken; stirnrunzelnd und mit zusammengekniffenem Mund starrte sie ihn an, als ob sie ihn trotz der dicken Augengläser nicht sehr deutlich sehen konnte; er erwiderte ihre Musterung mit einem so beherzten und festen Blick, wie er ihn nur aufzubieten vermochte.

»Und *mich* würde es sehr freuen«, sagte er, »wenn Sie Bella gegenüber nichts davon verlauten ließen. Und schon gar nicht Gabriel gegenüber. Er hat noch viel Zeit zu lernen, daß die Menschen nicht das sind, was sie, an der Oberfläche, zu sein scheinen – daß jeder ein Geheimnis hat.«

»*Wer* hat ein Geheimnis?« ertönte Bellas fröhliche Stimme.

Sie kam durch die Hintertür und zog Bo an der Hand hinter sich her. Geblendet von dem Schein der Neonröhren, zögerte Bo blinzelnd und bedeckte mit den Händen die Augen. So viele von Bos Gebärden waren katzengleich, daß Thomas nicht überrascht gewesen wäre, wenn sich die Pupillen des anderen in dem plötzlichen Licht zu senkrechten Schlitzen verengt hätten.

Bellas Pelzmantel und -kapuze waren ganz von eisiger Feuchtigkeit überzogen; beider Gesichter hatten jenes Leuchten, jenen dunklen Glanz um die Augen, der vom Rennen bei Nacht kommt. Ein, zwei Augenblicke später folgte ihnen Gabriel, der ebenfalls seine Augen beschattete.

»Wir wollten im Stadtpark Dachse beobachten«, sagte Bella. »Ich habe Gabriel von der Chorprobe abgeholt, und zusammen haben wir Bo aus seinem Atelier gezerrt; erst wollte er überhaupt nicht mitkommen, weil er auf einen Anruf von diesem albernen James wartete, und war böse mit uns, aber dann hat's ihm doch Spaß gemacht, stimmt's, Boney?«

Neckend blickte sie ihm ins Gesicht; er antwortete nicht, sondern ging geradewegs zur Hausbar hinüber, holte den Whisky heraus und schenkte sich ein halbes Glas davon ein. Mit dem Glas in der Hand ging er zum Wandtelefon und wählte eine Nummer.

»Du und Loraine, was habt ihr da von dunklen Geheimnissen gesagt?« fuhr Bella fort.

»Ach, ich habe nur behauptet, daß jeder etwas hat – ein früheres Ereignis oder eine Handlung in seinem Leben –, das er nicht an die Öffentlichkeit dringen lassen möchte«, antwortete Thomas ziemlich lahm.

In einem Versuch, das Gespräch auf ein anderes Thema zu lenken, der so offensichtlich war, daß er die beabsichtigte Wirkung verfehlte, fragte Loraine Gabriel: »Habt ihr denn Dachse zu sehen bekommen?«

Er schüttelte den Kopf und hielt den Blick auf Thomas gerichtet.

»Das ist doch alles Unfug! Das meinst aber auch nur du!« sagte Bella. »*Ich* jedenfalls habe keine schwarzen Geheimnisse – und ich bin sicher, Loraine auch nicht, oder, Loraine? – und mein Engel Gabriel auch nicht, das sind also schon mal drei.« Sie zog ihren Pelzmantel aus und warf ihn über eine Stuhllehne; er fiel zu Boden, und Thomas setzte sich mit automatischer Pingeligkeit in Bewegung, um ihn aufzuheben. Mit sonderbarer Klarheit blitzte in seinem Gedächtnis eine Erinnerung an die erste Nacht auf, die er mit Bella verbracht hatte: der fast bacchantische Taumel, dem sie verfallen waren, ineinander verschlungen und verkrallt, aufeinander einstürmend, als hätten sie das Verlangen, ihre jeweiligen Grenzen niederzureißen und einer dualen Identität einverleibt zu werden, die sie beide umfaßte; *Duell* wäre ein besseres Wort, dachte er, als er sich der nicht nachlassenden Wildheit entsann, mit der sie sich gepaart hatten, zubeißend, ringend, sich umklammernd, immer wieder neue Anläufe. Sie ließen nur los, um erneut zuzupacken, brachten jeden Zentimeter ihrer Körperhaut in Kontakt, als ob schon der kleinste Spalt zwischen ihren miteinander verstrickten Leibern den Gedanken an August Baird hätte einlassen können, der im dunklen All umherirrte, oder an Gabriel, verletzt, verwirrt und einsam in einem Krankenhausbett.

Wie hatten sie das nur fertiggebracht? War dies die schlimmste Tat meines Lebens, fragte er sich und neigte zu der Auffassung, daß dem wohl so war; Taten gehörten nicht nur nach ihren Auswirkungen auf andere Menschen beurteilt – denn nach solchen Kriterien betrachtet, hatte jene Nacht niemandem geschadet und war insofern moralisch kaum zu beanstanden; nein, was nicht aus der Welt zu schaffen war, waren ihre Auswirkungen auf die Beteiligten. Meine Selbstachtung hat sie für immer zerstört. Und was ist mit Bella? Was hat sie bei ihr angerichtet? Er sah ihr in die runden, dunklen Augen und überlegte, ob sie sich wohl auch daran erinnerte, aber sie wirkte lediglich nervös und fieberhaft, so als sei sie entschlossen, jemanden zu provozieren.

»Ach, laß doch den blöden Mantel«, sagte sie gereizt. Thomas bürstete etwas Mehl vom Kragen. Sie fuhr fort: »Ich kann mir allerdings sehr gut vorstellen, daß ihr, du und Bo, nur so strotzt von unanständigen Privatgeschichten, von denen ihr uns nichts erzählt; Männer sind viel unaufrichtiger und heimlichtuerischer als Frauen, *das* weiß doch jeder.«

Bo knallte den Hörer auf die Gabel, weil er nicht durchkam. Mit berechnender Gehässigkeit sagte er zu seiner Schwester: »Wirst du wohl aufhören, Unsinn daherzuschnattern wie eine Ente, und zur Abwechslung mal vernünftig reden? Weißt du noch den Namen von dem Club in der Manette Street, wo wir an dem Abend nach der Phoenix-Show mit James hingegangen sind?«

»Nee, weiß ich nicht«, sagte sie, sich auf dem Absatz herumdrehend. »Und es ist kein Unsinn. Wie steht's denn mit *deinem* trüben Privatleben? Oh, hoho, wenn ich weitererzählen würde, was ich so alles weiß! Und der olle Thomas, so puritanisch er ist, hat garantiert auch ein, zwei Sachen auf Lager.«

Bo, ernsthaft verärgert, durchquerte das Zimmer und schüttelte sie an den Schultern. »Hältst du endlich die Klappe? Ich glaube kaum, daß du deine eigenen Affären zur öffentlichen Besichtigung ausbreiten willst.«

»Laß mich los, du tust mir weh, du Biest!« Sie riß sich von ihm los und wollte ihm eine Ohrfeige verpassen. Er packte sie am Arm und parierte den Schlag.

Bella brach in Tränen aus. Ihr Gesicht verfärbte sich kirschrot, ihr Mund öffnete sich, wie der eines Kindes, zu einem Viereck. Tränen schossen ihr aus den Augen und fielen auf den gekachelten Boden.

»*Du* bist mir vielleicht eine Hilfe!« sagte sie wütend zu Thomas, und indem sie ihm den Pelzmantel entriß, rannte sie schluchzend aus dem Zimmer.

»Jetzt sehen Sie nur, was Sie angerichtet haben; sie regt sich schrecklich auf«, sagte Loraine zu Bo.

Er zuckte affektiert die Achseln und hob, die Innenflächen nach außen gekehrt, die Hände, sagte aber nichts.

Gabriel setzte sich mit unglücklichem Gesicht an den weißen

Tisch und schlug ein Buch auf, das er unter dem Arm getragen hatte.

»Ich gehe mal lieber und beruhige sie.«

Loraine ging aus dem Zimmer – in etwas hastigerem Tempo als ihrem üblichen schwerfälligen Schlendergang. Thomas versuchte sie aufzuhalten, doch Bo sagte schleppend: »Ich würde sie zufriedenlassen, wenn ich du wäre. Loraine kommt sich gern unentbehrlich vor. Bella wird weinen und eine Szene machen, und Loraine wird ihr sagen, was für ein armer, gekränkter, wundervoller, beleidigter Liebling sie doch ist, und schon wird's ihr bessergehen, und Loraine wird sich wichtig vorkommen. Sie wollen beide ihren Gefühlen Luft machen.«

Gabriel hob den Blick von seinem Buch und sagte: »Wieso denn?«

»Ach, da fragst du mich zuviel, mein lieber Neffe. Da fragst du mich wirklich zuviel. Vielleicht haben sie in ihrem Leben nicht genügend Realität. Frauen lieben es, kleine Dramen zu veranstalten. Nimm nur Loraine; nimm dieses fürchterliche Haus voller schlechtem Geschmack, Glitzerkram und technischen Spielereien; was kann man anderes damit anstellen, als es niederbrennen? Was tut sie denn sonst noch, außer hier vorbeizukommen und unseren Rasen mit Teppichreiniger einzuschäumen, den Fußboden zu bohnern, bis er zur Todesfalle wird, und die Rosen so auszuputzen, daß sie bis zum Tag des Bastillesturms im Jahre 2000 nicht mehr blühen werden?... Na ja, bis dann.«

Er leerte ein weiteres halbes Glas Whisky und ging zur Hintertür hinaus.

Kleine Dramen.

»Wir müssen das Geld zahlen, das sie verlangen. Wir müssen einfach! Immerhin steht Gabriels *Leben* auf dem Spiel!« sagte Bella.

Vor dem Fenster schwoll die Sirene eines Polizeiwagens, der die Fourteenth Street entlangraste, zu einem irren hohen Heulton an, der zuckte, jaulte und sich dann in der Ferne verlor. Es war äußerst spät – oder sehr früh, je nachdem wie man darüber dachte. Der Verkehrslärm, der die Stadt durchhallte, hatte sich zu einem gleichmäßigen, gedämpften Seufzen abgeschwächt, wie das ferne Meer. Vor dem Fenster hing der rote Gobelin des Himmels.

»Was haben sie dir am Telefon denn nun genau gesagt?« fragte Thomas Bella geduldig.

»Daß wir eine dreiviertel Million Dollar beschaffen und bereithalten sollen, daß sie Gabriel haben und daß sie wieder anrufen werden mit Anweisungen zum Übergabeort.«

»Was für eine Stimme?«

Endlich wandte sich Bo von seinem Gemälde ab; er stand auf, streckte sich, ging zu Bellas Federsammlung hinüber, hob einige davon auf und blies sie nachdenklich in die Luft.

»An der Stimme war nichts Besonderes«, sagte Bella. »Eine Männerstimme halt.«

»Britisch?«

»Bin ich mir nicht sicher.« Thomas sah, wie Bo ihr einen raschen Blick zuwarf. »Wieso – klang deine britisch?«

»Nein. Ich glaube nicht.«

»Nun haltet euch doch nicht mit der Stimme auf«, schaltete Bo sich ein. »Kannst du das Geld zusammenbringen? Das ist das Hauptproblem. Wird Crusoe & Selkirk damit rüberkommen?«

»Ich habe bei dem alten Alexander zu Hause angerufen«, sagte Thomas. »Natürlich war's ein ziemlicher Schock für ihn, um sechs Uhr morgens. Aber er hat gesagt, er würde der hiesigen National and Mercantile Bank telegrafisch entsprechende Anweisungen erteilen. Bis Mittag müßte es hier sein.«

»Na, ist das nicht großartig?« sagte Bo.

Er wirkte äußerst erleichtert; er ging soweit, Thomas ein

rasches, zuckendes Lächeln zu schenken, obwohl seine hohe, ermüdete Stimme ihre gewöhnliche ironische Schärfe beibehielt, als er hinzusetzte: »*Was* für ein Glück, daß unser Thomas die weise Voraussicht hatte, bei Crusoe & Selkirk einzuheiraten, nicht wahr, Bella? Wie vorteilhaft!«

»Er hat nicht eingeheiratet; er hat eine Teilhaberschaft erworben«, entgegnete sie schmollend.

»Natürlich hat er das. Du warst es, die aus Geldgründen geheiratet hat, stimmt's, meine Liebe?«

»Wenn du nichts dagegen hast, lassen wir meine Ehen bei dieser Unterredung aus dem Spiel«, sagte Bella. Thomas bemerkte mit Interesse, daß ihr ärgerlicher Blick Bo ein wenig zu zähmen schien; er schlug vor ihr die Augen nieder; ohne zu antworten, entfernte er sich, hob einige der hingefallenen Federn auf und legte sie wieder auf den Spiegel, wobei er ihr das Handgelenk tätschelte; heftig schob sie seine Hand zur Seite.

»Hat James seine Nummer hinterlassen, als er anrief?« erkundigte sich Bo scheinbar belanglos bei Bella.

»Nein; weshalb?« fragte sie kurz angebunden.

»Ich habe nur gedacht, daß uns sein Auto nützlich sein könnte, wenn es darum geht, das Lösegeld zu übergeben.«

Wieder regte sich in Thomas ein leiser Verdacht. Er hatte erwogen, sie von der möglichen Spur über Catriona Vanaken zu unterrichten, doch aus irgendeinem Grund überlegte er es sich jetzt anders; am besten nahm er diesen Faden selbst auf.

»Also, dann lasse ich euch jetzt allein«, sagte er, »im Moment können wir ja doch nichts weiter tun. Vergeßt nicht, mir Bescheid zu geben, wenn sie wieder anrufen, ja? Und natürlich sage ich euch, wenn sie sich mit mir in Verbindung setzen. Und ich melde mich im Lauf des Tages wieder.«

Steif und schmerzgeplagt erhob er sich aus dem unbequemen Korbsessel, in dem er gesessen hatte.

»Ach, geh doch noch nicht!« rief Bella ängstlich. Sie sprang auf und schaltete die Deckenbeleuchtung ein. »Möchtest du nicht – möchtest du nicht – einen Drink? Etwas zu essen?«

»Ich glaube nicht, danke. Es ist zu spät – oder zu früh.«

Sie schien ganz versessen darauf, ihn dazubehalten, und ergriff seinen Arm.

»Solltest du nicht lieber hierbleiben, falls das Telefon wieder klingelt?«

»Nun halte unseren süßen Thomas doch nicht auf, wenn er partout verschwinden will, Bella«, sagte Bo verbindlich. Thomas hatte das aus der Vergangenheit vertraute Gefühl, daß sie ihre Kabbeleien über ihn austrugen, miteinander um seine Gunst wetteiferten, zugleich aber gemeinsame Sache gegen ihn machten.

»Oder möchtest du noch ein bißchen bleiben und ein Gläschen Bier trinken, Thomas, lieber Thomas?« fügte Bo hinzu, als ob ihm plötzlich ein Gedanke gekommen sei. »Ich weiß, daß du *irgendwann* einmal mit dem Biertrinken aufgehört hast, aber vielleicht hast du ja inzwischen wieder Geschmack daran gefunden?« Er sprach auf eine sonderbare Art und mied Thomas' Blick; Thomas war sich sicher, daß seine Bemerkung eine versteckte Bedeutung enthielt, aber er verstand die Anspielung nicht, obwohl sie einen Vorhang in irgendeinem tiefen Stollen seines Gedächtnisses bewegte.

»Thomas will doch kein Bier, du Blödmann!« rief Bella. »Aber wie wär's mit Kaffee? Ich hab im Nu welchen gemacht.«

Sie stürzte in die Küche, bevor Thomas ablehnen konnte. Was hatte das mit dem Bier zu bedeuten? wunderte er sich. Hatte ich irgendwann Streit mit Bo? Ging es dabei um Bier?

Fort, alles fort. Bella klapperte in der Küche mit Tassen und Kannen und ließ pladdernd einen Wasserhahn laufen.

»Wie lange bist du schon in den Staaten?« fragte Thomas Bo.

»Ach – eine Weile«, antwortete Bo ausweichend.

»Habe ich richtig verstanden, daß dein Freund James auch hier ist?«

»Er wohnt zur Zeit in Washington. Da unterrichtet er. Findet es scheußlich. Er geht wieder nach England zurück.«

»Vielleicht!« rief Bella von der Küche her. »Du weißt doch, daß der gute James seine Pläne von einer Minute auf die andere umstößt.«

»Du kennst doch James überhaupt nicht so gut, mein Engel«, bemerkte Bo nachsichtig. »Er ist nie in Wanborough gewesen.«

»Um so besser! Für Gabriel ist er ganz und gar kein passender Umgang«, sagte Bella geziert, als sie mit zwei Tassen Pulverkaffee zurückkehrte.

»Ach, komm«, sagte Thomas, der James auch noch nicht getroffen hatte. »Gabriel ist ja wohl klug genug, sich selbst ein Urteil zu bilden.«

»Ein ziemliches Glück, nicht wahr?« sagte Bo. »Angesichts der Tatsache, daß wir mit unseren Bemühungen, ihn zu lieben und zu umsorgen, nicht gerade überwältigenden Erfolg hatten.« Er musterte Thomas scharf und fügte an: »Ich hatte immer den Eindruck, daß deine Bemühungen *deutlich* nachgelassen haben, Thomas, sobald du erfahren hast, daß Gabriel nicht Augusts eigener Balg war.«

Mit großer Mühe unterdrückte Thomas seinen bitteren Schmerz und Zorn über diese Worte, die ihm vollkommen ungerechtfertigt schienen. Was macht Bo nur so wütend? fragte er sich. Er versucht es nicht hochkommen zu lassen, aber in seinem Innern brodelt es die ganze Zeit.

Völlig unvermittelt fiel ihm ein Mann in der Packerei von Crusoe ein, der ihm von einem Haus erzählt hatte, dessen Kauf er in Betracht zog.

»Wirklich 'ne günstige Gelegenheit, hab das Haus begutachten lassen, alles in bester Ordnung. Aber zum Glück hat uns einer von den Nachbarn gesteckt – der *Garten* hat gebrannt. Die Erde war brennbar und hatte unterirdisch Feuer gefangen; die konnten's nicht löschen. Sowie sie eine Stelle unter Kontrolle hatten, ging's anderswo los. Ham Se so was schon mal gehört? Ein ganzer Garten brennt leise vor sich hin, monatelang, auf der Oberfläche hat er ganz normal ausgesehen, nur daß sämtliche Bäume und Sträucher abgestorben sind, und wenn man den Fuß auf den Boden gesetzt hat – heiß!«

War so vielleicht Bella?

Den heißen Kaffee schlürfend, den er nicht gewollt hatte, drehte Thomas sich um und betrachtete Bos Bild. Wie bei allen Arbeiten von Bo war ihm unbehaglich zumute. Was noch entnervender war – er spürte Bos ironischen Blick auf sich ruhen, als er es anstarrte und versuchte, sich einen unverfänglichen, passenden Kommentar auszudenken.

»Gefällt's dir?« fragte Bo huldvoll.

»Sehr eindrucksvoll«, sagte Thomas. »Ist es ein Auftragswerk?«

»Ach du liebe Güte, nein. Ich schätze, unsere gutmütige, wenn auch langweilige Wirtin wird einen Heidenschreck kriegen, wenn sie zurückkehrt und das hier vorfindet. Aber wenn's ihr nicht zusagt, kann sie's immer noch an die Met weitervermieten und Eintrittsgeld erheben. Aber sag doch, braucht's deiner Meinung nach noch ein bißchen was?«

»Möchte ich nicht meinen«, sagte Thomas unbestimmt. Jeder Zentimeter Wand schien von einer dicken Farbschicht überzogen.

»Vielleicht glaubst du, es ist schon zuviel des Guten? Oder hättest du gern eine Sprühdose, um es ein bißchen aufzufrischen, so wie die Graffitikünstler in der U-Bahn – oder diese Schwärmer, die *Guernica* und die *Mona Lisa* mit Rot bekritzelt haben? Oder wie wär's mit einer hübschen Dose Herdreiniger? So ein Ätzmittelchen würde ihm vielleicht gerade den richtigen satanischen Zug verleihen, was meinst du? Bella hat bestimmt welchen und würde uns den Gefallen tun, nicht wahr, Liebling?«

»Wirst du den Mund halten, Bo?«

Thomas war richtig erschrocken über die Schärfe in Bellas Stimme. Als sie fast auf Bo zurannte, um ihm stürmisch ins Gesicht zu starren, verschüttete sie Kaffee auf die Binsenmatte.

»Schon gut, schon gut, brich dir bloß keinen ab«, sagte er liebenswürdig, »ich wollte doch nur…«

»Nein! Wir sind müde, wir wollen deine blödsinnigen, gehässigen Späßchen nicht mitanhören.«

»Thomas hat nichts dagegen; Thomas und ich, wir verstehen uns, nicht wahr, Thomas?«

Thomas war, als verstünde er ihn beinahe. Da war doch etwas mit Herdreiniger – was war das doch nur? Irgend etwas tief unten in demselben verborgenen Gedächtnisloch, zusammen mit dem Bier…«

Das Telefon klingelte.

Bo war als erster dort und sprach ein vorsichtiges »Ja?« in die Muschel. Dann hellte sich seine Miene auf.

»Ach, du bist's, Jem. Gut. Gut. Klar. Klar doch. Sicher. Schön. In Ordnung. Bin schon da. Bis gleich. Tschüß.«

Er legte den Hörer auf, ging zur Tür, sagte noch: »Das war James. Ich werde ihn nach dem Auto fragen. Bis später«, und war schon verschwunden, bevor Bella noch rufen konnte: »Warte, Boney!«

Die Wohnungstür schlug hinter ihm ins Schloß, und sie hörten seine Füße die Treppe hinunterpoltern; fünf Sekunden später hallte der ferne Knall der Haustür durchs Treppenhaus.

»Verdammter Kerl!« sagte Bella aufgebracht. »Manchmal ist Bo wirklich unmögl…«

»Drei Uhr morgens scheint ein merkwürdiger Zeitpunkt für eine Verabredung.«

»Ach, dieser James ist eine Nachteule. Der legt sich überhaupt nie schlafen; oder höchstens von neun bis Mittag. Oder…«

Sie verstummte, legte die Stirn in Falten und knabberte am Kiel einer ihrer Federn herum.

»Ich muß auch gehen«, sagte Thomas. »Selbst wenn die beiden keinen Schlaf brauchen – *wir* brauchen welchen. Versuch dich ein wenig auszuruhen; du mußt dich unbedingt von der Strapaze erholen.«

»Ach, geh doch nicht, nur noch einen Augenblick; ich brauche jemanden, mit dem ich sprechen kann.« Sie wirkte unglücklich und ziemlich verzweifelt; wie schon früher so oft dachte er, daß sie einem Kätzchen glich; außen ein weiches Fell, in Wirklichkeit aber hart, eine Unmenge winziger, zäher, drahtiger Knöchelchen und Sehnen unter dem täuschenden Flaum; sprunghafte, jähe Bewegungen; und mit jenem eigentümlich ausdruckslosen, großäugigen Blick.

»Schade, daß Loraine nicht hier ist«, sagte sie mit einem dünnen Lächeln. »Die alte Scharteke würde wie verrückt mit Tassen Tee und Beruhigungsmitteln herumwirtschaften.«

»Du mußt sie vermissen.«

»Ja – ja, das stimmt.« Sie klang erstaunt und leicht bedrückt.

»Wann ist sie gestorben?«

»Erinnerst du dich denn nicht?« Sie warf ihm einen sonderbaren Blick zu. »Es war vor zwei Jahren; während unserer Scheidung.«

»Ich erinnere mich nicht.« Er war zu erschöpft, um sich zu verstellen, obgleich er spürte, wie ihr gieriger, wißbegieriger Blick ihn durchbohrte.

»Thomas – kannst du dich wirklich nicht mehr an manche Dinge erinnern?«

»Was für Dinge?« wich er argwöhnisch aus.

»Na – daran zum Beispiel. Daß sich die arme alte Lorry umgebracht hat. Ich hätte gedacht, daß du dich daran erinnerst, schließlich hat's genug Wirbel gegeben. Und hast du die Kreuzfahrt auf der *Hetaira* etwa auch vergessen?«

»Was ist damit? Natürlich erinnere ich mich daran.« Wirklich? Er konnte sich an die Einschiffung erinnern, an heiße Tage an Bord und heiße Tage an Land; einzelne Zwischenfälle beim Sammeln von Exemplaren. Aber verloren sich seine Erinnerungen darüber hinaus nicht im wolkigen Ungefähren?

Unruhig bewegte er den Kopf, um ihrem Blick zu entgehen, und sagte noch einmal: »Ich muß wirklich gehen.«

»Thomas.« Sie trat dicht an ihn heran und faßte ihn am Revers. »Würdest du den Rest der Nacht nicht lieber hier verbringen? Es gießt in Strömen – du solltest wirklich nicht aus dem Haus, wo es so naß ist. Warum bleibst du nicht? Du könntest Bos Bett haben – oder meines, wenn dir das lieber ist.«

Sie sah zu ihm auf und lächelte ihn an – das alte, vertraute Komm-doch-Lächeln.

»Meinst du nicht, es wäre vernünftiger, hier bei mir zu bleiben, wo wir einander beruhigen können, statt die siebenundsiebzig Stufen zu diesem staubigen kleinen Loch hinaufzuklettern?«

Die Einladung war unmißverständlich. Aber er zog es vor, sie auszuschlagen. Diesen Fehler beging er nicht ein zweites Mal.

»Das ist lieb von dir. Aber ich bleibe lieber doch nicht. Einmal tun mir meine Arme höllisch weh«, log er. Zwar hatte er Schmerzen, aber unerträglich waren sie nicht. Sie machte ein langes Gesicht. »Ich muß zurück und noch mehr von meinen Sachen holen. Außerdem wäre Bo nicht gerade davon angetan, mich bei seiner Rückkehr in seinem Bett vorzufinden.«

»Ach, Bo!« sagte sie trotzig. »Der liegt inzwischen wahrscheinlich schon in James' Bett. Er wäre froh, dich in *meinem* Bett zu finden. Er fand immer, daß unsere Scheidung ein fürchterlicher Irrtum war.«

Feierlich blickte sie ihn von unten her an. Ihr Gesichtsausdruck war freimütig, aufrichtig, flehentlich. Wer sie nicht kannte, dachte Thomas bei sich, hätte glauben können, daß sie so unschuldig und verletzlich war wie – wie Gabriel. Aber Verletzlichkeit geht nicht zwangsläufig mit Unschuld einher.

Eher unfreundlich erkundigte er sich: »Was ist eigentlich aus Arthur Bellamy geworden?«

»Arthur? Gott im Himmel, den hab ich schon vor einer Ewigkeit aus den Augen verloren.«

»Ich dachte, du wolltest ihn heiraten?«

»Arthur? Du lieber Gott, nein. Seine Neigungen waren denn doch zu abartig. Er war ein gräßliches Scheusal, wirklich. Thomas! Könnten wir nicht...«

»Schau her, es hat aufgehört zu regnen«, sagte er rasch. »Ich muß wirklich gehen. Ich ruf dich im Lauf des Tages an – sobald ich das Geld habe. Und gib du mir Bescheid, wenn du noch etwas hörst. Wir bleiben in Kontakt. Mach dir nicht so viele Sorgen. Ruhe dich etwas aus... Übrigens, wie hast du eigentlich meine Telefonnummer herausgefunden? Die ist doch geheim?«

»Oh«, sagte sie geistesabwesend, »die hab ich von dieser mürrischen alten Ziege, Hannahs Haushälterin. Weißt du, daß sie mich doch tatsächlich nicht ins Haus einlassen wollte, Thomas? Hat mir praktisch die Tür vor der Nase zugeknallt.«

»Die alte Hannah ist eben sehr krank«, sagte er. »Ich denke, sie macht sich ungeheure Sorgen. Also dann, auf Wiedersehen. Mach's gut.«

Und bevor sie sich weitere Vorwände ausdenken konnte, um ihn aufzuhalten, schritt er rasch auf die Wohnungstür zu.

Als er an Bos Gemälde vorbeikam, warf er noch einen hastigen, unruhigen Blick darauf. Wo hatte er andere Bilder von Bo gesehen – Pflanzen, Blumen, Dschungelszenen? Er konnte Bos Stimme hören: »Gemischt flämische Schule. Le Douanier Bosch.« Wann war das nur – wo?

Sinnlos. Er kam nicht darauf.

Er schloß die Tür hinter sich und rannte die Treppe hinunter.

Er wollte allein sein und nachdenken.

Zunächst einmal, war Bos Anwesenheit in New York verdächtig? Hatte Bella ihn womöglich herbestellt? Die Tatsache, daß die beiden wie Hund und Katze zueinander standen, ließ das fragwürdig erscheinen; obwohl sie gelegentlich sehr aneinander zu hängen schienen. Immer herrschte zwischen ihnen eine starke Bindung. Während seiner Ehe mit Bella hatte Thomas ein-, zweimal beklommen darüber nachgegrübelt. Welche grausigen alten Geheimnisse lagen modernd unter den Wurzeln ihrer Beziehung begraben und hinderten alle beide daran, sich je ganz auf einen dritten Menschen einzulassen?

Zwar hatte Bo eine echte Zuneigung zu Gabriel gefaßt; eine Zuneigung, die Bella stets mit unbehaglichem, eifersüchtigem Mißtrauen verfolgt hatte. Bestand wirklich ein Anlaß für ihr Mißtrauen? Oder war es nur ein weiteres Symptom ihres Unvermögens, jegliche Nähe zwischen zwei anderen Menschen zu dulden, von der sie selbst sich ausgeschlossen fühlte?... Es schien möglich, daß Bo nach New York gekommen war, um Gabriel beizustehen; oder natürlich, weil sein Freund James ihn eingeladen hatte.

Bo war ein merkwürdiger, ungemütlicher, verdrehter Charakter; war es denkbar, daß er an der Entführung und Lösegeldforderung beteiligt war? Könnte er seinem eigenen Neffen etwas derartiges angetan haben?

Das Gespräch hatte jedenfalls höchst sonderbare Untertöne gehabt; wenngleich Bo nach außen hin durchaus liebenswürdig gewirkt hatte, so hatte Thomas darunter doch etwas anderes verspürt, so stark und bitter wie Schwefel. Es hatte den Geschmack der Antipathie.

Ist etwa Bo derjenige, der mich so haßt? Hat er mir den Streich mit der *Onkel-Vanja*-Platte gespielt? Es könnte Bo gewesen sein; die Bibliothek hatte keinen Benutzernachweis; jemand hatte die Platte einfach geklaut; früher war Bos Atelier mit gestohlenen Bibliotheksbüchern vollgestopft gewesen. Aber wenn es so war, weshalb dann? Doch nicht etwa, weil Bella und ich uns getrennt haben?

Mein Gedächtnis, dachte Thomas, ist wie ein unvollendeter Wandteppich: ein halbfertiges Bild in der Mitte, ausgefranste Enden, die überall hervorstehen. Wie stand es zum Beispiel mit Loraine Hartshorns Tod? Loraine war eine alte Ziege, die sich überall einmischte, eine zudringliche, gefährliche Langeweilerin, die, kaum aus den Augen, auch schon aus dem Sinn war. Aber wir sahen sie die ganze Zeit; schon merkwürdig, daß mir die Umstände ihres Todes völlig entfallen sind, zumal wenn sie Selbstmord begangen hat. Warum dieser Selbstmord? In ihrer Herrschsucht zu oft gescheitert? Zum Schluß zu einsam? Hat Bella sie einmal zu oft brüskiert?

Er war die Fourteenth Street entlanggegangen und bog jetzt aufs Geratewohl in die Fifth Avenue ein. Es war immer noch früh am Morgen. Der Stadtverkehr hatte eben erst eingesetzt, und die geräumigen Gehsteige waren menschenleer, wenn auch übersät mit dem Schutt der Nacht: Glasscherben und Bierdosen, Pappkartons, Kronkorken und große braune Papiertüten. Die Fahrzeuge der Stadtreinigung rumpelten langsam dahin, zweifellos von zahlenden Mafia-Mitgliedern gesteuert.

Die überdeutliche Skyline, gezackt wie eine Papageientulpe, säumte schwarz einen spektakulären Morgenhimmel: Der Regen hatte sich vorerst gelegt, aber es war mit mehr zu rechnen; große schwarze Wolkenwedel und -bündel waren, in wilder Formation, über das silberblasse Blau des Himmels hingeworfen, der nach Osten hin von einem schwach schimmernden Rosa getönt war; das unsaubere, feucht glänzende Firmament droben paßte zu der unsauberen, feucht glänzenden Straße unten.

Wie er so die Fifth Avenue nach Norden hinaufging, blickte er schläfrig in die Schaufenster der Exportläden und bestaunte die Auslagen: phantastisch verzierte Tiffany-Lampen, riesige vergoldete Rokoko-Ornamente, Gegenstände, die in ihrer Kraßheit beinahe wieder erhaben wirkten: Wer würde sich einen Glastisch kaufen, der von einer nackt knienden goldenen Meerjungfrau gestützt wurde? Vielleicht Bo, wenn er tausend Dollar hätte? Oder einen sechzig Zentimeter großen Edelmann aus Porzellan mit Dreispitz, Frack und Brille, der rittlings auf einem gleichfalls bebrillten Porzellanziegenbock saß?

Sein Verstand, erfrischt von der kräftigen Bewegung und der kühlen, feuchten Morgenbrise, begann sich aufzuhellen und zu beruhigen; das schwarze Sediment der Nacht, das nervöse Kribbeln der Empfindungen, die quälenden Ängste, die Bos und Bellas Gesellschaft heraufbeschworen hatte, ließen nach und sanken ab. Wie ein wiederhergestellter Blutkreislauf machte sich das leise Prickeln konstruktiver Gedanken bemerkbar. Und ausnahmsweise hatten sich die Schmerzen völlig verflüchtigt; ihre Abwesenheit bescherte ihm ein unnatürliches Wohlbehagen.

Ich laufe bis zum Central Park, dachte er. In den nächsten zwei Stunden wird sich schon keiner rühren. Es wird bestimmt niemand anrufen. Ich denke nicht, daß es Sinn hat, vor acht Uhr oder so zum Stake-Out zu gehen.

Ich werde im Park einen Spaziergang machen und mir den Kopf durchlüften lassen. Und dann fahre ich mit dem Bus nach Greenwich Village und frühstücke im Stake-Out.

Er dachte: Wenn die beiden zusammen sind, haben sie etwas an sich, das ich nur als böse bezeichnen kann; kein anderes Wort scheint es zu treffen. Es ist wie eine chemische Reaktion. Getrennt sind sie vermutlich völlig harmlos; ich weiß es nicht. Was bewirken sie nur im andern? Die Druckwellen, die ihre entgegengesetzten Willenskräfte aussenden, pflanzen sich fort mit der tödlichen Unberechenbarkeit von Querschlägern.

Was haben sie wohl Gabriel angetan, als er noch ein Kind war? Aber Gabriel hatte doch Gus, der ihn beschützte und über ihn wachte; Gus: wie ein schirmender Baum, eine große Felswand hinter seinem Rücken. Und so anrüchig, pervers, korrupt die beiden auch waren, empfanden sie doch jeder so etwas wie Liebe, ja Verehrung für August Baird, von der man annehmen sollte, daß sie sich auch in ihren Gefühlen für Gabriel niederschlug. Selbst wenn Gabriel nicht Fleisch vom Fleische Augusts ist, so ist er doch das Kind seiner Absichten, seines Geistes.

Wir alle empfanden jeweils unsere eigene Verehrung für Gus. Warum auch nicht? Er war ein Genie. Die Theorie der räumlichen Anpassung, seine Arbeiten zum Winterschlaf des Menschen, seine Idee des Zufallskontinuums, die Lehre von den schwarzen Löchern, die er das Kleeblattsystem nannte; er war ein Genie.

Aber hat er uns trotz allem Schaden zugefügt?

Von Zweifeln erfüllt, ging er weiter. Es war frostig. Er war ausgehungert und erschöpft.

Jemand hatte eine zerschlissene, aufgeschlitzte Chaiselongue ausrangiert. Da stand sie nun in der Fifth Avenue und wartete auf jemanden, der sie fortschaffte. Und in der Zwischenzeit ruhte sich eine alte Dame auf ihr aus, lehnte sich genüßlich zurück; sie war damit beschäftigt, ihre Strümpfe bis zu den Knien herunterzukrempeln und ihre Beine nach Krampfadern abzusuchen. Als sie ihre Inspektion beendet hatte und befand, daß vorläufig alles in Ordnung war, lehnte sie sich zurück und betrachtete den Morgenhimmel; darauf schenkte sie Thomas, der genau in diesem Augenblick an ihr vorüberging, ein so breites, glückliches Lächeln, daß seine Gedanken wie ausgewechselt waren und er allmählich zu der Überzeugung gelangte, Gabriel doch noch finden zu können, bevor es zu spät war.

10

Gabriel 1974

Der Park war menschenleer und friedlich. Unter dem leuchtendklaren Himmel aus Stahlblau und zerfetztem Schwarz lag seine leere Weite lichterfüllt da: ein quellenloses Licht, das sich in den letzten Winkel ergoß, das sich auf den Unterseiten der Blätter spiegelte und in Baumritzen und Felsspalten sickerte. Der Regen einer ganzen Nacht war in den knochentrockenen Boden gerieselt und hatte ihn kaum befeuchtet. Dennoch waren die Blätter erfrischt, das niedergedrückte braune Gras atmete kurz eine feuchte Erinnerung an die Tage aus, da es grün gewesen war und aus dem Boden schoß. Jeder Baum hielt eine Lunge voll Bodennebel, der sich mit dem Steigen der Sonne verflüchtigen würde. Sämtliche Wege auf den kahlen Rasenstücken waren verschwunden, und nur das getupfte Muster des Regens war noch zu sehen. In den Wipfeln der höheren Bäume ließ ein einziger Vogel von Zeit zu Zeit einen scharfen, schrillen, melancholischen Schrei ertönen.

Der buschige, keksfarbene Hund rannte ihnen durch die leere Weite voraus, mit gelassen federnden Sprüngen, die seine Haarkrausen auf leicht groteske Weise schlackern ließen.

»Er ist wie eine Lady um die Jahrhundertwende mit all ihren Boas und Autoschleiern«, sagte Gabriel.

»Seine Hosenbeine sind so lang, daß sie auf dem Boden hinter ihm herschleifen; der hinterläßt keine Fußabdrücke«, sagte Catriona.

»Wir schon; wir haben eine unheimliche Fährte hinterlassen.«

Sie wandten sich um und bewunderten ihre Fußstapfen auf der nackten, braunen Erde; jeder Abdruck enthielt eine

Handvoll schwarzen, körnigen Schattens von der aufgehenden Sonne.

»Crusoe und Freitag.«

»Falls uns jemand nachspürt, haben wir's ihm aber leicht gemacht.«

»Manche primitiven Stämme glauben, daß man einen Menschen mit Hilfe seiner Fußabdrücke verhexen kann.«

»Wie denn? Sticht man hinein, oder gräbt man sie um? Ich verstehe den Zusammenhang; Fußspuren kommen mir vor wie abgeschnittene Haare oder Nägel. Ein Teil von dir, den du zurückläßt.«

»Eine Art Besitz. Vielleicht waren die Fußstapfen eines Königs früher wertvoll... Woran denkst du?«

»Daß man gut daran täte, sie wegzuwerfen. Zusammen mit den Schuhen.«

»Der Junge ohne Fußstapfen. Dann müßtest du deine Füße gleich mit wegwerfen.«

»Ja.«

Catriona antwortete nicht darauf, sondern sah ihn ernst und bekümmert an. Sein Blick heftete sich auf die Skyline der Dächer hinter dem Park; träumerisch dachte er, daß sie dem rechten Rand einer Druckseite mit unregelmäßiger Zeilenlänge glichen. Womöglich schon zum tausendsten Mal sann Catriona über das Paradox Gabriel nach. Alles an ihm vermittelte Wärme: sein Lächeln, seine Stimme, sein Händedruck, seine Gewohnheit, Ereignisse rundweg zu akzeptieren und das Beste daraus zu machen; und doch hatte er damit begonnen, sich abzuschließen, abzuriegeln, eine Barrikade um sich zu errichten, und zwar mit ruhigem, besonnenem Vorsatz; wie konnte er nur? War das nicht Feigheit? Feige? *Gabriel?* Der mutigste Mensch, den sie kannte? Wie konnte sie es ertragen, ihn zu lassen? Wie konnte sie es ertragen, stumm zu bleiben, während es geschah? Und doch wußte sie, daß er es tun würde und daß sie es ertragen würde, ertragen mußte; der schlichte Grundpfeiler ihrer Beziehung war ihre gegenseitige Achtung, der absolute Verzicht darauf, sich einzumischen oder Druck aufeinander auszuüben.

»Wie zwei Flüsse, die Seite an Seite hinfließen«, hatte er einmal gesagt, den Kopf auf ihre Brust gesenkt, ihrem Herzschlag lauschend.

»Zweistromland. Der Garten Eden.«

Sie war sonderbar, dachte Catriona, und ziemlich beängstigend, aber auch bestärkend, diese Vision, die sie hatte, die sie beide hatten, von dem, was ihnen bevorstand. Es ist eine Art spiritueller Reise, die wir antreten, und wenn der Prozeß erst einmal begonnen hat, gibt es kein Halten und kein Zurück mehr; sobald wir etwas gelernt haben, sobald ein Stadium erreicht ist, müssen wir zwangsläufig zum nächsten übergehen; wir wissen, daß wir diese Veränderungen durchmachen werden, welche Schmerzen, welche Opfer auch immer sie mit sich bringen.

Der buschige Hund umkreiste sie und kam erwartungsvoll wieder auf sie zu; Catriona hob einen Stock auf und warf ihn für ihn fort. Mit Rasanz galoppierte er hinter ihm her.

Gabriel sagte: »Gus hat mir einmal erzählt, daß er sich gegen Ende seines Lebens mehr und mehr von seinen Besitztümern freimachen wollte, um am Schluß gar nichts mehr zu haben. Sogar Beziehungen zu anderen Menschen seien in gewisser Weise eine Belastung, meinte er. Und Selbstliebe sei ein Klotz am Bein.«

»Ich frage mich«, sagte Catriona nachdenklich, »ob er so weise war ...«

»Du *weißt*, er war weise.«

»Ich war zu klein. Ich erinnere mich an seine Weisheit nicht. Nur, daß er wunderbar warm war – wie ein großes Feuer. Aber wenn er so weise war, warum ist er dann auf solche Gauner wie Bella hereingefallen?«

»Ich glaube nicht, daß er auf sie hereingefallen ist; er hat sich von den Leuten nur benutzen lassen, weil sie das brauchten, wie ein Baum, der den Vögeln erlaubt, in ihm zu nisten.«

»Der Baum könnte die Vögel nicht daran hindern, wenn er es wollte«, sagte Catriona. »Du solltest auf deine Vergleiche achten.«

Nickend akzeptierte er ihre Berichtigung. »Wußtest du, daß die Bäume im Central Park alle sterben, weil der Boden festgestampft ist? Zu viele Leute trampeln darauf herum; die Wurzeln bekommen nicht genug Sauerstoff. Ich habe gelesen, daß sie sechs Millionen Dollar im Jahr dafür ausgeben, sie zu retten.«

Unter den dem Untergang geweihten Bäumen trat ein Mann hervor; er bewegte sich in einem ungestümen, schwankenden Zickzackkurs, sehr rasch; nicht als ob er kein Ziel hätte, sondern als ob sein Ziel sich ständig ändere. Er war groß und feist, trug eine schwarze Wollmütze und einen langen, europäisch anmutenden Mantel, der ihm bis zu den Waden reichte und beim Gehen hochflappte; als er näher kam, sahen sie, daß der Mantel fadenscheinig und zerschlissen war.

»Trotzdem, man möchte meinen, daß es ihm darin zu heiß wird«, murmelte Gabriel gedankenverloren.

»Ich nehme an, er gibt ihm Sicherheit. Wie bei Säuglingen die Steckkissen.«

Bei seinem ziellosen Vorrücken leistete dem Mann eine weiße Taube Gesellschaft, die sich bald auf seiner Schulter niederließ, bald um seinen Kopf herumflog. Er pflanzte sich vor ihnen auf, und sie sahen, daß seine Augen trotz des lächelnden Mundes groß waren vor Jammer und auf erinnerte Schreckensbilder starrten.

»Es gibt zu viele Feuer!« bedeutete er ihnen. »Zu viele. Zu viele. *Viel* zu *viele!*«

»Ich weiß«, sagte Catriona sanft. »Zu viele.« Ihr kleines, blasses Gesicht füllte sich mit Mitleid.

»Hör zu – du hörst ja nicht *zu!* Es gibt zu viele Feuer. Zu viele. Zu viele!«

»Was können wir für ihn tun?« fragte Gabriel besorgt.

»Nichts. Hör ihm zu.«

»Ich wünschte, wir könnten ihm helfen.«

»Es gibt zu viele Feuer. Es gibt zu viele Feuer«, rief er ihnen zu, untröstlich. »Zu viele, ich sag's euch!«

Er drehte sich auf dem Absatz um und schritt davon.

»New York wimmelt nur so von armen Verrückten wie ihm«, sagte Catriona. »Unmengen von denen scheinen mit dem Bus zu fahren, da haben sie ein Publikum für ihre Auftritte.«

»An seinen Mantel ist etwas angeheftet – ein Zettel.«

»Er ist schon zu weit weg, ich kann nichts mehr entziffern.«

Er hatte eine so schnelle Gangart angeschlagen, daß er bereits fünfundzwanzig Meter zurückgelegt hatte. Der Vogel wehte ihm wie ein weiterer Papierfetzen um den Kopf.

»Vielleicht kommt er ja wieder«, sagte Catriona.

»Das ist nun schon der zweite Vogel, dem wir heute begegnet sind.«

Der erste, eine Taube, hatte sich eingefunden, als Catriona von der Nachtschicht heimkam; der Vogel war durch das glaslose Fenster hereingeflogen und in dem geschlossenen Raum in Panik geraten. Er klatschte gegen die Wand und die Decke, ließ Federn und verschreckte den Hund, bis es Gabriel gelang, ihn mit seinem Hemd einzufangen.

Selbst nachdem die Taube schon befreit war, schien das Zimmer so voller Angst und Hysterie, daß sie beschlossen hatten, zum Park hinaufzugehen und sich den Sonnenaufgang anzuschauen.

»Dieser Mann mit seinem Vogel erinnert mich daran, wie ich einmal mit Thomas einen Ausflug zur St. Paul's Cathedral gemacht habe«, sagte Gabriel. »Eine Schwalbe war in den Dom geflogen. Drinnen drängten sich die Menschen, aber keiner hat die Schwalbe bemerkt oder versucht, ihr zu helfen, und so flog sie dauernd im Kreis, hoch oben in der Kuppel. Ich fand's entsetzlich. Daß niemand auf sie achtete, lag unter anderem daran, daß sie alle einen dicken Mann anstarrten, der gerade hereingekommen war – er war entsetzlich fett, geradezu riesig. Er dürfte an die vierhundert Pfund gewogen haben. Er kam mit einer Busladung voller Touristen hereingewatschelt, hielt schnurstracks auf eine Bank zu und setzte sich hin, als würde er nie wieder gehen wollen. Er hätte unmöglich das ganze Kirchenschiff von St. Paul's ablaufen können, ganz zu schweigen von der Wendeltreppe. Ich verstand überhaupt nicht, wie er in den Ausflugsbus hineingekommen war; er muß mindestens vier Sitze belegt haben. Ich fragte mich, was er überhaupt von der Fahrt hatte; er wirkte so erschöpft; vielleicht nahm er nur daran teil, weil er es zu Hause nicht mehr aushielt. Alle stierten ihn an, grinsten sich eins und stießen einander in die Rippen, und währenddessen zog oben die Schwalbe verzweifelt ihre Kreise. Beides zusammen machte mich so deprimiert, daß ich Thomas bat, mich nach Hause zu bringen, obwohl wir doch eben erst gekommen waren und vorhatten, in die Laterne zu steigen und dann weiter zum Tower von London. Thomas versuchte immer, all das für mich zu tun, wovon er meinte, daß Gus es getan hätte.«

»Aber es war nicht dasselbe?«

»Nein. Ich spürte ständig, wie er sich besorgt überlegte, ob er denn auch das Richtige tat. Es war nicht seine Schuld – damals nicht. Er versuchte sein Allerbestes. Aber alles, was Gus unternommen hatte, strahlte eine – eine Art Leuchten aus. Als Gus fort war und ich ganz sicher wußte, daß er tot war, nie mehr wiederkommen würde – und es hat lange, lange gedauert, bis ich es geglaubt habe – denn schließlich hätte er jahrelang durch den südamerikanischen Dschungel irren und zu guter Letzt wieder auftauchen können – jedenfalls, als ich endlich akzeptierte, daß er wirklich tot war, nahm alles, was er mir je geschickt oder geschenkt hatte, eine Art heiliger Bedeutung an. Selbst Krimskrams – wie eine graue Plastiktüte vom Flughafen Orly mit französischem Käse – Briefumschläge, die er in seiner Handschrift an mich adressiert hatte – die hingekritzelte Zeichnung eines Farnwedels, die er angefertigt hatte, als er mir einmal etwas erklärt hatte – ich brachte es einfach nicht übers Herz, dergleichen wegzuwerfen. Ich hatte einen ganzen Schrank voll von dem Zeug.«

»Was hast du damit gemacht, als du von zu Hause weg bist?«

»Ach, da war ich es schon längst los. Nachdem ich *sie* eine Weile beobachtet hatte – Duessa. Die Art, wie sie ihm nachtrauerte, war ja so widerwärtig. So – so exhibitionistisch. Mir wurde ganz speiübel davon. Im Keller hatte sie ihm einen Schrein errichtet. Alle meine Erinnerungen an ihn drohten dadurch unscharf zu werden, und so etwas Kindisches wie das, was sie da trieb, ertrug ich nicht. Also habe ich meinen ganzen Firlefanz und die Geschenke, die er mir gegeben hatte und für die ich inzwischen zu alt war – natürlich nicht die Bücher –, zusammengekramt und im Garten verbrannt und die Asche vergraben.«

»War dir dabei traurig zumute?«

»Ja. Aber es hat mich gelehrt, daß man sich von allem freimachen kann, wenn man nur will.«

»Auch von der Liebe?« Sie blieb einen Moment stehen, um ihre kurzen Zöpfe zu befestigen, die sie wie die Dame mit dem Einhorn nach vorn geholt und auf dem Scheitel zusammengesteckt hatte.

»Ich denke schon. Wenn man erst einmal den ersten Schritt tut, ist es wie das Durchbrechen einer Barriere; danach kommt's nur noch darauf an, Abstand zu gewinnen. Nichts ist dann je wieder so schlimm.«

Er blickte zum Himmel auf und sagte: »Es gibt wieder Regen.«

»Was für ein Glück, daß wir den Schirm mitgenommen haben.«

Ein Düsenflugzeug zog durch den Himmel und hinterließ zwischen den sich zusammenballenden Regenwolken einen weißen Faden. Gabriel sagte: »Das ganze Stickstoffoxyd, das die ausstoßen, wird die Ozonschicht ausdünnen, so daß die Menschen mit der Zeit Hautkrebs bekommen, und bald wird's da oben soviel Schwefeldioxyd geben, daß es auf Dauer das Klima verändert.«

»Was für ein Schlamassel! Vielleicht ist dieser Regen schon verdünnte Schwefelsäure?«

»Und was er für H_2O hielt, war H_2SO_4... Regen in einem Park erinnert mich daran, wie ich von Gus' Tod erfuhr.«

»Wie hast du davon erfahren?«

»Ich war mit Bo unterwegs. Wir sind Piccadilly entlanggegangen. Er hatte mich ins Apsley House Museum mitgenommen. Wir kauften uns ein Eis und aßen es im Weitergehen. Und dann sahen wir, daß vor der U-Bahn-Station Green Park Abendzeitungen mit der Schlagzeile über Gus und den Flugzeugabsturz verkauft wurden. Bo kaufte eine, und wir lasen sie im Stehen auf dem Bürgersteig. Dann gingen wir in den Park, und ich sah, daß Bo weinte. *Ich* habe nicht geweint – er aber. Ich war völlig entgeistert, denn er sah so niedergeschmettert aus – sein Gesicht zerknitterte wie eine Papiertüte im Regen. Und dann fiel richtiger Regen – es goß wie aus Kübeln, meine Eiswaffel wurde ganz durchnäßt, und ich warf sie weg. Als ich klein war, glaubte ich immer, man könne Regen herbeiführen, indem man im Freien weint – vermutlich hatte ich einmal geweint, und es hatte geregnet. Wir gingen durch den Park und zur Victoria Station und fuhren mit dem Bus nach Hause. Bo weinte die ganze Fahrt über, völlig hemmungslos, schrecklich langgezogene, krampfhafte Schluchzer, die nach Höllenqualen klangen – wie eine Frau in den Wehen. Als wir zu Hause ankamen, war Bella nicht da; ich weiß nicht, wo sie hingegangen war; das Haus war leer. So leer war es mir noch nie vorgekommen. Wir schalteten die Sechs-

Uhr-Nachrichten ein, und im Radio hieß es ebenfalls, daß das Flugzeug abgestürzt und alle an Bord ums Leben gekommen waren. Ich konnte es immer noch nicht glauben, aber ich begann zu zittern, mir war entsetzlich kalt, und Bo sagte, ich sollte zu Bett gehen, er würde mir heiße Milch hinaufbringen. So geschah's auch, und wir beide tranken ein wenig davon. Und dann setzte er sich zu mir aufs Kissen, legte seinen Arm um mich und führte meine Hand zu seinem Pimmel, der sich plötzlich ziemlich hoch aufgerichtet hatte, und er zog sich die Unterhose herunter, und wir redeten weiter von Gus, und die ganze Zeit hielt er meine Hand um sein Ding, und wir redeten und redeten, und er weinte, und ich zitterte vor Kälte, mir wollte einfach nicht warm werden. Am Ende ist er zu mir ins Bett gekrochen.«

»Was hast du dabei empfunden? Warst du überrascht?«

»Überrascht nicht; nein. Als Gus starb, war mir so furchtbar traurig zumute, daß mich monatelang gar nichts mehr überrascht hat; ich war vor Kummer ganz *ausgelaugt.* Es fiel mir so schwer, zu begreifen, daß ich ihn nie wiedersehen würde. Die ganze Welt schien sich verformt zu haben – als wäre ihre äußere Hülle zerrissen wie ein aufgeschlitzter Fahrradreifen, und ihre Innereien hingen heraus, so daß mit allen möglichen häßlichen Formen zu rechnen war.«

Catriona betrachtete ihn versonnen. Sie hatte nicht die Angewohnheit, ihren Kopf dazu zu benutzen, über Leute nachzudenken. Sie dachte immer nur in musikalischen Kategorien: musikalischen Mustern, Landschaften. Ihre Denkprozesse waren damit beschäftigt, die Umrisse vorhandener musikalischer Themen nachzuvollziehen oder neue zu schaffen. Bis zum Wiederauftauchen ihres Spielgefährten Gabriel hatte sie andere Menschen schlicht in zwei Gruppen eingeteilt: diejenigen, die mehr, und diejenigen, die weniger als sie über Musik Bescheid wußten. Da Catriona ein zu Höflichkeit erzogenes Mädchen war, wurden die Angehörigen der zweiten Gruppe, zu denen auch ihre Eltern zählten, zuvorkommend behandelt, doch wann immer es ging, gemieden und bei der erstbesten Gelegenheit verlassen. Die Zeit, die sie mit ihnen verbrachte, galt ihr als verlorene Zeit. Den Angehörigen der ersten Gruppe brachte sie ehrerbietige Aufmerksamkeit entgegen, bis sie in die zweite Gruppe abstiegen und ohne viel Federlesens abgehalftert wurden.

Doch jetzt, mit Gabriels Rückkehr, hatte sie ihre Gewohnheit geändert. Ruhig und unablässig beobachtete sie ihn. Die Fragen, die sie ihm vorlegte, waren praktisch die ersten, die sie je über etwas anderes als Musik gestellt hatte. Bevor sie wissen wollte, wie es Gabriel während der sechs Jahre, die sie getrennt waren, ergangen sei, wäre es ihr nie in den Sinn gekommen, daß die Menschen eine Vergangenheit hatten, die sie ebenso beeinflußte wie ihre sichtbaren Lebensumstände.

Sie fragte: »Was hast du von Bo gehalten? Als das passierte?«

Er dachte nach und sah dabei einem Eichkätzchen zu, das über das Gras gehoppelt war, sich feierlich in Pose warf und nun darauf zu hoffen schien, daß jemand es bewundere.

»Ich glaube, er ist in meiner Achtung gesunken. Davor hatte ich zu ihm aufgeschaut – er war damals ziemlich bekannt mit seinen Gemälden...«

»Ja, ich erinnere mich...«

»Er war der Queen vorgestellt worden – und war ein Freund von Gus – und er kann manchmal auch sehr witzig und klug sein; als ich feststellte, daß *er* auf *mich* angewiesen war, schien er auf ein niedrigeres Niveau abzusinken. Statt größer als ich zu sein, hatte er dieselbe Größe, war irgendwie weich und schutzlos wie eine Auster ohne Schale.«

»Hat's dir was ausgemacht?«

»Es war eine Art Verlust«, sagte er mit gerunzelter Stirn und betrachtete immer noch das Eichhörnchen. »Ich hatte gehofft, er würde *mich* trösten, statt dessen war ich derjenige, der ihn aufrichten mußte.«

»Nein, ich meine, hat's dir was ausgemacht, was er mit dir gemacht hat?«

»O nein«, sagte er erstaunt. »Das hatte mit mir eigentlich gar nichts zu tun. Ich fand's ziemlich albern. Wenn du damals dagewesen wärst, hätten wir wahrscheinlich darüber gewitzelt.«

»Du mußt damals einsam gewesen sein.«

»Ja, ich war einsam. Auf dem Heimweg von der Schule habe ich immer geweint. Es war so furchtbar, in das Haus zurückzukommen.«

»Ich wünschte, ich wäre nicht nach Kalifornien gezogen.«

»Hm. Aber dann fing ich an, Duessa zu beobachten, da hatte ich was zum Nachdenken.«

»Wußte sie von der Sache zwischen Bo und dir?«

»Nein, bestimmt nicht«, sagte er und zog angesichts einer weiteren Erinnerung wieder die Stirn kraus. »Sie war – sie ist – schrecklich unaufmerksam, was andere Leute angeht. Bei Thomas gab's absolut elementare Dinge, von denen sie keine Ahnung hatte. Jedenfalls hatte sie mit Bo einen Riesenkrach, als Gus starb, und er fuhr mit jemandem nach Spanien und kam monatelang nicht zurück, und als er dann doch kam, hatte sie Thomas geheiratet.«

»Wie sind Thomas und Bo miteinander ausgekommen?«

»Ganz gut. Bis zur Kreuzfahrt. Und Bos Ausstellung. Ich habe dir davon erzählt. Dann hörte Bo mit der Malerei auf und wurde ein richtiger Miesepeter.«

Sie nickte. Nach einer Weile sagte sie: »War das der schlimmste Tag deines Lebens? Als Gus starb?«

»Ja. Ja, das war am schlimmsten.« Gabriel schwieg ein paar Minuten, dann brach es aus ihm heraus. »Das Dumme war, daß er mir *zuviel* mit auf den Weg geben wollte. Wie wenn man eine Pflanze in einem ausgetrockneten Topf gießt. Man darf immer nur ein bißchen Wasser hineingeben, damit die Erde es auch aufsaugen kann. Das hat er nicht getan. Er hat mich *überflutet.* Als er nicht mehr da war, lief alles über, ich spürte, ich konnte es nicht bei mir behalten, ich kann ihn nicht halten, er ist fort. Mein Versuch, mich daran festzuklammern, war ein fürchterlicher Kampf – wie wenn man ein riesiges Gewicht hochstemmt...«

»Vielleicht war er gar nicht so helle, was Kindererziehung angeht.«

»Nein. Ich war dem, was er von mir wollte, bloß nicht gewachsen. Wenn ich sein richtiger Sohn gewesen wäre... Aber geliebt hat er mich.«

»War's das? Oder wollte er sich nur ganz herüberretten? Ein Vermächtnis hinterlassen?«

»Nein, er wollte aufgenommen, gehört werden.«

»Das war verkehrt. Wenn du Musik komponierst, denkst du ja auch nicht: Wer wird sich das anhören?«

»Musik ist reiner Klang. Sie hat keine Bedeutung.«

Sie hatten sich unter einen Baum gegenüber der Freilichtbühne gelagert. Durstig schlappte der Hund Wasser aus dem Teich. Der Lärm der Stadt in der Ferne gliederte sich wie die Atmosphäre in Schichten: Verkehr, Autohupen, Polizeisirenen, das Tuten eines Schiffs, das Stottern eines Hubschraubers.

»Anders als diese Klänge«, sagte er.

»Das ist doch Stuß«, sagte Catriona ihm freundlich. »Da zeigt sich mal wieder, wie wenig du doch weißt. Musik hat sehr wohl Bedeutung. Nur eine andere Art, das ist alles... Jedenfalls hätte Gus dir das nicht antun dürfen. Er hat versucht, etwas zu erzwingen.«

»Nicht seinem Verständnis nach.« Gabriel zog den ausgeblichenen blauen Pullunder aus, den Loraine ihm gestrickt hatte, und knöpfte sein weißes Baumwollhemd bis zur Taille auf. »Es ist heiß. Trotz Regen.«

»Warum ziehst du dein Hemd nicht ganz aus?«

»Weil ich nicht will, daß Dutzende von Leuten auf meinen nackten Bauch starren.«

»Zimperliese. Im Park sind gerade mal zehn Menschen.«

»Zehn zuviel.«

»Man sollte seinen Kindern nichts hinterlassen«, sagte Catriona, legte sich zurück und sah zu dem schlaffen, feuchten spätsommerlichen Laub hinauf, das über ihr baumelte. »Kinder sollten einen unbeschwerten Start im Leben haben.«

»Können sie aber nicht. Wie denn? Die haben doch ihr Vermächtnis schon, bevor sie überhaupt geboren sind. Du trägst in dir – ich trage in mir – all die Schlachten, die unsere Eltern jemals ausgefochten haben.«

»Haben Gus und Bella sich gestritten?«

»Vordergründig nicht. Sie hat so getan, als ob sie alles nach seinem Willen täte. Aber in Wirklichkeit hat sie getan, was sie wollte – ihn bestimmt die ganze Zeit hintergangen. Nur, daß er sich nicht täuschen ließ. Der Gedanke«, sagte Gabriel, stützte die Ellbogen auf die Knie und drückte das Kinn in seine Hände, »der Gedanke, daß ich ihr Kind sein könnte, ist mir absolut *verhaßt*.«

»Wie kommst du darauf?«

»Leute, die nicht wußten, daß ich angeblich adoptiert bin, sagten, ich sähe ihr ähnlich. Und in mancher Hinsicht fühle ich mich ihr verwandt. Dieselbe Figur. Ich habe denselben Drang, Dinge zu verzieren, statt sie karg zu lassen. Nur versuche ich ihm nicht nachzugeben, während sie es die ganze Zeit tut. Sie hat mir so viele Lügenmärchen über meine Geburt aufgebunden, daß ich mich manchmal frage, ob sie selbst noch die Wahrheit weiß. Erst hat sie mir erzählt, Gus sei unfruchtbar gewesen. Aber ich weiß, daß das nicht stimmt; Bo hat mir erzählt, der Hauptgrund für Gus' Wiederverheiratung sei gewesen, daß er ein Kind wollte. Seine erste Frau hatte ein Baby, aber das starb. Deswegen war er so traurig, als er und Bella kein Kind kriegen konnten, und deswegen haben sie mich adoptiert.«

»Warum konnten sie keins kriegen?«

»Auch das hat Bo mir gesagt. Sie hatte eine... sie hatte sich die Gebärmutter entfernen lassen...«

»... Hysterektomie.«

»Richtig – bevor sie Gus heiratete. Gestanden hat sie's ihm erst hinterher. Ich nehme an, er war enttäuscht, aber da war's schon zu spät.«

»Warum hatte sie die Hysterektomie wohl?«

»Vielleicht um sich den Ärger zu ersparen? Sie kümmerte sich gar nicht gern um Kinder.«

»Warum dann die Adoption?«

»Er hat sie dazu bewogen.«

»Vermutlich. Glaubst du – falls du ihr Sohn bist –, daß Gus davon wußte? Es ahnte?«

»Wahrscheinlich«, sagte Gabriel. »Ich bin mir sicher, Gus hat sie völlig durchschaut. Sie ist wie einer von diesen Gelbrandkäfern, die völlig durchsichtig sind. Du kannst die ganzen Innereien sehen. Ich wette, sie will, daß ich am Leben bleibe, denn wenn ich einundzwanzig bin, kann sie mir Geld abluchsen.«

»Könntest du es nicht jetzt schon alles verschenken, der Weltgesundheitsorganisation oder so, dann läßt sie dich vielleicht in Ruhe?«

»In meinem Testament habe ich es so festgelegt, aber eigentlich kann ich nichts unternehmen, solange ich noch nichts geerbt habe. Sogar daß ich es weggeben muß, bringt mich in eine Machtposition. Es ist schrecklich.«

»Die meisten Menschen gieren nach Macht.«

»Wie die alte Loraine. Ach ja, die hast du natürlich nicht gekannt. Der gefiel's eigentlich nur, Menschen zu organisieren. Angefangen hat sie damit, ihnen die Häuser zu putzen, und allmählich hat sie sie ganz übernommen. Zu mir war sie allerdings freundlich. Aber am Ende hat sie sich übernommen.«

»Wie?«

»Ich denke, irgend jemand hat ihr schließlich Paroli geboten, und das hat sie nicht verkraftet. Da hat sie eine Menge Asthmatabletten geschluckt und eine ganze Sprühdose Reiniger eingeatmet.«

In dem offensichtlichen Bemühen, das Thema zu wechseln, schaute er auf die Uhr und sagte: »Sollen wir umkehren? James hat gesagt, er holt den Hund zwischen neun und zehn ab.«

»Wir haben noch stundenlang Zeit«, sagte sie rasch. »Warum hat er den Hund ein zweites Mal dagelassen? War das nicht etwas sonderbar?«

»Er sagte, der Hund haßt Autofahren.«

»Gabriel«, sagte Catriona und drehte sich auf den Bauch, um ihn anzusehen.

»Mm?«

»Falls James das Haus gefunden hat – und du dorthin kannst –, darf ich mitkommen?«

Ihre Stimme war sehr leise, und sie war noch blasser als gewöhnlich.

Gabriel gab ihr zunächst keine Antwort. Dann sagte er sanft: »Du hast mir *versprochen,* daß du das nicht tun würdest.«

»Ich würde dir auch nicht zur Last fallen. Wirklich nicht.« Sie schluckte. »Ich – ich würde nicht einmal *sprechen.* Ich würde mich mucksmäuschenstill verhalten. Bis es vorbei ist.«

»Warum? Was wäre denn schon anders? Sterben ist etwas, das man allein tun muß. Es ist eine einsame Angelegenheit.«

»Ich könnte dir Gesellschaft leisten. Ich könnte mit dir sterben.«

»Nein, das könntest du nicht!« sagte er grob. »In Wahrheit willst du ja gar nicht. Du kannst dich an so vielen Dingen festhalten. Deine Aufgabe ist es, weiterzuleben und Musik zu machen. Du wirst schon zurechtkommen, wenn ich nicht mehr da bin. Hast du die Geschichte aus dem Geisterbuch vergessen, die mir so gut gefallen hat – von der Frau, deren toter Mann zurückkam, sich aufs Fensterbrett setzte und zu ihr sagte: ›Spring!‹? Du fandst sie immer erschreckend, aber mir gab sie ein wunderbares Gefühl der Geborgenheit. Ich war immer halbverliebt in den Tod.«

»In den *friedlichen* Tod.« Sie lächelte schwach.

»Du verstehst also, ich muß gehen, und du mußt bleiben.«

Mit zusammengepreßten, blassen Lippen starrte sie durch die senkrechten Bäume über die Parkanlage hin und sah vor sich den weiten, leeren, öden, unerträglichen Ausblick auf ein Leben ohne ihn.

»Wie ich es hasse! Irgendwo einfach Abschied von dir nehmen zu müssen – an einem Ort wie *diesem*.«

Wie sie ihn so ansah, dachte sie in hilflosem Schmerz: Wenn er mich doch nur einmal noch Liebling nennen würde, nur noch einmal seine Arme um mich legen würde, nur um mir zu zeigen, daß er sich wenigstens ein bißchen in mich hineinversetzen kann. Er ist den Weg schon ein Stück weit gegangen. Er kann eben noch meine Stimme hören.

»Es macht wirklich keinen Unterschied, wo du Abschied nimmst«, sagte er, immer noch mit derselben sanften, vernünftigen Stimme.

»Doch, doch! Und angenommen, etwas geht schief? Er bleibt doch wohl nicht bei dir? James?«

»Aber nein. Der geht nach Kanada. Er hat gesagt, er bringt mich nur hin und fährt gleich weiter.«

»Aber angenommen – angenommen, du brauchst Hilfe? Angenommen, du hast Schmerzen? Angenommen, du überlegst es dir anders?«

»Schmerzen können mir nichts anhaben. Die dauern nicht ewig. Und ich werd's mir nicht anders überlegen.«

»Angenommen, du stirbst nicht gleich? Du würdest verhungern. Das wäre doch entsetzlich!«

»Nein. Das ist doch alles völlig unerheblich.« Gabriel wirkte so gelassen, daß sie sich einen Augenblick lang fragte, ob er andere Vorkehrungen getroffen hatte – Tabletten, Rasierklingen? –, um hundertprozentig sicherzugehen. »Jetzt fängst du doch an, dich unnötig aufzuregen, dabei hattest du mir versprochen, mir hoch und heilig versprochen, es sein zu lassen. Ich will meinen Kopf frei haben, verstehst du denn nicht? Ich muß mich konzentrieren. Das erfordert alle Energie, die ich aufbringen kann. Wenn du eine Prüfung machst...«

»Ich rege mich ja gar nicht *unnötig* auf. Aber ich will mir Mühe geben. Ich weiß, es ist dir zuwider... Darf ich dir eine Geschichte erzählen?«

»Ja; einverstanden. Eine von deinen moralischen Fabeln?« Er lächelte sie flüchtig an. »Warte einen Augenblick...«

Ein ziemlich starker Regen hatte eingesetzt. Er nahm den alten Schirm, den sie aus einer Mülltonne in der Sixth Avenue geborgen hatten, spannte ihn auf und band das Seil, das sie als Hundeleine verwendet hatten, an der Spitze fest, dann hängte er den geöffneten Schirm an einem Ast über ihren Köpfen auf.

»Jetzt können wir uns darunter setzen. Fang an!«

Sie setzte sich mit gekreuzten Beinen unter den Schirm, und er drehte sich um und bettete seinen Kopf auf ihre Knie.

»Wie das Einhorn«, sagte sie, »das seinen Kopf in ihren Schoß legt.«

»In Wahrheit hat sie es für die Jäger in die Falle gelockt. Ein entsetzlicher Gedanke. Deswegen ist sie auch so traurig.«

»Deine Beine werden naß«, sagte Catriona.

»Macht nichts. Die können eine Wäsche vertragen. Dann erzähl mal deine Geschichte.«

Entspannt lag er da und sah zu der belaubten Decke auf, und Catriona blickte mit demselben Ausdruck verzweifelter Vorahnung auf ihn nieder, den die Dame mit dem Einhorn hatte. Sie nahm sein Gesicht zwischen ihre Hände und begann: »Es war einmal eine Prinzessin, die hieß Savitri, Tochter des Königs Asvapati, die war so schön, gütig, klug und vollkommen, daß sie niemanden fand, der gewillt war, sie zu heiraten. Sie hatte keine Freier. Wahrscheinlich schrekte ihre Vollkommenheit sie ab. So sagte einer der weisen Ratgeber ihres Vaters: ›Sie soll hinausgehen in die Welt, umherwandern und sich selbst einen Gemahl suchen.‹ So zog sie denn los.«

»Und hat sie einen gefunden?«

»Ja, sie fand einen Prinzen, Satyavan mit Namen, der war gütig und freundlich und edelmütig. Allein er hatte kein Geld. Er lebte bei seinen armen, betagten Eltern, die waren von einem Thronräuber aus ihrem Reich vertrieben worden, und der Vater war erblindet, und sie besaßen nichts als eine kleine Hütte im Wald, und Satyavan verdiente sich ihren Lebensunterhalt als Holzfäller. Savitri kehrte zurück zu ihrem Vater und sagte: ›Satyavan ist ein Mann, den ich lieben kann; ich will ihn heiraten.‹ Nun, ihr Vater hatte nichts dagegen, daß er so arm war, doch der weise Ratgeber sprach: ›Der Prinz hat einen schwerwiegenden Nachteil, er ist nämlich dazu verurteilt, auf den Tag genau in einem Jahr zu sterben.‹

Savitri aber sprach: ›Das ist mir einerlei. Lebendig oder tot, er ist der einzige Mann, den ich lieben kann.‹« Catrionas Stimme zitterte kurz, doch sie sammelte sich und fuhr fort: »So heirateten sie denn, und sie lebte mit ihm und seinen Eltern im Wald. Nach Ablauf des Jahres ging er eines Tages wie gewöhnlich hinaus, um Holz zu schlagen, und sie begleitete ihn. Und er sprach: ›Mir ist ein wenig schwindlig, ich glaube, ich werde ein Nickerchen halten.‹ Den Kopf in ihrem Schoß, legte er sich zum Schlafen nieder.«

Sie betrachtete Gabriels Gesicht, das verkehrt herum unter ihr lag. Doch seine Augen waren auf die Bäume in der Ferne und das Gitterwerk des Regens geheftet.

»Savitri sah weg durch den Wald, und da erblickte sie einen hochgewachsenen, dunklen, streng dreinblickenden Fremden in gelbem Gewand, der kam auf sie zu. In der Hand hielt er eine

Schlinge. Es war Yama, König der Toten. Er sprach: ›Ich bin gekommen, die Seele Eures Gatten zu entführen‹, und mit der Schlinge entzog er Satyavan sein inneres Wesen. Savitri legte ihm die Hand aufs Herz und spürte, wie es zu schlagen aufhörte. Da ging Yama davon, und Savitri bettete das Haupt ihres Gemahls aufs Moos und lief geschwind hinter ihm her. Yama hörte sie und sagte: ›Kehrt um, Prinzessin, denn ich gehe zu einem Ort, wohin Ihr mir nicht folgen dürft.‹ Sie aber sprach: ›Es ist die Pflicht des Weibes, ihrem Manne zu folgen, wohin er auch geht.‹ Und sie sprach so ernst und so bewegend über die Freuden und Pflichten des Ehelebens, daß Yama gerührt war und ihr einen Wunsch freigab: jeden Wunsch außer dem Leben ihres Gemahls. So wünschte sie, daß ihr alter, blinder Schwiegervater das Augenlicht zurückerhalte. Und Yama erfüllte ihr den Wunsch. Dann ging er weiter, und obwohl er ihr untersagt hatte, ihm zu folgen, lief sie hinter ihm her. ›Denn‹, sagte sie, ›ich bin in bester Gesellschaft, weshalb sollte ich von ihr lassen?‹ Und so eindrucksvoll sprach sie davon, die richtige Lebensführung bestehe darin, gute Gefährten zu wählen und ihnen die Treue zu halten, daß Yama aufs neue gerührt war und ihr jeden Wunsch freigab außer dem Leben ihres Gemahls. Sie wünschte sich, daß ihr Schwiegervater sein verlorenes Reich wiedererlange, und ihr Wunsch ging in Erfüllung. ›Aber jetzt‹, sagte Yama, ›müßt Ihr umkehren.‹ ›Nein‹, versetzte sie, ›denn es ist tugendhaft, bei meinem Mann zu bleiben.‹ Und sie sprach davon, daß Güte erstens das Vermeiden des Bösen sei und zweitens ein Sichklammern an alles, was vorzuglich ist. Und Yama konnte nicht anders, er war gerührt und gewährte ihr einen weiteren Wunsch, nur nicht das Leben ihres Gemahls. Sie wünschte, ihr Vater hätte einhundert Söhne, denn sie war sein einziges Kind gewesen. Und ihr Wunsch ward erfüllt. ›Jetzt aber, edle Frau‹, sagte Yama, ›müßt Ihr umkehren.‹ ›Ihr könnt mich nicht zwingen‹, sprach sie, ›denn es wäre unbillig, mich von meinem Mann zu trennen, und jedermann weiß, daß die Gerechtigkeit des Todes absolut ist.‹ Und er war genötigt, die Kraft ihrer Beweisführung anzuerkennen, und gewährte ihr wieder einen Wunsch. Sie wünschte sich einhundert Söhne für sich selbst, um Satyavans Namen und Samen weiterzutragen. Und auch diesen Wunsch erfüllte er ihr. ›Doch jetzt müßt Ihr nach Hause zurückkehren‹, sagte er, ›denn ich gehe ins Reich des Todes, weit im Süden, und das ist kein Ort für Euch.‹ Doch Savitri sprach so beredt vom Sonnensystem, von der Sonne, dem Mond und der Erde, ein jeder Himmelskörper in seiner eigenen Umlaufbahn, und wie das einzig mögliche Zuhause für sie bei ihrem Manne war, daß Yama zu guter Letzt bezwungen ward und ausrief: ›Edle Frau, Eure Weisheit und Eure Tugend verdienen jeden Lohn, selbst den größten. Bittet mich, worum Ihr nur wollt!‹ Und sie rief: ›Gebt mir Satyavan zurück!‹ So löste er die Schlinge und setzte Satyavans Seele frei. Und sie rannte zurück durch den finsteren, dornigen Wald, den Weg, den sie gegangen waren, bis sie zu der Stelle kam, wo noch immer sein Leichnam lag. Und die Seele flog zurück in ihr Nest, und Satyavan regte sich und gähnte und setzte sich auf und sagte: ›Was für ein erfrischendes Schläfchen! Wie lange ich geschlafen habe! Es ist schon dunkel. Du hättest mich früher wecken sollen. Mir ist, als wäre ich auf Reisen gewesen.‹ Und sie sprach: ›O Herr, Ihr seid weiter gereist, als Ihr wähntet.‹ Und als sie durch den Wald zur Hütte seines Vaters gingen, erzählte sie ihm die ganze Begebenheit. Und als sie zu Hause ankamen, fanden sie, daß sein Vater nicht mehr blind war...«

Catrionas Stimme erstarb. Sie war, bevor sie sich's versehen hatte, am Ende ihrer Geschichte angelangt. Verstohlen wischte sie sich etwas Feuchtigkeit von der Wange.

Gabriels Gesicht lächelte sie, verkehrt herum, an. Sie sah, daß sich von seinen Augen bis zu den Sommersprossen auf seiner Nase Fältchen hinzogen.

»Siehst du dich als Savitri?« fragte er. »Glaubst du, du kannst Yama umstimmen?«

»Yama braucht sich nicht anders zu besinnen.« Sie ballte die Fäuste und trieb die Fingernägel in ihre Handflächen. »Bloß du.«

»Du weißt doch, wenn ich mich erst einmal entschieden habe, besinne ich mich nie eines anderen.«

Sie wußte es. Aber sie tat einen tiefen, schweren, verzweifelten Atemzug, um Kraft zu weiterer Auseinandersetzung zu finden.

»Schau mal«, sagte er und deutete mit dem Kopf nach vorn. »Da ist wieder der Mann mit der Taube.«

Er war noch weit entfernt, aber mit seinen raschen, unsteten Schritten hielt er schlingernd auf sie zu. Die Taube leistete ihm noch immer Gesellschaft.

Trotz des Regens hielten sich inzwischen mehr Menschen im Park auf: Jungen, die die Wege entlangtrabten, Mädchen, die vor der Arbeit ihren Hund ausführten. Ein paar Kinder spielten Baseball. Auf einer Bank auf der anderen Seite des Teichs lag ein in einen Regenmantel eingehüllter Mann.

Der Verrückte mit der Taube kam auf sie zu und blieb wie zuvor wortlos flehend vor ihnen stehen. Seine Kinnbacken mahlten, so dringend war das, was er mitzuteilen hatte, und schließlich zwang er die Botschaft an dem Hindernis seiner widerstrebenden Zunge vorbei: »Georgie hat eine Tablette genommen. Georgie hat eine Tablette genommen. Es gibt zu viele Feuer.«

»Ja, es gibt zu viele«, sagte Catriona. »Viel zu viele.«

Gabriel stemmte sich mit einem Schwung hoch und stellte sich hinter den Mann, um den Zettel zu lesen, der auf seinen Rücken geheftet war.

»Hier steht: ›Bitte, bringen Sie meinen Bruder nach Haus. 667 West Eighteenth Street. Maria Fernandez.‹ Meinst du nicht, das sollten wir tun? Vielleicht hat er die ganze Nacht im Freien zugebracht.«

»Ich glaube, wir haben nicht genügend Zeit. Wenn wir nach Hause wollen, um James zu treffen.«

»Na schön, dann bringst du ihn hin, und ich bringe den Hund nach Hause.«

Catriona biß sich auf die Lippen. Dann sagte sie: »Also gut. Dann bringe ich ihn eben. Aber – du wirst doch nicht *fortsein* – bevor ich zurückkomme?«

»Ich verspreche lieber nichts«, sagte er ruhig. »Wir wissen nicht, wieviel Zeit James zur Verfügung hat.« Er zerrte den Schirm vom Baum und pfiff den Hund herbei.

Alles in ihr begehrte auf, so daß ihre guten Vorsätze fast ins Wanken gerieten. Doch schließlich sagte sie: »Also gut«, und indem sie den Mann, der nervös zurückzuckte, am Arm ergriff, setzte sie sich in Richtung Parkeingang in Bewegung.

Von der anderen Seite des kleinen Sees rief eine Stimme: *»Gabriel!«*

11

Bo 1974

Bo und James nahmen ihr Frühstück in einem Café ein. Als sie eingetreten waren, hatten die imitierten Kapitänsstühle und die rustikalen, mit rot-weißkarierten Papiertischtüchern bedeckten Tische im schwachen Sonnenlicht zunächst recht freundlich und gemütlich ausgesehen, doch jetzt fiel der Regen draußen unaufhörlich, und die ganze Stube war in ein schummriges Grau gehüllt, besonders die Ecke, in der sie saßen.

Bos Frühstück bestand aus schwarzem Kaffee und seiner im Mundwinkel hängenden Zigarette, während James sich energisch durch Saft, Eier, Toast, Speck und Waffeln mit Sirup hindurchaß.

»Das Traumhaus seiner Kindheit ist es nicht gerade«, sagte er. »Es ist eher eine Bruchbude, und was für eine! Aber als Zufluchtsort, wo er friedlich hinübergleiten kann ins große Unbekannte, das arme Luder, taugt's allemal. Falls ihm wirklich danach ist.«

Er lächelte Bo an. Wenn James lächelte, bogen sich die äußeren Enden seiner ungemein lebhaften Augenbrauen nach unten, während die inneren Enden nach oben schossen, und seine Mundwinkel verzogen sich aufwärts, so daß Mund und Augenbrauen gemeinsam mit einemmal einen Kreis in seinem Gesicht beschrieben. Das wirkte zwar ungeheuer charmant, beunruhigte aber auch ein wenig, gerade so, als ob er wie ein Schnellzeichner ein Bild mit der Bezeichnung »Jux« vor sein Gesicht gezaubert hätte.

»Ist ihm denn danach?« fragte Bo bedächtig.

»O ja, ganz bestimmt. Wir haben uns lange unterhalten. Das

Mädchen war zur Arbeit in ihr Restaurant gegangen. Er hat mir sein Herz ausgeschüttet. Er will nur noch dieses Opus vollenden, an dem er gerade arbeitet – anscheinend eine Meditation über den Tod, alle seine Überlegungen dazu –, dann will er sich im Lotossitz niederlassen und auf das Nirwana warten. Er will nichts als allein gelassen werden, damit er es ohne Störung oder Streit zu Ende bringen kann. Von unserem Standpunkt aus genau das Richtige.«

»Aber was ist mit dem Mädchen?«

»Die soll nicht mitkommen. Er will völlig allein sein. Und anscheinend hat sie's akzeptiert.«

»Und wenn sie's nun nicht akzeptiert hat? Wenn sie versucht, ihm zu folgen?«

»Sie hat keinen blassen Schimmer, wo das Haus steht. Für sie liegt's irgendwo in der Wüste von Arizona. Nicht einmal *er* weiß, wo's ist. Er hatte nur diese nostalgischen, romantischen Erinnerungen daran.«

»Wie hast *du* es dann gefunden, wenn nicht einmal er es weiß?«

»Ach, reine Glückssache. Eine Kombination von Glück und Ortskenntnis. Nachdem sie ihre Nachtschicht angetreten hatte, habe ich ihn sehr genau nach dem Haus ausgefragt, und er konnte sich noch daran erinnern, daß sie zum Einkaufen einmal in einen Ort namens Huguenot gefahren sind. Der Name war ihm im Gedächtnis geblieben, weil Gus ihm jeden Abend vor dem Einschlafen *Die drei Musketiere* vorgelesen hat – ganz schön ordentlich für einen sechsjährigen Knirps! Und nach gründlichem Nachdenken glaubte er sich an einen Fluß namens Kill River erinnern zu können.«

»Huguenot? Irgendwo oben in den Catskills?«

»Nein. Und auch nicht das bei New Rochelle«, sagte James aufgeräumt. »Viel näher.«

Bo schaute ihn durch halbgeschlossene Augen an und stieß

langsam eine Rauchwolke aus, indem er, so weit es ging, die Unterlippe vorschob. Mit seinen langen, schönen, schmutzigen, farbverschmierten, nikotingelben Fingern klopfte er auf die rotweißkarierte Papiertischdecke.

»Sei bloß nicht so verdammt blasiert und selbstzufrieden, Süßer«, maulte er. »Woher hast du denn nun von diesem anderen Huguenot erfahren?«

»Weil zufällig der Großvater eines meiner Studenten dort starb und er zu seiner Beerdigung fuhr. Einen anderen Grund, das Kaff zu besuchen, kann ich mir auch nicht vorstellen.«

»Angenommen, du hättest nun nicht soviel Glück gehabt? Was dann?«

»Dann hätte ich eben ein anderes, genauso geeignetes Plätzchen für ihn gefunden«, sagte James gleichgültig. Er schob sich zwei Bissen Schinkenspeck in den Mund und kaute kräftig. Mit seiner weißen Haarmähne und seinem langen, schmalen, intelligenten Gesicht sah er aus wie ein listiger Dachs, dachte Bo nicht zum erstenmal; attraktiv, aber eben nicht ganz wie ein Mensch; seine ziemlich engstehenden, blaßgrauen Augen hatten etwas Wachsames und dennoch Distanziertes; sie musterten, sie prüften, doch dann sahen sie rasch weg; jedem Blick wichen sie aus; häufig machte er den Eindruck, als sähe er auf eine innere Uhr und fragte sich, ob es Zeit sei zu gehen. Tatsächlich hatte James die nützliche atavistische Fähigkeit, immer auf die Minute genau zu wissen, wie spät es war; dabei trug er nie eine Uhr bei sich.

»Dann bist du also hingefahren und hast dich umgetan?«

»Ich bin hingefahren und habe mich umgetan. Und das Haus habe ich wiedergefunden – bemerkenswerterweise fast genau so, wie er es mir beschrieben hatte –, auch das nicht schlecht nach zehn Jahren. Natürlich muß man berücksichtigen, daß es in der Zwischenzeit mehr oder weniger heruntergekommen ist, die rosigen Schimmer der Jugenderinnerungen davon abziehen und so fort. Statt inmitten einer riesigen, unberührten Wildnis steht es – wo es eben steht.«

»Und steht es wirklich leer?«

»Leer, und langsam zerfällt es. Das Land ist zu sumpfig zum Bauen; deshalb mußten die Baulöwen die Finger davon lassen, obwohl sie sonst jeden Quadratmeter mit schachtelgroßen Häuschen vollstellen, so dichtgedrängt wie Grabsteine – und so ziemlich mit derselben Funktion. Von der Enkelin des Alten habe ich erfahren, daß der Verein für Lokalgeschichte es gern kaufen möchte, aber zur Zeit das Geld nicht aufbringen kann, denn mit ihrem städtischen Wiederaufbauprogramm haben die sich völlig verausgabt. Es will auch niemand dort wohnen, weil das Haus keine Annehmlichkeiten wie fließend Wasser und Strom bietet – der alte Knabe hat sich nie darum gekümmert – und weil es in einer gottverlassenen Gegend liegt. Als ich ihr anbot, es für einige Monate zu mieten, hat sie sofort zugegriffen.«

»Und wo hält sich der Alte auf?«

»Der stirbt langsam an Krebs im Pflegeheim Pleasant Plains.«

Bo schüttelte sich und zog an seiner Zigarette. »Und was ist mit der Enkelin? Wird sie sich an dich erinnern?«

»Nicht die Bohne, mein Lieber. Ein habsüchtiges kleines Luder mit verrückter Frisur, nur daran interessiert, schnell ein paar Dollar zu verdienen, ohne etwas dafür tun zu müssen. Ich hatte eine Sonnenbrille auf und eine kastanienbraune Perücke im Afro-Look, die würde mich nicht mal von Ludwig van Beethoven unterscheiden können.«

»Hast du bar bezahlt?«

»Klar. Ich hab die Schlüssel und die Erlaubnis, zu tun und lassen, was ich will. Es gibt einen eisernen Ofen, einen Holzstoß und das Nötigste an Möbeln – Tisch, Stühle, Bett.«

»Was hast du denn nun vor?«

»Ich bin in die Stadt gefahren und habe mich mit einem ausreichenden Vorrat an Lebensmitteln, Kerzen, Streichhölzern, sogar Toilettenpapier eingedeckt, sämtliche Luxusartikel. Der komplett ausgerüstete Schiffbrüchige. Der schweizerische Robinson hätte es nicht besser machen können. Der Junge braucht keinen einzigen Schritt mehr aus dem Haus zu tun.«

»Und der Bonus?« fragte Bo mit gedämpfter Stimme, indem er auf seine Hände niederblickte.

»Und der Bonus.« James senkte seine Stimme entsprechend. »Also, das einzige, was der nette Mann zu tun hat, ist zurückfahren, ihn – ohne das Mädchen – abholen und auf Umwegen hinbringen. Dann gehen wir über zur Phase zwei. Lehnen uns zurück und warten auf Phase drei.«

Bo schaute auf. Seine Augen waren voller Kummer. »Ich wünschte, es würde nicht *ihm* passieren.«

»Mein Lieber, was macht es schon? Er ist doch sowieso nicht mehr lange von dieser Welt. Jede andere Welt würde besser zu ihm passen. Der Junge hat einen echten Todeswunsch, wie ich ihn noch nie erlebt habe. Schlag ihn dir aus dem Kopf. Es gibt genügend andere gute Fische im Meer. Oder zumindest andere Fische.«

Bo machte die Wangen hohl und zog an seiner Zigarette. Mehr denn je sah sein Kopf wie ein Totenschädel aus. »Er ist das einzige, was mich noch an Gus erinnert.«

»Ach, Gus, Gus! Ihr seid alle verrückt nach diesem elenden Gus«, sagte James. »Was war denn schon so Besonderes an ihm?«

»Er war etwas Besonderes. Ich habe mir zwar oft einzureden versucht, er wär's nicht, aber er war es eben doch.«

»Du hast doch nur das Bedürfnis, etwas Besonderes in ihm zu sehen. Er ist gestorben wie alle anderen auch. Hing am Leben und versuchte seine Klauen in irgend etwas hineinzukrallen, bevor er strampelnd davongeschleppt wurde. Außerdem war der Junge gar nicht von ihm – eine echte Verbindung gibt's also gar nicht.«

»Sei nicht so prosaisch, Jem. Gus hat eine Menge von sich an den Jungen weitergegeben. Und keine Witzeleien, wenn ich bitten darf. Er hat Gabriel geliebt.«

»Na schön, hat er ihn halt geliebt«, sagte James geduldig. »Natürlich hat er das. Scheint ja ein netter Junge zu sein. Ein netter junger Bursche mit einem Todeswunsch. Dir nützt er nichts. Dann laß ihm doch seinen Wunsch. Denk doch mal an all die Vorteile, die dabei zusammenkommen: Freiheit, Sicherheit, endlich Unabhängigkeit von dieser gräßlichen Bella, die dir dein ganzes Leben lang das Blut ausgesaugt hat wie ein Vampir – *und* ein Tritt in den Hintern für Thomas.«

»Du hältst es für ausgeschlossen, daß er den Jungen findet? Thomas?«

»Wie sollte er denn? Du sagst doch selbst, daß er von seinem Rheuma und dem Zeug, das er dagegen einnimmt, völlig erledigt ist. Und sonst weiß doch gar niemand, wo der Junge jetzt oder demnächst ist. Er hat mir erzählt, er hätte seiner Großmutter nicht verraten, wo er steckt – hat gesagt, er will nicht, daß die alte Dame behelligt wird. *Sie* kann Thomas also keine Auskunft geben. Und Thomas kennt das Mädchen nicht. Weiß nicht einmal, daß sie existiert. Und selbst wenn, soviel sie weiß, könnte Gabriel sich ebensogut auf der Osterinsel aufhalten. Der Junge wird ihr schon nichts verraten. Ich habe ihn davor gewarnt, und er hat zugestimmt. Nur um ganz sicherzugehen.«

Bo nickte mehrere Male bedächtig. »Trotzdem, ich wünschte, diese verfluchte Bella hätte Thomas nicht herüberkommen lassen«, sagte er langsam. »Der geht mir wirklich auf den Wecker. Jedesmal wenn ich ihn sehe, fallen mir wieder die Bilder ein. Ich könnte ihn umbringen. Ich könnte ihm mit dem größten Vergnügen die Hände um den Hals legen und zudrücken, bis seine Augen hervortreten wie Erbsen. Sechs Monate Arbeit! Und die besten Werke, die ich je geschaffen habe.«

»Mach dir doch nichts vor. So etwas schaffst du doch spielend noch mal.«

»Nein, eben nicht. Nie wieder. Das war das schöpferischste Jahr meines Lebens. Jetzt kann ich mich nicht mehr damit abgeben. Ich habe keine Einfälle mehr.«

»Du verwendest zuviel Energie darauf, deine schmarotzende Schwester durchzubringen. Du lebst zu angespannt. Wenn du es dir erst einmal leisten kannst, wegzufahren – zu reisen – neue Gegenden kennenzulernen ...«

»Das erzählen einem die Leute immer.« Heftig drückte Bo die Kippe aus und zündete sich eine neue Zigarette an.

»Wenn du finanziell abgesichert bist, mußt du wenigstens nicht mehr malen. Kannst es tun oder bleibenlassen, ganz nach Lust und Laune. Wenn du nicht mehr *mußt*, malst du ja vielleicht wieder.«

»Und wenn ich daran denke, daß dieser elende Trottel sich nicht einmal mehr daran *erinnert«*, brummte Bo, und mit seinem langen, angeknabberten Daumennagel schlitzte er den erloschenen Zigarettenstummel auf und verstreute den angekohlten Tabak auf den rot-weißen Karos.

»Na, du kannst ihn ja irgendwann einmal daran erinnern.«

»Hab ich auch vor.«

»Hör zu, Süßer, immer mit der Ruhe, ja? Wir wollen das Unternehmen nicht in den Sand setzen, nur weil du einen kleinlichen Groll hegst. Ehrlich gesagt, war diese Geschichte mit der Schallplatte ziemlich kindisch und witzlos. Stell dir mal vor, er wäre früher gekommen und hätte dich angetroffen?«

»Das ging ja nicht. Ich hab Crusoe & Selkirk angerufen und mir die Flugdaten bestätigen lassen. Und dann hab ich am Fenster Ausschau gehalten und ihn die Straße entlangwanken sehen, wie so ein Zombie mit seinen Taschen. Ich hatte genügend Zeit, die Platte aufzulegen, abzuschließen und über die Feuerleiter aufs Dach zu klettern, bevor er sich mit seinem Gepäck die Treppe heraufschleppte.«

»Na, hoffentlich hat's dir gutgetan«, bemerkte James trocken.

»Ja, das hat es. Hat es in der Tat. Aber nicht so gut, wie es mir gehen wird, wenn ich ihm irgendwann einmal alles, was ich von Gabriel weiß, verklickere. *Alles*, was ich weiß. Der Junge lastet schwer auf Thomas' Gewissen, wie ein – wie ein Albatros. Thomas hat ein so schlechtes Gewissen, daß er ganz naß ist – er trieft nur so davon. Er badet darin. Als Bella ihn losgeworden ist, wollte er Gabriel adoptieren. Aber davon wollte sie natürlich nichts wissen.«

»Wer hat sich von wem scheiden lassen?« fragte James und träufelte sich Sirup über eine weitere Waffel.

»Ach, sie hat sich von ihm scheiden lassen. Grausamkeit. Unverträglichkeit. Unbeständigkeit. Meine Bilder und so weiter. Er hat's nicht angefochten. Hat Briefe nicht beantwortet. Schien wie niedergeschmettert von alledem.«

»Was war mit dem Jungen? Wie hat er reagiert?«

»Hat sich mehr und mehr auf sich selbst zurückgezogen. Einmal hab ich ihn gefragt, was er von Thomas' Angebot hielt, ihn zu adoptieren, worauf er ein unglückliches Gesicht machte, wie er das so tut, und sagte, es geschähe aus den falschen Beweggründen. Ich glaube, irgendwo mochte er Thomas, aber einmal erzählte er mir, er habe stets den Eindruck, daß zwischen ihnen eine Mauer von Unehrlichkeit stehe.«

»Was für ein Schnösel!«

»Ja, das ist er... Ich denke, aus jedem, der abwechselnd von Bella und Gus erzogen wird, muß wohl ein ziemlich verrückter Typ werden.«

»Na ja, es sind Schnösel, die die Welt voranbringen... Was, meinst du, wird aus Bella werden?« fragte James nach einer Pause, wobei er sich die letzte Tasse Kaffee einschenkte.

»Weiß der Himmel. Ist mir scheißegal.«

»Bist du dir da *sicher*? »Das hast du nun schon so viele Male gesagt – und dann ist sie heulend angekommen, und ihr habt euch wieder ineinander verbissen.«

»Sobald ich unabhängig bin, kann sie von mir aus zum Teufel gehen. Vielleicht kehrt sie ja zu Arthur Dingsda zurück. Ich habe ihr oft genug aus der Patsche geholfen. Ich hab sie mit Gus verkuppelt und ihrem Leben Halt gegeben. Obwohl er zu schade für sie war. Ach, warum mußte er nur *sterben*?« platzte Bo in erbittertem Zorn los. »Gus war das Beste, was mir je passiert ist. Manchmal denke ich, das einzig Gute.«

»Das ist nicht sehr kameradschaftlich von dir«, stellte James fest und trank seinen lauwarmen Kaffee.

»Werd mir nur nicht schwermütig, Jem«, sagte Bo und schob die Tabakkrümel mit dem Fingernagel zu einem Muster zusammen. »Die Sache mit Gus war, daß er die individuelle Integrität eines Menschen respektierte. Würde. Gleichgültig, wer dieser Mensch war... So ist er zum Beispiel der einzige Mensch, der mich je mit meinem richtigen Namen angeredet hat.«

»Welcher lautet?«

»Calvin.«

»*Calvin*? Das hast du mir nie gesagt. Ich dachte, dein Name wäre Hugh und du hättest ihn abgelegt, weil er unglückselige Assoziationen hatte?«

»Calvin ist mein zweiter Vorname. Hugh Calvin Farragut. Und Bella heißt Daphne Bella Farragut.«

»Ich hätte Calvin doch benutzt, wenn du mich nur darum gebeten hättest.«

»Oh, gewiß. Aber Gus hat sich die Mühe gemacht, ihn herauszufinden, und weshalb mir der Name Bo so verhaßt war.«

»Ich wußte nicht, daß dir auch der Name Bo so verhaßt war. Warum hast du mir nichts davon gesagt? Was du doch für 'ne Menge Komplexe hast! Was soll denn an Bo so schlimm sein?«

»Auch das hab ich Onkel Hugh zu verdanken. Der liebe Onkel Hugh, sein Geplauder wimmelte ja nur so von Euphemismen. Die er selbst erfand. Sex war das olle Humpa-Humpa. Huren waren Spielautomaten. Verschiedene Körperteile hatten verschiedene drollige Decknamen. Scheiße war Quark und Molke. Der Gang zum Klo eine Reise nach Pango-Pango. Das männliche Glied hieß, frag mich nicht warum, Kapuzinerkresse. Das weibliche Gegenstück war Kohlsalat. Brüste hießen Itsy-Bitsys. ›Uh, die hat vielleicht schöne Itsy-Bitsys!‹ rief er beim Fernsehen immer. Ich kann dir die unsäglich abgeschmackte Geziertheit von Onkel Hughs Geplauder nicht beschreiben. Die ganze Zeit brachte er diese Ausdrücke an. Zog sie gewaltsam an den Haaren herbei. Hatte er sie erst einmal geprägt, wollte er sie wohl auch so oft wie möglich benutzen. Wenn man ihm zuhörte, hatte man den Eindruck, *Portnoys Beschwerden* sei von Enid Blyton neu geschrieben worden.«

»Du armes Wurm«, sagte James grinsend. »Vergewaltigt von einem Euphemisten. Schlimmer als der Tod. Und weiter?«

»Hughs Bezeichnung für Arsch war im allgemeinen *derrière.* ›Mach endlich voran‹, rief er, ›oder ich muß dir meine *bottine* in den *derrière* treten.‹ Er hatte eine Art näselndes Kichern, ein Säuseln, das seine idiomatischen Wortprägungen begleitete; ich hab's noch genau im Ohr. Ein anderes Wort für Arsch – frag mich nicht nach der Etymologie – war *bohu.* Vielleicht kommt's vom französischen *tohu-bohu.* Ausgesprochen hat er's englisch: bo-hew. Und weil ich von unserer dämlichen Mutter Beau genannt wurde und mein Name Hugh ist, konnte er mit Vertauschungen und Variationen meines Namens ungezählte etymologische Späßchen treiben. Unser Allerwertester. Unser kleiner Bütterich. Unser jugendlicher Sterz. *Amo, amas*, ich liebe ein Aas. Monatelang hat er mich Hokuspokustokus genannt.«

»Wie hat sie darauf reagiert?«

»Ach, natürlich hat sie ihn auch verabscheut, aber nicht so sehr wie ich. Ihr gegenüber führte er sich nicht ganz so sadistisch auf. Obwohl ich meine, daß er für ihre sadomasochistischen Spielchen mit Artie und Peter verantwortlich ist. Jedenfalls ging sie leider dazu über, mich Bo zu nennen, und der Name hing mir noch in der Schulzeit nach, und als ich meine erste Ausstellung hatte, griff irgendein Journalist ihn auf, und seitdem werde ich ihn nicht mehr los.«

»Von jetzt an werde ich dich Calvin nennen. Und dich entsprechend behandeln. Warum hast du mir nur nie davon erzählt?«

»Abgesunken in den Sand des Unbewußten. Nie nach oben geschwemmt worden. Gus hatte da eine Theorie – hab ich dir schon einmal davon erzählt? –, daß wir lernen sollten zu überwintern. Anscheinend hat der Winterschlaf mit Testosteron zu tun; wenn man Menschen das Blut überwinternder Bären infjziert, könnte es sein, daß sie in einen Zustand zeitweiliger Leblosigkeit übergehen, daß die Körpertemperatur abfällt und so weiter.«

»Wozu soll das nütze sein? Ich möchte lieber wach sein, solange ich hier bin. Ich verstehe den Zusammenhang nicht.«

»Na, einmal könnten wir uns so lange Perioden der Langeweile vertreiben – Raumflüge, Seereisen oder die Trennung vom Geliebten. Gus' Hauptargument war, daß der Tod am häufigsten in bestimmten Zeiträumen eintritt, die mit der Sonne zu tun haben – Februar in der nördlichen Hemisphäre, Juli in der südlichen. Wenn man sich vier Monate lang schlafen legt und die kritische Periode überbrückt, wird man zweimal so lange leben.«

»Das solltest du dem kleinen Gabriel erklären. Vielleicht würde ihm ein Winterschlaf zugute kommen.«

»Scht«, sagte Bo und blickte sich in dem fast leeren Lokal um.

»Aber ich begreife immer noch nicht recht, was das mit deinem Namenskomplex zu tun hat.«

»Ein viermonatiger Stillstand der Denktätigkeit – all die zusätzliche Traumzeit – würde dem Unbewußten dabei helfen, schlimme Erfahrungen dieser Art angemessen zu verarbeiten. Wir würden alle ruhiger und vernünftiger sein. Ich hätte mir schon längst alles von der Seele geträumt.«

»Die Vergangenheit zurückschauend einschmelzen.«

»Wie Thomas es bestimmt gern würde.«

»Wer denn nicht? Ich dachte, du hättest gesagt, er erinnert sich nicht mehr an die Sache mit deinen Bildern?«

»Tut er auch nicht. Das Thema hat Bella angeschnitten, und er wußte nicht, wovon sie sprach. Ich meinte wegen Gabriel.«

»Ach so.«

»Dieser alberne, selbstgefällige Hornochse! Hat doch tatsächlich die Stirn, sich als Moralapostel aufzuspielen – dauernd meckerte er über Bellas schreckliche Verworfenheit, weil sie ihn gleich nach dem Unfall zu sich ins Bett gezerrt hatte. Und dann diese ganze theaterbesessene, pubertäre, verstiegene, kitschige Backfischschwärmerei für Gus, den er nicht einmal *kennengelernt* hat. Dieser Anspruch, daß er, nur weil er sich in die Familie eingeschlichen hat, irgendwie *Anteil* an Gus hätte. Der sentimentale Narr!«

»Du bist eifersüchtig«, stellte James leidenschaftslos fest. »Wie du auf Bellas Beziehung mit Gus eifersüchtig warst.«

»Und wenn schon! Wenigstens mache ich mir, was meine Gefühle angeht, nichts vor.«

»Eifersucht wegen eines Toten ist eine ziemlich törichte Vergeudung emotionaler Energie.«

»Von *der* habe ich übergenug.«

»Himmel noch mal«, sagte James nüchtern, »verschwende nicht noch mehr davon an Bella. Wenn du diesmal von ihr loskommst, *laß sie in Frieden.* Du sagst, du hilfst ihr immer wieder aus der Patsche. *Ich* muß dauernd *dir* aus der Patsche helfen. Und ich habe es so oft getan, daß ich nicht weiter dazu bereit bin. Wenn du mir noch mal was versaust, bin ich derjenige, der seinen Winterschlaf antritt. Meine emotionale Energie ist nicht so unerschöpflich wie deine.«

Er erhob sich und schob eine Hand unter Bos Ellbogen. »Komm jetzt, es wird Zeit, daß ich zurückfahre und den armen Rufus abhole. Und die Sache in Gang bringe.«

»Weshalb hast du Rufus das zweite Mal zurückgelassen?«

»Ich habe gesagt, daß er lange Autofahrten haßt – eine dreiste Lüge, nichts liebt er mehr; er würde mir nie verzeihen, wenn er wüßte, daß ich ihn verraten habe. So hab ich Gabriel gebeten, sich netterweise weiter um den Hund zu kümmern, bis ich von meiner Sucherei nach der Mühle zurückkomme. Natürlich war er gern dazu bereit.«

»Warum hast du das getan?«

»Für den Fall, daß der Junge es mit der Angst zu tun bekommt, den Drang verspürt, sich aus dem Staub zu machen, bevor ich wieder aufkreuze. Er ist so ein gewissenhafter kleiner Kerl – ich wußte, wenn er sagt, er wird nach dem Hund sehen, dann fühlt er sich verpflichtet dazubleiben, bis ich wiederkomme.«

Bo blickte James unter seinen schweren Lidern hervor an. »Mein lieber Mann! Was für ein Menschenkenner! Und welche kleine Aufgabe wirst du mir anvertrauen, damit ich nicht durchbrenne, bis du wiederkommst?«

»Kümmere du dich um Bella«, sagte James. »Sorg zum letzten Mal dafür, daß sie keine Dummheiten anstellt. Und daß du mir selbst auf keine dummen Gedanken kommst!«

12

Thomas 1974

Thomas träumte. Im Auftrag von Bella, die einige Pflanzenzeichnungen wollte, welche Bo ihr versprochen hatte, war er zu dessen Atelier gegangen.

Das Atelier, Teil der alten Stallungen von Fynche Place, lag in der Mitte des Wanborough Common, erstaunlich abgeschirmt und ländlich für einen Flecken, der nur fünf Meilen von Westminster entfernt war. Bo erzählte, bei Nacht höre er Eulen, Füchse, ja sogar Dachse. Er schlief dort auf einem Feldbett, kochte auf einem Primuskocher, wusch sich im Kaltwasserbecken. Sechs große Glasscheiben im Dach ließen ein kaltes, gleichmäßiges Licht ein. Eine Heizung gab es nicht, aber Bo schien die Kälte nicht zu spüren. Nie kam jemand vorbei außer Golfspielern und kleinen Mädchen, die auf Ponys ritten. Bo interessierte sich weder für Golf noch für Ponys, und auch nicht für kleine Mädchen.

Es war ein wunderschöner Frühlingstag, linde Luft mit einem winzigen Beigeschmack von Frost. Grüne Blätter, die sich entkräuselten. Das krümelnde Erdreich warm und trocken. Vögel, die ihre Frühlingslieder erprobten. Knirschend ging Thomas den schmalen Aschenpfad entlang zur Stalltür und klopfte an. Als niemand öffnete, drückte er die Tür auf, die sich vor Feuchtigkeit so verzogen hatte, daß sie nicht mehr richtig schloß, und trat ein.

Die Luft war von dichtem, stinkigem Zigarettenqualm erfüllt. Tage um Tage geballten Rauchs. Das Atelier roch wie ein alter, dreckiger Eisenbahnwagen. Thomas' Augen begannen schmerzhaft zu brennen, und er mußte blinzeln, als er durch den blauen Dunst spähte.

In dem Raum herrschte ein heilloser Wirrwarr. Farbtuben, Zeitungen, Zeitschriften und riesige wacklige Stapel alter 78er Schallplatten lagen auf dem Boden verstreut, dazwischen Apfelsinenschalen, Zigarettenstummel, Eierschalen und Schokoladenpapier. Wie gewöhnlich saß Bo auf seinem Küchenstuhl vor seinem Arbeitstisch, der bis in Schulterhöhe mit weiterem Krimskrams überhäuft war – Papierrollen, Öl- und Whiskyflaschen und Gegenstände, die es Bo angetan hatten und die er mit nach Hause geschleppt hatte: ein toter Vogel, ein Stück Treibholz, ein dreieckiges rot-weißes Verkehrsschild, einige Verpackungsteile aus Styropor.

Wie er so an all dem aufgeschichteten Durcheinander vorbei durch die dunstige, verräucherte Luft spähte, erblickte Thomas zu seiner Beunruhigung in der gegenüberliegenden Ecke des Zimmers Loraine; wohlig hatte sie sich in einem alten Liegestuhl zurückgelehnt und ihre dicken Waden und Füße auf einem Pappkarton gelagert. Sie trug ihren schmuddeligen alten malvenfarbenen Mantel und ein buntgemustertes Kopftuch aus Kunstseide, hatte ihre juwelenbesetzte Brille auf und ihre gummibesohlten flachen Hausfrauenschuhe aus Segeltuch von Marks & Spencer an. Auch sie rauchte; aus einem Winkel ihres zugeklappten Mundes ragte keck eine Zigarette.

»Na so was, Thomas!« sagte sie. »Dich haben wir erst in einer Stunde erwartet. Wir dachten, du wolltest deinen Vater besuchen. Bist du deswegen nicht losgefahren? Der arme alte Knabe, der wird aber enttäuscht sein.«

»Das geht doch nicht, Thomas«, sagte Bo kopfschüttelnd. »Wie lieblos. Kein Respekt vor deinen Eltern. Das geht aber nun wirklich nicht.«

»Thomas«, sagte Loraine, »wir sind enttäuscht von dir. Ich fürchte, wir werden Gabriel mitteilen müssen, daß du in der Nacht, als er im Krankenhaus lag, nichts Eiligeres zu tun hattest, als mit seiner Mutter zu schlafen...«

»Auf dem Fußboden in der Kapelle pausenlos mit ihr zu bumsen«, fügte Bo in gelangweilt schleppendem Tonfall hinzu und drückte aus einer Tube einen langen Wurm violetter Farbe auf einen zerbrochenen Porzellanteller.

»Und Bella – und dein Vater – die müssen es alle erfahren, fürchte ich, es sei denn, du...«

»Es sei denn, was?« versuchte Thomas zu schreien, doch seine Zunge klebte ihm am Gaumen.

»Ich mag keine Scherereien, verstehst du?« verkündete Loraine in einem hohen, harten Tonfall, der keinerlei Ähnlichkeit mit ihrer normalerweise rauhen, tiefen Stimme aufwies. Thomas war sich sicher, daß sie diese absichtlich ausgebildet hatte, um ihre Untergebenen und Leute, die sie beherrschen wollte, zu beeindrucken und einzuschüchtern. »Nein, ich mag keinen heimlichen Groll und keine Hinterhältigkeit, ich möchte, daß alles offen und ehrlich ausgetragen wird.«

»Aber wem soll damit gedient sein, wenn du's ihnen jetzt erzählst?« wollte Thomas wissen. »Und warum hast du's Bo erzählt?«

»Woher weißt du, daß ich es Bo erzählt habe?« fragte Loraine und sah ihn mit rätselhaft geneigtem Kopf an.

»Nun, anscheinend ist er im Bilde. Wer sonst hätte es ihm erzählen können?«

Zu seiner Verärgerung ging keiner von beiden darauf ein. Loraine stand auf und begann aufzuräumen; sie fand einen Besen und versuchte auszufegen. Eine Staubwolke stieg auf, und die Luft wurde noch stickiger.

»Bitte *laß* das doch, Süße«, sagte Bo lustlos.

»Aber ich räume doch nur deine Unordnung auf.«

»Ich will's aber nicht. Bitte, pflege deine Selbstachtung doch auf andere Weise. Ich hasse Leute, die etwas für mich tun und sich dabei vormachen – mir gewiß nicht –, sie seien ungeheuerlich hilfreich. Deswegen könnte ich ja auch nie jemanden einstellen, der für mich arbeitet; was für ein grauenerregendes Verhältnis. Setz dich doch, Herzchen, du machst mich noch ganz nervös. Bring mir eine Torte, eine von deinen Kalorienbomben, wenn dir danach ist, aber dieses Herumhantieren an meinen Siebensachen ist etwas ganz anderes. Also gib dich damit zufrieden, nach Bella zu sehen und *bei ihr* Ordnung zu halten. Du weißt, du hast diesen leichten Hang zum Erpresserischen; ich möchte lieber keins von deinen Opfern sein, sonst müßte ich dich am Ende noch umbringen.«

»Was für eine merkwürdige Vorstellung von Erpressung du doch hast«, entgegnete Loraine ruhig. »Ein Erpresser ist jemand, der Geld oder Zugeständnisse für sich herausholt. Aber was soll ich denn dabei gewinnen?«

»Du willst uns dazu erpressen, dich zu lieben, mein Engel«, erwiderte Bo, ergriff einen langen Pinsel und trat zur Wand, wo er mit großen, breiten Strichen die Poster und Zeitungsausschnitte zu übermalen begann, die dort angeheftet waren. Nein, was er benutzte, war kein Pinsel, es war eine Dose Sprühfarbe. Bei so viel Qualm war es wirklich schwer, etwas zu erkennen.

»Aber man kann zarte Leidenschaft nicht mit nackter Gewalt erzwingen, weißt du. Zarte Leidenschaft! Was für ein wahrhaft viktorianisches Mißverständnis! Wenn Leidenschaft etwas nicht ist, dann zart. Freilich, ich schweife ab. Wir wollten wissen, was Thomas zu tun gedenkt, nicht wahr? Also was gedenkst du zu tun, Thomas, wenn wir deiner Mutter *alles* über dich erzählen?«

»Meiner Mutter«, setzte Thomas an. »Aber sie ist doch tot…«

An dieser Szene stimmte doch wohl etwas nicht. Zum einen hatte sie sich nicht in Bos Atelier abgespielt, sondern in der Küche von Nummer achtunddreißig, und Bo war nicht dabei gewesen… oder vielmehr, die Szene im Atelier hatte sich ein andermal zugetragen.

Mit einem schreckhaften Ruck begriff Thomas, daß er wach war, Schmerzen hatte: Feucht, steif und unbequem lag er auf einer Bank im Central Park. Nachdem er Bella verlassen hatte, war er in den Park gegangen, um sich für ein paar Minuten in die Sonne zu setzen. Aber wie lange war das jetzt schon her? Inzwischen hatte die Sonne sich verzogen, graue Wolken bedeckten den Himmel, und es regnete ziemlich heftig.

Mühevoll rappelte er sich auf und verfluchte seine stupide Sorglosigkeit. Im Regen einzuschlafen – wie dumm von ihm! Er konnte von Glück sagen, wenn er nicht mehrere Tage lang fast vollständig lahmgelegt war. Und – wie spät war es? In einem Anfall von Panik blickte er auf seine Uhr – waren die Banken schon geöffnet? Aber er stellte zu seiner Erleichterung fest, daß es noch längst nicht neun war – er konnte nicht mehr als ein paar Stunden geschlafen haben.

Doch was für ein sonderbarer Traum! Im Geist hatte er zwei völlig verschiedene Erinnerungen verwoben, die durch eine Zeitspanne von mehreren Jahren voneinander getrennt waren. Die schreckliche, unerfreuliche Unterredung mit Loraine in der Küche von Nummer achtunddreißig. Und das eine Mal, als er, nicht lange nach seiner Heirat mit Bella, in Bos Atelier vorbeigeschaut hatte und dort zu seiner Überraschung Loraine angetroffen hatte, die sich in vermeintlich völlig unpassender Umgebung und Gesellschaft behaglich und wie zu Hause fühlte. Wieso waren Bo und sie so gute Freunde? Thomas hatte nie herausfinden können, welch merkwürdige Seelenverwandtschaft sie zusammenführte. Vielleicht war es ihr Bedürfnis zu bewundern, und seines, bewundert zu werden? Sie hegte eine Art blinder, snobistischer Verehrung für jede Form der Kreativität – einer ihrer naiveren Charakterzüge; diese verbarg sich hinter dem unermüdlichen Gemäkel, mit dem sie Bella dazu drängte, ihr mittelmäßiges Talent aufzufrischen und ihre nicht sonderlich lohnenswerte Karriere wiederaufzunehmen. In Loraines Augen war Bo schöpferischer Adel, reines Gold; ihre besten Damastservietten hätte sie vor ihm in den Schlamm geworfen, daß er darauf herumtrampele. Wenn er es zuließ, erwies sie ihm unaufhörlich Gefälligkeiten. Und Bo, trotz seines Zynismus und seiner höhnischen Bemerkungen zu Bella über ihren »dienstbaren Elefanten«, ihren »aufopfernden Triefel«, ihr »Zwei-Tonnen-Laster«, trotz seiner Behauptung, daß er es haßte, wenn man etwas für ihn tat, schien zu dulden, daß sie ihm Mahlzeiten und Kuchen ins Atelier brachte, Kleider zum Reinigen und Stopfen mitnahm, Lebensmittel einholte und Briefe aufgab. Führten sie Gespräche, schenkten sie einander Vertrauen? Thomas hatte es nie herausgefunden. Sie brachte ihm Geschenke, über die er hinter ihrem Rücken spöttelte.

Aus irgendeinem Grunde erinnerte Thomas sich plötzlich daran, wie er den Haushalt in Wansea aufgelöst hatte, nachdem sein Vater schließlich 1968 gestorben war – diese endlosen Schubladen voller ungebrauchter Socken von ungezählten Weihnachtsfesten.

»Anscheinend haben sie seine Haut sehr gereizt«, sagte die Haushälterin. »Solche hat er nie getragen, nur wollene Socken von Woolworths. Aber er ließ nicht zu, daß ich es Ihnen sage, und auch nicht, daß ich sie der Wohlfahrt gebe – hat sie einfach dabehalten, so wie er alle Sachen Ihrer Frau Mutter behalten hat.«

Irgendwo tief drinnen, tief vergraben, mußte Vater die Fähigkeit zu lieben gehabt haben, daß er Fanny so lange so schmerzlich zu vermissen, Harold Wilson so nachhaltig zu hassen vermochte – weshalb konnte ich ihm diese Liebe nie entlocken oder selbst etwas für ihn empfinden, für diesen traurigen, dürren Stockfisch von einem Mann? Armer Samuel, seit sechs Jahren tot, und arme Loraine, ihre Arbeit, ihre Hilfe, ihre Vermittlungsdienste am Ende alle abgewiesen. Hatte irgend jemand in ihrem ganzen Leben sie jemals wirklich geliebt? Oder hatte sie jedes freundliche Wort, das man ihr schenkte, mit Liebedienerei und Speichelleckerei erkauft? Das Leben mancher Menschen, mutmaßte Thomas, muß so verlaufen; Liebe, gegenseitige Liebe, ebenso wie ein eigenes Einkommen, ein Haus und ein Garten, ausreichend zu essen, ein würdiger Tod – all das sind noch keine allgemein zugänglichen Luxusgüter und dürften es auch kaum jemals werden.

Es ist verrückt, hier im Regen zu sitzen; wach endlich richtig auf, reiß dich zusammen, du Narr. Steh auf, geh und hol das Geld von der Bank, geh zum Stake-Out.

Aber er fühlte sich abgemattet, so als hätte sich die Erdanziehungskraft über Nacht verzweifacht, und sein Körper wäre so schwer wie Blei geworden, so träge wie Blei.

Wenn ich Gabriel finde, wenn ich ihn je dazu überreden kann, zurückzukommen und sich operieren zu lassen, vielleicht kann ich ihn dann auch gleich dazu überreden, hinterher mit mir an irgendeinen warmen Strand in Afrika zu fahren, wo wir tagelang in der Sonne liegen, miteinander reden und uns entspannen können und endlich alles in Ordnung bringen, zum Anfang zurückfinden und von vorn beginnen können.

Er richtete sich auf und spürte angstvoll, wie das Blut in einem ersten Andrang seine gelähmten Beine durchströmte und seine verkrampften, schmerzenden Hände lockerte.

Die Bank, die er sich ausgesucht hatte, stand unweit von einem kleinen See, eigentlich einem Ententeich, nahe der Freilichtbühne. Auf dem gegenüberliegenden Seeufer war das Gelände zu einer baumbestandenen Anhöhe gestaltet worden. Während er still dalag, benommen seine Gedanken sammelte, seinen Traum abzuschütteln und sein Bewußtsein vollends wachzurütteln versuchte, hatte Thomas halb unbewußt das Verhalten zweier Jugendlicher beobachtet, die in einiger Entfernung unter den Bäumen auf der Anhöhe jenseits des Sees saßen. Sie waren zu weit entfernt, als daß er ihre Gesichter erkennen konnte, und ihre Kleider glichen sich ziemlich, aber er nahm an, daß es sich um einen Jungen und ein Mädchen handelte, wegen der eher rührend rücksichtsvollen Art, wie sich der Größere der beiden, als der Regen heftiger herniederprasselte, auf die Zehenspitzen gestellt und an dem Baum über ihnen sorgfältig einen aufgespannten Regenschirm aufgehängt hatte; dann hatte er seinen Kopf in den Schoß des Mädchens gebettet. Nicht weit von ihnen lag ausgestreckt ein Hund, dem der Regen auf seinem dicken Fell anscheinend nichts ausmachte. Glückliches Trio...

Thomas wußte, er mußte sich bewegen, er mußte seine widerstrebenden Gliedmaßen zu einem munteren Spaziergang zwingen, aber er fand es fast unmöglich, sich dazu aufzuraffen; so blieb er weiter liegen und fand ein träumerisches Vergnügen an der Aussicht, die sich ihm bot. Die Bäume mit ihren schlanken Stämmen und ihrem spätsommerlich schweren Blätterwerk schienen wie der Kunstgriff eines Malers, der kleine individuelle Szenen rahmt, jede davon zwischen zwei anderen Bäumen: einige farbig gestrichene Eisentische und Stühle vor der Bühne, eine Mutter, die einen Kinderwagen schob, zwei Jungen mit einem Baseballschläger, ein rennender Leichtathlet in Turnhose, ein Mädchen auf einem Fahrrad, ein seltsam unförmiger Mann mit einer Wollmütze, dem eine offensichtlich zahme Taube um den Kopf flog, während er seinen schwankenden, verrückten Kurs um den Teich herum steuerte.

Weswegen berührten ihn die beiden Teenager so stark? Die jungen Dinger, tief in ihr Zwiegespräch versenkt, wirkten so sorgenfrei, so unbeschwert in ihrer Unkompliziertheit. Thomas spürte, wie ihnen sein tiefer Neid entgegenschlug – eigentlich nicht Neid, sondern reine Empathie, reine Liebe. Hätte er näher dabeigestanden und es unbeobachtet tun können, so hätte er sie gern an irgendeiner Stelle berührt, den Kragen des Jungen, die ausgefransten Jeans des Mädchens, ja selbst den Regenschirm oder das Fell des Hundes, als ob so etwas von der verschwenderischen Fülle ihrer Anmut wie durch Zauber auf ihn übergehen könnte.

So empfindet Gabriel die *ganze Zeit*, dachte Thomas. Ich habe miterlebt, wie ihm eine flüchtige Begegnung ans Herz ging: ein blinder Mann in der Oxford Street; wir waren schon zwanzig Meter weitergegangen, als ich bemerkte, daß seine Augen voller Tränen standen. »Leihst du mir bitte eine halbe Krone, Onkel Tom?« sagte er, nahm sie in Empfang und rannte hastig zurück, um sie dem Mann in die Almosenschale zu legen. Der ungeheuer beleibte Mann und der gefangene Vogel damals in St. Paul's – Gabriel war so furchtbar mitgenommen, daß wir gehen mußten, er konnte es nicht ertragen: den Gegensatz, oder war es die Verwandtschaft?, zwischen der Schwalbe, die lautlos, endlos, verzweifelt, qualvoll dort oben in der Kuppel kreiste, wieder und wieder im Rund flog – und dem ungeheuren, grotesken Mann mit den winzigen Füßchen einer Ballerina, der sich unten kläglich gleich auf vier Stühle hatte plumpsen lassen. Der Mann hatte den Vogel nicht gesehen, er war ganz mit seiner eigenen Erschöpfung befaßt. Jetzt weiß ich, wie ihm zumute war. Aber Gabriel wußte es bereits *damals*; ich erinnere mich noch, wie er hinterher sagte: Es schien, als ob der Vogel *im Innern* des Mannes sei, er war so riesig, daß er fast die Kuppel ausgefüllt hätte, und all das hilflose, ermattete Geflatter war die eingesperrte Seele des Mannes, die darin gefangen war. Ob sich Gabriel wohl noch an diesen Tag erinnert? Er muß zehn oder elf gewesen sein; es war mit das erste Mal, daß wir miteinander ausgegangen sind, seit sein Bein geheilt war...

Der Verrückte mit seiner Begleiterin, der Taube, hielt jetzt schwankend auf den Jungen und das Mädchen unter ihrem Schirm zu. Er kreuzte, er schwenkte um, er drehte ab und kam zurück; jetzt blieb er vor ihnen stehen, sprach sie an und wedelte eindringlich mit den Händen. Sein Gesicht konnte Thomas als verschwommenen Flecken erkennen, nicht aber die Gesichter des Pärchens, sie hatten ihm den Rücken zugekehrt. Plötzlich sprang der Junge, ohne sich auf sein rechtes Bein zu stützen, mit einem merkwürdigen, seitlich federnden Schwung auf; eine sehr typische Bewegung. Wieso muß ich dauernd an Gabriel denken? Der Junge ähnelt ihm so sehr, er könnte Gabriels Zwillingsbruder sein...

Unser Instinkt ist viel flinker als unser Verstand. Thomas sah sich auf den Beinen und hörte sich »Gabriel!« rufen, bevor noch sein Verstand zu einer bewußten Schlußfolgerung hinsichtlich der Identität des Jungen gekommen war.

Konnten sie ihn hören, über den See hinweg? Der Junge warf einen flüchtigen Blick in seine Richtung – einen gehetzten Blick? Er ergriff den Schirm, hob ein blaues Kleidungsstück vom Boden auf und pfiff den Hund herbei. Das Mädchen faßte den Verrückten am Arm und drängte ihn zum Südende des Parks; der Hund sprang auf und galoppierte hinter ihnen her. Alle vier entschwanden mit der Geschwindigkeit eines Traums hinter der sanften Bodenerhebung.

Thomas bewegte sich hastig ein paar Schritte nach rechts, dann überlegte er es sich anders und rannte in die andere Richtung, im Uhrzeigersinn um den See. Qualvoll stechende Schmerzen schossen ihm die Beine hoch; sie hätten kaum unerträglicher sein können, wenn er mit zwei gebrochenen Knöcheln zu rennen versucht hätte. Die vorgebogenen Arme, mit denen er durch die feuchtwarme Luft zu rudern trachtete, waren wie die verformten, unbrauchbaren Flügel eines flugunfähigen Vogels; er mühte, er kämpfte sich vergebens ab, er spürte das wütende Klopfen, das Anschwellen seiner Hand- und Fußgelenke, er spürte seinen ganzen leidenden, protestierenden Körper knirschen und knarren, als ob jedes Scharniergelenk vom Rost befallen sei. Es war ein altvertrauter, periodisch wiederkehrender Alptraum, doch diesmal war er Wirklichkeit.

Natürlich waren sie schon in weiter Ferne, als er endlich den See umrundet hatte und sich den kleinen Hang hinaufmühte; sie überquerten eine Straße, und sogleich schoben sich ein Bus, Autos, Taxis dazwischen; als er die kleinen Gestalten das nächste Mal sah, waren sie winzig; wieder lag vor ihnen ein Felsenhügel; sie liefen um ihn herum und verloren sich dahinter.

Verbissen humpelte Thomas, in jämmerlichem Laufschritt, weiter. Gott, mit was für einem Leib bin ich gestraft; wenn ich ihn gekauft hätte, würde ich ihn wieder ins Geschäft bringen und mein Geld zurückverlangen. Ich würde meine Freunde warnen, ich würde an Verbraucherberater schreiben und von dem Modell abraten, ich würde die Händler verklagen, ich würde an die *Times* schreiben und vor der Herstellerfirma warnen; wenn man ihn mir geschenkt hätte, würde ich ihn zum Ramschverkauf bringen und Sorge tragen, daß ich dem Spender nie wieder begegne.

Gabriel. War es Gabriel? Der Junge hinkte leicht, wie Gabriel. Aber falls es Gabriel war, weshalb rannte er davon? Aber falls es Gabriel war, weshalb war er auf freiem Fuß? Was war mit der Meldung von der Entführung? Ein übler Scherz, ein böser Irrtum?

Er kam zur Straße. Die Verkehrsampel war gegen ihn, er mußte warten. Ein Taxi glitt vorüber.

Es heranwinken?

Die Hoffnung aufgeben, daß er das seltsame, fliehende Quartett einholen würde – den Jungen, das Mädchen, den Hund, den Mann mit der Taube? Nein, das brachte er nicht übers Herz.

Die Ampel wurde grün, und er schleppte sich hinüber und den Abhang auf der anderen Seite hinauf. Felsen, Platanen, Mütter mit Kinderwagen, spielende Kinder, Eichhörnchen, die mit sorgloser Anmut umherwischten. Kein Gabriel, kein Mann, keine Taube. Sie waren fort, verschwunden, hatten sich in Luft aufgelöst.

Ein verheerender Gedanke bohrte sich in seine Großhirnrinde wie ein hungriger Bazillus. Eine Halluzination. Ein Trugbild. Du hast die ganze Geschichte geträumt. Du hattest an Gabriel gedacht, dich an St. Paul's erinnert, an den dicken Mann und die Schwalbe; du hast dir die ganze Szene zurechtphantasiert. Aber hätte ich den Jungen, der den Schirm so sorgsam an den Ast band, geradeso wie Gabriel es täte, träumen können? Wieso denn nicht, deine Träume nehmen doch noch viel plausiblere Formen an. Weißt du nicht mehr, daß du geträumt hast, Jan hätte dich – nach der Scheidung, nach dem Prozeß – angerufen und gesagt: »Thomas, tut mir wirklich leid wegen damals. War dumm von mir. Ich hätte mich nicht so verhalten dürfen. Wenn meine Beschützerinstinkte geweckt werden, bin ich ganz fanatisch; ich weiß, manchmal stelle ich mich unvernünftig an. Aber jetzt sind sie zu deinen Gunsten geweckt; selbst wenn du billig weggekommen bist, denke ich, ist dir doch übel mitgespielt worden. Der Prozeß hätte nie und nimmer stattfinden dürfen. Warum treffen wir uns nicht?« Die kluge, gute Jan. Das waren Sätze, die sie hätte sprechen können. »Treffen wir uns vor der *Schlacht von San Romano*. Uccello. Morgen um drei in der Nationalgalerie.«

Er war sich so sicher gewesen, daß es kein Traum war, daß er die Verabredung sogar eingehalten hatte. Aber Jan war nicht erschienen. Und er hatte andere, ebenso überzeugende Träume gehabt. Viele davon über Gabriel. Dann war dies vermutlich nur eine mehr in der langen Folge trauriger Selbsttäuschungen.

Nutzloser Thomas, impotenter, infantiler, romantischer, unpraktischer Idealist.

Welchen Prozeß hatte Jan gemeint?

Er erklomm die Anhöhe, kletterte durch eine Mauerlücke und kam an der Fifth Avenue heraus. Seine Beine schmerzten jetzt so sehr, daß er, so gut er konnte, zur nächsten Bank humpeln mußte, um sich darauf niederzulassen. Seine Füße lagen wie verstümmelte Fleischklumpen vor ihm auf den sechseckigen Pflastersteinen. Eine Frau in langem pflaumenfarbenem Rock und pelzbesetztem Regenmantel ging vorüber. Frisur à la Emily

Dickinson. Aber sie hatte vier Kinder bei sich, deren jedes einen Luftballon an einem Stöckchen hielt. Das war keine alte Jungfer. Zwischen weggeworfenen Eiswaffeln trudelten ein paar verwelkte gelbe Blätter. Bald schon war Herbst: der Qualm von Feuern und der Geruch verbrannter Brezeln. Wo würde Gabriel dann sein? Beeil dich, so beeil dich doch; was sitzt du hier auf einer grauen Holzbank mit dem Rücken zur Wand, wo doch Gabriel immer näher dem Rand des Strudeltrichters zutreibt? Er hat viel von Strudeln gesprochen, sie faszinierten ihn: schwere Gegenstände werden schnell hineingerissen, leichtere hingegen wirbeln stundenlang am oberen Rand. Gabriel, lieber Gabriel, wirble du noch ein Weilchen weiter, bitte warte, bis ich dich eingeholt habe.

Die Bank war hart, scharfe Splitter spießten sich durch seine dünne Baumwollhose. Die sechseckigen Steine taten seinen Füßen weh. Der brüllende, brausende Verkehrsstrom der Fifth Avenue wälzte sich unablässig an ihm vorüber. Bald glitt ein weiteres Taxi heran, und er brachte genügend Kraft auf, es herbeizuwinken.

»Zuerst zu einer Bank. Die British National and Mercantile in der Park Avenue. Dann muß ich unten in Greenwich Village eine Imbißstube namens Stake-Out finden. Kennen Sie die?«

»Nie gehört. Welche Straße denn?«

Welche Straße? überlegte Thomas. Was hatte Pattie Lloyd gesagt? »Ach ja, West Fourth.«

»Zuerst Park Avenue. Dann die Fifth hinunter und die Ninth entlang«, sagte der Fahrer. »Wir suchen ein bißchen. Wir werden es schon finden.«

»Ach so, und ich möchte zwei Koffer kaufen«, sagte Thomas. »Können Sie an einem Warenhaus anhalten?«

Er setzte sich zurück und überließ seinen Körper dem Schmerz, während sein Geist frei dahinschwebte.

Das Stake-Out war ein enges, schmales Lokal mit runden Barhockern aus rotem Leder und einem Trio winziger Tische. An den Tischen saßen Teenager, die an diesem stickigen Tag ihre erste Coca-Cola tranken. Thomas hievte sich auf einen der unpraktischen kleinen Hocker, und einen Augenblick lang war ihm so schlecht, daß sich der ganze Raum in ein verschwommenes, summendes Dunkel auflöste. Er legte den Kopf in die Hände und drängte den Schmerz tief in die Körpermitte zurück, fast als knete er Teig; man drückt ihn ein, doch an einer anderen Stelle quillt er wieder hervor.

»...Mister?« sagte die Stimme wieder und wieder. »Sind Sie in Ordnung, Mister? Ist Ihnen nicht gut?«

Ein rotgesichtiger Mann in weißer Schürze und Kochmütze blickte freundlich-besorgt auf ihn hernieder.

»Es geht mir gleich besser«, brachte Thomas heraus. »Wenn Sie so gut wären, mir ein Glas Wasser zu geben.«

»Aber ja. Natürlich. Kommt sofort. Mit Eis?«

Das Wasser war sprudelklar, die Eiswürfel schwammen darin wie Würfel aus Mondstein. Zu seiner großen Verlegenheit und Demütigung stellte Thomas jedoch fest, daß seine Hände, mit denen er die schweren Taschen geschleppt hatte, zu sehr schmerzten und zitterten, als daß er das Glas anheben konnte. Wenn er es mit beiden versuchte – aber das bedeutete, daß er die Ellbogen von der Theke nehmen mußte. Wasser spritzte und schwappte über, Tränen hoffnungsloser Schwäche traten ihm in die Augen.

»Hier, lassen Sie mich mal ...« Das freundliche, besorgte rote Gesicht kam näher. Das Wasser wurde an seinen Mund geführt.

»Danke. Danke vielmals. Eine halbe Minute ... ich habe eine Tablette, die ich einnehmen muß. Wenn Sie mir bitte nur ...«

Zwei Stunden zu früh, aber egal. So ging es mit ihm nicht weiter.

»Ich mach's Ihnen auf, ja?«

Er hatte es sich zur Angewohnheit gemacht, in der Brusttasche stets drei oder vier der roten Kapseln mit sich zu führen. Der Mann in der weißen Schürze kippte eine aus dem Plexiglasröhrchen, und Thomas schluckte sie hinunter. Kaltes Wasser, köstlich wie Nektar, spülte sie hinab.

»Das ist überaus freundlich von Ihnen. Sie müssen denken, ich bin ein Säufer oder so etwas. Das ist es nicht – ich habe nur äußerst schmerzvolle Arthritis.«

»Mister«, sagte der Mann mit Nachdruck, »ich denke *überhaupt nichts.* Ich sehe nur, hier habe ich einen Kunden, der große Schmerzen hat und Hilfe braucht. Geht's Ihnen jetzt besser? Möchten Sie sonst noch was? Tasse Kaffee? Glas Milch?«

Thomas bestellte ein Glas Zitronentee. Als es auf einer Untertasse gebracht wurde – der Teebeutel zog einen kleinen Schwanz hinter sich wie ein Drachen –, sagte er zu dem Mann: »Ob Sie mir wohl helfen können? Ich suche ein Mädchen namens Catriona Vanaken; ich glaube, sie arbeitet hier.«

»Trina. Klar arbeitet die hier. Sie ist jetzt nicht da, aber ich erwarte sie um drei. Wollen Sie so lange warten?«

Die Versuchung war groß. Das Stake-Out schien eine friedliche, freundliche Zufluchtsstätte. Aber jetzt war es erst halb zwölf; lieber in die Tenth Street zurückgehen und am Telefon warten.

»Dann komme ich später wieder, danke.«

»Kann ich ihr etwas ausrichten?«

»Nein. Nein, danke« – womöglich kriegte sie es mit der Angst zu tun –, »aber ich bleibe noch ein paar Minuten sitzen, wenn ich darf.«

»Selbstverständlich. Bleiben Sie den ganzen Tag, wenn Sie mögen. Sie sind niemandem im Weg. Warum setzen Sie sich nicht in die Ecke? Da können Sie sich besser entspannen.«

Die Cola-Trinker waren inzwischen gegangen. Ein Tisch war frei. Der Inhaber kam hinter seiner Theke hervor und half Thomas die fünf Schritte durch das Lokal, und voll unaussprechlicher Dankbarkeit sank er auf einen gepolsterten Ecksitz und legte seine Arme auf den Tisch. Dann ließ er den Kopf darauf sinken.

»Trinken Sie Ihren Tee, solange er noch heiß ist. Wird Ihnen guttun.«

Der Tee war ihm gebracht worden.

»Ich nehme an, Sie wissen nicht, wo Miss Vanaken wohnt?« fragte er plötzlich, einer Eingebung folgend.

Der weißbemützte Kopf verneinte. »Nee. Die jungen Leute – Sie wissen ja, wie die sind. Ständig am Umziehen. Ich komme gar nicht mehr nach ...«

Nickend akzeptierte er eine weitere Enttäuschung und trank mit durstigen Schlucken den Tee. Er war schon kalt geworden. Dann löste sich sein Bewußtsein in einen friedvollen Zustand, halb Schlaf, halb Trance, auf. Er sah den Inhaber hinter seiner Theke, die Espressomaschine, die Schalen mit Thunfisch und Kartoffelsalat, die Bierflaschen, die Hefestückchen, aber ebenso sah er St. Paul's, die breiten Säulen und die hohen vergoldeten Kränze, die kunstvolle Ausführung der weißen und dunkelbraunen Kuppeln. Jemand spielte Orgel. Und ein Sopran sang ein Solo. Nein, es war die Sprechstimme eines Mädchens: eine ungewöhnlich reine, klare Stimme, nicht laut, aber offensichtlich traf sie den Ton so genau wie eine Stimmgabel, so daß sie weit trug.

»Tut mir schrecklich leid, Mr. Vanucci, ich lasse Sie nur ungern im Stich«, sagte sie, »ich wollte Ihnen nur eben erklären, warum ich nachher nicht kommen kann. Verstehen Sie, ich bin so beunruhigt, ich mache mir so große Sorgen um meinen Freund ...«

»Schon gut, geht in Ordnung. Ich verstehe schon. Lauf nur, ich rufe Tessie an, schätze, die wird später kommen können. Du läßt mich ja normalerweise nicht im Stich, und krank bist du auch nie; wir werden das Kind schon schaukeln, mach dir keine Sorgen. Nett von dir, daß du vorbeikommst und mir Bescheid gibst. Tut nicht jeder. Jetzt kümmere dich um deinen Freund, und komm morgen abend rein, ja?«

»Aber ich weiß ja nicht einmal, ob ich *das* schaffe.«

»Na, dann rufst du mich eben an und sagst mir, wann du wiederkommst. Jetzt geh schon. Halt, nein, warte, da ist ein Kunde, der mit dir sprechen wollte. Da drüben in der Ecke.«

Das Mädchen wandte sich um und kam auf Thomas zu. Sie machte ein höflich fragendes Gesicht, aber Thomas sah, daß es nichts weiter als eine Maske war; ihr wahres Wesen war weit fort. Und sie hatte es ungeheuer eilig.

»Ja, bitte? Sie wünschen? Ich fürchte, ich bin ziemlich in Eile...«

»Ich wollte nur einen Augenblick mit Ihnen sprechen.«

Thomas rappelte sich auf und hob seine schweren Taschen an. »Vielleicht können wir draußen reden? Ich könnte mit Ihnen mitgehen, falls es Ihnen nichts ausmacht zu warten, bis ich meine Rechnung beglichen habe...«

Dann standen sie im Freien, in der gewitterschwülen Hitze und dem feuchten Staub der Sixth Avenue. Das Mädchen biß sich auf die Lippen, offensichtlich wünschte sie Thomas ans Ende der Welt; höflich zügelte sie ihr Tempo, um es seinem anzupassen, aber es war offenkundig, daß sie am liebsten davongestürzt, gerannt, geflogen wäre, um ihre eigenen Angelegenheiten zu erledigen. Sie war ein kühles, blasses, kleines Geschöpf; ihre silbernen Haarflechten, von der Farbe eines oft polierten Praxisschildes, verschränkten sich auf ihrem Kopf zu einer Art Federbusch. In ihren traurigen Augen spiegelte sich der regenverhangene Himmel. Trotz ihrer eigenen gewaltigen Sorgen hatte sie mit Thomas Erbarmen; geduldig wartete sie darauf, daß er sprach.

»Wissen Sie«, sagte er schlicht, »ich suche meinen Sohn. Ich suche Gabriel. Ich dachte, Sie wüßten vielleicht, wo er zu finden ist.«

»Ga...« Sie verstummte, faßte ihn am Revers und starrte ihn erstaunt an. *»Ihn?* Sie suchen Gabriel? Dann – dann waren Sie das heute morgen im Park?«

»Am See? Ihr wart unter dem Baum mit dem Regenschirm?«

»Ja, bis der Mann kam mit dem Zettel, daß man ihn zu seiner Schwester zurückbringen soll. Da habe ich ihn zurückgebracht, und Gabriel ist mit dem Hund nach Hause gegangen, weil um zehn der Besitzer kommen wollte. Aber wer sind Sie? Sie sprachen von Ihrem Sohn – aber sein Vater ist tot!«

Vorwurfsvoll starrte sie Thomas an.

»Es tut mir leid. Ich wollte Ihnen nichts vormachen. Ich bin Tom – sein Stiefvater.«

Unter ihrem klaren, musternden Blick fühlte Thomas sich angeklagt, gerichtet, schuldig.

»Sie sind *Tom*? Von Ihnen habe ich gehört... Aber Sie sind auch nicht sein Stiefvater. Sie und Gabriels Mutter sind geschieden. Sie haben mit ihm nichts mehr zu schaffen.«

»Schau, Catriona.« Er blieb stehen und stellte die entsetzlich schweren Koffer auf dem Gehsteig ab. Er faßte sie am Arm. »Weißt du, was Liebe ist? Liebe ist wie das Wetter. Wenn man einmal Liebe für jemanden empfunden hat, ist sie immer da. Das Wetter hört nie auf, oder? *Irgend* etwas passiert immer – Regen oder Sonne oder Wolken oder Nebel. Ich kann doch nicht aufhören, Gabriel zu lieben, nur weil seine Mutter und ich geschieden sind. Meine Zuneigung zu ihm ist ein Teil von mir. Ich werde ihn lieben und mich um ihn sorgen, solange ich lebe.«

»Ja. Ich verstehe.« Die Art, wie sie ihn jetzt ansah, hatte eine andere Qualität angenommen. Sie nahm ihn als Menschen wahr; sie hatte aufgehört, ihn lediglich als Ärgernis anzusehen, mit dem man höflich und so rasch wie möglich fertig wurde. »Aber das ist Ihre Sache, nicht wahr? Daß Sie sich um Gabriel sorgen, heißt noch längst nicht, daß Sie irgendein Recht hätten, sich in seine Angelegenheiten einzumischen.«

»Nein, natürlich nicht«, pflichtete er ihr demütig bei. »Aber ich würde so *schrecklich* gern noch einmal eine Chance haben, Gabriel meinen Standpunkt darzulegen; nur versuchen, ihn dazu zu überreden, ihn ein paar Minuten lang in Betracht zu ziehen. Findest du das nicht recht und billig? Gabriel ist so freundlich und rücksichtsvoll; ich hätte gedacht, er würde sich dazu bereit finden, wenn er nur weiß, daß ich hier bin, wenn er weiß, wie sehr – wie dringend – ich es möchte. Meinst du nicht?«

Sie blickte zu Boden und stubste geistesabwesend mit ihrem bloßen, aus der Sandale hervorlugenden Zeh eine der beiden schweren Taschen. Sie war äußerst blaß.

»Vielleicht...« sagte sie. »Aber schauen Sie, er ist sehr beschäftigt. Er hat nicht viel Zeit. Er will nicht, daß ihn jemand stört.« Ihre Stimme klang so verzweifelt wie die eines Kindes, das elterliche Autorität nachahmt – ihr dürft Vater jetzt nicht stören –, daß Thomas hätte herauslachen können, wenn ihm nicht eher nach Weinen zumute gewesen wäre.

»Trotzdem«, sagte er sanft, »meine Liebe, glaubst du nicht, du könntest fünfe gerade sein lassen und mir verraten, wo er steckt?«

Sie sah wieder auf. Ihr kleines Gesicht war ganz zerknittert. Er merkte, daß er nicht der einzige war, der den Tränen nahe war.

»Aber verstehen Sie denn nicht...« Ihre Stimme schwankte; sie schluckte und versuchte entschlossen, sich in die Gewalt zu bekommen. »Eben das kann ich nicht. Er hat mich schon verlassen. Er ist fort. Als ich zu seinem Zimmer gekommen bin, war er schon verschwunden. Ich weiß nicht, wo er steckt.«

Nach einer Weile fügte sie hinzu: »Das hat er mir dagelassen.«

Sie zog ihn aus ihrer Jeanstasche. Einen dreifach gefalteten Bogen Papier. Auf einer Seite stand in Gabriels Handschrift:

»Liebste C. So ist es am besten. Er ist gekommen und fährt mich in seinem Wagen zu dem bewußten Ort. Gräm dich nicht um mich. Wenn ich als Vogel oder Wolke wieder zur Welt komme, werde ich immer bei dir sein. In Liebe, G«

13

Bo, Bella, Thomas 1974

Sowie Bo zur Tür hereinkam, stürzte sich Bella wie eine Löwin auf ihn.

»Wo bist du den ganzen Tag gewesen?«

»In ein paar Galerien. Heda, nun aber mal sachte! Was zum Teufel ist denn los?«

Mit einer Hand wehrte er sie ab, mit der anderen versuchte er ihr ein Stück Papier zu entwinden, das sie in der Hand hielt.

»Du verdammter Schwindler! Du hundsgemeiner Lügner, du Betrüger, du Halunke! Wie willst du mir *das* hier erklären?«

»Himmel, hast du etwa in meinen Sachen herumgeschnüffelt?«

»Allerdings, das habe ich! Und gefunden hab ich das hier! James' kleines Billetdoux! An dich in England geschrieben! Wann habt ihr das ausgebrütet? Du wirst ihn jetzt auf der Stelle anrufen und ihm sagen, er soll ihn zurückbringen. *Auf der Stelle!* Ihr elenden Mörder!«

»Halt's Maul, Bella«, sagte Bo, inzwischen ernstlich aufgebracht. »Erstens hättest du nicht meine privaten Papiere durchwühlen dürfen – obwohl ich damit hätte rechnen sollen …«

»Das mach ich immer. Und das ist auch gut so, verdammt noch mal.«

»War wohl dumm von mir, den Brief dort liegenzulassen, wo du mit deinen neugierigen Pfoten drankommst – James hatte recht …«

»Ruf ihn an! Geh und ruf ihn sofort an! Er soll den Jungen zurückbringen.«

»Nun warte doch mal, Täubchen; geh doch nicht gleich in die

Luft! Damit ist *niemandem* geholfen. Einmal kommt Thomas bald hierher, und wir wollen doch wohl nicht, daß er den Braten riecht, oder? Du willst dir doch keine Anklage auf deinen hübschen kleinen Hals laden – Verabredung zur Verübung einer Straftat, Erpressung, Menschenraub und womöglich Mord? Oder? Nun reg dich ab; es ist zu heiß für dieses Theater.«

»Das ist kein Theater! James muß Gabriel zurückbringen, ganz gleich wo er ihn hingebracht hat. Du *mußt* James anrufen und ihm das sagen.«

»Ich kann ihn nirgendwo erreichen. Außerdem sind sie wahrscheinlich noch gar nicht angekommen«, sagte Bo ausweichend.

»Wo sind sie noch nicht angekommen?«

»Ich weiß es nicht. James hat's mir nicht verraten. Ein Haus, in dem Gabriel einmal mit Gus gewohnt hat, vor vielen Jahren, damals, als du mich überredet hast, nach Zypern zu fahren, und es war so furchtbar. Anscheinend hat Gabriel das Haus sehr ins Herz geschlossen; wollte wieder dorthin zurück. Da hat James sich eben die Mühe gemacht, herauszufinden, wo es steht.«

»Sehr gütig. Sehr aufmerksam von ihm«, sagte Bella und schürzte die Lippen. »Ich habe seinen Brief gelesen, vergiß das nicht.« Wütend hielt sie die Seite hoch, dicht vor ihre kurzsichtigen Augen. »›Wenn er wirklich weggehen und allein in der Wildnis sterben will, warum nicht ein bißchen nachhelfen? Ihn irgendwo auf dem Land mit einem Vorrat Bohnen in Tomatensoße zurücklassen – und vielleicht mit einer Dosis Pethidin in seiner Trockenmilch, um den Lauf der Natur zu beschleunigen – falls du einen solchen Katalysator für angebracht hältst, werde ich mir natürlich etwas Anspruchsvolleres ausdenken – wenn deine Schwester mit ihrem Spatzenhirn wirklich ernst macht mit ihren Suchanzeigen und ihrer Publicity, ist es um so besser, wenn das arme kleine Luder möglichst bald ins Jenseits befördert wird, für den Fall, daß irgendein wohlmeinender Trottel ihm zufällig über den Weg läuft.‹ … O du Bestie!«

Bo, der seine Chance gekommen sah, packte sie bei den Haaren und zerrte ihren Kopf gewaltsam zurück; als sie von dem plötzlichen Schmerz abgelenkt war, entriß er ihrer Hand den Brief und zündete ihn mit seinem Feuerzeug an. Bella sprang vor, doch mit seinem Ellbogen wehrte er sie ab, bis der beschriebene Teil völlig verkohlt war, dann ließ er den Brief auf den Boden fallen und zertrat ihn zu Asche.

»Ich gehe zur Polizei!« sagte Bella mit puterrotem Gesicht.

»Nein, das wirst du hübsch bleibenlassen, Mädel«, antwortete er und beobachtete sie unter seinen schweren Lidern mit zusammengekniffenen Augen. »Wenn du das tust, werde ich dafür sorgen, daß du ebenfalls hopsgenommen wirst, und zwar umgehend! Schließlich hattest du den Einfall, Thomas hierherzubestellen; das hat es ihm ganz leicht gemacht, Crusoe & Selkirk dazu zu überreden, das Lösegeld herauszurücken. Und vergiß nicht, daß ich einige durchaus schlüssige Vermutungen über Loraines trauriges Ende habe.«

»Ich habe Thomas hierherbestellt, weil ich glaubte, er würde uns helfen, Gabriel zu *finden*!«

»Bei seinem Gesundheitszustand? Meinst du etwa, das nehmen dir die Bullen ab?«

»Wenigstens hat er den Versuch unternommen«, sagte Bella erbittert.

»Und warum möchtest du, daß man Gabriel findet? Aus ganz egoistischen Motiven. Nicht weil du ihn liebst. Und schon gar nicht, weil es dich interessiert, ob der arme kleine Bankert lebt oder glücklich ist. Du willst ja nur, daß er so lange weiterlebt, bis er sein Erbe antritt, stimmt's? Danach, denke ich, wird er dir nicht schnell genug sterben können.«

»Ich liebe ihn! Wirklich!«

»In den letzten sechzehn Jahren habe ich auffallend wenig Anzeichen dafür bemerkt«, sagte Bo. »Und er erwidert deine Liebe ganz bestimmt nicht. Tief in seinem unschuldigen, jungen Unterbewußtsein erinnert er sich vielleicht noch daran, wie beiläufig er einmal abgeschoben worden ist. Deswegen darf er ruhig ein bißchen sauer auf dich sein.«

»Ach, halt doch die Schnauze! Was hat denn das damit zu tun! Was hätte ich denn damals sonst tun können?« sagte Bella schmollend. »Außerdem scheinst du zu vergessen, daß du von allem, was mir aus dem Nachlaß zufällt, genauso profitieren würdest... Beziehungsweise profitiert hättest; wie ich sehe, plant ihr zwei euern Aufbruch in eine schöne neue Welt, wo Familienbande keine Rolle mehr spielen. Wie hieß doch gleich der reizende Schimpfname, den er mir beigelegt hat – Bella, der Blutsauger? Ich hab ja immer schon geahnt, daß James ein Schwein ist, aber was für ein fieses Schwein er ist, ist mir erst jetzt aufgegangen; warte nur, bis er zurückkommt...«

»Zum Glück kommt er nicht zurück«, sagte Bo. »Er wollte direkt nach Neufundland.«

»Nach *Neufundland*? Was... Jedenfalls richtest du ihm aus, daß er zurückkommen *muß*. Er muß einfach. Der Junge muß sich operieren lassen.«

»Wie kann ich ihm ausrichten, daß er zurückkommen muß?« sagte Bo. »Ich hab nicht den blassesten Schimmer, wo er steckt. Vielleicht *steht* das Haus, in dem Gabriel mal mit Gus gewohnt hat, in Neufundland – was weiß denn ich. Und selbst wenn James ihn zurückbrächte – wie soll er das überhaupt machen? Gabriel fährt aus freien Stücken mit ihm mit – erwartest du etwa von James, daß er ihn fesselt? Gabriel wird nicht zurückkommen *wollen*. Selbst wenn er Gabriel zurückbrächte, bezweifle ich doch sehr, daß du den Jungen zu der Operation zwingen kannst. Darauf lassen sich die Ärzte gar nicht gerne ein, weißt du; es gibt so viele Patienten, die auf einen operativen Eingriff angewiesen sind, daß man denen, die es vorziehen, ohne ihn auszukommen, keine Operation aufzwingen wird.«

»Thomas wird ihn dazu überreden müssen.«

»Meine liebe Bella«, sagte Bo müde, »sei doch bitte nicht so ein Schafskopf. Gabriel weiß viel zuviel über Thomas, um auch nur den leisesten Respekt vor seinen Ansichten zu haben. Aufgrund irgendeiner genetischen Laune hat Gabriel einen sehr viel stärkeren Charakter als jeder von uns; wenn er auch nicht so genial ist wie Gus...«

»Wie könnte er auch? Er ist doch nicht sein Kind.«

»Nun reite doch nicht ständig darauf herum, du Pedantin; natürlich ist er nicht sein Kind. Zwar ist er kein Genie, aber er hat eine ganz eigene moralische Stärke. Selbst wenn Gus keinen leiblichen Sohn hatte, so ist Gabriel doch geistig sein Kind. Und wenn er sterben will, dann wird er es auch. Also, weshalb hältst du nicht den Mund und denkst mal über folgendes nach: Jeden Augenblick wird Thomas hier aufkreuzen, mit einem riesigen Koffer voll Geld und Anweisungen, wo er ihn hinterlegen soll. Willst du wirklich schreiend zur Polizei rennen, oder wirst du ein bißchen Vernunft annehmen, endlich erwachsen werden, aufhören, dir etwas vorzumachen, und dich so akzeptieren, wie du bist? Und ein Drittel des Geldes akzeptieren? Selbst wenn wir es durch drei teilen, bleibt dir immer noch ein hübsches Sümmchen zur Aufbesserung deines Monatswechsels...«

»Was soll das denn *heißen*: aufhören, mir etwas vorzumachen? Und weshalb sollte ich mit James teilen, dieser Ratte? Es ist schließlich das Geld von meinem Mann!«

»Himmelherrgott – Weiber!« sagte Bo und schenkte sich ein volles Glas Whisky ein. »Wirst du wenigstens einmal in deinem Leben begreifen, daß du nicht alles haben kannst? Entweder – oder!«

»Von Rechts wegen gehört das Geld mir. Ich war mit Gus verheiratet. Das Testament war sehr ungerecht.«

»Allerdings warst du mit ihm verheiratet. Und der olle Gus, klug wie er war, hat dich genau durchschaut und dir gerade so viel Geld hinterlassen, wie's für dich gut ist – für den Rest deines Lebens in regelmäßigen Abständen ausgezahlt, nicht ausreichend, um, wie er mir einmal taktvoll anvertraut hat, Mitgiftjäger anzulocken. Er hatte wirklich und wahrhaftig dein Wohlergehen im Sinn. Er wollte, daß du erwachsen wirst – ein Mensch voller Selbstachtung und Selbstvertrauen.«

»Er hätte in Betracht ziehen sollen, daß ich dich mit durchfüttern muß«, sagte sie gehässig. »Und so klug war er nun auch wieder nicht, denke ich oft. Daß er das ganze Geld Gabriel vermacht hat, war schlichtweg lächerlich. Ein Kind in diesem Alter. Und noch nicht einmal sein leiblicher Sohn.«

»Gus konnte ja nicht ahnen, daß er schon so bald sterben würde.«

»Trotzdem, woher wollte er denn wissen, wie sich Gabriel entwickeln würde? Schau ihn dir doch an – verträumt, unpraktisch, einfach uninteressiert...«

»Genau der Typ, von dem Gus annehmen würde, daß er das Geld gescheit anlegt, weil er keine eigennützigen Zwecke verfolgt«, sagte Bo. »Und ich vermute, wenn Gabriel bis zum Erwachsenenalter leben würde, würde er es genau so anlegen. Gus hatte Gabriel, selbst mit zehn, ziemlich gut eingeschätzt. Er hat hohe Erwartungen in Gabriel gesetzt.«

»Es ist empörend, daß er das ganze Geld kriegen soll und ich nichts zu bestimmen habe. Schließlich ist er mein Sohn.«

»Dein Sohn und wessen Sohn noch, mein Engel? Ein Kind hat zwei Eltern«, sagte Bo sanft. »Vielleicht hat sein Vater in dieser Angelegenheit auch noch ein Wörtchen mitzureden.«

Bella, die wieder einen verärgerten Einwurf machen wollte, schluckte ihn hinunter und blieb stumm; sie preßte fest die Lippen zusammen. Ihr rosa Gesicht wurde verschlossen und verschwiegen.

»Kann dir egal sein, wer sein Vater ist – war«, sagte sie. »Was dich angeht, ist er tot. Das ist ausschließlich meine Angelegenheit. Du warst damals in Neuseeland und hast mit all diesen Maori-Mädchen herumgevögelt.«

»Ich muß schon sagen, deine Spuren hast du ziemlich gründlich verwischt«, grübelte Bo, »wie du mit dieser tuberkulösen Freundin von dir, dieser Gynäkologin, nach Griechenland abgedüst bist – wie hieß sie noch? – Alice Myers – und sie dazu gebracht hast, ihn als ihren Sohn registrieren zu lassen, Vater Grieche, unbekannt – so weit hab ich's ja noch nachprüfen können. Es war gemein von Alice, daß sie an dieser blödsinnigen Krankheit krepieren mußte. Heutzutage stirbt daran niemand mehr. Und sie hätte alle diese Dinge aufklären können.«

»Du wirst es niemals herausfinden«, sagte Bella und betrachtete ihn mit festem Blick. »Du wirst keine Handhabe mehr gegen mich haben. Deswegen brauchst du mich auch gar nicht weiter auszuhorchen.«

»Die Sache ist die«, sagte Bo und blickte sie ebenso fest an, »falls Gabriel zufälligerweise *mein* Sohn sein sollte, würde ich vielleicht anders über die ganze Sache denken.«

Ihr hartnäckiges Schweigen wurde vom Klang der Türglocke durchbrochen.

Sie sagte: »Solltest du nicht hingehen und Thomas einlassen?«

Als Thomas das Zimmer betrat, wirkte er benommen und verwirrt, wie jemand, der mit knapper Not einen Schiffbruch überlebt hat. Er sah sehr bleich aus und hinkte stark. Seine Haare und sein Regenmantel waren naß. Er trug nichts bei sich.

Bella rannte zu ihm und packte ihn am Mantelaufschlag.

»Hast du das Geld?« fragte sie mit gesenkter Stimme.

»Ja. Und diese Leute haben schon wieder angerufen...«

»Wo ist es?«

»Irgendwo im Norden – die Route Seventeen rauf...«

»Nein, das *Geld*...?«

»An einem sicheren Ort«, sagte er ungeduldig. Bo warf Bella einen finsteren Blick zu. Nachdem er Thomas eingelassen hatte, war er langsam zurückgeschlendert, lehnte sich nun gegen den staubigen Kaminsims und beobachtete die beiden.

»Du hast das Geld nicht in der Wohnung in der Tenth Street hinterlegt?«

»Nein. Es ist höllisch schwer, und meine Arme tun fürchterlich weh. Der Mann hat wieder angerufen...«

»Was hat er gesagt?« fragte Bo.

»Ich soll über die Tappan-Zee-Brücke fahren, die Route Seventeen nach Rock Hill nehmen... Ich habe alles aufgeschrieben, die Instruktionen umfassen ungefähr eine Seite; jedenfalls soll ich zu einem Motel namens Sleepy Hollow fahren, und um Mitternacht werden sie anrufen und mir weitere Anweisungen erteilen; es geht um einen See, wir sollen das Geld in ein Boot legen. Aber darüber wird er mir noch genauer Bescheid geben.«

»O Gott, diese ständige Warterei!« rief Bo plötzlich in dünnem, verzweifeltem Ton aus.

»Haben sie dich angerufen?« erkundigte Thomas sich bei Bella. »Dir Gabriels Stimme vom Tonband vorgespielt?«

»J-ja«, sagte sie nervös.

»War es Gabriel? Hast du ihn erkannt? Was hat er gesagt?«

»Es war Gabriel.« Auf Bellas Stirn bildeten sich Schweißperlen; sie blickte von Thomas zu Bo und wieder zurück. »Er hat nicht zu *mir* gesprochen; oder mich um Hilfe gebeten; er schien nur davon zu sprechen, daß er allein sein will und daß es ihm nicht gefällt, wie es in der Welt so zugeht...«

»Dann beweist das also gar nicht, daß sie ihn in ihrer Gewalt haben; das Tonband hätte zu jeder anderen Zeit aufgenommen worden sein können?«

»Ach, ich weiß nicht!« Sie verschränkte nervös die Finger. »Hast du den Wagen?« fragte sie Thomas. »Wann sollen wir losfahren?«

»Erst in zwei Stunden. Nein, ich habe ihn noch nicht.«

»Herrgott, was hast du denn bloß *getrieben*?«

Das klang ganz wie die alte Bella. Thomas antwortete ihr nicht. Plötzlich verspürte er tiefe Sehnsucht nach seinem komfortablen, unaufgeräumten Büro bei Crusoe & Selkirk; die Verträge, die seiner Unterschrift harrten, die Manuskripte, die darauf warteten, gelesen zu werden, Miss Stanney mit der Post und den Terminen, John Voynitch, der über ein neues Projekt diskutieren wollte...

»Ich dachte, du hättest gesagt, wir könnten James' Wagen borgen?«

»O nein, das geht nicht. Er hat ihn seinem Bruder ausgeliehen.«

»Seinem Bruder?« fragte Bella. »Ich dachte, der wär in Kal...«

»Beschaff dir einen Leihwagen«, sagte Bo und warf Bella einen raschen, finsteren Blick zu. »Das ist sowieso zuverlässiger, als sich privat einen zu leihen. In der Thirty-Eighth Street gibt's doch einen Autoverleih... warum rufst du nicht von hier aus an?«

Er holte ein Telefonbuch und reichte es Thomas, der es durchblätterte und eine Nummer wählte. Bella fing Bos Blick auf und sagte: »Kommst du mal in die Küche?«

Bo wies warnend mit dem Kopf auf Thomas, doch sie zog ihn ins Nachbarzimmer und flüsterte ihm ins Ohr: »Was hattest du mit ihm vor? Wenn ihr das Lösegeld deponiert habt? Wolltest du mit ihm fahren? Wer sollte das Geld abholen?«

Bo antwortete zwar nicht, doch der Ausdruck in seinem Gesicht brachte sie zum Schweigen. Er packte sie am Handgelenk und grub seine Fingernägel in ihre Haut.

»Könnten Sie den Wagen in einer halben Stunde bereit haben?« erkundigte Thomas sich im Nebenzimmer.

»Laß mich los! Ich komme auch mit«, sagte Bella.

»Nein, du bleibst hübsch hier.«

»Ich – komme – mit. So kommst du mir nicht davon...«

»Sei still!«

»So, das wäre erledigt«, sagte Thomas. Er kam zur Tür herein und sah gerade noch, wie Bo Bellas Arm losließ. Auf ihrer kreppweißen Haut bildete sich im Nu eine Reihe tintenfarbener Flecke, wie wenn ein Foto entwickelt würde.

»Nur eine kleine Meinungsverschiedenheit«, erklärte Bo munter. »Unsere liebe Bella mit ihrem unlogischen Spatzenhirn hat anscheinend noch nicht begriffen, daß wir es hier nicht mit einem Picknick zu tun haben...«

»Ich will mit euch mitfahren«, sagte Bella halsstarrig.

»Schau her... Schätzchen...« begann Bo mit zusammengebissenen Zähnen. »Thomas möchte doch wohl nicht die ganze Fahrt über diesen belebenden Familienstreit in den Ohren haben, oder? Thomas ist der einzige von uns, der fahren kann, und er hat wieder Gliederreißen – er sieht nicht gerade gut aus, und wir wollen doch nicht, daß er sich aufregt, wie? Denn wenn Thomas sich aufregt, dann geht's wirklich hoch her, erinnerst du dich? Erinnerst du dich noch an die Waterlow Gallery? Wir wollen doch wohl nicht, daß sich etwas Ähnliches wiederholt? Für den Augenblick sind wir auf Thomas angewiesen, verstehst du? Unser guter, verläßlicher Thomas ist unsere einzige Stütze. Er hat die Knete, er fährt den Wagen, und es wird alles *ganz ausgezeichnet* klappen, wenn du nur ein Minimum an Vernunft und Zurückhaltung walten läßt. Verstanden?«

Er lächelte Thomas, der ein besorgtes, von wachsenden Zweifeln zeugendes Gesicht machte, eher irre zu.

»Achte nicht auf uns, Thomas, alter Strohwitwer. Warum gehst du nicht den Wagen abholen, und wenn du zurückkommst, haben wir unseren Streit beigelegt? Wie wäre es damit?«

»Ja. In Ordnung.« Ohne die beiden auch nur eines weiteren Blickes zu würdigen, machte Thomas auf dem Absatz kehrt und ging in Richtung Ausgang.

»Tom...« setzte Bella an, doch Bo legte ihr die Hand auf den Mund. Sie sahen zu, wie Thomas langsam an Bos Wandgemälde vorüberging. Er wandte sich um und starrte es ziemlich lange mit gequälter Miene an; dann ging er weiter und aus der Wohnung hinaus.

»Nur ein Vollidiot...« begann Bo, als die Tür zufiel.

14

Thomas, Catriona 1974

Nachdem er sämtliche Papiere unterzeichnet und den Leihwagen in Empfang genommen hatte, fuhr er geradewegs zum Haus in der Twelfth Street. Er mochte nicht an der Tür klingeln und blieb zögernd auf der Schwelle stehen, doch Catriona hatte schon nach ihm Ausschau gehalten; sie winkte ihm vom Vorderfenster aus zu, und gleich darauf hörte er ein leises Knirschen und Kratzen, als sie behutsam die verschiedenen Schlösser und Riegel aufmachte.

»Hattie ist oben«, sagte sie mit gesenkter Stimme, als sie die Tür geöffnet hatte. »Der Arzt ist eben fort. Er kommt später wieder. Die alte Mrs. Baird liegt jetzt schon seit vierundzwanzig Stunden im Koma; er sagt, man kann nichts mehr für sie tun.«

»Ich bin froh, daß man sie wenigstens nicht ins Krankenhaus geschafft hat.«

»Wozu sollte das gut sein?«

Das Haus war gespenstisch still, abwartend; man hatte den Eindruck, als werde dem Gebäude von der sterbenden Frau die gesamte Lebenskraft entzogen.

Obwohl sie sehr gedämpft sprachen, waren ihre Stimmen Hatties scharfem Gehör nicht entgangen. Sie kam zum Treppenabsatz und spähte hinab. In ihrem grauen Baumwollkleid und ihrer gestreiften Drillichschürze, ihr Haar die übliche straffe Fülle gekrauster, eisengrauer Locken, sah sie wie stets adrett aus, doch war sie blaß vor Erschöpfung.

»Kommt schon, kommt hoch!« wies sie sie energisch flüsternd an. »*Ihr* macht es nichts aus.« Dies war ein Befehl, keine Einladung; so stiegen sie denn die Treppe hoch. Als Thomas den Absatz erreichte, nickte Hattie ihm scharf ruckend zu; sie trat beiseite, um ihn vorbeizulassen. Ihre Mundwinkel, bleich und alt, zuckten zweimal kurz, als sie seinen mitfühlenden Blick auffing, doch mit einem langen Seufzer nahm sie sich zusammen und folgte ihm ins Schlafzimmer. Catriona, unhörbar in ihren Sandalen, stahl sich hinter ihnen hinein.

Die Jalousien waren heruntergelassen; das Schlafzimmer lag im Dunkeln. Fast bis zum Kinn von einer ungeheuren, schweren, sorgsam zurechtgezogenen blauweißen Patchworkdecke bedeckt, ähnelte Mrs. Baird schon einer Figur auf einem Grabmal. Bis auf den überaus schwachen Hauch ihres Atems, der ihre Nüstern etwa jede Minute leise blähte – weit schwächer, als es nötig wäre, um eine Spinnwebe fortzuwehen –, lag sie völlig regungslos. Zwischen ihrem Zustand und dem eigentlichen Tod schien kaum noch ein Unterschied zu bestehen. Die schweren Augenlider waren über die tiefliegenden grauen Augen gewölbt; die eckige Nase, das eckige Kinn, der feste Mund ruhten in einem stillen, nahezu sieghaften Ernst erstarrt. Ihre Arme, dünn wie Treppenläuferstangen, lagen ordentlich zu beiden Seiten, nicht als rechne sie damit, sie je wieder zu gebrauchen, sondern eher so, als habe jemand sie so zurechtgelegt. Die runzligen, fleckigen, reglosen Hände wirkten wie fremdartige Meerestiere, von der Flut emporgespült.

Gerührt und beeindruckt von solch monumentaler Stille, verhielt Thomas seinen Schritt, dann näherte er sich langsam dem Bett.

Sachte legte er seine Hand auf die alte, sommersprossige Klaue, die sich eher kalt, eher teilnahmslos und doch – eben noch – lebendig anfühlte; wie eine schlummernde Kreatur, die sich zum Winterschlaf ganz in sich selbst zurückgezogen hatte. Ihm fiel Augusts Theorie über den Winterschlaf ein. Konnte man diesen dazu benutzen, den Tod hinauszuzögern? August hatte es immerhin für möglich gehalten; wäre das gut? Und dann dachte er: Da liegt sie nun: Augusts Mutter, das alte, eindrucksvolle, selbständige Geschöpf; sie hat ein gutes Leben, ein erfülltes Leben gehabt, sie hat ein Genie aufgezogen; sie kannte berühmte Leute, hat viele Freunde, wußte sich zu beschäftigen und ihren Geist zu zerstreuen; sie kannte Einstein und Shaw, sie hat mit Schweitzer und Russell gesprochen; *wo ist das alles geblieben*?

Waren alle ihre Geheimnisse, ihre Erinnerungen immer noch darin beschlossen, lebendig in ihrem Hirn, das sich zum Schlaf in sich selbst zurückgezogen hatte? Waren sie da drinnen abgelegt und warteten vergebens auf den Impuls, der sie in Gang setzte, wie ein Computer, der ungenutzt herumsteht, ohne eine Bedienungsperson, die auf den Knopf drückt? Eingeschlossen in der Großhirnrinde, hinter der Stirn, die so stark dem Totenschädel ähnelte, zu dem sie bald würde, waren Liebe, Weisheit, Humor hilflos, unwirksam, nichtig. Was wird aus unseren Gefühlen, wenn wir sterben?

Küchenschaben, dachte Thomas, dessen Gedanken mit ihm durchgingen, Küchenschaben können Tausende von Jahren ohne Nahrung oder Wasser, ja sogar ohne Sauerstoff überleben; wieso waren Küchenschaben der Menschheit an Ausdauer überlegen? Gibt es nicht einen einzigen Teil von uns, der auf dieselbe Weise fortbesteht, kein Überlebsel außer den äußeren Spuren, die wir in Gestalt von Büchern, Bauten oder Felsbildern hinterlassen?

Was bleibt von uns, wenn wir hinscheiden, außer den zerfetzten Überresten der Liebe und der Gelehrsamkeit, die wir von Hand zu Hand weiterreichen? Was, falls überhaupt etwas, nehmen wir mit?

Wir hinterlassen nichts als Botschaften. Legenden. Andenken. Die Nacht wird rasch erkalten, morgen kommt Dezember, vertraut sind mir die alten Winter der Vergangenheit, und langsam es mir dämmert, wie Dick die Kälte scheut... Wir können höchsten sagen: Lebt wohl, vergeßt mich nicht.

Er empfand eine traurige, ausweglose Zuneigung für die sterbende Frau. Er hatte sie so kurz gekannt; eigentlich fast gar nicht. Er hatte die letzte Seite, die letzte Zeile von ihr gelesen; jetzt war das Buch zugeklappt. Es war zu spät.

Draußen auf der Straße fuhr ein Lastwagen vorbei; er versehrte nicht einmal die äußere Hülle des Schweigens im Haus. Hattie hatte unverzüglich wieder die Position eingenommen, die sie offenbar schon den ganzen Tag innegehabt hatte – die Hände auf dem Schoß gefaltet, saß sie auf einem harten Holzstuhl am Kopfende des Bettes. Catriona gesellte sich leise zu ihr, gegenüber Thomas. Dann kniete sie mit stummer Behutsamkeit am Bett nieder, nicht in Gebetshaltung, sondern halb hingekauert wie ein Kind am Sessel seiner Mutter, um dem Geschehen so nahe wie möglich zu sein, den Kopf ein wenig nach vorn geneigt, aufmerksam zusehend und hinhorchend. Auch sie legte ihre magere junge Hand auf die alte abgemagerte.

Von wo er stand, konnte Thomas, ohne die Augen zu bewegen, die drei Gesichter sehen, nahe beieinander in einem Dreieck; die beiden, die sich auf das dritte konzentrierten, zwei alt und gefaßt, das andere jung und achtsam, alle drei jedoch mit demselben Ausdruck, hingegeben, mysteriös; auf irgendeine Weise waren sie miteinander verwoben. Ich bin allein hier, dachte er; das Zimmer bietet nicht vier Menschen Platz, um auf den Tod zu warten; ich bin hier der einzige Mensch. Das sind die Nornen. Wenn ich meinen Blick auch nur für einen Moment abwende, werden sie in nichts zerrinnen.

Das Schweigen zog sich hin wie der Faden eines Seidenwurms; wie ein unbeteiligter Außenstehender wurde Thomas der Schmerzen in seinem Körper gewahr; seine Arme und Beine waren wie Leuchtröhren voll von hell sengendem Feuer; ich muß wieder eine Najdolene-Tablette einnehmen, vier Stunden seit der letzten? Die Zeit verstrich; Bo und Bella fragten sich bestimmt, wo zum Teufel er abgeblieben war, weshalb er nicht zurückkam. Da begann unten das Telefon zu klingeln, nur um gleich darauf jäh zu verstummen, als habe jemand den Anrufer ermahnt, das Sterben nicht mit trivialen Nachfragen zu unterbrechen.

Eine Kirchenuhr in der Nähe ließ auf dem Glockenspiel eine kurze, heitere Melodie erschallen. Ein vertrauter Choral. Ehre sei Dir, Christe, der Du littest Not, an dem Stamm des Kreuzes für uns bittern Tod. Irgendein Komponist hatte dieselbe Melodie in einer seiner Symphonien verwendet. Diese ärgerliche Angewohnheit, mit Glocken Melodien zu spielen; Glockenspiele sind besser. Würdiger.

Plötzlich schlug Mrs. Baird die Augen auf. Die Lider flogen nach oben und gaben zwei Augäpfel frei, voller Leben, bedeutungsvoll strahlend, mit einer Neuigkeit, die mitgeteilt sein wollte. Sie trafen auf den Blick Catrionas, die sich erwartungsvoll vorbeugte. Sie tauschten einen langen Blick aus, von Pupille zu Pupille, ein elektrischer Impuls wurde übertragen. Licht überbrückte den unermeßlichen Raum zwischen einer Welt und einer anderen. Dann, als das Signal übermittelt war, klappten die Lider wieder zu, für immer. Die Hände entkrampften sich. Der gelinde Hauch ihres Atems war versiegt.

Wie das Ende einer Vorstellung, dachte Thomas: Vorhang, Lichter, Türen, Fenster, Schluß.

Wieder setzte Stille ein, so ungeheuer, trivial, zufällig wie diejenige, in der eine Uhr, wenn man ihr lauscht, zu ticken aufhört. Das Schweigen dehnte sich, wurde kosmisch und wurde erst von Catriona durchbrochen, die sich ohne Umschweife erhob und wieder zur Tür trat. Vorher legte sie sachte eine Hand auf Hatties Schulter. Hattie rührte sich nicht und schaute auch nicht auf.

»Kommen Sie«, bedeutete Catriona Thomas stumm und winkte ihn nach unten. Sie gingen in den Salon, wo er Mrs. Baird das erste Mal befragt hatte. Auf dem schmalen, harten Sofa lag ein unordentlicher Stoß Papiere.

Catriona sagte mit verhaltener Stimme: »Wir lassen Hattie in

Frieden, sie hat mir gesagt, daß sie die ganze Nacht auf war. Der Arzt wird sich demnächst um sie kümmern. Hier – deswegen hat sie Sie angerufen. Sie hat mir aufgetragen, Ihnen die hier zu zeigen, alles Briefe von Gabriel an seine Großmutter. Sie hat sie die ganze Woche über zusammengesucht, sagt sie. In jedem Buch im Haus hat einer gesteckt. Undatiert und meistens ohne Adresse, aber an der Schrift kann man erkennen, welches die späteren sind. Und die letzten paar sind getippt.«

Thomas fühlte, wie sein Herz einen Satz machte und wieder in sich zusammensank. Ein Gefühl mutloser Enttäuschung ergriff ihn, als er den Stapel Briefe durchblätterte, manche hingekritzelt, andere in Druckschrift, einige wenige mit der Maschine geschrieben – Gedichte, Bleistiftskizzen, ein paar davon auf Schulheftseiten, andere auf dem grünen Papier mit Wanborough Parkside als Briefkopf.

»Aber die nutzen doch nichts mehr«, sagte er. »Ich hatte zwar darum gebeten. Aber das war, bevor ich von dir erfahren hatte. Ich dachte, die jüngsten würden vielleicht einen Hinweis enthalten, wo er sich aufhält. Aber keiner von denen hier sieht so neu aus. Und selbst wenn, inzwischen wissen wir ja, daß er bereits umgezogen ist…«

»Warten Sie«, sagte Catriona. »Schauen Sie.« Sie wühlte sich zum unteren Ende des Stapels durch und zog einen großen gelben Bogen kariertes Millimeterpapier mit der Kinderzeichnung einer Ente und einem unkenntlich vierbeinigen Tier mit langem schwarz-weißen Schweif hervor.

Der Brief war mit großen, krickeligen Druckbuchstaben beschrieben.

Libe Oma,
Gus und ich wonen in einem schönen Hauss das einem Man namens Tom Thum gehört. Wir sint mit dem Bot hingefaren. Das Bot hiess Cornelys van der Bilt. Das Hauss ist in der Zebra

Street. Es gibt keine Zebras aber fiele Chimbansen und ein schönen Teich wo ich jeden Abent drin schwimmen kann. Schöne Grüsse von Daddy. Und von mir.

Gabriel

Catriona sagte: »Während ich auf Sie gewartet habe, habe ich die Central Reference Library angerufen, und dort hat man herausgefunden, daß eines der Fährschiffe nach Staten Island *Cornelius Vanderbilt* hieß. Und Gabriel hat mir einmal erzählt, daß die schöne Mühle, in der er mit Gus wohnte, Tom Thum gehörte. Und mitten auf Staten Island gibt es eine Straße namens Zebra Place; auch das hat man mir in der Bibliothek bestätigt.«

In den vergangenen zwölf Stunden war Thomas so viel zugestoßen, noch dazu nach einer schlaflosen Nacht, daß er eine Minute brauchte, bis er die Nachricht verdaut hatte. Zebra Place. Dann erinnerte er sich, wo Staten Island lag. Vor der Südspitze von Manhattan. Wo die Ozeandampfer einfahren, direkt unter der großen Narrows Bridge hindurch. Staten Island. Bestimmt nicht mehr als eine Stunde entfernt.

»Wo fahren die Fähren ab?« erkundigte er sich. »Gibt es überhaupt noch Fähren?«

»O ja. Alle zwanzig Minuten oder so. Sie fahren vom Battery Park ab – im Stadtzentrum, hinter Wall Street.«

»Nehmen sie Autos mit?«

»O ja«, sagte sie wieder. »Haben Sie den Wagen?«

»Er steht vor der Tür.«

»Darf ich mitkommen?«

»Natürlich.«

Thomas rief Bo an.

»Bo, ich bin's, Thomas.«

»Thomas! Verflucht noch mal, wo zum Teufel hast du dich *herumgetrieben*?«

Er sagte nicht: Ich habe an Mrs. Bairds Sterbebett gestanden. Hattie hatte ihm klar zu verstehen gegeben, daß sie sich weigern würde, Bella einzulassen; sich von der nichts gefallen lassen würde. Aber er wollte nicht, daß Hattie behelligt wurde. Er sagte: »Schau her, Bo, ich habe mir alles gründlich durch den Kopf gehen lassen. Je mehr ich über das Angebot dieser Kerle nachdenke, Gabriel gleich nach der Geldübergabe bei der Herzklinik abzusetzen, desto weniger gefällt mir die ganze Sache. Es wäre ein himmelschreiendes Unrecht. Gabriel ist ein Kind, kein Verbrecher. Er hat ein Anrecht darauf, seine eigenen Entscheidungen zu treffen, nicht herumgekarrt zu werden wie ein – wie ein Schaf.«

»Aber wenn er doch...«

»Deswegen werde ich auf ihre Vorschläge nicht eingehen. Jedenfalls nicht sofort. Ich habe eine Spur, und der will ich erst einmal nachgehen.«

»Allmächtiger Gott, bist du *verrückt* geworden? *Thomas...*« Bos Stimme steigerte sich fast zu einem Aufschrei.

»Ich denke, die werden sich schon noch mal melden«, sagte Thomas und täuschte größere Ruhe vor, als er verspürte. »Und wenn meine Spur sich als falsch erweist, können wir ihre Bedingungen immer noch annehmen. Das Geld habe ich noch nicht mitgebracht.«

»Was hast du damit angestellt?«

»Keine Angst. Es ist in Sicherheit.«

Bos ferne, schrille Stimme ließ eine Reihe so bitterer, obszöner Beschimpfungen los, daß Thomas, in einer instinktiven Geste beleidigter Überempfindlichkeit, den Hörer vom Ohr weghielt. Er stand in einer Telefonzelle nahe dem Fährhafen; von hier aus sah er verwitterte Holzpfeiler, die sich in gezacktem Fries gegen den Himmel abhoben, und ein rot angestrichenes Feuerlöschboot, dessen zinnoberrote Tüllen großspurig nach oben deuteten.

»Du Schwachkopf, du Scheißkerl, du machst alles kaputt...«

Die wütenden Worte, die sich unaufhörlich in sein Ohr ergossen, stießen eines der Schleusentore in seinem Gedächtnis auf.

Das Deck war so heiß gewesen, daß man sich selbst durch die Gummisohlen hindurch die Füße verbrannte. Schatten war kein Luxus, sondern eine Frage von Leben und Tod. Das Meer sah kühl aus, doch wimmelte es darin von Raubfischen mit Reißzähnen, und außerdem hätte man sich in der mörderischen Sonne auskleiden müssen, um hineinzuspringen. Er erinnerte sich an den Tag, als er und Bo in einer kleinen Bucht an Land gesetzt worden waren; vom Schiff aus hatten die strauchbestandenen Klippen täuschend kühl und grün ausgesehen, doch in Wahrheit war die Bucht ein sengendheißer Fleck mit nur einem wirklich schattigen Eckchen unter einem kleinen Feigenbaum unten am Strand, und dort mußten sie, dicht zusammengekauert, wohl oder übel den Tag verbringen und auf das Boot warten, das sie wieder abholen sollte. Bo hatte eine flüchtige kleine Skizze angefertigt; Thomas hatte gar nichts arbeiten können.

»Deiner Arthritis dürfte es jedenfalls guttun«, hatte Bo mißgelaunt gesagt.

Damals hatten sie sich recht gut verstanden. Oder eher, paradox ausgedrückt, sie hatten sich recht gut verstanden, solange sie nicht zuviel sprachen. Jedes Gespräch diente nur dazu, die unwirtlichen Gebiete ihrer Uneinigkeit abzustecken; wenn sie hingegen zusammen schwiegen, bildete sich eine Art wohltuenden Einvernehmens, fast ein Gefühl der Zuneigung heraus. Thomas spürte, daß Bo unglücklich war, daß er innerlich mit sich kämpfte, aber mitteilsam war Bo zu keiner Zeit. Die Tage verbrachte er meist in seiner Kabine. Thomas vermied es nach Möglichkeit, sie zu betreten. Sie stank nach dem angesammelten Rauch von fünf Monaten und Bos ungewaschenen Kleidern; einzutreten glich dem Abstieg in die Gruft einer Mumie, man fand den Bewohner ausgestreckt wie einen verhutzelten Leichnam vor, um ihn her seine Grundbedürfnisse: Bierdosen, Gemälde, Zeitungen, miasmatischer blauer Qualm. Zuweilen suchten ihn einige Besatzungsmitglieder dort auf; Thomas, der an der Tür vorbeiging und stürmisches Gelächter vernahm, achtete noch strenger darauf, nicht dort hereinzuplatzen.

Doch in der schwülen Abenddämmerung, die von so kurzer Dauer war, kam Bo aufs Deck geschlendert, in farbbekleckseten Khakihosen und schweißnassem Hemd. Es war aufgeknöpft und ließ ein großes, schweres Kreuz aus braunem Metall, dick wie ein Kerzenleuchter, erkennen, das er an einer Kette um den Hals trug.

Da er häufig Bos bissige Kommentare zu Religionen jedweder Art gehört hatte, fragte Thomas ihn einmal: »Wozu hast du das Ding um, Bo?«

»Natürlich, um mir Kugeln und Vampire vom Leib zu halten.« Ziemlich steif fügte Bo hinzu: »Das hat James mir geschenkt.«

»Ach ja?« Thomas hatte James nie kennengelernt und hatte auch nicht die geringste Lust dazu; Bos Freunden ging er tunlichst aus dem Weg. Aber er hatte mehrfach gehört, wie Bella sich über James äußerte. »Er hat etwas schrecklich *Gruseliges* an sich. Er ist auf eine unheimliche Weise religiös. Wenn alles sich unterhält, siehst du manchmal, wie seine Augen sich nach innen kehren, dann weißt du, daß er *überhaupt* nicht anwesend ist; er hat sich in sein Inneres zurückgezogen. Eigentlich braucht er niemanden. Manchmal zieht er sich auch wirklich zurück; dann geht er aus dem Haus, weil sein Wagen an einer Parkuhr steht, und läßt sich sechs Monate lang nicht blicken, und später behauptet er, Gott habe ihn gerufen. Dabei ist er kein *guter* Mensch; ich glaube, er ist richtig bösartig. Er sagt, der herkömmliche Begriff von Güte sei bei weitem nicht dasselbe, wie einen Draht zu Gott zu haben. Was Gott angeht, ist er ein

Snob.« Bellas blaue Augen hatten sich vor lauter Gehässigkeit und Abscheu gerundet. »Das Schlimmste daran ist, daß er entsetzliche Macht über Bo ausübt. Eigentlich glaubt Bo überhaupt nicht an all diesen mystischen Unfug, aber die bloße Tatsache, daß James ihn nicht braucht, bedeutet, daß Bo völlig von ihm abhängig ist. Bo ist verrückt nach allem, was mysteriös und unerreichbar ist. *Ich* finde, James ist das reinste *Gift* für ihn.«

»Bella hat bestimmt schon ausgiebig ihre Ansichten über James zum besten gegeben?« Ironisch zog Bo eine Augenbraue seitwärts hoch – sie lehnten an der Reling und blickten auf die sumpfige Küste. »Natürlich verabscheut sie ihn; sie ist eifersüchtig auf ihn.«

»Wo hält sich James jetzt auf?« fragte Thomas ziemlich betreten. Die Dreieckskonstellation Bella-James-Bo machte ihn nervös; er wollte so wenig wie möglich darüber wissen; und konnte doch nicht umhin, eine gewisse Sympathie für Bo zu empfinden, der mit seinem Freund nicht glücklich schien. Wegen der langen Tage unter Deck vermochten nicht einmal die Tropen Bo zu bräunen; im Augenblick war er auffällig blaß; den Totenschädel grübelnd vorgebeugt, sah er auf die Wasserfläche unter sich, die bestimmt voller Haifische war.

»Der ist für sechs Monate nach Prag; wird bis nach Weihnachten dort bleiben.« Zusammenhanglos setzte Bo hinzu: »Hast du dir schon einmal Gedanken darüber gemacht, daß das Christentum eine Religion der nördlichen Hemisphäre ist? Die Geburt Gottes zur Zeit der Wintersonnenwende und seine Auferstehung im Frühling, das funktioniert südlich des Äquators einfach nicht. Dort unten müßte Weihnachten auf den Juli fallen.«

»Kann schon sein«, entgegnete Thomas vage. »Hat August nicht einen Essay über den Einfluß des Wetters auf die Religionen verfaßt?«

»Ach, immer August, August…« Bos Stimme füllte sich mit bitterer Unduldsamkeit. »Manchmal denke ich, der einzige

Grund, weshalb du dich an uns anklammerst, ist wegen August. Du willst seine Quintessenz aus uns heraussaugen wie ein *Blutegel.* August ist *tot* – will dir das nicht in deinen Dickschädel? Es ist sinnlos zu erwarten, daß du durch die Verbindung mit Bella – oder Gabriel – in mystischen Kontakt mit August kommst, denn das wirst du nicht, verflucht noch mal.«

»Das weiß ich doch.« Thomas sprach, wie er hoffte, mit Würde, aber er befürchtete, lediglich gereizt zu klingen.

»August ist so eine richtig gespenstische Vaterfigur für dich, stimmt's? Weil dein eigener Vater so ein Versager war. Aber ich habe ihn *geliebt.* Ich habe ihn *gekannt.* Er war überhaupt nicht so. Er hatte tönerne Füße wie wir anderen auch.«

»Das glaube ich wohl. Weißt du, ich möchte eigentlich lieber nicht über ihn reden.«

»Gott im Himmel, Thomas. Manchmal bist du so ein verknöcherter Kerl, daß ich kotzen könnte.«

Zwei Besatzungsmitglieder kamen an ihnen vorüber; einer von ihnen verpaßte Bo im Vorbeigehen einen spielerischen Fußtritt, und er rief ihnen auf arabisch etwas hinterher; Bo schien sich seine Grundkenntnisse in Arabisch bemerkenswert rasch angeeignet zu haben.

Thomas beachtete ihr Geplänkel nicht weiter, sondern wandte den Blick der wunderschön zerklüfteten, graugrünen Küste zu. Große, weiße Vögel flogen und tauchten zwischen dem Schilfrohr; ihr Geschrei drang schwach über das Wasser. Ein warmer, salziger, schlammiger, brackiger Geruch wehte vom Land herüber; gierig schnuppernd dachte er: In sechs Wochen werde ich wieder in London sein, all das wird wie ein Traum sein, abgeschlossen und unwirklich. Aber wenn ich im Sterben liege, werden mir diese Monate als das einzig Wirkliche in meinem ganzen Leben erscheinen. Wie viele Menschen es wohl schaffen, ihr Leben genau so hinzubringen, wie sie es beabsichtigen? Doch wie kann man sich der eigenen Absichten früh genug sicher sein?

»Thomas!« Bos ärgerliche Stimme drang an sein Ohr und riß ihn aus seiner Einsamkeit. »Wirst du dir wohl *anhören*, was ich dir zu sagen habe?«

»Was? Entschuldigung.«

»Über dich und Bella, Herrgott noch mal.«

»Was ist mit mir und Bella?« fragte Thomas mit äußerstem Widerwillen.

»Thomas. Verflucht, die Ehe ist doch keine Mozartoper, voll von Bücklingen, Knicksen, Menuetten. Das sieht doch ein Blinder mit Krückstock, daß das Mädchen nicht richtig aufs Kreuz gelegt wird, und wer ist dafür zuständig? Wir wissen ja alle, daß du Arthritis hast, aber du bist doch nicht gelähmt! Was ist denn los?«

»Ich glaube nicht, daß dich das etwas angeht, Bo.« Zu seiner Überraschung stellte Thomas fest, daß er Bos Frage nicht im geringsten übelnahm, aber das ganze Problem, der Gedanke an Bella, an ihre Beziehung, ermüdete ihn so sehr, daß er auf dem Deck hätte zusammensacken und die Hände über die Ohren, die Augen hätte legen können. Ihre Ehe schien wie ein großes, schwerfälliges Schiff mit zerbrochenem Ruder, das auf die Felsen zutrieb; wie ein Motorrad mit ausgerastetem Gang, über das man die Herrschaft verliert. Was seine Erlösung, ihre Seelenrettung hätte sein sollen, drohte sie beide zu zermalmen.

»Natürlich geht mich das was an!« sagte Bo erzürnt. »Wer kriegt denn eins aufs Dach, wenn Bella sich elend fühlt? *Ich*. Sie hängt mir am Hals wie ein verdammter Mühlstein. Sie versaut mir mein Gefühlsleben. Ich kann nicht arbeiten, ich kann mich nicht konzentrieren, und James spielt verrückt und verduftet monatelang.«

»Nun, das tut mir leid«, sagte Thomas, »aber was kann ich daran ändern? Schließlich beruht es auf Gegenseitigkeit; Bella langweilt sich mit mir, ärgert sich über mich – unter diesen Umständen kann man nicht dahergeritten kommen wie der junge Lochinvar.«

Bo grinste etwas liebenswürdiger und sagte: »Ja, aber es ist witzlos, von Bella Hilfe zu erwarten. *Du* bist erwachsen; sie ist für immer in der oralen Phase stehengeblieben. Deswegen hatte sie sich ja auch nie mit Gabriel angefreundet, dem armen kleinen Kerl; das Kind ist *sie*. Immer steht sie an erster Stelle. Das solltest du inzwischen wissen. Du hast dich auf sie und Gabriel eingelassen; du kannst deine Verantwortung nicht einfach über Bord werfen, nur weil sich herausgestellt hat, daß alles schwieriger ist als erwartet. Um Gottes willen, lies ein Sexualkundebuch, such einen Eheberater auf, geh zum Psychiater, aber *tu* etwas, sitz nicht einfach herum und spreiz dein Gefieder.«

»Du hast gut reden«, sagte Thomas langsam. Er konnte nicht gut hinzusetzen: »Die Wahrheit ist, je mehr ich über Bella erfahre, desto abstoßender finde ich sie.«

Wie konnte man Zuneigung für jemanden empfinden, der anscheinend nur von zwei Dingen belebt wurde: Essen und Schmerzen? Ohne Zuneigung, wie wollte man da eine Beziehung herstellen? Ihr Äußeres war ein Trugbild, eine Fassade; dahinter lag etwas Groteskes, ein Haufen verschrobener Begierden, krankhafter Gelüste. Da empfand er aufrichtigere Zärtlichkeit für den traurigen, totenköpfigen Bo, der mißmutig neben ihm lehnte und Traubenkerne ins Wasser spuckte.

Aber es stimmte, daß er die Verantwortung übernommen hatte. Und außerdem gab es da auch noch Gabriel. Gabriel zuallererst. Augusts geistiger Sohn. Daß er die ganze Beziehung unter falschen Voraussetzungen eingegangen war, machte es nur noch dringlicher, daß er sie nicht abbrach, nur weil sie nicht gedieh.

Doch als sie Lagos anliefen, um Proviant aufzunehmen, fand Bo einen Brief von Bella vor, der ihn in düstere, stumme Wut geraten ließ.

»Du hättest niemals auf diese blödsinnige Kreuzfahrt mitkommen dürfen. Das war die tollkühnste, idiotischste, krasseste Verrücktheit aller Zeiten«, sagte er nach einer Weile zu Thomas, indem er seine Worte abhackte wie Holzklötze mit einer Motorsäge.

»Wieso?«

Thomas war von lästigen Geschäftsbriefen von Crusoe & Selkirk in Anspruch genommen und schenkte Bo nicht seine volle Aufmerksamkeit.

»Ach, laß sein!« Bo zerriß den Brief und warf ihn über Bord. Er zog die Schultern hoch und ging mißgestimmt davon. Danach weigerte er sich, Thomas wie vorher auf der Suche nach Exemplaren an Land zu begleiten; vielmehr blieb er an Bord, trank Bier und fertigte Zeichnungen von der Schiffsmannschaft an. Jeden Tag war er ab mittags betrunken, und statt leichthin freundlich zu sein, schien er sich alle Mühe zu geben, Thomas zu provozieren.

Der Höhepunkt war erreicht, als Thomas eines Morgens ärgerlich in Bos Kabine stürzte und sagte: »Hör zu, Bo, du mußt aufhören, in dem Eisschrank für meine Insekten Bier aufzubewahren. Dieses ständige Auf-und-Zumachen läßt jedesmal die Temperatur ansteigen. Du hast mir meine ganze Arbeit von voriger Woche verdorben, nur weil du zu faul bist, zwei Treppen tiefer zu steigen. Es ist unerträglich. Wirst du dein Bier bitte im Eisschrank in der Messe oder in der Küche aufbewahren!«

Bo hob seine blutunterlaufenen Augen. Mit Juma, einem seiner Freunde von der Crew, saß er auf seiner Schlafkoje; kichernd hatten sie sich einige Karikaturen angesehen, die Bo vom Kapitän und, wie Thomas argwöhnte, von ihm selbst gemacht hatte.

»Verpiß dich, Thomas«, sagte Bo kalt. »Ich hab dich nicht in meine Kabine gebeten. Um die Wahrheit zu sagen, hätte ich lieber ein seit sechs Wochen totes Schaf bei mir. Um die Wahrheit zu sagen, gibt es nur wenige erkennbare *Unterschiede* zwischen dir und einem sechs Wochen toten Schaf.«

Juma lachte entzückt.

»Schon gut, ich gehe schon«, sagte Thomas, weiß vor Wut, aber mit ruhiger Stimme. »Und wenn das Bier nicht bis zum Mittag aus dem Kühlschrank verschwunden ist, werde ich es über Bord werfen.«

»Ach nein, wirklich?« Bo hob die Augenbrauen. »Thomas das Schaf will sich wohl mal durchsetzen, was? Bloß jammerschade, daß du dich nicht bei meiner blöden Schwester durchsetzen kannst. Jetzt aber *raus*!«

Als er die Tür schloß, heftig zitternd vor Wut, vermischt mit Entsetzen über diesen machtvollen, urplötzlichen Gefühlsausbruch, hörte Thomas, wie Juma fröhlich wiederholte: »Thomas das Schaf! Thomas das Schaf!«

Das war eine Kriegserklärung.

Er hörte rasche Schritte, und neben der Telefonzelle tauchte Catrionas besorgtes kleines Gesicht auf.

»Thomas! Sie lassen jetzt die Passagiere an Bord. Die Autoschlange bewegt sich langsam vorwärts.«

»In Ordnung«, sagte er. »Ich komme sofort.«

Als er hinter ihr her zu dem geliehenen Ford Mustang zurückrannte und durch den Tunnel und über die Helling auf das Autodeck der Fähre fuhr, dachte er: Wie konnte mir das alles nur entfallen? Was bewirkt, daß ich derlei vergesse? Was habe ich sonst noch vergessen?

»Sollen wir nach oben gehen?« fragte Catriona, als sie das Auto abgestellt hatten. »Es bringt nichts, während der ganzen Überfahrt hier unten zu hocken. Und von oben hat man eine sehr gute Sicht auf Manhattan, wenn wir ablegen.«

Außer dem Laderaum hatte die Fähre drei geräumige Passagierdecks. Sie kletterten zum Promenadendeck hinauf und traten durch Schiebetüren ins Freie.

Je mehr der Tag sich seinem Ende zuneigte, desto mehr war der morgendliche Regen nach Osten über den Atlantik abgezogen. Jetzt, um fünf, reflektierte der Hudson einen klaren Himmel; die Kräne und Fabrikschornsteine des Ufers von Jersey spiegelten sich getreulich in dem blauen Wasser, und die Freiheitsstatue, die ihre Fackel über die Wasserfläche hielt, leuchtete kupfergrün, als sie die untergehende Sonne auf sich zog.

Die Schiffssirene heulte, und die Fähre glitt aus ihrem halbkreisförmigen Ankerplatz.

»Und doch«, sagte Thomas, als er sich umwandte und das Profil von Downtown Manhattan betrachtete, das sich jetzt wie ein irrer, majestätischer Traum von Monolithen, ganz in Schwarz, Steingrau und Erbsengrün, hinter ihnen erhob, »das Seltsame ist, daß ich immer noch eine Art Zärtlichkeit für Bo empfinde. Viel mehr als für Bella. Trotz der schrecklichen Dinge, die wir einander angetan haben.«

Wie hatte er damit begonnen, Catriona von der Kreuzfahrt auf der *Hetaira* zu erzählen? Er wußte es kaum. Sie hörte ihm so aufmerksam, mit so großem, unvoreingenommenem Interesse zu, daß er sich von einer Bürde befreit fühlte; die Erinnerungen waren wie kauterisiert, als sie aus ihm herausgezogen wurden. Sie fällte keinerlei Urteil, weder über Bo noch über Thomas. Vielleicht versuchte sie die Wirkung der Ereignisse auf Gabriels späteres Handeln abzuschätzen.

»Was passierte dann?« fragte sie.

»Dann flog ich zurück nach England. Es hatte keinen Sinn mehr, dazubleiben, die Arbeit von sechs Monaten war vernichtet. Bo war zum Kühlschrank gegangen und hatte alle meine Exemplare über Bord geworfen. Jedes einzelne. Mein Forschungsstipendium deckte eben die Unkosten ab – es war kein Geld mehr da, um noch einmal von vorn zu beginnen. Und auch keine Zeit. Ich denke, ich habe es als ein Omen dafür aufgefaßt, daß aus mir kein wirklicher Wissenschaftler werden sollte. Und ich konnte Bos Anblick nicht mehr ertragen, nach dem, was er mir angetan hatte. Er konnte meinen Anblick wohl allerdings auch nicht mehr ertragen. Außerdem gab es Probleme bei Crusoe & Selkirk. Ach ja, und ich hatte einen seltsamen Brief von Loraine Hartshorn erhalten, einer Nachbarin, einer Art Freundin...«

»Gabriel hat mir von ihr erzählt.«

»Darin schrieb sie, ich sollte zu Bella zurückkehren, und machte geheimnisvolle Andeutungen. Das war kurz vor Weihnachten.«

»Und dann?«

Woran nur erinnerte ihn ihre wißbegierige Frage, ihre wache, leidenschaftslose Neugier? An Gabriel natürlich – der im Alter von elf Jahren mit einer Geschichte oder einer langen Erklärung noch leicht zu begeistern war. »Ja, und was ist dann passiert, Onkel Tom? Und dann? Und dann?«

»Und dann bin ich zu Hause in Wanborough angekommen – Heiligabend, Schnee – alles Schlimme stößt mir an Weihnachten oder bei Schnee zu –, aber das, was dann kam, ist für deine Ohren nicht geeignet.«

»Ach, kommen Sie, Thomas, ich bin doch nicht mehr zehn!«

»Siehst aber so aus.«

Vom Londoner Flughafen habe er sich ein Taxi direkt nach Hause genommen. Bella im Bett vorgefunden, nicht mit einem Mann, sondern gleich mit zweien. Ein vernichtender Anblick. Jedenfalls für ihn. Er ziehe es vor, nicht alle Einzelheiten auszubreiten. Aber er erinnere sich noch, wie er mit ungläubiger Abscheu zu Bella gesagt habe: »Wie konntest du das nur tun, wenn Gabriel im Haus ist?«

»Natürlich ist er nicht im Haus, du *Dummkopf*! Er wollte den Flug nach Lagos erwischen. Zu seinem Geburtstag sollte er doch hinfliegen. Erinnerst du dich denn an gar nichts mehr? Die Hälfte der Strecke hat er jetzt bestimmt schon zurückgelegt.«

Thomas schlug die Abflugzeit nach, rief Heathrow an, bat darum, Gabriel Baird, Fluggast an Bord der BOAC-Maschine nach Rom, Lagos, Kapstadt, eine Nachricht zu übermitteln; dann versuchte er vergebens, seinen Wagen zu starten; nach sechs Monaten waren die Batterien leer. Bella fuhr grundsätzlich nicht Auto, sie konnte es nur sehr schlecht; sie nahm Taxis oder fragte Freunde. So bestellte er sich ein Funktaxi zurück zum Flughafen. Aber es war Weihnachten, und es herrschte Chaos: schlechtes Wetter, gestrichene, verspätete und zusätzliche, außerfahrplanmäßige Flüge; seine Nachricht war nicht zu Gabriel durchgedrungen, und er mußte eine halbe Stunde, bevor Thomas in Heathrow ankam, abgeflogen sein.

»Ich weiß noch, Gabriel hat mir ein bißchen von der Reise erzählt«, sagte Catriona. »Als er ankam, traf er Bo in einem ziemlich verstörten und alkoholisierten Zustand an und begleitete ihn zurück... Also, was haben Sie als nächstes unternommen?«

»Ich nahm mir ein weiteres Taxi nach Hause und stellte fest, daß Bella fort war. Sie hatte mir eine Notiz hinterlassen, in der stand, daß ich meine Sachen packen und ausziehen sollte, unsere Ehe sei aus und vorbei und das Haus gehöre ihr. Womit sie natürlich recht hatte. So habe ich denn meine Sachen gepackt und bin ausgezogen.«

»Wohin sind Sie gezogen?«

Der alte Samuel war drei Jahre zuvor gestorben. Das Häuschen in Wansea war verkauft. Zwecklos, dorthin zu ziehen.

»Erst in ein Hotel, und später fand ich eine Wohnung in einem Londoner Stadtteil, wo ich früher schon einmal gewohnt hatte. Da wohne ich jetzt immer noch.«

»Und danach?«

»Dann habe ich wieder eine Gedächtnislücke«, sagte er langsam. »Ich kann mich nicht mehr erinnern. Irgend etwas Schlimmes ist passiert, hatte mit Bo zu tun. Was zum Teufel könnte das gewesen sein?«

»Machen Sie sich keine Sorgen«, sagte Catriona. »Vielleicht fällt es Ihnen später wieder ein. Vielleicht ist es ein Schutzmechanismus in Ihrem Gedächtnis, der nur soviel durchläßt, wie Sie eben verkraften können.« Sie lächelte schwach. »Sehen Sie das alte Ehepaar vor uns?«

Sie hatten sich hineinbegeben, zu einer der Sitzreihen auf dem Promenadendeck, und an der Sandwich-Bar hatte Thomas ihnen Kaffee besorgt. Catriona deutete auf ein ältliches Paar, der Mann glatzköpfig, die Frau weißhaarig, die zwei Reihen vor ihnen saßen, Arm in Arm.

»Ja, wieso?«

»Als Sie den Kaffee geholt haben, hörte ich den Mann sagen: ›Ach, was hatten wir's doch in der guten alten Zeit viel besser. Vor fünfundvierzig Jahren gab's auf den Fähren noch Schuhputzer, die haben einem für einen Nickel die Schuhe geputzt, und es gab Akkordeonspieler und Geiger auf den Schiffen. So was gibt's heut nicht mehr‹, und die Frau seufzte und sagte: ›Nein, das stimmt, so was gibt's heut nicht mehr.‹«

»Ja, und?«

»Tja, der Schuhputzer war *eben gerade* an ihnen vorübergekommen. Zugegeben, er verlangt jetzt fünfundfünfzig Cent statt einem Nickel, aber er ist *da*. Und im vorderen Teil des Schiffs spielt in diesem Augenblick ein Trio Musik von Telemann, ich kann sie von hier aus hören. Sollen wir hingehen und zuhören?«

»Einverstanden.« Er trank seinen Pappbecher leer und folgte der schmalen, entschlossen wirkenden Gestalt.

Als er sie einholte, fragte er sie: »Wieso haben sie den Schuhputzer und die Musik nicht bemerkt?«

»Weil sie in ihren Erinnerungen schwelgen wollten, natürlich!

Es wäre doch nicht gut, wenn heute alles *genauso* wäre wie früher.«

»Oder vielleicht haben *sie* sich so verändert«, sagte er, »daß sie es nicht ertragen können, daß alles andere gleich geblieben ist. Aber weshalb vergesse *ich*? Glaubst du, es hat etwas mit meinen körperlichen Schmerzen zu tun? Oder mit diesem Medikament? Oder gibt es dafür tieferliegende Gründe?«

Sie drehte sich um und betrachtete ihn nachdenklich. Es war lange her, dachte er, daß ihn jemand so ernst genommen hatte wie dieses Kind.

»Ich denke, es hat etwas mit den Schmerzen und den Medikamenten zu tun«, sagte sie. »Schließlich hat so gut wie nichts, was geschieht, nur *eine* Ursache, oder? Immer sind es verschiedene Kräfte und Strömungen und Tendenzen, die schieben und ziehen. Und auf die eine oder andere Weise haben Sie eine ganze Menge Ärger gehabt. Ihr Verstand kann immer nur eine Sache in Angriff nehmen, da vergißt er die anderen eben.«

»Ich habe auch nicht mehr Ärger gehabt als andere Leute«, sagte er verstimmt. »Ich bin nur schwächer als andere Leute.«

Impulsen nachgeben. Ihm fiel Jans Brief ein, irgendwann während seiner Ehe mit Bella. »... was du zu meiner Mutter gesagt hast, daß sie ein Krake sei, der alles daran setzt, mein ganzes Leben zu strangulieren. Das arme alte Mädchen hat sich nie davon erholt, du hast schreckliche Selbstzweifel und Unsicherheit in ihr ausgelöst; danach hat sie es fast nie mehr gewagt, mich anzurufen und mir vorzuschlagen, daß wir gemeinsam etwas unternehmen. Damals konnte ich mir nicht erklären, wie du so grausam sein konntest... Inzwischen weiß ich, daß es die Folge von diesem Zeug ist. Ich mache dich nicht länger dafür verantwortlich, aber der Gedanke an ihren Tod stimmt mich so traurig, daß es für uns beide keine Zukunft mehr gegeben hätte, was auch immer aus dir geworden wäre; unsere Beziehung ist für immer in Mitleidenschaft gezogen...«

»Pst!« Catriona legte eine Hand auf seinen Arm. »Hören Sie sich die Musik an.«

Am vorderen Eingang zur Kabine spielten zwei Jungen und ein Mädchen eine Triosonate für Flöte, Oboe und Blockflöte. Ihre Noten hatten sie auf Ständern aufgestellt, und zwischen ihnen auf dem Deck lag eine Mütze, in die einige Passagiere, eher verschämt, Vierteldollarmünzen, gelegentlich auch eine Dollarnote warfen. Die Musikanten trugen Jeans und sahen etwa so alt aus wie Catriona; er bemerkte sogar, wie sie einander grüßend zunickten; vielleicht Kommilitonen. Thomas fand, sie spielten gut; es war heitere Musik, aber ihn konnte sie nicht aufheitern. Er fühlte sich äußerst bedrückt.

War er dabei, das Richtige zu tun? War dies ein verrücktes, schwachsinniges, aussichtsloses Unternehmen, und Gabriel hielt sich in Wahrheit ganz woanders auf?

Er vergeudete kostbare Zeit, hatte seine Zusage gegenüber den Entführern nicht eingehalten, Bo und Bella vor den Kopf gestoßen... Es fiel ihm wieder ein, was Bo am Telefon zu ihm gesagt hatte, ungemildert von der inzwischen verstrichenen Zeit.

Er haßt mich, er haßt mich zutiefst. Was habe ich verbrochen, daß ich solche Bitterkeit in ihm hervorrufe? Mich von Bella getrennt? Oder ihm persönlich etwas angetan?

Eine weitere ungeklärte Frage kam ihm in den Blick: Loraines Tod. Weshalb kann ich mich daran überhaupt nicht mehr erinnern? Habe ich dabei die Hand im Spiel gehabt?

Die Musik gelangte zu einem fröhlich-formelhaften Abschluß. Catriona unterhielt sich mit den drei Musikern und äußerte sich zu ihrem Arrangement des Stücks. Plötzlich durchzuckte Thomas eine Idee; eine vage Vermutung, aber sie lohnte den Versuch.

»Frag sie doch mal...«, setzte er an.

Catriona hatte im selben Augenblick denselben Einfall gehabt. Sie wandte sich an den älteren Jungen.

»Spielt ihr den ganzen Tag auf dem Schiff?«

»Klar. Wir fahren hin und her. Prima zum Üben. Kostet bloß zehn Cent, und man kann so oft fahren, wie man will. Und wir verdienen ganz hübsch.«

Sie sagte: »Kennst du meinen Freund Gabriel? Hast du ihn je getroffen oder mich mit ihm gesehen? Ihr habt nicht zufällig mitgekriegt, ob er heute irgendwann mit der Fähre übergesetzt ist?«

Die Jungen sahen sie verständnislos an, aber das Mädchen erwiderte: »Gabriel? Der dunkelhaarige Engländer, der manchmal mit dir auf der Morton Street Pier gehockt hat? Ich glaube, ich hab heut morgen jemanden gesehen, das könnte er gewesen sein. Ziemlich früh. Es waren nicht viele Leute an Bord, deswegen ist er mir aufgefallen.«

»War jemand bei ihm?« fragte Thomas.

»Könnte sein. Da war ein weißhaariger Mann – sah aus wie ein Professor. Ich hab gesehn, wie er etwas zu dem Jungen gesagt hat. Aber ich weiß nicht, ob sie zusammengehörten.«

Die Fähre fuhr unangenehm ruckend an ihren Liegeplatz heran, indem sie sich an den hölzernen Pfeilern entlangschob, bis der halbkreisförmige Rand des untersten Decks in die halbkreisförmige Landebrücke paßte. Plötzlich fiel Thomas der Wagen ein, er rannte nach unten und rief Catriona zu: »Frag sie, in welche Richtung sie gefahren sind – falls sie sie gesehen haben – ich treff dich an Land.«

Doch die drei Musiker hatten nicht darauf geachtet, wo Gabriel und sein möglicher Begleiter hingegangen waren, nachdem das Schiff angelegt hatte. Sie dankte ihnen, und unverzüglich begannen sie mit einem anderen Musikstück.

Catriona wartete auf dem Hauptdeck, von wo die Fußgänger an Land gingen. Das Schiff, ohne eigentlichen Bug oder Heck, hatte an beiden Enden die gleiche Form und brauchte deswegen nicht zu drehen, sondern fuhr bei jeder Überfahrt lediglich in die entgegengesetzte Richtung. Das Hauptdeck endete in einem Hufeisen, das aus zwei von Handläufen gesicherten Laufstegen bestand, dazwischen eine gebogene Öffnung, durch die man das Autodeck erblickte. Sobald das Schiff angelegt hatte, wurden von einer Kranbrücke rasch zwei riesige Metallrampen aus drei Meter Höhe herabgesenkt, bis sie auf den beiden Laufstegen aufruhten; Besatzungsmitglieder nahmen die Sicherheitsketten weg, und die Passagiere eilten die Rampen hinauf. Catriona schaute hoch und bewunderte sechs Tauben, die sich auf dem Kran niedergelassen hatten, zwei weitere hatten sich unbekümmert auf der Rampe selbst plaziert. Sie warteten bis zum letzten Augenblick, bevor sie sich müßig in die Lüfte schwangen, als die Metallbacke aufs Deck krachte. Darunter möchte ich keinesfalls landen, dachte Catriona, dann blickte sie nach unten und sah, wie sich Thomas' geliehener Ford Mustang in der Schlange auf dem Autodeck zentimeterweise vorbewegte; sie rannte den Laufsteg hinauf und durch die Abfertigungshalle, um sich auf der Zufahrtsstraße draußen zu ihm zu gesellen.

»Wohin jetzt?«

»Ich habe eine Karte von der Insel, allerdings keine sehr detaillierte, Zebra Place ist nicht drauf. Aber in der Bibliothek hat man mir gesagt, wir sollen von einer größeren Straße namens Arthur Kill Road abzweigen, die hier verzeichnet ist, also fahren wir besser die entlang und halten Ausschau. Fahren Sie hier hoch, und biegen Sie links ab.«

Vor ihnen stieg der breite Fahrdamm zu einer Reihe moderner Verwaltungs- und Geschäftsgebäude an. Zur Linken lag ein öffentlicher Platz mit Bushaltestellen und einem eingezäunten verdorrten Rasenstück. Sie fuhren weiter und passierten ältere, ärmlichere Gebäude, Läden, Fachwerkhäuser und Supermärkte. Auf der rechten Seite erhob sich eine bewaldete Anhöhe, die wiederum mit Häusern übersät war.

»Ich stelle mir vor, daß Staten Island, so nahe an New York, ziemlich zugebaut sein muß«, sagte Thomas. »Könnte es hier wirklich einen Flecken geben, der so abgelegen ist, daß ...«

Seine Stimme verlor sich. Jeder Flecken, dachte er, ist so abgelegen, daß man dort sterben kann. Mein Verstand funktioniert nicht mehr recht.

Ein dichter Nebel von Erschöpfung begann ihn einzuhüllen; selbst die Schmerzen in seinen Armen und Beinen hatten sich gelegt oder wurden von der Müdigkeit betäubt. Er gähnte zweimal ausgiebig und schüttelte sich, um einen klaren Kopf zu bekommen.

»Ich glaube, in der Mitte ist noch ein bißchen Ackerland übriggeblieben«, sagte Catriona. »Im neunzehnten Jahrhundert war die Insel ziemlich ländlich, es gab eine Menge Obstgärten.«

»Nicht mehr viel davon zu sehen.«

Sie fuhren weitere fünf oder sechs Meilen an städtischen Siedlungen vorbei: kleinen Zentren, die durch eine endlose Kette von Gebäuden miteinander verbunden wurden; rechterhand stieg immer noch die bewaldete Anhöhe an, und unten, zu ihrer Linken, war nach etwa einer Meile dichter Besiedlung der Ozean zu sehen. Dann kamen sie an einem Dorfanger mit einigen älter wirkenden Fachwerkhäusern, hübsch und adrett, vorbei.

»Tut mir leid«, meinte Thomas. »Was hast du gesagt?«

Wieder gähnte er, bis seine Ohren knackten. Der Nebel kroch näher.

»Das ist Richmond Town, eine Rekonstruktion. Sie erfassen die ältesten Häuser der Insel und versetzen sie hierher; eine Art Museumsdorf.«

»Wohnt darin jemand?«

»Ich weiß nicht.«

Er gähnte erneut und konnte gerade noch einen Schlenker verhindern. Es fiel ihm immer schwerer, sich darauf zu besinnen, daß er auf der rechten Straßenseite fahren mußte. Um Gottes willen Vorsicht, ermahnte er sich.

Jetzt begann das buschig bewaldete Land zu ihrer Linken anzusteigen; sie hatten sich vom Atlantik abgewendet und hielten auf die Mitte der Insel zu. Hier und da fraßen sich nagelneue unbefestigte Straßen und neue, noch im Bau begriffene Siedlungen in die Wälder hinein, inzwischen aber nicht mehr so häufig, dazwischen gab es größere, mit struppigen Bäumen bestandene Abschnitte. Die Blätter hatten das matte Gelb des Nachsommers. Rechter Hand fanden sich Böschungen mit hohen, rehbraunen Binsen, dahinter Stellen mit sumpfigem Wasser, braune Marschen; weiter zurück Fabrikschornsteine und weite Flächen von Industriemüll.

»Das ist New Jersey, was wir da drüben sehen können«, sagte Catriona.

Thomas fand Staten Island eine einsame Gegend. Er wünschte, sie wäre grüner. Schwer vorzustellen, wie sie früher gewesen sein muß, von Obstgärten überzogen. Aber zum Sterben braucht man keine grüne Gegend...

»Vorsicht!« rief Catriona und ergriff das Steuerrad.

»Catriona, tut mir schrecklich leid.« Vorübergehend war Thomas hellwach. »Ich habe gestern nacht nicht lange geschlafen – außer auf einer Parkbank.«

»Soll ich ein bißchen fahren?« fragte Catriona, die überhaupt keinen Schlaf gefunden hatte.

»Kannst du denn?«

»Aber sicher.«

Er stieg aus und lief um den Wagen herum; sie rückte hinüber.

Sie fuhren weiter. Thomas kämpfte gegen den Schlaf an, der ihn bald in langsam plätschernden, flachen Wellen, bald in hohen, überflutenden Brechern überfiel.

Die Fahrrinne zu ihrer Rechten lag jetzt nahebei; sie hatten die Insel ganz durchquert. Sie kamen an einer kleinen Ufersiedlung vorüber, bemerkenswert vor allem wegen der gewaltigsten Ansammlung rostenden Industriemülls, die Thomas je gesehen hatte.

»Keine Spur von Zebra Road«, sagte Catriona unruhig. »Ich bin sicher, ich habe keine Schilder übersehen; sie muß wohl auf der linken Seite sein, denn auf der rechten Seite würde sie nur zur Fahrrinne führen. Aber Sie halten weiter Ausschau, ja?«

Die hatte gut reden, von wegen Ausschau halten. Augen wollen zufallen. O Gott, ich lasse aber auch alle im Stich.

»Bitte schlafen Sie mir nicht ein, Thomas! Es ist schwer, beide Seiten gleichzeitig im Auge zu behalten.«

Auch sie wird mich noch verachten. Vielleicht tut sie es schon.

Aber wenige Minuten später packte sie ihn aufgeregt am Arm. »*Da ist sie!* Wir sind dran vorbei gefahren! Ich hab sie gesehn.«

»Wunderbar. Gut gemacht.«

Sie fuhr ein Stückchen weiter, setzte rückwärts in die erstbeste Einfahrt und fuhr wieder zurück. Gleich darauf spürte er, wie der Wagen nach rechts abbog.

»Jetzt müssen Sie aber wirklich aufwachen, Thomas, denn wir müssen auf beiden Seiten Ausschau halten. Zumal wir nicht wissen, wonach wir Ausschau halten; meinen Sie, wir sollten anhalten und jemanden fragen?«

»Gute Idee«, murmelte er. »Anhalten und fragen...«

»Oh!« Sie hielt den Wagen an. Selbst durch seine dichte Decke Schlaf hindurch hörte Thomas die Bestürzung in ihrer Stimme heraus.

»Was ist los, Catriona?«

»Zebra Place ist nur eine Viertelmeile lang. Es ist nur eine Verbindungsstraße, die die Schnellstraße überquert.«

Mit einer Anstrengung, als müsse er sich aus dem eigenen Grab hieven, richtete Thomas sich auf und sah sich um. Sie waren eine sanfte Anhöhe hinaufgefahren und hatten eine Brücke überquert, die über eine sechsspurige Schnellstraße führte. Die schmale Fahrrinne lag hinter ihnen, ebenso der bedrückende Anblick der Fabrikschornsteine und Kräne auf der Uferseite von New Jersey. Die enger gewordene Straße vor ihnen, deren aufgesprungene und löchrige Asphaltdecke darauf hindeutete, daß sie nicht oft befahren wurde, führte in die gestrüppreiche Waldung. Aber jetzt hieß sie, dem gelben Straßenschild zufolge, Bloomingdale Road.

»Glauben Sie, wir sollten weiterfahren oder lieber jemanden fragen?«

»Fragen ist vielleicht besser. Versuch jemanden aufzutreiben – frag nach der Mühle, die Tom Thum gehört.«

»Keine Menschenseele zu sehen. Sollen wir zur Hauptstraße zurück?«

»Catriona«, sagte Thomas, »tut mir furchtbar leid, aber ich muß ein bißchen schlafen. Zu müde…«

Er sank in die Ecke und ließ seinen Kopf gegen die Rückenlehne hängen. Gleich darauf war er in tiefsten Schlaf versunken. Kurz vor der völligen Leere durchbohrte ihn ein einziger Vorwurf: Aber du suchst doch Gabriel. Gabriel. Angenommen, er liegt schon im *Sterben*? In diesem Augenblick?

Er nahm den Gedanken mit sich in die Düsternis, wie einen Draht, der um sein Gehirn gewunden war.

15

Gabriel 1974

Gabriel saß in der Dachstube und registrierte im Geist systematisch das Mobiliar. Ich sitze an einem kleinen, runden, verstaubten Tisch, auf dem Unmengen alter 78er-Schallplatten, viele davon zersprungen, ein Stoß alter landwirtschaftlicher Fachzeitschriften, ein Baedeker-Stadtplan von Paris aus dem Jahre 1910 und ein Stapel alter Briefe liegen. Noch mehr Briefe in einem Hundekörbchen zu meinen Füßen. Vor mir ein großes Mansardenfenster zum Hochklappen mit zwanzig Glasscheiben, flankiert von zwei kleineren und zwei weiteren im rechten Winkel dazu, diese dreieckig. Das gesamte Fenster ist etwa vier Meter breit und aus massivem alten, salzverkrusteten Kiefernholz gefertigt; das Fensterbrett besteht aus Baumstämmen, und die diagonalen Balken zu beiden Seiten sind ebenfalls aus Kiefer, einem rohen Rotgold. Auf dem Fensterbrett befinden sich ein fünf Liter fassender Steinkrug und ein Paar großer steinerner Brüste, vermutlich das Unterteil einer Büste; allenthalben Spinnweben. Unter mir ein altes Stück braunen Teppichbodens. Draußen vor dem Fenster sind nur die Wipfel der Bäume zu erblicken; der Erdboden unten fällt, zunächst nur allmählich, dann ziemlich steil, zum Sumpf hin ab. Das kleine, graue Holzdach der Außentoilette ist eben noch zu sehen. Der Baum in nächster Nähe ist eine große Zeder, daneben gibt es Robinien, wilde Pflaumenbäume, schwarze Walnußbäume... Es gießt in Strömen, und der Wind rüttelt an den Zweigen; das erinnert mich an die Zeder bei uns daheim. Jenseits der Marsch kann man eben noch die Bäume auf dem gegenüberliegenden Hang erkennen. Hinter dem Hügel verläuft eine Straße, aber von hier aus sieht man sie nicht. Innen, rechts unter dem Schrägdach, ein verstaubter Koffer, eine Holztruhe, Pappkartons, eine Art Metalltresor, ein großer Glaskrug, ein Hummertopf, ein Korb voll alter Lampenschirme. Auf dem Boden hinter mir ein von Motten zerfressenes Bärenfell. Mächtige, breite Holzdielen. Ein großer, alter, roh gemauerter Kamin, schwarz und rot, führt durch den Fußboden herauf zum Dach hinaus. Durch die Seitenfenster der Ausblick auf ferne Fichten. Die rohen Planken an den Wänden mögen früher einmal weiß gestrichen gewesen sein; jetzt blättert überall die Farbe ab. Alte Mehlsäcke. Zur Linken ein beschädigter Korbstuhl; mit Backsteinen zu Regalbrettern angeordnete Bohlen, die Stapel von Illustrierten, Schuhkartons, Rattengiftbehältern tragen. Eine aufplatzende Chaiselongue mit dem fehlenden Kopf der Büste und einem Topfdeckel. Ein Rollbett mit Koffern und zusammengefalteten Vorhängen. Ein Bügelbrett, vollgeschichtet mit alten Ausgaben der *New York Times*, ganz vergilbt. Etwa drei Meter über dem Fußboden verlaufen die Dachbalken. Vorne wie hinten senkt sich das Dach, mit Ausnahme der Gaube, bis zum Fußboden herab. An jedem Ende Fenster, so oft gestrichen, daß sie sich nicht mehr öffnen lassen, und von Spinnweben bedeckt. Unterm Dachfirst ist es dunkel. Ich sitze auf einer gewaltigen, von Mäusen schon recht angenagten Bibel. Wenn ich aufstehe, kann ich das Außenklo ganz sehen, ein ziemlich lächerlich wirkendes längliches Wachhäuschen mit Spitzdach und Türfensterchen. Dahinter fällt der Hang zum Sumpf hin ab, es steht da ein wilder Pflaumenbaum, dessen sechs schwarze Äste wie Finger nach oben greifen. An den Mauern wächst wildes Immergrün. Die ganze Zeit höre ich den Regen gegen die hölzernen Dachschindeln klatschen und das wehmütige Gurren einer Waldtaube. Aus einer lecken Dachrinne lösen sich schwere Regentropfen und fallen am Fenster vorbei. Der Schrei der Waldtaube gleicht dem des Kuckucks, eine kleine Terz, zwei Noten, aber die zweite wird in einem anderen Rhythmus wiederholt, sehr langsam und schwermütig.

Das ist ein gutes Zimmer zum Sterben, noch besser als das in der Bowery.

Die ersten paar Stunden hatte er damit zugebracht, methodisch das Gelände draußen zu erkunden. Der Mühlbach, den er als klaren, über Felsen dahinschießenden Wasserlauf in Erinnerung hatte, war von Schlamm und Unkraut verstopft; nur ein schmales Rinnsal sickerte durch Moosbüschel, Sumpfunkraut und rötlichen Schlamm, über den sich ein fester bläulicher Ölfilm gelegt hatte. Und der Mühlteich, in dem er geschwommen hatte, war inzwischen ein schlickiger Morast, an dessen Rand fast zwei Meter hohe helle Binsen mit federartigen, buschigen Köpfchen wuchsen. Der Grashang war verschwunden. Ringsumher, an einigen Stellen nur zwei Meter vom Haus entfernt, wucherte hüfthohes Dorngestrüpp. Und das Mühlwerk war vermodert und verfallen, unter einem Gewirr von Pflanzen verborgen: Kriechpflanzen vermutlich, Klettertrompeten, Giftsumach. Schon bei unserem Besuch war das Mühlwerk nicht mehr in Betrieb. Aber man konnte doch das große hölzerne Mühlrad und die Schleusentore sehen, die inzwischen völlig eingestürzt zu sein schienen.

Schade, daß es den munteren Bach nicht mehr gab und den gepflegten Rasen. Aber was hatten die mit ihm zu schaffen? Die gehörten einer anderen Zeit an.

Aber es war schade, dachte er, daß die entlegene Insel, an die er sich erinnern zu können vermeinte, daß das riesige Terrain mittlerweile auf diesen verlassenen Flecken zusammengeschrumpft war: eine halbe Meile überwucherten, morastigen Waldlands, und im allergrößten Dickicht kauerte das alte Haus mit seinen grauen Schindeln.

Nur eine Fünf-Cent-Fahrt vom Empire State Building entfernt.

»Wie Dornröschens Schloß«, sagte er laut, und die halbwilde Katze, die durch ein viereckiges Loch im Fußboden kam und ging, erhob sich von ihrem Lager inmitten der Mehlsäcke und rieb sich an seinem Bein. Wenn man den Rest seines Lebens zur Verfügung hatte, mochte es eine heilsame Erfahrung sein, daß Kindheitserinnerungen so unzuverlässig sind. Aber wenn die Zukunft, die man vor sich hatte, so kurz war, wäre es doch erfreulicher gewesen, nicht an diese Unwahrheiten zu rühren.

Nein! Nein! rief eine Stimme, die innerste Stimme, laß uns alle zusammen offenen Auges sterben, und keiner täuscht den anderen. Wenigstens der Bach war damals wirklich vorhanden und der Rasen, da bin ich mir sicher; und wenn die Eisenbahnstrecke eine halbe Meile weiter südlich verlief und die Fabriken von Jersey von der Hügelkuppe aus zu sehen waren, wie es damals gewesen sein muß, was für einen wesentlichen Unterschied hätte das gemacht, würde es machen? Wenn die Wälder ringsum mit Unrat übersät sind, so dicht wie Schuppen, und die Austernbänke entlang dem Ufer an Abwässern ersticken und die Bäume in den gestrüppreichen Wäldern umgeknickt und von Krankheit befallen sind, ist das nicht genau der Beweis und die Rechtfertigung für das, was ich hier tue?

Wenigstens das alte Haus, würdevoll in sein Dickicht gekauert, ist noch dasselbe, auf merkwürdige Weise dasselbe: Ich weiß noch jede Dielenritze, jedes Astloch, die Höhe jeder Stufe auf der steilen, schmalen Treppe und den genauen Duft des verwitterten, harzigen, warmen Holzes, wohlriechend und geheimnisvoll wie Weihrauch.

Und hier oben, wo Gus immer gesessen hat – fast mit Sicherheit genau an diesem Tisch – ja, das Zimmer eignet sich. Man braucht nicht bis zum Nordpol zu fahren. Früher, nachdem ich den Film gesehen hatte, habe ich immer Frankenstein bewundert; habe mich nach einem ebenso schrecklichen Ende gesehnt, weit weg in arktischer Öde, unter einer verheerenden Lawine, mit meinem kummervollen Monster in einer Eishöhle eingeschlossen. Inzwischen sind meine Ansprüche nicht mehr so hoch. Das hier eignet sich ebensogut – nein, viel, viel besser. Ein Plätzchen, an dem Gus saß und grübelte und schrieb und hinaussah und weiterschrieb – das eignet sich am besten.

Was für ein seltsamer, trauriger, freundlicher Mann, dieser James. Als ob mein Tod ihm leid täte, obwohl wir uns doch eben erst begegnet sind; aber auch, als ob er meine Rechte in der Angelegenheit voll respektierte. Wie Catriona. Aber der hat's allmählich schon was ausgemacht. Es war gemein, einfach abzuhauen; aber ich mußte mich losreißen. Dem armen Thomas wird's auch nicht recht sein, daß ich sterbe; ich wünschte, ich hätte mit ihm reden, ihm den Grund auseinandersetzen können. Aber Oma wird's schon übernehmen, die kann das besser als ich. Oder Gus. James hatte lediglich vor, mir einen uneigennützigen Gefallen zu tun; aber niemals wird er erfahren, was für einen großen Gefallen. Er ist nicht mit auf den Dachboden gekommen; er hat nicht in die Blechbüchse geschaut. Er hat nicht gewußt, was sich darin verbirgt; nach zehn Jahren immer noch.

Er hat mir Dosen mit Bohnen in Tomatensoße, Eier und Klopapier und Streichhölzer und ein Beil dagelassen. »Halt dich abends warm«, sagte er, »es gibt genügend trockenes Holz, und ein Kaminfeuer leistet dir Gesellschaft. Du sollst es bequem haben, während du wartest.«

Er weiß nicht, daß mir niemals kalt ist. Und daß es mir hier oben besser gefällt als unten in der Küche; ob mit oder ohne Kamin, unten ist es zu dunkel, so dicht drängen sich der Walnußbaum und die Zeder und der Flieder gegen die Fenster. Dies hier ist das beste Zimmer im Haus.

Ich werde hier oben bleiben, wie der heilige Symeon Stylites. Ich frage mich, wie der's mit dem Auf-die-Toilette-Gehen gehalten hat. Für seine Verehrer unten dürfte es ziemlich unangenehm gewesen sein. Aber ich habe keine Verehrer unten, und ich habe den hübschen, mit Stiefmütterchen verzierten Nachttopf, und wenn ich ihn durchs Fenster auf den mit Unterholz bestandenen Abhang ausleere, der zum Sumpf hin abfällt, werde ich schon keinen Anstoß erregen. Und mit etwas Glück wird vor dem Winter, oder noch später, niemand hierherfinden, und dann wird von mir nur noch eine Mumie übrig sein, und falls jemand doch früher darauf stößt, wird er Harvard verständigen müssen, und die machen dann das, was sie mit Leichen eben machen. Das wäre also erledigt.

Er zog ein Stück Papier zu sich heran und schrieb:

der tod ist freundlich
doch sterben kein vergnügen
der tod ist leicht
doch sterben mühevolle arbeit
der tod ist trennung
sterben die spitze des messers
der tod ist ein nu
doch sterben ist das ganze leben.

Das war vielleicht ein sonderbarer Traum, den ich da hatte, als ich auf dem Rollbett schlief. Es muß ein günstiger Ort für Träume sein. Hoffe ich jedenfalls. Wie gern würde ich in einem letzten phantastischen Traum verreisen, mit geblähtem Segel und fliegenden Fahnen in den Tod schweben. Und zu Musik.

Mir träumte von einem engelgleichen kleinen Jungen – auch er hieß Gabriel –, der mit sechs (nicht sechzehn) Jahren an einer Herzkrankheit zu sterben drohte; eine Operation hätte ihm womöglich das Leben retten können, vielleicht aber auch nicht. Der Traum handelte nicht so sehr von ihm als vielmehr von den anderen Betroffenen: dem alten Priester, der ihn im Glauben unterwiesen hatte – die Familie war katholisch – und der bei dem Gedanken an seinen Tod so betrübt war und sich seines Kummers schämte, weil es natürlich für Gabriel besser war, in den Himmel, zu Gott, zu kommen, aber immer wieder sagte er: »Es gibt doch dort schon so viele Engel, weshalb kann Gott ihn nicht hier lassen?« In meinem Traum waren seine Worte vom Anblick einer Reihe von Engeln begleitet, die wie die Orgelpfeifen aufgestellt waren, der kleine Gabriel ganz am Ende. Gabriel hatte Hunderte von Freunden – es gab da einen Straßenarbeiter, einen Liftboy, einen verwahrlosten, exzentrischen homosexuellen Lehrer, der ihn liebte, was Gabriels Vater sehr wütend machte; die Hauptszene in meinem Traum (während die Ärzte sich über Gabriel unterhielten und er mit dem Priester sprach) war eine Unterredung, die seine Eltern hatten. Der Vater, ein untersetzter, stiernackiger konservativer Landjunker, wetterte gegen die Mutter; diese hatte sich im Krankenhaus in einen leeren Hörsaal verirrt, und er folgte ihr, wütete und warf ihr vor, sie sei an allem schuld – wegen der aberwitzig sorglosen Art, wie sie Gabriel erzogen habe; seine Krankheit, seine unausstehlichen Freunde, alles; während er tobte, legte sie sich im Hörsaal auf eine Stuhlreihe – wie der Mann in St. Paul's; sie war hineingegangen, weil es dort dunkel und leer war; sie weinte stille, qualvolle Tränen.

Wieso habe ich den Jungen in meinem Traum Gabriel genannt? Nehme ich etwa mich so wahr? Als kleine sechsjährige Heiligengestalt? Welches Alter hat man eigentlich in seinen Träumen? Sein *jetziges* Alter oder ein glückliches Alter von früher, der besten Zeit seines Lebens? Damals, als ich mit Gus hier wohnte? Wer war der Vater, der Junker? Gus war doch nicht so. Und Bella ist nicht die Mutter; ich glaube nicht, daß Bella weinen wird, wenn ich tot bin. Ich weiß noch, wie *ihre* Mutter starb – Oma Sadie. Bella hatte sich gerade die Wimpern getuscht und das Zeug, das sie in einem kleinen Schminktöpfchen mit Peroxyd angerührt hatte, mit dem Pinsel aufgetragen. Das Telefon läutete, und sie sagte: »Gehst du dran, Liebling?«, und eine

Stimme sagte: »Wir haben ein Telegramm für Sie: Mrs. Sadie Farragut heute nacht verschieden STOP Anrufe Eva Trouton, Oberin, Sunnyside Home, Worthing«, und Bella saß nur da und starrte mit aufgerissenen Augen vor sich hin, sie sagte: »Ich darf nicht weinen, sonst verschmiere ich die Wimperntusche, und die kostet zehn Shilling die Tube, außerdem brennt sie höllisch.«

Mein Traktat: meine *Abhandlung über den Tod. Wußte* ich, daß Gus sie bereits geschrieben hatte? Könnte es sein, daß er mir Auszüge daraus vorgelesen, sie mit mir erörtert hat? Könnte ich mich daran erinnern? Könnte ich, in meinem tiefsten Innern, gewußt haben, daß sie hier in der Blechbüchse auf mich warten würde und mir die Mühe erspart, sie selbst zu schreiben? Bin ich deswegen hierhergekommen?

Was für einen Zweck hat es überhaupt für mich, am Leben zu sein? Gus hat eh schon alles geleistet.

Alles, was ich jetzt noch will, ist frei sein; alle Geheimnisse vergessen, die ich jemals wußte. Im höllischen Gehölze stöbern. Denk nicht mehr an Thomas. Denk nicht mehr an Bo und Bella – an die klemmende Ateliertür und die verqualmte Szene dahinter. Vergiß das alles, lösch es aus. Es ist in dieser Welt nicht genügend Platz für uns alle drei. Besinne dich nicht mehr, vergiß. Ist nicht leicht, so im Handumdrehen; hier bin ich nun und habe nichts als mein Gedächtnis zur Gesellschaft; aber eine ganze Zeitlang kann ich noch Dinge daraus hervorzaubern. Catriona sagt, ich sei ein Dichter; Dichter gehören nirgendwo hin. Sie haben keine Statt. Mach langsam. Langsam. Schlafe, Kindlein, schlafe wohl, daß dich unser Herrgott hol.

Er schrieb:

Die Wissenschaftler teilen uns mit, daß während recht langer Perioden die Zeit rückwärts verläuft

Beweisen können dies die Wissenschaftler anhand der versteinerten Jahresringe der Bäume

Die Zeit macht auf der Stelle kehrt und verrinnt in entgegengesetzter Richtung

Dies wissen die Wissenschaftler aufgrund der versteinerten Jahresringe im menschlichen Gehirn

Die Zeit wendet sich und vergeht in umgekehrter Richtung, aber im selben Tempo

Während dieser Perioden der Umkehr (meinst du, wir leben jetzt in einer?)

Singen die Vögel ihre Lieder rückwärts, die Bäume wachsen in die Erde hinein

Mein Liebster hat mein Herz, und ich hab seins…

16

Bo, Bella 1974

Das Zimmer war bis auf die Lampe mit dem orangefarbenen Schirm dunkel. Außer dem regelmäßigen Klirren der Whiskyflasche an Bos Trinkglas war nichts zu hören. Draußen strömte der Regen hernieder und stürzte kaskadenartig an den Fenstern herab wie ein Fallgitter, das sie von der Straße aussperrte. Diese lag verlassen; das gräßliche Wetter hatte alle nächtlichen Verkehrsteilnehmer abgeschreckt. Nur ein Polizeiauto schoß hin und wieder vorbei und ließ sein klagendes Sirenengeheul erschallen.

Bos an die Wand gemalte kleine Menschen krümmten sich und kreischten schweigend.

Als das Telefon klingelte, war Bo als erster dort. Bella huschte leise ins Nebenzimmer.

»Bo? Bist du's? Was zum Teufel ist passiert? Er ist nicht gekommen. Warum seid ihr immer noch in New York?«

»Es ist alles schiefgelaufen«, sagte Bo. »Thomas ist losgegangen, um den Leihwagen abzuholen, und nicht zurückgekommen. Er hat von weiß Gott wo angerufen, um zu sagen, daß er das Geld nicht übergeben wird; er hätte eine Spur, der er folgen will.«

»*Wohin* folgen will?«

»Hat er nicht gesagt.«

»Besteht die Möglichkeit, daß er *hin*fährt? Zur Mühle?«

»Woher soll ich das wissen?« sagte Bo verdrießlich. Er hörte ein Klicken und ein Atemgeräusch. Bella hatte den Hörer vom Apparat in der Küche abgenommen.

»Was ist mit dem Geld? Hat er's beschafft? Was hat er damit gemacht? Wo ist es?«

»Er sagt, er hat's, aber hergebracht hat er's nicht, und ich weiß nicht, wo es ist. Womöglich hat er's irgendwo in einer Mülltonne gelassen, was weiß ich.«

»Hast du in der Wohnung in der Tenth Street nachgesehen?«

»Natürlich. Da war's nicht.«

»Mein armer Bo. Diesmal hast du's aber gründlich versaut, was?«

Bella, die mit wachsender Ungeduld zugehört haben mußte, schrie jetzt in die Muschel: »Du verfluchter Mörder, wo hast du den Jungen versteckt? Sag mir, wo er ist! Ich weiß alles über deine Pläne – ich habe den Brief an Bo gefunden, du *Schwein*!«

»Ach, halt doch den Mund, Bella«, sagte Bo. »Spinn hier nicht herum, und geh mir aus der Leitung.«

»Bo?« Das war James. »Hast du Bella etwa meinen Brief *zu lesen gegeben*?«

»Natürlich nicht, du Blödmann; sie hat ihn gefunden, als sie in meinen Sachen herumgestöbert hat.«

»Ich spinne nicht herum! Ihr zwei seid die perversesten, abscheulichsten, schändlichsten… Wirst du mir jetzt sagen, wo der Junge ist?«

»Dann ist Gabriel also nicht der einzige mit einem Todeswunsch«, sagte James in ruhigem Ton. »Du hast auch einen ganz schönen Zerstörungstrieb, Bo, nicht wahr? Du weißt doch, wie sie ist. Warum hast du den Brief so herumliegen lassen, daß sie ihn finden konnte?«

»Wo ist Gabriel?«

»Ach, reg dich ab, Bella. Sei nicht so hysterisch!«

»Sag du mir nicht, daß ich mich abregen soll, du brutales Schwein!«

»Seid ihr endlich fertig?« fragte James. »Ihr könnt sicher sein, daß ich mich nie wieder in eure Familienangelegenheiten einmischen werde. Das ist endgültig das letzte Mal, daß ich den Versuch unternehme, euch aus irgendeiner vertrackten Lage herauszuhelfen, in die ihr zwei euch ständig hineinmanövriert. Ich gehe in den Norden. Mir reicht's. Bo weiß, wo der Junge steckt, Bella. Und ihr solltet lieber schnell hinfahren, falls ihr glaubt, daß Thomas wirklich einen Anhaltspunkt hat; womöglich ist es jetzt schon zu spät. Auf Wiedersehen, Bo.«

Es klickte, als er auflegte, im Dunkel irgendeiner fernen Telefonzelle weit weg in den Catskills.

»Er hat aufgelegt.« Verdutzt starrte Bo auf das stumme Gerät in seiner Hand.

»Und er wird sich auch nicht wieder melden. Den sind wir los.«

Bella zog einen leuchtendweißen Regenmantel über und band sich ein Kopftuch um. »Beeil dich, hol deinen Anorak, wir fahren los.«

»Wohin?«

»Zu Gabriel. Er hat behauptet, du weißt, wo er ist. Du bist vielleicht ein Lügner; hätte ich mir doch denken können, daß du auch diesmal gelogen hast«, sagte sie verbittert.

Er stand noch immer reglos da, mit benommenem Gesichtsausdruck. Ungeduldig raffte sie seinen alten grünen Anorak vom Boden auf, fand ihre Geldbörse und sagte: »Komm jetzt. Du mußt mitfahren, um mir den Weg zu zeigen. Wo ist es überhaupt?«

»Auf Staten Island«, sagte er mechanisch. Er hob die Whiskyflasche auf. »Darf ich fragen, wie du dorthin zu kommen gedenkst?«

»Als du geschlafen hast, habe ich Angie Wassermans Werkstatt angerufen und sie gebeten, ihren Wagen herauszuholen. Er steht unten vor der Tür; ich habe ihn hergefahren.«

»Aber du kannst doch gar nicht fahren. Du bist noch nie gefahren. Du hast ja nicht einmal einen Führerschein.«

»Wenn ich muß, kann ich auch fahren, denke ich. Und jetzt muß ich eben, oder?«

»Himmel!« murmelte Bo voll böser Vorahnungen. Er streifte den Anorak über und folgte ihr wie ein Schlafwandler die Treppe hinab.

Das Auto hatte bereits einen Strafzettel abbekommen. Bella wartete, bis Bo eingestiegen war, dann fuhr sie mit einem scharfen Ruck an.

»Ein Glück, daß es um diese Nachtzeit keinen Verkehr gibt«, sagte sie.

»Bella«, grummelte er. »Warum tust du das eigentlich?«

Während sie viel zu fest das Steuerrad umklammerte, sagte sie mit zusammengebissenen Zähnen: »Weil er mein Sohn ist. Weil ich nicht in der Herzklinik alles geregelt und Manresa überredet habe, hierherzufliegen, nur damit der Junge an irgendwelchem Gift zugrunde geht, das James ihm in den Haferbrei getan hat. Er gehört *mir*; ich habe ihn in die Welt gesetzt. *Du* warst nicht da; du warst in Neuseeland.«

»Er gehört nicht dir. Er hat alle Verbindungen abgebrochen. Er ist nicht dein Eigentum«, sagte Bo halsstarrig. »James hatte viel mehr wirkliches Mitgefühl mit ihm. James hätte ihn nicht in eine Herzklinik geschleift, wenn er selbst es nicht gewollt hätte. James wollte ihm zu einem schmerzfreien Abgang verhelfen.«

»Ich will von James nichts mehr hören! Ich hoffe, er fährt zum Nordpol und erfriert. Falls er endlich beschlossen hat, sich nicht mehr in unsere Angelegenheiten einzumischen, wäre das eine verdammt feine Sache.«

Sie fuhr bei Rotlicht über eine Kreuzung und provozierte wütendes Gehupe von einem Taxifahrer, der einen heftigen Schlenker vollführen mußte, um ihr auszuweichen.

»Herrgott, Kleines, gib doch acht.« Bo klammerte sich an den Türgriff. Er schwitzte reichlich, aber der gequälte tote Blick wich nicht aus seinem Gesicht.

»Worin *bestand* denn dieses wunderbar schmerzfreie Ende, das James sich so rücksichtsvoll für ihn ausgedacht hat?«

»Ich weiß es nicht.«

»Das glaube ich dir nicht.«

»Aber es ist die Wahrheit. Es macht keinen Unterschied, ob du mir glaubst oder nicht«, sagte er teilnahmslos.

»Wenn du und James Gabriel so sehr lieben, weshalb wollt ihr ihn dann ins Jenseits befördern? Warum nicht einfach das Geld nehmen und abhauen? Warum nicht einfach den Dingen ihren Lauf lassen? Ich hätte gedacht, daß euch das eher liegt.«

Mit großem Schwung bog sie rechts ab und wäre beinahe mit einem Lastwagen zusammengestoßen, der sie links zu überholen versuchte.

»Das hätten wir wahrscheinlich auch getan, wenn *du* nicht aufgekreuzt wärst, alles ausposaunt und einen Riesenwirbel veranstaltet hättest. James wollte ihm helfen. Begreif das doch endlich. Gabriel will *sterben*. Was vermutlich ebenso mit dir zu tun hat wie mit allem anderen, was ihm im Laufe seines kurzen Lebens widerfahren ist.«

»Ach?« Sie warf ihm einen Seitenblick zu, bevor sie um einen anhaltenden Bus herumkurvte. »Und ich soll wohl annehmen, daß du ihm nichts als eitel Freude und Sonnenschein gewesen bist?«

Hinter ihnen quietschten Bremsen.

»Herrgott noch mal, paß doch auf, Bella. Vielleicht schaust du ab und zu mal in den Rückspiegel.«

»*Du* kannst nicht fahren, also halt den Mund!«

Vom Regen verwischte Lichter tanzten an ihnen vorbei. Neonreklamen. Zenith. Pizza. Brew 'n Burger. *Te amo. Amo, amas*, dachte Bo, ich liebe ein Aas. James. Bitte, komm zurück. Das wird er nie. Diesmal ist er für immer verschwunden, in den eiskalten Norden. Verschwunden wie August. Verschwunden wie der Geschmack von Erdbeeren und der Duft eines blühenden Bohnenfeldes. Verschwunden wie Gabriel, außer Reichweite gerückt.

»Tut mir leid, Onkel Bo, ich möchte dich wirklich nicht mehr sehen. Nie wieder.«

»Warum, Gabriel?«

»Du weißt, warum.«

Dank einer ganzen Reihe von Wundern waren sie am Fährhafen angekommen. Zu dieser Nachtzeit war das Abfertigungsgebäude leer; jedes Geräusch hallte darin wider. Bo wartete geistesabwesend, während Bella für den Wagen zahlte; er nahm noch ein paar Schluck aus der Flasche.

»Dieser ganze Aufwand, nur um jemanden zu retten, der nicht gerettet werden will«, sagte er, als sie die Rampe hinunter auf das Schiff fuhren. »Vielleicht tut's dir inzwischen leid, daß du dir nach seiner Geburt die Gebärmutter hast entfernen lassen. Wie lange warst du mit August verheiratet – zehn Jahre? Du hättest ein halbes Dutzend kleiner Bairds haben können, alle gesund und munter. Dann hättest du nicht alles auf eine Karte setzen müssen.«

»Sei still.«

Mit Scotch könnte ich mich jetzt sinnlos besaufen, dachte Bo. Wie würde sie dann jemals das Haus finden?

Aber eine heimliche Hoffnung begann in ihm aufzukeimen, ein heimlicher Wunsch, es noch einmal mit einer Erklärung, einer Rechtfertigung zu versuchen …

»Wie heißt der Ort, wo er steckt?«

Aber wenn Thomas zu ihm gefunden hat – *wie nur? wie?* –, wie hätte Thomas das bewerkstelligen sollen? – aber wenn er es nun einmal geschafft hat, angenommen, er erzählt Gabriel, daß ich das Ganze in die Wege geleitet und ihn dann verraten habe?

Das könnte ich nicht ertragen. Ich muß ihm erklären, daß es wirklich nicht meine Schuld ist. Nie, nie hatte ich vor, daß die Sache so endet. Armer, kleiner Gabriel. Armer, kleiner, einsamer Junge, der im Park steht und auf seine Eiswaffel starrt. Ich kann kein Eis mehr essen, seit Thomas mich rückwärts gegen den

Kühlschrank gestoßen und mir sämtliche Zähne ausgeschlagen hat. Wer hätte gedacht, daß Thomas so hinlangen kann?

Ich muß Gabriel alles erklären. So daß er, wenn er schon stirbt, wenigstens in der Gewißheit stirbt, daß ich ihm nie etwas zuleide tun wollte.

Vielleicht kann ich ihr, wenn wir übergesetzt sind, irgendwie entwischen.

Während der zwanzigminütigen Überfahrt blieben sie im Wagen lustlos nebeneinander sitzen, ohne ein Wort zu wechseln, wie zwei Alte, die keine Gedanken mehr auszutauschen haben und keine Energie, neue zu finden.

Die breite Straße auf der anderen Seite war verlassen, ebenso der Stadtplatz. Doch da erspähte Bella einen Mann, der an einer Ecke stand, und hielt an, um sich nach dem Weg zu erkundigen.

Während der Mann ihr noch gestikulierend den Weg beschrieb, stieg Bo auf seiner Seite still und heimlich aus.

Er hatte einen Bus bemerkt, der sechs Meter hinter ihnen stoppte. Das beleuchtete Schild vorne besagte: TOTTENVILLE. Lautlos wie ein Irokese in Mokassins ging er mit weit ausholenden Schritten zu dem Bus zurück, erreichte ihn gerade noch, bevor die Türen sich schlossen, und stieg ein.

»Kommen Sie an der Zebra Road vorbei?« fragte er den Fahrer. Der nickte.

»Ich sage Ihnen Bescheid.«

Als Bella sich umblickte und merkte, daß Bo nicht mehr im Auto saß, war der Bus bereits vorübergefahren und verschwand rasch um die nächste Kurve. Von panischem Schrecken ergriffen, stierte sie um sich. Der Mann, den sie nach dem Weg gefragt hatte, war weitergegangen; sonst war niemand in Sicht. Sie hatte neben einem aufgegebenen, leeren Geschäft angehalten; die Straßenlaternen, die ins Schaufenster schienen, zeigten eine jammervolle Kollektion alter Eisbecher aus rosa und braun bemaltem Pappkarton, die von Staub überzogen waren.

17

Catriona 1974

Als Catriona den Wagen ausrollen ließ, schlief Thomas noch. Auf dieser unbefestigten Straße zwischen dichten, tintenschwarzen, sumpfigen Waldstücken traute sie sich bei der Dunkelheit nicht weiterzufahren. Die Straße, die als SACKGASSE ausgeschildert war, wurde zusehends schmaler und drohte zu einem Fußweg zusammenzuschrumpfen; sie verspürte keine Lust, zurückzustoßen und dabei womöglich vom Weg abzukommen und in den Sumpf hineinzugeraten. Aber auch angenommen, es war die richtige Straße, die zur Dongan Mill führte, widerstrebte es ihr, zu nahe heranzufahren und Gabriel, falls er da war, mit Autoscheinwerfern und Motorenlärm zu verschrecken.

Sie beschloß, die Gegend zu Fuß zu erkunden. Wenn es nicht die richtige Straße war, würde sie ihren Irrtum zweifellos bald erkennen.

Sie schaltete Motor und Scheinwerfer ab und stieg aus. Thomas rührte sich nicht. Sie drückte die Tür mit einem Klacken zu, dann blieb sie reglos stehen und wartete ab, bis ihre Augen sich an die Dunkelheit gewöhnt hatten. Es hatte sich wieder ziemlich stark eingeregnet. Sie wünschte, sie hätte eine Jacke dabei und sie hätten genügend Weitblick besessen, sich mit einer Taschenlampe zu bewaffnen. Der Wald war so finster.

Catriona, das Stadtkind, fühlte sich zu ihrer eigenen Überraschung plötzlich überwältigt von einer einfachen, primitiven Furcht vor diesem unbekannten, düsteren, buschigen, lautlosen, geheimnisvollen Terrain. Sie hatte nicht etwa Angst, überfallen oder vergewaltigt zu werden; zwar hielt sie sich wie jeder andere vernünftige Mensch nach Einbruch der Dunkelheit vom Central

Park fern, aber es kam ihr eher unwahrscheinlich vor, daß sich in einer derart unfreundlichen Nacht potentielle Straßenräuber oder Vergewaltiger in dem unbesiedelten Waldland herumtrieben. Es gab jedoch eine viel tieferliegende und elementarere atavistische Furcht vor etwas, das sie nicht näher zu bestimmen vermochte. Sie erinnerte sich an eine haarsträubende Geschichte, die Gabriel ihr einmal vorgelesen hatte, über ein Geschöpf namens Wendigo, das wehklagend durch die unermeßlichen Waldungen Nordamerikas jagt und alle, die es hören, dazu zwingt, seinen riesigen, weit auseinanderliegenden Fußstapfen zu folgen, bis sie an Hunger und Erschöpfung zugrunde gehen. Zugegeben, auf Staten Island wäre es schwierig, Hungers zu sterben oder auch nur durch Erschöpfung, war die Insel doch nur einundzwanzig Kilometer lang und zehn oder elf Kilometer breit; doch dieser Wald war so finster und still und naß.

Nervös tastete sie sich auf der unbefestigten Straße vor, indem sie den Boden erst mit jedem Fuß prüfte, bevor sie ihn niedersetzte. Die ersten paar Minuten stolperte sie andauernd in die Büsche zu beiden Seiten des Wegs. Sie waren von winzigen, nadelspitzen Dornen übersät; bald waren ihre Beine und Arme, ja sogar ihr Gesicht, blutig zerkratzt. Als aus dem Gestrüpp unmittelbar neben ihr mit einem vorwurfsvollen Crescendo gekränkten Gekreisches ein im Schlaf gestörter Fasan hervorbrach, glaubte sie vor Schrecken zu sterben; sie blieb stehen und versuchte, die Hände gegen das Brustbein gepreßt, in leise keuchenden Stößen wieder zu Atem zu kommen, bis das pneumatische Hämmern ihres Herzens wieder nachgelassen hatte.

Und dann, als sie weiterging, bemerkte sie, weiter entfernt im Unterholz, andere Geräusche: ein Rascheln und Pochen – Hirsche? Waschbären? Sie fand es töricht, sich so zu fürchten; höchstwahrscheinlich handelte es sich nur um ein Kaninchen, aber ebensogut hätte es auch ein Mammut sein können oder ein finsterer Späher, der sich an sie heranpirschte.

Sie hatte damit gerechnet, daß der Pfad ihr, so oder so, noch eine Entscheidung abverlangen würde, doch statt dessen ging er immer weiter, über eine leichte Anhöhe. Catriona begann sich Sorgen um Thomas zu machen, der dort im Dunkeln schlief. Angenommen, er wachte auf und merkte, daß sie verschwunden war, was würde er tun?

Allerdings hatte er völlig ermattet und krank gewirkt; sie hielt es für unwahrscheinlich, daß er aufwachte.

Nach einer Weile führte der Pfad wieder bergab, und auf beiden Seiten des Wegs erblickte sie (inzwischen hatten sich ihre Augen an die Düsternis gewöhnt) je ein kurzes Stück Trockenmauer. Als sie an die eine herantrat, konnte sie unter sich durch das Platschen des Regens hindurch gerade noch das schwache Gemurmel eines Bachs hören.

Im Gasthaus Rip Van Winkle, wo ihr eine erstaunte Frau den Weg beschrieben hatte – »Aber seit der alte Tom ins Krankenhaus eingeliefert worden ist, wohnt da doch niemand mehr, meine Liebe, bestimmt irren Sie sich« –, hatte jemand eine Brücke erwähnt. »Die unbefestigte Straße entlang, über die Brücke, und nach etwa zweihundert Metern sind Sie da. Linker Hand werden Sie es sehen, mitten unter alten Bäumen.«

Nachdem sie wieder eine Weile gegangen war, glaubte sie eine Masse zu sehen, die etwas dunkler war als das düstere Dickicht vorn und zur Linken. Sie beschleunigte ihre Schritte, trat aber auf dem nassen Sandweg leise auf.

Aber müßte da nicht Licht brennen? Hatte der Mann nicht gesagt, er würde Gabriel notfalls mit Streichhölzern, Kerzen, Laternen und Öl ausrüsten – denn als Gabriel vor langer Zeit mit Gus dort gewohnt hatte, gab es im Haus keinen Strom.

Catriona, die normalerweise nicht dazu neigte, argwöhnisch oder analytisch über die Beweggründe anderer Menschen nachzusinnen, überlegte sich jetzt zum erstenmal, weshalb das Ganze mit soviel Entgegenkommen für Gabriel in die Wege geleitet worden war. Weshalb hatte sich der Fremde so hilfsbereit gezeigt? Natürlich wollte jedermann Gabriel helfen, das war nun einmal die Wirkung, die er auf Menschen ausübte, aber wieso hatte der Mann sich besonders viele Umstände damit gemacht?

Könnte er womöglich mit dieser eigenartigen Entführungsgeschichte zu tun haben, von der Thomas ihr erzählt hatte? Wie ihre Freundinnen, die niemals Nachrichten hörten oder Zeitung lasen, wußte sie nicht einmal, daß Bella eine Suchanzeige aufgegeben hatte. Könnte der Fremde gar Gabriels Kidnapper *sein*? Aber er hatte Gabriel doch gar nicht entführt – ihm doch nur dabei geholfen, aus freien Stücken auszureißen. Aber hatte er dies aus purer Freundlichkeit oder zu seinem eigenen Vorteil getan?

Thomas zufolge hatte der Kidnapper erklärt, er werde Gabriel entweder umbringen oder ihn, falls das Lösegeld entrichtet würde, direkt bei der Herzklinik zur Operation abliefern. Woher wußte der Entführer von Gabriels Herzleiden? Nun, er mochte es im Radio gehört haben.

Jedenfalls war das Lösegeld noch nicht gezahlt worden. Es befand sich immer noch in den Koffern unter Hatties Bett. Dort würde es keiner so leicht finden. Als Thomas ihr von dem Angebot berichtete, hatte Catriona geschrien, das sei der schändlichste Schacher, von dem sie je gehört habe, schlimmer, als jemanden in die Sklaverei zu verkaufen.

»Aber wenn es doch zu seinem eigenen Vorteil ist, Catriona?«

»Welches Recht haben Sie, ihm das anzutun, wo er sich doch anders entschieden hat? Falls Bella es verlangt hat, wundert es mich nicht mehr, daß Gabriel so von ihr denkt.«

»Wie denkt er denn von ihr?«

»Er kann sie nicht ausstehen«, sagte Catriona kurz angebunden.

War, da das Lösegeld nicht gezahlt worden war, vielleicht die andere Drohung in die Tat umgesetzt worden? Irgendwie schien der Gedanke gemeinerweise unerheblich, wo doch Gabriel ohnehin bald sterben mußte. Nicht, daß es ihm viel ausmachen würde...«

Oder war die Erwähnung der Mühle ein Ablenkungsmanöver? Steckte Gabriel etwa ganz woanders?

Wenn er da drinnen war, weshalb war das Gebäude so dunkel?

Catriona bemühte sich nicht länger, vor sich selbst zu verheimlichen, wie begierig, wie schmerzlich sie sich danach verzehrte, Gabriel wiederzusehen – nur ein einziges Mal, falls er ihr mehr nicht gönnen würde, nur auf einen Augenblick, nur um richtig Abschied zu nehmen, den Abschied, der ihr vorenthalten worden war, nur um zu sagen, daß sie ihn lieben werde bis zu ihrer eigenen Todesstunde, wann immer die schlagen würde. Sie rückte auf die dunklen, länglichen Umrisse des Gebäudes zu.

Jetzt war sie sich sicher, daß es sich um die Mühle handelte. Sie stand oberhalb eines Abhangs, der ziemlich steil schien. Sie bestand aus zwei Teilen, dem langgestreckten, geduckten Wohnhaus und der eigentlichen Mühle, einem quadratischen hohen Turm.

Gabriel hielt sich sicherlich im Wohnhaus auf. Aber wo war der Eingang, und wieso brannte kein Licht?

Sie schien vom Pfad abgekommen zu sein – oder der Pfad selbst hatte sich in einem wuchernden Gewirr von knöchelhohen Brombeersträuchern verlaufen. Mit Mühe kämpfte sie sich hindurch und bahnte sich langsam einen Weg. Wenigstens übertönte das plötzliche Einsetzen eines viel heftigeren Platzregens jedes Geräusch, das sie beim Näherkommen machte, doch zugleich wurde es dadurch noch dringlicher, sich rasch unterzustellen.

Sie schob sich an einem Busch vorbei und stand ganz plötzlich und unvermittelt vor der Mauer des Hauses. Sich mit den Händen vortastend, fühlte sie von einer Kletterpflanze überwachsene hölzerne Schindeln; danach stieß sie auf die Lamellen eines Fensterladens. Sie schlich sich seitlich entlang, gegen den Uhrzeigersinn, weg vom Mühlenende des Gebäudes, und fand ein weiteres Fenster, unverschlossen, aber völlig überwuchert, vielleicht von einer Weinrebe. Jetzt um eine Ecke. Der Boden war freier; sie erkannte, daß dies der Hauptzugang zum Haus sein dürfte: ein dicht bewachsenes Rasenstück und eine Lücke in den umstehenden Büschen ließen es vermuten. Wieder ein Fenster – diesmal abgeschirmt – und schließlich eine Tür. Eine glatte, massive Holztür mit Knauf; nur einen Klopfer oder eine Klingel konnte sie nirgends entdecken.

Der Knauf drehte sich zwar, doch öffnen ließ sich die Tür nicht. Sie schien unbeweglich. Aller Wahrscheinlichkeit nach verriegelt. Catriona klopfte mit den Fingerknöcheln dagegen, bis sie schmerzten, dann hielt sie inne, plötzlich wieder Opfer jenes tiefen, irrationalen Entsetzens, das sie befallen hatte, als sie aus dem Auto gestiegen war.

Angenommen, jemand – oder irgend *etwas* – öffnete blitzschnell die Tür und streckte eine Hand – oder Klaue – aus, um sie zu packen?

Aber der gesunde Menschenverstand stellte sich wieder ein. Der Regen prasselte herab, sie war durchnäßt; wenn sich die Tür nicht öffnen ließ, wäre es am besten, zum Auto zurückzukehren und herzufahren. Der Feldweg schien befahrbar, falls sie langsam fuhr.

Bevor sie sich umwandte, rüttelte, ruckte und zerrte sie ein letztes Mal an der Tür, da gab diese nach und öffnete sich nach außen. Wegen der Feuchtigkeit hatte sie einfach geklemmt, und Catriona hatte sie aufzudrücken versucht, statt zu ziehen. Wie sie mit den Händen fühlen konnte, gab es innen ein Fliegengitter. Es war zwar festgehakt, doch fand sie ein Loch; sie konnte hindurchgreifen und den Haken lösen.

Wieder außer Atem, trat sie ein, dann blieb sie völlig reglos stehen und lauschte gespannt. Sie roch den muffigen Geruch alten, unpolierten Holzes und versuchte mit den Augen die dichte Schwärze, die sie jetzt umgab, zu durchbohren. Nach einer Minute tastete sie behutsam umher. Nichts. Sie trat zwei Schritte vor und fühlte erneut. Immer noch nichts. Ein düsteres Viereck in dem ansonsten undurchdringlichen Dunkel gab sich als Fenster zu erkennen. So orientiert und etwas zuversichtlicher, rückte sie wieder ein Stück vor und stieß gegen ein Ausgußbecken – ein riesiges, tiefes, breites Ausgußbecken, anscheinend aus Granit.

Indem sie ihre Hand an seiner äußeren Kante zu einem soliden, hölzernen Abtropfbrett gleiten ließ, das von jahrelangem Scheuern aufgerauht und mit Kesselstein überzogen war, setzte sie ihren Erkundungsgang fort. Sie fand ein Regal, auf dem ein Haufen rätselhafter kleiner Gegenstände lag – ein Stein mit einem Loch? eine Garnrolle? ein Tannenzapfen? ein Angelkork? –, und entdeckte zu ihrer Freude eine unverkennbare Streichholzschachtel.

Zitternd, aber entschlossen strich sie ein Zündholz an und sah sich um.

Wie sie sich gedacht hatte, stand sie in einer geräumigen Küche. Sie war kaum möbliert: ein runder Tisch, ein einziger Stuhl, ein großer, schwarzer, bauchiger Herd und das Spülbecken. Es gab auch einige Regalbretter, doch gerade als sie sie entdeckte, war das Sreichholz auch schon bis zu ihren Fingern heruntergebrannt. Sie hatte eben noch Zeit, eine Kerze in einer Flasche zu bemerken, bevor das Hölzchen sie versengte, und so blies sie es aus.

Sie entzündete ein zweites, ging zu der Kerze hinüber und steckte sie an; dann blickte sie sich in dem milden, dunstigen Licht um, das die Kerze ausstrahlte. Sie empfand einen Funken Hoffnung, der allmählich größer wurde.

In einer Ecke bemerkte sie einen Karton Lebensmittel – Eier, ein Glas Pulverkaffee, verschiedene Konservendosen. Er war nicht ausgepackt worden. Ein großer Waschkorb daneben enthielt Anmachholz und ein Beil. Der schwarze eiserne Ofen war allerdings sehr rissig; es war unwahrscheinlich, daß irgend jemand darin ein Feuer machen konnte.

Eine Tür in der gegenüberliegenden Wand führte in ein weiteres Zimmer; Catriona ging hindurch, wobei sie auf den breiten, alten, gestrichenen Dielen, die außer Staub keinen anderen Belag hatten, leise auftrat.

Das Nachbarzimmer, ein gutes Stück kleiner, war mit altem, dunklem Kiefernholz getäfelt und wies außer einem Bett mit einer dünnen Strohmatratze und zwei säuberlich zusammengefalteten Decken keinerlei Möbel auf. Es gab nur noch einen gemauerten Kamin. In einer Ecke führte eine schmale Treppe nach oben, abgeschnitten durch eine zugeklinkte Tür auf der dritten Stufe.

Catriona zauderte. Das Treppchen hinaufzusteigen erforderte mehr Mut als das Betreten des Hauses. Falls Gabriel dort oben war – plötzlich überkam sie ein Gefühl der Ehrfurcht vor der Würde und dem Gewicht seiner selbstauferlegten Isolation; diese schien ihn zu umhüllen wie eine undurchdringliche Wolke, wie die Heaviside-Schicht, und sämtliche Wellen der Kommunikation abzulenken. Da er aus freien Stücken fortgegangen war, welches Recht hatte sie eigentlich, ihm nachzuspüren und in seine Abgeschiedenheit einzudringen?

Und selbst wenn das obere Stockwerk niemanden beherbergte, schien seine Erkundung gefährlicher als das Betreten des Erdgeschosses. Hatte sie erst einmal die Treppe erstiegen, wäre ihr jede Rückzugsmöglichkeit abgeschnitten.

Falls Gabriel nicht dort oben war – ihre Vorstellungskraft schreckte vor dem Gedanken an die dunklen, leeren Räume dort oben ängstlich zurück.

Doch während sie noch reglos, unentschlossen dastand, vernahm sie von oben einen schwachen Laut, ein leises Knarzen. Das Blut erstarrte ihr in den Adern; ihr Atem stockte; von der

Kerze träufelte warmes Wachs auf ihre bebende Hand. Wieder ertönte das Knarren. Gewiß war dort oben jemand.

In diesem Augenblick, als sie sich ungestüm zur Tür umschaute, durch die sie hereingekommen war, fiel ihr Blick auf einen kleinen blauen Flecken auf dem Fußboden: Es war eine kleine blaue Holzperlenkette. In einem fast schwindelerregenden Aufwallen der Erleichterung erkannte sie einen Satz griechischer Betperlen, die sie Gabriel zum Geburtstag geschenkt hatte; sie hatte sie in einem Laden im Village erstanden.

Leise rief sie: »Gabriel? Bist du da oben? Ich bin's – Catriona«, ging zu der Treppentür hinüber und versuchte sie zu öffnen. Die ließ sich jedoch nicht bewegen; offensichtlich war sie von innen verriegelt.

»Gabriel?« rief sie noch einmal.

»Was willst du?« erwiderte eine Stimme – seine Stimme. Sie ertönte zwar über ihr, schien aber dünn und aus großer Distanz zu kommen, nicht nur was ihre räumliche Entfernung, sondern auch was ihre Qualität anging, so als ob er sich ganz in sich selbst zurückgezogen habe und fast unerreichbar sei. Vielleicht völlig unerreichbar? Sie ließ allen Mut sinken. Konnte es sein, daß er etwas genommen hatte – daß er auf einem Trip war? Das tat er doch nie, weil er immer behauptete, all seine Zeit für seine Schriftstellerei zu benötigen – aber vielleicht fühlte er sich hier anders. Oder hatte ihm vielleicht der Mann etwas verabreicht?

»Wo bist du?« fragte sie und versuchte ihre Stimme normal und freundlich klingen zu lassen; dabei dachte sie, wie gräßlich und seltsam es war, daß sie sich Mühe geben mußte, Gabriel gegenüber normal zu sein, ihrem lieben Freund und Spielgefährten, den sie von ganzem Herzen liebte.

»Ich bin hier«, sagte die Stimme und erschreckte sie, weil er seinen Standort gewechselt hatte.

Als sie aufsah, bemerkte sie ein kleines, viereckiges Loch in der Decke, wo sich offenkundig früher einmal, bevor die Treppe gebaut worden war, eine Falltür befunden hatte. Sie war teilweise mit Brettern vernagelt, so daß nur mehr eine Öffnung von der Größe eines Buchs geblieben war.

Durch diese konnte sie Gabriels obere Gesichtshälfte erkennen und seine Augen, die unverwandt auf ihr ruhten.

Sie stieß einen Schreckenslaut aus. Der Anblick seiner Augen, die sie durch das Loch anstarrten wie durch eine Maske, verwandelte ihn in eine andere Person; vielleicht feindselig; furchteinflößend bestimmt.

Als er wieder etwas sagte, klang seine Stimme allerdings nicht feindselig, sondern ruhig und ernst.

»Warum bist du gekommen? Du wußtest doch, daß ich allein sein wollte. Ich wünschte, du würdest wieder gehen.«

Sie fühlte sich durchbohrt von Schmerz; einsam in ihrer Trauer. Die Augen, die auf sie herabschauten, waren die eines Fremden. Die einzige Person, die sie über ihren Verlust hinwegtrösten konnte, war Gabriel; und der war nicht hier.

»Es tut mir leid«, sagte sie demütig. »Ich *wollte* dich ja nicht belästigen, aber...«

»Warum tust du es dann?«

»Nein, ich wollte schon«, verbesserte sie sich wahrheitsgemäß, »aber das war nicht der Hauptgrund meines Kommens. Etwas Merkwürdiges ist passiert.«

»Und zwar?«

Er schien überhaupt nicht interessiert; er erkundigte sich auch nicht, wie sie hierhergefunden hatte.

»Wußtest du, daß du entführt worden bist, Gabriel?«

»Was soll das heißen?«

»Jemand hat deine Mutter – und Thomas – angerufen und damit gedroht, dich umzubringen, falls sie nicht eine dreiviertel Million Dollar zahlen; sollten sie aber zahlen, würdest du wegen deiner Herzoperation in ein Krankenhaus eingeliefert werden.«

»Aber das ist doch Quatsch«, sagte er, und in seiner Verblüffung klang er wieder mehr wie der alte. »Ich bin nicht entführt worden – ich bin völlig mein eigener Herr. Ich bin ganz allein hier – wenn ich will, kann ich aus dem Haus. Das haben sie doch bestimmt nicht geglaubt? Die haben das Geld doch wohl nicht gezahlt? Wo würden sie das alles überhaupt hernehmen?«

»Aus dem Vermögen deines Vaters. Thomas *hat* es sogar schon beschafft. Aber dann habe ich ihm erzählt, daß das falsch ist.«

»Du hast dich mit *Thomas* getroffen? Ist er denn in den Staaten?«

»Er und Bella sind beide hier. Und ihr Bruder.«

»Wissen sie denn, wo ich bin?«

»Das glaube ich nicht. Thomas und ich haben nach dir gesucht.«

Eine Weile blieb er stumm und ließ sich alles erst einmal durch den Kopf gehen. Schließlich murrte er: »Hätte ich James etwa nicht vertrauen dürfen? Er *schien* mir ehrlich zu sein.« Und nach einer Weile fügte er hinzu: »Wer hätte das Geld erhalten?«

»Vielleicht«, mutmaßte Catriona zaghaft, »wollte sich James nur das Geld unter den Nagel reißen, aber dir nichts weiter tun – dich hier einfach in Frieden lassen?«

Nach einer weiteren langen Pause sagte er: »Ich wünschte, du hättest mir das alles nicht erzählt. Es macht keinen Unterschied. Es stört nur. Ich wünschte, du würdest wieder gehen.«

Seine Worte waren wie Faustschläge ins Gesicht.

»Aber Gabriel …«

»Was denn?«

»Willst du denn nichts essen oder – oder ein Feuer machen – oder sonst etwas? Was treibst du nur hier oben?«

Ruhig entgegnete er: »Von nun an werde ich für immer hier oben bleiben. Ich habe ein paar Planken über die Falltür genagelt.«

Ihr Herz hatte ihr schon so weh getan, daß sie recht erstaunt war, als sie herausfand, daß der Schmerz sich noch steigern konnte. Es sind ja *richtige* Schmerzen, dachte sie verwundert; richtig körperliche Schmerzen. Wer sagt: »Es bricht mir das Herz«, der meint genau diese Schmerzen.

Langsam, wie jemand, der sich nach langer, schwerer Krankheit erstmals aus dem Bett erhebt, ging sie auf die unterste Stufe der Treppe zu und ließ sich darauf nieder. Sie lehnte die Wange gegen die Tür und berührte deren Rand mit den Fingern, so sanft, als berühre sie Gabriel selbst.

Nach einer Weile sagte sie: »Gabriel?«

»Was?«

»Ich bin durchfroren und durchnäßt; ich bin durch den Regen gelaufen und pitschnaß geworden. Hättest du etwas dagegen, wenn ich ein Feuer mache umd mich trockne?«

»Mach, was du willst«, sagte er.

»Und noch etwas.«

»Ja?«

»Thomas ist draußen im Auto. Er ist sehr unglücklich deinetwegen. Ich glaube, er möchte dich dringend sprechen. Wirst du's ihm erlauben? Nur ganz kurz?«

»Er will doch nur versuchen, mit mir zu streiten. Es ist so zwecklos. Reine Zeit- und Energieverschwendung. Und davon habe ich nicht viel.«

»Bitte, laß ihn kommen.«

»Also gut«, sagte er widerwillig. »Genau das wollte ich vermeiden. Sag ihm, nur für einen Augenblick.«

Catriona war so müde, daß es ihr schwerfiel, eine Entscheidung zu treffen. Sollte sie erst Thomas holen oder erst das Feuer machen? Ich mache ein Feuer beschloß sie endlich; das wird Thomas guttun, wenn er kommt. Und wenn ich das Feuer in diesem Zimmer mache, wird wenigstens ein wenig, ein klein wenig Wärme und Licht durch das Loch nach oben dringen, wo er ist.

Sie holte den Korb mit Feuerholz aus der Küche und entfachte ein Feuer. Das Holz war knochentrocken und fing rasch Feuer; in dem gemauerten Kamin brannte es hellauf.

Als die Flammen aufgelodert waren, hätte Catriona sich gern wieder auf der unteren Stufe niedergelassen, um, die Wange gegen die Tür gepreßt, dazusitzen und mit Gabriel *zusammen*zusein; mit ihm auf diese Weise allein zu sein, wäre doch etwas; auch wenn ihre Arme, ja selbst ihre Finger vor Verlangen brannten, nur einmal noch sein dunkles, weiches Haar zu streicheln; ihre Finger um sein eigensinniges Kinn zu schmiegen; ihr Gesicht gegen seinen oft gestopften blauen Pullover zu drücken und ihre Arme um ihn zu schlingen und ihn zu liebkosen. Die ungenutzte Liebe, die in ihr entbrannt war, schmerzte so sehr, daß sie hätte sterben können.

Vielleicht wird sie lebensgefährlich, dachte sie. Oder sie wird platzen und mir eine Bauchfellentzündung bescheren… Sie sollte jetzt lieber gehen und Thomas holen.

»Ich gehe jetzt, Gabriel«, rief sie mit fester Stimme. »Ich bin gleich wieder da.«

Von oben keine Antwort.

Sie fragte sich, wo er wohl saß, was er da oben trieb. Die Augen waren von dem Loch im Boden verschwunden.

Nachdem sie sich vergewissert hatte, wo weitere Kerzen zu finden waren, ließ sie eine brennend auf dem Abtropfbrett zurück, damit sie ihnen beim Rückweg leuchtete, und indem sie das Fliegengitter hinter sich zuzog und einhakte, ging sie hinaus.

Die Außentür ließ sie leicht geöffnet, damit sie zur Orientierung einen Spaltbreit Licht freigab.

Dann machte sie sich behutsam auf den Weg durch die Finsternis zum Auto und zu Thomas. Regen und Tränen strömten ihr übers Gesicht.

18

Thomas, Catriona, Bo, Gabriel 1974

Mit einem erschrockenen Ruck kam er zu sich; ihm war, als wären ihm sämtliche Organe gewaltsam aus dem Leib gerissen und anschließend wieder hineingestopft worden. Wo zum Teufel war er überhaupt? Steif vor Schmerzen, saß er in zusammengekauerter Stellung im Stockdustern. Warum nur, dachte er, gerate ich unentwegt in diese entsetzlichen Situationen? Das alles ist ja so vertraut. Wenn's einmal passiert ist, ist es ein Dutzend Male passiert. Aber das hilft überhaupt nichts. Weil, weil…

Ich wünschte, ich wäre wieder in meinem Büro. In was für einem Büro?

Sein Gedächtnis arbeitete fieberhaft. Kaskadenartig ergossen sich daraus Wörter in unzusammenhängender, holpriger Folge. Legion heiße ich, denn wir sind viele. Mein Name ist Norval; auf den Grampian Hills. Oh, haucht seinen Namen nicht! Laßt ihn im Grab, wo man ehrlos gesenkt seine Leiche hinab. Ihr Name bleibt ewig. Rennt weg auf den Namen Fido. Das war ein Familienscherz, den sich jemand in einer Suchanzeige nach einem entlaufenen Hund erlaubt hatte. Ließ Euren Namen an die Hügel hallen. Hektor und Lysander, und dergleichen berühmte Namen. Ich habe immer geglaubt, daß das Lysonnder ausgesprochen wurde, und das Flugzeug habe ich auch so genannt; es war das einzige, das ich je erkennen konnte, wegen der eigenartigen Form der Flügel. Geboren bin ich 1933. Gut – das Geburtsdatum geht wie geschmiert. Versicherungsnummer: BKEH 173 2. Auch sehr gut. Tut mir leid, das Gesicht ist mir durchaus bekannt, bloß mein Name fällt mir nicht ein. Ein Alter ohne

Name. Das werde ich sein. Wer ist denn die weißhaarige alte Vogelscheuche in der Ecke der Station? Ach, der ist schon lange hier, aber wir wissen seinen Namen nicht.

Die Sache ist die, die Sache ist die, ich weiß, daß ich dringend irgendwohin und irgend etwas erledigen soll. Das ist vollkommen klar. Es kommt nur darauf an, sich zu erinnern, was es ist.

Anscheinend sitze ich in einem Auto. Sollen wir losfahren? Wohin sollen wir fahren?

Er fingerte an den Knöpfen auf dem Armaturenbrett herum, löste einen Schwall Radiomusik aus, wischte mehrmals die Windschutzscheibe, fand die Hupe, die Blinklichter und schließlich die Scheinwerfer.

Gut. Augenscheinlich befinden wir uns in einem Waldstück. Wohin soll die Reise gehen? Bitte Fahrtziel angeben und das Fahrgeld abgezählt bereithalten. Abgezählt das Fahrgeld und zügig die Reise, zügig die Reise und schnell die Strecke, die Fahrt ohne Umkehr, stracks in die Arme des Absoluten.

Siehst du? Keine Hände.

Er fand das Zündschloß und ließ den Motor an; fuhr ein, zwei Meter weit. Die Tür war nicht richtig geschlossen und flog auf. Komisch. Ich würde eine Tür doch niemals so offenlassen. War jemand bei mir? War – jemand – bei mir? Wer?

Er hielt den Wagen wieder an und langte eben mit der Hand hinüber, um die Tür zu schließen, als sich ein Mann vom Wegrand löste und blinzelnd in die Lichtkegel trat.

»Entschuldigen Sie, könnten Sie mir wohl sagen, ob ich hier auf dem richtigen Weg zur Dongan Mill bin ...«

Der Mann trat ein Stück näher, spähte ins Wageninnere und sagte: »Guter Gott, das ist ja Thomas. Na, hätte ich mir doch denken können, daß du hier aufkreuzt.«

»Wie bitte? Ich fürchte, ich kann Ihnen auch nicht weiterhelfen. Mir muß vorübergehend mein Name entfallen sein. Wer, sagen Sie, bin ich?«

»Ach, laß doch die Mätzchen, Thomas. Das ist überhaupt nicht komisch.«

»Soll's auch gar nicht sein. Ich habe meine Identität vergessen.«

»Hör auf damit! Du bist Thomas Cook, und ich bin dein Schwager. Oder vielmehr dein Ex-Schwager.«

»Also, wenn Sie es sagen, will ich es Ihnen glauben, aber ich habe nicht die leiseste Erinnerung daran.«

Bo besah sich seine Augen genauer und sagte: »Ich muß schon sagen, du siehst wirklich krank aus. Ich frage mich, was zum Teufel wir jetzt anfangen sollen.«

»Weißt du, wohin ich fahren wollte?«

»Und ob ich das weiß. Wir werden zusammen Gabriel suchen.«

Gabriel. Der Name gab ihm einen undeutlichen, aber schmerzhaften Stich. Er schien sich mit zwei getrennten, aber gleichermaßen verwundenden Empfindungen zu verbinden – mit alten, tief verschütteten Kränkungen und mit bösen Ahnungen für die Zukunft.

Er sagte aufs Geratewohl:

> Dir, Gabriel, ward höchlich aufgetragen,
> Zu wachen und zu hüten, daß hier nie
> An den glückseligen Ort ein böses Ding
> Heran sich mache oder Einlaß fände.

»Menschenskind, und du willst deinen eigenen Namen nicht wissen? Mein Lieber, doch nicht der Gabriel, nicht der Erzengel; dein Stiefsohn. Mein Neffe«, sagte Bo. »Allem Anschein nach hat Bella schlecht gewählt. Für diese Suche warst du die schlechtestmögliche Wahl. Erinnerst du dich denn an gar nichts mehr? Erinnerst du dich nicht an Bella?«

»Bella?«

»Ach, laß gut sein. Ich schätze, die vergißt du besser auch weiterhin. Die hat dir nichts als Ärger beschert. Du armer Kerl.«

»Soll ich weiterfahren? Pressiert's?«

»Ja, fahr weiter. Aber hübsch vorsichtig, ja? Bist du auch wirklich fahrtüchtig?... Na ja, ich kann ja nicht fahren, es bleibt dir also gar nichts anderes übrig. Das ist vielleicht eine ulkige Geschichte«, sagte Bo, lümmelte sich mit verschränkten Armen in den Sitz und betrachtete sinnend Thomas' Profil im Widerschein der Scheinwerfer. »Kannst du dich wirklich an nichts erinnern?«

»Wahrscheinlich dauert es nicht sehr lange«, sagte Thomas unsicher. »Ich glaube, ich habe diese Anfälle ziemlich häufig. Und im allgemeinen habe ich sie nach etwa zwanzig oder dreißig Minuten hinter mir, denke ich.«

»Das ist ja schauderhaft. Und werden sie von dem Zeug ausgelöst, das du gegen deine Arthritis nimmst?«

»Najdolene. Wenigstens behauptet das mein Arzt. Sie haben auch schon andere Fälle gehabt, allerdings nicht so ernst.«

»Das ist doch nun ziemlich deutlich herausgekommen. Aber du erinnerst dich nicht – du erinnerst dich wirklich nicht beispielsweise an das kleine Handgemenge? Zwischen dir und mir? Du erinnerst dich nicht mehr an den Faustschlag, den du mir versetzt hast?... Weißt du, daß ich seitdem überhaupt keinen Geschmacks- und Geruchssinn mehr habe? Nicht einmal Scotch kann ich mehr schmecken. Jetzt muß ich ihn rein zum Aufputschen trinken, und das ist nicht mehr dasselbe ohne den Geschmack.«

»Ich soll dich geschlagen haben? Weshalb denn das?«

»Ach, du warst ganz schön provoziert worden. Nur keine Sorge. Aber dann bist du noch weitergegangen und hast Ätzmittel über meine Zeichnungen gespritzt – mit Abstand die besten, die ich je gemacht habe. Ich muß zugeben, darüber habe ich mich sehr geärgert. Ja, ich schätze, aus der kleinen Meinungsverschiedenheit bist du als Sieger hervorgegangen. Aber das Seltsame ist«, sagte Bo und klang aufrichtig erstaunt, »daß ich dich anscheinend deswegen auch nicht mehr hasse. Ich nehme an, das hat sich einfach erschöpft. Ob sich alle Gefühle mit der Zeit erschöpfen? Selbst der Haß? Vielleicht werde ich, wenn ich alt bin, selbst über Bella ganz gelassen denken. Ob du wohl ganz gelassen über Bella denken wirst?«

»Bella. Was hat das...«

»Jetzt aber bitte *keine* Zitate mehr aus der englischen Literatur. Man könnte denken, du wärst Anglistikdozent... Halt, brems ab, was ist das?«

Eine Gestalt war vor das Auto getreten und winkte. Thomas, der ohnehin nur im Schneckentempo gefahren war, hielt an.

Catriona ging zur Beifahrerseite und öffnete den Schlag. Sie war völlig verblüfft, auf dem Beifahrersitz Bo zu finden.

»Hallo?« sagte Bo. »Wo kommst du denn her?« Daraufhin musterte er sie scharf und sagte: »Warte mal, dich kenne ich doch. Ein Gesicht vergesse ich nicht so schnell...«

Catriona sagte zu Thomas mit bitterem Vorwurf in der Stimme: »Haben Sie das etwa *eingefädelt*? Hatten Sie vereinbart, ihn mitzunehmen?«

»Nein, er hat überhaupt nichts eingefädelt. Aber ich fürchte, es hat momentan keinen Zweck, Thomas Fragen zu stellen«, sagte Bo. »Er leidet gerade unter einem leichten Anfall von Gedächtnisverlust.«

»Was soll das heißen? Machen Sie Witze? Das ist nicht gerade der richtige Zeitpunkt zum Herumblödeln.«

Wütend blickte sie von einem Mann zum anderen. Sie war sehr blaß. In ihren Augen standen Tränen.

»Hier, steig schon ein«, sagte Bo. »Du bist ja völlig durchnäßt; bleib nicht draußen im Regen stehen. Wenn wir zusammenrücken, finden wir hier vorn alle Platz.«

Catriona zog es vor, in den Fond zu steigen. Bo schaltete die Innenbeleuchtung ein und drehte sich zu ihr um.

»Vermeers *Briefleserin am Fenster*«, sagte er. »Nein; ich weiß, wer du bist. Die kleine Catriona, die immer mit Gabriel gespielt hat. Kommst du zufällig etwa gerade von ihm? Weißt du, wo er steckt?«

»Ja, ich komme gerade von ihm«, sagte sie. »Und er will von *niemandem* belästigt werden. Er will in Ruhe gelassen werden. Und ich glaube, das sollten Sie auch: ihn in Ruhe lassen. Wenn er sterben will, sollte man es ihm auch gestatten.«

»Gott, ja«, sagte Bo. »*Ich* würde ihn doch nicht daran hindern wollen, den armen Hund. Wenn er meint, einsichtige Gründe zu haben. Wie jemand einmal bemerkt hat: leben und sterben lassen. Wenn er sterben will, so ist das seine Sache.« Er zog ein Zigarettenetui aus seiner Anoraktasche und steckte sich eine an.

»Was treiben Sie sich denn hier herum?« verlangte Catriona zu wissen.

»Die Sache ist etwas danebengegangen, meine Liebe... *Ich* weiß, wem du wirklich ähnlich siehst«, unterbrach sich Bo. »Der Dame, die den Spiegel hochhält...«

»Das sagt Gabriel auch immer... *Oh*«, rief Catriona deprimiert aus und preßte die Finger an die Stirn, »ich wünschte, Sie wären nicht hier! Jetzt weiß ich gar nicht mehr, was ich tun soll. Wenn wir alle zum Haus zurückfahren – wie zu einem Picknick –, nimmt ihm das all seine Würde; das Ganze wird zu einer furchtbaren Farce. Er will allein sein; er *soll* allein sein.«

»Wart mal, laß uns ruhig darüber nachdenken«, sagte Bo. »Zunächst einmal wird niemand Gabriel seine Würde nehmen. Was ihm auch genommen wird, seine Würde wird er behalten. Bist du seine Freundin?«

»Natürlich! Ich liebe ihn!«

»Natürlich«, sagte Bo und betrachtete sie voll zärtlicher Ironie. Die Zigarette hing ihm seitlich aus dem Mundwinkel. »Natürlich liebst du ihn. Das tun wir alle. Und wir alle haben ihn verraten und verkauft. Selbst der olle Thomas hier. Selbstredend haben wir's in bester Absicht getan. Beziehungsweise einige von uns. Meine eigenen Absichten waren rein egoistischer Natur; ich bin kein Säulenheiliger wie Thomas. Aber wie gesagt, wenn du ihn liebst, solltest du wissen, daß nichts und niemand Gabriel seiner Würde berauben wird. Stimmt's?«

»Vielleicht«, sagte sie langsam. »Aber er muß über vieles nachdenken. Er möchte so gern in Frieden gelassen werden.«

»Oh, ich weiß. Das würden wir alle gern. Aber das Problem ist, daß wir es hier mit kollidierenden Rechten zu tun haben. Er hat ein Recht, in Frieden zu sterben; wir haben ein Recht, zu versuchen, ihn davon abzuhalten...«

»Aber Sie haben doch gesagt...«

»Oder«, fuhr Bo fort, indem er mit seiner Zigarette vor ihr herumfuchtelte, »ihn für unseren jeweiligen Verrat um Verzeihung zu bitten. Und es gibt noch eine weitere Komplikation...«

»Seine Mutter...«

»*Die* möchte bestimmt, daß er am Leben bleibt...«

»Er kann sie nicht ausstehen...«

»Je nun, das ist bedauerlich, aber nicht weiter erstaunlich. Außerdem ist es mir zum Glück gelungen, sie abzuschütteln, und wenn sie niemanden hat, der ihr die Hand hält, ist sie so hoffnungslos untüchtig, daß sie aller Wahrscheinlichkeit nach über irgendeine Brücke fährt und in Brooklyn oder New Jersey landet. Bella hat entschieden keinen Orientierungssinn. Nein, die Komplikation, an die ich gedacht habe, besteht darin, daß mein Freund James, zwar wohlmeinend, aber womöglich in Überschreitung seiner Befugnisse, vorgeschlagen hat, Gabriels Ende dadurch zu beschleunigen, daß man ihm eine Dosis Pethidin in seinen Pulverkaffee oder Methanol in seinen Grapefruitsaft gibt oder dergleichen. Das kann ich nun wirklich nicht billigen. Deshalb finde ich, wir sollten ziemlich schnell zu seinem Zufluchtsort und ihn davon abhalten, den Proviant zu verzehren, den man ihm dagelassen hat.«

Catriona war so entsetzt über diese Mitteilung, daß sie nur dasaß und Bo einige Minuten lang schweigend anstarrte.

Dann sagte sie: »Er hat ihn *vergiften* wollen? Und Sie haben Bescheid gewußt? Ihren eigenen Neffen? Aber das ist ja *abscheulich*!«

»Nun aber mal langsam«, sagte Bo, »wo bleibt denn dein Sinn für Proportionen? Vielleicht war's ja ein wenig gefühllos, aber schließlich hatte er *uns* in den Wind geschossen. Und außerdem würde er ja ohnehin sterben. Es hätte nur die Chance verringert, daß man ihn gefunden hätte, solange noch Zeit war, ihn wieder ins Leben zu...«

»Sie«, sagte sie langsam, »Sie wollten, daß er stirbt?«

»Du etwa nicht?« fragte er mit echtem Interesse.

»Niemals! Wenn er sterben möchte, ist das einzig und allein seine Angelegenheit. Aber *selbstverständlich* wäre ich froher, wenn er sich dafür entscheiden würde, am Leben zu bleiben.«

»Angenommen, er wäre am Leben, würde aber dich nicht sehen noch mit dir reden wollen. Was dann?«

Sie dachte gründlich darüber nach, dann sagte sie: »Auch dann.«

»Dann bist du ein besserer Mensch als ich«, sagte er leichthin. »Wenn er zu *mir* nicht freundlich ist, was kümmert's mich, ob er es ist?«

Thomas, der sich den Wortwechsel stutzig-konzentriert und mit gerunzelter Stirn angehört hatte, sagte plötzlich: »Sollten wir nicht weiterfahren?«

»Sieh mal an, alter Maulwurf!« Bo klopfte ihm auf die Schulter. »Hast du dich wieder nach oben geschaufelt? Weißt du jetzt, wo du bist?«

»Ja, ich erinnere mich«, sagte Thomas. Seine Miene war düster und traurig; er ließ den Motor an und fuhr, ohne ein Wort zu verlieren, weiter.

Catriona sagte zu Bo: »Ich verstehe Sie überhaupt nicht.«

»Nun, da gibt's auch weiter nichts zu verstehen, oder?« sagte Bo liebenswürdig. »Zerbrich dir nicht dein hübsches Köpfchen.«

»Dann waren Sie es, der die Falschmeldung von der Entführung geplant hat?«

»Ich habe sie nicht eigentlich *geplant*«, sagte er vorsichtig. »Mein Freund James hat die Ausführung übernommen. Aber ich war daran beteiligt, ja.«

»Woher wußten Sie von Gabriels Vorhaben? Und wo er zu finden ist?«

»Er hat seiner Mutter einen Brief nach England geschrieben. Sie hat ihn mir gezeigt. Da habe ich James, der in New York war, gebeten, Gabriel ausfindig zu machen. Was er problemlos geschafft hat.«

»Dann habt ihr zwei also geplant, aus Gabriels Tod ein bißchen Kapital zu schlagen?« sagte Thomas unbeteiligt.

»Nur daß unser Plan vereitelt worden ist, weil Thomas das Geld nicht herausgerückt hat. Natürlich könnten wir immer noch... Was *hast* du eigentlich damit gemacht, Thomas, mein Lieber? Es ist doch nicht etwa hier im Auto?« fragte Bo, vorübergehend Hoffnung schöpfend. »Ich könnte es viel besser verwenden als die Weltgesundheitsorganisation oder wer immer es letzten Endes bekommen soll.«

»Das wage ich zu bezweifeln. Nein, hier ist es nicht.«

»Weswegen sind Sie also hier?« fragte Catriona Bo.

»Na ja, der Plan ist im Eimer, oder nicht? Und James ist böse auf mich. Morgen werde ich mich nach neuen Weidegründen umsehen. Ich dachte, ich müßte die Sache erst in Ordnung bringen, bevor ich weiterziehe. Ich wollte mich mit Gabriel nicht streiten, nicht im geringsten; ihm nur ein paar Dinge stecken.«

»Mit dem Wagen können Sie hier nicht weiter«, sagte Catriona zu Thomas. »Es ist das Haus da drüben.« Sie sprach abgehackt, mit Widerwillen. Sie setzte hinzu: »Gabriel ist auf den Dachboden gestiegen und hat die Tür vernagelt.«

Dann stieg sie rasch aus und ging stolpernd davon, ohne sich darum zu kümmern, ob sie ihr folgten oder nicht. Schweigend gingen sie hinterdrein; als sie die Haustür aufzog, merkte sie, daß sie dicht hinter ihr standen.

Thomas betrat das Haus mit einem ausgeprägten Gefühl des Déjà-vu: das nächtliche Betreten eines fremden Hauses, der Geruch von alter Kieferntäfelung und Holzfeuer...

Ich erinnere mich zwar nicht an alles, dachte er, ich hatte nicht die geringste Erinnerung an all das, was Bo im Wagen erwähnt hat; aber, mein Gott, an einige Dinge erinnere ich mich durchaus; das müßte doch wohl reichen?

»Wo ist er?« fragte Bo Catriona murmelnd. Mit einem Rucken des Kopfes deutete sie auf das zweite Zimmer; sie fühlte sich so hundeelend, Verräterin an ihren eigenen Empfindungen und Überzeugungen, daß sie es kaum ertragen konnte, sich mit den beiden Männern im Hause aufzuhalten. Sie verspürte den Drang, in den Regen hinauszulaufen. Aber nein, wenn die blieben, blieb auch sie; vielleicht würde sich eine Möglichkeit finden, Gabriel vor ihnen zu schützen. Falls es notwendig wurde.

Sie gingen alle zum nächsten Zimmer durch, wobei sie so behutsam auftraten, als wären sie in einer Krankenhausstation. Vom Kaminfeuer war nur noch Aschenglut geblieben; Catriona entfachte es von neuem, dann setzte sie sich, in eine der Decken vom Bett gehüllt, auf die unterste Stufe und lehnte sich gegen die Tür.

»Gabriel«, rief sie mit klarer, kalter Stimme. »Thomas und dein Onkel Bo sind hier. Sie wollen einiges mit dir bereden. Ich konnte sie nicht abhalten.«

Thomas ergriff die Initiative. Er rief hinauf: »Gabriel? Bist du da? Ich wünschte, du würdest herunterkommen und dich mit uns unterhalten.«

Oben herrschte Schweigen. Catriona faltete die Hände unter der Decke.

Bo rief: »Gabriel? Ich bin's, Bo. Kannst du mich hören? Ich will dich nicht bitten herunterzukommen. Ich bin nur gekommen – um dir zu sagen, daß es mir leid tut, wenn ich dir irgendwie geschadet haben sollte. Sehr, sehr leid. Ich habe bestimmt einer Menge Leute geschadet, die mir scheißegal sind, aber an dir liegt mir etwas. Nach Gus bist du der Mensch auf der Welt, an dem mir am meisten liegt, und es tut mir leid, falls ich dich verletzt haben sollte; ich bitte dich nicht, mir zu verzeihen, ich wollte es dir nur sagen.«

Nach einer Pause fügte er hinzu: »Außerdem wollte ich dich warnen, nicht von den Lebensmitteln zu essen, die James dir dagelassen hat. Es sei denn, du möchtest dein Ende beschleunigen.«

Catriona sagte gedämpft: »Er hat gar nicht vorgehabt, von dem Zeug zu essen. Er wollte gar nichts essen.«

Mein Gott, diese jugendliche Theatralik, dachte Bo mit einem Anflug von Verärgerung. Alles, was sie tun, muß so clever ausgeklügelt und ausgeführt sein; als ob sie sich nicht zutrauten, instinktgemäß zu leben.

Dann dachte er: Ein Wunder, daß James *das* nicht vorausgeahnt hat.

Thomas rief: »Gabriel, bitte tu mir das nicht an! Ich werde so traurig sein, wenn du tot bist. Ich werde es nicht ertragen können.«

Was für ein Narr ich bin, dachte er. Alle vernünftigen Argumente, die er sich zurechtgelegt hatte, waren ihm schlicht entfallen. Er schien über keine Grammatik, keinen Wortschatz zu verfügen, um die kummervolle Liebe auszudrücken, die er empfand, das innige, bange, schuldbeladene, zärtliche Gefühl der Zugehörigkeit, die Besorgnis, daß seine und Gabriels Identität an irgendeinem Punkt unwiderruflich ineinander verstrickt worden waren. Auch erinnerte er sich unter bitteren Selbstvorwürfen an den Ausspruch der alten Hannah: »Er hat ein Anrecht auf seinen Tod.«

»Ach, das ist doch albern«, ließ sich plötzlich Gabriels Stimme über ihren Köpfen vernehmen.

Die Stimme, die da von der düsteren Decke kam, war so deutlich und um so vieles lauter, als sie erwartet hatten, daß beide Männer hochschraken. Bo ließ seine Zigarette fallen und trat sie aus. Thomas zuckte nervös zur Seite, stieß dabei gegen das Bett und setzte sich.

Bo beugte sich vor und zündete sich mit einem Zweig vom Kaminfeuer, das lodernd brannte, eine andere Zigarette an. Die züngelnden Flammen, gelb und salzgrün, erleuchteten das Zimmer mit sprunghaftem, aber viel hellerem Licht als das der Kerze, die Catriona auf den Kaminsims gestellt hatte.

Gabriels Stimme fuhr fort: »Ich weiß nicht genau, wieviel Zeit mir noch bleibt. Zwei oder drei Tage vielleicht. Nicht lange. Deshalb wünsche ich mir, daß ihr aufhört, sie zu verschwenden, und mich in Ruhe laßt.«

Thomas sagte: »Gabriel, du glaubst doch wohl nicht, daß Gus das von dir gewollt hätte? Meinst du nicht, daß er bitter enttäuscht gewesen wäre?«

»Gus hat daran geglaubt, daß eine der hauptsächlichsten Lebensfunktionen die Vorbereitung auf den Tod ist.«

»Das war nur eins unter tausend anderen Dingen, die Gus gesagt hat.«

»Ja, aber dieses eine ist mir jetzt am wichtigsten. Außerdem«, sagte Gabriel und konnte sich einen gewissen Triumph in seiner Stimme nicht versagen, »habe ich hier eine Bestätigung dafür gefunden. Ich habe einige alte Notizen gefunden, die Gus damals, als er und ich hier übernachteten, aus Versehen dagelassen haben muß; sie sind hier in einer Blechtruhe verstaut gewesen, und wahrscheinlich hat seitdem niemand mehr einen Blick da rein geworfen. Notizen für eine *Abhandlung über den Tod.*«

»Du hast einige Notizen von Gus hier gefunden?« fragte Thomas verblüfft. Er stand auf und trat direkt unter die Falltür.

»In seiner Handschrift.«

»Du wußtest nicht, daß sie hier waren?«

»Nein.«

Thomas empfand eine ehrfürchtige Ahnung vom Wirken des Schicksals oder der Unumstößlichkeit. Schweigend stand er da. Bedeutete dies die Niederlage? Mußte man sie akzeptieren?

Doch da rief Bo ungeduldig aus: »Ach, Gottchen! Jetzt glaubst du wohl noch, Gus hätte dir irgendeine mystische Botschaft zukommen lassen? Daß ein göttlicher Finger einen Aktenvermerk über die Stelle angelegt hat, wo Gus die Zeilen niederschrieb, und dich dann hierhergelockt hat?«

»Das habe ich nicht behauptet«, bemerkte Gabriels Stimme kühl.

»Nein, aber ich möchte wetten, daß du's gedacht hast! Ich will dir was sagen. Gus hat sich während seiner letzten vier Lebensjahre stark mit dem Tod beschäftigt, und das aus einem sehr guten Grund: Er wußte, daß er todkrank war. Er hatte Leukämie. Er wußte, daß er es nicht mehr lange machen würde. Deswegen ist er so hektisch um die Welt geflitzt und hat soviel hineingepackt, wie er nur konnte. Und deswegen hat er auch soviel in dich hineingepackt, du armer, kleiner Grünschnabel, kapierst du das denn nicht? Sein ganzes restliches Leben hat er in dich hineinzupacken versucht. Nur«, endete Bo düster, »ist das einzige, was ihm wirklich gelungen ist, daß er seinen Tod in dich hineingepackt hat.«

Als Bo geendet hatte, herrschte langes Schweigen.

Dann sagte Thomas leise: »War dem wirklich so?«

»Natürlich. Glaubst du etwa, so etwas würde ich mir aus den Fingern saugen? Er hat mir davon erzählt. Nicht vielen Menschen hat er davon erzählt. Natürlich wußte er nicht, wie lange es dauern würde; bei Leukämie weiß man das nie so genau; es hätte bis zu zehn Jahren dauern können; ich glaube, er hat gehofft, so lange zu leben, bis Gabriel erwachsen wäre. Mit dem

Flugzeugabsturz hat er nicht gerechnet; das war ein kleines Extra-Mißgeschick. Aber vielleicht hätte er nichts dagegen gehabt. Er hatte Vorsorge getroffen, verstehst du denn nicht? Gabriel war seine *Kapitalanlage*; sein Vermächtnis. Er hatte diese Vorstellung, daß man ein Kind – wie ein Raumschiff – mit guten Sachen vollstopfen und ins Unbekannte schießen konnte. Nur daß der Plan in Gabriels Fall danebengegangen zu sein scheint. Gabriel reist nirgendwohin.«

»Höchstens ins Unbekannte«, sagte Thomas.

»Ich frage mich, ob Leute wie Gus nicht ebensoviel Unheil wie Gutes anrichten. Ein Typ wie er, der seine Geisteskräfte und seine Charakterstärke auf ein einziges Ziel konzentriert, dessen ganze Existenz wie ein Laserstrahl gebündelt ist, treibt allerdings ganz schön Schindluder mit dem richtungslosen Alltagsleben gewöhnlicher Menschen. Meinst du nicht, Thomas, daß er auch *dir* ein gewisses Maß an Leid zugefügt hat?«

»Ich kann ihm keine Schuld daran geben«, sagte Thomas nach einigem Nachdenken. »Wenn mir irgendein Schaden zugefügt worden ist, dann ist das meine Schuld.«

Aber er hatte eine flüchtige Schreckensvision von dem Kollisionskurs, auf den seine Verehrung für Gus ihn geschickt hatte.

Bo sagte schroff: »Ach, du immer mit deiner Selbstherabsetzung. Ich weiß nicht, was mich mehr anödet, deine angemaßte Überlegenheit oder deine Minderwertigkeitsgefühle. Warum kannst du nicht einfach mit uns anderen auf einer Stufe stehen?«

Weil meine Sünden rot sind wie Scharlach, dachte Thomas. Aber vielleicht gilt das für alle? Es kam ihm die leise Erinnerung an jene Szene in der Küche von Nummer achtundreißig, als er zu Bella sagte: »Jeder trägt an einer geheimen Schuld«, und sie ärgerlich erwiderte: »Das meinst aber auch nur du! Ich bestimmt nicht!«

Loraine war dabeigewesen, und Bo.

In Gedanken noch halb in der Vergangenheit, brach es plötzlich aus Thomas heraus: »Gabriel! Was für einen Grund hast du *wirklich*, daß du nicht weiterleben willst? Daß du nicht erwachsen werden willst? Kannst du uns das vielleicht einmal erklären?«

»Das müßte doch eigentlich ziemlich klar sein. Mir gefällt es einfach nicht, wie alles läuft. Was ihr Zivilisation nennt – die Erwachsenenwelt, die ihr und euresgleichen geschaffen habt –, ist nichts als entwürdigende Heuchelei; die Menschen sind überhaupt nicht zivilisiert; es sind nackte, behaarte, heimtückische Raubtiere.«

»*Alle?* Was ist mit Gus? Und mit Shakespeare? Und Thomas Paine?«

»Von denen gibt's nicht viele«, sagte Gabriel. »Und der Rest ist der reinste Schlamassel. Ich will nicht dazugehören.«

»Aber selbst gewöhnliche Menschen haben doch ihre großen Augenblicke. Sie lieben ihre Kinder und ihre Freunde. Sie vollbringen ganz uneigennützig gute Taten. Kannst du dich in deinem Leben auf nichts besinnen, das der Mühe wert war? Freunde? Menschen?«

Langsam und verbittert sagte Gabriel: »Denkst du etwa an meine Mutter? Oder an dich selbst, an unsere Beziehung? Die von Anfang an auf Täuschung beruhte – oder etwa nicht? Hast du etwa gedacht, ich *wüßte* nicht, daß du mich überfahren hast, damals in der ersten Nacht? Und daß du dir, um die Sache zu vertuschen, die Mühe gemacht hast, um den Block zu fahren und so zu tun, als kämst du als gütiger Lebensretter zum Unfallort? Hast du wirklich geglaubt, ich wüßte das nicht?«

Thomas' Herz schrumpfte auf die Größe eines Salzkorns zusammen. Schmerz und Scham überwältigten ihn. Und doch hatte er diesen Augenblick schon so lange vorhergesehen, daß ihm sein Eintreffen am Ende eine Art Erleichterung verschaffte.

»Seit wann weißt du das?« fragte er nach einer Weile.

»Schon die ganze Zeit. Von Anfang an. Loraine hat's mir gesteckt. Sie stand am Briefkasten und hat einen Brief eingeworfen. Sie hat gesehen, wie du den Wagen herumgerissen hast und weitergefahren bist. Sie sah das Nummernschild und das zerbrochene Rücklicht. Sie sagte, es sei sinnlos, die Polizei – oder Bella – zu verständigen, denn dein Schuldgefühl sei Strafe genug. Wahrscheinlich stimmt das sogar. Ich habe mich oft gefragt, weshalb du es mir gegenüber nie zugegeben hast. Warum nicht? Alles, was wir je gesagt oder gemeinsam getan haben, hat es zur Lüge gemacht.«

Auch die Schachspaziergänge? fragte sich Thomas.

»Ich konnte es nicht«, sagte er. »Ich bin schon einmal eingewiesen worden, und da war doch auch noch Bella...«

Seine Stimme verlor sich. Er dachte: Die ganze Zeit hat Loraine Druck auf mich ausgeübt, indem sie mir damit drohte, Gabriel reinen Wein einzuschenken, dabei *hatte* sie es ihm schon verraten. Was für eine merkwürdige Frau. Und er dachte: Die ganze gräßliche Last von Schuld und Geheimhaltung, von der ich mich habe lähmen und niederdrücken lassen, die meine Ehe mit Bella zerstört hat – die ganze Zeit über hat sie auch Gabriel gelähmt. Wie konnte ich nur so einfältig sein, das nicht zu sehen?

Er dachte an verschiedene Gelegenheiten, bei denen er ein Geständnis erwogen hatte: »Übrigens, mein armes Kind, nicht nur habe ich deine Mutter verführt, ich war's auch, der dich gestern abend überfahren und dir das Bein gebrochen hat.« – »Ah, Gabriel, da war noch etwas, das ich vergessen habe zu erwähnen, als wir uns das erste Mal begegnet sind...« – »Nebenbei bemerkt, Gabriel...« Jede Gelegenheit war vorbeigeschossen, schneller, immer schneller, wie eine Folge von Eisenbahnwaggons, die ihre Fahrt beschleunigen; es war praktisch von Anfang an zu spät gewesen.

Seine Schwierigkeit hatte darin bestanden, daß all seine Instinkte ihn dazu drängten, das ganze Erlebnis abzuwehren; es abzuleugnen; davon abzurücken. Selbst am folgenden Morgen hatte er sich davon abgespalten gefühlt; ein Geständnis hätte die Rückkehr zu einer Lebensweise bedeutet, die er bereits hinter sich gelassen zu haben glaubte. Außerdem, wie konnte man einem Elfjährigen im Krankenhaus ein solches Geständnis machen? Seinem geliebten Stiefsohn? Gabriel?

Jetzt brächte ich es fertig, dachte Thomas. Zu spät. Ich lerne zu langsam.

Bo sagte zu Gabriel: »Er hat's nicht gestanden, weil er Angst hatte, alles zu verlieren, was er besaß.«

»Hast du etwa auch Bescheid gewußt?« fragte Thomas Bo.

»Loraine hat's mir gesagt. Die verschlagene alte Hexe – sie liebte dieses Fitzelchen Wissen und Macht; wie Keile hat sie die eingesetzt. Keine sehr erfolgreiche Methode, aus Menschen Liebe herauszuschlagen, aber die einzige, in der sie sich auskannte.«

Thomas sagte zu Gabriel: »Findest du, daß unsere Beziehung eine einzige Lüge war? In jeder Hinsicht? Jedes Wort, jede Minute?«

»So kommt's mir jedenfalls vor«, sagte Gabriel nach einer Pause.

»Aber hör doch, Herzchen«, rief Bo aus, »niemand, *niemand* läßt einen anderen Menschen jemals alles wissen; zwischenmenschliche Beziehungen sind einfach nicht so.«

Zum erstenmal, seit sie eingetreten waren, ergriff Catriona das Wort: »Unsere doch. Die zwischen Gabriel und mir. Wir haben einander alles gesagt.«

»Das ist schlechterdings nicht möglich«, sagte Bo mit Überzeugung. »Und selbst wenn dem so wäre – wenn du dir einbildest, daß dem so war –, mehr als ein paar Monate hättet ihr das nicht durchhalten können.«

»Vielleicht«, sagte Gabriel.

Es war offenkundig, daß der Streit ihm unwichtig erschien; seine Aufmerksamkeit war nicht restlos in Anspruch genommen.

Es ist wie eine Kaltwetterfront, dachte Bo; man kann sie fast fühlen: Die Wärme unserer Zuneigung und Fürsorge steigt zur Decke auf, trifft auf den steinkalten Schild der Unempfänglichkeit und senkt sich besiegt wieder herab.

Er sagte: »Es stimmt schon, wir sind alle korrupt und verkommen und haben einander Abscheuliches angetan. Wie zum Beispiel Thomas und ich. Aber dennoch, wir sind die einzigen *Wir*, die wir haben. Da sollten wir das Beste daraus machen, findest du nicht? Es hat doch wirklich keinen Sinn, daß wir uns selber hassen, denn sehr wahrscheinlich sind die Dinge, die wir für unsere schlimmsten Handlungen halten, nicht diejenigen, die tatsächlich den meisten Schaden angerichtet haben. Schau dir nur Thomas an – der kann sich nicht einmal an das Schlimmste erinnern, das er mir angetan hat. Was hat es also für einen Sinn, ihm deswegen noch zu grollen? Ebensogut können wir auch versuchen, einander gern zu mögen.«

Tonlos äußerte Gabriel: »Wie kann man jemanden lieben, der durch und durch unaufrichtig, der völlig ichbezogen ist wie Bella?«

»Ach, was bist du doch für ein Kindskopf!« sagte Bo ungeduldig. »Ich vergesse immer wieder, daß du erst sechzehn bist. Wieso habe ich mich auf diesen Streit überhaupt eingelassen? Ich bin in der Absicht hergekommen, mein Sprüchlein zu sagen und dich um Verzeihung zu bitten – oder vielleicht *dir* zu verzeihen, für die Schmerzen, die du mir verursacht hast –, und dann wieder zu gehen. Und ich wollte sagen, versuche Bella weniger streng zu beurteilen. Sie kann doch nur die eine oder andere Rolle spielen, einen inneren Kern hat sie nun wirklich nicht; es ist sinnlos, ihr Vorwürfe zu machen, dem armen Mädchen.«

Gabriel sagte, und es war offensichtlich, daß er sich während der vergangenen zehn Minuten damit beschäftigt hatte: »War Gus wirklich todkrank?«

»Ja. Ich würde dich nicht anlügen. Als er sich hier einquartierte, hatte er gerade die Bestätigung erhalten. Ich habe einen Brief von ihm aus der Zeit, in dem er mir davon schreibt.«

»Hast du ihn *dabei*?«

»Natürlich nicht. Er ist in England. Aber einen Teil davon«, sagte Bo, »weiß ich auswendig. Lange bevor sonst jemand ahnte, daß seine Kräfte nachließen, hatte er es schon selber erraten. Er schrieb: ›Dieses Gefühl der Verzweiflung darüber, daß es mit mir so sichtlich bergab geht, demoralisiert mich... So vieles würde ich gern noch tun und weiß doch, daß ich es nicht mehr kann: Straßen, Ozeane, Unternehmungen, mir alles verschlossen; nicht ohne Schmerz daran zu denken.‹«

Wieder trat ein langes Schweigen ein; währenddessen besorgte Catriona stumm einige Holzscheite und legte sie aufs Feuer.

Nach einer Weile sagte Bo: »Thomas würde das ebenfalls verstehen. Du weißt, Gabriel, daß Thomas ständig unter heftigen Schmerzen leidet? Wahrscheinlich sind sie in diesem Augenblick nahezu unerträglich. Er ist ein schwerkranker Mann, aber als Bella ihn darum gebeten hat, ist er hierher geflogen und in New York herumgestiegen, um nach dir zu suchen, wodurch sich sein Leiden ohne Zweifel erheblich verschlechtert hat. Und was noch schlimmer ist, er weiß, daß es bald – in ein, zwei Jahren – so akut werden wird, daß er die *ganze* Zeit über *unerträgliche* Schmerzen haben wird. Das weißt du doch, Thomas?«

Fast unhörbar antwortete Thomas: »Ja.«

Catriona, in den Falten ihrer Decke, wandte den Kopf und sah ihn schweigend an.

Gabriel sagte nichts.

»Aber Thomas hat nicht vor, seinem Leben ein Ende zu bereiten«, fuhr Bo brutal fort. »Nein, er will am Leben bleiben. Warum nur, frage ich mich? Weil er Mut hat – Neugier – ein klein wenig Hoffnung – eine Menge Liebe, auf die merkwürdigsten Stellen verteilt?... Du bist doch so eine Autorität auf dem Gebiet des Lebens, dort oben in deinem Elfenbeinturm, Gabriel

– hast du irgendwelche nützlichen Vorschläge, wie Thomas das Beste aus seinen letzten Lebensjahren machen kann?«

Abwartend blickte er zu dem viereckigen schwarzen Loch in der Decke auf. Thomas und Catriona sagten nichts. Von oben kam ein kurzes unbestimmtes Geräusch, als ob Gabriel gehustet, sich geringfügig geregt oder geräuspert hätte.

Thomas öffnete den Mund, um zu sprechen; er wollte protestieren – sagen, daß seine Krankheit ganz und gar seine eigene Angelegenheit war, mit dem Streit nichts zu schaffen hätte, von Bo unbilligerweise ins Feld geführt worden war.

Doch Gabriel räusperte sich erneut und sagte: »Onkel Tom?« – in einem Ton, der Thomas plötzlich fünf Jahre zurückversetzte, zu einem frostigen Nachmittag auf dem Wanborough Common, und zu Hause wartete das Abendessen auf sie. »Onkel Tom, vielleicht kann man sich selbst Nachrichten hinterlassen? Von jetzt für später? Wie Polarforscher, die für den Rückweg kleine Proviantlager anlegen?«

Thomas sagte: »Denkst du an Gus' Nachricht für dich? Oder vielleicht galt die Nachricht ihm selbst; vielleicht hoffte er, eines Tages wieder hierherzukommen.«

Wieder rutschte Gabriel hörbar herum. Thomas erinnerte sich an einige Dinge, die ihm in den Sinn gekommen waren, als er an Mrs. Bairds Sterbebett stand – wann? könnte das wirklich heute gewesen sein? –, und fuhr fort: »Hast du dir jemals ausgemalt, wie du mit achtzig sein wirst, Gabriel? Alt und vollgestopft mit Wissen und Gelehrsamkeit wie Gus, mit Hunderten von Freunden – Kollegen – Kindern, vielleicht Enkelkindern – Menschen, die du dir jetzt nicht einmal *vorstellen* kannst; und all deine Erinnerungen, an uns, an heute, an Catriona, sind weggepackt wie ein riesiger Schrankkoffer voller Erfahrungen? Wenn du dieser Person eine Nachricht hinterlassen könntest, Gabriel, was würdest du sagen? Oder wenn sie dir eine Nachricht hinterlassen könnte, was glaubst du, würde sie sagen?«

Er spürte sein Herz so heftig schlagen, daß er innehalten mußte. Er preßte eine Hand gegen seine Brust und war vage erstaunt, daß sein Jackett naß war. Hatte sein Herz etwa leicht geblutet? Doch dann fiel ihm wieder der Regen ein.

Die Pause nach seiner Frage währte so lange, daß er sich voller Furcht fragte, ob Gabriel jemals wieder sprechen würde. Und als das Schweigen endlich gebrochen wurde, war es nicht Gabriel, sondern ein Klopfen an der Tür.

»Süßes Jesuskind«, murmelte Bo verhalten. »Wenn das Bella ist…«

Mit vier Sätzen eilte er durch die Küche zur Haustür, riß das Fliegengitter auf und verschwand nach draußen. Thomas und Catriona hörten leises Stimmengemurmel – dann eine höhere Stimme, unverkennbar Bellas, die protestierte: »Aber natürlich kann ich reinkommen! Es gießt in Strömen! Bist du verrückt geworden?«

Thomas ging rasch hinter Bo her. Er befand sich in einem Zustand der Verwirrung – der Ermattung, der Erregung; er dachte, ich bin erschöpft, ich kann nichts mehr tun, wahrscheinlich habe ich schon zuviel getan. Wie will man das wissen? Das einzige, was wir noch tun können, ist ihn in Frieden zu lassen. Haben wir irgend etwas bewirkt mit unseren Reden?

Wieder klang ihm Hannahs Stimme in den Ohren: Der Junge hat ein Anrecht auf seinen Tod.

Aber was Bella betraf, hatte Bo recht; ihr Eindringen würde nichts als Unheil anrichten. Thomas überlegte, ob er sie zu einem Gasthaus oder Motel fahren sollte? Vielleicht zu beidem? Und Catriona bei dem Jungen lassen?

Es dauerte einen Moment, bis sich seine Augen an die Dunkelheit gewöhnt hatten. Wenigstens hatte sich der Regen fast gelegt. Dann sah er im Scheinwerferlicht eines zweiten Autos hinter dem Rasenstück mit den Grasbüscheln die Silhouette von Bo und Bella; anscheinend waren sie in einen heftigen Streit verwickelt.

Er ging auf sie zu.

Bo sagte: »Es besteht nicht die geringste Chance, daß du mit dem, was du sagst, irgend etwas ausrichten kannst. Er ist oben, er hat sich eingeschlossen. Thomas hat mit ihm gesprochen. Ich habe mit ihm gesprochen. Nein, Bella. Es hätte nicht den geringsten Sinn.«

»Bist du verrückt? Willst du ihn etwa da oben lassen?« rief sie mit hoher, zorniger Stimme. Dann erblickte sie über Bos Schulter Thomas. »Gibt es hier ein Telefon?« fragte sie. »Thomas, du rufst Dr. Redford Moberley in der Klinik in Cambridge an. Sag ihm, daß Gabriel hier ist und daß er außer dem Krankenwagen auch gleich einen Psychiater herschicken soll. Und zwar schnellstens! Und sag ihm, er soll Manresa anrufen. Wir haben keine Zeit zu verlieren!«

»Nein, Bella« sagte Thomas bestimmt. »Auf diese Weise lösen wir Gabriels Problem nicht.«

Er sagte ihr nicht einmal, daß es gar kein Telefon gab. Er legte den Arm um ihre Schultern und drehte sie um. »Ist das dein Wagen? Bitte, fahr wieder! Ich verspreche dir hoch und heilig, das einzige, was du tun kannst, ist nach New York zu fahren und ein wenig zu schlafen. Bo, warum begleitest du sie nicht?«

»Ihr seid Bestien, ihr seid Bestien!«

Bella brach in laute, kindliche Schluchzer aus, Tränen sprangen ihr aus den Augen, und ihr Mund verzog sich zu einem häßlichen Viereck. »Ich hab mich *stundenlang* verfahren, bin kreuz und quer durch diese miese Insel gefahren, im Dunkeln, ganz allein, während ihr die ganze Zeit hier wart und hinter meinem Rücken ein Komplott geschmiedet habt, und als ich endlich hierherfinde, sagt ihr mir nur, daß ich wieder verschwinden soll ...«

»Red kein Blech, Liebling«, sagte Bo, »Thomas hat völlig recht. Das Beste für uns alle ist, daß wir uns trennen – *du lieber Himmel* – was war das?«

Hinter sich hörten sie plötzlich einen lauten, harten Donnerschlag, wie das Schlucken eines Gasbrenners, aber zigtausendfach verstärkt. Thomas wirbelte herum und sah gerade noch, wie der Dachfirst auf dem großen Fächer einer gelblichbraunen Flamme nach oben auseinanderbrach.

»O mein Gott!« rief er und lief wieder zum Haus.

Bella kreischte auf und stolperte auf die Büsche zu.

»Thomas, du Idiot, bleib stehen!« schrie Bo. Mit drei Sätzen überholte er Thomas und warf ihn auf das nasse Gras. Dann stürmte er durch die Tür. Die Küche war immer noch dunkel, aber das Zimmer dahinter war bereits von einem rot pulsierenden Licht erleuchtet. Und das Obergeschoß war ein brausendes Scharlachrot, das Funkenregen versprühte wie ein mit Benzin genährtes Feuer.

Das überlebt er nicht, dachte Thomas und rappelte sich wieder auf. Nicht die geringste Hoffnung. War es *das*, was James geplant hatte?

Bella rannte schluchzend zu ihm und ergriff seinen Arm. »Was ist *passiert*? Wo ist Bo?«

In der Tür tauchte Bo mit Catriona auf, die er halb trug, halb schleifte.

»Bist du in Ordnung?« fragte er sie, als er sie absetzte. Sie nickte stumm. »Du hast Glück, daß deine Kleider so naß waren...« Und wieder verschwand er nach drinnen.

»Bo, komm zurück!« jammerte Bella.

»Bo, es ist hoffnungslos!« schrie Thomas. Er rannte hinter Bo her, durch die Tür, traf auf eine schwarze Wand erstickenden chemischen Rauchs und stockte; in diesem Augenblick kam Bo herausgestürzt und stieß mit ihm zusammen. Von dem Qualm rang er nach Atem.

»Du hast recht: hoffnungslos. Eins steht fest: Es muß ein schneller Tod gewesen sein«, sagte Bo. »Armer Gabriel. Armer kleiner Bursche.«

»Wieso, was willst du damit *sagen*?«

Bella starrte von einem zum anderen. »Er kann nicht tot sein... Du kannst ihn doch nicht einfach so aufgeben?«

»Streng deinen Grips an, Mädchen«, sagte Bo und drehte sie um, damit sie den grellen, goldsprühenden Brandherd betrachten konnte, das einzige, was vom Obergeschoß übrig geblieben war. Die hölzernen Wände waren aufgelodert wie Papier. In der Mitte sahen sie die Hälfte des gemauerten Kamins aufragen, ein schwarzer Finger im roten Feuer; während sie noch hinschauten, verzog er sich, knickte um und stürzte herab. Das Mühlengebäude am anderen Ende hatte bereits Feuer gefangen; die Flammen züngelten die Schindelwand empor, und aus einem der unteren Fenster stob ein Funkenschauer.

»Selbst ein Feuersalamander könnte da drinnen nicht überleben«, sagte Bo.

»Aber wie konnte das geschehen? Was hat das Feuer verursacht?«

Bo sagte: »Weiß der Himmel. Aber egal, wir müssen los und die Feuerwehr holen, sonst müssen die als nächstes noch ein ganzes Buschfeuer bekämpfen. Los, Bella – du mußt fahren. Hier braucht dich sowieso niemand, und du wirst nur im Weg sein. Thomas, paß auf das Mädchen auf, ja?... Wir sind bald wieder da...«

Indem er Bellas Arm fest umklammerte, zwang er sie, mit ihm zum Auto zu rennen.

»Jetzt aber schnell – auf geht's!«

19

Gabriel

Gabriel hatte die Falltüröffnung verlassen und war zur Fensterbank der großen Gaube zurückgekehrt, wo er dasaß, die Arme um die Knie geschlungen. Und er hatte seine Aufmerksamkeit von der Gruppe unten seinem innersten Wesenskern zugewendet. Wenn sie doch nur endlich fortgingen, dachte er, damit ich mich ausdehnen kann in die Stille.

Die Katze war zu ihm hochgesprungen. Geistesabwesend streichelte er ihr den Kopf und dachte: Wenn Gus ein paar Jahre länger gelebt hätte...

Als das gleichzeitige Wüten von Lärm und glühendheißem Wind ihn jählings auf den Rücken schleuderte, verspürte er heftige Entrüstung; er dachte, darauf war ich nicht gefaßt, was haben sie mir angetan? Er fühlte, wie es ihm den Atem abschnürte, wie von einer Schlinge; mit den Armen rudernd, quälte er sich hoch, dann sank er wieder nach vorn auf die Knie...

20

Bo und Bella

Von Bos Stimme, Verhalten und promptem Handeln gefügig gemacht, tat Bella, wie er sie geheißen hatte, stieß mit dem Wagen zurück und fuhr den Sandweg entlang. Als sie zur Hauptstraße gelangten, sagte er: »Bieg rechts ab.« Sie tat es. Nachdem sie etwa eine Meile gefahren waren, kamen sie an einem Haus vorbei.

»Halt«, sagte Bo. »Warte hier, ich gehe dort telefonieren. Warte einfach. Nicht aussteigen.«

Sie war noch immer erschüttert und fügsam; zusammengekauert saß sie im Wagen und gab, wie ein Kind, das sich fast ausgeweint hat, hin und wieder einen Schluchzer von sich, bis er wiederkam.

»Sehr hilfsbereite Leute, das, in dem Haus«, bemerkte er. »Mr. und Mrs. Moss. Sie waren beeindruckt von meinem englischen Akzent und meinem höflichen Dank dafür, daß ich das Telefon benutzen durfte. Sie haben bewundernswürdige Selbstbeherrschung gezeigt und nicht einmal gelauscht. Fahr jetzt weiter.«

»Hier entlang? Sollten wir nicht umdrehen?«

»Nein, ich habe mich nach dem Weg erkundigt. Fahr nur zu.«

Nach einer Weile sagte sie verwirrt: »Es kommt mir so viel weiter vor als die Strecke, die wir gekommen sind. Bist du sicher, daß wir hier richtig sind?«

»Ja doch. Fahr nur zu.«

Nach einer weiteren langen Pause sagte sie: »Aber Boney – das ist doch die Stadt? St. George – oder?«

»Richtig.«

»Aber ich dachte, wir fahren noch einmal zum Haus zurück?«

»Nein, was für einen Sinn hätte das? Wir können Thomas

nicht helfen; und das Mädchen hat sich vielleicht leichte Verbrennungen zugezogen, aber sie wird's schon überstehen. Und für Gabriel können wir nichts tun. Die Feuerwehr wird bald eintreffen – der Typ, mit dem ich gesprochen habe, kennt sich aus, wahrscheinlich sind sie schon an Ort und Stelle; allerdings glaube ich nicht, daß sie viel retten können. Nein, du und ich, wir machen uns still und heimlich auf den Weg.«

Als sie Protest erhob, sagte er: »Liebling, konzentriere du dich lieber aufs Fahren, Herrgott noch einmal. Das fehlt uns gerade noch, ausgerechnet *jetzt* wegen schwerer Verkehrsvergehen hochgenommen zu werden. Also halt den Mund und achte auf die Straße. Schau, das ist der Weg zur Fähre, da unten rechts.«

Als sie den Wagen sicher aufs Boot gelenkt hatte, sagte er: »Gut gemacht, Süße; bist ein tüchtiges Mädchen«, und gab ihr einen flüchtigen Kuß.

Um diese Nachtzeit setzten nur wenige Fahrzeuge nach Manhattan über. Das geräumige Autodeck war zu zwei Dritteln leer.

»Laß uns nach oben gehen«, schlug Bo vor. »Das Auto wird uns schon nicht davonfahren.«

Sie kletterten die Stufen zum Hauptdeck empor und von dort zum Oberdeck.

»Wo wir schon mal dabei sind, können wir auch bis ganz nach oben gehen«, sagte Bo, »und uns all die hübschen Lichtlein anschauen.« Er half ihr durch die Schiebetüren hinaus aufs Promenadendeck. »Jetzt sieh nur – hast du jemals etwas Schöneres gesehen?«

Über das schwarze Gewässer hinweg funkelten die Lichter von New Jersey, von Brooklyn und Governors Island. Unmittelbar vor ihnen schwebten und glitzerten die hellerleuchteten Wolkenkratzer Manhattans.

»Wie beleuchtete Käsereiben«, sagte Bo. »Bin ich froh, daß das mein letzter Anblick ist.«

Bella hatte angefangen zu zittern und schenkte ihm keine Beachtung. Sie sagte: »Ich wäre lieber beim Haus geblieben, Boney. Vielleicht hätte es doch noch eine Chance gegeben…«

»Liebling, da gab's keine Chance. Es war hoffnungslos. Wir können nur hoffen, daß der olle Tom Thum oder seine Enkelin versichert sind.«

»Ich kann diesen entsetzlichen Anblick nicht vergessen«, weinte sie. »Diese schrecklich große, gelbe Flamme… Boney, warum hat sich das Feuer nur so furchtbar *schnell* ausgebreitet? Glaubst du, das hat etwas mit James zu tun?«

In nichtssagendem Tonfall erwiderte er: »Vielleicht, wer weiß? Womöglich hat er im Schornstein eine Bombe gelegt. Die könnte durch Hitze aktiviert worden sein; so konstruiert, daß sie losgehen würde, wenn das Feuer unten eine Zeitlang gebrannt hätte; erfahren werden wir es nie.«

»Wenn es so war«, sagte sie heftig, »ist es das entsetzlichste, mörderischste Verbrechen, von dem ich je gehört habe. Dafür gehört er *erschossen.*«

»Ach woher denn«, sagte Bo. »So etwas passiert nun einmal. Wir wollen unserem Sündenregister nicht auch noch Heuchelei hinzufügen.«

»Es war Mord.«

»Das mußt du gerade sagen, Liebling. Was ist mit der armen, alten Loraine? Hast du deren Tod etwa nicht zu verantworten?«

»Ich habe sie nie angerührt«, sagte Bella gereizt. »Ich hab ihr nur gesagt, daß ich sie nie mehr wiedersehen will, nachdem sie Thomas diesen Klatsch-und-Tratsch-Brief geschrieben hat. Blödes altes Weib, überall hat sie sich eingemischt.«

»Du warst so gemein zu ihr, daß sie schnurstracks nach Haus gegangen ist und eine Überdosis genommen hat.«

»Na, und wenn schon? War doch allen schnuppe, ob sie tot oder lebendig ist.«

»Du vermißt sie.«

»Ja, schon«, gab sie zu. »Aber mit Gabriel ist es etwas anderes…«

»Es hat keinen Sinn, sich den Kopf darüber zu zerbrechen«, sagte Bo grob. »Ruiniert haben wir ihn so oder so, der ist erledigt.«

»Es sähe anders aus, wenn sich nicht dieser bescheuerte James eingeschaltet hätte… Laß dir das jedenfalls eine Lehre sein. Ich hoffe, du wirst ihn nie wieder sehen.«

»James, James, Morrison, Morrison, Weatherby George Dupree… Nein, mach dir keine Sorgen. Werd ich schon nicht.«

»Können wir nicht wieder hineingehen, Boney?« Sie hatte wieder angefangen zu weinen und zu zittern. »Hier draußen ist es *zu* kalt, und mir ist ja so elend. Vielleicht können wir in der Bar einen Drink bekommen.«

»Laß uns noch warten, bis das Schiff ablegt. Schau dir die hübschen Lichter an, und nimm einen Schluck hiervon.«

Er zog eine Whiskyflasche aus seiner Anoraktasche und reichte sie ihr.

»Aber laß mir was übrig… So ist's brav. Besser?«

»Ein bißchen.«

Er nahm selbst einen Schluck, dann legte er den Arm um sie.

Bella lehnte sich an ihn und sagte unter stoßweisen Schluchzern: »Mir ist so traurig zumute wegen Gabriel. Der arme, kleine Bub. Wenn ich ihn nicht gleich zu Anfang adoptiert hätte, wäre vielleicht noch alles gut geworden.«

»Vielleicht. Aber ich möchte es bezweifeln. Du taugst eben nicht zur Mutter. In der ollen Sadie hattest du nicht gerade ein gutes Vorbild, möchte ich behaupten.«

»Nachdem ich Gus geheiratet hatte und Gabriel zurückbekam, war alles irgendwie anders. Er war nicht mehr dasselbe liebe kleine Baby, und ich konnte mich nicht recht mit ihm anfreunden. Es war zu spät.«

»Ja, zu spät«, erwiderte Bo. »Für uns ist vieles zu spät gekommen, Sarsaparille. Wir können schwerlich als Muster dafür gelten, wie man erfolgreich ist und Freunde findet.«

»Wenn Gus nicht gestorben wäre...«

»Wenn Wünsche Volkswagen wären... Laß gut sein. Wir haben schließlich uns, oder nicht? Wenn alles andere in die Binsen geht, können wir einander Gesellschaft leisten; wir, du und ich, sitzen wenigstens im selben Boot, meine Liebe, selbst wenn es über den Styx tuckert.« Abwesend murmelte er: »Five, six, pick up sticks; seven, eight, lay them straight...«

»Im selben Boot?« Bella griff die Wendung auf, ohne ihren Sinn recht zu verstehen. Ihr Blick war immer noch auf die Lichter vor ihnen gerichtet. »Du meinst, wir könnten zusammen eine Reise unternehmen – eine Kreuzfahrt? Das würde mir gefallen, Boney. – Vielleicht sollten wir auch Thomas mitnehmen? Glaubst du, das würde seiner Arthritis guttun?«

»*Nein*, mein Engel. Würde es nicht. Es gibt nur eines, was wir für Thomas tun können, und das ist viel, viel besser. Ihn einfach in Frieden lassen. Ihn selbst einen Ausweg finden lassen. – Schau nur, wir legen ab. Möchtest du noch einen Schluck, den letzten?«

»Ja, bitte, Boney«, sagte sie dankbar.

Die Schiffssirene heulte auf, und die Fähre glitt auf das schwarze, sich kräuselnde Gewässer hinaus, auf dem die Lichter von New York tanzten und glänzten.

»Sollen wir jetzt hineingehen?«

»Ja, bitte, Boney«, sagte sie wieder. »Hier draußen ist es zu kalt.«

»Na schön. Hier entlang. Bis zum Ende. Durch den schmalen Durchlaß.«

»Hier sind wir aber nicht hergekommen«, sagte sie wie vorher im Auto.

»Nein, aber da gehen wir hin. Es ist schneller.«

Eine Hand auf ihren Arm gelegt, führte er sie. »Ich hake die Kette los; rechts; jetzt nach links, um die Ecke.«

Nachdem er sich rasch umgeblickt hatte, versetzte er ihr einen harten, entschlossenen Stoß, der sie von der Seite des Schiffs hinausschleuderte. Im Sturz stieß sie einen kurzen Schreckenslaut aus und drehte sich mitten in der Luft um, so daß er ihr Gesicht sah, wie es ihn, weiß im Licht des Hauptdecks, mit vor Staunen aufgerissenem Mund anstarrte; dann war sie verschwunden.

»Ich komme auch, Liebes«, rief Bo und sprang ihr hinterher.

Keiner hatte sie fallen sehen.

Die Fähre rollte durch die Wogen.

21

Thomas, Catriona

Mit aufjaulendem Sirenengeheul trafen die Feuerwehrautos ein. Uniformierte Männer kämpften sich durch die Büsche.

»Den Wagen müssen Sie wegfahren«, rief einer von ihnen Thomas zu. »Der ist uns im Weg. Kommen nicht nahe genug ran.«

Als Thomas zurückkam, schaute er sich nach Catriona um. Sie hatte beim Walnußbaum gestanden und benommen in das prasselnde Flammenmeer gestarrt. Aber jetzt war sie verschwunden.

»Haben Sie ein Mädchen gesehen?« fragte er einen der Feuerwehrleute. Niemand hörte ihn. Von Panik erfaßt, fing Thomas in dem düsterroten Halbdunkel verzweifelt zu suchen an. Er strauchelte über morastige Grasbüschel. Er tappte gegen Bäume. Arme und Gesicht waren von Dornen zerstochen.

»Catriona!« schrie er gellend. »Catriona! Wo steckst du?«

Da hörte er hinter sich unerwartet nahe ihre Stimme und fühlte, wie ihre Hände ihn am Arm packten.

»Thomas! Schnell – komm schnell – *ich habe ihn gefunden!*«

»Ihn gefunden? Was soll das heißen, ihn gefunden? Wen gefunden?«

Doch schon zog sie ihn die Böschung auf der anderen Seite des Hauses hinab, und ihrem ungeduldigen Zerren gab er nach; sie rutschten und stolperten, und mehrmals wären sie beinahe gestürzt, denn das Schilfgras und die Tannwedel, die das Ufer bedeckten, waren vom Regen flachgedrückt worden, so daß sie eine abschüssige und glitschige Fläche ohne jeden Halt bildeten.

Das faltige, wellige Marschgebiet weiter vorn war von Flammen erhellt, aber am Fuß des Hügels gab es einen schattigen Flecken. Hier wuchsen lange, blasse, büschelige Binsen, fast drei Meter hoch. Und im Schatten, hingestreckt zwischen den Simsen, lag etwas, das ein Baumstamm hätte sein können. Aber es war kein Baumstamm, endete doch eine seiner ausgestreckten astähnlichen Extremitäten in einem weißlichen, formlosen Etwas, in dem Thomas, als eine besonders hoch hinter ihnen aufzüngelnde Flamme sie beschien, die Hand eines Menschen erkannte.

Einen Augenblick zuckte er zurück, überwältigt von Furcht vor dem zu erwartenden Anblick, aber Catriona sagte: »Er ist in Ordnung – er ist *in Ordnung*. Wenigstens hat er keine Brandwunden. Nur ein paar Schnittwunden. Die erste Explosion muß ihn durchs Fenster direkt hinausgeschleudert haben... Glauben Sie, er ist ernstlich verletzt?« Und leiser wiederholte sie: »Glauben Sie, er ist ernstlich verletzt?«

Thomas kniete fünf Zentimeter tief in Schlamm und Wasser. Er ergriff die ausgestreckte Hand und fühlte den Puls. Noch schlug er. Gabriel lag auf dem Rücken, in einer weichen Hängematte aus Morast, Tannwedeln und umgeknickten Binsen. Ein Arm war unter ihm weggekrümmt. Die Augen hatte er geschlossen. Aber er atmete.

»Catriona. Renn hinauf und schnapp dir einen von den Feuerwehrmännern. Die haben Funkgeräte. Sag ihnen, sie sollen *umgehend* einen Unfallwagen herbeirufen. Wir wollen ihn nicht ohne fachmännische Hilfe forttragen – er könnte innere Verletzungen haben.«

Wie war doch gleich der Name, mit dem Bella immer um sich warf – hatte irgend etwas mit Versailles zu tun. »Ach ja... Sag ihnen, er ist Patient von Dr. Moberley in der Herzklinik Cambridge und muß womöglich dringend operiert werden... Sag ihnen, sie sollen Moberley verständigen...«

Sie nickte und verschwand.

Wieder einmal ist er verraten worden, dachte Thomas, im Wasser kniend. Diesmal von einer List des Schicksals. Wenn wir rechtzeitig Hilfe herbeiholen – wenn er nicht zu schwer verletzt ist – wenn es für die Operation noch nicht zu spät ist –, gibt es dann eine Chance, daß wir ihn überzeugen können, in dem Ganzen eine Art Komödie zu sehen?

Er wollte nicht mehr leben, er hatte sich eingeschlossen, aber die Vorsehung, oder Gott, hat ihn hinausgeschleudert, auf daß er wieder von vorn beginne.

Was sollen wir tun, wir müssen leben! Wir werden leben, Onkel Vanja.

Arme Bella. Vielleicht kriege ich es ja hin, sie auch als komisch zu empfinden, als eine Art traurigen, schrecklichen Witz – auf so umständliche Weise lerne ich vielleicht doch noch, sie zu lieben? Sie braucht jemanden, der sich um sie kümmert. Dieser jemand sollte ich sein. Es ist meine Aufgabe. Ich hatte ein richtig schlechtes Gewissen, weil ich sie und Bo abschütteln mußte.

Er kniete weiter bei der reglosen Gestalt. Es sollte schneien, dachte er. Schwarz-weiße Streifen auf der Fahrbahn. Große, dunkle Bäume, die ihre Äste schütteln. Das ist doch schon einmal geschehen. Aber wenn wir das hier überstehen, können wir ihn vielleicht überreden, sich in die andere Richtung zu wenden; auf eine Veränderung seines Standpunkts hoffen, die ihn dazu bringt, seine Energie dem Leben zu weihen, nicht dem Tod.

Catriona kam zurückgerannt.

»Sie haben die Nachricht weitergegeben«, sagte sie, und indem sie sich neben Gabriel fallen ließ, tupfte sie ihm mit ihrem feuchten Taschentuch Schlamm und Blut von Stirn und Gesicht. Seine Augen blieben geschlossen. Thomas versuchte, ein törichtes Aufkeimen von Hoffnung zu ersticken. Welche Chance hatten sie denn schon? Eins zu fünfzig? Eins zu hundert?

Dennoch keimte die Hoffnung weiter.

Nach einer Weile sammelte Catriona einige Armvoll Binsen.

»Hier«, sagte sie. »Setzen Sie sich da drauf. Die sind zwar nicht trocken, aber immer noch besser, als mitten im Wasser zu sitzen.«

»Danke, meine Liebe.«

Sich selbst holte sie ebenfalls einen Armvoll und ließ sich darauf nieder, um neben ihm der Dinge zu harren.

Joan Aiken
im Diogenes Verlag

»Joan Aiken ist eine großartige Erzählerin, die sowohl für Erwachsene wie für Kinder schreibt, Gesellschaftsromane ebenso wie Krimis.«
Herbert Pehmer/Extrablatt, Wien

Joan Aiken, Tochter des amerikanischen Lyrikers Conrad Aiken und seiner kanadischen Frau, wurde 1924 in Sussex geboren. Ihre ersten Gedichte und Schauergeschichten schrieb sie im Alter von fünf Jahren. Inzwischen ist sie Verfasserin zahlreicher historischer Romane, moderner Thriller und vieler Kinderbücher. Sie lebt heute in Sussex und New York.

Die Kristallkrähe
Roman. Aus dem Englischen von Helmut Degner

Das Mädchen aus Paris
Roman. Deutsch von Nikolaus Stingl

Der eingerahmte Sonnenuntergang
Roman. Deutsch von Karin Polz

Tote reden nicht vom Wetter
Roman. Deutsch von Nikolaus Stingl

Ärger mit Produkt X
Roman. Deutsch von Karin Polz

Haß beginnt daheim
Roman. Deutsch von Nikolaus Stingl

Wie es mir einfällt
Geschichten

Du bist Ich
Die Geschichte einer Täuschung
Roman. Deutsch von Renate Orth-Guttmann

Der letzte Satz
Roman. Deutsch von Edith Walter

Fanny und Scylla
oder Die zweite Frau
Roman. Deutsch von Brigitte Mentz

Schattengäste
Roman. Deutsch von Irene Holicki

Angst und Bangen
Roman. Deutsch von Renate Orth-Guttmann

Die Fünf-Minuten-Ehe
Roman. Deutsch von Helga Herborth

Jane Fairfax
Roman. Deutsch von Renate Orth-Guttmann

Stimmen in einem leeren Haus
Roman. Deutsch von Hans-Christian Oeser

Anderland
Roman. Deutsch von Ilse Bezzenberger

Mitternacht ist ein Ort
Roman. Deutsch von Ilse Bezzenberger

Celia Fremlin im Diogenes Verlag

»Celia Fremlin ist neben Margaret Millar und Patricia Highsmith als wichtigste Vertreterin des modernen Psychothrillers hierzulande noch zu entdecken.«
Frankfurter Rundschau

Klimax
oder Außerordentliches Beispiel von Mutterliebe. Roman. Aus dem Englischen von Dietrich Stössel

Wer hat Angst vorm schwarzen Mann?
Roman. Deutsch von Otto Bayer

Die Stunden vor Morgengrauen
Roman. Deutsch von Isabella Nadolny

Rendezvous mit Gestern
Roman. Deutsch von Karin Polz

Die Spinnen-Orchidee
Roman. Deutsch von Isabella Nadolny

Onkel Paul
Roman. Deutsch von Isabella Nadolny

Ein schöner Tag zum Sterben
Erzählungen. Deutsch von Ursula Kösters-Roth

Gibt's ein Baby, das nicht schreit?
Roman. Deutsch von Isabella Nadolny

Parasiten-Person
Roman. Deutsch von Monika Elwenspoek

Zwielicht
Roman. Deutsch von Ursula Kösters-Roth

Die Eifersüchtige
Roman. Deutsch von Barbara Rojahn-Deyk

Unruhestifter
Roman. Deutsch von Monika Elwenspoek

Der lange Schatten
Roman. Deutsch von Peter Naujack

Wetterumschwung
Geschichten. Deutsch von Barbara Rojahn-Deyk, Ursula Kösters-Roth und Isabella Nadolny

Gefährliche Gedanken
Roman. Deutsch von Irene Holicki

Sieben magere Jahre
Roman. Deutsch von Monika Elwenspoek

Patricia Highsmith im Diogenes Verlag

Der talentierte Mr. Ripley
Roman

Ripley Under Ground
Roman

Ripley's Game
oder Ein amerikanischer Freund
Roman

Der Junge, der Ripley folgte
Roman

Ripley Under Water
Roman

Venedig kann sehr kalt sein
Roman

Das Zittern des Fälschers
Roman

Lösegeld für einen Hund
Roman

Der Stümper
Roman

Zwei Fremde im Zug
Roman

Der Geschichtenerzähler
Roman

Der süße Wahn
Roman

Die zwei Gesichter des Januars
Roman

Kleine Geschichten für Weiberfeinde

Kleine Mordgeschichten für Tierfreunde

Der Schrei der Eule
Roman

Tiefe Wasser
Roman

Die gläserne Zelle
Roman

Ediths Tagebuch
Roman

Der Schneckenforscher
Elf Geschichten

Leise, leise im Wind
Zwölf Geschichten

Ein Spiel für die Lebenden
Roman

Keiner von uns
Elf Geschichten

Leute, die an die Tür klopfen
Roman

Nixen auf dem Golfplatz
Erzählungen

Suspense
oder Wie man einen Thriller schreibt

Elsie's Lebenslust
Roman

Geschichten von natürlichen und unnatürlichen Katastrophen

Meistererzählungen
Ausgewählt von Patricia Highsmith

Carol
Roman einer ungewöhnlichen Liebe

›Small g‹ – eine Sommeridylle
Roman

Über Patricia Highsmith
Zeugnisse von Graham Greene bis Peter Handke

Barbara Vine
im Diogenes Verlag

Barbara Vine (i.e. Ruth Rendell) wurde 1930 in London geboren, wo sie auch heute lebt. Sie arbeitete als Reporterin und Redakteurin für verschiedene Magazine. Seit 1965 schreibt sie Romane und Stories, die verschiedentlich ausgezeichnet wurden.

»Barbara Vine alias Ruth Rendell ist in der englischsprachigen Welt längst zum Synonym für anspruchvollste Kriminalliteratur geworden.«
Österreichischer Rundfunk, Wien

»Ihre Romane spüren den finstersten Besessenheiten, den Obsessionen, Zwängen und emotionalen Abhängigkeiten, den Selbsttäuschungen und Realitätsverlusten von Liebes- oder Haßsüchtigen nach. Barbara Vine: die beste Reiseführerin nach Tory-England und ins Innere der britischen Kollektivseele.«
Sigrid Löffler/profil, Wien

»Barbara Vine erweist sich als exzellente Erzählerin.«
Verena Lueken/Frankfurter Allgemeine Zeitung

Die im Dunkeln sieht man doch
Roman. Aus dem Englischen von Renate Orth-Guttmann

Das Haus der Stufen
Roman. Deutsch von Renate Orth-Guttmann

Liebesbeweise
Roman. Deutsch von Renate Orth-Guttmann

Es scheint die Sonne noch so schön
Roman. Deutsch von Renate Orth-Guttmann

König Salomons Teppich
Roman. Deutsch von Renate Orth-Guttmann

Astas Tagebuch
Roman. Deutsch von Renate Orth-Guttmann